# Correspondance

1934-1944

Hélène Berr et Odile Neuburger

# Correspondance

1934-1944

*Édition établie par Dominique Missika*

Tallandier

La Fondation d'entreprise La Poste favorise le développement humain et la proximité à travers l'écriture, pour tous, sur tout le territoire, et sous toutes ses formes. Elle s'engage en faveur de ceux qui sont exclus de la pratique, de la maîtrise et du plaisir de l'expression écrite. Elle favorise l'écriture vivante et offre un espace de découverte de la culture épistolaire élargie avec sa revue *FloriLettres*. Mécène de l'écriture épistolaire, elle soutient l'édition de correspondances et les manifestations qui les mettent en valeur.

www.fondationlaposte.org

fondation D'ENTREPRISE

Ouvrage publié avec le soutien de la Fondation d'entreprise La Poste.


48, rue du Faubourg-Montmartre – 75009 Paris
www.tallandier.com

# Avant-propos

Quand Hélène Berr entreprend de rédiger son journal au printemps 1942[1], elle a 21 ans. Brillante étudiante à la Sorbonne, elle prépare un diplôme d'anglais. Elle aime se promener au Quartier latin, écouter des disques de Bach ou de Schumann, lire son poète préféré Keats, jouer du violon, aller au bal, et flirter. Elle pourrait être insouciante, comme ses amies, mais elle est juive. À partir du 7 juin 1942, le port de l'étoile jaune est obligatoire pour les juifs, elle l'appelle « l'insigne » : « J'étais décidée à ne pas la porter. Je considérais cela comme une infamie et une preuve d'obéissance aux lois allemandes. Ce soir, tout a changé à nouveau, je trouve que c'est une lâcheté de ne pas le faire, vis-à-vis de ceux qui le feront. »

Après la rafle du Vel' d'Hiv le 16 juillet 1942, Hélène Berr devient assistante sociale bénévole à l'Entraide temporaire et à l'UGIF[2] (Union générale des Israélites de France). Elle désire « faire quelque chose, pour être tout près du malheur ». On lui confie plusieurs enfants dont les parents ont été raflés et déportés. Sa tâche, les distraire, les emmener à l'hôpital Rothschild ou chez le dentiste, les consoler. Plus le temps passe, plus les arrestations de ses proches

1. Le *Journal* a été publié par les éditions Tallandier (2008) grâce à Mariette Job, nièce d'Hélène Berr. L'édition comporte une préface de Patrick Modiano et une postface de Mariette Job.

2. L'Union générale des Israélites de France est créée par le gouvernement de Vichy en novembre 1941 à la demande des Allemands dans le but de regrouper de force toutes les œuvres juives, à l'exception des organisations cultuelles. Derrière une façade officielle, une branche clandestine se met peu à peu en place avec des activités de sauvetage. Le rôle de cet organisme a soulevé beaucoup de controverses, notamment à cause de son légalisme qui a transformé les bureaux de l'association ou les maisons d'enfants qu'elle patronnait en véritables souricières particulièrement vulnérables aux rafles de la Gestapo.

se succèdent, les internements au camp de Drancy se multiplient. Jour après jour, elle consigne dans son *Journal* ce qu'elle voit et ce qu'elle ressent.

Le 8 mars 1944, des policiers français viennent arrêter Hélène Berr et ses parents. Le 27 mars, ils sont déportés à Auschwitz-Birkenau d'où Raymond et Antoinette ne reviendront pas. Hélène est transférée au camp de Bergen-Belsen où elle meurt du typhus en avril 1945, peu de temps avant l'arrivée des troupes britanniques.

***

Depuis l'été 1934, Hélène entretient une correspondance régulière avec sa camarade de classe, Odile Neuburger. Il existe des coups de foudre d'amitié comme d'amour. Toutes les deux élèves du cours Boutet de Monvel, rue du Faubourg-Saint-Honoré, elles deviennent vite inséparables. Elles ont sept mois d'écart. Hélène Berr est née le 27 mars 1921, Odile Neuburger le 16 août 1920. À partir de l'été 1934 et jusqu'au printemps 1944, elles échangent des lettres quasiment tous les jours dès qu'elles sont loin l'une de l'autre.

Qui a été bouleversé par le *Journal* d'Hélène Berr découvrira, dans cette correspondance inédite, l'adolescente qu'elle a été, rieuse et soucieuse des siens, studieuse et moqueuse, joueuse de tennis et violoniste douée, confiant à Odile, son amie de cœur, ses rêves, ses désirs et ses peines.

Quand Odile rentre à Paris à l'automne 1944, elle ignore encore le sort de son amie. Au mois de juin 1945, terrassée par la nouvelle de sa disparition, elle confie à son amie Annette Dreyfus : « D'abord, tu sais quelle était notre amitié. Ces dernières années l'avaient encore consolidée. Tu ne peux pas savoir la révolte de tous les instants qu'on peut éprouver en pensant à l'horrible fin qu'a eu une fille comme elle, une fille qui a connu le même bonheur tranquille et qui meurt d'épuisement après un an de souffrances, après avoir vu sa mère partir à la chambre à gaz, après avoir été traînée pendant des centaines de kilomètres, à pied, et après avoir été battue jusqu'à ce qu'elle ne puisse plus. Tu comprends, c'est une vision qui me poursuivra toujours et qui ne deviendra jamais supportable[1]. »

À la veille de la guerre, Odile Neuburger s'était fiancée à Jacques Hyafil, brillant étudiant en sciences politiques, de quatre ans son aîné. Mobilisé en septembre 1939 alors qu'il prépare le concours de l'Inspection des finances, il est fait prisonnier en juin 1940 dans le Nord de la France par les Allemands et envoyé au stalag 1-A (près de Königsberg). Il sera rapatrié en mai 1945. Juste avant leur mariage, en juillet 1945, Odile reçoit de la part de la sœur d'Hélène Berr, Denise Job, un précieux souvenir :

« Chère petite Odile,

Le contenu de ce petit paquet a été particulièrement aimé de ton cher Lorenzo[2]. Imagine-toi que ce sont ses propres mains qui le déposeront aujourd'hui chez toi, ces mains qui ont tant feuilleté les pages, y cherchant sans cesse la signification de la vie…

Sans doute sentiras-tu mardi ton splendide Lorenzo t'illuminer. Plus d'une fois j'en suis sûre, tu évoqueras le royaume magique que tu avais fondé avec lui et qui brillera toute ta vie grâce à une divine baguette !

Accepte ce baiser qui ne vaut que parce que j'ai eu la même mère que mon Hélène bien-aimée.

DENISE. »

Ce sont deux amies d'enfance. L'été 1931, en vacances à Engelberg en Suisse allemande, Odile Neuburger voit, dans la salle à manger de l'hôtel Terrasse Palace, la famille Berr au grand complet. Le père, Raymond Berr (1888-1944), polytechnicien, ingénieur du corps des Mines, vice-président-directeur général des établissements Kuhlmann, a épousé Antoinette Rodrigues-Ély (1891-1944). Ils ont cinq enfants, Jacqueline (1915-1921), Yvonne (1917-2001),

1. Hélène Berr n'a pas participé à ce que l'on a appelé les « marches de la mort » qui ont jeté sur les routes, dans le froid et sans nourriture, les déportés évacués des camps d'Europe de l'Est vers le Centre et le Sud de l'Allemagne. Elle est transférée d'Auschwitz à Bergen-Belsen à la fin du mois d'octobre 1944.

2. Surnom que se donnait Hélène Berr quand elle correspondait avec Odile Neuburger.

Denise (1919-2011), Hélène (1921-1945) et Jacques (1922-1998). Ils habitent près du Champ-de-Mars, 5, avenue Élisée-Reclus, et possèdent une propriété familiale, le Vivier à Aubergenville, où Hélène adore séjourner.

À la différence d'Hélène qui est la plus jeune des trois sœurs et qui a un frère cadet, Odile a un frère aîné François (1917-2008) et une petite sœur, Annie (1927-). Son père, Albert Neuburger (1891-1985), se consacre à la maison d'édition musicale qu'il a rachetée et où il publie les partitions de Darius Milhaud ou Arthur Honegger. Bien que centralien, il a renoncé à une carrière dans l'industrie. Son père, banquier chez Rothschild, lui a légué une fortune qui lui permet d'assouvir sa passion pour la musique. Les Neuburger habitent 1, avenue du Maréchal-Maunoury, près du bois de Boulogne, un appartement spacieux où l'on entend le père jouer de l'alto, la mère, Anna née Baur (1893-1971), jouer du violoncelle, Odile et Annie du piano.

Parfois, Odile et Hélène rentrent ensemble. Le lundi soir, Albert Neuburger vient les chercher en voiture à la sortie du cours Boutet de Monvel et les ramène à leur domicile. Ce sont d'excellentes élèves en tête de leur classe dans cet établissement réputé pour accorder une large place à la musique et aux arts dramatiques. Pour les petites classes, les cours ont lieu 265, rue du Faubourg-Saint-Honoré, pour le lycée, il faut aller 9, rue Boissy-d'Anglas, toujours dans le VIII^e^ arrondissement, près de la Concorde.

La vie d'Hélène Berr, comme celle de son amie Odile Neuburger, ressemble à celle des jeunes filles de bonne famille dans les années 1930. Élevées dans un milieu à la fois éclairé et traditionnel, où la curiosité intellectuelle est stimulée et freinée parfois au profit de contraintes familiales. Être invitée au bal de la Chimie industrielle est un grand jour : « L'huissier cria d'une voix de stentor : "M., Mme et Mlle Berr", et je fis mon entrée dans le monde. » Elle a 16 ans, c'est une jeune fille radieuse, pleine d'énergie et de joie de vivre. Si elles se conforment au modèle de la jeune fille à marier, les deux amies cherchent aussi à s'émanciper du carcan dans lequel elles se sentent prisonnières. Elles s'efforcent d'échapper aux pressions et de s'approprier leur vie.

S'ajoute aussi dans leur existence le fait d'être nées juives. Elles vivent au sein de familles d'Israélites français qui depuis le début du XX^e^ siècle sont entrées en politique, siègent au Conseil d'État ou à la Cour de cassation, enseignent à la Sorbonne ou au Collège de France, ou dirigent des entreprises[1]. Pour autant, dans ces familles assimilées, la religion est peu présente, seules les grandes fêtes comme Yom Kippour sont célébrées. Odile a fait sa bat-mitsva à la synagogue de la rue de la Victoire où officie son grand-oncle, le grand rabbin de Paris Julien Weill.

Il est naturel pour Hélène Berr de jouer au violon l'*Ave Maria* de Schubert et la marche nuptiale de Mendelssohn pour un mariage en l'église d'Aubergenville, accompagnée par sa sœur Denise au pandémonium. Pour autant, au cœur de l'Occupation, au printemps 1943, elle regrette qu'au sein de sa famille, au moment de la Pâque juive, « plus personne n'est capable de célébrer le Seider [...], ce sont des fêtes si simples et si belles ».

L'été, les vacances les éloignent l'une de l'autre : les Berr préfèrent rester à Aubergenville, à 45 kilomètres à l'ouest de Paris, profiter du jardin et des arbres fruitiers, tandis que les Neuburger partent en villégiature à Saint-Jean-de-Luz et à Étretat dont Raymond Lindon, avocat au barreau de Paris et oncle d'Odile, est maire. Les deux amies regrettent de ne pas être ensemble. De longues lettres remplacent leurs conversations. Assurément, écrire est leur passe-temps, leur éducation les y encourage, l'époque le dicte.

Ces deux êtres à l'unisson partagent tout. Leur complicité affective et intellectuelle en devient troublante. Ne serait-ce que par leur manière de s'appeler. Cultivées, elles s'inventent des prénoms puisés dans leurs lectures (Lorenzo, Béranger, Bérangère, Eudoxie, etc.), en parodiant deux amoureux (« Ma mieux-aimée chérie », « mon trésor », « mon exquise », « ma petite femme »). Elles s'envoient des photos, croquent les professeurs ou les élèves sans charité. Elles passent

1. En juillet 1910, Louis Berr, père de Raymond, juge d'instruction à Paris, reçoit une lettre de Jean Jaurès, président de la commission parlementaire chargée de l'enquête sur le scandale Rochette, un homme d'affaires accusé de corruption (Mariette Job, collection particulière).

un temps fou à écrire à quatre mains le récit de la *Garden-party* à Aubergenville et une pièce de théâtre, *Ragadaga*. Par goût du secret, elles utilisent à tout bout de champ des messages codés, mélangent avec brio l'anglais, le latin et le javanais. Pleines d'esprit, pétillantes, mordantes, les deux jeunes filles portent un regard sans indulgence sur leur entourage. Leurs camarades de classe ou leurs professeurs n'échappent pas à leurs moqueries, tout comme leurs partenaires de tennis ou leurs soupirants. Wladimir, amoureux d'Hélène, est surnommé le Cheval en raison de « sa crinière grasse et sale », tandis qu'Odile baptise Hamlet le garçon qui la courtise, une cousine devient « Boule de Graisse », les partenaires de tennis d'Hélène sont des « crétins, boutonneux et fiévreux ». Ni l'une ni l'autre ne mâchent leurs mots pour décrire les amis de leurs parents qu'elles jugent trop « coincés » ; ce sont des punaises, « puncat » (pour les catholiques), « punjui » (juifs) et « punpro » (protestants).

On savait peu de choses sur Hélène Berr avant-guerre. Sa joie d'avoir un chien Bobby, suivi de Toto le basset, ses cours de natation et ses débuts à ski avec un moniteur baptisé « Pliez-les-chenoux », les invitations aux soirées attendues avec fébrilité, ses lectures, ses goûts, ses aspirations nous émeuvent. On découvre les garçons qui lui font la cour, notamment Jacques Monod, son voisin d'Aubergenville et partenaire de tennis, qu'elle trouve « charmant ». Tour à tour futile quand elle décrit sa toque de fourrure pour aller patiner ou grave quand elle réfléchit à son avenir, Hélène réussit par son écriture dès ses jeunes années à nous captiver. Grâce à son dialogue avec son amie Odile, on mesure son affection pour ses parents, ses sœurs, et son frère Jacques dont la santé l'inquiète. Odile n'a jamais vu de famille plus sympathique. Une famille où « règne le calme et la sérénité ». Et Hélène est « seule de son espèce ».

À partir des accords de Munich fin septembre 1938, le ton de leur correspondance change. De léger, il devient grave. D'abord parce que leurs parents leur ont inculqué l'amour de la France, et parce qu'elles pressentent qu'un jour elles seront séparées et, pis, qu'elles ne seront plus jamais heureuses.

En mai-juin 1940, on suit Hélène Berr et les siens dans l'exode qui les conduit à Blois puis à Saint-Brévin-l'Océan, fuyant l'avancée des troupes allemandes. Une très jolie lettre signée d'Odile Neuburger (2 juin 1940[1]), réfugiée chez son oncle Henri Bergson, nous raconte la naissance de Maxime, fils d'Yvonne, sœur aînée d'Hélène Berr, et de Daniel Schwartz : « Un petit être tout neuf sur la terre... un petit Français, un nouveau petit juif. » Voilà Hélène taquinée par son amie, qui l'annonce « promue au grade de tante, tante Hélène, ça fait molièresque » !

Quand vient le cortège de malheurs, leurs lettres sont emplies de tristesse et de désespoir. L'élévation de la pensée d'Hélène Berr qui réfléchit à son sort et à ceux des juifs éclate à chaque ligne.

Contre vents et marées, elles essaient de se réconforter, de garder espoir, quand autour d'elles se multiplient les interdictions, les persécutions, les arrestations de leurs amis et de leurs proches. Craignant la censure, les Allemands deviennent les « Louis », les Anglais sont les « Rose », les juifs français sont les « Éliane », les Espagnols sont les « Carmen », etc.

Amoureuses, elles partagent la même épreuve d'être privées de l'être cher. Odile guette le courrier de son fiancé, Jacques Hyafil, qui tente de s'évader de son stalag, Hélène espère un signe de Jean Morawiecki, ce « garçon aux yeux gris » et « à l'air d'un prince slave » dont elle est tombée amoureuse à la Sorbonne et qui rejoint la France libre en Afrique du Nord, *via* l'Espagne où il est interné un temps au camp de Miranda. Sa mère, Mme Morawiecki, lui remet « une très bonne photo » et « un petit paquet arrivé de sa part de chez Carmen [l'Espagne], qui contient un savon de lavande ». « J'ai été si émerveillée par ce petit paquet que je tenais entre mes doigts écarquillés dans le métro, devant tout le monde », raconte Hélène Berr à son amie.

Mais cet instant de bonheur s'évanouit vite : « Comme je ne sais pas ce qui m'attend et dans quel état je sortirai de cette guerre si j'en sors vivante, j'aime mieux faire comme le barbier de Midas, et déposer quelque part ma pensée. Et puis [...] si je ne suis pas là quand Jean

1. Voir. p. 189.

reviendra, je voudrais qu'on lui donne ce journal pour qu'il sache ce qu'aura été ma vie ; pour qu'il me connaisse aussi un peu, car je sens qu'il ne me connaît pas. »

Mille et un détails surgissent parce qu'Hélène Berr excelle dans le récit de ses journées, l'observation de ceux qui l'entourent, la soutiennent ou s'écartent d'elle pendant les années noires. « La découverte de la valeur réelle et profonde des êtres » la conduit à une réflexion spirituelle de haute volée. Exclue de la Sorbonne en raison du numerus clausus qui vise les juifs, ce qui l'empêche de présenter l'agrégation, elle essaie coûte que coûte de continuer ses études, avec l'appui de quelques amies fidèles quand d'autres lui tournent le dos. La littérature est son réconfort, son rêve brisé de poursuivre ses études la mine, l'indifférence des gens la révolte. Il y a des parenthèses de bonheur, le mariage de sa sœur Denise avec François Job le 12 août 1943, leur installation dans un appartement de l'avenue de Versailles, l'invitation de son amie Annie Digeon à son mariage avec Sylvère Monod.

Le saccage d'Aubergenville par les Allemands la scandalise : « Je ne sais pas ce que nous en retrouverons ; ils ont jeté les meubles par la fenêtre, percé deux trous dans le toit pour installer des cheminées, démoli des cheminées de la maison – et surtout ce qui me fait si mal et me fait bien comprendre la poésie de Ronsard [...]. Ils coupent des arbres – dans notre petit champ ; je suis sûre qu'ils ont coupé les pins parasols, ceux dont les troncs au couchant s'enflammaient. La campagne me manque terriblement. »

Mais, après le départ des Allemands, elle note avec un brin d'ironie joyeuse : « J'ai récupéré tes lettres. Le Vivier a été libéré, et elles étaient intactes, ainsi qu'un fond de bouteille de Chartreuse offerte par Jean, et sur laquelle j'avais mis une étiquette bilingue en priant les occupants de ne pas boire ce qui restait ! »

Se promener dans Paris la réconforte : « Les berges de la Seine ont un effet magique sur moi : rien que de regarder l'eau, si large, si calme, et pourtant si liquide, si vivante par rapport à la pierre et à la terre, a fait descendre une douceur merveilleuse sur moi. »

Consciente que sa survie tient à peu de choses, Hélène Berr écrit fébrilement à son amie intime, en parallèle de son *Journal*, comme pour exorciser son chagrin et puiser des forces dans leur amitié pour affronter l'horreur. Après l'arrestation et la déportation de son amie Françoise Bernheim au siège de l'UGIF, le 30 juillet 1943, on la sent dévastée et désemparée : « Je suis plus calme que la dernière fois que je t'ai écrit. À ce moment-là, j'avais l'impression d'un arrachement à vif ; Françoise faisait trop partie de ma vie, et nous communiquions trop complètement l'une avec l'autre pour que je n'éprouve pas le sentiment que c'était une partie de moi qu'on enlevait. »

Elle s'épuise à traverser Paris d'un bout à l'autre avec les enfants de l'UGIF qui lui sont confiés, ne sachant pas « ce qui l'attend d'une heure à l'autre ». Jamais elle ne se plaint, parfois elle semble résignée, parfois révoltée contre le sort qui la menace, faisant preuve d'une lucidité exceptionnelle. Au cœur de la tragédie, elle garde cet amour du beau et du vrai qui lui permet de supporter les pires avanies, ce qu'elle transmet à son amie pour l'aider elle aussi à traverser ces épreuves auxquelles ces deux jeunes filles n'étaient pas préparées.

La religion catholique occupe une grande partie de sa réflexion. Après avoir lu un des Évangiles, Hélène Berr fait part à sa correspondante de ce qu'elle a découvert : « C'était une lecture qui se conciliait parfaitement avec ma croyance [...]. Et crois-tu que ce soit un paradoxe lorsque je me sens plus près du Christ que beaucoup de "bons chrétiens". Je veux que tu me répondes, car ces idées que j'ai m'angoissent, parce que je suis seule à les avoir (avec Maman), et aussi je me demande si elles sont justes. »

Aimer Jean Morawiecki, catholique polonais, provoque chez Hélène Berr une longue et pénible réflexion sur la conversion. « Je ne veux pas que mes enfants soient catholiques – parce qu'il y a trop de choses inacceptables dans cette religion – je veux qu'ils soient élevés comme je l'ai été – je ne veux pas qu'ils soient pour moi des étrangers – je veux les élever dans ma religion qui n'est peut-être pas la religion juive comme les autres la pratiquent – car je considère que c'est un aveuglement de nier le Christ – la religion qui régnait lorsque le Christ est venu, cette religion qui était celle de tous, et que le Christ est venu pour réformer et rendre universelle – voilà ce que je voudrais connaître. Je ne comprends pas l'utilité de la conversion ? Se convertir c'est se convertir à d'autres dogmes, à d'autres traditions. Mais… c'est tout. Et est-ce que cela en vaut la peine ? D'ailleurs la religion juive de ce point de vue est la plus belle, parce qu'elle est la plus pure, et celle qui est la plus proche de Dieu. Et n'est-elle pas la mère de toutes les autres ? »

Assurément, les lettres d'Hélène Berr, « lumineuses, chaudes et réconfortantes » d'après sa correspondante, nous fascinent parce qu'elles sont un reflet des sentiments et des mœurs d'une époque pas si lointaine. À chaque étape de sa vie, Hélène Berr s'arme de l'écriture pour tenter de comprendre le monde qui l'entoure. Elle nous montre à quel point ces quatre années dans Paris occupé l'ont mûrie. Jamais sa sensibilité poétique à la beauté de la nature ne la quitte. Au milieu de l'épuisement moral et physique qu'elle ressent, ses promenades à Aubergenville ou ses déambulations dans Paris lui apportent un peu de consolation.

Peu à peu se précise le portrait de cette « jeune fille du nom d'Hélène Berr, qui savait qu'elle était au plus profond du malheur et de la barbarie », comme l'a écrit en 2008 Patrick Modiano dans sa préface du *Journal*, traduit dans le monde entier.

Par son écriture si singulière et si délicate, il est clair, encore plus après avoir achevé la lecture de ces lettres enfin portées à notre connaissance, qu'Hélène Berr a été de toute évidence un être d'exception.

***

Par quel miracle cette correspondance nous est-elle parvenue ?

Vingt ans après la disparition d'Hélène Berr, Odile Neuburger meurt prématurément à 45 ans. En 2020, Antoine et Olivier Hyafil, les deux fils d'Odile, découvrent dans un grenier 74 lettres d'Hélène et 174 lettres de leur mère. Les voici rassemblées et publiées pour la première fois.

Du 16 juillet 1934 au 12 avril 1939, la correspondance est complète. Du 12 avril 1939 au 23 février 1943, seules les lettres envoyées par

Odile à Hélène ont été retrouvées. De septembre 1940 à avril 1942, aucune lettre, elles sont toutes les deux à Paris. Puis, leur correspondance reprend, mais il nous manque les lettres d'Hélène d'avril 1942 au 27 février 1943. Du 27 février 1943 jusqu'au 3 septembre 1943, nous avons à nouveau les lettres des deux amies. Enfin, du 8 septembre 1943 au 1er mars 1944 (sept jours avant son arrestation), nous possédons uniquement les lettres envoyées par Hélène.

Celles-ci sont publiées *in extenso*. En revanche, afin de ne pas alourdir ce volume, nous avons choisi les passages dans celles d'Odile qui font écho à Hélène Berr, en laissant de côté ceux qui concernent sa famille ou ses relations. L'intégralité des écrits d'Odile Neuburger (lettres et roman inachevé) fera l'objet d'une édition à part entière.

De l'été 1940 à février 1943, Odile utilise des cartes interzones, seules autorisées par les autorités d'occupation. Au-delà de cette date, les enveloppes sont à nouveau permises, ce qui lui permet de s'exprimer plus librement.

Pour mémoire, Hélène Berr tient son journal du 7 avril 1942 au 15 février 1944 avec une interruption du 28 novembre 1942 au 10 octobre 1943. Le 9 avril 1942, elle y évoque le départ d'Odile en zone libre et s'interroge : « Comment vais-je faire sans elle maintenant ? »

Nous avons essayé d'identifier tous les noms cités : oncles, tantes, cousins, amis, camarades de classe, professeurs, sans parfois y parvenir. Il n'est pas toujours facile de comprendre leurs plaisanteries, leurs moqueries ou leurs commentaires, parce qu'elles s'ingénient à utiliser des abréviations ou des mots de javanais ou parce qu'elles inventent purement et simplement des mots ou des surnoms[1].

L'original des lettres a été déposé par Antoine et Olivier Hyafil au Mémorial de la Shoah où il est possible de les consulter. Les archives d'Hélène Berr ont été confiées par Mariette Job au Mémorial de la Shoah où on peut également les consulter.

Dominique Missika

1. Cette édition respecte le texte original. Cependant, nous avons rectifié l'orthographe et la ponctuation des lettres lorsque celles-ci étaient manifestement fautives.

# Correspondance

HÉLÈNE À ODILE

*16 juillet 1934*

Depuis « Le Vivier », Aubergenville, Seine-et-Oise
À destination de Grand Hôtel Hurchaus Macolin, Bienne, canton de Berne (Suisse)

Ma vieille Odile, Laure, Bérangère… (C'est tout n'est-ce pas ?)

Comment vas-tu ? Est-ce que tu t'amuses ? Et le bachot envolé[1] ? Chez nous oui mais tout juste.

Je suis ici depuis vendredi. Je suis furieuse de n'avoir pas encore inauguré mes vacances par une magistrale aventure. Mais pourtant il y a une comédie ce soir… succès merveilleux. Jacques[2] n'a pas trop eu le fou rire, les costumes sont splendides. Je t'enverrai des photos à mon prochain « cahier ». Il fait un temps idéal. Olivier[3] est charmant, il ne fait que gazouiller avec les grands arbres toute la journée. Mais le plus chic c'est notre nouveau chien, un épagneul de quatorze mois, du nom de Bobby qui montre sa tendre affection en me mordillant ma jupe et mes mollets ; avec cela il est vraiment gentil. Malheureusement en guise de chien de garde il court après les oiseaux dans le bois…

… et ramasse n'importe quel bout de bois pour jouer et alors je crois qu'on va le remplacer. Je suis désolée. Je n'ai rien, mais rien fait de la journée. C'est épatant, les « longs » *vacations.*

1. Il s'agit vraisemblablement de la première partie du baccalauréat passée par le frère aîné d'Odile, François Neuburger.

2. Jacques Berr (1922-1998), frère cadet d'Hélène.

3. Olivier Schneider, fils de Claudine et Jean Schneider, est le cousin germain d'Hélène.

N'oublie surtout pas de téléphoner quand tu rentreras le 4 à Aubergenville en appelant sur Régional ! Il faut absolument que tu viennes ! Il y aura une chambre pour toi et tout le jardin mais... surtout des abricots... Ma chère, je ne t'en parle pas.

Je t'embrasse tant que je peux et que toi tu veux.

MAUVIETTE.

P.-S. : Ne m'oublie pas S.V.P.

ODILE À HÉLÈNE

*21 juillet 1934*

Depuis Grand Hôtel Hurchaus Macolin, Bienne, canton de Berne (Suisse)
À destination de « Le Vivier », Aubergenville, Seine-et-Oise

Chère Mauviette-Hélène-Camille-Maxime[1],

Merci 50 mille fois de ta lettre. Je « maugrée » toute la journée de ne pas être avec toi. Nous sommes déjà une bande de 8 avec les Englebert et les Dreyfus et je t'assure que nous ne perdons pas notre temps. J'ai eu par le journal des échos de « On ne badine pas avec les marquises ». Il paraît que le succès était formidable. Les « murs » du théâtre de verdure croulaient sous les applaudissements. J'ai entendu dire que les places étaient trop chères. Mais je comprends que pour un tel gala, elles ne soient pas au-dessous de 150 F. Enfin, je te félicite.

Je m'ennuie follement après Jacqueline Bieds, Denise Viénot et compagnie. Tu diras à Yvonne[2] que je la félicite énormément pour

1. Camille est le deuxième prénom d'Hélène Berr en souvenir de son grand-père maternel mort en 1922 – elle avait un an. Elle porte aussi le prénom de son oncle paternel mort en 1917, Maxime.

2. Yvonne Berr (1917-2001), sœur aînée d'Hélène, née deux ans après Jacqueline. En 1921, Jacqueline meurt à six ans.

son bachot. À la maison, on est bien content. François[1] avait même 3,5 points d'avance. Ouf ! comme dirait M. Pignarre.

À propos du nommé Bobby, dis-lui que je l'approuve pleinement de mordiller tes mollets. Je suis désolée aujourd'hui parce qu'il fait froid et qu'on ne peut ni prendre de bains dans le lac, ni faire de grande promenade. J'ai reçu une gentille carte de Simone Lecomte. J'ai le cafard en pensant au cours et à Black Monday.

Je pense revenir le 8 août et repartir vers le 15 ; je te téléphonerai sûrement pour qu'on se voie. Je compte dévaster le jardin et faire la connaissance du charmant Olivier « qui ne fait que gazouiller avec les grands arbres toute la journée » ! Je suis beaucoup moins paresseuse que toi. Je joue au croquet, au tennis, je lis, je nage, je croque des bonbons toute la sainte journée.

Par exemple je n'ai pas encore ouvert mon livre de géométrie et pas acheté mon carnet d'expression. Je garde sur mon cœur la photographie de Mlle André[2]. Je n'ai pas reçu de lettre de Crassus-Arthur-Onésime Neuburger. Je suppose qu'il a dû se pendre en ne me voyant plus.

Je rêve toutes les nuits à un enterrement de pesteux (ce n'est pas vrai). J'espère que Jacques a retrouvé le sommeil. Embrasse Denise[3] et Nicole[4] pour moi. Toi, je t'envoie 1 000 000 000 000 000 000 000 000 de baisers en sucre candi.

ODILE-LAURE-SARA-BÉRANGÈRE-BLEUETTE-SIDONIE-OEDIPEA-OTHONNE NEUBURGER.

1. François Neuburger, frère aîné d'Odile.

2. Mlle André est la directrice du cours Boutet de Monvel.

3. Denise Berr (1919-2011), sœur aînée d'Hélène. Elle est mariée à François Job (1918-2006), frère des jumelles Nicole et Jacqueline Job.

4. Nicole Schneider, cousine germaine d'Hélène et sœur de Jean et Philippe Schneider.

HÉLÈNE À ODILE

*15 juillet 1935*

Depuis « Le Vivier », Aubergenville, Seine-et-Oise

Béranger de mon cœur,

Quel jus ! Allez-vous vous écrier ! Excusez ce papier. Mais j'ai tellement de choses à vous dire que je gâche du beau papier à lettres. Je suis installée à Aubergenville. Il fait très chaud et demain matin toute la famille va à la piscine ; quelle veine ! Mais quels bouillons je vais avaler.

Denise a été reçue au bac avec mention *bien* et elle n'avait que 2,5 points d'avance à l'écrit. Je compte absolument sur toi pour venir passer *quelques jours* au cours desquels nous jouerons *Ragadaga*[1]. La scène finale est fort plaisante mais je crois que nous devrions penser à la scène première ! Enfin, nous finirons bien par la composer. Donne-moi la date de ton retour. Je suis ravie que le surnom de « Boule de Graisse[2] » vous ait plu ; quant à J. N.***[3] je vous défends d'en parler si librement car il… ouf ! Je viens de descendre remplir mon stylo. Où en étais-je ? Ah cette porte quand elle aura fini de grincer ! Clac, voilà, oui je disais que messire J. N. a été reçu à son baccalauréat !

Denise avait téléphoné à Bénassy[4] jeudi et elle ne pouvait plus s'en décrocher. Elle a voulu appeler Crouzet[5] mais ce n'était pas libre.

Olivier est absolument adorable ; il a un petit costume de bain blanc et se roule dans l'herbe ; devinez comment il appelle la source près de la tonnelle ?… popo ! Ce que ces mouches doivent être assommantes et surtout dégoûtantes ; ici il n'y a pas trop de

1. Pièce de théâtre écrite à quatre mains par Hélène et Odile.
2. Surnom donné par Hélène à une cousine lointaine d'Odile.
3. Jean Neveu.
4. Professeur d'anglais au cours Boutet de Monvel.
5. Professeur au cours Boutet de Monvel.

moustiques mais Jacques s'est fait piquer au doigt par un frelon et il a beaucoup bobo. Toute la famille est là, les deux grands-mères, famille Berr, famille Schneider, famille Olivier ? Quel potin ça fait à table, mais comme nous sommes treize à table à cause de grand-mère Berr, Nicole et moi nous déjeunons à une petite table séparée dans le salon, c'est bien mieux. Nous nous bombardons de boulettes de pain et chaque fois que nous prenons de l'eau c'est un arrosage complet.

Jeudi j'ai été au cinéma voir *Little Minister* avec Katharine Hepburn ! C'est bien mieux que *Little Women* et c'est très joli.

J'ai fini de lire *Brigitte*[1]. Je trouve cela un peu puncat[2] (tu sais ce que ça veut dire ? comme qui dirait *collet monté catholique*).

Mais Olivier est très sympathique. Je passe mon temps à dessiner les personnages de *Brigitte*, qui c'est ?

J'ai un cafard fou après Odile. J'espère qu'elle viendra, le croyez-vous ? L'autre Denise a joué l'invitation à la valse et je me suis mise à pleurer en pensant à Odile qui le jouait si bien.

Quelle barbe. Miss Child[3] vient de m'appeler pour aller cueillir les fruits. *Go away !* Nous sommes inondés… Hou, hou, la revoilà ouf elle est partie. Nous sommes inondés de fraises, groseilles, groseilles à maquereaux, framboises et cassis – et ce que c'est assommant à cueillir.

1. *Brigitte*, série écrite par Berthe Bernage (1886-1972) qui rencontre un très vif succès.
2. Littéralement punaise catholique (punaise de sacristie). Il existe aussi punpro et punjui.
3. Miss Child, la gouvernante anglaise des enfants Berr.

Hier à Paris, la revue du 14 a dû être épatante et il n'y a pas eu de révolution ! Rien. Nous avons été survolés par *six cent cinquante 650* avions. J'en avais assez de les compter et ça faisait un potin du diable. La fanfare « La Fraternelle aubergenvilloise et Élisabethvilloise réunies » m'a réveillée en jouant trois fois le même morceau d'un *faux* ! Il est vrai que M. Marquisot électricien, menuisier, mécanicien, plafonicien, chef de fanfare avait mal au cœur.

Tiens je pourrais mettre cela dans mon cahier de régionalisme qui n'est pas encore né. Je crois que ma lettre est assez longue, sur ce, je vous embrasse petit époux chéri adoré. La prochaine fois je vous enverrai la première scène de *Ragadaga*. Maintenant il faut vraiment que j'aille aider M. C. à cueillir des fruits, j'ai un immense cafard après Odile, si elle savait comme je m'ennuie : et ce n'est que le deuxième jour de vacances. Je vous embrasse de tout cœur.

EUDOXIE.

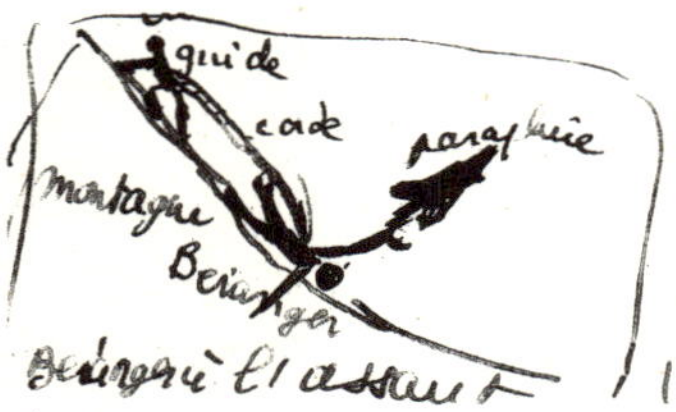

HÉLÈNE À ODILE

*2 septembre 1935*

Depuis « Le Vivier », Aubergenville, Seine-et-Oise
À destination de Itsasoko Etchea, route de Sainte-Barbe, Saint-Jean-de-Luz, Basses-Pyrénées

Ma chère Béranger,

J'ai toujours le cafard et encore plus aujourd'hui parce que je vais finir *Le Vicomte de Bragelonne* et comme ils vont tous mourir, ça me rend d'un triste. Athos est si sympathique ! Il me prend des envies folles d'aller à sa recherche.

Je m'ennuie, voilà le mot ! Je m'ennuie après toi, surtout ; je voudrais tellement te revoir. Heureusement pour notre amour commun, malheureusement pour nous, la rentrée approche. Oh ! Le travail ! Pourtant je serais ravie de rentrer à Paris. Je ne suis pas du tout en verve et puis Denise joue une valse de Strauss, et ça me donne encore plus le cafard en pensant à la *Garden Party*[1]. Ce matin j'ai reçu une carte « Bons souvenirs » de Claude Leroy. Il aurait dû mettre ses hommages !

À part cela, nous avons construit un manoir antique (hum) dans le bois. Et puis samedi les championnats annuels du Vivier de tennis commencent – j'ai fait des progrès – je suis moins molle. Je sers par en haut. 

Denise et Yvonne sont revenues de Benerville. Olivier est toujours adorable mais il hurle un peu trop.

Ce que tu dois t'amuser à Saint-Jean-de-Luz ! Tu vas revenir noire ! Je n'ai pas touché à mon régionalisme. Je passe mon temps à lire les Alexandre Dumas que je vais recommencer et à tricoter… 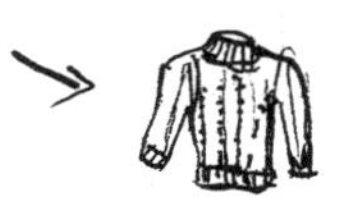

1. Le manuscrit de la *Garden-party* se trouve au Mémorial de la Shoah (fonds Mariette Job).

J'espère aller à la piscine ce matin. Seulement je crois que je n'irai pas. Je plonge dans le grand bain avec une ficelle. Je me suis déjà noyée une demi-fois.

Écris-moi souvent, très, très souvent. J'ai tellement le cafard après toi. Je suis sûre que tu ne me crois pas. Mais je t'aime comme si tu étais ma sœur alors écris-moi.

Je crois que tout ce cafard vient de la valse de Strauss et du *Vicomte de Bragelonne*.

Je voudrais danser !

Le pauvre Peluche a la maladie, je crois, et Toto est d'un mélancolique. Il n'y a rien à faire pour mettre la maison en joie.

Oh ! Cette valse de Strauss !

Je t'embrasse bien, bien fort.

HÉLÈNE.

P.-S. : Je suis complètement idiote, archigaga.

### ODILE À HÉLÈNE

*6 septembre 1935*

Depuis Itsasoko Etchea, route de Sainte-Barbe, Saint-Jean-de-Luz, Basses-Pyrénées
À destination de « Le Vivier », Aubergenville, Seine-et-Oise

Ma petite sœur chérie,

Si j'ai tardé à te répondre, c'est pour la bonne raison (si bête que cela semble) que je n'avais pas de papier à lettres. Si cela peut te consoler, je te dirai que moi aussi j'ai le cafard. C'est drôle d'avoir le cafard dans un beau pays, mais c'est comme ça. Je m'ennuie tellement ! Pas d'amis naturellement, la jeunesse d'ici étant composée de genre Viénot, etc. Si seulement tu étais là ! Maman[1] ne fait que répéter

1. Anna Baur (1893-1971), mère d'Odile, épouse d'Albert Neuburger.

toute la journée « Mais pourquoi Hélène n'est-elle pas venue ? ». Ça serait absolument merveilleux d'être ici ensemble. *Heureusement...* il y a « Boule de Graisse[1] ». J'ai été encore bien contente de trouver ce limaçon ou plutôt cette limace.

Moi aussi, je suis bien contente de rentrer à Paris, malgré le travail et rien que pour te revoir. Je t'adore plus que jamais. Moi non plus je n'ai pas touché à mon régionalisme. Je me demande si je vais le faire. Dis-moi ce que tu fais, je ferai comme toi. Je comprends que tu aies le cafard de finir *Le Vicomte de Bragelonne*. Ce sont tous les bons qui meurent et le moins sympathique qui survit.

Heureusement ici le beau temps est tenace. Je passe ma vie dans l'eau et c'est tout ce que je fais. Je vais quelquefois en Espagne aussi. À propos écris-moi avant le 15 car nous ferons probablement du 15 au 21 un petit tour en Espagne. Nous irons à Burgos, Madrid, Tolède, Salamanque, etc. Ça rompra un peu la monotonie du séjour. Je t'écrirai peut-être de là-bas. Je m'ennuie après toi, c'est fou. Quand tu m'écriras, tu voudras me redire s'il te plaît l'adresse de Thomereau[2]. Je sais que c'est rue de Prague, mais j'ai complètement oublié le numéro.

Notre petite villa est charmante. J'y suis tout le temps. C'est ce qu'il y a de mieux ici, avec le temps et le pays. Je ne peux pas me consoler que tu ne sois pas venue. J'ai envie de te faire enlever. Bon, c'est décidé, sois prête mardi à 3 heures du matin. Un ami sûr rentrera par la fenêtre (tu auras soin de laisser les volets entr'ouverts), tu le suivras. Il t'emmènera à la gare d'Orsay, vous prendrez place dans un fourgon et... vas-y Toto. Je t'attendrai mercredi à 1 heure de l'après-midi. N'oublie pas. Le mot d'ordre sera : « Ennui et cafard ? » À mercredi.

Tu seras gentille de me dire le jour exact de la rentrée au cours. D'ailleurs, je pense qu'on se reverra d'ici là. Je t'embrasse mille et mille fois, je te submerge de baisers.

Ta fidèle.

ODILE – BÉRANGER – FANTASIO –
BLEUETTE – SIDONIE – ŒDIPEA.

---

1. Surnom donné par Hélène à une cousine lointaine d'Odile.
2. Professeur de mathématiques au cours Boutet de Monvel.

HÉLÈNE À ODILE

*7 septembre 1935*

Depuis « Le Vivier », Aubergenville, Seine-et-Oise
À destination de Itsasoko Etchea, route de Sainte-Barbe, Saint-Jean-de-Luz, Basses-Pyrénées

Ma petite sœur adorée,

Ta lettre m'a fait un plaisir fou. Elle était si gentille ; si « tellement » ce que je voulais de toi. Aujourd'hui il est venu une fille qui m'a un peu fait penser à toi.

À propos, le championnat n'a pas eu lieu, les gens manquant. Il vient très souvent des gens pour jouer au tennis (je ne sais pas si tu connais : Claude et Anne-Marie Hertz[1]) mais je ne joue jamais, on ne veut pas de moi ! Pauvre Hélène. Ça me console que tu aies aussi le cafard. Entendu pour l'enlèvement si tu vas à Madrid et que tu visites le musée du Prado, envoie-moi, S.V.P., une carte d'une petite infante de Vélasquez. Je les aime tant.

Mlle Thomereau habite 3, rue de Prague.

Je ne ferai pas mon régionalisme mais je réapprends complètement mon histoire grecque et romaine. C'est assez amusant mais très long.

La rentrée est je crois le 9 octobre.

C'est horrible la mort de la reine Astrid[2]. Nous avons écouté l'enterrement ; c'était à faire pleurer. Je voudrais bien finir mes vacances avec toi. Ici, à part Olivier, ça manque de mouvement. Envoie-moi des cartes d'Espagne. Ça doit être si joli ce que tu vas y voir !

Tu feras mes amitiés à « Boule de Graisse donc Limaçon ».

1. Leurs parents possèdent une propriété à proximité de celle des Berr à Aubergenville.

2. Hélène fait référence à la mort de la reine Astrid, épouse du roi des Belges Léopold III, décédée dans un accident de voiture le 29 août 1935.

Est-ce que tu as vu les photos de *Paris-Soir* et d'*Excelsior* sur l'Éthiopie ? Une montrait deux pendus qu'on laisse sur la place du marché jusqu'à ce que les os tombent sur la tête des Addis-Abébiens, l'autre, un homme à qui on venait de couper la main, avec cette main par terre : c'était de ce genre-ci :

Je me demande aussi pourquoi je ne suis pas venue. Maman a dit : c'est trop loin, je ne veux pas !!! Remercie ta mère pour moi.

Moi aussi je t'aime plus que jamais. Nos lettres ne sont plus du genre « cher époux, Fantasio, Eudoxie... ». Je suis idiote et « gnangnan ». Mais qu'est-ce que tu veux ? La fin des vacances c'est toujours comme ça. Je serai ravie de te revoir.

Je dessine de plus en plus mal, je joue du violon archi faux et du tennis ! C'est un plaisir. Je n'ai plus rien à lire ! Maman m'a commandé *Le Lys dans la vallée* et *Le Cousin Pons* de Balzac.

L'autre jour Denise a rejoué la *Sérénade* de Schubert ! C'était cafardeux ou plutôt cafardifère. Je suis la fille du Négus, répudiée. Je t'embrasse plein fort.

HÉLÈNE CAMILLE MAXIME EUDOXIE
GREGORIA HÉLÈNE SÉLASSIÉ.

P.-S. : Ma lettre est bien parfumée citronnelle rose héliotrope.

HÉLÈNE À ODILE

*13 septembre 1935*

Depuis « Le Vivier », Aubergenville, Seine-et-Oise
À destination de Itsasoko Etchea, route de Sainte-Barbe, Saint-Jean-de-Luz, Basses-Pyrénées

Ma toute petite sœur chérie adorée,

Tes lettres me font à moi aussi un plaisir fou. Probablement que tu recevras cette lettre après ton voyage en Espagne. J'aime mieux cela parce que j'ai beaucoup de choses à te dire. C'est assommant que la rentrée soit le jour de Kippour. Évidemment nous allons trouver de très mauvaises places. Je ne vois que 3 solutions :

1° (impossible) envoyer une pétition au bon Dieu signée de toutes les « ites[1] » du cours Boutet de Monvel (c'est de mauvais goût).

2° (ce que Maman veut faire) « écrire à Mlle André pour que la rentrée soit mardi. *Auntie* Ger[2] va lui demander qu'on garde une place à Nicole à cause de ses yeux. Malheureusement comme je ne suis ni myope, ni astigmate, c'est presque impossible ».

3° (solution que je vais adopter) écrire à Francine[3] pour lui demander de garder deux places à côté d'elle comme l'année dernière. J'aurais bien voulu aller au deuxième rang mais enfin…

Je crois, je suis même sûre que je vais adopter la 3e solution.

J'ai reçu une lettre charmante d'Elizabeth la petite Américaine avec l'amie de laquelle je voulais que tu correspondes : elle me dit que son amie se réjouit énormément de correspondre avec toi et qu'elle souhaite que vous soyez bonnes amies comme elle et moi le sommes. Si c'est ce qu'il faut lui dire qui te gêne, dis-le-moi, je t'enverrai une de leurs lettres, mais si c'est que ça t'embête, dis-le et je casserai. La

1. Abréviation d'Israélites. Le jour de la fête de Kippour, les élèves juives sont absentes…

2. *Auntie* Ger (Germaine Rodrigues-Ély) : tante maternelle d'Hélène et épouse de Jules Schneider.

3. Francine de Jessey : camarade d'Hélène au cours Boutet de Monvel.

mienne est adorable ; elle est très intelligente, elle écrit très bien et est très sympathique.

J'espère que ta crise d'évacuations intempestives va mieux. Moi, j'ai beaucoup moins le cafard. Avant-hier, j'ai été obligée de faire la maîtresse de maison pour recevoir 2 garçons, neveux de Mme Agache (19 et 12 ans), au début ça allait mal, j'étais d'un timide ! Yvonne, Denise, Maman étaient à Paris. C'était gai ! Mais après on a joué au tennis et je crois que j'ai un peu trop ri ! Pas de modération.

Je ne vais plus jamais à la piscine. En histoire grecque j'en suis à la 3e guerre médique.

Je suis ravie de rentrer mais il y a ce terrible jour de jeûne ! Aïe mon ventre qui fera glou, glou, glou, glllll !

Je lis un livre de Kipling : mais ceci est une autre histoire. Je viens de lire *Pêcheur d'Islande*. C'est trop triste, mais c'est si bien écrit ! C'est ravissant.

Il faut que je retravaille maths, physique, latin, anglais et violon, quelle barbe !

Je t'embrasse de tout mon cœur comme ma petite sœur chérie que tu es.

H.

P.-S. : L'enlèvement a été manqué.

HÉLÈNE À ODILE

*24 septembre 1935*

Depuis « Le Vivier », Aubergenville, Seine-et-Oise
À destination de Itsasoko Etchea, route de Sainte-Barbe,
Saint-Jean-de-Luz, Basses-Pyrénées

Ma chère petite sœur,

Merci de tes deux épatantes cartes. La première était merveilleuse, la seconde ravissante, mais au vrai sens : quand je l'ai vue sur la table du petit déjeuner j'ai failli sauter au plafond. Je t'aime plus que jamais et j'ai une envie folle de t'embrasser. Je garde toutes tes lettres : 11 cet été !

Ce que tu as dû faire un joli voyage. Burgos, Madrid, Salamanque, ça fait des mots merveilleux de Moyen Âge.

Ô horreur, plus que sept jours de vacances ! Et Kippour en vue. Je me bourre déjà d'avance ! Je suis un peu consolée de manquer la rentrée parce que l'oral des bachots est ce jour-là et alors beaucoup de profs manqueront : sûrement Bernes.

Ces derniers jours il a fait un temps splendide, mais je suis très enrhubée. Hier j'ai eu plein de fièvre : Aaadaaaatachoum !!! Aïe mon mouchoir Pccцht ! Pcccht !

Donc je joue au tennis. Ah, à propos de tennis, Denise en arrangera probablement un cet hiver et on pourra jouer ensemble. Je vais prendre des leçons avec Thomereau le vendredi peut-être ; je voudrais qu'on en prenne une ensemble. À propos (2e édition) quand rentres-tu ? Donc je tricote ; j'ai presque fini mon tricot bleu.

J'ai écrit à Francine pour Kippour – rentrée Peluche a été très malade ; il vient d'entrer au salon et de faire tu devines quoi sur un coussin bien calmement. Toto est asthmatique et ne fait que tousser et cracher.

Nous avons été trois fois sur le plateau cueillir des mûres excellentes :

1re fois 2,2 kg, 5 pots de confitures

2e fois 5 kg, 11 pots
3e fois 2 kg !!!!!
C'est bien.
Et puis il y a tout le temps du monde ici pour jouer au tennis.
L'autre jour Thérèse Weil est venue et nous a rasés agréablement.

Le premier jour de la rentrée à Paris (1er octobre) je vais à Chantilly à l'exposition des François Clouet. Viens avec nous si tu es rentrée. Je viens de finir *Napoléon* de Ludwig ; c'est vraiment épatant. J'ai lu un Kipling, *Mais ceci est une autre histoire*, et je relis *Kim* mais j'ai une envie folle de relire les *Trois Mousquetaires*. Je viens de lire les *Lettres de jeunesse* de Lyautey, c'est très bien ; il y en a beaucoup sur la Grèce, les parties que nous avons vues. Il y en a sur Rome, Naples, Florence, Constantinople, le Danube, etc.

Écris-moi encore une fois avant la rentrée et dis-moi ce que tu as vu en Espagne. Je t'embrasse de toutes mes forces.

HÉLÈNE.

HÉLÈNE À ODILE

*23 décembre 1935*

Depuis 5, avenue Élisée-Reclus, Paris VII^e^
À destination de Hôtel Brunner, Wengen, Berner Oberland (Suisse)

Ma chère Ragaggadagaga,

Est-ce que tes noirs pressentiments
Se sont dissipés
Comme la fumée
Qui monte, s'envole et fond lentement ?

Après ces vers charmants je te demande en bel et bon français si tu es arrivée à bon port ? Je le pense. Il paraît qu'il y a trop de neige là-bas. Maintenant laisse-moi te raconter (si ça ne t'embête pas ou sans ça tu peux le passer) mon passé et mon avenir.

Jeudi au tennis la matinée fut délicieuse. Claude Leroy est surchargé de boutons, Michel George endormi au point que lorsqu'il arriva il se jeta dans un fauteuil dans un coin et là, complètement oublié, nous lui demandons au bout d'une heure (nous étant enfin aperçus qu'il était là) « Eh ! Qu'est-ce que vous faites ? ». Point de réponse. De plus ledit Claude était affligé d'une surdité aussi Ronsardienne que soudaine.

Anne-Marie était plus agréable que jamais. Elle partit le même jour que toi pour Morzine. Elle veut que je lui écrive. J'ai peur d'avoir l'air un peu collant.

Vendredi je n'ai rien fait d'extraordinaire. Hier, j'ai été à l'arbre de Noël. Il y avait des clowns tordants. Notre cher Grandpa était là. Et puis ce matin j'aurais tellement voulu aller patiner et voilà que les patins que j'avais achetés et qu'on devait m'envoyer hier à 6 heures ne sont pas là et je ne pourrai pas y aller. C'est dégoûtant, je trépigne, je rage, je pleure, je suis d'une humeur de chien et ça promet pour les vacances.

Tu es 2e en français avec 15. Je ne sais pas qui est première. Francine est 3e et moi – ça ne m'étonne pas, j'avais raté – je suis 4e avec 13,5. Ouf, ne parlons plus de travail. C'est si « z » épatant d'être en vacances. Je fais du ski sur mon édredon le matin et de la luge sur l'armoire à glace.

Oh ! Ces patins – ce que je m'ennuie ! Mardi je vais voir *Le Songe d'une nuit d'été* et jeudi *David Copperfield*. Voilà le programme des réjouissances. Toi, j'espère que c'est plus complet. Je te vois d'ici skiant, hurlant, chantant et pleurant.

Écris-moi vite – je m'ennuie trop – oh ! Ces patins et je ne sais pas quoi t'écrire. Il n'y a pas d'année où j'ai eu plus d'envie d'aller aux sports d'hiver. Tout le monde y va. Paris est vide. Mon cœur aussi, sans toi, parce que toi tu es comme une sœur, je te dis tout et je pense tout comme toi. Alors tu comprends, ce n'est pas très gai. Enfin je crois aussi que j'ai le cafard ce matin « à cause de mes patins ».

Yvonne et Denise s'en vont à Molitor. *What horror !*

Enfin la vie est comme ça et moi je suis égoïste comme un vieux cacatoès. Je suis une sale bête et je mérite la flagellation et la pendaison. Hélas, si j'avais pu t'écrire avec du papier à lettres « Hôtel Truc » « Machin chouette » Station Sports d'Hiver.

Quel cacatoès suis-je. Écris-moi trrrrrrrès vitttttte !

Je m'ennuie trop (cacatoès).
Je t'envoie une lugée de baisers.

HÉLÈNE CAMILLE MAXIME CACATOÈS
GRÉGORIO LORENZO EUDOXIA BERR.

ODILE À HÉLÈNE

*24 décembre 1935*

Depuis Hôtel Brunner, Wengen, Berner Oberland (Suisse)
À destination de 5, avenue Élisée-Reclus, Paris VIIe

Chère épouse,

Je vous écris de ma terrasse où je prends un bain de soleil. Car il fait un temps merveilleux : soleil éclatant et 60 cm de neige ; pauvre petite femme ! Je vous fais venir l'eau à la bouche. Mais c'est ainsi que je le dis. Je me suis déjà cassé trois jambes, et tordu une huitaine de poignets. Mais je suis tout de même dans le délire. Imaginez-vous, divine Eudoxie, qu'il n'y a pas plus idiot que moi. J'ai apporté tous mes livres pour faire mes devoirs et j'ai oublié mon « indicateur » où ils étaient inscrits. Si vous vouliez me les écrire, je vous en saurais gré, à savoir : les devoirs d'algèbre et de géométrie, et la version latine.

Racontez-moi ce que vous faites, chère enfant. Ne vous amusez pas trop sans votre Béranger. Je vous pleure avec des larmes de croque odile. Avez-vous vu Jean N***[1]. Si oui, je grince des dents de jalousie. Oui, oui, vous avez un mari jaloux. Aussi tenez-vous bien ! Envoyez-moi des idées pour me costumer, car il va y avoir un bal costumé et je ne sais pas quoi faire. Donne-moi surtout des idées originales. Il y a des sucres d'orge qui pendent de tous les toits et j'ai envie de les manger. [...]

1. Jean Neveu.

Tiens, une lettre de toi ! Elle arrive juste à propos. Comme tu le vois, je suis bien arrivée, et mes « noirs pressentiments se sont dissipés comme la fumée qui monte, s'envole, et fond lentement ». J'ai bien pleuré sur tes aventures patinesques. Ne te chagrine pas ainsi pour les sports d'hiver. J'ai un bleu sur le quelque part qui me fait tellement mal que chaque fois que je m'assieds je saute au plafond.

C'est trop, trop, trop merveilleux de ne pas travailler ! Je sens que je vais avoir un cafard fou quand je rentrerai. Heureusement que tu seras là pour me consoler. Écris-moi encore. J'adore recevoir tes lettres. La neige éternelle au soleil comme… hum ! l'inspiration ne vient pas. Tant pis ! ce sera à toi de terminer. Ce n'est pas vrai qu'il y en a trop. Il y en a juste assez pour que ça ne dégèle pas au soleil. D'ailleurs il fait trop froid pour que ça dégèle. L'autre jour, il y avait 13 °C *au-dessous* de zéro. Des petits glaçons se formaient dans mon nez, et même quand je faisais… Pierrot veux-tu faire popo… Je t'envoie mille baisers dans cette lettre. Mais fais attention, ils s'envolent dès que l'enveloppe est ouverte. Donc ouvre-la avec précautions. An yam miam (ce sont les baisers).

ODILE – LAURE – SARA – BÉRANGER – LOLITA – FANTASIO – PETIT PIG – NEUBURGER.

HÉLÈNE À ODILE

*27 décembre 1935*

Depuis 5, avenue Élisée-Reclus, Paris VIIe
À destination de Hôtel Brunner, Wengen, Berner Oberland (Suisse)

*Samedi 28 mise à la poste. (Vous avez dû tressaillir en voyant l'écriture de l'enveloppe. Elle ressemble à celle de… de… de… Navale.)

Mon époux de mon cœur,

Votre lettre m'a fait un plaisir fou. FORRRRRmidable. Ah ! Zut Jacques a reçu pour Noël une usine électrique et elle ne fait que ronfler et détraquer toutes les prises de courant.

Tes nouvelles de l'hôtel m'intéressent énormément. Toute la famille jubile de ce que tu dis sur la bande Heurteau[1]. Pouah ! Quelles sales gens. Ça me dégoûte. Pas plus de noblesse que ça, et puis ça fréquente les princes et les ducs pour leur argent et pour marier leurs détestables filles. Je t'en supplie fais-toi très jolie, montre-toi beaucoup, danse, flirte si tu veux (ce que je ne crois pas), mais je veux que tu éclipses ces horribles gens car tu es certainement mieux qu'eux. Papa jubile aussi parce qu'il a toujours trouvé que ces gens le traitaient comme de la crotte de bique. Enfin ! Assez de malédiction.

Lundi j'ai été patiner, enfin ! Et mardi aussi. Mardi après-midi nous avons été au cinéma voir un film ravissant : *Le Songe d'une nuit d'été.* C'est une féerie avec des fées habillées de leurs cheveux qui dansent sur des rayons de lune. Il y a beaucoup de très bonne musique. Nick Bottom avec sa tête d'âne est tordant.

Hier Noël. J'ai reçu – ne t'étonne pas – un gros tricot blanc à col roulé, des gants pareils et une ceinture de daim noir pour patiner. Et puis des livres.

Hier j'ai écrit à Anne-Marie et voilà mon programme.

Voici les compléments nécessaires à l'indicateur des chemins de fer de la région parisienne et chocolat associés.

Oh zut ! Il a fallu que j'aille fouiller dans mon sac de cours pour trouver mon carnet au milieu d'horribles souvenirs compositionnaires.

Algèbre : leçon 149 à 155

Géométrie : leçon 102 à 105 et 114 à 116

Devoirs : algèbre 37, 48, 51 p. 58

Géométrie : 5 et 8 p. 64

Version latine : p. 70. Le bienfaiteur doit quelquefois se cacher.

Pour le déguisement voici quelques idées : Basgarill, Brigitte.

1. Dans la lettre précédente, Odile écrit : « La bande Heurteau est composée du Tout-Paris : comtesse de Polignac, duchesse de Clermont-Tonnerre, gros comme le poing, etc. etc. Ils se croient quelque chose, et nous à côté nous passons pour de la cr.te de bique ! L'autre jour, une de ces duchesses a dansé la Cucarracha devant l'hôtel réuni d'une façon plus qu'inconvenante. Pouah ! Elle n'a pas tardé à me dégoûter. »

Et enfin une plus réaliste : en cigarette. Il suffit d'une très grande feuille de carton blanc qu'on borde de doré et qu'on roule autour de soi : on fume à l'intérieur.

Pourquoi pas en ange avec des ailes en papier ? Ou en « Puck » ? En David Copperfield ? En compote de poires ? Ou enfin en cigogne ou en héron ?

Pour la fin de la phrase politique on pourrait mettre « la neige étincelle comme nos yeux », « comme l'or uni à la porcelaine », « comme l'ongle de votre petit orteil », « comme le nez de Charlemagne » ou « comme that of Toto » ?

Mais trêve de plaisanterie ! (J'allais dire même trêve de porcelaine) je veux avoir de tes nouvelles tout de suite. Mon cafard augmente d'heure en heure. Plus que neuf jours de vacances.

Horreur et pâté de foie.

Je pars acheter des balles de tennis pour cette après-midi. On sera 7 !

Je n'ai pas la moindre envie d'y aller sérieusement ! Aïe mon ventre ! Seulement j'ai peur que ! Aïe ! Denise… ne… me… prenne… Claude Leroy.

Sur ce je clos ma lettre et je t'embrasse sur les deux joues.

HÉLÈNE.

## HÉLÈNE À ODILE

*12 février 1936*

À destination de 1, avenue du Maréchal-Maunoury, Paris XVI$^{e}$

Sara Odilo Neuburgero suo salutem,

Votre lettre m'a fait un plaisir fou. *Pleurabis*, et *licet pleureas*.

Après ce latin « pourri », chère, je te traduis par tu pleureras, et il est permis de pleurer.

Figure-toi qu'au début du cours d'anglais – que tu as eu raison de manquer car le test fut « spinosus[1] » – un peu inquiète, je me suis dit : Elle est en retard. Point, point enfant – 04 h 05 la porte craque, s'entrouvre en laissant échapper l'odeur étouffante de la classe de 2e, troisième banc exclu, je crus que c'était elle. Point du tout et la mouche aaaatatata… Tchou ! Se leva pour fermer la porte. De plus en plus inquiète j'entendis soudain une petite voix intérieure ronronner dans mon abdomen Ô Sybille stomacale, m'écriais-je pleine d'espoir, réponds, réponds à ma triste querelle, et la Sybille répondit Ronronne, j'ai faim. Peu après, après des émanations de noires vapeurs, la Sybille prononça des mots incohérents, au milieu desquels je discernai cette sublime parole :

La grrrrrripe.

Aussitôt je bondis – M. Bénassy[2] crut que j'agonisai et moi de répondre : ce n'est rien qu'une petite démangeaison supra-cuissale.

Peu après des émanations de moffettes jaunes-soufre la Sybille se tut.

Je sanglotai en pensant à toi car dans le test il y avait le mot garden-party.

Dès que ce cher BÉNA… Atchoum !

Voilà la grippe qui monte et elle a décidé de monter chez Mlle Berr et Gilberte et Lisette Léauté[3]. SSY eût quitté la classe, non la glace, à propos de glace hier à Aubergé nous avons patiné, le matin seulement la glace était merveilleuse, nisi qu'elle se fendit de tout son long lorsque Papa y monta et nisi que je me suis horriblement coupé le pouce *from top to bottom* sur mes patins.

1. Plein d'épines ou de difficultés en latin.

2. M. Bénassy : professeur d'anglais au cours Boutet de Monvel.

3. Gilberte et Lisette Léauté : sœurs d'Annie Léauté, amie d'Hélène au cours Boutet de Monvel. Lisette allait fréquemment au cours accompagnée par Auguste, le chauffeur des Berr.

Dès que BÉNAtchoumSSY eût quitté la classe Oullallallaperdrix[1] entra nous dicter des choses incompréhensibles sur la chaleur spécifique qu'on aura à la composition – je les ai prises et dis-moi S.V.P. si tu les veux.

Après nombre de petites gouttelettes projetées avec une force de mille barges sur le cahier Viénot, ce fut au tour de Mélès[2] de te louer toi et ta forte personnalité dans ton devoir quasi cornélien où tu attrapais la note mirifique de 16 et moi la note supra intestino bibescoienne de 14. Ce qu'il a trouvé de mieux c'est quand tu as attrapé le pauvre La Bruyère qui vraiment ne s'attendait pas à être traité de rabâcheur, de lieu géométrique commun et d'autres épithètes non moins pittoresques, oh combien pittoresques *(the sea)*.

J'ai remarqué quelques petites négligences de style que dans votre vivacité habituelle, mon enfant, vous laissâtes passer [*sic*] exemple. Mais faut songer que Racine etc. (4e page, 5e ligne, à la fin).

Oui, cela m'a étonnée de votre participe présent mon enfant.

Je suis sûre que Monsieur Four les doigts dans le Nier[3] va croire que c'est Mlle Berr qui a la grippe et Mlle Nez purgère[4] qui est là. Remarque l'élégance des chevrons qui composent la lettre.

*I must now close my letter* en vous souhaitant prompte guérison – c'est encore à cause de vous que je ne saurai pas mon algèbre demain. Oh ! Nom d'un pouce gelé.

Embrasse cette adorable Annie de ma part et le non moins adorable Françouë[5] (manière Pettré) ainsi qu'Annette[6], le chat, les rideaux (oulla !) les rideaux, tes doigts de pièce et cette lettre qui t'apporte mon amour.

P.-S. : Ton portrait, le mieux réussi, trône devant moi avec l'inscription « qu'un ami véritable etc. ».

---

1. Surnom donné à M. Perdriel, enseignant au cours Boutet de Monvel.
2. Enseignant au cours Boutet de Monvel.
3. Fournier : enseignant au cours Boutet de Monvel.
4. « Nez purgère » : jeu de mots douteux sur le nom de famille d'Odile, Neuburger.
5. François, frère aîné d'Odile.
6. Annette Dreyfus, fille de Suzanne et Adolphe Dreyfus, amis des Neuburger.

HÉLÈNE À ODILE

*11 avril 1936*

Depuis Messageries maritimes, à bord du *Théophile Gautier* (côtes italiennes)

Ma très chère Œdipea,

Je t'écris enfin, pendant que le *Théophile Gautier* longe les côtes d'Italie, sur une mer d'un bleu éblouissant… Tiens, la mer me réussit, rapport à la veine poétique. Maintenant si tu veux bien je vais te raconter un peu de ce que je fais. Le train – aucun intérêt. À Marseille, au moment de l'embarquement le ciel était d'un noir d'encre. Affolement général, tu penses bien – et puis soudain 2 coups de tonnerre – cette fois-ci panique. On se précipite sur les boîtes de Mothersill's[1]. Et voilà un déluge d'eau qui tombe. Tout est inondé et trempé comme des chiens, *like toast and water*, disait David Copperfield. Heureusement le bateau ne partait que dans une heure et demie – et encore plus heureusement la pluie s'est arrêtée. Le ciel est redevenu très bleu. La mer était restée très calme. Enfin le bateau part – il fait un temps superbe. Le premier jour on va à Porquerolles. C'est une petite île très jolie, très calme avec des mimosas en fleurs, des palmiers géants, des glycines. Le plus drôle, c'est qu'on n'était pas à quai – on prenait une petite …[2] et comme la mer était un tout petit peu houleuse, on dansait. Il y avait un vieux marin de Marseille qui nous recommandait de ne pas tomber à l'eau.

Par une mer d'huile nous avons ensuite été en Corse, à Bastia. Je n'ai jamais vu un ciel aussi bleu. La mer était comme de la moire. En autocar nous avons fait le tour du Cap Corse – c'était ravissant. Les villages avaient des noms charmants : Luri, Pino, St. Florente. Après Luri, en plein maquis, sous un soleil éclatant, nous avons cueilli des gerbes de cyclamens ; ça embaumait. Il y avait des moments où on était à pic

1. Mothersill's Seasick Remedy était un antivomitif à base de belladone.
2. Mot non déchiffré.

sur la mer. Et puis après nous avons vogué vers l'île d'Elbe. Ici je vais te raconter une petite histoire : on nous avait prévenus que Mussolini avait défendu d'aborder à l'île d'Elbe, parce que les Italiens sont en train de la fortifier, alors, pour remplacer, le bateau devait passer devant le Vésuve et la baie de Naples. Mais contrordre : nous avons l'autorisation d'aborder – et ce qui est mieux nous irons aussi dans la baie de Naples.

Cette après-midi à 2 heures ! Quelle chance. Après plusieurs formalités – des officiers italiens sont montés à bord – nous avons pris la vedette. La mer était comme un lac. À l'arrivée à Portoferraio, la capitale d'Elbe, il y avait une foule d'Italiens qui nous attendaient, et des beaux ! Ah, mon mari adoré, j'ai laissé mon cœur à l'île d'Elbe. Il y avait des officiers splendides, particulièrement un immense, beau, avec sa casquette sur l'oreille. Nous avons visité la maison de Napoléon – c'est très émouvant, parce que l'on sent vraiment qu'il a été là. Mais le site de la maison est surtout splendide. Elle domine la mer, et Portoferraio.

Nous avons rembarqué à la nuit, sur la vedette, qui doit contenir 32 personnes et on était 60 ! C'était ce qu'il y avait de mieux, le retour. Ah ! Mon pauvre petit cœur !

Maintenant parlons un peu de la vie à bord. Nous voguons vers Messine, par Naples, le Vésuve et le Stromboli. Jusqu'ici mer splendide. Le bateau tient très bien la mer. Il est très grand. Notre cabine est merveilleuse. Quant au public, je te confie en cachette que je m'embête un peu. Il y a beaucoup de jeunesse – c'est vrai – mais ils sont tous plus vieux que moi – les filles sont mal élevées, sauf une ravissante, charmante, amie d'Yvonne. Donc je me rase un peu. C'est peut-être parce qu'il n'y a que trois jours que je suis sur le bateau. Ce soir grand bal – robes longues. Ça m'ennuie, tu ne peux pas t'imaginer, je me sens... peuh ! Comment dirais-je, tu sais, trop gosse, non ça n'est pas ça, je ne peux pas t'expliquer.

Enfin, bref il y a à bord un jeune curé très déluré, et des officiers épatants. J'ai une flemme épouvantable de faire un journal de vacances. Je mets 3 lignes sur mon cahier, et c'est tout !

Après cette longue lettre, je crois que je t'enverrai deux ou trois ou une carte postale de Sicile ou de Malte. Donne de mes nouvelles aux

Léauté et explique-leur que je n'aime pas écrire en croisière, sauf à toi naturellement. Je t'embrasse en m'ennuyant énormément après toi.

Diable plus que huit jours de vacances.

H.

HÉLÈNE À ODILE

*9 juillet 1936*

Depuis 5, avenue Élisée-Reclus, Paris VII^e^
À destination de St. Christopher's, Sherborne, Dorset (Angleterre)

*Well, well, well* (c'est pour me laisser le temps de trouver ma lettre car je ne sais pas par où commencer, j'ai tant de choses à te dire). D'abord j'ai retrouvé en rangeant (oui, en rangeant) mon armoire l'adresse des Léauté, plus un livre à toi *English Texts*, que je ferai rapporter chez toi aussitôt que possible.

2° Nouvelles fort importantes du bac. Pour le cours B. de M. c'est une hécatombe : 9 sur 20 d'admissibles ! Cela ne s'est jamais vu encore. Mlle Axxxx se défrisait son chignon de rage au téléphone et ses faux toupets tremblaient de colère sur sa tête Ragadagienne. Elle dit que ça sera la même chose chez nous parce qu'on ne fiche rien et elle veut créer (comment une chipie peut-elle inventer !) un examen de passage en Première.

Donc sont admissibles de ma connaissance

Philippe avec 4 points d'avance

Jacqueline Lévy avec des notes splendides : 14 en latin et français, 17 en anglais

Gilbert[1] avec 15 en maths (sur 20)

Ton 4^e^ doigt ainsi que ton second (comprends-tu)

1. Gilbert Bloch (1920-1944) : ami amoureux de Denise Berr. Il sera tué au cours d'un parachutage à Viane dans les maquis du Tarn.

Alain Eissen en voilà un que j'aurais voulu voir recaler.
Et chez Jacqueline Baudoin, tu sais, la blonde prétentieuse, etc.
Sont recalés
Mamie Hertz pauvre fille
Janine Weil
Claude Friedel
Ginette Lecœur la grande avec les petits yeux tu saisis n'est-ce pas
Etc.

Ce n'est donc pas brillant. J'ai envie d'aller voir passer tes doigts mercredi.

Ah, j'oubliais, de Pierre… on est toujours sans nouvelles. J'ai rêvé de lui cette nuit, ou plutôt cauchemardé. Il est sûrement recalé.

Comment vas-tu au fait ? La traversée de Miss Well fut-elle bonne ? Les Léauté paraît-il ont été malades comme des chiens, surtout Gilberte ! Donc je conclus que tes nouvelles concernant leur traversée sont fausses.

Flûte ! Voilà le cafard qui commence. Pour le moment il est concentré dans le gros orteil. Pourvu qu'il y reste. Mais ce n'est pas un Mac-Mahon ni un Mirabeau (se référer aux paroles célèbres prononcés par ces généraux en diverses circonstances : voir pages roses du Larousse). C'est vrai et véridiquement véritable que je m'ennuie à ne rien faire.

Samedi matin j'ai été acheter des boutons pour une mirifique blouse, des ravissants en cristal avec de toutes petites fleurs.

Puis nous sommes allés à Aubergenville et je m'y suis copieusement rasée sauf que j'ai rescapé un bébé merle en lui donnant tellement de vin qu'il était absolument paf et ne trottait plus droit.

Parmi les faits divers en voici un que j'ai particulièrement retenu à ton attention : Toto a été malade dans la salle à manger pendant le déjeuner. Tous se voilaient la face, il n'y a eu que moi qui ai eu le courage d'aller chercher Mme Hup[1].

Admire ton Hélène-Roland.

1. À Aubergenville, Mme Hup s'occupe du ménage, et son mari du jardin.

Lundi – hier – je n'ai rien fait – et aujourd'hui probablement ne ferai-je rien. Je lis trop vite : j'ai lu *Le Rêve* de Zola, Musset, de Donnay.

Mais maintenant que j'y pense c'est fou ce que tu me manques. Ne fais pas ta figure indignée. Ça m'embêtait énormément de t'écrire et maintenant que j'ai commencé je me sens l'âme d'une Sévigné ou d'un Voltaire – et j'y déverse tout mon cœur. Gare à la noyade.

M. C. (alias Miss Child) est assommante, elle commence aujourd'hui à faire la malle et m'attrape à cause de mon oisiveté. Aïe, pourvu qu'elle ne voie pas ce que j'ai écrit ci-dessus. Tournons vite la page. Les pages en blanc sont laissées pour les illustrations hebdomadaires de la journée.

Tu ne peux vraiment pas dire que je t'ai écrit une toute petite lettre ! Il fait un temps de chien ici – gris et lourd –, l'air est chargé de vapeur saturante. VH = cst (ce n'est pas cela mais tant pis) oh ce que M. C. peut être agitée et énervante. Elle bourdonne sans cesse – tandis que Denise grogne à n'y plus tenir. Seigneur, Ma douèce, qué maison !

Voici M. C. courant partout faire la malle (à gauche).

Je veux, entends-tu, je *veux* que tu viennes à Aubergenville. Arrange-toi comme tu pourras.

Quelle maison ! Heureusement la prochaine fois que je t'écrirai ce sera dans le calme et les framboises d'Aubergenville.

Ceci est un point final.

Adieu – à bientôt.

HÉLÈNE À ODILE

*23 juillet 1936*

Depuis « Le Vivier », Aubergenville, Seine-et-Oise
À destination de St. Christopher's, Sherborne, Dorset (Angleterre)

Puisque tu ne m'écris plus moi aussi j'ai fait vœu de ne plus t'écrire. Seulement j'ai eu des remords parce que je t'aime tout de même un peu, tandis que toi tu t'en F… Et maintenant assez de « chiding ». Je suis obligée de serrer parce que la maison manque de papier à lettres.

Tes oreilles ont dû te bourdonner l'autre jour. Car avec le dulciné Gilbert nous avons dit du bien de toi. À propos ce charmant « puer[1] » va à Eastborne. N'ayant aucune notion de la géographie du Royaume-Uni – que dirait M. Crouzet, je ne sais si le Dorset et Sherborne sont près d'Eastborne. Dis-moi quand tu changes d'adresse.

J'ai fini ma robe et je l'ai portée hier. Seulement je l'ai repassée trempée et sur moi elle était encore mouillée et… résultat, l'après-midi, une jupe culotte qu'on aurait pu prendre pour une culotte tout court séchait lamentablement à la fenêtre. Or comme le temps est canin (de « chien », en latin *canis*) il plut et on retrouva ma robe dans l'allée du jardin embrassant tendrement en une action de grâces reconnaissante sur le gravier de l'allée.

1. Garçon en latin.

Quand viendras-tu à Aubergenville ? Tu sais, j'y compte absolument. La vie est épatante ici. Je ne fiche rien, mais ce qui s'appelle rien de toute la journée. Oh, flûte on m'a lavé les cheveux ce matin et tout se défait bien et épingle là – oui je ne fais rien.

À part cela, le matin je cueille des groseilles, hum. Je jouerai au tennis quand le temps daignera ne plus le transformer en pelouse détrempée – attendons la vague de chaleur attendue pour le 25 juillet. Je couds, je fais de la musique avec Denise ou Claudine[1], je joue avec Olivier qui m'a déclaré hier soir d'un ton péremptoire : « Alle est pas bien coiffée con ça, Hélène » (elle n'est pas bien coiffée comme cela Hélène).

Je mange, puis l'après-midi je lis (*Le Lys dans la vallée* de Balzac, Monte-Cristo que j'ai fini) ; nous partons pour de grandes trottes, comme dimanche dernier en bicyclette à travers le village qui joue au tamis – ou bien nous recevons des dulcinées – console-toi G. M.[2] est à Chamonix jusqu'au 15 août, et le soir, c'est ce qu'il y a de mieux, je joue aux petits chevaux pour de l'argent. Mais oui, et je gagne sans arrêt – hier j'ai gagné 3 F et après on rit, on rit jusqu'à… arrosage et on dort. Jean est le maître des jeux, Philippe compte, Nicole fait tourner la roue et Simon, Yvonne, Denise etc. jouent.

Tu vois qu'on s'amuse très bien… sans toi. Et puis je te préviens que si tu continues à m'écrire des lettres aussi dépourvues d'intérêt que la dernière, j'arrête toute correspondance – assez pour cette fois – je t'aime bien un peu et puis écris-moi vite. Oh je n'ai pas récrit à Gilberte ou écrit à Lisette – tsst, tsst, tsst.

Bonsoir, Ponsoir, Ponsoir.

1. Claudine Schneider : épouse de Jean Schneider.
2. Gérard Mantoux.

HÉLÈNE À ODILE

*1er août 1936*

Depuis « Le Vivier », Aubergenville, Seine-et-Oise
À destination de Cattistock, chez Mrs Atkinson Holway, Dorchester (Angleterre)

J'ai maintenant compris pourquoi tu ne m'écris plus et je t'assure que ton dulciné blond ne m'impressionne guère, mais seulement si cela continue je t'enverrai promener.

Je remarque et c'est assez drôle que nos lettres sont beaucoup moins fréquentes – mais mon amitié n'en diminue pas, seulement j'ai une flemme intense.

Ça y est, nous avons noué connaissance avec nos voisins de Montgardé – ce sont des Monod, des « prot[1] », il y a deux fils, un qui vient de passer son bac de 1re, l'autre qui entre en 1re, tous deux laids, boutonneux, timides à souhait et avec des nez retroussés, et trois petites filles. J'ai été cette après-midi avec Philippe[2] les inviter à jouer au tennis pour demain. À propos Philippe est reçu : il y avait eu une grave erreur de notes, tant mieux, il le méritait.

Ici la vie va son petit train-train. Le temps est tout ce qu'il y a de plus passable, nous ne sommes pas retournés à la piscine et le tennis est comme *« toast and water »* !

En faits divers, dimanche nous avons été faire bénir notre auto à la Saint-Christophe à Élisabethville car nous avons une auto, ou plutôt Yvonne – qui a été recalée à son permis, et Philippe et Denise conduisent, cette auto s'appelle *« ditch »* (= fossé), et nous avons assisté à la messe, c'était pas mal.

Nous avons un nouveau curé qui est grand, belge, barbu, bavard, charmant, ancien missionnaire. Il a rappliqué (excuse l'expression) l'autre jour amenant deux copains qu'il voulait nous présenter.

1. Abréviation pour protestants.
2. Philippe Schneider, cousin d'Hélène.

L'un d'eux, tiens-toi bien, s'appelle M. de Saint-Eve, est anciennement lieutenant de spahis, a fait le tour du monde, ou presque, est grand, brun, aristocratique, chic, a des yeux verts et des doigts longs, longs, une bague énorme, et des ongles, il est formidable. Donc M. le curé projetait de nous emmener tous dans la voiture de M. de Saint-Eve à Paris voir *L'Appel du silence*. Maman va refuser. Il est du reste du dernier bien avec nous et tutoie Jacques et Philippe.

Hélène Toupet va nous en rabâcher les oreilles, au mois d'octobre, tu sais, ou tu ne sais pas qu'elle avait été passer ses vacances en Espagne, à St. Sébastien. Elle vient d'être rapatriée en compagnie du professeur Piccard, et on a annoncé son nom à la T.S.F. Quelle gloire, du reste ça a l'air d'aller assez mal en Espagne – ici on est très noir.

Édouard VIII est rosse de ne pas venir passer ses vacances en France. Si tu le vois, tu le lui diras de ma part parce que j'ai un gros faible pour lui. J'ai entendu sa voix à la T.S.F. l'autre jour à l'inauguration de Vimy[1]. Il parle français comme une bottine trouée.

Je ne m'amuse pas énormément sauf lorsque Yvonne nous conduit dans Ditch, ou quand je fais de grandes promenades en bicyclette avec Philippe et Nicole et Denise. Je viens de me faire une blouse à smocks exactement comme la tienne rose. Je travaille comme une enragée et vais entreprendre un tailleur.

À propos la semaine prochaine c'est le mariage de la fille Hup. On m'a arrangé cette chère robe d'organdi, que je mettrai pour la dernière fois, mais figure-toi que je suis demoiselle d'honneur avec le fils Hup qui est garçon boucher !

1. Le 26 juillet 1936, Édouard VIII a inauguré le monument érigé par les Canadiens en hommage à leurs compatriotes ayant combattu lors de la Grande Guerre.

À part cela ça m'amuse beaucoup. On a été obligé de me rajouter une pièce à ma robe tant j'ai grossi, c'est honteux. Le service sera probablement à midi, puis il y a un déjeuner après cela, une promenade en autocar ! Et un dîner avec bal. On dansera la rumba, cette perspective est charmante.

Ce soir, je sors dîner – flûte, zut, flûte. Demain Jean et Claudine[1] reviennent heureusement.

Peluche et Toto t'envoient leurs meilleures amitiés.

Raconte-moi beaucoup d'histoires drôles.

Cette fois-ci je crois que je n'ai rien à te dire, si, j'ai écrit à Gilberte[2] mais pas à Lisette.

Alors Bonsoir, Bonne nuit, je t'aime bien.

## ODILE À HÉLÈNE

*8 août 1936*

Mon petit cœur, je suis bien triste ! Écris-moi pour me consoler. Ce que tu dis est tout à fait vrai. Nos lettres sont moins fréquentes mais l'amitié n'en diminue pas. Au contraire, chaque année je t'aime un peu plus. [...]

1. Claudine est l'épouse de Jean Schneider, cousin germain d'Hélène. Leur fils s'appelle Olivier.
2. Gilberte et Lisette Léauté sont deux camarades du cours Boutet de Monvel.

HÉLÈNE À ODILE

*11 août 1936*

Depuis « Le Vivier », Aubergenville, Seine-et-Oise
À destination de St. Christopher's, Sherborne, Dorset (Angleterre)

Ah ! Mais ce coup-ci je commençais à croire à une rupture sérieuse, c'est fini, tu ne m'aimes plus, tu es toute à ton Dick, à ton Richard Cœur de Lion. Celui-là, il commence à me courir sur le haricot. Et puis tu m'ennuies avec tes aventures galantes. Tiens, moi aussi j'en ai à te servir. À propos du mariage que je veux te décrire dans toute sa splendeur.

Jeudi – le mariage était samedi – nous nous sommes tous embarqués dans Ditch, pour aller, devine où, faire la chasse au curé, que nous avons finalement trouvé à l'église d'Élisabethville, et nous lui avons demandé, devine encore quoi…, la permission de jouer (de la musique bien entendu) au mariage. Munies de laquelle autorisation nous avons toutes travaillé, y compris le largo de Haendel, l'*Ave Maria* de Schubert, la marche nuptiale de Mendelssohn. Denise qui n'avait jamais touché à un harmonium s'est escrimée toute la journée de vendredi à travailler, à la grande admiration du village ; puis moi, je pars quêter avec mon adorable Marcel, si bien qu'au moment où il fallut attaquer la marche nuptiale, malgré les signes désespérés de M'sieur l'abbé, de Denise, et le brouhaha général, plus d'Hélène ! Si, je revins à temps heureusement.

Après la messe toute la noce se rendit au café boire l'apéritif – du porto – et un, deux, trois, quatre, cinq, voilà les bans qui commencent. Après cela rentrée au Vivier, batifolages sur la pelouse en attendant le photographe, et puis déjeuner, ripaille et bombance, à côté de moi il y avait de ces braves gens qui n'avaient jamais vu de champignons fourrés, et alors il fallait entendre leurs exclamations ! Le déjeuner fut très gai, je mangeais beaucoup trop, ouf !

Après il fallut partir faire une « essecursion » en car, comme toute noce qui se respecte ; je commençais à partir. Dans le car ce furent des chansons Tinorossiennes[1], et des cris et des bans sans arrêt.

1° descente à La Roche-Guyon, pour boire un verre de bière – et là, juge de ma rougeur –, nous rencontrons des amis de Papa et Maman qui se demandaient ce que nous faisions en si joyeuse compagnie. Après 2° arrêt, cette fois dans une guinguette, là il fallut danser et boire du champagne. Je bouillais de chaleur et répétais intérieurement : « Que suis-je donc venue faire dans cette galère ! », je trinque avec un certain Maurice qui avait l'air, enfin, bref, passons ! Et me voilà partie avec lui en lui marchant sur les pieds beaucoup plus qu'en dansant. Nous repartons en car et dernier arrêt à Flins reprendre l'apéritif. Au cours de ce voyage, le cher Maurice me fit de l'œil, je t'assure, et à Flins, malgré les appels de sa femme – une blonde boulotte rouge boutonneuse avec des yeux de vache et une robe de satin bleu –, il vient s'installer en face de moi en me faisant force tendres sourires. Nous rentrons au Vivier, et vive le dîner. Il y avait de nouveaux invités à dîner, des gens très bien – le dîner était formidable mais je n'en pouvais plus. Maurice se bourrait tant et plus d'un air triste et fit une petite excursion tu sais où, pendant le dîner, ainsi que son haïssable femme. Quelqu'un donna le signal et il fallut chacun embrasser son voisin. Je jetais mes bras autour du cou de Marcel Hup[2] et l'embrassai sur les deux joues, puis, un peu plus intimidée, j'embrassai mon voisin, un charmant petit aviateur. Après le dîner et les nombreux toasts, Papa donna le salon pour danser, le dîner ayant eu lieu dans la cour des Hup, et ce fut le moment d'exhiber de magnifiques tangos avec mon cavalier Marcel. Maurice, lui, avait l'air plutôt bourré, et restait assis tristement dans un coin. Il me fit danser une fois. Il faut te dire que ce Maurice est un chanteur accompli, un danseur mondain, un parfait accordéoniste, et un non moins parfait coureur cycliste ! Avec cela, tu vois.

1. Tino Rossi (1907-1983), chanteur de charme et roi de l'opérette.
2. Marcel Hup, le jardinier.

Finalement, je me suis couchée à 2 h 15 du matin après m'être bien amusée, je t'assure, et avec un mal de pied, et une chaleur ! J'en suis encore vaseuse aujourd'hui. Ajoute à cela que samedi, dimanche et lundi, il a fait un temps superbe et qu'aujourd'hui il pleut à torrents, qu'Yvonne part après-demain pour Deauville, Jean et Claudine à la fin de la semaine, et qu'enfin ce qui m'ennuie le plus, que toi tu ne m'écris plus, et ne m'aimes plus, puisque ton cœur est pris, il fallait le couper en deux comme saint Martin.

Je fais de grands progrès en tennis. Jeudi j'irai me baigner à la mer s'il fait beau. Je m'ennuie assez mais j'ai encore assez de souvenirs du mariage pour vivre dessus. Si tu savais comme je t'aime, comme notre amitié est solide, tu m'écrirais un peu plus souvent. Mais comme tu l'as dit, ne sentimentalisons pas. Mais il faut absolument que tu viennes à Aubergenville, je veux trop te voir. J'ai écrit à Lisette, à Francine[1] qui m'a répondu une lettre charmante, à Gilbert[2].

Quel sale été nous avons. Heureusement c'est général. Je souhaite que cette longue lettre t'apporte un bon souffle de ce petit coin de France où quelqu'un t'attend.

Décidément aujourd'hui je suis en veine poétique. Adieu. À bientôt.

ODILE À HÉLÈNE

*18 août 1936*

Depuis St. Christopher's, Sherborne, Dorset (Angleterre)
À destination de « Le Vivier », Aubergenville, Seine-et-Oise

C'est bon, c'est bon ! On ne t'en parlera plus. C'est dommage car j'aurais eu des choses fort intéressantes à te raconter, et qui t'auraient fait dresser les cheveux sur la tête. En tout cas, ne me fais plus de

1. Francine de Jessey.
2. Gilbert Bloch.

scène de jalousie. Il n'y en a pas la matière. Est-ce que tu crois que mon Dicky, comme tu dis, peut te faire ombrage ? Dans ce cas, tu es bien folle ! Je n'ai pas coupé mon cœur en deux, et ne le regrette pas ma petite, car à ce moment j'aurais pu lui en donner la moitié, tandis qu'en ce moment, il est encore tout à toi. Est-ce que tu crois que je t'aime moins parce que je ne t'écris pas ? Je t'adore, mais Miss Hope me fait travailler comme un bœuf, laver la vaisselle, mettre le couvert, faire le marché, de sorte qu'en comptant les lettres à écrire tous les deux jours à Maman et les fréquentes excursions à la mer, qui prennent tout un jour, je n'ai pas une minute à moi. *Damn the* Hope ! Et maintenant, j'espère que tu es rassurée sur la solidité de mon amitié ; parlons de choses sérieuses. Hélas, trois fois hélas ! Je doute que nous puissions nous revoir avant le départ pour St. Jean. Je rentre le 25, exactement dans huit jours, et je repars le 28 ou le 29 en auto. Il est très possible que Janine habite à la maison si sa mère n'est pas là. De toute façon je ne vois pas comment je pourrais aller à Aubergenville. J'aurai tellement de choses à faire à Paris : coiffeur, dentiste, courses, etc. Que ne viens-tu à St. Jean ! Grrr ! Je te tuerais si ça ne t'empêchait pas de vivre [...].

Je t'ai donné mon cœur.

Amen.

HÉLÈNE À ODILE

*20 août 1936*

Depuis « Le Vivier », Aubergenville, Seine-et-Oise
À destination de St. Christopher's, Sherborne, Dorset (Angleterre)

Tu vois, moi, dès que je reçois une lettre de toi j'y réponds. Ce matin j'ai eu un de ces courriers : une lettre d'Yvonne qui est à Deauville, une de Gilbert qui m'envoie des « bons baisers », et une de toi. Devine laquelle j'ai ouverte : j'ai gardé la tienne pour la bonne bouche.

Tu m'as l'air de mener une drôle de vie là-bas, et tu pourrais vraiment te dispenser de flirter avec des contrôleurs d'autocars.

Quant à moi j'ai découvert des voisins de campagne charmants dans Jacques et Robert Monod. D'ailleurs, ils ne nous quittent plus (note dans ton genre).

Jeudi j'ai été à Deauville qui est plus miteux et plus *« french popular »* que Trouville. Même pas les nobles habitués de l'endroit n'arrivent à en rehausser l'éclat (flûte, plus d'encre, j'ai beau tenir mon stylo à l'envers et le secouer désespérément, rien. Je monte chez Philippe en chercher, attends une seconde).

Ça y est, j'ai bien failli me casser la tête dans l'escalier tant j'étais pressée de t'écrire.

Alors, je reprends. Oui, Deauville est devenue très populeux. C'est horrible. Je n'ai pas pris de bain de mer n'ayant pas de costume.

*Vendredi*, piscine. Il faut dire que le temps a été magnifique depuis jeudi dernier et qu'aujourd'hui naturellement il pleut. Donc vendredi, piscine avec Philippe, Jacques et Nicole. Maintenant je nage, ô merveille !

*Samedi 15 août* ; nous avons, comme je te l'avais annoncé, joué à l'église. D'abord l'*Ave Maria* de Gounod, archimoche, puis l'*Ave verum* de Mozart et enfin un Larghetto de Haendel. Je suis sanctifiée. C'est la troisième messe à laquelle j'assiste. Ce ballot de comte de Sayne n'a pas même trouvé moyen de nous présenter sa smalah. D'ailleurs j'ai eu chaud ce jour-là : le comte de Sayne a un frère, marquis. Un jour je me balade en bicyclette et je croise ce marquis que je ne connaissais alors pas et comme je dis bonjour à tous les braves gens du pays, je lui crie : « Bonjour M'sieur. » Il se retourne interloqué, puis très poliment enlève son canotier, me regarde et dit « Bonjour Mademoiselle ». Depuis je n'ose plus le regarder en face ! L'histoire est jolie, n'est-ce pas.

*Dimanche matin* : piscine, plus « frente popular » que jamais – je suis chocolat comme toi, et plus même. Cette piscine de Villennes est épatante, immense, très propre, avec quatre portiques, un toboggan, des ballons, des cordes tendues pour sauter, et un soleil merveilleux à volonté. C'est une île dans la Seine – et la piscine est à 20 mètres de la Seine –, le soir tennis.

*Lundi* : piscine le matin – j'y suis allée tous les jours – l'après-midi les Monod sont venus jouer au tennis, maintenant qu'ils sont dégelés, ils sont charmants. Mais, Dieu, que leur mère est laide.

*Mardi* : piscine avec les Monod. Jacques, le plus jeune, le plus grand et le plus beau des deux nage comme un poisson, tout le temps sous l'eau. Tout à coup on heurte un pied. C'est le sien.

Il y a à la piscine une immense balançoire à 10 – c'est merveilleux.

*Mercredi* : nous avons été, Denise et moi, jouer au tennis à Montgardé (chez les Monod) et l'après-midi à la piscine – pas de soleil – pas très agréable, trop de monde – mais je commence à nager.

Aujourd'hui il fait un sale temps gris. Les Monod viennent cette après-midi – encore ! Je t'assure qu'ils ne sont pas compromettants. Je commence à croire que mes lettres t'embêtent. Tu ne m'écris qu'une fois par semaine – et moi je répète tous les matins : « Qu'est-ce que fait Odile. » Je suis très jalouse, tu le sais bien. C'est la dernière lettre que je t'écris en outre-Manche. N'oublie pas de transmettre mes amitiés à Dick cœur de poule. Tu entendras sûrement le canon à St. Jean : je connais des gens qui l'ont dit. Viens déjeuner ici le jour que tu voudras puisque tu ne veux pas coucher. Mercredi, jeudi, vendredi. Téléphone-moi, mon immortelle aimée. Je veux te voir.

Cette Janine me porte sur le système comme le petit oiseau de plume que tu oses appeler du nom d'un valeureux roi. Va, tu comprends. D'abord, elle (Janine) écrit des saletés à Nicole. Je n'autorise pas cette correspondance. Voilà maintenant que j'écris dans tous les sens comme ma bonne tante de Bayonne. Je t'embrasse sur tes joues de pêche (oh, oh, tu peux être flattée).

ODILE À HÉLÈNE

*6 septembre 1936*

Depuis Marmaïa Etchea, Saint-Jean-de-Luz, Basses-Pyrénées

Ta lettre m'a apporté une bouffée de cafard, et je t'assure que je n'aime pas cela. [...] Le premier jour on n'entendait que très loin le bruit sourd du canon. Très faiblement, mais assez pour vous rappeler qu'on se battait « derrière la montagne ». Puis vint l'attaque d'Irun. Là ce fut vraiment pénible. Irun est à quelques kilomètres de St. Jean. La lutte était vraiment violente. Pendant deux jours les coups de canon se sont succédé sans interruption, si fort que même ici les maisons en étaient ébranlées. Cela m'a réveillée une fois à 4 heures du matin, et comme il n'y avait pas un souffle d'air, on entendait par moments le crépitement de la mitrailleuse et même les coups de fusil. C'était vraiment affreux ! Avant-hier ça n'a pas arrêté de toute la journée. [...]

Mais le plus terrible, ce fut le soir quand François[1] nous cria « Venez voir Fontarabie en flammes ». C'était tragique cet incendie si près et tout rouge sur le ciel noir. Ce n'était pas Fontarabie mais une fabrique d'allumettes à Irun qu'on avait incendiée. Aujourd'hui ça fume encore. Mais Irun s'est rendue et les coups de canon ont cessé. [...]

De l'autre côté de la Bidassoa à cinquante mètres de nous on pouvait voir deux brasiers fumant dans Fontarabie et de malheureux fuyards arriver en courant et s'embarquer pêle-mêle sur un petit bateau. Des coups de fusil partaient tout le temps du fort de la Guadalupe. Il y avait une foule sur la rive française qui regardait très excitée. Moi, je t'assure que ça me dégoûtait. De malheureux réfugiés qui avaient le matin passé la Bidassoa à gué attendaient impatiemment le petit bateau qui se chargeait sur l'autre rive. Plus loin, on distinguait les maisons d'Irun d'où s'échappaient des flammes rousses. On avait la

1. François Neuburger, le frère aîné d'Odile.

gorge irritée par l'odeur de la poudre et du feu. Avec ça, le ciel était noir comme de l'encre et le vent sifflait lamentablement. Enfin, les derniers défenseurs de Fontarabie ont débarqué à Hendaye. On les a tout de suite désarmés et gardés en quarantaine dans un petit hangar près de la mer. [...]

En voilà assez pour cette fois-ci. L'ombre de mon âme erre dans Aubergenville. Cherche-la bien, tu la trouveras. Adieu, ma précieuse colombe !

HÉLÈNE À ODILE

*10 septembre 1936*

Depuis « Le Vivier », Aubergenville, Seine-et-Oise
À destination de Marmaïa Etchea, Saint-Jean-de-Luz, Basses-Pyrénées

*Lundi soir*

Je me mets à tes pieds pour te demander pardon (c'est généralement ce qu'on fait quand on est aux pieds des gens, à moins qu'on veuille s'asphyxier volontairement) : je n'avais pas la moindre envie de t'envoyer une bouffée de cafard, je suis absolument désolée.

D'ailleurs ta lettre m'a fort impressionnée – oui, sincèrement et je l'ai lue – en édition soigneusement revue et expurgée pour la jeunesse – à la famille entière.

Ça doit être loin d'être gai d'être où tu es (essai sur la conjugaison du verbe *« sum »* [en latin = être]).

J'aime bien mon calme petit coin de France.

« Connais-tu le pays où fleurissent tous les nez
Le pays des crétins, des poètes, des bananes-non-mûres ?
C'est là que je voudrais t'avoir,
C'est là que je voudrais te voir vivre

Végéter, croupir et pourrir ! » (Air de *Mignon*[1].)

À propos je ne t'ai pas retrouvée toi, ou ton ombre, dans le jardin. Il fait un tel vent que les arbres s'écroulent et embarrassent le bois. Alorsse, nos recherches sont momentanément interrompues.

D'autre part (en latin on mettrait « et ») remarque, je te prie, que j'ai fait un sérieux effort, un grand F (rébus) pour t'écrire une lettre délicieuse, sur du papier non moins délicieux, cette dernière clause provient, comme tu le penses peut-être, du dénuement papier-à-lettres de la maison. Il est vrai que j'aurais pu t'écrire sur un autre papier – tu piges ? Étant donné que j'ai été exprès en auto à Meulan ce matin, conduite par Yvonne pour en acheter.

J'ai bien cru ma dernière heure arrivée, rapport à certaines manœuvres d'Yvonne dans les rues de Meulan pour se garer à la grande joie du boulanger, du boucher, et du patron des « coopérateurs réunis » !

J'ai enfin retrouvé mon cervelet poétique. C'est peut-être Jean qui me l'a rapporté de Paris (ceci pour t'apprendre qu'il est venu passer le week-end).

Rien d'intéressant à te dire (cette phrase revient de rigueur dans nos lettres réciproques).

Gilbert est venu samedi – on a parlé de toi –, il s'est très bien amusé et m'a montré des photos de ses amis de là-bas (archi-moches).

Le soir est venu dîner un ami de Papa, un Écossais jeune, charmant, plus ou moins directeur des mines de Rio Tinto, parlant anglais et allemand et français couramment, du nom de Robertson, grand, blond.

Les Monogamme ne sont pas encore revenues.

Ce soir, nous avons fait la bombe – pris soudain d'une frénésie aussi étonnante que subite (pas mal tourné hein ?). Nous avons composé un orchestre – moi debout sur le piano, je grattais mon violon, un mélange andante de la *Sonate à Kreutzer* danse de Brahms concerto de Bach chante pour moi menuet de Mozart Marinella – tandis

1. Opéra en trois actes, musique d'Ambroise Thomas, livret de Jules Barbier et Michel Carré, créé à l'Opéra en 1866.

qu'Yvonne flûtait (jouait de la flûte) car elle en a rapporté une vraie de Deauville et Jean jouait du peigne de W.C. – cet instrument extraordinaire se compose d'un peigne – crasseux si possible – sur lequel on dispose une feuille de ce délicat papier – on place le tout entre les dents et on joue.

C'est délicieux.

Tu m'as demandé l'adresse de Rabinel – la voici : M. Pierre Rabinel, 12, rue Mirabeau, Vincennes. J'ai écrit à M. Fournier une carte tout ce qu'il y a d'impertinente – tant pis pour lui – qu'il l'avale !

Tiens-toi bien je t'en prie à St. Jean. Ne t'émeus pas trop, ce n'est pas bon pour les nerfs. Il faut que j'aille me coucher. Écris-moi *tout de suite*. Je t'aime bien, je suppose que tu le sais – je t'aime, je t'aime, je t'aime. (Air du *Petit Duc*, de Lecocq[1].)

Mille millions de pipes en bois – non de baisers.

Mille millions de choses en bois à François[2] et Janine.

HB.

HÉLÈNE À ODILE

*15 septembre 1936*

Depuis « Le Vivier », Aubergenville, Seine-et-Oise
À destination de Villa Maïtena, route de Sainte-Barbe, Saint-Jean-de-Luz, Basses-Pyrénées

Je t'écris avec ta lettre à côté de moi ce qui me permet de répondre à tes questions et méchancetés. Mon cervelet poétique n'est pas du tout englouti où tu crois, car je n'y vais que rarement, et n'ai guère l'habitude d'y fourrer ma tête.

---

1. *Le Petit Duc*, opéra-comique de Charles Lecocq (1832-1918).
2. François Neuburger, le frère aîné d'Odile.

Tu en as de la chance d'avoir chaud, ici c'est moitié sel, moitié moutarde. C'est septembreux ou automnal comme tu préfères. Flûte, pense à la rentrée – à ce propos il faut absolument qu'on tâche d'être au 2ᵉ rang cette année.

Merci des nouvelles d'Espagne, fort intéressantes et que ta plume d'artiste relate fort bien.

Puis laisse-moi t'apprendre que la phrase bientôt historique : « Mille millions de pipes en bois » est le juron favori du capitaine du bateau américain – pas celui dont l'équipage se fait écrire l'ADORABLE – du bateau sur lequel Zig et Puce allèrent chercher Dolly[1] – te souvient-il de ce passage de tes classiques ?

Dans mon « par cœur » j'en suis restée aux 7 premières strophes du Lac et aux quelques fragments dramatiques de *Ragadaga* – Morelièras sera ravite.

Maintenant un peu de la vie d'ici. Jeudi nous avons attendu toute la journée les Monod ; ce jeune sacripant de Jacques (Monod) avait tout simplement oublié – volontairement ou pas – que sais-je – (à la manière de Montaigne) d'en parler à sa famille. Résultat : vendredi après-midi quand nous fûmes à la piscine nous rencontrâmes la famille Monod au complet, ou quasi, et le…

… dut recevoir le soir une bonne correction.

Samedi nous eûmes l'immense plaisir de recevoir M. Gilbert Bloch et MM. Robert et sacripant Monod, qui avait un oreiller sur son hum, rapport à la cuisson qu'il éprouvait en cette tendre partie de son individu. Du reste cette journée ne fut pas comptée parmi mes jours fastes car ils jouèrent tous au bridge.

1. *Zig et Puce*, bande dessinée créée en 1925 par Alain Saint-Ogan.

Denise les charma au piano et moi je me mordis le peu d'ongles qu'il me reste dans mon coin.

Dimanche – ah, quelque chose de plus relevé : Hertz.

Anne-Marie[1] m'a longuement demandé de tes nouvelles. Elle est vraiment délicieuse cette petiote. Claude[2] a reçu une balle de tennis dans l'œil, qui y est restée – c'était un moucheron à part cela, ça ne fait rien.

Cette après-midi nous allons goûter à Montgardé. J'espère que cela ne sera pas comme la dernière fois où il y avait un quart de morceau de pain d'épices par personne et où on nous a reléguées, Nicole et moi, dans un pavillon isolé pour jouer au ping-pong.

J'ai entendu ce matin l'invitation à la valse, de biens doux souvenirs se sont réveillés.

À propos puisqu'il me reste encore un peu de place pour sentimentaliser – place qui dans tes lettres devient de plus en plus restreinte – je feuilletais l'autre jour le machin de la G-P[3]. J'ai bien réfléchi et

1. Anne-Marie Hertz : camarade du cours Boutet de Monvel d'Hélène et Odile.

2. Claude Hertz, le frère d'Anne-Marie.

3. *Garden-party* donnée par les Berr en juin 1935. Le « machin » est un journal écrit à quatre mains par Hélène (surtout) et Odile (un peu) qui narre les événements précédant le jour en

il m'a semblé merveilleux de constater comme notre amitié devient chaque année plus profonde, plus sérieuse.

À part cela, ce pauvre cahier est tout à fait « âge ingrat ». Mais c'est bien agréable de le relire. J'en ai de petits frissons de joie, surtout quand je relis des passages que tu as écrits – assez – point à la ligne.

Quelle barbe de rentrer – je fais des provisions avant Kippour.

Fournier ne m'a pas répondu – c'est un crétin-né ou nez, au choix. (Pour moi, j'adopte la dernière solution.) Écris-moi bien vite – j'aime tant tes lettres.

CAMILLE-MAXIME-HÉLÈNE[1].

HÉLÈNE À ODILE

*15 décembre 1936*

Depuis Terrace Palace-Hôtel, Wintersport, G. Fassbind, Besitzer, Engelberg (Suisse)
À destination de Hôtel Prätchli, Arosa, Grisons (Suisse)

Le stylo de Nicole a la c… ique[2], zut.

Nous y voilà de nouveau à ce cher brave hôtel. Nous y sommes arrivés hier soir. Je ne reconnais absolument plus rien ici, sauf le funiculaire (et son vieux bonhomme-édenté-en-bleu, qui depuis le temps ne sait pas encore un mot de français), sauf le couvent et le petit cimetière tout recouvert de neige. Bon, à propos de neige, il fait un temps splendide, un ciel bleu, bleu, comme en Italie et un soleil radieux, malheureusement trop, car depuis quinze jours il n'a pas neigé, la neige bien suffisante ici pour skier fond l'après-midi et

question et le déroulement de la soirée. Ce mini-journal est déposé au Mémorial de la Shoah/fonds Mariette Job.

1. Ce sont les 3 prénoms d'état civil d'Hélène Berr.

2. Colique.

regèle le soir – et le total heures de gelée étant supérieur à celui des heures de soleil (inéquation du 1$^{er}$ degré) la neige est très dure et très dangereuse. Il y a une patinoire magnifique.

M. et Mme Fassbind[1] n'ont pas changé un brin. Ce pauvre M. Fassbind s'est démené toute la journée pour nous : il a passé sa matinée à nous acheter des skis et à nous ramasser l'un après l'autre lors de nos chutes naturellement fort fréquentes. Cette après-midi il nous a menés faire une course au soleil, qui, sans que nous rattrapions jamais le soleil fort pressé de disparaître derrière le Titlis[2], nous a fait faire le tour de la vallée. Maintenant il vient de nous prévenir qu'il y aura bal demain soir et qu'il va falloir en mettre… et boire du champagne – tout cela avec son délicieux accent – pas boire avec ce dernier !

L'hôtel est désert, à peine un *honeymoon* anglais, une autre famille anglaise tout à fait correcte et rigide, deux Français grognons. Enfin cela va arriver demain et après-demain, je pense. Le personnel est charmant. J'ai retrouvé un cheveu à toi à Gerschnialp[3] – où je n'ai pas encore été. Ce n'est pas folichon ici ce soir. Nous avons rendez-vous avec l'école de ski demain matin à 10 heures. Je monte m'habiller – la suite au prochain numéro, c'est-à-dire à demain si j'ai quelque chose de plus drôle à raconter, vu que (style Mme Hup) je ne pense pas faire partir un fragment de lettre aussi insipide !

…

Je reprends ma lettre où je l'avais laissée exactement à la même heure qu'hier, c'est-à-dire aux environs de 18 heures (6 heures) et dans ma chambre, seulement avec la différence que je crois que cette partie sera plus intéressante. Hier nous n'avions fait que de minces débuts, l'après-midi s'était passée en une promenade. Mais aujourd'hui c'est bien mieux. Le temps est toujours aussi beau. J'ai déjà une mine… éblouissante. Ce matin à 10 heures nous nous

1. Propriétaires du Terrace Palace.

2. Le Titlis est un sommet qui culmine à 3 238 mètres.

3. Hélène et Odile s'étaient retrouvées ensemble avec leurs familles au Terrace Palace d'Engelberg lors de l'été 1931. Gerschnialp est la station supérieure du funiculaire qui emmène les skieurs en haut des pistes.

sommes rendus en corps (4 Berr, 1 Schneider, 1 Pou Weil) à l'école de ski. Skis sur l'épaule (je commence à en avoir des bleus) nous allâmes derrière le couvent, si tu te souviens, à une belle pente de neige. Et la leçon commença. Nous sommes à peu près 20 débutants. Le professeur est blond, très chic, avec une petite moustache blonde. Il est en blanc. Jusqu'à midi nous avons appris à descendre et à monter, à sauter un peu, à chasse-neiger… et mon pauvre B.T.M.[1] est tout endolori.

À 1 heure déjeuner excellent. Nous avons un jeune serveur insupportable qui veut me faire manger de la crème renversée à force. Il commence à me « galoper ».

L'hôtel commence à se remplir. L'orchestre (le même qu'avant et qui nous a reconnus) est arrivé ce soir.

Mais le mieux c'est l'après-midi, accompagnés de « Pliez-les-chenoux » (nom du charmant professeur). Nous avons pris le funiculaire jusqu'à Gerschnialp. Et là, pendant trois heures et six kilomètres, P.L.C. nous a fait faire du ski sans arrêt, Papa, Jacques, Nicole, Denise, Pou Weil, Yvonne et moi. Je suis extenuated (au sens français, ne pas consulter la liste des Beware). Pou Weil tombait exactement toutes les minutes, et moi toutes les 2 minutes. P.L.C. fort chevaleresquement donna ses propres gants à Denise qui avait les mains gelées. Il y avait des descentes, brrr merveilleuses. Nous étions seuls dans la pleine neige, avec des montagnes tout autour, et un ciel bleu, bleu, c'était splendide : d'ailleurs tu connais le paysage.

À 5 heures nous sommes revenus fourbus, courbaturés, brûlants, pleins de bleus et naturellement ravis. Papa, Pou Weil, Jacques et Nicole sont rentrés en traîneau. Nous trois, skis sur l'épaule, derrières sur le sol, sommes rentrés à l'hôtel en pleine nuit, par une lune merveilleuse. Le soleil disparaît derrière le Titlis à 2 heures ici. Maman qui nous attendait à l'hôtel était morte d'inquiétude. M. Fassbind, qui était allé trois fois à Gerschni voir si nous n'étions pas là, m'a menacée d'une fessée, ce dont je me suis défilée, à la grande joie du violoncelliste. Maintenant je vais m'habiller pour dîner. On danse ce

1. B.T.M. = *bottom*, le « derrière ». D'où BTM, bottom, poum, ou simplement « hum ».

soir, hum ! Écris-moi une lettre aussi longue que la mienne. Je suis ravie de pouvoir t'écrire mes aventures. Fais-en de même. *I wish you were here.* Les gens de l'hôtel sont archimoches. Tant pis. Je m'amuse sans eux.

HÉLÈNE CAMILLE.

HÉLÈNE À ODILE

*26 décembre 1936*

Depuis Terrace Palace-Hôtel, Wintersport, G. Fassbind, Besitzer, Engelberg (Suisse)
À destination de Hôtel Prätchli, Arosa, Grisons (Suisse)

Chère et très chère,

Heu miser ! Dirai-je comme Bragelonne. Car miser il y a. Je me suis démoli la jambe (partie genou) avant-hier, ai souffert le martyre (tu me vois déjà avec une auréole), et ai manqué 2 cours de ski. Résultat : je suis retournée à l'école de ski ce matin et impossible de stemboguéniser. C'est vexant. J'ai dû m'arrêter et ôter mes skis. Suis croquis de rigueur.

À part cela tout va très bien. D'abord liquidons la question ski. Hier le guide nous a emmenés à Gerschni de nouveau – avec mon genou démoli j'ai traîné la patte tout le temps. Mais ce n'est pas tout. P.L.C. a imaginé de nous faire descendre de Gerschni jusqu'à Engelberg[1] par la piste de luge qui, rapport au manque de neige constant, était glacée. Yvonne, Denise et deux crétins français sont descendus sans encombre. Papa s'est fait agonir d'injures (style Fournière) par une dame. Moi, je descendais bien, enfin hum, et voilà que je tombe contre le mur les skis croisés. Je me débats

1. Schlitten piste Gerschni-Engelberg : piste de luge.

lamentablement. Une luge descend à toute vitesse. Un français crie : « Nom de Zeus, allez-vous-en ! » Ah ! La politesse française ! Excuse cette ravissante traînée[1]. Le violoniste vient de rater une harmonique. Car je dois vous dire (style Dombre) que je t'écris dans le hall où l'on goûte si bien au milieu de la musique plus ou moins tzigane. Donc j'en étais à ma chute. Passe une seconde luge portant un anglais *« Anything wrong ? »* – Noooo ? réponds-je, et il file. Arrive une 3e luge encore chargée d'un Anglais qu'elle décharge poliment et… Brusquement devant mes yeux. Le fils d'Albion vient à mon secours. Enfin le professeur arrive à toute vitesse. Et pendant que l'Anglais me porte, P.L.C. m'enlève mes skis, et je suis redescendue de Gerschni jusqu'à Engelberg à pied. Quel purgatoire ! C'était effrayant.

L'hôtel est plein à craquer maintenant, pas de gros verrats comme chez toi, mais un groupe d'Anglais toujours saouls et mal élevés, des Belges très bien, et une colonie tchèque pas mal du tout. Un Américain, deux Chinois. Un Australien. Le soir de Noël, ou plutôt la veille on était censé ne pas danser. Le clergé téléphone à 9 heures à M. Fassbind pour le lui dire. C'était trop tard. Le maître de plaisirs qui a l'air d'être en bois avait déjà fait commencer la danse. On a fait des tas de trucs : les dames en ronde, les messieurs autour et pssst, tournez, jusqu'à ce que la musique s'arrête, alors on danse avec celui qui est devant nous. J'ai ainsi dansé successivement avec un immense Hollandais, un gros, gros Tchèque. Il y a eu aussi la danse du citron entre leurs genoux en dansant. Ce n'était pas mal. Je me suis couchée à 12 heures. C'était merveilleux. Aussi hier soir pour nous punir on avait interdit de nouveau la danse. Mais nous fîmes un tel chahut que M. Fassbind céda et cela recommença. Il y a ici une horrible spécialité d'Anglais saouls. Flûte je suis obligée d'interrompre, on joue une danse de Brahms.

Bon, je disais donc qu'un de ces Anglais me fit danser. Après maintes et maintes bêtises, il me demanda quel âge je croyais qu'il

1. N.D.É. : il y a une coulée d'encre sur la feuille.

avait, et furieuse, les pieds meurtris, je réponds : 102 ans. Et lui le crétin de rire.

Quelle horreur, pense, plus que huit jours ! Oh miséricorde. Amusons-nous. Quand je pense aux deux compositions qu'on a rendues sans nous ! Zut, flûte, j'en ai assez, je ferme ma lettre parce que je ne trouve pas grand-chose d'autre à te dire.

Ah, si, pardon. C'est que le petit Fassbind est charmant et a de très jolis yeux bruns. À part cela c'est tout. Je veux continuer mes exploits en ski et m'amuser. À bientôt. Ne te casse pas le genou comme moi. C'est très gênant. On boite longtemps et on ne peut pas danser. Bonsoir.

H.C.M.B.

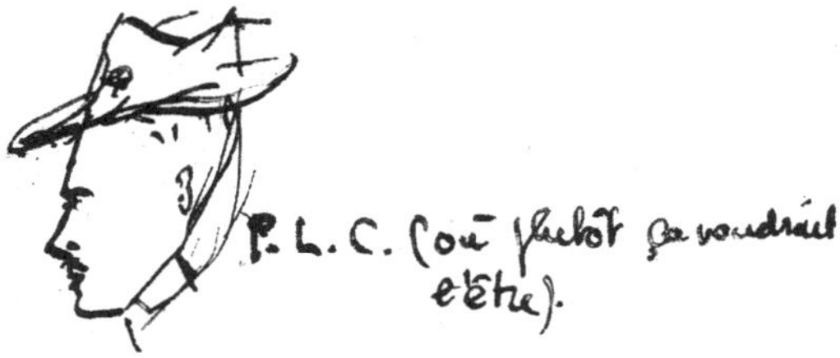

HÉLÈNE À ODILE

*22 mars 1937*

Depuis Hôtel Lefèvre, Grande Plage, Biarritz, Basses-Pyrénées
À destination de Hôtel de la Voile d'or, Saint-Jean-Cap-Ferrat, Alpes-Maritimes

La Barrrrrbe

Heu Miser, misérable, miséreuse, misère, miséricorde ! Quel temps ! Quel hôtel ! Quelle barbe de père Noël !

Avec cette joyeuse explosion (on dirait une prière d'Énée à un moment de tempête), il faut que je te narre les principaux événements. D'abord laisse-moi te prévenir que si je t'écris, c'est bien parce que je n'ai rien d'autre à faire.

L'hôtel, quant aux chambres, est super confortable. Salle de bains, Wesleyan Chapel[1] (c'est une histoire que je te raconterai pendant le cours de Texier), etc. Mais pas le moindre petit bout de salon. Après manger on s'assied dans un coin de la salle à manger qui est large, spacieuse, avec de grandes baies sur la mer et une moquette épaisse. Les repas sont moyens. Il y a quelques chats. Mais personne ne fait de bruit, personne ne parle. Tu penses si nous nous taisions aussi. Comme distraction après dîner un maigre bridge entre nous, un journal anglais, un billard. Bref au total un charmant hôtel de famille. Je vais faire une cure de repos complet. Atmosphère parfaite pour travailler.

Pour le temps hier il était merveilleux, soleil, ciel bleu, mer bleue ; mais aujourd'hui, mer verdâtre pleine de moutons, ciel bas et gris, pluie abondante, perpendiculaire et oblique à nous autres pauvres promeneurs, et vent !

Comme occupations, hier matin nous avons fait la digue en long et en large devant les gens qui revenaient de la messe. À propos il y

1. La Wesleyan Methodist Connection naît en 1841 à Utica (New York) de la scission de fidèles avec la Methodist Episcopal Church sur la question de l'esclavage.

a ici quelques Espagnols, une femme brune avec une mantille – pas mal. Après le déjeuner nous avons été en auto.

1°) à Saint-Jean-de-Luz, que j'ai trouvé ravissant, plein de tes souvenirs, et de marins anglais. 2°) à Hendaye : la frontière était gardée par 3 gardes mobiles arrivés de Bretagne depuis avant-hier ! Pauvres types. Sur le pont frontière il y avait deux messieurs espagnols très chics qui parlaient. L'un avait la cravate de Franco, rouge et jaune. 3°) à Béhobie, coin très joli. Sur les maisons de l'autre côté de la Bidassoa, des trous de balles et aussi deux soldats espagnols enveloppés de couvertures de lit. Très élégant. Quelques très jolies femmes dans le pays. Nous sommes revenus par Ascain et Bayonne. Coucher à 9 h 30. Très, très gaies les soirées ici. Rumbas constantes.

Ce matin promenade épatante au rocher de la Vierge dans la pluie, le vent, les embruns. Cheveux trempés. Chacun de nous a essoré son voisin. Moi, j'ai pris Philippe. C'était long !

Cette après-midi visite aux parents de Bayonne et… chocolat mousseux.

Si l'hôtel est peu habité, Biarritz également. C'est une ville décrépite. J'ai acheté un béret basque. Je suis enfin dans mon élément dans ce pays.

Mais zut, ce qu'on s'embête ! Je n'aurais jamais cru que ce serait aussi pire ! Excuse une lettre idiote, entrecoupée et rébarbative. Il y a de quoi.

Écris-moi vite, vite.

HÉLÈNE.

## ODILE À HÉLÈNE

*27 mars 1937*

Depuis Hôtel de la Voile d'or, Saint-Jean-Cap-Ferrat, Alpes-Maritimes
À destination de Hôtel Lefèvre, Grande Plage, Biarritz, Basses-Pyrénées

Comment peux-tu te barber en face de la bonne Rhune. Est-ce que le Jaïzquibel est toujours dolent, et la Haya[1] toujours délurée ? Mais on n'a pas idée d'aller à Biarritz quand Saint-Jean-de-Luz est si près.

Conseil : à Bayonne, le chocolat mousseux[2] de Cazenave est dix fois supérieur à celui de Durand.

Je ne me suis jamais autant plue qu'ici. Je suppose que c'est le pays qui est en cause, car en fait d'amis, je n'en ai pas. [...]

À mardi. Ton épaule sera douce à mon crâne dolent.

Bonne fête aussi[3]. Mes vœux quoique tardifs n'en sont pas moins sincères. J'espère que l'année de tes seize ans sera fertile en événements bienheureux. [...]

P.-S. : Excuse cette fin incohérente. Je crois que le soleil a tapé trop fort.

1. La Rhune, le Jaïzquibel et la Haya (aussi appelée Les Trois Couronnes) sont des montagnes des Basses-Pyrénées.

2. Le chocolat mousseux est une spécialité de Bayonne introduite par les juifs expulsés d'Espagne en 1492.

3. Hélène est née le 27 mars 1921. Odile a oublié de lui souhaiter son anniversaire dans sa lettre précédente.

HÉLÈNE À ODILE

*23 juillet 1937*

Depuis « Le Vivier », Aubergenville, Seine-et-Oise
À destination de Hôtel La Forêt des Tines, Chamonix, Haute-Savoie

Mes pressentiments ne m'ont pas trompée. J'étais sûre en descendant ce matin de trouver une lettre de toi : dans mon assiette il y en avait deux : une de toi, une de Gilberte. J'ai tergiversé. Je me suis demandé laquelle j'ouvrirais d'abord. J'ai bien pensé à garder la tienne pour la bonne bouche. Mais qu'est-ce que tu veux : une amitié de huit ans (oui, huit ans aujourd'hui ou presque que je te connais) c'est fort. Je t'ai lue d'abord. Je te réponds tout de suite. Sur du papier à machine à écrire, mais Maman et ses clefs sont parties pour le marché de Mantes. Le papier est enfermé. Il y a évidemment celui de *Ragadaga*.

Il fait un temps superbe. Je suis dans le jardin, inondé de soleil, près du jardin du curé. Le matin est frais, chaud, il sent bon, il pique. Sur les marches il y a Kim, c'est notre chat, un amour de petit angora blanc, avec d'immenses poils et d'immenses yeux bleu clair. Il dort toute la journée, ou joue. Il est adorablement gracieux. Peluche a failli le manger l'autre jour. Nous l'avons depuis lundi. Je m'arrête pour le regarder courir après une mouche imaginaire – pas italienne ! Sans cela gare à toi Kim[1] ! Alors donc attends-toi à une longue lettre bête. Si cela t'ennuie de la lire maintenant, remets-la dans un coin.

Ton rêve crussardien[2] m'a fait rire. Seulement quand j'ai essayé de l'expliquer à Maman : explosion de : crétine, âge-ingrateuse, idiote. Aussi je le savoure tranquillement. Jacques-Barbe-bleue m'a écrit une lettre Romantique et suave, pleine de fautes d'orthographe. À part cela il est très gentil.

J'aime t'écrire. Cela me fait un plaisir immense de recommencer. Laisse-moi te dire ce que j'ai fait jusqu'ici.

---

1. Allusion à une invasion de moustiques du Nil passés par l'Italie.
2. Rêve inspiré par Charlie Cruissard dit CC', l'un des danseurs d'Hélène.

Jeudi après ton départ nous avons vraiment souhaité le beau temps. Il était reparti avec toi, le ciel bleu était dans tes yeux (oh ! charmant). Vendredi, les Monod sont venus jouer au tennis. Ils ont passé leurs bacs, mais sont plus laids que jamais. Samedi temps superbe – à table il y a eu un combat épique sur la question bas. Papa veut que nous en mettions. Moi je ne veux pas. Bref, tout le monde a pleuré et cela n'a rien changé. On m'a aussi lavé et coupé les cheveux ce jour-là. L'après-midi nous avons été à la piscine. C'est de l'eau de Seine pas encore filtrée, mais elle est étrangement sale et jaune. Pooh ! Enfin ici c'est le bain de soleil qui est le meilleur.

Dimanche matin piscine de nouveau. L'après-midi c'était la distribution de prix d'Aubergenville. Merveilleux : sur la place de l'église, une tente à mille raies déteintes sous laquelle se mêlaient une odeur de chaleur épaisse et de dense transpiration. À l'entrée du maire, la *Marseillaise* éclate ; avec un couac formidable le peintre-tromboniste lance la dernière note – fausse par-dessus le marché. Discours vaseux du maire qui annonce : « Les discours sont toujours trop longs, je ne m'étendrai donc pas… » et en fait annonce de vagues syllabes, en roulant des R, en trébuchant sur chaque mot, et où l'on distingue des grands et nobles mots tels que Patrie… Enfants… Grande France. Pauvre maire ! Quel discours genre sous-préfet. Je n'ai jamais tellement senti le ridicule et la mesquinerie de ce brave campagnard marchand de vin, maire de notre commune. Après cela, les filles de l'école ont chanté faux, malgré les efforts de la surveillante qui essayait de les soutenir. Un des conseillers municipaux d'Élisabethville ayant eu le mauvais esprit de mourir, les enfants de ce village n'ont pas chanté et nous n'avons pas eu le plaisir de voir évoluer avec grâce l'institutrice-chef d'orchestre.

Ah, je te promets bien que je ne passerai jamais de licence d'enseignement ; j'ai trop peur de finir institutrice désabusée, avec un chignon tiré sur le haut du crâne dans un trou comme celui-ci.

À goûter nous avons eu Monsieur le curé (un grand beau Belge barbu, avec d'immenses yeux gris et des dents superbes) qui nous a priées comme d'ordinaire de jouer à Élisabethville pour la Saint-Christophe. Il a fallu accepter, si bien que nous répétons nuit et jour le Largo de Haendel. À dîner nous avons eu nos cousins Bédarrides. Ils sont charmants.

Lundi matin j'ai été à la piscine. Hier aussi. Aujourd'hui je ne fais rien. Jeudi et vendredi c'est le congrès de l'Azote. Ce sera peut-être drôle. Je n'en sais rien mais je le souhaite parce que je me rase trop ici. Si tu savais comme je t'envie d'être dans l'air frais des montagnes, avec des sapins et des glaciers. Ça y est, je tombe dans le style du maire. Ah non, zut !

Peut-être que je ne sais pas jouir de ce que j'ai. Toujours est-il que quand je ne bicyclette plus, quand je ne joue pas au tennis, ou quand je ne lis pas (je lis en ce moment *Bella Donna*[1], c'est épatant), je *m'embête*.

Le Révérend m'a écrit une carte charmante. Quel amour d'homme. Propose-moi des choses à faire. Mon violon va terriblement mal. As-tu été à la Flégère ? Vas-y, c'est épatant, juste en face du Mont-Blanc.

Maman m'a permis de refaire une G.P.[2] comme dimanche. Malheureusement il n'y a plus personne à Paris. C'est fâcheux. Oh, ce que je me rase, je me barbe ici. Je vais aller me consoler en mangeant des groseilles chauffées au soleil.

Ce que ma lettre va t'ennuyer. J'écris comme cela me vient. J'entasse bêtise sur bêtise. Je suis dans un état détestable. Je veux tout faire et j'ai la flemme de le faire.

Emmène-moi avec toi.

J'ai encore cauchemardé du bachot cette nuit.

J'ai reçu mon cahier de textes ce matin, cela me rappelle plein de choses terribles. Mais je ne me souviens absolument pas du bachot.

Kim est complètement sourd, c'est triste, n'est-ce pas ?

*Oh I wish I were at the mountain with you !*

Traduire : que je ne suis (pas) en train de manger des groseilles encore ?

Comme tu vois, je déménage complètement. J'en ai marre.

1. Roman de Robert Smythe Hichens paru en 1909.
2. *Garden-party*.

HÉLÈNE À ODILE

*2 août 1937*

Depuis « Le Vivier », Aubergenville, Seine-et-Oise
À destination de Hôtel La Forêt des Tines, Chamonix, Haute-Savoie

J'ai reçu ta lettre ce matin : et suivant ma louable habitude je te réponds aussitôt. Mais je voudrais savoir si oui ou non tu as reçu ma longue lettre sur papier genre *Ragadaga* ?

Pardon pour la sommation : je faisais déjà mille projets pour me brouiller avec toi. Tu ne peux pas t'imaginer comme je suis ravie de voir que tu t'embêtes. Tu ne le feras jamais autant que moi. J'ai une soif d'aller à la mer, ou à la montagne. Évidemment ce pays est charmant, mais j'en ai assez. Heureusement que tu vas venir dans quelques jours.

Que ne t'amuses-tu dans ce pays merveilleux ! Au fond, moi je m'y suis copieusement rasée. Ce que tu me dis sur Hertz-Mantoux me peine fort ; ils sont charmants, et je suis sûre que tu as dû prendre ton air le plus revêche, le plus désagréable, et avancer vers eux en te dandinant gracieusement. Ne te mets pas en colère ; cela échauffe, et étant donné la température ambiante !

Annette, si elle t'embête (rime riche, ruche, comme dirait Marie Morelièras) flanque lui une claque. C'est le système que j'ai employé avec Nicole, et aussi avec Papa et Philippe. Cela réussit très bien. Quant au jeune N'auras-tu-pas-mon-cœur ? dédaigne-le de toute ta dédaigneuse personne.

Maintenant que je t'apprenne de charmantes nouvelles : il y a aux Tines, hôtel Excelsior, un ami de Jacques, qui a quatre frères plus âgés je crois, nommés Barillon. Ce sont des gens très bien, purprots[1], mais charmants. D'autre part, à Argentières qui n'est pas très loin de Tines, si ma mémoire est fidèle, séjourne notre ami André Marchal, rencontre des sports d'hiver, qui vient de nous écrire. C'est

1. Protestants.

un garçon charmant, intelligent, énergique, droit, spirituel. Il va venir ici à son retour. Seulement il séjourne surtout sur les sommets. Si tu le vois, fais-lui mes hommages. Bref, à moi de te raconter ce que je fais. Auparavant Yvonne me prie de te dire que tu es une chipie.

Comme il fait beau depuis quelques jours, nous passons notre vie dans l'eau. La piscine est merveilleuse mais ne fera jamais les affaires. Il n'y a que nous, nous dans l'eau, nous sur le sable, nous sur la balançoire. Je sais très bien nager et le cadre, sur la Seine et ses coteaux, est adorable.

Autre fait divers : le congrès de l'Azote : c'était épatant. Je m'y suis royalement amusée.

À Paris, nous fûmes déjeuner, excellemment ma foi ! – à Armenonville, au bois. Notre table se composait de sept filles et de deux garçons, dont un gosse de 11 ans. L'unique mâle est un nommé Léry (sûrement ex-Lévy) tout à fait le genre étudiant français, assez gentil, assez drôle, tout « assez ». Il y avait là une ravissante Anglaise, Patricia, très grande, bien plus que toi, et très gentille, une Tchèque laide mais charmante, et deux Françaises idiotes. À la table voisine, ah, mon cœur en bat encore, un magnifique Italien, très grand, l'air plutôt espagnol avec ses cheveux gris et son teint brun, de magnifiques yeux noirs, un sourire ineffable. Malheureusement inaccessible parce qu'il restait tout le temps avec son adorable petite femme.

À part cela rien que des gens quelconques. Après le déjeuner nous visitâmes le centre rural, qui sera fort bien et puis après, départ en car pour Chantilly, visite du château, retour goûter chez le président du congrès, un charmant vieux monsieur, et retour au Vivier, dîner, dodo.

Le jour suivant même voyage, déjeuner au 1er étage de la tour Eiffel – très bien. J'ai eu plusieurs fous rires inextinguibles. Après le déjeuner on m'a fort poliment réexpédiée à Auber, pendant que Maman, Papa et les deux harpies se préparaient pour un banquet le soir, au Ritz, où d'ailleurs ils se sont barbés.

Et voilà le congrès du Pétrole. Le samedi Francine est venue – je crois qu'elle s'est rasée. Je n'avais aucune envie de la recevoir – j'étais abrutie. Et puis dimanche, St. Christophe, nous avons joué à l'église

– j'avais un trac fou. Nous avons si bien joué que l'assistance en pleurait. Que puis-je te dire d'autre ? Il y a dix-huit jours que les Monod ne nous ont pas donné signe de vie, et nous réciproquement. Je m'en passe très bien.

Hier sont venus goûter Triplepattes, autrement dit Yves Labey, que je hais et avec qui j'ai été désagréable au possible (lui, il est plus déplumé que jamais, le pauvre !), et toute la famille Agache-Descamps, avec un très joli garçon, Maurice Descamps, mais qui a l'air terriblement malade. Je te laisse penser ce que je me suis ennuyée ! J'ai été reprise d'un noir et caramelleux cafard. *I would I came to St-Jean-de-Luz with you !* Hé, CC' que n'es-tu là – et Théodore ! J'ai oublié de répondre à une délicieuse lettre de Gilberte, parce que j'attendais de tes nouvelles à toi. Ingrate, va !

Je n'ai rien à lire, je tricote, et avec Yvonne je viens de confectionner une robe épatante. J'ai répondu à une lettre de L. Mosseri[1] des choses, des protestations d'amour que je ne pensais pas, c'est très mal. Je sais parler javanais. Je m'ennuie après M. Bernès.

Maman et Papa avaient parlé d'aller passer un week-end au Touquet. L'idée s'est noyée dans le verre de cidre de mon paternel. Je lis *Lucrèce Borgia*, et ne pourrai plus jamais boire de vin de Syracuse, si toutefois j'en ai déjà bu.

La T.S.F. est idiote. À l'heure où l'on donne une émission de tous les disques demandés, il n'y a que des Tino Rossi, demandés par des vieilles filles. Le journal est crétin. Il écrivait récemment que Roger Lapébie[2] était bordelais « étant né natif de Bayonne ! ». Peut-être que je déraisonne plus que lui, « ode et amote[3] » : « Heu, misera puella ! » Heu, heu, heu ! La Ba-a-a-arbe. Oh ! Viens me consoler, aimable petite Odile. J'ai relu tes lettres de Pâques : tu me parlais de soleil, de hâle, de joie – veinarde. Et pourtant je ne sais pas pourquoi je m'ennuie tant parce qu'au fond j'ai tout ce qu'il faut pour m'amuser.

1. Liliane Mosseri, élève du cours Boutet de Monvel.

2. Coureur cycliste, vainqueur du Tour de France en 1937.

3. Inspiré du poète latin Catulle : « Ōdī et amō. Quārē id. faciam fortasse requīris. Nesciō, sed fierī sentiō et excrucior (Je hais et j'aime. Comment cela se peut-il demandez-vous peut-être ? Je ne sais mais je sens les choses ainsi et j'en suis torturé). »

Il fait mauvais de nouveau ; je ne cesse de me disputer avec Philippe. Je crois que je vais enfourcher ma bicyclette et partir sur le plateau. Pourvu que je ne me heurte pas au nez pointu de Jacques Monod !

À la bénédiction des véhicules, à la St. Christophe, j'ai failli apporter mon manche à balai, et aussi certain instrument rond et creux, moyens de locomotion primitifs, mais très utiles.

Je crois qu'il faut que je m'arrête de t'envoyer de telles inanités. Heu, que je m'ennuie. Hâ-â-â. Je Ba-a-aille. Téléphone-moi à ton retour.

Il n'y a plus de groseilles. Heu ! Miserae groseillae.

S.A.P. Le prince Caleçon de Krotton-Bickon Héritier du trône de Ragadaga.

Pourquoi gâcher cette page. Je vais y tracer quelques dessins cabalistiques.

Légende : La blonde Odile courant après la cravate du blond Charlie[1], courant à l'assaut de la Tonnelle en véritable coureur professionnel, avec les pieds gracieux d'Hélène devant son joli nez.

## HÉLÈNE À ODILE

*16 août 1937*

Depuis « Le Vivier », Aubergenville, Seine-et-Oise
À destination de Villa Dorus, Étretat, Seine-Inférieure

Enfin, voilà une lettre comme il en faut. Tu ne peux pas t'imaginer le plaisir que cela m'a fait de te voir revenue à de meilleurs sentiments. Ne te fais pas de soucis et amuse-toi bien, même si je m'embête (ô, génération).

« *Carpe diem* » (Horace).

« Vivez si m'en croyez, n'attendez à demain, cueillez dès aujourd'hui les roses de la vie » (Ronsard).

« Tant laisse attendre tes fruits qu'à la fin ils pourrissent » (Villon).

« Fromage trop attendu finit par courir » (*Ragadaga*, acte II, scène 3).

Médite ces sages principes au milieu de ta joie. Mais n'oublie pas qu'il faut « être botté pour le voyage, et qu'au milieu des festins les Égyptiens se faisaient apporter une anatomie sèche pour avoir toujours présente l'idée de la mort » (Montaigne).

Ce que ça m'amuse que tu t'amuses ! Au fond de ma retraite pouilleuse je veux que tu m'écrives. Il faut bien que je vive. Fais-moi part de toutes tes aventures. Et cela très rapidement.

---

1. Charlie Cruissard, alias CC', soupirant d'Hélène.

Il me semble toutefois que toute « la rue de la Victoire[1] » se trouve centralisée à Étretat – ça doit faire des collisions d'appareils nasaux et des aimantations par cheveux frisés. Pooh ! Ne soyons pas méchante. Surtout que comme représentant de la race je crois que je triomphe. Et j'en suis fière. Parce que tu sais, toute *la puncaterie*[2] d'ici commence à me porter sur le système. Hier j'ai dû assister à la messe du 15 août parce que nous jouions. Jamais nous n'avions si mal joué. Pour ma part je suis arrivée à la fin de l'*Ave Maria* de Schubert dix minutes avant Yvonne. Je suis contente d'avoir gagné (style Roger Lapébie). Et dans l'*Aria* de Bach, dans mon enthousiasme je suis montée un ton et demi trop haut au moment critique. Un frisson passa sur l'assemblée, peu musicienne heureusement. Et puis au milieu du sermon, j'ai cru bon de ramasser mon violon, et de laisser échapper « sine expresso » un pizzicato sonore. Le brave curé, quand il ne savait pas quoi dire, hésitait, et d'un air inspiré, répétait « Au nom du Père, du Fils et du St. Esprit ».

Au fait, sais-tu ce que c'est que le décolleté St. Esprit ? C'est Daniel Schwartz[3] qui me l'a appris avant-hier. Quand on se signe, c'est comme quand on bat la mesure « Au nom du » c'est en haut, « Père » à droite, « Fils » à gauche, et « St. Esprit » en bas. Il y a parfois des gens qui sont décolletés plus bas que le St. Esprit.

Bref je ne m'ennuie pas non plus. Les Schwartz sont venus samedi matin en tandem. Le tandem se compose d'une bicyclette munie d'une planche supportant deux selles. Nous avons été à la piscine ensemble. Daniel, pour être plus convenable, avait mis avec son caleçon de bain, sa cravate. Ils sont restés déjeuner. Après nous sommes allés faire une grande promenade en bécane. Mais la pluie : aqua + boua + sodium, nous a surpris en route. Nous sommes rentrés trempés jusqu'aux os. Les Schwartz ont goûté sans chemise avec leurs

1. Au 44 rue de la Victoire (Paris, IX$^{e}$ arrondissement) se trouve le temple où officie le grand-oncle d'Odile, le grand rabbin Julien Weill. C'est la synagogue de la bourgeoisie israélite. C'est également la synagogue fréquentée par la famille Berr.

2. Les punaises catholiques, autrement dit les grenouilles de bénitier.

3. Daniel Schwartz (1917-2009), polytechnicien (1937). Il a deux frères : Laurent (1915-2002) et Bertrand (1919-2016). Il épouse Yvonne Berr le 28 juillet 1939.

pull-overs devant derrière, c'est-à-dire décolletés jusqu'au St. Esprit, et leurs cravates à même la peau. Puis nous avons joué aux petits jeux. Il s'agissait de faire avec les lettres du mot « autres » autant de mots que l'on pouvait. Chacun annonçait calmement sa liste ; et Daniel après avoir dit : rat, très, tues, etc. annonce « coquelicot, dans le sens de la fleur ! ». Comme il pleuvait toujours, on a fourré leur tandem dans l'auto et on les a reconduits chez eux. Il y a 10 kilomètres à peu près et hier ils sont revenus chercher l'auto bicyclette. Enfin je t'assure qu'avec ces deux garçons qui sont laids – surtout Bertrand – on ne s'ennuie pas. Nous allons chez eux mercredi. En outre hier grande réjouissance : le beau Claude est venu. Il a dit à Yvonne qu'il t'avait aperçue, que tu avais un ravissant costume de bain, et qu'il était trop intimidé pour avoir osé te dire bonjour. Ne m'attrape pas. Je n'y suis pour rien. Je fais les commissions.

Ce matin j'ai été à la piscine et j'ai pris un bain archi-glacé. C'était horrible. Quel sacré sale temps il fait. Toi, tu te réchauffes en dansant et banquetant (se rappeler l'anatomie sèche). Mais moi ! Ce n'est ni en cueillant des noisettes et des prunes ni en jouant avec Olivier et le sable (où je retrouve mille charmantes impressions d'enfant, comme la joie d'arriver de l'autre côté en perçant un tunnel), ni en t'écrivant. Cela me réchauffe le cœur, et par suite les organes voisins, comme l'estomac, la cervelle et le foie – je crois que M. Schlegel fera bien de mettre de l'ordre dans mes connaissances d'histoire naturelle. Tu as de la veine de passer de si belles vacances. Moi je commence sérieusement à en avoir assez des miennes.

Les Monod ne nous ont pas donné signe de vie depuis un mois. Je m'en passe. Olivier ne m'appelle plus que Négrillot. Il est vrai que je suis noire, mais… enfin lui, il l'est aussi.

Toto[1] devient féroce.

« Qui l'eût dit » ?

Il a mordu sérieusement Yvonne quand elle se battait hier avec Papa.

---

1. Toto le basset a remplacé le chien Bobby.

Mes progrès en couture sont peu notables. Par contre je me ronge à merveille les ongles. Comme tu le vois, il faut que je sois bien bas pour en être venue là.

Je vais fermer cette lettre, qui certainement arrivera juste au mauvais moment, celui où tu seras sur le point d'enfiler ta robe « 2 mai », cher 2 mai ! – pour aller rejoindre le Hertz brun – se rappeler l'anatomie sèche. Je pense que tu auras guère envie de me lire et que tu me laisseras sur la table, ce qui est fort peu confortable. Mais si tu as le moindre petit bout de temps, écris-moi vite. Je m'embête assez pour cela.

Caleçon de Crotton-Biquon.

P.-S. : 1) ta chambre ici est prête.

2) Liliane Mosseri (2e lettre depuis sept jours) me demande de tes nouvelles…

3) Je me souviens avec délices du 2 mai et de tout cet hiver,

4) se rappeler l'anatomie sèche.

5) Ne me trouve pas trop bête, pense que je m'embête (Lamartine-Berr) comme (Schubert-Salabert).

6) J'ai vu dans le journal qu'il n'y avait eu dans toute la France, ses colonies et ses nations étrangères, en A', que 87 mentions bien, et 4 très bien. Ceci pour te consoler.

7) Tu me dis que c'est très amusant d'être la nièce du maire, je crois que cela doit être très amusant d'être l'oncle d'une si jolie nièce, ceci pour te remercier du compliment adressé en parlant d'Hélène Lindon[1]. Pooh ! Que ce nom d'Hélène me va mal.

« Hélène, âme sereine comme le calme des mers » dit Homère quelque part. Réfléchir à ce sujet.

À propos d'Homère, une jolie phrase d'Anatole France : « Je voguais avec Ulysse sur la mer violette » *(Le Livre de mon ami).*

Ce que je dois te raser !

Bonsoir Bonne nuit Bons rêves.

1. Hélène Lindon : fille de Raymond Lindon et de Thérèse Baur, tante maternelle d'Odile.

ODILE À HÉLÈNE

*24 août 1937*

Depuis Villa Dorus, Étretat, Seine-Inférieure
À destination de « Le Vivier », Aubergenville, Seine-et-Oise

Ma chère enfant,

Que voilà une gentille lettre, vive, alerte, bien tournée, où je vous retrouve toute avec votre grâce primesautière. Il est vrai que l'esprit en est un peu macabre. Mais je me garde bien de suivre vos conseils… Il n'y a que des joyeuses pensées dans ma tête écervelée. Loin de moi les préceptes du gueux Montaigne ! Je veux m'amuser, je veux rire et danser. Zut pour le reste ! […]

*I wish you were here*, plus que jamais. Écris-moi que tu t'amuses, car j'ai un poids sur la conscience.

Lolita se languit de son Lorenzo.

HÉLÈNE À ODILE

*25 août 1937*

Depuis « Le Vivier », Aubergenville, Seine-et-Oise
À destination de Villa Dorus, Étretat, Seine-Inférieure

Que voilà une gentille lettre, etc. etc. Moi, je la qualifierai d'étourdissante, idiote, et charmante. Laisse-moi te dire que je t'ai maudite longtemps de ne pas m'avoir écrit ; je déversais mes rancunes chez Yvonne qui m'a fort sagement recommandé de te faire poiroter. Ta lettre fut fort bien accueillie et lue par la Trilogie (3 chefs-d'œuvre ; Yvonne, Denise, Sélassia[1]). Je vois que tu t'amuses, que tu dois avoir

1. Hailé Sélassié, dernier roi d'Éthiopie de 1930 à 1936 (puis de 1941 à 1974).

assez de renommée et je commence aussi à croire que tout Étretat est saoul, parce que le timbrage de ta lettre était tout trembloté.

Je vois aussi avec peine que ton cœur et pris. « Je t'ai donné mon cœur – c'est très gênant, je ne sais pas quoi en faire. »

Je ne sais pas trop ce que ce dessin représente. Enfin je vois surtout que tu oublies 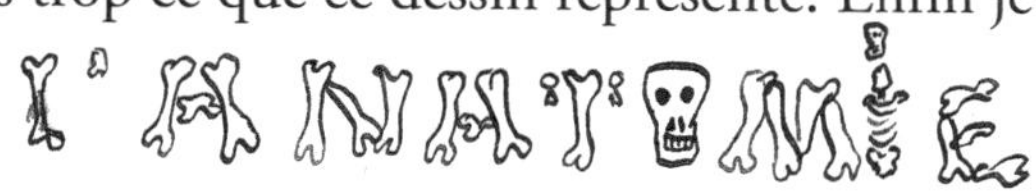 sèche.

Cette belle écriture m'a pris cinq minutes à faire. Mais cela en vaut la peine. Tu sais, vraiment ta lettre me fait papilloter les yeux, elle est pleine d'éclairs vert pomme et orange vif. Elle pétale, elle éclate, elle rit. Elle me fait peur.

J'espère que le calme de St. Jean te remettra. Je t'en prie, n'use pas ta fraîche jeunesse et n'aie pas la réputation d'une ivrognesse.

Avant de commencer, je te dis que Liliane Mosseri m'a encore demandé de tes nouvelles. Écris-lui à Berck, le Grand Trianon, Pas-de-Calais. Elle te répondra une lettre de vieille arrière-grand-mère.

Bref, à moi de te raconter des choses. Je suis furieuse, entends-tu, furieuse que tu ne viennes pas me voir. Je sens que je vais retomber dans une noire période gluante de cafard amer comme de la mélasse, parce que toi tu vas loin. Ici je pouvais penser par moments que le vent t'apporterait mes pensées, et puis qu'Yvonne s'en va le 2 à La Baule chez les Léauté, et que c'est déjà septembre et que j'ai gâché mes vacances.

Qu'as-tu fait, ô toi que voilà

Pleurant sans cesse
Qu'as-tu fait, ô toi que voilà
De ta jeunesse ?

Mon enfant, ma sœur
Songe à la douceur…
D'un voyage à St-Jean-de-Luz. Pooh, veinarde, tu ne connais pas ta chance.

Je reprends mon journal à vendredi. Donc vendredi Yvonne s'en fut goûter chez Claude Hertz. C'est un malotru, jamais il ne trouve moyen d'inviter Denise ou Philippe. Les parents s'en furent se balader en auto et moi je restai seule avec Jacques à jardiner en causant (style Jeanlé[1]) grec et latin. Samedi Jean et Claudine arrivèrent pour le week-end. L'après-midi Papa emmena la trilogie à la colonie de vacances Kuhlmann, où le 3e chef-d'œuvre gela et se morfondit.

Dimanche vint Gabriel Richet, autrement dit l'Archange. Tu le connais, il était chez les Doumic. Un grand blond chevalin. Il est vraiment trop silencieux. Lundi on s'est barbé. Enfin hier, il a fait un temps superbe, j'ai plein ri. Jean et Claudine sont venus. Nous sommes allés à la piscine ensemble, et après j'ai fait de la musique avec Claudine.

Eh bien, tu vois ma vie n'est pas trop chargée. Quand j'y réfléchis je me dis vraiment que je gâche mes vacances. À d'autres moments je me dis aussi que je suis bête de m'ennuyer ici. Et Liliane Mosseri qui me dit que quand on me voit au cours on ne croirait jamais que je puisse être gaie ! Quelle vieille dame ! J'aurais bien envie de la laisser tomber.

Et puis, septembre gris, brumeux qui rapplique. Quel mois de cafard. Si seulement il pouvait faire beau. Enfin je t'ennuie avec mes gémissements.

Mais j'ai une merveilleuse, excellente, délicieuse nouvelle à t'annoncer : ouvre bien tes deux mignonnes petites oreilles : nous donnons un bal au mois de novembre. Quand j'ai parlé d'inviter Doumic, Maman, Yvonne et Denise ont repris en chœur : Non, pas avant 18 ans. J'ai poussé un timide : mais Odile ! Alors le gracieux trio a répondu : Odile bien sûr, et c'est tout.

1. Professeur au cours Boutet de Monvel.

Alors Odile et c'est tout, prépare-toi à une bonne soirée, où on s'amusera bien. Ce sera ou le 13 ou le 20. Réjouissons-nous. *Gaudeamus !* Tu sais, je t'aime certainement plus que tu ne m'aimes.

Le 25 (sept.) il y a un nouveau congrès où je vais. C'est celui de la « Chimie Industrielle ». Il y a un bal un jour et un banquet un autre. Si je m'embête à l'un je sauterai l'autre.

J'ai besoin que tu m'aimes. Cette année tu as été très loin de moi. Maintenant ne va pas me répondre des protestations railleuses et idiotes, je ne t'embête pas beaucoup avec mes déclarations.

Je crois qu'il va faire beau aujourd'hui. La brume commence à se lever sur les coteaux là-bas. Au fond, qu'est-ce que ça peut me faire ? Le soleil, tout de même, je l'aime bien. Mais ce sera toujours pareil. Je jouerai du Haendel et du Bach avec Claudine, puis un set de tennis (je déprogresse à vue d'œil). Et puis j'irai philosopher dans l'herbe. Alors, je devrais en profiter au moins : je vais faire comme le sous-préfet aux champs.

Voici une page du genre Chateaubriand, que l'on pourrait intituler les Origines de la Mélancolie Cafardeuse. M. Bernès recommanderait d'étudier l'harmonie des phrases et le mouvement des idées.

C'est déjà sur nos listes.

Et puis j'oublie une chose essentielle c'est de te souhaiter une bonne fête. Je te souhaite mille vœux de bonheur et d'amour, je te souhaite *« a pocket full of pigs, a horse and a gig, and a good fat money to kill next year »*. Je te souhaite que tes dix-sept ans te voient aussi jolie que toujours, avec tes yeux aussi bleus (profites-en, je ne le dirai pas toujours, cela rend prétentieux). Je te félicite d'être sortie de l'âge ingrat (très important) et je veux auréoler tes années toutes fraîches d'un énorme bouquet de fleurs rouges, bleues, jaunes, vertes et roses, que tu imagineras, s.v.p.

Maintenant je vais cueillir des fruits avec Papa. Je te dis adieu. Tu es une rosse de ne pas venir ici. Je hais Boule de Graisse. Écris-moi beaucoup, beaucoup.

P.-S. : Il y a une fille que tu as qualifiée d'incolore, inodore et sans saveur. Dis plutôt : propriétés organoleptiques nulles, ça va plus vite.

Méfie-toi de l'anatomie sèche.

ODILE À HÉLÈNE

*31 août 1937*

Depuis château de Chambord (façade nord), Chambord, Loir-et-Cher
À destination de « Le Vivier », Aubergenville, Seine-et-Oise

Ô la plus adorable des Hélènes !

Je te remercie de tout mon cœur pour ta charmante attention. Tu ne peux pas savoir comme j'en ai été touchée. Tu es la seule qui ait pensé à me souhaiter ma fête !

J'ai quitté Étretat hier, le cœur déchiré. Nous venons de visiter le château de Chambord qui est magnifique. Demain hélas ! nous déjeunons chez Boule de Graisse.

Prie pour moi. Merci encore. Je t'aime.

BÉRANGER.

ODILE À HÉLÈNE

*6 septembre 1937*

Depuis Villa Maïtena, route de Sainte-Barbe, Saint-Jean-de-Luz, Basses-Pyrénées
À destination de « Le Vivier », Aubergenville, Seine-et-Oise

C'est aujourd'hui Roch Hachana.

Aussi je te souhaite une bonne année avec beaucoup de bonheur. Je suppose que ce n'est pas le jour indiqué pour écrire. Mais t'écrire à toi, c'est plutôt un plaisir qu'un devoir. J'espère que le bon Dieu me pardonnera. D'ailleurs, j'avais réellement besoin de faire un brin de causette avec toi.

Je suis en train de vivre des jours bizarres. Après la féerie étretataise, après cet espèce de tourbillon multicolore, c'est le vide, le noir, le cafard. Je suis comme ivre morte. Tu ne peux pas savoir à quel point j'ai été malheureuse pendant une semaine. Je ne pouvais pas croire que cela m'arriverait un jour d'être si malheureuse. La réaction était à prévoir après la vie que j'ai menée à Étretat. C'était trop beau pour durer. J'ai pleuré en quittant mes braves galets tout ronds, j'ai pleuré en refermant la porte rouillée de la villa Dorus, j'ai pleuré en faisant mes adieux au Hertz brun (épisode authentique, difficile à écrire, et qui, j'en ai peur, le sera bien plus à raconter). Résultat : ma famille me porte sur les nerfs ; je les adore tous, mais leur moindre parole me crispe. Ils ont le don de jubiler au moment où j'ai le plus fortement envie de pleurer. Seul François[1] me convient parfaitement. Il a une figure d'enterrement qui répond à mon état d'esprit. [...]

Depuis mon arrivée ici, je me suis baignée tous les jours, sauf ce matin, car j'ai été au temple à Bayonne. L'après-midi, la famille va généralement faire une promenade en auto. Maman insiste pour que je vienne ; j'invoque n'importe quel prétexte pour rester. Mes quatre braves s'en vont donc dans la sympathique Matford pour une petite promenade hygiénique (*beware* ; « *constitutionnal* ») accompagnée de force disputes conjugales et sermons maternels. Moi, dès que les portières ont claqué, je me rue dans ma chambre, et je plonge sur mon lit (3 m de long sur 3 m de large). Il m'est arrivé de pleurer deux heures de suite, en ayant bien soin de réserver une heure pour reprendre mon visage normal. Pendant la dernière heure, il m'arrivait de lire ou de jouer du piano. Je n'avais même pas la force de t'écrire. Fallait-il que mon cafard fût grand !!! Je sais que je suis idiote, je me déteste, et pourtant je me complais dans mon idiotie. C'est effrayant ce que j'ai besoin de toi. Tu es la seule personne qui serait capable de me remettre la cervelle à l'endroit. Et quand je pense que tu pourrais être ici ! Cornegidouille !

---

1. François Neuburger : frère aîné d'Odile.

Aujourd'hui, les Quatre sont comme de juste partis en balade. Comme de juste, je suis demeurée. Mais au lieu de pleurer, j'ai lu, et au lieu de lire ou de pianoter, j'écris. Tu vois, il y a du progrès ! [...]

Sais-tu quel sera le jour de la rentrée, et l'emploi du temps ? J'ai presque hâte de voir finir les vacances. Quand je pense à cette lettre « pleine d'éclairs » que je t'ai écrite d'Étretat ! Celle-ci doit être plutôt grise et terne. Oh, tu sais, j'essaye de me remonter, mais il y a des moments où quelque chose me tord le cœur et me pique les yeux. (Ce n'est pas aussi bien que du Lamartine, mais c'est la vérité.) Ne te moque pas de moi, je t'en supplie, car j'ai véritablement beaucoup de chagrin. D'ailleurs je suis la première à me payer ma tête. Mais ça ne sert à rien.

Écris-moi une bonne lettre, ô Sidonie chérie ! Et puis, il faut que je te dise un secret : tu es la seule à avoir pensé à ma fête. Mes parents même l'avaient oubliée. Tes fleurs m'ont fait trop de plaisir. Je m'en souviendrai longtemps.

Je romps avec la tradition pour t'embrasser avec toute ma tendresse. (Défense de se moquer !)

O.L.S.N.

HÉLÈNE À ODILE

*8 septembre 1937*

Depuis « Le Vivier », Aubergenville, Seine-et-Oise
À destination de Villa Maïtena, route de Sainte-Barbe, Saint-Jean-de-Luz, Basses-Pyrénées

Ma chère toute petite sœur,

Pourquoi écris-tu des lettres si tristes ? Je voudrais de toutes mes forces pouvoir te consoler, mais c'est très difficile. Et puis tous les gens vous traitent de ridicules, d'idiots. Tant pis à nous deux, nous formons un monde qui nous suffit bien. Enfermons-nous un peu dedans. Fermons la porte. Il y a du clair-obscur. Dehors la tempête. Ici le calme c'est chez nous. Parlons. Je sais très bien ce que tu as parce que j'ai été pareil après m'être trop bien amusée en croisière il y a un an. Dans le train du retour il y a eu les grandes eaux. Je sais ce que c'est. Pense que je le suis.

Et puis si tu crois que maintenant je n'ai pas ici d'accès pareils. Yvonne n'est pas là. Toute la famille est à Paris aujourd'hui. Claudine est là, sans Jean. Elle est cafardeuse et nerveuse. Il faut aussi la distraire ! Et moi j'ai mal au ventre ! Vite que la fin des vacances arrive et surtout le retour d'Yvonne. Les journées sont si longues ici. Il n'y a qu'une chose : la musique. Hier soir nous avons eu à la T.S.F. la retransmission du concert dirigé par Furtwängler – la neuvième symphonie de Beethoven. C'était tellement bien joué que moi qui déteste généralement entendre des symphonies, je me suis plantée sur le pouf, avec les mains dans les cheveux – crois-moi c'est la meilleure position – et que de 9 h 30 à 10 h 30 je n'ai pas bougé. C'est un enchantement. Impossible de penser en écoutant cette musique. Je laissais flotter *« the ravelled sleave of care*[1] *»*. Et j'étais bien loin de tout.

Maintenant ouvre un peu la porte. Du soleil va entrer. Pense à après. Bientôt ça va être la rentrée, les grands cahiers blancs, l'odeur du cuir des serviettes, l'agitation. Les matinées vont venir. Tu vas recommencer à papillonner. D'abord il y a le bal chez nous. Et puis, que sais-je, l'avenir est plein de choses. Cornegidouille. J'emploie cette expression énergique pour nous secouer de la torpeur – tu as toute la vie devant toi. À quoi cela sert-il de pleurer ? C'est trop bête. Je vais quitter ce ton de vieille grand-mère. En avant la musique. Pense à Denise Viénot, pense à Liliane de Lagardère. D'abord si j'avais la chance comme toi d'être à St-Jean-de-Luz, je ne sais pas ce que je ferais. Excellent remède : attends qu'il y ait un jour de plein vent et d'orage. Va à Biarritz, à l'extrême pointe du Rocher de la Vierge, ou même sur la Côte des Basques. Reviens douchée, salée, trempée,

1. Citation de *Macbeth*.

haletante et tu verras qu'il y a quelque chose de plus ici-bas que de se plaindre.

Ou bien va chez Cazenave[1]. Et enfonce-toi la tête en avant dans ton bol de chocolat mousseux. Tant pis si le nez prend quelque chose ; il y a dans une bonne tasse de chocolat une merveilleuse sensation de bien-être et d'infini.

Et puis si tout cela ne fait rien, prends *Cyrano de Bergerac* ou du Vigny, ou du Musset et lis.

Je voudrais que tu sentes que je suis près, tout près, que cette lettre va t'arriver toute fraîche, que le papier en a été plié il y a quelques heures, que je pense à toi – que j'ai reçu ta lettre à 9 heures et que j'y réponds à 10 heures.

D'ailleurs je n'ai rien d'autre à faire – je m'embête. Heureusement encore que le soleil est là, chaud et doux. L'autre jour, j'ai passé mon après-midi dans les herbes là-haut. C'était calme, calme, merveilleux. Te rappelles-tu le jour où tu es venue ici ? Après le déjeuner, il avait fait gris et froid toute la journée – et puis après nous être dit tout ce que nous avions à nous dire, cœur à cœur, nous sommes parties sur la grande route poudreuse – tout à coup la brume s'est déchirée, le soleil a tout inondé, le ciel est devenu clair et bleu. Et nous sommes revenues sur la grande route blanche pleines de joie. Et pourquoi ? Parce qu'il faisait beau, parce que la vie était devant nous, parce que nous nous comprenions parfaitement, parce que tout était bon et chaud. Cette journée est restée inoubliable pour moi. Je vois toujours la grande déchirure bleue dans le ciel, et le soleil qui descendait lentement sur nous. Je n'avais plus rien à te dire. Tu savais toutes mes bêtises. Et nous marchions toujours. Je suis sûre que dans quelques jours, peut-être au moment où tu recevras cette lettre, tu auras oublié tes bêtises à toi.

Quelle sérénade les oiseaux font ce matin, c'est terrible. Il y a un bourdonnement d'abeilles autour des roses – et les oiseaux continuent leur musique.

1. Chocolatier réputé.

Si j'écris encore, je vais devenir idiote. Cette lettre est pour toi toute seule. Tu la déchireras ou tu la garderas au fond d'un tiroir. Elle est trop bête. Mais j'aime tant, tant, pouvoir t'écrire.

Nom d'une pipe, ce que je t'ai écrit de choses stupides. C'est bien de ta faute. Tu m'as mise les pieds en l'air, c'est-à-dire comme la culotte à l'envers du Roi Dagobert.

Écris-moi vite, vite. J'attends avec impatience. Mais je veux une lettre de toi – tu entends. Et puis Cornegidouille.

### ODILE À HÉLÈNE

*17 septembre 1937*

Depuis Villa Maïtena, route de Sainte-Barbe, Saint-Jean-de-Luz, Basses-Pyrénées
À destination de « Le Vivier », Aubergenville, Seine-et-Oise

Voilà le soleil. J'ai envie de lire du Musset et de boire un chocolat mousseux. J'ai aussi envie de m'asseoir à tes côtés sur le banc des « pontes » en contemplant un paysage bien connu, le vieux clocher et les coteaux bleus. J'ai tellement de choses à te dire. Au fond, je ne serai pas fâchée de voir finir les vacances, parce que trois mois loin de toi, c'est de l'abus !

HÉLÈNE À ODILE

*19 septembre 1937*

Depuis « Le Vivier », Aubergenville, Seine-et-Oise
À destination de Villa Maïtena, route de Sainte-Barbe, Saint-Jean-de-Luz, Basses-Pyrénées

Ma chère vieille puce,

Merci p+1 fois de ta lettre. Je t'aime bien, va. Et j'aime bien que tu m'écrives aussi. Quelle chance : dans quinze jours on se revoit. Et puis ça va être de nouveau les chères vieilles chaises piquantes, les pupitres harmonieusement sculptés, la bande Viénot. Je te préviens d'avance que si tu me fais soudain pendant les cours des démonstrations d'affection, telles que bras passé tout à coup avec violence sous le mien, d'où il résulte que je me tortille comme un ver pour me dégager pendant que je récite – eh bien, je déménage.

Ceci posé je suis ravie de voir que le cafard est parti. Ah ! La vie est belle ! Yvonne est revenue. Jean est là. Tous les soirs nous faisons des parties de cartes désopilantes. Vive la vie.

Et puis des réjouissances en vue : dimanche prochain Congrès de la Chimie Industrielle – bal. Au début d'octobre, Congrès du Palais de la Découverte – représentation de gala à l'Opéra. Et après, Congrès… du sulfate de soude, pour montrer les progrès que ce merveilleux purgatif a fait sur le globe terrestre. Je crois qu'il faudra retenir d'avance les Ragadagas de l'endroit. Ce matin j'ai été à la messe – nous avons joué, heureusement pour la dernière fois. Le Père blanc a prêché comme un idiot, mais tout le monde était d'accord pour trouver que la musique était *just simply* divine. Il est vrai qu'Yvonne a joué l'*Ave Maria* de Schubert admirablement. Quant à moi j'ai été ravie hier soir, parce qu'en me coupant du pain-caoutchouc (spécialité du pays) je me suis scié le doigt – avec le côté scie du couteau. Plaie profonde – sans rire, la moitié de l'épaisseur de mon doigt – et flots de sang. Montée précipitée à la salle de bains-et-d'opération réunis. Yvonne farfouille dans une boîte et essaye d'appliquer du laudanum sur la plaie. Jean – médecin de son état – se pavane dans la salle, fier de son bel uniforme – il est très bien en major – et déclare que je fais des histoires et que je pourrais très bien jouer demain. Là-dessus Maman accourt, remplace l'eau d'ânon par un bon centimètre de pâte dentifrice additionnée d'alcool à brûler.

Bref, malgré tous mes efforts pour élargir la coupure, la tirer et la faire saigner, j'ai très bien pu jouer ce matin, j'espérais pourtant que tous ces remèdes divers me feraient du mal et m'empêcheraient de jouer.

À la sortie de l'église nous avons rencontré les Monod – vus une fois cet été – qui nous ont invités pour demain.

Si tu as des bourrasques là-bas, il y en a ici aussi – et des salées. Il fait un temps de chien – vent-pluie-pluie-vent – *tema con non variazoni*. Nous faisons p[1] musique. Au fait, nouvelle importante : samedi dernier nous avons eu Alain Essen (Pooh, plus crétin que jamais), Gilbert, charmant, qui connaît fort bien le dénommé Michel Bloch, lequel Bloch lui a montré des photos de toi, et devine qui… le Belge d'Engelberg, qui nous assassine de cartes postales et de lettres, qui est un peu dingo, et était à Paris la semaine dernière. J'avais parié avec Nicole qu'il ne viendrait pas et il est venu, irradiant le sombre salon de ses cheveux platine (naturels), et de sa pâle figure de Bourbon peint par Vélasquez (ceci veut dire qu'il a la tête d'un Philippe IV mais il n'est pas mal du tout). Fort romantique, il a ébauché un flirt avec moi, mais il a dû partir trop tôt pour terminer. Depuis qu'il est rentré en Belgique, c'est-à-dire depuis mardi, il m'a déjà écrit une fois en me demandant ma photo… de la part de sa mère – hum ! Ayez pitié des pauvres.

J'ai fait Kippour fort sagement. Mais nous étions tous tellement malades que le jeûne a été rompu à 6 h 30. C'est long vingt-quatre heures ! Surtout que je ne les passe pas à faire mes prières.

1. P : abréviation pour « beaucoup de ».

Le second coup du déjeuner a sonné. Je descends sous peur de coups – Papa et Jean pugilatent tout le temps avec moi, invoquant ma forte carrure et la solidité de mes biceps – que diraient-ils de Monique d'Allaise ?

Bon appétit (oui pour moi). Fais de ma part un pied de nez au cousin Jacques et dis à Janine que mes cheveux ont mis vingt-six mois et trois jours à une unité près par défaut à pousser.

Adieu.

SÉLASSIÉ.

ODILE À HÉLÈNE

*27 septembre 1937*

Depuis Villa Maïtena, route de Sainte-Barbe, Saint-Jean-de-Luz, Basses-Pyrénées
À destination de « Le Vivier », Aubergenville, Seine-et-Oise

Pour la dernière fois, ô mieux-aimée, je mets la main à la plume. Dans quelques jours, c'est de vive voix que je pourrai te raconter mes bêtises. En y pensant, je sens de petits frissons de joie courir le long de mon échine. Je me sens aussi le cœur serré en pensant que c'est notre dernière année de classe. J'ai l'intention d'en profiter, car c'est un bon temps qui ne reviendra jamais. Aussi attends-toi à de multiples agressions pendant les cours. Exemple : un bras sournois qui prend violemment possession d'un bras innocent…

Depuis quelques jours le temps s'est arrangé. Il fait une chaleur caniculaire. Le soleil est brûlant. On se croirait au mois d'août. Je prends quatre bains par jour. C'est chic de finir les vacances avec un temps pareil ! J'ai été deux fois au cinéma. La première fois, j'ai vu *Carnet de bal*[1]. C'est un film atroce, immonde, pénible, qui a

1. *Un carnet de bal*, film de Julien Duvivier, avec Louis Jouvet et Françoise Rosay, sorti en 1937.

une réputation terriblement surfaite. Ne va jamais le voir. On est crispé pendant les trois jours qui suivent. La seconde fois, j'ai été voir *L'Habit vert*[1]. Ça c'est un film ! Drôle, gai, spirituel. On en a pour son argent. [...]

Nous partons d'ici en auto samedi matin et nous serons à Paris dimanche soir. Attends-toi à un coup de téléphone bien nourri lundi matin.

J'ai déjà la chair de poule en pensant au bachot de philo. Défense de se moquer de moi !!!

Je vois que cette lettre est complètement dénuée d'intérêt. Je m'y attendais, car je n'ai rien d'important à te dire. Mais j'avais simplement envie de t'écrire.

Jeanine a rapporté une flûte d'Allemagne et me rabat les oreilles de romances nauséabondes. Il faut que j'aille la fesser.

Je pirouette de joie en pensant à ma prochaine entrevue avec Sélassié. Qu'elle se méfie de mes transports immodérés. Gare à ma tendresse accaparante !!!

## HÉLÈNE À ODILE

*30 septembre 1937*

Depuis 5, avenue Élisée-Reclus, Paris VII^e^
À destination de Villa Maïtena, route de Sainte-Barbe, Saint-Jean-de-Luz, Basses-Pyrénées

Ô mieux-aimée,

Excuse-moi de t'écrire sur ce papier aux ongles sales. Cela fait très vieille dame. Mais comme nous ne sommes revenus à Paris que depuis mardi tout est encore en vrac.

1. *L'Habit vert*, film de Roger Richebé, avec Jules Berry et Elvire Popesco, sorti en 1937.

Je n'attendais que ta lettre pour te répondre et te raconter toutes mes histoires. Car, ô joie et joie, j'ai été au Congrès de la Chimie Industrielle depuis ma dernière lettre, et je suis devenue celle qu'un huissier chamarré introduit dans les magnifiques salons de la Maison de la Chimie sous le nom de « Mlle Berr 3e édition ».

Donc dimanche soir à 9 heures nous prîmes tous en tenue de soirée l'auto qui nous déposa incolores, inodores et sans saveur devant le hall brillamment éclairé de la Maison de la Chimie à 9 h 40. L'huissier cria d'une voix de stentor : M., Mme et Mlle Berr, et je fis mon entrée dans le monde. Salle immense, très jolie, pleine de monde. On entendait du tchèque, de l'anglais, de l'allemand. Mes oreilles fort heureusement étaient un peu sales. La divine Yvonne ouvre le bal avec un dénommé M. de Vitry d'Havaucourt que du reste j'ai envoyé sans le connaître aimablement balader par la suite. Moi, j'ouvris mon bal avec un charmant Monsieur (36 ans) qui, en apprenant que j'entrais en Philo, me laissa froidement par la suite également. Heureusement je rencontrai un Lituanien (capitale Kowno[1] – je m'étais imprudemment avancée en lui demandant si c'était Riga ou Tallin) jeune, charmant, extrêmement musicien, parlant français comme toi et moi, dansant non moins bien, et chimiste. J'ai dansé presque toute la soirée avec lui. Vraiment gentil. Pendant les attractions dans le noir il y avait un petit monsieur genre italien avec de beaux yeux noirs qui se rapprochait ostensiblement de moi. De même le Lituanien, mais sans préméditation – si bien qu'à la fin de l'attraction j'étais serrée comme un rat entre ces deux messieurs. Heureusement la danse reprit.

À part cela il y avait là un grand type, sorti 1er de St.-Cyr, grand blond, avec des yeux superbes et bruns et un collier de barbe, qui partait le lendemain pour Sidi Bel Abbès où il était officier dans la Légion. Très agréable. Et puis – alors – un bijou, un charmant Monsieur tchèque, ami de Papa et Maman, qui a une femme adorable pleine de fossettes. Lui, très bien de sa personne, parlant également le français, m'a fait beaucoup danser ; après une danse

1. Kaunas, ville en Lituanie, en polonais ; Kowno en allemand.

il m'a baisé la main. Manière tchèque. Il m'a invitée au buffet et avant que j'aie pu émettre que j'accepterais volontiers une glace il m'a fourré une coupe de champagne entre les mains. Ensuite il a voulu me forcer à fumer !

Somme toute je me suis follement amusée – d'ailleurs nous étions les seules jeunes filles et les autres dames étaient toutes vieilles, laides et mal arrangées. Mardi soir, grand banquet du Congrès. J'étais à la même table qu'Yvonne entre un Polonais délicieux qui roulait ses r en me parlant de Chopin, et un Anglais laid mais hilarant. M. Zamoyski, mon voisin, ne parlait que français, très bien du reste. À côté de l'Anglais, un Allemand charmant qui ne parlait pas anglais. En face de moi un Anglais poivre et sel, très distingué très bien, un peu saoul, tordant (il m'a baisé deux fois la main, et pour de bon) qui ne parlait qu'anglais. Heureusement que le voisin d'Yvonne, un Espagnol, le portrait d'Alphonse XIII, nommé M. de Artigas, professeur à l'École Polytechnique de Madrid, intelligent comme un singe, et musicien, était polyglotte !

Le dîner était merveilleux. Quant aux Anglais ils ne savaient pas que nous connaissions leur langue. Aussi ils se décrivaient mutuellement leurs déjeuners avec des mines crevantes. Yvonne et moi nous les interrompîmes par un gigantesque éclat de rire. Alors ils nous parlèrent, ils étaient tellement drôles que le rire était ininterrompu. Pendant un discours j'avais un terrible fou rire parce que l'un des Anglais (le beau) en se levant avait fait tomber sa chaise avec fracas. Plus je riais plus mon voisin, le laid, répétait *« don't be so naughty ! »*. Le bel Anglais après le dîner voulait nous emmener à Tabarin à tout prix. Comme Maman refusait, j'ai proposé de jouer à *Musical chairs*. Il a répondu qu'il voulait bien à condition qu'il n'y ait qu'une chaise, qu'il soit assis avec chacune de nous deux sur un genou. Charmant ! Dommage que l'on n'ait pas dansé après le dîner.

Aujourd'hui tous les Tchèques sont venus déjeuner. Je suis revenue servir le café ! Chaque fois que je versais du sucre à quelqu'un, c'était un tel clapotis que j'ai abandonné mon rôle à Denise. Le charmant M. Weber m'a à peine parlé.

Le soir re-banquet du Congrès au Roi George à l'Exposition[1]. On dansera. Mais moi je n'y vais pas. Papa me trouve trop petite. C'est désolant.

Et voilà ! Les festivités sont finies. Je m'en suis donné à cœur joie. C'était épatant. Jamais de ma vie je ne me suis autant amusée.

Maintenant je vais chez le dentiste. Moins drôle.

Je crois que Mlle André a dû tomber… Ragadaga, et que Melon[2] a tiré la chaîne dessus. Pas le moindre signalement pour la rentrée. Si cela pouvait durer !

La semaine prochaine il y a un autre Congrès de Physique et Chimie. Il y aura un gala à l'Opéra et un festival Franz Lehár[3] dirigé par lui. Mais probablement que les classes auront repris. Et comme je n'y verrai ni mon Anglais, ni mon Lituanien, ni mon Tchèque !

Au Congrès il y avait un prince italien, vieux, mais bien : le prince Ginori Conti[4] ! Saluez.

Depuis mon retour j'ai été tous les jours à l'Exposition sans rien voir – c'est trop fatiguant.

Samedi et dimanche nous serons à Aubergenville.

Quelle barbe de retravailler ! La Philo me rase. J'ai rencontré ce matin Léauté L. Elle rentre au lycée Racine, l'idiote. Gilberte n'est pas plus contente de son écrit qu'en juin.

Adieu. Voilà une bien longue lettre. Rumine la mienne. Elle contient mille choses intéressantes.

J'espère qu'elle ne t'embêtera pas. Je suis ravie de revoir ton horrible figure.

SÉLASSIÉ.

---

1. L'Exposition internationale des arts et des techniques appliqués à la vie moderne s'est tenue à Paris du 25 mai au 25 novembre 1937.

2. Mlle André, directrice du cours Boutet de Monvel. Melon est une surveillante. Ragadaga, le nom de la sorcière dans la pièce écrite par Hélène et Odile, désigne également, dans leur langage codé, les lieux d'aisance.

3. Franz Lehár (1870-1948), compositeur austro-hongrois, notamment de *La Veuve joyeuse*.

4. Piero Ginori Conti, prince de Trevignano (1865-1939), est un homme d'affaires et une personnalité politique italien.

HÉLÈNE À ODILE

*9 avril 1938*

Depuis 5, avenue Élisée-Reclus, Paris VII^e^
À destination de Hôtel de la Voile d'or, Saint-Jean-Cap-Ferrat, Alpes-Maritimes

Cher si bémol,

Combien triste était le cours sans votre son si aigre de la gamme harmonique !

Non, sans blague, tu m'as rudement manquée ce matin ; aussi j'ai passé la Dombriam Horam[1] à faire des tableaux d'Art – je t'en envoie un spécimen.

Dombre avait une mine épouvantable – il était jaune, aussi jaune que ce papier – pavipaviteux[2] il ferait bien de se soigner. Il a rendu les compositions. Tu occupes la place irrespectable de moins que première et plus que troisième avec 16. Je t'envoie le classement, et pas la copie que j'ai, mais qui risquerait de faire éclater la lettre étant donné que je t'envoie quatre énormes pages de Philo – j'espère que tu pourras les lire ; mais c'est douteux, parce que je les ai recopiées à la vitesse de vingt mots/seconde. J'ai pensé et fort bien pensé que cela te serait utile pour la cavompavote[3]. Donc Dombre après avoir restitué son petit déjeuner – non, je veux dire ses compositions (il aurait été je crois fort capable de restituer aussi son repas, vu sa mine) – a eu l'idée fâcheuse de m'interroger. Or, je n'avais lu qu'une fois ma leçon. Enfin j'ai fait ce que j'ai pu, ce qui était difficile, étant donné l'impressionnante façon dont il louchait par moments.

Crouzet[4] dormait à son habitude. Il souriait tout le temps d'un air excessivement idiot à ta chaise vide. Il a postillonné avec force en

1. L'heure du cours de latin de M. Dombre.
2. Pâteux en faux javanais.
3. Composition en faux javanais.
4. M. Crouzet est professeur d'histoire et de géographie au cours Boutet de Monvel.

prononçant des villes polonaises, telles Bijdgoszcz (d'heureuse mémoire), Przémyl (prononcé Pschemyl), Lwow (prononcé LFFFvFFFv), quant à Zanta[1] elle a perdu par trois fois son bonbon, qu'elle a soigneusement à chaque fois remis dans sa bouche. Elle a dicté ce que je t'envoie.

Noter l'absence de D. Viénot et J. Lemerle aux 2 premiers cours, soi-disant parce qu'elles étaient en retraite, mais j'ai su de source sûre (M. Huart) que cette retraite n'avait en réalité durée que jusqu'à 9 h 30 !!!

Bref, voilà. Cette après-midi j'ai recopié ma botanique que j'ai eu la flemme d'apprendre. Je n'ai pas regardé ma cosmo – ce qui ne change guère. Et je ne me réjouis pas du tout de partir.

As-tu fait bon voyage ? As-tu du soleil ? Réponds. J'espère que nous aurons de la neige. C'est peu probable, car il fait très chaud aujourd'hui. Ça fait longtemps que je ne t'ai pas écrit. Je me sens toute drôle.

Quelle barbe que ce cours du vendredi ! J'ai une envie de le sauter. Je vais me trouver une excuse pour Perdriel[2]. Je sais très bien que je n'apprendrai pas ma leçon. Tu as de la veine de ne pas être là.

Enfin laissons là nos gémissements – ça pourrait continuer jusqu'à la St. Glinglin.

Je te conseille de ne pas travailler. Moi, je ne pense pas ouvrir un seul bouquin.

Nous avons toutes les trois invité chez les Hertz, Cécéprime, Vécléka[3] (Yvonne, pas moi) et J. Domain (caissier de l'X[4]). Mais comme la lettre n'est pas encore partie, je sens que je vais encore changer d'avis. Ça m'ennuie d'avoir invité CécéP'[5].

Méfie-toi. Mlle André[6] est à Monte-Carlo. Ne lui chipe pas son danseur. À propos il paraît qu'hier le fiancé minotier a été présenté à ces Demoiselles de la Cour (le Tribunal André, Grappery, Melon)

---

1. Professeur de philosophie au cours Boutet de Monvel.
2. Professeur au cours Boutet de Monvel.
3. Gérald Van der Kemp (1912-2001), chargé de mission au Département des dessins et gravures au musée du Louvre. Il veillera sur les trésors du Louvre (notamment *La Vénus de Milo*) évacués au château de Valençay (Indre) sous l'Occupation.
4. Membre du bureau des élèves de l'X.
5. CCP' ou CCPrime est le surnom de Charlie Cruissard, l'un des danseurs d'Hélène.
6. Directrice du cours Boutet de Monvel.

et autre nouvelle qui je pense te remplira de joie, Bonbon est partie, en ayant assez – elle est partie de sa gracieuse démarche.

Il est heureux pour M. Bernès qu'il n'ait plus cette muse ravissante devant lui pendant les cours. Il risquerait un jour d'essuyer une tentative d'amour de sa part en récitant une nuit de Musset – « Poète prend ton luth et me donne un baiser ». Il risquerait de continuer.

« Et maintenant blonde rêveuse
Et maintenant muse, à nos amours
Dis-moi quelque chanson joyeuse
Comme au premier temps des beaux jours. »

Toutes ces ébauches de Bonbon sont mauvaises, mais je ne vois plus en ce moment son délicieux minois. J'ai passé exactement trente minutes à essayer de retracer ce visage angélique.

J'ai été honteuse de nous ce matin parce que j'ai aperçu sur le pupitre débarrassé de cahiers le spectacle suivant qui en dit assez long.

Bref il faut que je termine cette lettre qui doit bien peser un kilo.

Bonsoir cher si bémol. Reviens-moi aussi fidèle que feu Augustine à son mari Bébert (citation prise dans A. de Vigny). Je m'ennuie formidablement après toi. J'étais trop seule ce matin pour revenir du cours par les Champs-Élysées.

Amuse-toi bien.

FADIÈSE.

P.-S. : Encore une chose à te dire. Je suis invitée avec les deux autres à une G.P.[1] en mai chez Jean-François Istel, le danseur de Giselle Bloch au bal d'ici. Je le connais à peine – il est horrible et

1. *Garden-party.*

crétin et tout petit et la tête dans les épaules et postillonneur. Maman a le malheur de connaître sa mère. Brrr ! Je n'irai pas.

FA #

ODILE À HÉLÈNE

*10 avril 1938*

Depuis Hôtel de la Voile d'or, Saint-Jean-Cap-Ferrat, Alpes-Maritimes

Cher 

J'étais assez émue hier soir en ouvrant ta lettre. Notre correspondance interrompue si longtemps demandait à être reprise.

Récris-moi vite. Pendant six mois nous nous sommes vues presque tous les jours. C'est drôle d'être séparées.

HÉLÈNE À ODILE

*15 avril 1938*

Depuis Hôtel des Alpes, Arosa, Grisons (Suisse)
À destination de Hôtel de la Voile d'or, Saint-Jean-Cap-Ferrat, Alpes-Maritimes

Mon cher si,

Merci p+q fois pour ta lettre ; elle était tellement intéressante que je suis arrivée en retard à l'école de ski.

Je suis plus ravie que jamais. J'ai fait des progrès en ski (stembogen presque parfait) et je crois que l'exhibition avec CC' sera réussie. En tous cas Méphistophélès (c'est le directeur de l'école de ski, un type barbu et qui me fait une frousse de tous les diables chaque fois qu'il vient inspecter les diverses classes de ski) va peut-être m'expédier dans la classe au-dessus. Je ne veux pas parce que d'abord mon professeur actuel est trop adorable, et ensuite parce que j'ai horreur d'être seule dans un mélange infâme de gens de nationalités diverses.

Notre professeur est un vrai montagnard brun et tanné à souhait, qui rit tout le temps, ne se moque pas de vous, et apprend épatamment. Hier encore j'étais désespérée – à chaque stembogen je me fichais par neige avec fracas devant Méphisto-inspecteur. Et puis tout d'un coup c'est venu. Pourvu que cela reste ! D'ailleurs il faut se hâter de profiter de la neige. Elle fond à vue d'œil. Pour le moment cela va encore, bien que les skis fassent Schloss-Schloss quand on marche dedans. Mais chaque jour un peu plus de terre brune apparaît sous la neige, et chaque jour il faut monter plus haut.

Le soleil a été insupportable avant-hier et hier. Nous avons tous attrapé des coups de soleil splendides. Je crois que je bats tous les records. Je suis absolument chocolat, nègre c'est très laid. À Paris les gens vont se retourner dans la rue. Il y a un inconvénient terrible. C'est que mon nez, *« this fertile promontory »* avec sa bonne habitude de me précéder partout d'une bonne coudée, a été littéralement brûlé, pas cuit, ni rôti, mais brûlé. Le premier jour il était énorme, rouge, brillant. On ne voyait plus que lui. La nuit il battait comme un cœur et enflait encore plus. Le lendemain il prit l'aspect ravissant d'un matelas tout piqueté (exactement comme le nez de Bénassy ou celui du grand-père de Ghirlandaio[1] qui est au Louvre) avec des petites gouttes jaunes d'une sérosité (style Schlegel) qui suintaient dessus. N'aie pas mal au cœur, mais c'était dégoûtant. Aujourd'hui tout ce matelas s'est dégonflé et il reste une épaisse croûte noire, qui ne veut pas s'en aller, et m'embellit au point que tout le monde me demande ce que j'ai. Pourvu qu'elle s'en aille bientôt ! Je suis absolument défigurée. Ajoute à cela que mes lunettes noires – sans lesquelles il est absolument

1. Domenico Ghirlandaio (1448-1494), peintre de l'école florentine.

impossible de circuler à moins d'avoir des yeux de lapin russe, ce qui, bien entendu m'est arrivé le premier jour – m'ont laissé des grands cercles blancs sur ma noire figure, et que tous ces coups de soleil m'ont fait horriblement souffrir, et tu auras un délicieux tableau de moi – si je suis encore ainsi le 7 mai, adieu bal Hertz – je suis trop affreuse.

Entre parenthèses Yvonne n'a pas invité V.D.K. On a invité à la place les deux caissiers de l'X, Nosley[1] et Domain, qui sont fort bien.

L'hôtel est très agréable. Il n'y a presque pas de monde : un réfugié allemand qui a l'air très triste, très nerveux et très gentil et dont nous ne pouvons pas arriver à savoir s'il est israélite ou socialiste, une autre famille que je crois aussi réfugiée, un jeune ménage allemand, un autre couple anglo-allemand, très beau physiquement mais assez désagréable, etc., et nous. Le matin, lever à 8 heures – déjeuner – école de ski à 10 heures – déjeuner 13 heures – re ski jusqu'à 17 heures – et goûter – lecture ou travail (?) jusqu'à 19 h 30. Dîner. Dodo à 21 h 30. Voilà ma vie. C'est épatant. Je ne travaille pas, à part que régulièrement depuis quatre jours je descends James pour lire *La Volonté* et que j'en suis toujours à la troisième page. Tant pis. Il vaut mieux profiter de ces vacances. Elles sont trop belles.

Ô horreur. Jeudi dernier je t'écrivais de Paris – j'étais si excitée ! Et maintenant c'est bien entamé ! Heu, heu, je ne veux pas y penser – j'en pleurerais. Demain grande promenade en ski – zut, je pèle. Samedi il y a course de slalom et de vitesse. Ce sera très beau, s'il y a encore assez de neige.

Les écureuils du pays sont adorables. Ils vous mangent dans la main.

Je n'ai pas été au cours de Perdriel vendredi. J'avais la flemme d'apprendre ma leçon (et je ne l'ai pas encore apprise) et j'ai été faire des courses à la place. C'est épouvantable ce que j'ai de choses à te dire. Quand nous avons suivi le Rhin à partir de Bâle jusqu'à Rheinfelden en train, c'était la veille du plébiscite et toutes les maisons de l'autre

1. Maurice Nosley qui, à la demande de Denise Berr, participera à L'Entraide temporaire en plaçant des enfants orphelins en Bourgogne.

côté du Rhin – c'était l'Allemagne – arboraient des croix gammées. Nous avons demandé au contrôleur si c'était bien l'Allemagne en face : il a dit « oui et elle est un peu trop près ! ». Pauvres gens. Ils sont rudement sympathiques en tous les cas.

Il y a à l'hôtel un portier suisse italien tellement beau que je l'ai invité comme danseur chez Istel. Je te le présenterai. Il est formidable.

Jacques va mieux. Seulement sa vie ne doit pas être très drôle. Il sort le matin une heure entre Papa et Maman, et il se plaint d'être fatigué quand il ressort l'après-midi. Le reste du temps il reste étendu sur sa chaise longue à travailler. Il a tout le temps des saignements de nez. Quelles vacances pour lui et pour Maman ! Nicole m'empêche de dormir le soir tellement elle me raconte d'histoires drôles sur Dombre et d'autres.

J'ai écrit à Francine, et aussi à Friedel ! Je m'ennuie après lui, et après Engelberg. Et toi, si *bémol*, que fais-tu ? As-tu « *Shaken hands* » avec le jeune-étudiant-d'Oxford-qui-se-pelle-des-regards-larmoyeux ? Je pense que oui. J'espère que tu t'amuses bien.

La vie est épouvantablement chère ici, le franc suisse vaut 7,60 F français ! Pas moyen de rien acheter. Je suis à sec.

Écris-moi vite (et la trancision, dirait Zanta) et raconte-moi tes sibémoleries. Ouf ! Quel paquet tu vas avoir à lire. Je te plains. Fais-le en plusieurs fois, ça ira mieux. Mais j'aime tant t'écrire, j'ai tant l'impression que ce n'est qu'une conversation, que je n'en finis plus.

Adieu donc belle enfant.

FA #

P.-S. : J'ai rêvé que (Olivier Mantoux[1]) était transformé en tube criblé et déclarait à M. Suggérer-Persuader-Convaincu que le café était trop hâlé et que sa danseuse, cryptogame vasculaire, lui marchait sur les pieds. Sur ce il se déroula de tout son long, se transforma en éther-sel et subit la réaction inverse, lente et limitée de saponification.

1. Un amoureux d'Odile qui ne lui déplaît pas.

ODILE À HÉLÈNE

*19 avril 1938*

Depuis Hôtel de la Voile d'or, Saint-Jean-Cap-Ferrat, Alpes-Maritimes

Mon délicieux fa dièse,

Comme tu résonnes agréablement à mes oreilles ! Ta lettre m'a apporté l'odeur des sapins avec le son des grelots qui tremblaient sur les traîneaux Anderseniens. (Y sont-ils toujours ?)

C'est curieux de penser que tu récoltes la neige sur le fond de ton pantalon (pas d'exclamations) pendant que je suis en train d'avaler bouillon sur bouillon en me débattant dans l'onde amère. Car je me baigne, et je me fais rôtir sur la plage comme au bon milieu de l'été. Mon teint laiteux a pris une couleur ambrée. Autrement dit, j'ai l'air d'une vieille pomme de terre cuite sous la cendre (sans oublier les tubercules qui ne sont pas des racines, mais des bourgeons).

HÉLÈNE À ODILE

*21 avril 1938*

Depuis Hôtel des Alpes, Arosa, Grisons (Suisse)
À destination de Hôtel de la Voile d'or, Saint-Jean-Cap-Ferrat, Alpes-Maritimes

Mon cher si *bémol*,

Merci de ta lettre. Je me suis levée exprès très tôt (?) ce matin pour pouvoir t'écrire encore une fois avant ton départ. Il est 8 heures du matin. Nicole dort encore et je suis en pantalon très court et en veste à ma table.

Nous partons samedi matin, et nous serons à Paris dimanche soir, car nous couchons à Bâle samedi, à l'hôtel des Trois Rois, un des plus vieux et des plus célèbres et des plus élégants hôtels d'Europe. Nous restons à Bâle jusqu'à dimanche 14 heures. Maman espère nous faire voir les Holbein[1].

Arosa s'est brusquement vidé depuis lundi. C'est dommage parce que le pays est plus beau que jamais. Quant à moi, j'exulte. Pense que lundi, on nous a expédiées Yvonne, Denise et moi dans l'école supérieure de Christiania et de Stem Christiania. Notre nouveau professeur est moins charmant que l'autre mais absolument tordant. Il est très beau, parle le français comme un Parisien et fait des plaisanteries parfois très déplaisantes (pour moi) du genre de celle-ci : « Si vous continuez à inventer des nouveaux Christianias, vous pouvez vous en aller », ou il dit à Yvonne, très parisien : « Il n'était pas bien chic, hein, votre dernier stem. » C'était très dur jusqu'à hier, parce que la neige était transformée en glace et que les skis faisaient un fracas terrible dessus. Quand on tombait, je t'assure que ce n'était pas gai. Yvonne avait des bleus sur tout un côté. Alors le professeur a changé de côté pour elle, puis, comme elle tombait aussi dans ce sens, il était désespéré de ne pouvoir faire le Christiania en avant et sur le derrière. Partout la neige fondait. On traversait des bandes de terre en ski. Les crocus blancs et mauves envahissaient tout. Heureusement hier il est tombé une neige formidable. Comme par enchantement tout, montagnes, sapins, a reblanchi. C'est splendide à cette époque de l'année ! Il paraît qu'à Paris il fait un froid de canard. L'école de ski est restée ouverte jusqu'à ce matin pour nous. J'espère que je vais réussir un splendide Christiania, mais c'est horriblement difficile.

Après avoir gelé partout, je rebrunis. Seul mon nez persiste à repeler pour la 5e fois. Je ne sais que dire ni que faire. Tu as de la veine d'avoir un temps pareil et de te baigner, car je crois qu'il a fait très froid partout.

L'hôtel est vide, à part une famille française terriblement commune qui cherche à entrer en relations avec nous, et le réfugié allemand qui est très gentil et propose tous les jours de nous emmener en auto au

1. Les tableaux du peintre Hans Holbein (1497-1543).

champ de ski. Et qui a parfois des regards tristes comme une bête traquée, nous sommes les seuls. C'est assommant. Le soir, je m'embête comme un rat mort. Aussi je monte me coucher très tôt. Comme connaissances, nous n'avons que deux étudiants anglais dont l'un a l'air d'un sac serré à la taille et l'autre d'une allumette, mais qui sont charmants et très drôles, surtout le sac, car l'allumette ne parle jamais.

Pendant un jour j'ai parlé avec un superbe Allemand, beau comme un astre et assez flirteur, mais qui était sûrement un peu nazi. Pouah !

Samedi dernier nous avons fait l'excursion du Weisshorn. Nous sommes partis à 10 heures du matin munis des peaux de phoque Léauté. Puis deux heures de montée, en plein soleil, dans une neige glissante. C'était esquintant, surtout lorsque l'on arrive en vue de la cabane et qu'on croit être tout près alors qu'il y en a encore pour une demi-heure de grimpage à pic. Nous avons déjeuné là-haut entre notre délicieux professeur (l'ancien), les deux Anglais à peu près muets et un Suisse très gentil baptisé « Gérard Mantoux » de son vrai nom Ambrosi Puszte, qui a pendant toute la montée offert de porter nos sacs du déjeuner et est resté tout ce temps derrière avec Yvonne parce qu'elle était fatiguée, et qui m'a porté mes skis pour remonter à l'hôtel par le village. À 13 heures nous sommes redescendus mi-ski, mi-bottom, des pentes raides comme des glaciers (Weisshorn est à 2 657 m). À la fin dans un bois de sapin, il n'y avait plus de neige, nous avons été obligés d'aller tantôt à ski, tantôt à pied. Bref j'étais ravie de ma journée et presque pas fatiguée. Dimanche nous avons pris le car jusqu'au Prätchli pour faire du ski là-haut. J'ai en vain cherché des traces de toi. Mais le pays est ravissant (surtout vers Mâran) et les pentes de ski superbes.

Depuis lundi je mène ma vie régulière d'école de ski le matin et l'après-midi. J'ai à peine travaillé : juste lu deux chapitres de James. Je ne peux rien faire ni rien assimiler de mes lectures. Je crois que j'aurais mieux fait de ne rien emporter.

Quelle tristesse que ce soit fini. C'est terrible et ce que ces vacances ont pu passer vite. Je commence à croire que j'ai rêvé.

Mais, pas de lieux communs. Je rentre absolument dépourvue de courage pour travailler, fière de mes progrès en skis (pour la

Cessayprimade chez les Hertz) et surtout ravie *dave tave rave-vavoir*[1].

Il faut absolument que je finisse de m'habiller. Aussi je te hausse d'un comma (salutation musicale) et je baise le bout de tes orteils.

*FAVADIAVÈSE*[2].

ODILE À HÉLÈNE

*2 septembre 1938*

Depuis Villa Maïtena, route de Sainte-Barbe, Saint-Jean-de-Luz, Basses-Pyrénées

Ô toi, la reine des Loudougoutiennes[3], je te remercie 142,7 fois 1° pour ta lettre, 2° pour tes fleurs. Il faut être toi pour avoir d'aussi gentilles attentions. Je n'ai pas besoin de te décrire le plaisir que j'en ai[4].

Tout à coup par les deux portes du jardin arrive une procession : Jeanne, François, Michel, Gérard, Arlette et Monique Gordon, Henri et Bernard Duizend, Marie-Claire Isch-Wall, portant chacun un petit paquet. Je reste rouge, et suant à grosses gouttes sur le pas de la porte. Ma tante éclate de rire et s'écrie : « On dirait un coup monté ! » Alors je comprends, et je danse une gigue de joie. Je défais mes paquets et je cours au fond du jardin rejoindre les autres. Que vois-je ? Un magnifique gâteau au café, portant 18 bougies allumées et tout un bataillon de verres et de bouteilles de champagne. Je suffoquais, je ne pouvais plus parler. Je me suis jetée au cou de mon oncle et ma tante.

Au revoir dolcissima. Je sais que vous n'aimez pas être embrassée, mais je le fais tout de même parce que j'en ai envie.

---

1. De te revoir en faux javanais.
2. Fa dièse en faux javanais.
3. « Louloute » ou « ma loute », affectueux pour une jeune fille. En faux javanais, devient « loudougoutienne ».
4. Odile fête ses 18 ans.

ODILE À HÉLÈNE

*8 septembre 1938*

Depuis Villa Maïtena, route de Sainte-Barbe, Saint-Jean-de-Luz, Basses-Pyrénées
À destination de « Le Vivier », Aubergenville, Seine-et-Oise

Cher Lorenzo,

[…] Papa et Maman ne parlent que des événements. Quelquefois je suis découragée, je me dis que tout peut arriver. Quelquefois au contraire, je reprends confiance. Je me dis que la guerre est impossible. De toute façon, comme je ne peux rien changer à l'état des choses, j'essaye de ne pas y penser et d'être gaie. Quelquefois, j'y arrive. C'est le soir, quand il fait nuit et que je suis au lit que c'est le plus terrible. C'est toujours à ce moment que les horribles pensées tristes avec leurs ailes noires viennent vous assaillir. Mais, je ne sais pas si tu es comme moi, quand j'ai fait ma prière, je suis tout à fait réconfortée. J'ai une confiance illimitée en Dieu, et j'ai l'impression qu'il ne permettra pas une catastrophe. […]

Quand je pense à Étretat et à Hamlet, ce sont tous les souvenirs de l'année dernière qui me reviennent. À propos d'Hamlet[1], imagine-toi que je ne m'ennuie pas du tout après lui. C'est même très inquiétant. Je crois au fond que c'est parce que j'ai l'impression qu'il est bien amarré maintenant, et que je n'aurai qu'à tirer sur la corde pour le faire venir. C'est aussi parce que j'ai retrouvé ma liberté. Ce monsieur malgré les apparences est très autoritaire, et il a très mauvais caractère. Et moi, qui d'habitude ne peut supporter de recevoir des ordres, je lui obéis comme à mon seigneur et maître (!). […]

Un de mes oncles, Louis Baur[2], est en villa à Hendaye. Il a amené avec lui un de ses beaux-frères : Jacques Hyafil[3]. C'est un garçon que

1. François Jacob, considéré par les parents d'Odile comme leur futur gendre, est le prénom dudit « Hamlet ».

2. Louis Baur, frère d'André Baur, trésorier du Comité d'aide aux réfugiés, sera membre de la 5e direction de l'UGIF (Union générale des Israélites de France) à Marseille.

3. Jacques Hyafil (1917-2008) épousera Odile le 23 juillet 1945.

je n'avais pas vu depuis dix ans. Il y a dix ans, j'ai été demoiselle d'honneur avec lui, au mariage d'oncle Louis. À cette époque c'était un agréable petit garçon et j'étais très amoureuse de lui. Maintenant c'est un magnifique garçon de 21 ans remarquablement intelligent. [...]

Ce garçon me plaît énormément et je crois que je ne lui suis pas antipathique. Naturellement j'aime mieux Hamlet, mais j'ai l'impression que s'il n'y avait pas Hamlet, ce serait Lui. Ne te lamente pas, et ne murmure pas d'un air coléreux : « Quelle fille frivole ! » Aie pitié de mes dix-huit ans. [...]

François mon frère arrive ce soir. (On ne l'appelle plus autrement dans la famille, pour le distinguer de François pas mon frère.)

Je voudrais bien te voir, surtout en ce moment. Tu ne m'as jamais tant manqué. Je reste comme au temps jadis. Ô mon doux Lorenzo, ta tendre et fidèle.

LOLITA.

HÉLÈNE À ODILE

*9 septembre 1938*

Depuis « Le Vivier », Aubergenville, Seine-et-Oise
À destination de Villa Maïtena, route de Sainte-Barbe, Saint-Jean-de-Luz, Basses-Pyrénées

*Vendredi soir 7 heures*

Je viens de descendre chercher ta lettre qui était sur le bureau de Papa – et je te réponds immédiatement, parce que j'ai terriblement, mais terriblement besoin de t'écrire – ma plume va plus lentement que mes pensées et c'est très gênant. Je suis *absolutely* comme un bébé qui a fait une rage – j'ai pleuré trois fois aujourd'hui. 1° parce qu'il y a des gens Puncat[1] à dîner et que Maman veut que je mette ma robe bleue, et que je ne veux pas – ensuite parce que j'ai le cafard et le vent est tout gémissant dans un crépuscule noir – et heureusement il y a ta lettre – je t'aime et j'ai une de ces envies de te voir, terrible – comme un bébé rageur j'ai les yeux qui me brûlent et je viens de me promener sur le plateau ce qui m'a fait encore plus mal. Est-ce que tu comprends quelque chose à mon incohérence ? Moi pas. Je m'embête. Paul est venu hier, plus bête, plus mou, plus gros Flamand que jamais. La seule chose intéressante que j'ai faite c'est d'essayer sa chevalière, et de ne plus pouvoir l'enlever – ce qui m'a montré que les bagues en or m'allaient très bien – maintenant j'en veux une. Le soir tombe trop vite – je vois encore assez pour écrire. Tu crois que je suis folle ? Peut-être. Après ta lettre je me suis ruée sur mon lit à plat ventre – mais cette maudite Régine est entrée, et d'un bond j'ai sauté sur ma table où se trouvait malheureusement pour toi le papier à lettres. Qu'est-ce que tu veux ! Tu ne m'écris jamais, et quand tu le fais, tu remues des tas de vieux souvenirs – c'est parce que tu me parles de J.L.M. ; et puis aussi de cet horripilant Catzéflis (bonne orthographe) qui me rappelle tous mes bals (peu nombreux).

Nicole vient d'entrer en coup de tonnerre. Je finirai ma lettre après le dîner. Je serai peut-être plus calme.

*9 heures du soir*

Je viens de dîner et je n'ai pas mis ma robe bleue, et le dîner était bon, et j'ai filé loin de ces sales Puncats qui pourtant apprécient bien la cuisine « youpine » – Yvonne à l'autre bout de la table me faisait des signaux convenus et je pouffais continuellement. Maintenant je suis bien repue, les yeux pleins de sommeil à croire que le marchand de sable a passé. Une lumière falote éclaire la table. Je suis toute seule avec quarante tricots sur le dos car je gèle, et dehors le vent fait rage. Je t'aime bien, tu sais. Pourquoi ai-je commencé cette lettre de si

1. Abréviation de « punaises catholiques ».

mauvaise humeur ? Je crois que le vent du plateau m'avait abrutie – enfin…

Depuis ma dernière lettre je n'ai rien fait – week-end calmissime avec Jean et Claudine, Viviane et Roger[1]. Lundi morose avec alerte (Hitler) – mardi, mercredi gris – jeudi, Paul – et aujourd'hui rien – si, ta lettre. Tu vois, ce n'est pas grand-chose. Je savais bien que tu ne te doutais pas de la gravité de la situation, et je n'osais pas trop t'en parler – chaque matin je me lève en me demandant si c'est pour aujourd'hui. Hitler est un monstre, Mussolini un pantin. Les Tchèques sont épatants. Si Papa y va en octobre, j'aimerais bien y aller aussi. Mais vraiment il y a de quoi énerver la susceptibilité d'un peuple avec ces continuelles discussions, prises et reprises. Ah, on peut dire que la politique aura bien gâché nos vacances ? Ici on est électrique et à chaque Radio-Journal, à 8 heures du matin, midi, 12 h 45, 14 heures, 18 heures, 19 heures et 22 heures, on se rue sur la T.S.F. L'impression d'aujourd'hui est plus détendue. Mon humble opinion est qu'on n'aura pas la guerre cette année. Mais peut-on savoir ? D'ailleurs ces Sudètes sont crétins, ils seraient bouffés les premiers s'il y avait un conflit. Qu'ils réclament des droits égaux à ceux des Tchèques c'est normal, puisqu'il y a 20 % d'Allemands en Tchécoslovaquie. Mais ce n'est pas cela que veut M. Hitler – ce sont les mines, les usines, les cultures tchèques. Vivent M. Bénès[2] et Lord Runciman[3] ! Ce sont au moins des hommes, ceux-là.

Et trêve de tout cela – on ne fait qu'en parler. Il est vrai que je n'ai pas de délicieux – beau-frère – d'oncle – Louis à te décrire – et j'en suis fort triste. J'ai reçu aujourd'hui une lettre désespérée de Lisette, qui travaille sans espoir ni courage. J'ai tâché de la consoler un peu.

Philippe Mayer est un crétin – c'était mercredi sa fête – et à cet effet je suis allée au café du village lui acheter une belle carte

1. Viviane Berr, l'une des deux filles de Claire Schwob d'Héricourt (1890-1961) et de Maxime Berr (frère jumeau de Raymond Berr), a épousé Roger Maspetiol. Maxime Berr est mort au front le 2 mai 1917.

2. Édouard Bénès (1884-1948) : président de la République tchécoslovaque de 1935 à 1938.

3. Walter Runciman (1870-1949) : envoyé par Neville Chamberlain en mission en Tchécoslovaquie au moment de la crise des Sudètes.

postale – j'ai pris la plus abominable possible : un délicieux petit garçon en costume de velours, blouse à volants, ceinture longue nouée sur le côté, frange bouclée jusqu'aux yeux, sourire fade et béat, les bras pleins de fleurs artificielles, le tout sur un fond violet pâle et nuageux, avec « Bonne Fête » écrit en cerise dessus. Je t'avoue que j'ai dû payer la brave Mme Le Bihan (café-ière) sans la regarder de peur de lui pouffer au nez, devant ce chef-d'œuvre de communerie. Rentrée ici, je tire des lignes au crayon sur le dos de la carte, et de ma plus belle ronde j'écris quelques mots. Il me répond le lendemain sur une ravissante carte postale de Trianon, en me remerciant des vœux que le petit garçon lui avait gentiment transmis – IL N'A PAS COMPRIS !!! Et il doit être édifié sur mon goût !!! Pourvu que ces vacances finissent bien ! En partant j'avais de sombres pressentiments. Mais c'était peut-être à cause des suites du bachot. En tout cas s'il y avait quelque chose je crois que j'irais travailler chez Papa, car la moitié de ses effectifs serait mobilisée, et comme il travaillerait pour la Défense nationale il aurait besoin de volontaires. Papa a déjeuné hier avec un lieutenant-colonel d'aviation (pas Noiraud), ami intime de Vuillemin[1] – il paraît qu'Hitler l'a reçu très courtoisement, mais que Goering un jour l'a pris à part et lui a dit « Voyons, Vuillemin, vous ne me direz pas que vous marcheriez avec ces Tchèques ! » et Vuillemin de répondre « Mais parfaitement ! ». (Sous toute réserve.) On a dit à la T.S.F. ce matin que M. André François-Poncet[2] a dit à Hitler que le plus grand homme d'État était celui qui ne ferait jamais pleurer une mère – et s'il pouvait ruminer cette pensée ! Mais il n'a pas de cœur – sûrement. Comment peut-il voir chaque jour défiler devant ses yeux à Nuremberg une magnifique jeunesse et penser qu'il pourrait la massacrer. Je n'ai rien d'autre à te dire.

Écris-moi tout de suite, même s'il n'y a que des potins (c'est cela que je préfère). Pense que je suis restée ici trois mois sans me retremper dans le monde mondain et que je suis presque devenue une sauvageonne.

---

1. Joseph Vuillemin, chef d'état-major de l'armée de l'air.
2. André François-Poncet (1887-1978) : ambassadeur de France à Berlin de 1931 à 1938.

Si tu vois J.L.M.
Porte-lui mes vœux
Fais-lui mes aveux
Dis-lui qu'il est beau
Dis-lui que je l'aime.
(Faust, retranscrit pour les besoins de la cause.)
Non – fais-lui mes amitiés c'est plus convenable.

Et maintenant, je vais redescendre – il est 10 heures, heure des nouvelles – voir si ces horribles puncats constipés qui ne vous regardent pas en face n'ont pas aspergé la famille d'eau bénite – dans le tas il y a Mme Agache qui n'est pas Puncat et qui est adorable. Je me sens toute soulagée de t'avoir écrit. Tu en as plein le dos, je suis sûre – les Schwartz sont partis jusqu'au 15 à Blonville.

Bonsoir petite chérie. Je te supplie de m'écrire vite.

CALEÇON DE C.B.

HÉLÈNE À ODILE

*14 septembre 1938*

Depuis « Le Vivier », Aubergenville, Seine-et-Oise
À destination de Villa Maïtena, route de Sainte-Barbe, Saint-Jean-de-Luz, Basses-Pyrénées

*9 heures du soir*

Quelles heures historiques nous vivons ! Qui aurait cru que notre correspondance devrait jamais traiter de ces choses-là ! Je t'écris parce que c'est indispensable (pour moi, du moins). Je n'ai pas encore perdu la tête, mais je vis comme dans un rêve depuis deux jours. Peut-être que lorsque tu recevras cette lettre tout sera perdu – l'essentiel c'est de garder son calme, et cela j'y réussis mieux que je ne pensais.

Voyons ce qui s'est passé depuis vendredi soir où je t'ai écrit. Dimanche j'ai cousu toute la journée (fait divers intéressant) et le soir, cela a commencé à sentir mauvais parce que Maman a mis la T.S.F. sur l'Angleterre où nous avons entendu la proclamation extra chic de Chamberlain. Lundi naturellement anxiété exaspérante dans l'attente du discours d'Hitler. Et avec, un temps gris, lourd, couvert et cafardeux. Gilbert était venu déjeuner. Tout le temps je me disais : ce soir sera-ce la paix ou la guerre ? Avons-nous passé notre dernier dimanche paisible ?

Avant 6 heures, heure des nouvelles, nous sommes allés, Denise, Gilbert, Nicole et moi, nous promener dans les champs, où la brume se levait un peu. À 6 heures, naturellement aucune nouvelle – à 7 heures de même. Il y en avait à 8 heures mais nous nous sommes énergiquement refusés à troubler notre dîner. Enfin à partir de 10 heures, bribe par bribe, au cours de la diffusion du concert de Vichy (*Orphée* de Gluck), on nous a donné les délicieuses paroles d'Hitler. Soulagement ? Pour moi oui peut-être un peu – une espèce de déception, mais le sentiment assez reposant de ne pas avoir à craindre d'alerte immédiate. Maman seule avait prévu une chose : l'exaspération des Tchèques qui pourrait amener un conflit. Vraiment cela n'est pas permis d'injurier un chef d'État comme M. Bénès ! Il y a de quoi exaspérer des hommes moins nerveux que les Tchèques en ce moment. Et leur conduite est admirable.

Donc lundi soir, nous allâmes (!) nous coucher un tantinet moins anxieux – Jean et Claudine étaient là. J'aime mieux qu'on soit tous ensemble. Mardi, on apprit les incidents Sudètes (ces Sudètes, jamais on n'aura plus entendu parler d'eux) et nous essayons tous de cacher ce que tous nous croyions. Et puis hier soir, brusque aggravation. À Londres, le speaker, très calme, annonce l'ultimatum – brrr, quel petit frisson parcourut mon échine – cela ressemblait étrangement à l'ultimatum de 14. Je le répétais bien que Philippe qui est très excité m'affirmât qu'il est idiot de chercher des analogies en Histoire (cf. Zanta). On tourna le bouton de la T.S.F. sur le Poste Parisien où un froid passa sur la famille lorsqu'un speaker vint annoncer : M. Bourdet au micro, car Bourdet ne parle que dans les grandes occasions. Et au premier étage où Yvonne, Philippe et Nicole étaient réunis chez

Jacques, comme en bas, les 2 T.S.F. beuglaient. Dans la soirée Daniel Schwartz de retour de Blonville avait téléphoné pour dire que toute l'École polytechnique était rappelée pour jeudi. Nous montâmes nous coucher vers 22 h 30 et, bien sûr, les nouvelles reprirent à 23 heures. Ce que cela me rappelait Sarajevo et l'ultimatum serbe !

*Auntie* Ger[1] a fait marcher la T.S.F. (il y en a 3 ici) jusqu'à la fin 1 heure moins vingt du matin. Moi je dormais sur mes deux oreilles. Que faire de plus ? À 8 h 30 du matin réveil en nouvelles avec l'annonce de la rupture des pourparlers.

J'ai été ce même matin au marché de Mantes avec Philippe et Nicole, où naturellement les braves gens bavardaient à qui mieux mieux, sur ce que le chef de la Croix-Rouge avait regagné Mantes, et que les hommes de 50 ans étaient mobilisés pour la D.C.A., car il n'y a absolument rien à Mantes dans ce genre. Cette après-midi les Schwartz sont venus avec leur pensionnaire anglais qui s'appelle Geoffrey et qui est charmant. Ils sont arrivés à 14 heures et repartis à 19 h 30. Nous *n'avons pas parlé* de la guerre et joué au tennis et au rami très jovialement. C'est terrible de penser que ces trois garçons Schwartz pourront partir – Bertrand qui a 19 ans à peine je crois a d'après ce qu'il dit pris la décision de s'engager et ses pauvres parents ne le savent pas.

J'ai eu un nouveau petit frisson cette après-midi. Rentrant de chez Cabit où j'avais été chercher une table de tennis j'ai aperçu Roger avec des tas de valises sur le perron, il m'a crié « bonjour Hélène, je vous amène Viviane ». Viviane avait été affolée par les fausses nouvelles que l'on distribue généreusement (ex : évacuation de Paris dans les quarante-huit heures) et Roger l'avait conduite ici, où elle reste. Je suppose que les déménagements vont commencer. Nicole et moi on nous évacue au second dans la chambre d'Yvonne et Denise pour que Viviane ait la nôtre. D'ailleurs je préfère mille fois être ici au calme, qu'à Paris, où paraît-il on ne cesse d'apporter du sable pour les greniers, d'entendre rouler des camions, et de s'affoler les uns les

1. Germaine Rodrigues-Ély, sœur aînée d'Antoinette Berr, la mère d'Hélène. Elle a épousé Jules Schneider.

autres – la route était paraît-il encore pleine de voitures cette après-midi. Je vais fonder une ligue contre les faux racontars.

Voilà – dans trente minutes je mets la T.S.F. pour avoir les nouvelles. Ici, tout le monde est calme. La pauvre *Auntie* Ger évidemment ne peut pas souvent rire, malgré toutes nos stupidités. Philippe et Jean partent en première ligne – comme beaucoup d'autres d'ailleurs. Papa est merveilleux. Depuis dimanche il s'est occupé de tout, faisant recenser ses ouvriers, remplaçant partout ses mobilisables, prenant toutes les mesures de défense passive, et sans le dire à personne. Ce soir il est parti pour Lille visiter l'usine de Loos et il a téléphoné pour dire qu'il n'y avait pas à s'en faire et que tout irait bien.

Si tout pouvait s'arranger, mon Dieu, quel soupir de soulagement.

Toto est très inquiet, car en sa qualité de basset allemand, il sera des plus probablement mis dans un camp de concentration. Mais il relève la tête, depuis le dernier discours d'Hitler, réclamant « le droit, pour des milliers d'êtres à quatre pattes, nos frères, martyrisés par des autres hommes, de disposer d'eux-mêmes ». À propos de ce fameux droit, que ne l'applique-t-il aux juifs, puisqu'il les considère comme une race ? Jamais il n'y a eu pareille fourberie.

Je t'en supplie, écris-moi. Ma lettre doit te paraître froide et idiote. Mais je t'assure que je marche comme dans un rêve – ou plutôt comme dans un cauchemar. Il y a ici tant de gens à calmer ! Le dénommé Geoffrey de cette après-midi était d'un flegme ! Ses parents ont téléphoné de Londres hier soir, pas du tout pour le rappeler, mais tout simplement pour savoir ce qu'on disait en France !

Dire qu'il y a si longtemps que je pressentais ce moment – quand je t'écrivais à Étretat j'étais quelques fois embêtante et noire, mais c'était seulement à cause de cela, et tu ne pouvais pas t'en douter. Depuis le 15 août je ne fais pas de projets pour la rentrée. Mais je te jure que si tout s'arrange, on fera une bombe à tout casser.

Que va-t-il se passer ce soir et demain ma lettre sera démodée quand elle te parviendra. Dernières nouvelles d'Angleterre : Chamberlain part demain en avion pour voir Hitler à Berchtesgaden. L'heure doit être grave. Mais on pourra dire que les Anglais auront fait tout ce qu'ils auront pu. C'est un homme splendide, Chamberlain – il mérite le prix

Nobel de la paix. Runciman aussi. Pourvu que cette entrevue aboutisse à quelque chose ! J'ai très peur que les Allemands s'en contrefichent. Ce sont des fanatiques. Est-ce que tu as entendu les hurlements de Nuremberg lundi ?

21 tués dans les bagarres sudètes. Et dire que les journaux boches racontent que ce sont les Tchèques qui attaquent !

Ma lettre va probablement se croiser avec une de toi. Mais écris-moi tout de même, même si ce n'est qu'un mot. Je voudrais tant savoir ce que tu fais et ce que tu penses.

10 heures. Poste Parisien. Au micro, de nouveau Maurice Bourdet – il vient avec des paroles rassurantes de nous annoncer la décision de Chamberlain. Oh, si la paix pouvait se réaliser ! Demain à Berchtesgaden Hitler sera forcé de jouer franc jeu. Le fera-t-il ? En tout cas nous dormirons peut-être mieux cette nuit.

La France a été épatante. Si tout s'arrange faudra-t-il qu'elle recommence à se disputer ? Mais pourvu que tout s'arrange.

Sur ces mots je te dis bonsoir. Je t'écris au fil de ma plume et je risque de ne plus dire que des idioties. Surtout ne t'en fais pas.

FA DIÈSE MINEUR.

P.-S. : Écris-moi – ce n'est pas un ultimatum, c'est une prière.

Je ne suis pas tout à fait folle – je sais encore les faire.

ODILE À HÉLÈNE

*13 septembre 1938*

À destination de « Le Vivier », Aubergenville, Seine-et-Oise

Ouf ! J'ai l'impression qu'on vient de contourner un cap. Du moment qu'il n'y a pas la guerre aujourd'hui, il n'y aura pas la guerre. Du moins j'aime à me le persuader. Ce matin, sur la plage, j'ai lu le discours du monstre. Je ne sais pas si c'est l'influence tiède et réconfortante du soleil ou les gloussements joyeux des gens qui jouaient à quelques mètres au ballon, mais j'avais l'impression qu'il baissait terriblement (il = le monstre). Il me faisait l'impression d'une vipère qui siffle, impuissante derrière un mur, et qui crache tout son venin, dans sa fureur de ne pouvoir vous atteindre. Mais sait-on jamais ! La vipère dans un soubresaut de colère peut encore franchir le mur, et alors qu'arrivera-t-il ? J'aime mieux ne pas y penser. En tout cas, depuis hier, on est moins pessimiste.

J'ai rêvé que j'allais à Aubergenville, cette nuit. Je te trouvais jouant à la pelote basque sur le court de tennis, avec Miss Child[1]. Je te félicitais d'avoir fait installer un fronton. Tu me répondais vertement que Monique Gordon était rudement plus gentille que moi et qu'elle venait passer toutes les après-midi avec toi. Sur ce « Mossieu Jean » arrivait, et je m'étonnais de voir qu'il avait les cheveux tout blancs. Je lui en faisais la réflexion. Il éclatait d'un rire sarcastique en criant : « C'est mon secret, c'est mon secret ! » Et tout à coup, il changeait de figure. Il devenait Mossieu Adolf H. J'éclatais en sanglots. Alors il me donnait une fessée magistrale. Outrée je lui envoyais un coup de poing : il décrivait une parabole dans l'air, retombait dans le canal, et se résolvait en une poussière très fine qui tombait au fond du canal. Ton père disait alors qu'il fallait faire désinfecter le canal, car les poissons allaient crever. C'était macabre. Olivier s'avançait tenant en laisse un énorme

1. Gouvernante anglaise des enfants Berr.

moustique qu'il avait été pêcher dans la cage. Claudine s'évanouissait en hurlant. Tu te tordais en disant : « Regarde, je me suis fait un trou entre les deux omoplates. C'est en me promenant chez les Schwartz. » Je regardais par le trou, et je voyais Yvonne qui dansait vêtue d'une simple tunique de tulle blanc. Ta mère criait qu'elle n'était pas convenable, et la piquait de son aiguille à tricoter. Prise de panique je m'enfuyais dans le petit bois où je trouvais Catzéflis en train d'embrasser Nicole. Affolée, je redescendais en courant et sur mon chemin je rencontrais une chaussure sur laquelle était écrit en lettres d'or : Jean-Jacques Alcan. Je la couvrais de baisers (on se demande pourquoi) et je l'apportais à J. H. comme gage de mon amour. Tout à coup je m'aperçus qu'il n'y avait plus personne sur la pelouse. Je t'ai appelée pendant je ne sais combien de temps, et après je ne sais plus ce qui s'est passé. Je me souviens encore pourtant d'une course effrénée sur la route de quarante sous. J'étais avec quelqu'un, mais je ne peux pas me rappeler qui était ce quelqu'un. Quel drôle de rêve. Je me demande ce qui a pu le provoquer. Je ne m'en souvenais pas à mon réveil, mais tout à coup, il m'est revenu, pendant le petit déjeuner. Il y a peu de rêves dont les détails soient aussi présents à mon esprit.

Il pleut toujours. Mais il faut que j'aille mettre cette lettre à la poste.

Au revoir mon doux prince charmant. Je vous aime.

Mes amitiés à Violina, à Biquette et Croquette.

VOTRE LANGUISSANTE PRINCESSE.

HÉLÈNE À ODILE

*16 septembre 1938*

Depuis « Le Vivier », Aubergenville, Seine-et-Oise
À destination de Villa Maïtena, route de Sainte-Barbe, Saint-Jean-de-Luz, Basses-Pyrénées

*10 heures (du matin)*

Jacques m'a passé hier soir ta lettre sous la porte pendant que j'étais dans mon bain. Je suis sortie précipitamment dudit bain et sans me sécher, j'ai déchiré l'enveloppe pour en retirer le trésor. Et tandis que les gouttes tombaient lentement sur le carrelage, j'ai lu. Je te réponds immédiatement, parce que ma dernière lettre était trop désagréable, parce que la tienne était trop adorable, et parce que j'ai des tas de choses à te dire. Peut-être ne la finirais-je pas tout de suite.

Le cauchemar continue. Après une belle journée due au geste de Chamberlain, j'ai été ce matin réveillée par des nouvelles moins réconfortantes : départ de Chamberlain, menées de Henlein[1]. Mais je crois que personne ne peut rien savoir, et qu'émettre des hypothèses, c'est gaspiller son temps.

Aussi puisqu'aujourd'hui j'espère que nous aurons peut-être une dernière journée de paix, j'écarte ce sujet et je te parle d'autre chose.

Hier, jeudi, Daniel Schwartz devait rentrer en boîte. Bertrand prenait sa première leçon d'auto à Mantes et avait demandé à Denise de venir le pistonner auprès du professeur qui fut aussi celui de Denise. Aussi à 14 h 30 nous nous sommes tous empilés dans Ditch que Denise pilotait (à notre commune inquiétude). Philippe à ses côtés, prêt à tenir le frein et nous avons tous débarqué à Mantes, au Garage de la maison Bleue ; Bertrand était en train de prendre sa leçon (dans une petite Citroën d'avant Jésus-Christ, pointue de partout, genre Rosalie[2]) et nous avons trouvé attablés dans un café Daniel et

1. Konrad Henlein (1898-1945) : pronazi, chef du Parti allemand des Sudètes.
2. Modèle de voiture de Renault.

Geoffrey en train de jouer aux échecs et de boire un bock au lieu de visiter Mantes si intéressant, comme tu le sais bien… heu… Nous avons attendu le retour sensationnel de Bertrand et après quelques pourparlers avec le professeur que Daniel agaçait prodigieusement par ses plaisanteries (ex : le malheureux professeur ne comprenant pas l'orthographe de Schwartz, Daniel s'est mis à épeler : S comme Schwartz, etc.), Philippe plus angélique que jamais a décidé que nous raccompagnerions les Schwartz à Autouillet. Daniel précédant de sa voiture qui contenait Yvonne, Denise, Nicole et Geoffrey (ouais, ce n'est plus Catzéflis), Ditch suivant bravement avec Philippe, Bertrand et moi, nous sommes arrivés à Autouillet à l'immense étonnement du docteur et de Mme Schwartz. Après une visite protocolaire au petit chien de Briand nous sommes repartis dare-dare non sans que Daniel fût venu nous faire ses adieux dans son flambant uniforme.

De retour ici il fallut déménager – Viviane, qui attend un enfant, vient souvent, et il n'est pas recommandé qu'elle ait deux étages à monter, nous lui avons généreusement abandonné notre chambre, et avons pendant toute l'après-midi emménagé dans celle qui fut la tienne. Nous avons bien trop de place, même avec deux lits dans cette cellule. C'est très « cosy » et comme Philippe et les filles habitent au même étage, les chahuts vont bon train – toutes nos affaires tiennent dans cette chambre et c'est parfait. Philippe avait hier soir à la manière du monstre (Henlein) proclamé l'état d'alarme au second étage – à 22 heures nous sommes montés nous coucher et figure-toi le spectacle qui m'attendait : accroché au-devant de la porte par une faveur bleu ciel… hum, certain instrument d'émail se balançait allègrement – aux murs toutes les gravures tournaient le dos et une solide barricade couvrait les deux lits. J'ai immédiatement proclamé l'état de siège et j'ai envahi la chambre voisine (Yvonne et Denise) où nous avons confectionné « un monstre » sur le lit de Denise : de la peau de bique de notre chambre, roulée en forme d'animal, sortaient deux immenses bois de cerf (provenant d'un trophée de chasse familial), le tout sous une lumière falote – c'était délicieux !

Puis après quelques fous rires consciencieux, nous nous glissâmes au lit. Je me retournai avec délice dans celui où tu logeas, pensant à toi et à ta lettre, pendant qu'un étrange bruit retentissait chaque fois que Nicole se retournait, ce concert ayant duré une bonne demi-heure, nous constatâmes que l'armoire à linge (contre laquelle est poussé le divan de Nicole) n'était pas fermée et ne demandait pas mieux que de s'ouvrir chaque fois que Nicole tirait son drap.

Et maintenant, parlons de ta lettre. J'ai raconté deux fois ton rêve à haute voix dans le petit salon (ce qui a bien fait rire) et il est devenu proverbial. Attends-toi à un récit complet dudit rêve lorsque tu reverras ou Viviane ou Roger. Bonne Maman mourait d'envie de le savoir mais le public restant le même, il eût été *« tedious*[1] *»* de reprendre. J.L.M. n'a pas mis son projet épistolaire à exécution et je souhaite de tout mon cœur qu'il ne le fasse pas, car j'ai reçu hier matin une lettre absolument ridicule de ce pauvre Paul (déclaration en sol mineur avec fautes d'orthographe et de français) que j'ai déchirée de rage, et Maman était furieuse que je ne la lui ai pas montrée – j'ai reçu un solide sermon – elle est sévère, Maman, tu sais – quant à Paul, je ne lui réponds pas, et s'il recommence, je romps les pourparlers. Si Maman avait vu cette lettre, elle aurait explosé. Moi-même je n'ai pas eu la patience de la lire jusqu'au bout. Je te prie donc de ne plus parler de lettre à J.L.M. – fais-lui mes amitiés encore et toujours. J'ai rudement envie de le revoir. Pour le beau Grec beau-frère, a-t-il un frère ingénieur ? Mme Pomey en avait parlé à Maman. Je vois avec plaisir que tu n'es pas pimbêche, car tu ne fraies qu'avec des gens bien (tu sais lesquels). Quant à Monique Gordon demande lui si elle n'est pas (quand tu la reverras) la nièce de Germaine Lany, fille du docteur Lévy qui m'a mise au monde et qui est mort l'année dernière. Elle est beaucoup plus gentille que toi.

Ne trouves-tu pas mon écriture Mantouxesque. Mon stylo est en bas et j'ai 2 étages à redescendre pour le chercher – j'écris avec une plume marque MX.

Au revoir – il fait un temps superbe – je descends au jardin – je continuerai plus tard.

1. *Tedious* : fastidieux en français.

*Midi*

Je viens de remonter une feuille de papier à lettres et mon stylo qui m'a tout l'air d'être cassé.

Dernière nouvelle de la matinée – pas très rassurante – Yvonne a rencontré en revenant du marché de Meulan un régiment du génie et un canon camouflé caché dans une allée qui mène au château du comte de Savoye. Mais elle vient d'aller aux renseignements. Le village est plein de motocyclettes avec mitrailleuses de D.C.A. qui ont été faire des manœuvres à Mantes. Il n'y a pas la moindre garnison à Mantes et c'est un point stratégique assez important à cause des chemins de fer.

Voilà. On s'habitue à vivre dans l'inquiétude (accoutumance ou aptitude ?). Mais cela a assez duré. Pourvu qu'il ne se passe rien. Pourvu que Chamberlain ne se soit pas heurté à un refus d'Hitler. A-t-on jamais vu un aussi infect personnage, aussi menteur et inhumain ?

À propos tu reçois *Le Figaro*, je crois ? As-tu lu l'article de Guermantes d'aujourd'hui ? Il est épatant et rend admirablement honneur à Chamberlain – on ne saura probablement rien avant ce soir puisque Chamberlain n'arrive qu'à 16 heures à Londres. Et ma lettre ne peut plus partir maintenant – le prochain courrier ne part qu'à 19 heures ce soir. C'est extrêmement ennuyeux que les lettres mettent si longtemps de St-Jean-de-Luz à ici. Tu dois me maudire quand tu soupèses mes missives avant de les ouvrir. Mais vois-tu je ne fais rien ici. Les journées sont très longues et j'adore t'écrire. Tant pis pour toi qui as à les lire.

*Ce soir*

Il est 18 h 30. Je reprends ma lettre pour la finir – je viens d'apprendre 1° le retour à Londres de Chamberlain dont on nous a enregistré la voix très calme et claire (pauvre vieux, ce qu'il doit être fatigué) ; 2° la fuite de Henlein en bochie. Qu'est-ce que tout cela va donner ? Je n'en sais rien. Avez-vous une T.S.F. ? Ne devenez-vous pas fous avec ces bonnes et fausses nouvelles qui se succèdent ? J'ai malgré tout passé une bonne journée… j'ai fini une blouse que je me suis faite.

Au revoir. Lolita chérie, je vous adore.

LORENZO.

Ça ne t'embête vraiment pas que je t'écrive tant ?

HÉLÈNE À ODILE

*19 septembre 1938*

Depuis « Le Vivier », Aubergenville, Seine-et-Oise
À destination de Villa Maïtena, route de Sainte-Barbe, Saint-Jean-de-Luz, Basses-Pyrénées

Ô Ma Lolita,

Je crois que chaque Français en s'abordant demain matin pourra dire comme Gramont à Émile Ollivier[1] : « Mon cher, vous voyez un homme qui a reçu une gifle. » Une gifle oui, c'en est une. Ah, il peut ricaner le sale type de Berchtesgaden ; il a joué avec notre honneur comme avec une balle et il a fini par nous acculer à la honte. Je crois bien qu'un jour nous nous vengerons, mais quand ? C'est horrible d'avoir lâché nos alliés – et jamais au cours de notre histoire nous ne l'avons fait. Mais fallait-il aussi engager quarante millions d'hommes contre 100 millions ? Je ne suis pas une politicienne mais il me semble que si nous avions été forts, prêts, armés, si pendant deux ans les démagogues ne s'étaient pas agités en de vains discours, si les ouvriers français avaient bien voulu travailler et ne pas écouter des meneurs qui n'étaient pas même de ce pays, jamais Hitler n'aurait osé. Crois-tu que c'est beau de voir, lorsque la guerre est à nos portes, des ouvriers en grève gardés par des gardes mobiles partout

1. Le duc de Gramont (1819-1880) est le ministre des Affaires étrangères du gouvernement d'Émile Ollivier (2 janvier-10 août 1870) au moment de la déclaration de guerre à la Prusse.

à Paris ? Crois-tu que c'est honorable que des ministres passent leur temps à parlementer avec des syndicats ? Il aurait bien mieux valu les mobiliser tous, au lieu des réservistes. Je ne suis pas anti-sociale. Je n'ai aucune opinion de parti – mais ce seront ces flemmards-là qui les premiers déclareront « Quelle honte qu'on ait laissé humilier les Tchèques » alors que s'ils avaient daigné travailler un peu plus, rien ne serait arrivé. Je suis française – je le crierai – je n'ai que du sang de Français qui bouillonne en moi – on s'est joué de l'honneur de la France. Mais la revanche viendra. Ah ! Il est habile, Hitler, très, très habile, tout était calculé. La désagrégation du monde. Je le hais. Mais Mussolini alors, je lui cracherais dessus. Une hyène, un chacal, un sale aboyeur, une remorque démolie.

Tu me crois peut-être folle ? Mais la maison est à l'envers. Je veux crier pour les Tchèques. Maman sanglote toute la journée – quand elle était petite elle rêvait d'être Jeanne d'Arc. Si tu la voyais, tu penserais qu'elle n'avait pas tort. Et ceci ne contribue pas à me calmer. Maman avait écrit à Mme Osusky[1], la femme du ministre de Tchécoslovaquie à Paris, qu'elle connaît un peu, pour lui dire sa sympathie et lui demander à tout hasard si elle ne viendrait pas ici avec ses filles. Elle a répondu hier en acceptant avec joie cette invitation, et elle vient mercredi 21 avec une de ses filles. Pauvre femme, elle a dit à Tante Claire qu'il y avait des salons où, lorsqu'elle entrait, tout le monde se taisait et prenait l'air gêné. Il paraît que M. Osusky sortant de chez Georges Bonnet aujourd'hui pleurait et a dit simplement : « On démembre notre pays sans nous consulter. » N'est-ce pas que c'est lamentable.

Qui sait d'ailleurs si Chamberlain ne va pas se heurter à un bec de gaz ? Les journaux allemands déclarent ce soir qu'ils n'accepteront jamais la garantie internationale. Oh, les ignobles hommes. Comment cela peut-il exister ?

Voilà. Je suis ultra folle – calme-moi si tu peux –, je bous. Hier j'étais amorphe, aujourd'hui ça va craquer. Hier nous avons eu Annie Léauté

1. Stefan Osusky (1889-1973) est le ministre plénipotentiaire de Tchécoslovaquie à Paris de 1921 à 1940.

à déjeuner, et après les Schwartz, Daniel ayant eu une permission, car tu sais qu'il a été rappelé pour faire des manœuvres, et Geoffrey (très bien) – et aussi les Lévy. Tennis et j'ai à peine vu mes invités, ayant eu à préparer le goûter, et ensuite je suis restée avec Bonne Maman[1].

Aujourd'hui, Gilbert à déjeuner (il m'a demandé de tes nouvelles) – et après Henriette May, Arnaud Raynal, Bertrand et Geoffrey nous avons joué au tennis – moi comme p + q pieds – ensuite une épatante partie de deck tennis, au bout de laquelle sur neuf joueurs, sept se vautraient dans l'herbe, et deux jouaient (Bertrand et Gilbert), sur quoi j'ai proposé de jouer à gendarmes et voleurs. J'étais voleur avec Yvonne Arnaud et Bertrand. C'est assez difficile ce jeu, étant donné la grandeur du jardin j'ai été cernée derrière une meule de foin par Geoffrey, auquel du reste j'ai échappé, mais malgré une galopade à 100 à l'heure (aïe mes jambes !) j'ai été prise par Nicole et Gilbert. Seul Bertrand a évité les gendarmes. Tu sais comment ? En sautant par-dessus le mur (il a bien 2,5 m de haut) et en rentrant par l'autre bout du jardin avec force écorchures. Ensuite nous sommes repartis au tennis, de plus en plus lamentable pour moi. J'oublie un goûter fort agité : Bertrand mis dans le coin par Yvonne, Geoffrey attrapant au vol un morceau de gâteau au chocolat destiné à Bertrand, Henriette et Gilbert pleurant à force de rire, Toto quêtant du sucre, etc. Ceci n'est qu'un bref aperçu. Enfin nous avons bien ri.

Pour le sieur Geoffrey, voici sa description. Vingt ans, moyen de taille, une très jolie figure, brun, yeux marron, deux fossettes quand il rit, se plaignant quand le thé est mauvais, excellent joueur de tennis, assez snob (il est arrivé aujourd'hui en short avec un foulard de soie blanche au cou), sûrement juif, et ultra-flegmatique. Ayant par moments l'air de s'embêter, parlant à peine français, charmant quand il rit. Voilà, es-tu satisfaite ? C'est pour toi, la description, car moi je m'en f…

Jeudi expédition chez Henriette May. Il y aura je crois « l'avim[2] » Jean-Mathieu Boris[3] (que je ne connais pas pour mon bonheur).

1. Berthe Rodrigues-Ély née Leven, mère d'Antoinette Berr et grand-mère maternelle d'Hélène.
2. Aspirant Volontaire Infanterie de Marine.
3. Jean-Mathieu Boris (1921-2017) : futur officier de la France libre.

Samedi expédition chez Arnauld à La Mare. Je ne sais pas si je pourrais supporter de revoir ces lieux enchanteurs.

Et voilà ma vie, ma vie, ma vie.

J'ai dû rompre les pourparlers avec Paul, ayant reçu une seconde lettre où vraiment il voyait son avenir définitivement lié au mien – tu vois le genre ? Je n'ai pas la moindre envie d'habiter Anvers. C'est dommage que tout soit fini – car il apporte de bons chocolats quand il vient. Je suis cynique car le pauvre type a dû avoir quelque chose en lisant ma lettre – quatre lignes, et tapées !

Est-ce que mon ton n'est pas haïssable ? Je me déteste. As-tu revu J.L.M. ? Si tout s'arrange, je viens chez toi. C'est ce que toute la famille dit – « Si tout s'arrange », Yvonne fait la bombe ; « Si tout s'arrange », Nicole aura le droit de mettre des bas de soie cet hiver tous les jours ; « Si tout s'arrange », je crois que je t'aimerai encore un peu plus, si c'est possible.

HÉLÈNE.

P.-S. : Je suis incolore inodore et sans saveur. Mes lettres doivent te barber. Mais je n'ai absolument que toi à qui parler. Tu ne sais pas ce que tu es pour moi. Je voudrais tant te voir.

## ODILE À HÉLÈNE

*21 septembre 1938*

Depuis Villa Maïtena, route de Sainte-Barbe, Saint-Jean-de-Luz, Basses-Pyrénées
À destination de « Le Vivier », Aubergenville, Seine-et-Oise

Écoute, ô mieux-aimée,

Ne m'écris plus de pareilles lettres. Elles me fendent le cœur. Je voudrais te calmer, et te bercer, comme si tu étais un tout petit enfant chéri qui vient d'avoir un gros chagrin. Ta dernière lettre m'a atteinte ce matin sur la plage, par l'intermédiaire de Papa, quand je sortais du bain. Le sable était comme de l'or brûlant, et la mer était sillonnée de petits voiliers. Autour de moi, les gens riaient, sautaient, jouaient. Avant de recevoir ta lettre, je les regardais avec bienveillance. Mais après avoir lu ta lettre, ils m'ont paru de grotesques marionnettes, et je leur en ai voulu de s'amuser pendant que tu étais si triste et malheureuse. Maintenant, je me rends compte qu'il ne faut pas leur en vouloir. Ils cherchent à s'étourdir pour oublier, et à jouir le plus violemment possible de ces instants relativement paisibles. Je comprends très bien que tu sois humiliée, outrée, écœurée. Je suis comme toi. Seulement ne te mets pas dans un état pareil. Cela me fait peur, d'autant plus peur que j'ai été comme toi pendant quelques jours et que j'ai senti que cela pouvait mal tourner. [...]

Hitler a fait du peuple allemand un peuple maudit. Et le châtiment ne peut manquer de s'abattre un jour ou l'autre sur l'Allemagne. Évidemment la France paraît atteinte dans son honneur. Mais au fond, n'est-ce pas dix fois plus honorable de sacrifier ce qu'on nomme le prestige, si ce sacrifice doit sauver la vie de quelques millions d'hommes. Remarque pourtant que je souffre autant qu'une autre de voir l'Angleterre et la France obligées de s'incliner devant un pantin tel Hitler. Et comme toi, je me sens atteinte dans mon orgueil de Française. Mais je ne peux pas arriver à considérer le triomphe d'Hitler comme un véritable triomphe. Tu vas te moquer de moi et dire que je suis romanesque. Mais j'ai l'impression qu'il ne fait que tisser les fils dans lesquels il finira par s'empêtrer, et que si Dieu le laisse faire, c'est pour que sa défaite soit encore plus terrible après. [...]

À propos de J. H., je suis hélas de plus en plus emballée. Je suis même obligée d'avouer qu'il est mieux qu'Hamlet. Il est beaucoup plus fin, beaucoup plus cultivé, beaucoup plus musicien. Il est bon, complaisant, et n'a pas ce défaut que j'ai malheureusement découvert à Hamlet cet été : l'égoïsme. Il est d'une franchise quelquefois déconcertante. Malgré tout, j'aime toujours mieux Hamlet. [...]

Jeudi : 14 heures de l'après-midi.

Et voilà ! Ce qui devait arriver vient d'arriver, mais on avait beau s'y attendre, j'en ai reçu un coup au cœur. Pauvres Tchèques[1], j'ai envie de leur crier mon désespoir, et ma sympathie. Les pauvres ! Ils n'en ont que faire. Oh ! Comme l'humanité est écœurante, ignoble, dégoûtante, bestiale ! On a honte de vivre à une époque pareille. Mais ne parlons plus de cela, car je vais reperdre ce calme que je croyais vraiment posséder hier. D'ailleurs, tu sais ce que je pense, puisque je pense comme toi. Je n'ai donc pas besoin de te le raconter. Mais comment cela va-t-il finir ? Pouah ! J'aime mieux ne pas y penser. [...]

Voilà. Je n'ai rien d'autre à te dire, sinon que je voudrais tant, tant, tant, te voir. Qu'est-ce que je deviendrais si je devais être séparée de toi pour longtemps ? J'aime mieux ne pas y penser. Je t'embrasse ô ma mieux-aimée, de toutes mes forces.

LAURE-ELVIRE-BÉATRICE-ODILE.

HÉLÈNE À ODILE

*23 septembre 1938*

Depuis « Le Vivier », Aubergenville, Seine-et-Oise
À destination de Villa Maïtena, route de Sainte-Barbe, Saint-Jean-de-Luz, Basses Pyrénées

À toi la plus adorable des amies,

Tu viens de m'écrire une lettre que je n'oublierai pas. C'est toujours quelque chose de profond pour moi de lire tes lettres. Cette fois-ci, c'est bien pire. Et puis écrite dans un français qui ferait blêmir le XVII^e^ et le XVIII^e^ réunis.

---

1. Le 22 septembre 1938, Neville Chamberlain se rend à Bad Godesberg pour discuter avec Hitler de la crise des Sudètes.

Non, je ne m'exciterai plus. Tu sais, quand on passe ses vacances loin du monde, sans voir de gens, on a parfois de ces petites crises. Mais aujourd'hui je suis très calme, parce que je suis très contente. Le soir tombe, tout violet, après une journée splendide. Plus un bruit à l'horizon. Écoute les belles histoires.

Hier jeudi, je me suis bien amusée. Philippe nous a emmenées, Nicole et moi, chez Henriette May (à 40 kilomètres d'ici). Il y avait là : Bertrand, Geoffrey, Arnauld, Jean-Mathieu Boris, un cousin d'Henriette, et une autre fille poseuse. Nous avons joué au ping-pong, aux proverbes, aux gendarmes et voleurs et nous nous sommes promenés. Maintenant, aux personnes, par ordre de faveur décroissante : le cousin d'Henriette, idiot, costume vert, qui se croit irrésistible et a l'air faux – éliminé. La fille poseuse, belle coiffure, rouge aux lèvres, essayant de flirter et se tortillant comme il se doit. Jean-Mathieu Boris, plein de boutons, au fond brave type, assez crétin, s'étant disputé avant de venir avec Bertrand parce qu'il voulait apporter un phono et des disques pour danser, et que Bertrand et Geoffrey ont ce sport en haine. Et maintenant, je ne sais plus dans quel ordre aller. Ils sont tous sympathiques. Geoffrey (il est juif, j'ai eu des renseignements) est très joli garçon, mais a l'air complètement abruti par la rapidité excessive avec laquelle nous parlons. Il sait trois mots de français, mais il est charmant et très franc. Arnauld est adorable. Tu connais sa figure ? Il a un peu l'air d'une petite fille, avec son teint frais et ses yeux verts. On a un peu peur de le casser tant il est frêle. D'ailleurs, il est régulièrement malade une fois par semaine. Il est très gentil et comme c'est le meilleur ami de Bertrand, j'ai confiance. Enfin il y avait Bertrand. C'est vraiment le plus chic garçon de la terre. Il s'agite pour tous, met de l'entrain partout, s'esquinte et sourit toujours. Et d'une bonté qui me renverse. Au cours de la conversation, j'aime mieux te dire que ton nom est souvent revenu – je parle d'ailleurs toujours de toi.

Avant de nous quitter, nous avons décidé de pique-niquer le lendemain (aujourd'hui) chez Bertrand. Puis nous nous sommes entassés à six dans Ditch (nous trois, Geoffrey, Bertrand, Arnauld) et nous avons été à La Mare où nous avons déposé Arnauld et pris la bicyclette Schwartz qui est revenue à Autouillet[1] sur l'avant de Ditch.

Aujourd'hui donc, par un temps radieux, nous avons empaqueté tant bien que mal notre déjeuner dans un panier, et nous sommes parties (les quatre filles) pour Autouillet où se trouvaient déjà Henriette, son cousin (toujours en vert), Arnauld, Jean-Mathieu Boris, Geoffrey naturellement et Olivier Debré[2] qui est charmant. En somme, une bande très sympathique. Nous avons déjeuné sur l'herbe aussi proprement que possible. Arnauld a pris deux photos sûrement ratées. En suite de quoi nous avons fait la sieste (deux ou trois jouant au ping-pong). Puis nous sommes partis en expédition de deux heures voir le petit chien de la chienne de Bertrand. Saturés de poux des champs, éreintés, ivres de grand air et de soleil et assoiffés, nous avons échoué de nouveau à Autouillet où un succulent goûter nous attendait. Ah j'oublie qu'une insupportable donzelle était arrivée dans l'intervalle, et que pendant la promenade nous nous tordions tous de la voir flirter avec le cousin d'Henriette sur le thème Politique. Après goûter, 3 ping-pongs tournants et très fatigants où Geoffrey se distingua – et à 17 h 45, retour au Vivier.

Voilà. Conclusion de tout cela ? La plus folle journée qui soit. Arnauld, Bertrand, Henriette adorables. En rentrant je trouve ta lettre. Tout mon amour s'est exhalé, si bien que j'ai été le passer sur Peluche, qui, très ému de ces effusions peu ordinaires, s'en fut lever la patte dans le salon. Ceci me fit revenir à moi, et je chassai Peluche avec force « À la niche ! ».

C'est demain que Mme Osusky[3] vient avec sa fille. Pauvres gens ! Les Schwartz viennent aussi et naturellement Bertrand, Geoffrey et Olivier Debré.

J'ai un rhume ébouvantable et je me soutiens à coup de léniforme[4] et d'aspirine. J'use à profusion de mouchoirs, détail intéressant.

1. Maison de campagne de la famille Schwartz à 16 kilomètres d'Aubergenville.

2. Olivier Debré (1920-1999) : fils du professeur de médecine Robert Debré, il deviendra artiste-peintre.

3. Épouse de l'ambassadeur de Tchécoslovaquie à Paris.

4. Gouttes pour le nez.

Malgré ce rhume, je vais tout de même aller prendre un bain et je finirai cette lettre après le dîner. Bonsoir chérie, à bientôt.

*21 heures*

Bonsoir. Encore de mauvaises nouvelles. Il paraît qu'Hitler et Chamberlain se parlent par petits papiers, que les Russes et les Polonais se disputent. Je n'ai jamais vu des gens aussi dégoûtants que ces Hongrois et ces Polonais. On dirait des mouches autour d'un cadavre. Je n'accuse que les gouvernements, car je crois les Polonais très francophiles et j'adore les Hongrois. Et enfin, nous connaissons toutes deux de forts sympathiques Polonais.

Mme Osusky ne viendra pas demain. Maman a été la voir aujourd'hui. Il paraît qu'elle est extraordinaire et qu'elle n'apprend les nouvelles que par la T.S.F. Une de ses filles passe son bachot de philo la semaine prochaine. Elle a embrassé Maman sur les deux joues et a promis de venir la semaine prochaine.

Je viens de téléphoner à Gilberte qui a passé aujourd'hui son premier jour de bac. Elle est ravie pour aujourd'hui et a pris un sujet sur Molière. Pendant les trois minutes où nous avons parlé, ton nom a trouvé moyen de faire partie de la conversation. C'est un peu fort !

Je m'arrête pour me moucher (ce qui arrive sans blaguer toutes les minutes) et je reprends. J'ai reçu ce matin une lettre de Joyce, une des Américaines avec qui je corresponds et au sujet de la politique, elle ne trouve qu'une chose à me dire, c'est la liste des acteurs de cinéma qui partiraient pour la guerre s'il y en avait une !!!!

Je trouve la tenue de J.L.M., d'après tes descriptions, déplorable, et j'en suis désolée. Si j'avais été là… Eh bien quoi, si j'avais été là il aurait reçu un savon.

Quant à J. H. (si je ne m'y perds pas avec toutes ces initiales), il était un camarade d'Yves Bloch, le frère de Gilbert qui est mort il y a trois ans. Gilbert m'en a parlé. Mais tout charmant qu'il soit, cela me ferait de la peine de voir pleurer Hamlet. Aussi fais attention. Ne joue pas trop avec les cœurs.

Jacques a été aujourd'hui chez le docteur Debré[1] qui ne lui a pas permis de retourner au lycée cette année. Pauvre gosse ! Ce n'est pas drôle de travailler à la maison.

Pense que dans moins de quinze jours peut-être nous allons nous revoir. Que de choses nous aurons à nous dire ! Je me rappelle encore la dernière lettre que tu m'as écrite de Saint-Jean-de-Luz l'année dernière, et où tu te promettais de t'en donner en Philo et de préparer quelques sales coups, comme par exemple de passer sournoisement ton bras sous le mien. Ah ! Le bon temps. Je te vois d'ici en train de dire « Oh, Hélène, c'est trop triste » et tu sais, tu prononces toujours trop comme s'il y avait un accent circonflexe sur l'o.

Je te sens tout près en ce moment. C'est très drôle comme impression. Je me réjouis tant de te revoir ! Maman voudrait bien rester ici jusqu'au 15 octobre. Je ne sais si ce projet va être mis à exécution. Et toi quand rentres-tu ? Naturellement, s'il y a QUELQUE CHOSE nous restons ici. Je ne veux pas qu'il y ait quelque chose. Je veux encore un hiver gai, avec des bals, des danses.

Je veux connaître la vie de Sorbonne. Je veux… on dirait que je dirige le monde. Non. Il n'y aura rien. Cela ne peut pas être.

Je vais essayer de retrouver un article formidable qui a paru l'autre jour dans *La Journée industrielle* (que malheureusement presque personne ne lit). Aie la patience de le lire jusqu'au bout. C'est merveilleux.

*Samedi matin*

Cette fois-ci je crois que ça y est. Mobilisation générale en Tchécoslovaquie. Ici à la gare et à la mairie l'ordre de mobilisation de dix classes et de réquisition de véhicules est arrivé. Ditch ne sera pas réquisitionnée je crois parce qu'elle est trop vieille.

Quelle lettre ! Elle commence en parlant de fête et elle finit en parlant de guerre. Lorsque tu l'ouvriras, tu te diras : à quoi pense-t-elle donc de m'écrire des choses pareilles quand il y a la guerre… Car je suppose que les événements vont se précipiter. Papa m'a dit ce matin

1. Robert Debré (1882-1978), père de Michel, d'Olivier et de Claude. Il est alors médecin à l'hôpital des Enfants malades.

encore : « C'est la guerre à moins que les Allemands ne calent au dernier moment… » Depuis le temps qu'on s'y attend ! Pourtant on avait repris un peu d'espoir. Et il fait si beau ! Par-dessus le marché Oncle Jules[1] est malade. Il a tout le temps des étourdissements. Jean doit venir ce soir, s'il n'est pas mobilisé. Yvonne et Denise apprennent à conduire la grosse voiture.

Je pense que vous êtes très occupés. Mais tout de même, écris-moi vite un petit mot, même si c'est sur un vieux bout de journal.

J'ai le début de ma lettre sous les yeux et elle me semble idiote. J'ai voulu la déchirer et la mettre au panier. Mais je n'ai pas pu m'y résoudre.

L'essentiel maintenant est de garder son calme. Nous avons tout fait pour sauver la paix. Devant les justes, devant Dieu, nous avons le Droit pour nous. Il n'y a plus qu'à prier, et à essayer d'agir avec sang-froid. En ce jour, tout le monde est égal. J'ai l'impression qu'une grande porte va s'ouvrir. Il ne faut plus penser à ce qu'on aurait voulu faire. Le présent est tout.

Je vais maintenant poster cette lettre pour qu'elle ne t'arrive pas trop tard. Elle sera tout de même démodée. N'oublie pas de m'écrire juste trois lignes. Je pense tout le temps à toi. Je crois que je ne réalise pas tout à fait.

Je t'ai retrouvé le fameux article ; lis-le et si cela ne t'ennuie pas, renvoie-le-moi car Yvonne voudrait bien le garder. Il a paru mardi, je crois.

Je rouvre ma lettre. Ce coup-ci les nouvelles sont épouvantables. Les Allemands sont entrés en Tchécoslovaquie et M. Chamberlain repart demain matin. Papa a dit que c'était fini. Est-ce possible ? Depuis le temps qu'on s'y attend.

Dans tout cela, il y a un homme épatant. Le général Faucher[2]. Un Français, resté en Tchécoslovaquie depuis la guerre, a donné

1. Jules Schneider : mari de Germaine Rodrigues-Ély, la sœur d'Antoinette Berr.

2. Louis-Étienne Faucher (1874-1964) dirige la mission militaire française en Tchécoslovaquie de 1926 à 1938.

aujourd'hui sa démission de l'armée française et s'est fait naturaliser tchèque. Il est maintenant généralissime des armées tchèques. C'est un beau geste, n'est-ce pas ?

Je n'y comprends plus rien. Je viens de mettre le Poste Parisien. On ne donne aucune nouvelle ! Celles que j'avais venaient de Londres. Je continue à t'écrire au fil des nouvelles. Attendons celles de 22 h 30. Non. Je vais me coucher. Tant pis. Souhaitons que c'étaient de fausses nouvelles.

De toutes mes forces je le souhaite.

Bonsoir.

## ODILE À HÉLÈNE

*25 septembre 1938*

Depuis Villa Maïtena, route de Sainte-Barbe, Saint-Jean-de-Luz, Basses-Pyrénées
À destination de « Le Vivier », Aubergenville, Seine-et-Oise

Ma chère petite *sweetheart,*

Je t'envoie les trois lignes que tu m'as demandées. Je ne me sens pas capable d'en écrire beaucoup plus. Ta dernière lettre m'a remplie de joie. J'étais si contente de voir que tu t'amusais, et que tu profitais encore, et malgré tout de ces derniers jours. Pourquoi aurais-tu déchiré ta lettre, samedi matin ? Tu avais bien le droit d'être gaie vendredi en l'écrivant puisqu'à ce moment, on reprenait espoir. D'ailleurs je suis habituée aux lettres démodées, et tu dois l'être aussi, car les miennes le sont toujours. Il se passe tant de choses en un jour.

Hier matin, pour la première fois, j'ai réalisé. J'ai reçu comme un coup de massue, en apprenant la mobilisation tchèque. Papa nous avait prédit la mobilisation française pour le soir. Toute la matinée, je n'ai fait que tourner et retourner une pensée dans ma tête : celle de la guerre. Pour la première fois, j'ai cru la guerre inévitable. Et puis, dans l'après-midi, j'ai eu un sursaut de révolte. J'ai pensé à tous ces hommes qui étaient déjà partis en 14, et qui devaient repartir maintenant, avec leurs fils. Je me suis dit que ces hommes avaient beau être allemands, français, italiens, anglais, ils avaient tous un cœur, et qu'ils ne pouvaient désirer courir à un nouveau carnage. J'ai pensé à tous ces jeunes gens beaux et gais qui ne demandent qu'à profiter de la vie et que j'ai vus heureux et insouciants, en train de danser, ou de boire du champagne. J'ai pensé à ce que pourrait être le prochain hiver, si tout s'arrangeait, et à la vie merveilleuse que je mènerais, que nous mènerions, puisque tu es toujours associée à moi dans mes pensées. Et la guerre m'a paru impossible. Je la déteste trop. Je ne veux pas qu'elle soit. Et au fond de moi-même quelque chose me dit qu'elle ne sera pas. Ce quelque chose, c'est peut-être l'illusion de la jeunesse ou d'un bonheur qui ne veut pas s'effondrer. Mais je veux y croire et j'y crois. C'est fini. Je ne me sens plus malheureuse comme hier. D'ailleurs, je reprends vite espoir, trop vite peut-être. Mais il me semble que les Allemands sont malgré tout un peu intimidés. Et s'ils n'ont pas envahi la Tchécoslovaquie hier, ils ne l'envahiront peut-être pas. Quant à Mussolini, il m'apparaît comme le bouffon qui vient faire rire le public au moment où le drame devient trop poignant. Je suis persuadée qu'il finira ses jours dans un asile de fous. En tout cas, cela ne m'étonnerait pas que sa chute soit prochaine. Et quand Mussolini tombera, Hitler sera mal à son aise.

Nous avons pris la résolution de quitter Saint-Jean-de-Luz mercredi ou jeudi, à destination de Tours et nous rejoignons Paris, vers le 3 octobre. Sinon, il faudra que nous restions là-bas, chez les Bergson[1], ou chez Boule de Graisse dont les parents nous ont également invités (quelle calamité !). Si une catastrophe se produit, Mme Vinès[2] doit également venir à Tours, nous rejoindre. Elle restera probablement

1. Henri Bergson (1859-1941). Le philosophe a épousé Louise Neuburger, sœur du père d'Odile. Ils ont une fille, Jeanne.

2. Hélène Vinès, née Dreyfus, mère de Jeanine, amie d'Odile, participera au sauvetage des collections des musées nationaux.

aussi dans les environs. Je t'écrirai avant mon départ pour te donner mon adresse à Tours. S'il est décidé que nous y allons. [...]

Quelle triste fin de vacances ! Je voudrais être au moment où je mettrai le pied sur le tapis de ma chambre, et je voudrais encore plus être au moment où je te verrai arriver les cheveux ébouriffés, en traînant tes souliers (comme lorsque tu allais au tableau). Je crois que je serai incapable de parler à ce moment-là. Oh mon Dieu, je t'en supplie de tout mon cœur, fais que ce moment arrive ! Rien qu'en y pensant, mes jambes tremblent de joie.

Je te renvoie ton article. Je l'ai trouvé tout à fait épatant. Cela fait plaisir de voir exprimées sur le papier les pensées qui se cognent dans nos cerveaux. Cet article est une synthèse de toutes mes pensées. Il exprime exactement ce que je ressens.

Ce qui m'a calmée aujourd'hui également, c'est de voir la France se ressaisir comme en 14. Mais pourquoi faut-il être à la veille d'une catastrophe pour que les Français comprennent enfin le lien qui les unit ?

Je m'aperçois que j'ai largement empiété sur les trois lignes que je t'avais promises. Mais tu sais, quand je t'écris, je ne peux plus m'arrêter, même si je n'ai rien à te dire. D'ailleurs, est-ce que je n'ai pas toujours quelque chose à te dire ?

Je termine cette lettre, en te souhaitant ainsi qu'à toute la famille une bonne année[1]. J'espère qu'elle sera meilleure qu'elle ne s'annonce. Au revoir, à bientôt. Ces mots qui paraissent n'avoir aucune signification d'habitude sont les plus beaux qu'on puisse dire en ce moment.

N'oublie pas que je suis près de toi à tout moment et surtout dans les moments les plus critiques.

ODILE.

1. La nouvelle année juive tombe le 25 septembre 1938.

HÉLÈNE À ODILE

*30 septembre 1938*

Depuis « Le Vivier », Aubergenville, Seine-et-Oise
À destination de 1, avenue du Maréchal-Maunoury, Paris XVI^e^
Prière de faire suivre

Ma petite Odile chérie,

Tout est sauvé. Je t'aime, je t'adore, je voudrais te manger de baisers, bien que ce ne soit pas mon habitude. J'en perds la tête de joie. Il faut que toi d'abord tu reçoives le trop-plein de mon excitation. Dire que c'est fini. Mon Dieu c'est incroyable. Dire que je vais te revoir, te parler, quand je croyais ne jamais assister à ce jour ; dire que l'hiver va recommencer avec ses bals, son cortège de réjouissances. Dire que je vais pouvoir aller à la Sorbonne. Mais c'est formidable, inouï, ébouriffant. Il fait un temps splendide – un ciel de turquoise, sans un nuage –, le soleil scintille partout. La brume monte des champs au loin. La nature est gaie aussi. Mais dis, est-ce que tu me reconnais ? Est-ce que tu es aussi contente que moi ? La dernière lettre que je t'ai écrite c'était épouvantable. J'étais sûre que c'était la guerre.

Alléluia – je voudrais être un des anciens Hébreux pour trouver des mots simples et forts ; je voudrais chanter un cantique de joie.

Quand j'y pense ! Lundi, tout était noir. Le message de Roosevelt, le discours d'Hitler. Mardi le message de M. Chamberlain. Nous étions tous à table et nous l'avons écouté lui-même – tout le monde pleurait c'était magnifique – simple, si simple – et la voix grave tremblait imperceptiblement – comme s'il allait sangloter. Après, ce fut immédiatement la traduction en allemand, puis en italien, puis en français. Toute la nuit, la T.S.F. retransmit en toutes les langues le message de Roosevelt, les nouvelles et le discours de Chamberlain. Je crois que sans la T.S.F. et sans l'avion nous aurions eu la guerre

– c'est grâce à la radio que tout le monde a entendu Roosevelt – et sûrement, cela a fait virer les Italiens.

Mercredi matin ce fut le second message d'Amérique – la veille, en Angleterre, nous avions appris que Hitler lançait aux Tchèques un ultimatum. Il n'y avait plus guère de chances d'y échapper. À 16 heures, la T.S.F. émit le projet de conférence à quatre – qui fut confirmé à 18 heures. Chamberlain avait parlé pendant une heure aux Communes. Et jeudi tous nous espérions. Malgré de sombres pressentiments de Maman, je gardais confiance.

Voilà – qui faut-il remercier parmi les hommes ? Chamberlain d'abord – qui a déjà dressé sa silhouette admirable dans l'avenir. Je vais écrire à sa femme – peut-être ne lira-t-elle pas ma lettre, mais c'est une chose qu'il faut faire. Daladier aussi a été épatant – sans se mettre au premier plan il a par degrés mobilisé presque toutes nos forces et il paraît que s'il avait réuni les Chambres, il aurait rencontré une opposition telle qu'on aurait dû lâcher les Tchèques dans une guerre. Il a eu un cran formidable de gouverner seul, fermement, et loyalement.

Mussolini ? Que s'est-il passé ? Autre « il paraît que » mais très probable le roi des Belges aurait sommé Victor-Emmanuel de faire quelque chose – et celui-ci aurait dit qu'il abdiquait si la guerre était déclarée contre nous – Benito, craignant une révolution, aurait plié bagage. Est-ce aussi dû à une intervention du pape ? J'ai toujours été persuadée que les Italiens ne marcheraient pas contre nous 6. Et d'ailleurs tous les gens qui reviennent d'Italie disent que les Italiens détestent les Boches. Hitler ? Un fou, à qui on a probablement ouvert un peu les yeux.

Il est regrettable qu'il faille mettre un Français dans la liste des sales types : c'est P.-É. Flandin[1] – qui a été absolument dégoûtant ces derniers jours – furieux sans doute de ne pouvoir faire son petit dictateur ; accusant Daladier de vouloir la guerre. Les affiches ont d'ailleurs été arrachées par la police. Est-il payé par l'Allemagne ?

1. Pierre-Étienne Flandin (1889-1958), ancien président du Conseil, a approuvé en 1938 les accords de Munich.

C'est un sacré cochon – pas d'autre mot. La France a été épatante – à part Mme Hup qui pleurait tout le temps. Ici la maison était archipleine. Et par-dessus le marché Miss Child rapplique ce soir – on ne sait pas où la mettre.

Cela va être la ruine pour l'État. Les mobilisations coûtent des millions. Mais j'aime encore mieux aller avec une robe trouée à une réception que d'avoir la guerre. Depuis deux jours, la route était pleine de gens qui fuyaient Paris en entassant matelas et valises dans leur auto. Le Champ-de-Mars est plein de tranchées. Paris dans l'obscurité la nuit. Moi, je m'étais mise avec acharnement à tricoter des chaussettes pour les soldats. J'ai fait une paire en quarante-huit heures seulement elle n'est pas tout à fait finie et je n'ai pas le courage de m'y remettre.

On parlait ici d'empiler des sacs de sable au grenier. Mantes devait être évacuée car on y installait des magasins à provisions. Papa ne pouvait trouver de masques à gaz nulle part. Et tout cela maintenant, c'est un cauchemar.

Les pauvres Tchèques ont tout de même reçu un sale coup. Mais il faut penser aussi que s'il y avait eu une guerre ils auraient été complètement détruits.

Souhaitons maintenant qu'il n'y ait plus d'incidents de frontière et que la paix dure quelque temps. J'avais envie ce matin d'aller au Bourget faire une ovation à Daladier – Maman a d'abord accepté, puis refusé[1].

Je n'ai pas voulu t'écrire avant j'attendais les événements. D'ailleurs je ne sais pas où t'adresser cette lettre. Mais je suis si ravie que je t'écris quand même. Je crois que nous resterons ici pour Kippour. Nous voulions dès 9 heures du matin téléphoner à Bertrand de venir – car il n'est pas revenu depuis samedi dernier jour lugubre. Au moment où nous allions l'appeler, il s'est invité lui-même cette après-midi avec Arnauld et Olivier Debré.

1. Dans la nuit du 29 au 30 septembre 1938, les Européens cèdent les Sudètes à Hitler pour sauver la paix. Le 30 septembre 1938, des dizaines de milliers de Français se pressent à l'aéroport du Bourget pour accueillir le président du Conseil, Édouard Daladier, de retour de la conférence sur les Sudètes. On le remercie d'avoir sauvé la paix. Des témoins de la scène l'auraient entendu murmurer : « Ah les cons ! S'ils savaient. »

Quel temps radieux ! Comme nous allons nous amuser cette année. J'ai fait deux vœux ridicules si tout s'arrangeait : 1° d'aller à mon premier bal coiffée à la 1900 – 2° de mettre tous les jours du rouge à lèvres. Dis-moi s'il faut les tenir ?

Yvonne avait juré de faire la noce et Nicole également.

Pour le moment je pense seulement qu'on est très heureux après des jours épouvantables et je voudrais bien te revoir.

Je m'arrête – tu en as assez eu.

HÉLÈNE.

ODILE À HÉLÈNE

*30 septembre 1938*

Depuis La Gaudinière, chez Henri et Louise Bergson, Saint-Cyr-sur-Loire, Indre-et-Loire
À destination de « Le Vivier », Aubergenville, Seine-et-Oise

Mon Lorenzito bien-aimé,

Je t'avais écrit une lettre de sept pages qui Dieu merci ! n'est pas partie à temps. Je l'ai rouverte ce matin après avoir appris les bonnes nouvelles, et je l'ai déchirée en mille morceaux. Tu n'aurais pas pu croire que c'était moi qui l'avais écrite, tellement elle était sinistre et lamentable. Mais ces derniers jours m'avaient complètement transformée. Depuis lundi, je réalisais pleinement l'horreur de la situation. J'ai compris brusquement, et cela en a été d'autant plus pénible. Moi qui avais été si longue à désespérer, je ne gardais plus le moindre espoir. Le discours de Chamberlain m'avait fait pleurer à chaudes larmes. Mais le drame a atteint son apogée à l'heure du départ. Mardi, nous avons fait les malles n'importe comment pendant que Maman courait dans le pays pour payer les différentes notes. J'étais affolée à la pensée de venir m'enterrer dans ce coin de Touraine avec la perspective d'y rester des mois, peut-être des années, dans une situation atroce, loin de tous ceux que j'aimais. L'arrivée à Tours mercredi soir a été tragique et lugubre. Nous avons fait des adieux émouvants sur le quai à Papa qui retournait à Paris. Si tu nous avais vus, arrivant dans la nuit après un sinistre trajet en auto dans cette grande maison nue et froide ! Je me sentais vraiment l'âme d'une réfugiée. Ma tante Louise Bergson et sa fille Jeanne ont été très bonnes. On m'a tout de suite logée dans une chambre ravissante mais qui m'a semblé bien froide, car aucun des objets ne m'y parlaient. Mais je me réserve de te raconter toutes mes impressions en détail puisque maintenant j'ai l'espoir de te voir bientôt. Quel bonheur ! Je voudrais danser de joie. Pourtant je ne me fais pas d'illusion. Je sais que nous ne sommes pas au bout de nos peines. Mais tout est si beau par rapport aux heures que nous venons de traverser.

Si la situation se maintient nous rentrerons lundi à Paris. Cette rentrée à Paris m'apparaît comme quelque chose de miraculeux, de divin ! Je l'ai tant désirée ! Alors à bientôt, mon amie chérie adorée. Je t'aime, je t'aime, je t'aime ! Et j'aime aussi à la folie Chamberlain et Roosevelt.

Enfin je vais te voir et te parler !!! Le bon Dieu a fait un miracle. Je te l'avais prédit.

Je t'aime encore et je t'embrasse éperdument.

ODILE.

HÉLÈNE À ODILE

*26 décembre 1938*

Depuis 5, avenue Élisée-Reclus, Paris VIIe
À destination de Hôtel Hess, Engelberg, Unterwalden (Suisse)

Tu n'auras pas, ô mieux-aimée, le compte rendu demandé, car le réveillon Weill-Raynal[1] n'a pas eu lieu, Marianne ayant attrapé une

1. L'invitation était prévue chez Maurice Weill-Raynal (1886-1942). Maurice est le frère d'Étienne Weill-Raynal (1887-1982). Ce dernier avait épousé Sarah Leven, cousine germaine d'Antoinette Berr. Membre de la SFIO, il a travaillé aux côtés de Léon Blum et de Vincent Auriol.

angine. Tant pis pour toi, et tant mieux pour moi : j'ai le nez gelé et un œil au beurre noir et ça n'aurait pas été très joli pour danser. Le nez gelé, à cause du froid de canard qu'il fait ici (– 17 jeudi, – 7 aujourd'hui), l'œil au beurre noir à cause d'une histoire très compliquée : samedi, après le déjeuner, pour nous venger des « Mimi » caressants que Papa me prodigue pendant les repas (tu sais si j'en ai horreur), nous avons décidé de lui faire un Mimi général pendant qu'il buvait son café. Résultat : Papa a décoché une gifle sans regarder à qui il l'offrait, et c'est mon œil gauche qui a tout pris. Samedi il était rouge, et avec une énorme bosse tout autour (une bosse comme tu n'en as jamais vu). Hier il était bleu et aujourd'hui les paupières sont noires au point que Bonne Maman a cru que je m'étais mis du khôl. C'est ravissant. Du côté gauche, quand je fais de l'œil, j'ai l'air d'une femme fatale.

À part cela tout va bien. Je me barbe passablement. Et toi ? Joyeux Noël à propos. Hier quand je grelottais en allant chez Bonne Maman, Denise m'a dit « Hum ! Odile doit être chez Matter, il doit y faire chaud ; elle doit danser avec ses bottines de ski. » Était-ce vrai ?

Diable de fille ! Tu ne sais pas la veine que tu as. Ici nous claquons de froid. Depuis mercredi dernier Paris est blanc. Les rues sont dégoûtantes, pleines d'une boue noirâtre qui fut de la neige. Te rappelles-tu mardi dernier, les glissades devant la faculté de médecine ? Avant de te raconter mes faits et gestes il faut que je te prévienne de deux choses : 1° Trois fois hélas, M. Milner s'en va réellement (Tuyau Wladimir – oh) au cours d'un de ses nombreux (oh ?) coups de téléphone (oh ?) portant sur le sujet réveillon ou non-réveillon (oh !). Il va être remplacé (Milner) par un Écossais, un Macquelquechose, très bien paraît-il qui 2° ne fera pas son cours le mardi de la rentrée. Ceci ne t'intéresse pas, car je suppose que tu ne seras pas rentrée.

En maintenant, voici ma vie. Jeudi j'ai été à un cours où j'ai ronflé. Vendredi, idem pendant trois heures. Samedi j'ai fait des courses dans le quartier ; à 14 heures j'ai reçu mon coup de poing dans l'œil. Sur quoi j'ai été rendre visite à mon cher Daniel, qui est toujours couché, et pour je ne sais combien de temps. Nous avons fait des bulles de savon, mais cela ne marchait pas bien parce que Mme Schwartz avait préparé du savon de Marseille. À 16 heures j'ai regagné mes pénates. Nous avons réveillonné jusqu'à minuit dans nos lits, avec Yvonne qui faisait des pitreries.

Dimanche j'ai retiré les cadeaux que le père Noël avait mis dans mes souliers : une boîte à poudre très jolie, une écharpe, des bas, le Livre II des *Essais* de Montaigne. L'après-midi j'ai été chez Bonne Maman et j'y ai tricoté sagement jusqu'à 19 heures. J'ai fait un dîner plantureux avec Christmas Pudding et Mina Pics et mon estomac en était tout dolent après – heureusement le *stomach powder* était là pour me sauver des affres d'un quasi-mal de mer – (tu comprends, n'est-ce pas). Ce matin j'ai été avec Nicole patiner à Molitor – il faisait très froid et il n'y avait personne, mais c'était tout de même assez drôle. Cette après-midi Giselle Bloch est venue. Nous avons parlé de p[1] choses, entre autres, de toi, de Marie Harblay (le rapprochement est heureux), de Lulu Essel, de Bernard Descars (qu'elle connaît fort bien), de Jacqueline Schuhl (est-ce un hasard ou une association), des Hertz, des Mantoux et autres personnalités. Elle est très gentille ; je l'aime beaucoup. Demain je ne fais rien. Vendredi nous allons avec Gilbert voir *Trois Valses*[2] au cinéma. Samedi, en principe, aura lieu le fameux réveillon. Quelle chance ! J'y verrai Wladimir[3] – il est exquis, délicieux ; un vrai chou, ce garçon –, je pense l'inviter chez les Friedel, et aussi à l'autre bal où je vais. Il m'a envoyé une carte de Noël. C'est triste que ni Guyot, ni Milner ne fassent leur cours mardi !

Et toi, que fais-tu ? Combien de doigts de pied cassés, de marques en forme de courbe-qu'a-donné-Perdriel-l'année-dernière, sur la neige derrière toi ? P, ou N ? Quels beaux ténébreux skieurs as-tu conquis ? Écris-moi juste une minuscule lettre pour me le raconter.

Papa a reçu l'autre jour un journal allemand, adressé à Kuhlmann : le *Deutsches Zeitung in Frankreich* (journal allemand en France) avec des pages en français, d'ailleurs pleines de fautes d'orthographe, parlant

1. P : abréviation pour « beaucoup de ».
2. *Trois Valses*, film musical avec Yvonne Printemps et Pierre Fresnay, sorti en 1937.
3. Wladimir Halperin (1921-1995) : camarade d'Hélène à l'Institut anglais de la Sorbonne.

de l'accueil chaleureux réservé aux Français en Bochie, des étroites relations franco-allemandes, avec une magnifique photo de Flandin serrant la main du beau Joachim[1]. Papa a répondu une lettre des plus sérieuses, où il disait qu'il ne demandait pas mieux que de croire aux bonnes relations entre nos deux pays, et à la sincérité de l'accueil qui nous attendait outre-Rhin ; jusqu'à la fin de la lettre il a été courtois et suave – mais à la dernière ligne il a mis ceci : « Je voudrais bien savoir si moi-même et mes collègues israélites recevraient ce même accueil chaleureux dont vous parlez », signé Raymond Berr, avec ses titres et décorations. Je voudrais voir la tête du Boche qui lira la lettre !

Pourvu que Goebbels crève ! On disait ce soir qu'il était très malade. Mais ces cochons-là (passe-moi l'expression) ont la peau si dure !

Quant à Mussolini, il ne peut pas faire autre chose que d'éclater. Il est trop gonflé. Je souhaite que sa peau serve à faire un tambourin dont joueront les Arabes de Tunisie, et son crâne une coupe où boiront les nègres de Somalie. Quel crétin !

Mais ne parlons pas de cela.

« La politique, hélas ! Voilà votre misère » dirait ce charmant Musset. Aussi n'en ferai-je point. Cette lettre est aussi bête que moi. Je crois que le froid me nuit. Hélas ! Où est le temps où je t'écrivais en style Zantaïque. Ce sont aujourd'hui nos arrière-nièces qui le font (Nicole et Janine). Je n'ai plus rien à te dire sinon que je n'ai toujours pas de danseur pour chez les Friedel et que je ne m'en occupe guère. Et que Gisèle Bloch trouve Nicole Bollack ravissante. Fais mes inimitiés à Janine, et prends pour toi le meilleur de moi – je suis trop stupide pour en écrire plus long.

LORENZO.

P.-S. : Cette lettre n'est pas partie hier et je viens de recevoir ton épître. Merci des nouvelles. Je suis ravie que tu aimes le ski. Moi aussi je brûle d'être avec toi. Prière de ne plus m'appeler Mrs Chamberlain. C'est crétin et si Maman ou Papa voyait ta lettre, ils seraient furibonds – ils le sont déjà assez parce que je l'ai invité. Mon œil au beurre noir est presque guéri. Paris est dégoûtant. Tout dégèle.

---

1. Joachim von Ribbentrop (1893-1946), ministre des Affaires étrangères du III^e^ Reich.

## ODILE À HÉLÈNE

*27 décembre 1938*

Depuis Hôtel Hess, Engelberg, Unterwalden (Suisse)

Je suis tellement contente d'être ici. C'est merveilleux. Je retrouve tous les souvenirs de 1931[1]. [...] Je veux absolument, tu entends, je veux partir avec toi l'année prochaine. Ce serait tellement merveilleux. [...] J'espère que le réveillon chez les jumelles[2] s'est bien passé et que tu n'as pas trop flirté avec Wladimir[3].

Hélène, viens ! Je te somme de venir ! Je t'ordonne de venir. J'ai envie de pleurer quand je pense que tu n'es pas là et que je ne te verrai ni demain, ni après-demain, ni les autres jours. Au revoir. Il ne faut pas que je m'attendrisse.

## HÉLÈNE À ODILE

*1er janvier 1939*

Depuis 5, avenue Élisée-Reclus, Paris VIIe
À destination de Hôtel Hess, Engelberg, Unterwalden (Suisse)

Il faut absolument, ô ma mieux-aimée, que je te voie. Je ne peux pas continuer comme cela. J'ai tout le temps comme un grand vide à côté de moi – c'est toi qui n'es plus là. Jamais je

1. L'été 1931, la famille Berr et la famille Neuburger avaient séjourné au même moment au Terrace Palace d'Engelberg en Suisse.

2. Lise et Geneviève Weill-Raynal, les filles d'Étienne.

3. Wladimir Halperin étudie comme Hélène et Odile la littérature anglaise à l'Institut d'anglais de la Sorbonne. Il est très amoureux d'Hélène. Lui et son frère Jean sont souvent désignés par Hélène et Odile sous le sobriquet « les chevaux ».

n'ai senti combien tu me manquais – comme ces jours-ci. Reviens vite, j'ai tant de choses à te dire. Je t'assure que cette année la vie est complètement changée. Je vis dans une espèce de brume horrible. Le vrai moi est parti et il ne reste qu'une petite chose informe à la place.

Que sont devenus Ragadaga, Lorenzo, Caleçon, Grégorio, les « vieille bique » et les imprécations contre Mlle André que nous lancions jadis à travers nos lettres ?

Et maintenant voilà cette saleté 1938 finie. Ouf ! Une page est tournée. Quand j'étais petite j'étais affolée de voir les chiffres changer dans les années. Depuis quelque temps je suis tellement abrutie que je n'y fais plus attention. Et pourtant ça passe !

Je n'ai guère besoin de vous dire que ses joues étaient semblables au pétale… ah, flûte, je voulais écrire « Bonne année ». Bonne année, heureuse, joyeuse, belle et sonore, fantasque et merveilleuse (serais-je poète, par hasard ?).

J'ai réveillonné hier. Oui, je sais que tu attends mon récit avec impatience. Presse tes mignonnes oreilles, et écoute : c'était assez bien – je suis arrivée avec Denise et Gilbert à 9 h 30, apportant le pick-up. Nous étions naturellement les premiers. Emmeline était absolument ravissante – jamais je ne l'ai vue aussi bien. Marianne à son ordinaire c'est-à-dire poseuse.

À 10 h 05 Joseph Chamberlain fit son entrée dans un complet bleu marine impeccable. Il est au fond très gentil et très, très bien élevé – il danse moyennement, mais je le crois intelligent. Nous étions en tout une vingtaine. Il y avait Jean-Claude Levy qui était revenu le jour même des sports d'hiver, et avait voyagé toute la nuit. Il a une mine merveilleuse. Je l'ai invité chez les Friedel, en désespoir de cause. Il y avait aussi Jean-Jacques Leven complètement abruti – un nommé Pierre Cain qui n'est pas mal, mon cousin Pierre Weill-Raynal, très sympathique, et d'autres gens que je ne connaissais pas, des filles presque toutes jolies.

À minuit on nous a servi un souper magnifique. Après quoi nous avons fait un concours de rébus, et re-dansé. Nous sommes partis à 3 heures du matin. Gilbert nous a ramenés avec Jean-Claude et Chamberlain.

Et voilà le fidèle compte rendu. J'espère que tu es contente.

À part cela, vendredi, j'ai été patiner avec Nicole, et l'après-midi Gilbert nous a emmenées voir *Trois Valses*. C'est très bien, mais beaucoup moins joli que la pièce. Samedi j'ai été déjeuner à Aubergenville avec Nicole, Papa et Maman – puis goûter chez Tante Claire[1] – et dîner chez les Weill-Raynal. Demain, visites de famille – et mardi, en boîte. Mon travail pendant ces vacances s'est réduit à traduire une satire d'Horace, très drôle, mais qui a 132 vers.

J'ai reçu p[2] nouvelles invitations. Et je n'ai absolument aucune envie d'y aller. Le 29 chez des amis de Denise, les Hermieu (tu sais, Huguette Hermieu qui venait au tennis). Le 5 février chez les Agliani. Et le 28 janvier chez les Christian Lazard : ce matin Maman ouvre une enveloppe adressée à Mme et Mlles Berr. Elle croyait que c'était une réclame et a failli la déchirer. On aurait dit un programme de théâtre. Sur la première page une aquarelle représentant un couple de danseurs, et autour, ces mots : « A débutante's Party. » Sur une autre page, à gauche : « Ray Ventura et ses collégiens[3] » et en face : « En l'honneur des 18 ans de leur fille Janine, M. et Mme Christian Lazard recevront le samedi 28 janvier… » Quelle modestie ! Je suppose que c'est pour faire concurrence aux David-Weill (dont ils sont les cousins). Naturellement les parents veulent que nous y allions. Quelle barbe ! Encore des danseurs à trouver. Ce sera probablement genre David-Weill. Si tu pouvais y être invitée ! J'irai embrasser Janine Lazard pour qu'elle t'invite. Ce serait si merveilleux ! Je me suis déjà assez ennuyée sans toi chez les David-Weill. Et puis Yvonne et David iront, je crois. On serait tous ensemble.

1. Claire Berr née Schwob d'Héricourt, veuve de Maxime Berr, frère jumeau de Raymond Berr, mort au front en 1917.

2. P : abréviation pour « beaucoup de ».

3. Un des plus célèbres orchestres de l'âge d'or du music-hall.

J'ai reçu une lettre de Bertrand qui m'envoie ses vœux et me somme de lui indiquer un jour pour venir faire de la musique.

J'ai reçu aussi deux cartes des Léauté (une, signée de toute la bande) ; une de Philippe Mayer, et une des Lévy qui s'amusent follement.

J'ai besoin d'un danseur pour le 11. Trouve-le-moi. Non, au fond, je dirai que j'ai été malade et je n'irai pas.

À propos de maladie, j'ai tellement mangé de chocolats (nous en avons 4 boîtes) que je ne peux plus les voir.

Ah ! La vie est une vieille culotte[1]. Tu as bien de la chance d'être à Engelberg.

Téléphone-moi dès que tu seras rentrée. Je n'ai ni envie de travailler ni envie de faire la fête. Les lendemains de bals sont haïssables, sauf celui du tien. Te rappelles-tu la merveilleuse journée d'Autouillet cet été ? J'y pense tout à coup. C'était beau, n'est-ce pas ? Je ne crois pas que je mettrai de chapeau chez les Friedel. Ma toque de fourrure est ravissante, mais tellement lourde que je tombe la tête en avant lorsque je l'ai. Maman m'a acheté du velours marron pour me faire une robe.

Peuh ! Futilités ! Vanité !

La vie est une vieille...

Je coupe.

1. Dicton souvent cité par Hélène et Odile : « La vie est une vieille culotte suspendue par les bretelles de l'espérance. »

HÉLÈNE À ODILE

*3 avril 1939*

Depuis Hôtel-Château Saint-Georges, route de Fréjus, Cannes, Alpes-Maritimes
À destination de Grand Hôtel, La Baule, Loire-Inférieure

Bonjour, ô mieux-aimée,

J'aime t'écrire. Je ne t'ai pas assez vue vendredi. Aussi attends-toi à une longue lettre – comme celle que tu as relue l'autre jour. Je suis devant ma fenêtre, c'est-à-dire devant la mer – le ciel est moitié noir, moitié bleu et blanc, et la mer est moitié turquoise moitié marine avec des moutons. Voilà – nous sommes fort bien arrivés, samedi, après un voyage extrêmement long. Olivier a été sage comme une image et à 20 h 30 du soir a déclaré : « Je ne suis pas de mauvaise humeur. » Et pourtant le voyage devait lui paraître fatiguant. Il devait y avoir une star dans notre train, car à la gare, un cortège l'attendait, avec bouquet et magnésium. Mais ladite star est affreuse avec un « hum » comme celui de la fille rouge qui est devant nous à l'Institut britannique, petite, grosse, moche.

Bref à 23 heures nous débarquons et gagnons l'hôtel. Il paraît qu'on y a assassiné une dame il y a douze ans et il y a au plafond d'Yvonne une grande tache rouge de mauvaise augure. Les armoires sont peuplées de fantômes qui les retiennent de l'intérieur quand on s'efforce de les ouvrir et les lâchent brusquement lorsque l'on est au plus cuisant de la lutte. Les boutons de porte dégringolent quand on les regarde et les robinets ont l'air de faire les beaux, ce qui ajoute à leur attitude déjà stupide un accent prétentieux des plus risibles. À part cela l'hôtel est adorable. C'est une ancienne villa qui a appartenu à la princesse de Ligne, très jolie, blanche avec un toit en terrasse, tout contre la mer. Le jardin est merveilleux, rosiers, ajoncs, eucalyptus, figuiers, pins parasols ; tu connais la végétation du pays. Le seul ennui, c'est que nous sommes assez loin de tout, à vingt minutes de Cannes.

Le temps laisse à désirer – hier il a plu toute la journée. Ce matin il faisait très beau, mais ça a l'air de se gâter et il y a un vent du diable.

Maintenant aux gens.

L'entourage immédiat tu le connais : la famille, Jean et Claudine. Daniel arrive mercredi. L'entourage moins immédiat : écoute la belle histoire : ce matin à 11 heures Yvonne, Denise, Nicole, Miss Child et moi nous marchions très vite le long de la plage pour retrouver les parents à la Croisette. Soudain une haute silhouette se dessine au loin, une veste rouille, un pantalon gris, un poil... tu l'as dit. C'était *lui* – un costume de bain à la main, il s'apprêtait à patauger. Bonjour en détail – brin de conversation – au revoir, à bientôt et nous reprenons notre footing viénoteux[1]. Arrivés sur la Croisette, qui rencontrons-nous ? D'abord Miss Child voit une miss de ses amies – baisers claquants et les voilà parties. Deux pas plus loin nous butons dans Dominique Philippon et un camarade. Re-stoppage et longue conversation insipide. « Où est votre hôtel, qu'est-ce que vous faites ? Où va-t-on le soir (?) (?) (?) etc. »

Nous continuons notre promenade. Beaucoup de gens chics, très peu de gens bien – presque seulement des Anglais, des femmes en pantalon. Nous croisons un petit groupe composé d'une dame, de deux messieurs et de... de... oui, c'est cela (appelons-le : Seigneur du Poil, Pronom Personnel ou Olivier II [ça fait très cheval et courses de Longchamp] comme tu voudras). Il ne nous voit pas. Nous marchons toujours. Je salue au passage quelques personnes (ce n'est pas vrai, mais ça fait bien) et à midi nous rebroussons poil... non, je veux dire chemin. À quelques mètres se détache une haute silhouette tournée vers la mer et qui ressemble étrangement à celle de... M***[2]. Cette fois-ci il nous accoste et nous accompagne jusqu'à l'auto. Il me demande de tes nouvelles, de celles de Janine, loue CC', prodigue les « exquis » et les « délicieux » – et nous projetons de faire

1. Allusion à leur camarade de classe Denise Viénot qui leur semble mondaine et prétentieuse.
2. Olivier Mantoux, également surnommé Poil.

une expédition à bicyclette quand Daniel sera là, avec lui et ses deux sœurs, dans la campagne. C'est une idée épatante, et s'il fait beau, je crois que nous nous « enjoyerons ». Gérard M.[1] est en train de faire du ski à Perracava[2] (orthographe plus que douteuse – j'espère que ça s'écrit comme ça se prononce). Miss Child est emballée d'Olivier et le place sur le même rang que Daniel !!! Il faut dire qu'il est fort gentil et très bien élevé – il n'a même pas oublié ce rituel « hommage à vos parents ».

À part cela j'ai aperçu un garçon qui est à l'Institut britannique, mais tu ne le reconnaîtrais pas à ma description. Nicole renifle partout pour trouver Crouzet et moi je ne pense qu'à une chose : voir Denise Viénot et Paul Prot[3] sur la Croisette marchant d'un pas également bondissant.

Kreisler joue lundi la sonate de Franck et le concerto de Mendelssohn. Maman nous a pris des places. Casals[4] joue aussi, et Niedzielski et Francescatti. Il faut que je sois à Cannes pour aller au concert ! Hier, malgré la pluie nous sommes allés en auto à Antibes et à Nice – et même jusqu'à Villefranche où la flotte anglaise représentée par trois croiseurs est ancrée. Deux des croiseurs étaient à Golfe-Juan mais nous avons eu le droit de visiter le troisième. Je n'étais jamais montée sur un navire de guerre – c'est quelque chose de merveilleux, non seulement comme coup d'œil, mais comme impression. Ce croiseur-là, le *Warspik*, jauge 35 000 tonnes. C'est un des plus grands du monde. Il est plus haut qu'une maison et a des canons qui portent jusqu'à 25 kilomètres. Un magnifique marin nous a tout fait visiter, nous a fait grimper par des tas d'escaliers raides comme des échelles et sans rampe, puis redescendre dans les cuisines pour voir les pains tout dorés alignés en rangées infinies. Il y a 1 000 hommes à bord en temps normal, et en temps de guerre 1 500. C'est une véritable citadelle. Et à voir tous ces hommes,

1. Le frère d'Olivier.
2. Peïra-Cava, station de sports d'hiver dans le Mercantour (Alpes-Maritimes).
3. Denise Viénot et Paul Prot se marient quelque temps plus tard.
4. Fritz Kreisler (1875-1962), violoniste, et Pablo Casals (1876-1973), violoncelliste, tous deux fort célèbres.

bruns, forts, beaux, ces machines géantes, et la mer d'un gris d'acier, et autour la rade, avec ses maisons grises, roses, jaunes, sous une pluie fine et silencieuse, on avait une impression unique. À 6 heures nous étions encore à bord et notre marin nous expliquait des choses très compliquées quand un clairon retentit – immédiatement tous les hommes se sont dressés vers le couchant, raides, la main au képi, immobiles pendant que le clairon sonnait dans le soir. Pas un souffle – seulement le clapotis de la mer contre le bateau. C'était le *Good Night to the King*, comme ils l'appellent. Il n'y a pas tous les jours des tableaux comme celui-là. Ils étaient épatants, ces Anglais, fixes, avec les yeux perdus dans le lointain.

Et puis après ç'a été le branle-bas. La moitié de l'équipage est descendue à terre – en revenant nous avons rencontré deux matelots complètement ivres.

Le *Warspik* s'en va jeudi pour l'Italie. Puisse-t-il inspirer à ce gonflé de Mussolini le même respect qu'à nous. Voilà. Je vais sortir maintenant. Je te souhaite un bon voyage. Tout s'est bien passé samedi ? J'ai pensé à toi. Oh, d'ailleurs, cela m'arrive quelquefois. Tu me manques beaucoup en ce moment. L'hôtel est assommant – plein de vieilles Anglaises. Si le temps est mauvais ce sera le comble.

Il faut que j'écrive à Bonne-Maman – elle ne doit pas s'amuser, surtout, elle vient de perdre son cousin, Gabriel Leven – tu sais –, le père de Roland et Jean-Olivier. Il est mort en quelques jours, après une opération. C'était un homme charmant – il me taquinait toujours terriblement mais je l'aimais bien.

J'espère que tu recevras cette lettre. Je l'envoie à La Baule – oh zut, ce vent, il me fait faire des jambages énormes parce que le papier est poussé dans tous les sens.

Dis-moi comment Olivier II a appris le langage degue[1]. Il a dit ce matin que CC' était « loudougoutien[2] ». Nicole et moi nous nous sommes regardées avec inquiétude, c'est dangereux qu'il sache aussi ce mot-là.

---

1. Le faux javanais.
2. Les deux amies emploient ce mot pour exprimer leur affection.

Ma lettre est ultra-insipide – mais j'ai les doigts et le nez gelés – les cheveux dans les yeux – je vais essayer de me recoiffer.

Adieu – amuse-toi bien – vendredi, tu étais adorable. Écris-moi très vite et raconte-moi des tas de choses. Le vent a emporté le peu d'esprit qui me restait et je t'écris des inepties.

CALEÇON DE C B****

ODILE À HÉLÈNE

*7 avril 1939*

Depuis Grand Hôtel, La Baule, Loire-Inférieure

J'avais retardé mon départ d'un jour, officiellement à cause de mon rhume, officieusement à cause de mon… futur[1]. Il y a huit jours que je ne t'ai pas vue. Ce n'était pas arrivé depuis longtemps et cela me semble dur. J'étais vraiment très triste de te quitter vendredi dernier. C'était tellement agréable d'être toutes les deux seules et de pouvoir se parler librement. J'avais l'impression que tous les murs s'étaient abattus.

1. Lors de ses permissions, Jacques Hyafil rend visite à Odile.

HÉLÈNE À ODILE

*8 avril 1939*

Depuis Hôtel-Château Saint-Georges, route de Fréjus, Cannes, Alpes-Maritimes
À destination de Grand Hôtel, La Baule, Loire-Inférieure

J'attendais ta lettre avec impatience. Je n'en ai pas moins eu un petit sursaut quand j'ai vu ton écriture ce soir dans le courrier. Nous venions de faire une promenade de quatre heures en auto, dans l'Estérel, par un temps gris et lourd qui avait dégénéré en pluie torrentielle vers le soir – de plus comme nous étions dix dans la voiture, j'étais assise sur un quart de strapontin. Plus un violent mal de gorge. Juge de mon humeur. Et pourtant quand j'ai reçu ta lettre toute mon envie de maugréer a disparu. Si tu savais ce que c'est pour moi que tes épîtres ! J'ai monté l'escalier à toute vitesse, je me suis jetée sur mon lit et j'ai lu. Et après, ma tête bouillonnait tellement que j'ai dû prendre un bain – qui d'ailleurs m'a échauffée encore plus. Maintenant après le dîner, après une partie de billard russe avec Jean contre Yvonne et Daniel, je te réponds, toute seule dans ma chambre. Et je ne sais par quel bout commencer. Je vais d'abord te parler de moi et ensuite je répondrai à tes questions.

Le temps est toujours aussi épouvantable. Nous n'avons vu qu'une fois le soleil et le ciel bleu : c'était hier. Et cela n'a pas duré. Il fait très lourd, presque irrespirable la nuit, et toujours gris. C'est vraiment dégoûtant.

Le pays est tout de même joli. Nous faisons tous les jours des excursions. Lundi nous sommes allés à Grasse. La vue est magnifique sur la mer et les montagnes. Nous sommes montés ensuite à Gourdon tout en haut dans la montagne – c'est ravissant. Mercredi nous avons suivi la côte jusqu'au Trayas en plein dans l'Estérel et les roches rouges. Jeudi c'étaient les îles de Lérins, par un temps horrible, froid et venteux. Et hier, Monte-Carlo – j'ai contemplé avec émotion du haut de la corniche le Cap-Ferrat. La route est vraiment magnifique et s'il avait fait beau, le coup d'œil aurait été encore plus magnifique. Par contre Monte-Carlo est haïssable – les gens y sont infects – et puis j'ai failli laisser mon pied droit dans un égout en traversant la rue.

À part les excursions, il n'y a pas de grandes distractions. Le matin à 11 heures la parade rituelle sur la Croisette. On y voit de drôles de têtes. Généralement on rencontre Olivier Mantoux ou Dominique Philippon toujours très pressé – parce qu'il est avec des camarades et néanmoins très bavard. D'ailleurs depuis deux jours nous séchons ce lieu de perdition. Jeudi, j'étais nonchalamment étendue dans un fauteuil, sur ladite croisette, lorsque je vois s'avancer d'un pas dégagé une grande fille cheveux au vent, air canaille, plein de rouge à lèvres cyclamen… ? Jacqueline Schull. Petit sourire « restreint ». Salut non moins compassé de ma part – et elle continue triomphalement sa promenade. Oh, il y a de tout ici. La fameuse Lulu Essel y est aussi. Je l'ai aperçue l'autre jour plus élégante que jamais.

Mardi nous sommes allés goûter au Casino et voir les attractions. C'est extrêmement bourgeois et quant au spectacle – à part une danseuse très déshabillée – il manque d'intérêt. Quant à l'hôtel je l'aime moins. Il est très suspect. D'abord pas une femme à la direction. Trois hommes aussi infects l'un que l'autre. L'un d'eux est complètement fou. D'autre part il y a un hôte très étrange, une espèce d'acteur très fardé – le soir il a quelquefois du rouge à lèvres – aux cheveux et à la barbiche teints, qui se fait une tête à la Henri III, assez beau d'ailleurs, avec des mains chargées de bagues et des yeux bleus effarants. Il ne cesse de faire des mines et des sourires aux serveurs, et de fixer les gens. Je crois qu'il a hypnotisé le plus jeune des trois gérants. Et puis un des serveurs est horrible, un Geismar[1] parfois exagéré. Tout cela n'est pas très rassurant. Aussi la nuit dernière ai-je fait des cauchemars épouvantables.

La promenade à bicyclette projetée n'a pas eu lieu mais hier matin, Olivier nous a emmenées – Denise, Nicole et moi – faire une promenade de deux heures autour du Cannet. Je prodiguerais les « exquis » et « délicieux » que je ne rendrais pas compte de la beauté de cette

1. Allusion à l'une de leurs connaissances.

promenade. Il faisait un temps splendide. Nous avons marché en plein soleil et en plein vent dans des champs d'oliviers, sous des sapins, sur des sommets dénudés d'où l'on avait une vue magnifique. Nous avons fini par Mougins et Notre-Dame-de-Vie, petite église provençale en pierre rose, bâtie sur une colline, au milieu d'une allée d'immenses cyprès. Avec le ciel bleu, le clocher tout simple et les cimes des cyprès vert foncé, qui se balançaient dans le vent, il y avait de quoi en perdre ses épithètes. J'étais enthousiasmée. Vraiment Olivier est un brave type – (prière de ne pas faire de sous-entendus comme tu parais en faire – je le trouve très sympathique, mais c'est tout) –, il devait téléphoner hier soir pour nous fixer un autre itinéraire de promenade – mais il ne l'a pas fait. Il m'a dit qu'il s'était décidé après mûre réflexion à t'écrire. A-t-il mis son projet à exécution ? Il n'a pas trop répandu de « délicieux » et a parlé musique très sensément. Il est très différent de l'Olivier des bals.

J'ai trouvé dans un magazine anglais une photo d'Odette Lévy-Valensi. Je te l'envoie. Elle est dans un de ses bons jours, n'est-ce pas ?

Je m'ennuie après Bagheera[1] et la Cheminée de Marbre et le Tison et Wladimir. Pour rien au monde je ne sacrifierais ces mardis et pourtant je ne sais pas comment je vais pouvoir sortir de mon travail. Ce matin j'avais pris la ferme résolution de lire sur la plage un peu de Diderot. Mais Olivier (Paspoil) venait tout le temps me tirer par la main pour que j'admire ses pâtés garnis d'eucalyptus – et il faisait si mauvais que j'ai dû y renoncer. Si la semaine prochaine il fait aussi mauvais, je ne sais pas ce que je deviendrai. Surtout que Jean et Claudine s'en vont demain et que je n'aurai même plus la ressource du billard russe.

Vraiment jusqu'ici Cannes est assez décevant.

Et voilà trois pages sur moi. Maintenant je vais commenter tes paroles.

L'équipée en auto de samedi m'a fort réjouie. En effet ça fait très film américain – je t'assure que j'ai du mal à me faire à cette idée – pas celle du film, celle de J. H. C'est comme le mariage d'Yvonne

1. Dans *Le Livre de la jungle* de Rudyard Kipling.

– je ne réaliserai que le jour où je la verrai partir. Mais alors, quelle douche !

Mais c'est trop délicat – je passe à autre chose. Tu as bien de la chance de te promener en short ! Moi j'ai juste assez chaud avec mon tailleur. Quel sale pays !

*Dimanche matin*

Je reprends ma lettre. Il fait, ô merveille, un temps magnifique. Le ciel est blanc, mais inondé de soleil. Bonjour. Olivier (Paspoil) est dans la chambre et me tient de grands discours sur ses manches trop étroites. Je lui fais la commission. Il est devenu tout rose et a ri d'un petit air idiot et gêné. Puis il a déclaré : « J'ai encore des cartes de Cannes. Je vais lui en envoyer une. » L'autre Olivier vient de téléphoner pour s'excuser de ne pas avoir appelé l'autre jour. Mais en raison des événements Gérard a été rappelé brusquement et Olivier a dû le reconduire à Peïra-Cava.

Tu dis que tu ne lis pas les journaux. Moi non plus. Mais tu as tout de même entendu parler de la dernière ignominie des Italiens[1]. Vraiment bombarder de pauvres paysans qui n'ont peut-être jamais vu d'avions ! Quelles brutes – ils ne sont bons qu'à assassiner des nègres et des paysans sans armes. Et la pauvre reine si jolie. Je commence à regretter les radotages de Zanta quand elle disait que nous avions perdu le sens moral. Ce n'est plus la peine d'apprendre la géographie – la carte change tous les huit jours. Mais je m'arrête. Je dis comme Hamlet (le vrai) ou plutôt Horatio *« I have words of fire which would... »*, la mémoire me manque.

Si tu vois Gilberte et Lisette, dis-leur que je suis en vie, que je ne sais pas si j'aurai le courage de leur écrire (dis-le plus poliment), et que je les adore (avec plus de modération, bien que le sentiment y soit).

Je croyais que les fiançailles de Jacques Léauté étaient non officielles. Je les ai apprises juste avant de partir. Il paraît qu'elle est très gentille. Yvonne a été au lycée avec elle.

1. Du 7 au 12 avril 1939, l'Italie attaque l'Albanie.

Voilà Olivier qui me chatouille avec Simplet, une énorme poupée de Blanche-Neige. Je vais poster ma lettre – pas moyen d'avoir la paix. Maintenant Simplet marche sur le papier à lettres. Fais mes amitiés les plus chaleureuses à Annette, et présente mes hommages à toute la bande.

Écris-moi très vite. Voilà Simplet dans le panier à papier. Oui, écris-moi vite. Tu es pour moi plus qu'une mieux-aimée.

P.-S. : Es-tu invitée à dîner chez les Perquel le 29 avril ?

C. DE C.B.

HÉLÈNE À ODILE

*12 avril 1939*

Depuis Hôtel-Château Saint-Georges, route de Fréjus, Cannes, Alpes-Maritimes
À destination de Grand Hôtel, La Baule, Loire-Inférieure

Ô mieux-aimée,

Je ne comprends plus rien à rien et je n'arrive pas à réaliser ce qui s'est passé. Je n'arrive pas à mettre d'ordre dans mes idées. Pardonne-moi de t'écrire encore, mais c'est si bon !

Lundi soir nous étions toutes les quatre en train de bavarder plus ou moins habillées et de taquiner Nicole quand on frappe à la porte d'Yvonne. Nicole et moi nous nous précipitons dans nos lits respectifs après avoir fermé la porte de communication entre les deux chambres. J'entends la voix de Daniel, très basse et très brève. Il venait d'être réveillé par le garçon qui lui apportait un télégramme : c'était son ordre de regagner immédiatement l'École[1]. Tu ne peux pas imaginer quel coup nous avons eu. Nous ne nous doutions absolument pas de

1. Les élèves de la promotion 1938 et ceux de la promotion 1939 de l'X sont envoyés aux armées.

la gravité de la situation. On est très mal renseigné ici. Les journaux de Paris arrivent avec vingt-quatre heures de retard et ce n'est ni *L'Éclaireur de Nice*, ni *Le Soleil de Marseille* qui peuvent être d'un grand secours. Jacques nous tenait bien au courant, mais vraiment nous ne nous attendions pas à cela ! Le pauvre Daniel est redescendu faire sa malle et il est parti à 7 heures le lendemain matin. Quelle nuit !

Et ce n'est pas tout. Depuis samedi Maman est malade – elle a près de 40 °C tous les jours et 38,7 °C le matin. Elle est au lit, mange à peine et est horriblement fatiguée. Papa a fait venir le docteur Mantoux qui ne sait pas ce qu'elle a. Maman n'a qu'une idée : rentrer à Paris. Mais le docteur n'a même pas soulevé la question. Papa, hier matin, assez inquiet de la situation ne voulait pas que nous restions tous ici – car si jamais il arrivait quelque chose, les trains seraient bondés, et nous ne pourrions pas tous venir dans l'auto. Alors Yvonne, Nicole, Olivier et sa bonne prennent le train ce soir pour Paris. Moi je reste avec les autres.

Quelle histoire ! Aujourd'hui peut-être très légère détente. Maman est éreintée, et surtout très énervée, il fait une chaleur tropicale. Yvonne a reçu un télégramme de Daniel, disant qu'il restait à l'X et n'était pas envoyé dans un fort. Comme cela Yvonne pourra le voir. Il a juste eu six jours de vacances et il avait l'air si heureux. Ce soir la table va être toute petite. C'est tellement triste que je ne veux pas y penser.

Et depuis dimanche il fait un temps merveilleux. Un ciel sans nuages, une mer de saphir. Le soleil est brûlant. On a tellement de mal à concilier cette atmosphère-là avec l'autre.

Dimanche matin nous nous sommes promenés avec Olivier Mantoux et l'après-midi Papa nous a donné la voiture pour aller dans la campagne. Yvonne, Daniel, Denise, Nicole, Jacques et moi. C'était ravissant. Nous avons rapporté des brassées d'anémones sauvages de toutes les couleurs. Le soir il y avait un feu d'artifice à Cannes. Nous y sommes allés. Et devine qui j'ai rencontré dans la foule et dans le noir par-dessus le marché. Jean-Pierre Aron – qui est ici pour quelques jours ; je ne l'ai d'ailleurs pas revu.

*Mardi soir*

Je reprends ma lettre que j'avais dû interrompre parce qu'Olivier Mantoux était venu nous chercher pour aller nous promener – Nicole et moi. Maintenant il est 20 h 30. Le premier lot de famille vient de partir. J'ai le cœur tout serré et je n'y comprends rien. Demain matin je me réveillerai comme d'un cauchemar. Ne me crois pas folle mais je n'arrive pas à réaliser. Est-ce à cause d'Hitler et de Mussolini ou de Maman qu'ils sont partis ? Il n'y avait qu'Olivier qui était content de rentrer à Paris. Il était tout excité. Il a une mine superbe – Nicole aussi d'ailleurs.

J'ai un mal à récapituler ma journée. Ce matin j'ai été à la plage avec Nicole où nous avons retrouvé Olivier et Denise Mantoux qui se baignaient. Je n'ai pas de costume de bain et je suis très enrhumée. Je n'ai pas pu prendre de bain.

Cette après-midi donc Olivier a pris la voiture de son père et nous a emmenées dans l'Estérel – tout en haut dans la montagne. C'était inouï. Une vue merveilleuse. Le docteur Mantoux avait besoin de la voiture à 17 h 45. Olivier nous dépose à notre hôtel. Impossible de faire repartir sa voiture – il remonte à l'hôtel, téléphone chez lui, attend une réponse pendant quarante-cinq minutes – pour faire passer le temps nous faisons une partie de billard insipide. Re-téléphone. Olivier tripote son moteur avec Auguste en pleine nuit sur la digue. L'auto refuse de partir ; à 19 h 30 Olivier se décide à appeler le dépanneur. Quelle journée ! Surtout quelle soirée !

Lundi matin j'ai fait des pâtés avec Olivier (Paspoil) dans un soleil magnifique. L'après-midi nous avons été à Kreisler. Olivier Mantoux et Jean-Pierre Aron y assistaient. La sonate de Franck n'était pas épatante mais le concerto de Mendelssohn splendide – l'accompagnateur était moche. Mais j'étais ravie.

Hier nous avons de nouveau été nous promener avec Olivier Mantoux dans la campagne. C'était merveilleux. Cette Provence n'est jamais pareille. Tantôt des coins sauvages et romantiques comme l'Estérel, tantôt des prairies vertes, calmes, avec des cerisiers en fleurs, partout des mimosas et des anémones. Nous sommes retournés goûter chez les Mantoux. J'étais terriblement intimidée mais Denise Mantoux nous a accueillies et elle est tellement adorable que je me suis sentie tout de suite ragaillardie. Mme Mantoux est charmante – au premier abord elle vous glace un peu – mais après elle est très sympathique. Denise est une fille épatante – vraiment plus je la vois, plus je la trouve bien. Il y avait là Mme Wormser et Sabine. Sabine est assez gentille, mais je déteste sa mère.

Et voilà, je suis assise auprès de Maman – qui avait encore 39,5 °C ce soir. Je ne sais pas ce que je vais devenir sans Nicole et sans Yvonne.

En principe je rentre dimanche. Si le docteur le permet la date sera peut-être avancée.

Quelle fin de vacances ! Je pensais que cette semaine serait merveilleuse – il faisait si beau –, nous étions tous si heureux.

Que va-t-il se passer maintenant ? Je laisse couler le temps. Les journées sont si radieuses que je ne veux pas penser à la politique. Olivier Mantoux est d'ailleurs tellement optimiste qu'on a du mal à voir noir avec lui.

Cette lettre doit te barber. Je n'ai pas tous mes esprits. Pour finir en beauté, je t'annonce que j'ai reçu une carte de… Wladimir !!! Un énorme bébé étendu sur une plage, avec ces lignes en dessous : « Qu'il est doux de ne rien faire !!! » Quelle familiarité inconcevable !

Écris-moi vite.

C. DE C.B.

***

*À partir du 12 avril 1939 et jusqu'au 23 février 1943, seules ont été retrouvées les lettres envoyées par Odile à Hélène.*

***

ODILE À HÉLÈNE

*10 août 1939*

Depuis Ker Armor, Saint-Lunaire, Ille-et-Vilaine
À destination de « Le Vivier », Aubergenville, Seine-et-Oise

Salut ô mieux-aimée,

[...] À côté de cela, j'ai des ennuis. Il faut que je t'en fasse part, ô mieux-aimée. Voici la partie la plus confidentielle de ma lettre. Il était entendu que Jacquot demanderait une permission à la fin du mois d'août et que je rentrerais à Paris pour le voir. Or il vient de m'écrire qu'il part en manœuvres le 18 août et que s'il peut avoir une permission, ce sera le dimanche 20 août. Je l'ai écrit à Maman, en lui faisant également part de mon désir de quitter St.-Lunaire au plus tôt. J'avais l'intention de partir le 16 avec Papa, de voir mon loustic (!) le 20 et de partir le 21 à Étretat pour quatre ou cinq jours. Maman m'a répondu que mes projets n'étaient pas si simples à réaliser. Que ce départ éveillerait des soupçons. Que mon arrivée à Étretat deux jours après la revue semblerait louche. Qu'il n'y aurait personne à la maison à partir du 15. Que la seule façon de s'en tirer était de m'entendre avec toi de manière à pouvoir dire qu'il faut absolument que je rentre parce que tu me demandes de venir à Aubergenville, et que tu ne pourrais pas me recevoir à un autre moment. Cela m'est désagréable de te dire cela. Je n'agirais pas autrement si je voulais me faire inviter. Mais d'autre part j'ai reçu ta lettre dans laquelle tu m'appelles à grands cris. Cela me vient en aide. Et puis tu es ma sœur, et je voudrais pouvoir te dire tout, sans qu'il y ait la moindre gêne entre nous. Ne te crois pas maintenant obligée de m'inviter entre le 16 et le 20 parce que je serai trois jours seule à Paris. Mais si tu avais l'intention de le faire à un moment quelconque, songe que cela me rendrait un grand service et me comblerait de joie à la fois, car il faut absolument pour ma santé et mon moral que je te voie en chair et en os. J'ai mis plus d'une demi-heure à écrire le passage concernant cette question épineuse, tant cela m'a été difficile. Mais j'aurais certainement mis une heure, ou je ne l'aurais pas écrit du tout, si tu n'étais pas venue toi-même à mon secours en parlant de la petite chambre pleine de soleil là-haut, et de la chaise de ta chambre où je débitais de telles inepties. Je crois, ô mieux-aimée, que tu as été mise au monde pour être mon bon ange ! D'ailleurs, j'ai réfléchi que je pourrais très bien coucher à la maison et prendre le car pour aller te voir.

Adieu mon Grégorio que j'aime. Je t'embrasse.

FLORESTAN.

ODILE À HÉLÈNE

*15 août 1939*

Depuis Villa Dorus, Étretat, Seine-Inférieure
À destination de « Le Vivier », Aubergenville, Seine-et-Oise

Du bleu, du rouge, du vert, de l'or. Du soleil, du bruit, du vent, des tangos, des rumbas, des intrigues, des mots, des mots, des mots. Voilà exactement ce que signifie Étretat pour moi cette année. J'ai la tête qui tourne. Dès mon arrivée, j'ai été happée et je ne peux plus sortir du cercle magique. Je suis comme une toupie qu'on a lancée et qui ne peut plus s'arrêter. Je n'ai plus le temps de penser. Quand je dors, même, je tourne à vide. Quelle vie ! Où est donc le calme et la sérénité d'Aubergenville ! Tu ne peux pas savoir le cafard que j'ai eu après mon départ. Maintenant, cela va un peu mieux. Mais, mercredi soir, dans mon lit, j'ai pleuré comme une imbécile. Quand le car est arrivé à Aubergenville, j'étais tellement émue que je ne t'ai même pas dit au revoir, car j'avais peur d'éclater en sanglots. J'espère que tu ne vas pas te moquer de moi. Heureusement, quand je suis arrivée à la maison, Maman était là, et je me suis soulagée en racontant, sans omettre un détail (sauf les détails intimes), tout ce que nous avons dit et fait à Aubergenville. C'est très agréable de récapituler. Hier matin, comme par extraordinaire j'étais seule et tranquille, j'ai recommencé la récapitulation complète. Je ne suis pas encore remise de la gentillesse de tes parents. Ils sont épatants. Je les adore. Je n'ai jamais vu une famille aussi sympathique que la famille Berr-Schneider. [...]

« *Good bye dearest child.* »

Fais mes amitiés à Nicole, à Denise, etc. Mes respects à vos parents (style O. Mx).

BARROT.

ODILE À HÉLÈNE

*28 août 1939*

Depuis Villa Dorus, Étretat, Seine-Inférieure
À destination de « Le Vivier », Aubergenville, Seine-et-Oise

Comment peux-tu croire, ô mieux-aimée, que tes lettres m'ennuient. Elles me font l'effet d'un véritable cordial. Chaque fois que j'en reçois une, je me sens remontée. Cela n'est pas dû à ce que tu écris, mais au fait de recevoir une lettre de toi (il ne faut pas confondre le contenant et le contenu, dirait Nicole). [...]

Je viens d'être interrompue par l'arrivée d'Hélène[1] m'apportant un paquet. J'ai failli étouffer d'émotion à la vue du noble carton des Corsets Bergère. Aucun carton n'était plus digne de porter des œillets

1. Hélène Lindon, 3 ans, fille de Thérèse Baur (1902-1995), sœur d'Anna Neuburger qui a épousé Raymond Lindon (1901-1992), avocat au barreau de Paris et maire d'Étretat de 1920 à 1959.

du Vivier. Tu es la seule, avec Jacquot[1] cette année, qui aies pensé à ma fête. Aussi je vous mets sur le même plan, dans des catégories différentes. Chaque année, je suis touchée par les fleurs que tu m'envoies. Mais cette année, cela dépasse tout. J'ai envie de pleurer, de rire, et de t'embrasser. [...]

Dès que je pense à l'année merveilleuse que pourrait être celle qui vient, je sens mon cœur se serrer et mes yeux se remplir de larmes. Mais j'y pense le moins possible. On n'a pas le droit dans des cas pareils de s'apitoyer sur soi-même, de considérer le particulier et d'oublier le général. Je pense bien souvent à Yvonne aussi. Je ne sais pas s'il est préférable d'être marié ou fiancé. Quand on est marié, on a peut-être encore plus de chagrin, mais quand on est fiancé, on a une impression d'inachevé qui est très pénible. Enfin ! Assez sur ce chapitre.

Écris-moi encore, si cela ne t'ennuie pas. Je continue à espérer malgré tout et à avoir confiance. Le bon Dieu ne peut pas permettre qu'une telle calamité se produise. Même s'il y a la mobilisation générale, je continuerai à espérer.

Je te dis donc à bientôt, Lorenzo que j'aime.

ODILE-LAURE.

ODILE À HÉLÈNE

*4 septembre 1939*

Depuis Villa Dorus, Étretat, Seine-Inférieure
À destination de « Le Vivier », Aubergenville, Seine-et-Oise

Je ne t'ai pas écrit plus tôt, mieux-aimée, parce que je n'ai pas eu le courage. Cela ne m'a pas empêchée de penser à toi sans cesse

1. Jacques Hyafil, son fiancé.

depuis vendredi[1]. Je ne veux pas te faire part de mes impressions. Je passe mon temps à les étouffer, à les étrangler, à les terrasser. Cela me permet de supporter le coup avec calme. D'ailleurs, il faut avouer que depuis quelque temps je n'avais plus guère d'espoir. Je n'ai pas été prise au dépourvu, ce qui me constitue un avantage sur les gens béatement optimistes. Les sentiments qui dominent chez moi en ce moment sont l'abrutissement et la surprise de voir la vie suivre son cours normal. Je n'arrive pas à comprendre comment je peux encore manger, dormir, comment le soleil a l'audace de briller, et comment les gens arrivent à vaquer à leurs occupations journalières. Je ne réalise l'horreur de la situation que par moments, lorsque j'oublie de m'empêcher de penser. Ce qui me soutient, c'est la certitude que la guerre était non seulement inévitable, mais nécessaire, que c'est une croisade contre un être maudit en face duquel nous n'aurions jamais pu être heureux. Le malheur est que cet être ait existé ! Ce qui m'aide à supporter la catastrophe, c'est le sentiment qu'elle ne peut pas avoir été provoquée par des hommes. C'est Dieu qui l'a voulue, pour une raison ou pour une autre. Il ne nous reste plus qu'à nous résigner, et à espérer que ce sera également la volonté de Dieu de nous épargner de trop grandes douleurs, et de ramener bientôt la paix et le bonheur. Pour l'instant, j'essaie de m'étourdir et de vivre comme une machine. Je refoule toute tendresse et j'étouffe toute émotion. C'est presque plus pénible quelquefois que de sentir et souffrir. Avant-hier, une partie de l'hôpital américain est arrivée de Paris. J'y passe mon temps à présent. Cela me distrait : je fais le ménage là-bas et je monte les plateaux aux malades. Toute la jeunesse d'Étretat, d'ailleurs, y a établi son quartier général. À la maison et dans la rue, je tricote avec acharnement. J'ai commencé une paire de chaussettes pour Jacquot. Je ne sais s'il en a besoin, mais cela me fait plaisir de travailler pour lui. La première chaussette d'ailleurs ressemble plutôt à un chausson. J'ai honte de mon égoïsme, mais

1. Le vendredi 1er septembre 1939, la Wehrmacht envahit la Pologne. Samedi 2 septembre 1939, l'ordre de mobilisation générale est décrété (pour la Grande-Bretagne, le dimanche 3 septembre à 11 heures). Le 3 septembre, à 17 heures, la France déclare la guerre à l'Allemagne.

je dois avouer que je me fais une bile terrible pour Jacquot. On ne peut pas être plus mal placé que lui : en première ligne, sergent à la frontière de l'Est. Il me faut beaucoup de confiance et de foi en ce moment. Heureusement, je n'en manque pas. Mais si jamais il lui arrivait quelque chose, je crois qu'il ne me serait plus jamais possible d'être heureuse. Ce doit être bien terrible pour Yvonne aussi en ce moment. Et pour tant d'autres ! Je ne devrais pas penser à moi. Mais cela m'étouffe car je suis obligée de le cacher toujours, même aux proches comme tante Thérèse. Hier, elle a parlé incidemment de lui et de son frère, en faisant la tournée des jeunes gens mobilisés. Quand elle a prononcé son nom, je me suis sentie toute blanche et glacée. Mais j'ai dû continuer à faire semblant de tricoter tranquillement. À Maman non plus je n'ose pas en parler souvent. Elle a bien assez de soucis avec Papa… et avec François, qui ne sait que faire. C'est terrible aussi pour lui. Il n'a aucune aptitude spéciale sauf pour l'hébreu[1]. Il ne s'est jamais soucié des choses pratiques. Je ne le vois pas du tout travaillant dans un bureau civil. D'autre part il n'est pas assez fort pour entreprendre des travaux physiques, comme les travaux des champs. Je pense qu'il sera pris au conseil de contre-réforme, mais ce conseil n'aura pas lieu avant longtemps.

Oncle Raymond est parti ce matin après avoir travaillé jusqu'à la dernière minute[2]. Ses trois fils pleuraient à chaudes larmes. Moi aussi. Lui n'en était pas loin. Il était adoré ici. Beaucoup d'Étretatais l'ont accompagné à la gare.

Il y a beaucoup de monde à Étretat. Énormément d'Anglais et d'Américains. Cela me serre le cœur. Lorsque je pense aux bons moments que j'ai passés ici. Je me souviens de ces vacances mouvementées, pendant lesquelles je t'envoyais des lettres-feux d'artifice. C'est triste de vivre dans ce même cadre avec une âme si différente. Mais il ne faut pas se souvenir. Pas plus qu'il ne faut penser à ce qui pourrait être. Il y aurait de quoi devenir fou. Je suis contente d'habiter ici car la villa est gaie. Par exemple, elle manque de confort. Il n'y

1. François Neuburger a entrepris des études rabbiniques. De santé fragile, il a été réformé.
2. Raymond Lindon, maire d'Étretat, est capitaine de réserve.

a pas d'eau courante dans les chambres et elle est difficile à chauffer l'hiver. Je n'ai presque rien apporté comme vêtements d'hiver. Si c'est possible, nous irons dans quelque temps à Paris chercher des affaires. Ce voyage à Paris est un point lumineux dans la nuit. Ce serait merveilleux de passer une journée là-bas. Mais ce ne peut pas être avant longtemps, et d'ici-là Paris peut être mis dans un bel état. Je ne veux pas y penser.

J'ai des souvenirs qui montent par bouffées et à propos de rien. Hier tout à coup, j'ai pensé à l'année où nous avons passé nos vacances ensemble à Engelberg. Puis tout à coup, je me suis vue sur le boulevard Saint-Germain revenant avec toi de la Sorbonne. J'ai senti la nuit me happer à la sortie du cours de MacMillan[1] (j'ai presque senti la rousse), j'ai évoqué l'attente de l'autobus en compagnie de Wladimir. Et tous ces bals ! Et les cours du Révérend. Chut ! Je ne veux pas y penser. Cela me fait du mal. Le meilleur moyen de ne pas souffrir, c'est d'accepter et d'espérer. J'ai la consolation de penser que nous ne sommes pas très loin, et que nous pourrons peut-être nous voir une fois, plus tard. Je pense que cette lettre mettra un certain temps à te parvenir. La poste fonctionne mal. Écris-moi bientôt mieux-aimée chérie. Je t'embrasse ainsi qu'Yvonne, Denise, Nicole, *Auntie* Nette[2], *Auntie* Ger, Bonne Maman, Claudine, Olivier, Mrs Child, Miss Mac et Toto. Je ne parle pas de Jacques pour question de décence.

ODILE.

1. Duncan MacMillan, médiéviste, lecteur à la Sorbonne.

2. *Auntie* Nette : Antoinette Berr, la mère d'Hélène. Odile la considère comme sa tante.

ODILE À HÉLÈNE

*15 septembre 1939*

Depuis Villa Dorus, Étretat, Seine-Inférieure
À destination de « Le Vivier », Aubergenville, Seine-et-Oise

Mieux-aimée, je te salue, [...]

Dimanche, j'ai été à Paris en auto. Quelle bonne journée ! Je suis partie avec ma tante qui voulait que Maman reste ici, pour diriger la maison au cas où nous ne reviendrions pas. Agréable perspective ! Autant te dire que cette perspective n'a jamais été envisagée sérieusement. Mais je n'ai pas protesté, car j'étais ravie d'aller à Paris. Nous sommes parties à 7 heures du matin et nous étions de retour à 18 h 30. J'étais très fière car Maman m'avait chargée de rapporter des papiers importants qui se trouvaient dans le bureau de Papa. Pour cela, il a fallu chercher dans un tiroir la clé d'un tiroir où se trouvait la clé du tiroir qui contenait la clé du tiroir renfermant la clé du tiroir du bureau de Papa. Je ne m'en suis pas trop mal tirée. Je suis restée deux heures dans l'appartement pendant que ma tante était chez elle. J'avais un peu peur que le chant des sirènes ne vînt tout à coup troubler mon extase. Mais il n'en fut rien. J'ai fourré dans une valise une kyrielle d'affaires d'hiver à Maman, à moi, à François, à Jeanne. Cela m'a pris du temps, car chaque fois que je sortais de la housse un vêtement qui me rappelait l'hiver dernier (comme mon tailleur de veloutine verte ou mon gilet de velours à côtes) je mettais une minute à me remettre de mon émotion. J'ai ouvert tous les volets, j'ai embrassé toutes les armoires, j'ai joué un la et un ré sur mon cher piano, j'ai embrassé les joues de porcelaine de Bernard et le museau rugueux de Tiburce[1]. J'ai ramassé en hâte de vieux souvenirs : des photographies, quelques-uns de mes devoirs de français de 1re. Je voulais prendre tes lettres, mais elles étaient dans le

1. Ours en peluche d'Odile.

haut d'une armoire, et au moment où j'allais chercher l'échelle pour les atteindre ma tante est venue me prendre pour aller déjeuner. [...]

Et voilà. Au revoir mieux-aimée chérie. Je vous souhaite une année aussi bonne que possible à toi et à toute ta famille.

LOLITA.

ODILE À HÉLÈNE

*27 septembre 1939*

Depuis Villa Dorus, Étretat, Seine-Inférieure
À destination de « Le Vivier », Aubergenville, Seine-et-Oise

Bonjour mieux-aimée,

Pourquoi n'es-tu pas venue me réveiller plus tôt ? Je suis sûre que tout le monde a fini de déjeuner. « Tu es folle, Nicole n'est même pas descendue ! » Et moi de me ruer sur ma robe Deux Mai et les chaussettes malodorantes, en espérant un prompt rétablissement pour ne pas être précipitée, selon la loi du plan incliné, contre le mur de la chambre de Denise.

Tu me crois folle ? Non, mais je passe ma vie à me régaler du passé. Le présent est trop horrible. Je veux l'ignorer. D'ailleurs, les souvenirs affluent à chaque instant. Je passe de l'un à l'autre sans aucune association d'idées. J'évoque le funiculaire d'Engelberg, les promenades derrière le couvent sous la surveillance de Miss Child qui porte dans son sac les petits pains-poum[1], pleins de beurre et de confiture. Et tout à coup, je me retrouve au cours, à côté de toi, sur le banc de côté, rue Saint-Honoré[2], au premier cours de M. Robert ! Je suis transportée peu après dans le jardin de la rue Bellini où je fais

1. Petits pains suisses traditionnels.
2. 165, rue Saint-Honoré, l'une des deux adresses du cours Boutet de Monvel.

de la bicyclette avec François. Puis me voilà chez Thérèse Weil, foudroyant du regard Marie Harbley. D'un bond, je saute chez Jacqueline Levy où je me retrouve petite fille, me bouchant les oreilles pour inventer une comédie. Et me voilà traversant l'Exposition universelle[1] du 1er bachot, entre toi et Jacques Delattre. Une minute après, je suis à St-Jean-de-Luz étendue sur la plage, et je regarde Jacquot sortir de l'eau. Cette image est bientôt effacée par la vision de Milon de Crotone qui surgit de mon carnet en toile cirée noire, muni d'un petit buvard qui pend au bout d'un ruban. Je passerais des heures à évoquer le passé. Si j'avais du courage, je l'écrirais. Mais je ne peux pas m'y mettre. Et cela déforme tellement les choses de les écrire ! Ceci me rappelle le compte rendu sur la Garden-Party. Je pense que je l'ai précieusement conservé. [...]

J'espère te voir un jour pas trop lointain. Mais je ne vois pas comment ce sera possible. J'espère que tu ne t'es pas endormie avant la fin de ma lettre. Au revoir mieux-aimée bien-aimée.

ODILE.

ODILE À HÉLÈNE

*6 octobre 1939*

Depuis Villa Dorus, Étretat, Seine-Inférieure
À destination de « Le Vivier », Aubergenville, Seine-et-Oise

Ma mieux-aimée,

J'aime avoir devant moi une heure de tranquillité pour t'écrire. J'ai alors l'impression de fermer provisoirement une porte derrière moi, pour entrer dans un monde qui n'appartient qu'à nous deux, un monde que nous avons édifié, un monde-refuge où l'on ne connaît

1. Exposition universelle de 1937.

pas la peine et le découragement. Seulement, depuis quelques jours, je n'arrive pas à m'isoler. En ce moment, par exemple, je garde Hélène, et comme elle est bavarde et impatiente, je n'arrive pas à rassembler mes idées. Je suis seule depuis quelques jours. Maman est partie à Paris avec Tante Thérèse et François. Pour les besoins de la cause, on m'a nommée mère de famille et maîtresse de maison. J'ai cinq enfants, trois garçons et deux filles[1]. [...]

À part cela, je suis d'ailleurs fort occupée. J'en suis enchantée. Chaque après-midi, j'établis mon quartier général à la mairie. Je deviens rond-de-cuir. En ce moment, on est très excité par le lycée que le proviseur du Havre doit installer ici. Tous les jours, de 15 heures à 17 heures, les gens défilent à la mairie pour inscrire leurs enfants au lycée. Derrière une table couverte de paperasses, je reçois dignement mères et rejetons. Je remplis des fiches, examine des carnets scolaires (en faisant des réflexions appropriées), je fronce les sourcils, je me gratte l'oreille, je fais des petites piles d'actes de naissance et je congédie avec mon plus charmant sourire. C'est très amusant. Les mères ne manquent pas une occasion de faire mousser leurs glorieux rejetons, ou d'alléguer une mauvaise santé s'ils sont de trois ans en retard. Il y a des intermèdes vraiment comiques. Hier, comme je donnais une fiche à remplir à une espèce de gros paysan qui venait inscrire son fils, il leva sur moi un regard atterré. « Qu'est-ce qu'il faut que j'y fasse, mamzelle ? Y a marqué prénoms au pluriel, et mon fils y n'en a qu'un ! » De temps en temps, je vais faire un brin de causette avec l'adjoint, un grand bel homme ma foi, nanti d'une fière moustache blanche. Avant-hier, le proviseur du lycée du Havre est venu voir « comment ça marchait ». Il m'a fait quelques recommandations et s'est retiré en disant qu'il comptait sur moi. Je gloussais de joie. C'est drôle. Je suis horriblement intimidée, je rougis comme un coq, et avec cela, je prends un air dégagé et autoritaire... voire même condescendant et affable. La vérité est que j'ai l'occasion de me jouer à moi-même une petite comédie, et que je saute sur l'occasion parce que cela me change les idées. [...]

1. Jérôme, Laurent, Denis et Hélène Lindon, plus la petite sœur d'Odile, Annie, 12 ans.

J'espère que la mairie sera un débouché pour moi cet hiver. Maintenant que j'ai commencé à y aller et que l'on m'y connaît, je pourrai peut-être y trouver une occupation.

Après un long intervalle, je viens de recevoir deux grandes lettres de Jacquot. Son régiment est passé en réserve pour trois jours la semaine dernière et Jacquot a éprouvé une joie sans mélange à coucher dans un lit. Il m'écrit que son secteur est assez calme en ce moment. On entend beaucoup le canon, mais ce sont plutôt des canons français que des canons allemands. Son moral est assez bon. Il est toujours plein de confiance. Moi aussi du reste. Mais cette séparation forcée commence à me peser. Au début, je ne pensais qu'au danger qu'il courait. Maintenant, à mon inquiétude, s'ajoute le chagrin de ne pas le voir. Il peut se passer tant de mois avant qu'il n'ait une permission. Si seulement j'étais près de toi, mieux-aimée. Jamais je n'ai tant désiré ta présence. Et c'est au moment où j'en ai le plus besoin que j'en suis privée. Un jour, j'enfournerai ma bicyclette, ou bien je me blottirai au fond d'une carriole, et tu me verras arriver à l'improviste au Vivier. Au fond, cela ne doit pas être si difficile d'aller d'ici à Aubergenville en passant par Rouen. Il faudra que j'étudie la question.

François est retourné à Paris. Il va s'y installer définitivement. Je pense tout à coup qu'il y a un an jour pour jour j'étais à Aubergenville. C'était quelques jours après mon retour à Paris. Il y avait Janine, Henriette May, Arnauld, les Schwartz. Nous parlions de J.-M. Boris et nous faisions des exhibitions de Lambeth Walk, ce qui avait le don de mettre Bertrand en rage. Cela semblait merveilleux de se retrouver après avoir redouté une longue séparation. Dieu merci, je ne prévoyais pas, à ce moment, qu'un an plus tard je t'écrirais dans ces conditions. Nous avons encore pu profiter d'un bel hiver. C'est donc aujourd'hui l'anniversaire du jour où Daniel a demandé à Yvonne de l'épouser. Je pense tout le temps à eux. Il me semble qu'Yvonne est ma propre sœur. C'est un peu cela, d'ailleurs, puisqu'elle est la tienne. *Théorème* : Deux quantités sœurs d'une troisième sont sœurs entre elles.

J'ai reçu des lettres respectives de Gisèle et Lisette. Elles ont l'air de s'accommoder parfaitement de leur nouvelle vie. Annette a dû passer son bachot le 4 à St.-Malo. Elle était pleine d'espoir.

Cette fois-ci, je n'ai pas de petites anecdotes à te raconter. La vie est trop grise et trop uniforme depuis quelque temps.

Il est temps que je revienne dans l'affreux monde d'Hitler. La porte s'entrebâille déjà. Au revoir, mieux-aimée, à bientôt. Un dernier coup d'œil sur notre monde ensoleillé. Je ferme la porte. Je mets la clef dans ma poche et je descends lourdement les marches de la réalité. J'envoie un dernier baiser à la porte sous laquelle filtre un rayon. Et je signe

GRÉGORIO
AVANT DE REDEVENIR
ODILE.

ODILE À HÉLÈNE

*21 octobre 1939*

Depuis Villa Dorus, Étretat, Seine-Inférieure
À destination de « Le Vivier », Aubergenville, Seine-et-Oise

Mieux-aimée, [...]

Je te téléphonerai de Paris. L'idée de te revoir me fait sauter de joie au plafond. Nous irons prendre le thé au club de l'Institut britannique avec Wladimir. Ou plutôt nous bavarderons tranquillement à la maison en réveillant les vieux souvenirs. Nous ferons peut-être les deux. À bientôt ma mieux-aimée. Pourvu que je ne meure pas de bonheur quand je te verrai.

TON LORENZO.

ODILE À HÉLÈNE

*15 décembre 1939*

Depuis Villa Dorus, Étretat, Seine-Inférieure
À destination de « Le Vivier », Aubergenville, Seine-et-Oise

Ne sois pas furieuse après moi, mieux-aimée. Je n'ai vraiment pas eu le temps de t'écrire. Quand je rentre du lycée le matin, il faut que je me dépêche de déjeuner pour y retourner. Le soir à partir de 16 heures je suis réquisitionnée par Jérôme, Denis, Laurent, Annie pour faire leurs devoirs. Ceux d'Annie (anglais, français, calcul) m'amusent beaucoup. Je suis encore capable de venir à bout d'une version de 4ᵉ. Mais sur ceux de Jérôme, qui sont en général des problèmes d'algèbre et de géométrie, je sèche éperdument. L'autre jour, il m'a apporté le problème suivant : montrer que, si dans un trapèze quelconque on joint les milieux des diagonales, la droite ainsi obtenue est égale à la demi-différence des bases. J'ai commencé par sauter de joie, parce que cela me rappelait le bon temps. Et puis je me suis mise à sécher pendant une heure, ce qui m'a non moins rappelé le bon temps. Je cherchais désespérément des théorèmes qui ne me revenaient pas. Finalement, j'ai dû me déclarer vaincue. Et j'ai dû me coucher à 9 heures avec un violent mal de tête. C'est du joli. [...]

Étretat ressemblait à une de ces maquettes qu'on sort sur une table dans un musée, et qui reconstitue plus ou moins fidèlement un château fort, une ville. On aurait dit aussi une momie gisant dans l'attitude où la mort l'avait surprise et dont les traits, quoique figés, étaient demeurés inchangés. Je suis en train de me lancer dans des élucubrations et de te raconter des choses qui doivent te faire bâiller. Pardonne-moi ô mieux-aimée. Je ne distingue plus « t'écrire » de « m'écrire ». Cela n'arriverait pas si tu n'étais pas mon second moi-même. Mon cerveau d'ailleurs n'est plus qu'une humble bouillie. Pour retrouver mon équilibre, j'ai besoin de voir Jacquot. Cela devient un besoin pressant. C'est anormal de vivre quatre mois sans se voir. J'ai tellement pensé à lui qu'il s'est passé de drôles de choses dans ma tête. C'est comme lorsque l'on regarde trop longtemps quelqu'un de trop près. Il devient grimaçant et irréel. Et on a mal aux yeux.

J'ai bien peur qu'il ne soit remonté en ligne ces jours-ci, puisqu'en principe, dès qu'il se produit une attaque un peu marquée, c'est le 26ᵉ qu'on envoie à la rescousse. [...]

Au revoir, mieux-aimée, voilà des élèves qui arrivent. Il faut que j'adopte une attitude digne.

TA-LOLITA-QUI-SE-LANGUIT-RÉELLEMENT.

ODILE À HÉLÈNE

*21 mai 1940*

Depuis La Gaudinière, chez Henri et Louise Bergson, Saint-Cyr-sur-Loire, Indre-et-Loire
À destination de Hôtel de France, Blois, Loir-et-Cher

Je viens de recevoir ta lettre, mieux-aimée. Mon premier sentiment en la lisant a été une sorte de joie égoïste, la joie de te sentir si près de moi[1]. Je sais bien qu'il me sera sans doute impossible de te voir à cause de la difficulté qu'on a à se procurer de l'essence, mais le fait que la distance kilométrique ait diminué me réjouit tout de même. En même temps, j'ai de la peine pour toi, parce que je sais combien cela a dû te sembler pénible de quitter Aubergenville. Il me semble qu'une partie de moi y était restée avec toi, jouissait de la tranquillité du jardin, de l'ombre des bois, du parfum de l'herbe mouillée, ou chauffée par le soleil, et que j'ai dû quitter tout cela en même temps que toi. J'ai eu beaucoup de chagrin aussi en quittant ma maison dimanche matin. Je me demandais quand et si je la reverrais. Mais

1. Fuyant l'avancée des troupes allemandes, Odile et ses parents ont trouvé refuge à La Gaudinière, près de Tours, chez son oncle le philosophe Henri Bergson (1859-1941).

vraiment, il se passe des choses tellement effroyables en ce moment que les petites souffrances personnelles en sont fatalement atténuées. Maman s'est tirée avec succès de cette première épreuve. Nous avons fait la route avec les Pierre Dreyfus[1] jusqu'à Châteaudun, et là nous nous sommes séparés, car ils continuaient en direction de Cholet. À Vendôme où nous avons déjeuné, nous avons fait la conversation avec une famille belge qui nous a raconté son évasion de Bruxelles et qui nous a décrit l'aspect de la route qu'elle a suivie. Il y avait de quoi faire dresser les cheveux sur la tête. Et quelle horreur de voir ce défilé de camions chargés de réfugiés belges ou français tout le long de la route. Maintenant que j'ai vu tout cela, je me rends compte à quel point le fossé restera toujours profond entre ma vie « d'avant » et ma vie « d'après ». Il me semble que je garderai indéfiniment, sans en avoir toujours conscience peut-être, un sentiment de dégoût latent au fond de moi. Pour l'instant, je n'ai jamais eu un aussi bon moral depuis le début de la guerre. Seulement j'ai le regret de m'apercevoir que ce bon moral est principalement basé sur la rage et la haine, et qu'il doit en être de même pour les soldats. Il va sans dire qu'il y entre aussi de meilleurs sentiments, comme la confiance et l'amour du pays, mais après une analyse sincère et sans parti pris, on est obligé de reconnaître qu'ici comme ailleurs, les forces du mal ont le pas sur les forces du bien. J'espère et je crois fermement que cela changera. J'ai reçu ce matin une lettre de Jacquot. Il ne me dit rien de lui. Mais je sais par sa sœur, qui m'a aimablement prévenue, qu'il se trouve de nouveau tout à fait aux avant-postes. Il est toujours agent de liaison, mais il est maintenant plus spécialement affecté aux Français qu'aux Anglais. Fernande[2] m'avait téléphoné mercredi soir pour me dire que Jacquot lui avait écrit une lettre personnelle qu'elle ne voulait pas montrer à sa mère « pour ne pas l'affoler ». Elle me demandait donc de téléphoner moi-même à sa mère pour lui dire simplement que j'avais des nouvelles de Jacquot. Elle m'a lu tous les passages désagréables alors que Jacquot l'avait priée de ne pas m'en parler non plus. C'est

1. Pierre Dreyfus : fils du capitaine Dreyfus, qui a épousé Marie Baur, tante maternelle d'Odile.
2. Fernande Hyafil, sœur de Jacques Hyafil.

intelligent de sa part ! Après cela, j'ai été terriblement démontée, et j'ai pleuré toute la journée. Mais depuis j'ai cherché toutes les raisons de me consoler et j'y suis arrivée. Je me suis dit que tout le monde était logé à la même enseigne et que je devais m'estimer contente encore que Jacquot ne soit pas en Belgique. Je ne sais pas exactement où il est. Quelqu'un qui l'a rencontré il y a trois semaines et qui est venu en permission après a dit à une de mes belles-sœurs que sa division était en marche, et qu'elle cantonnait ce soir-là à Thionville. Elle a dû monter en première ligne de ce côté-là.

De Papa, Maman a reçu trois lettres ce matin. Il est absolument débordé de travail et passe presque toutes les nuits debout. La dernière est du 15 (comme celle de Jacquot). Il nous suppliait déjà de partir, et pourtant, c'était avant le 16[1]. Qu'est-ce que cela aurait été après. Il doit être content de nous savoir ici maintenant. Il ne parle pas du tout de la situation militaire.

Je me laisse bercer par la paix extérieure qui règne ici. La maison est ravissante, et nous sommes si bien installés que j'en ai honte. Le jardin est plein de fleurs. Naturellement l'atmosphère est assez triste, mais elle l'a toujours été, même avant la guerre. Cela tient sans doute à ce que la maison n'a jamais été habitée que par des vieux[2]. Les mouches elles-mêmes ne marchent que sur la pointe des pattes. Il règne partout une odeur d'encaustique et de tisane. Le philosophe ne va pas trop mal. Il a de plus en plus l'air d'un nouveau-né avec son crâne chauve et ses gencives édentées. Nous lui faisons une petite visite tous les jours. Quand il est bien disposé, il est encore merveilleux, et l'on reste suspendu à ses lèvres sans ouvrir la bouche. Il nous a dit que les Allemands étaient en train de faire une gaffe. Je ne demande pas mieux que de le croire. Je pense que nous allons rester ici une dizaine de jours au moins. Il nous faut attendre le début du mois de juin pour renouveler notre carnet d'essence. Lorsque nous en aurons, nous partirons sans doute en direction du Sud-Ouest. Maman a écrit

1. Le 16 mai 1940, le général Rommel passe la frontière au sud-est de Maubeuge, qui est bombardée et dont le centre historique est détruit.

2. Henri Bergson a 81 ans. Son épouse Louise est la sœur du père d'Odile. Elle a 67 ans.

à Saint-Jean-de-Luz pour savoir si l'on pouvait y louer une maison. Je crois qu'une bonne partie de la famille voudrait y aller. Et si la situation s'aggrave, mes grand-mères aussi quitteront Paris[1]. Ici, je suis assez occupée. Comme le personnel est réduit et que nous n'avons amené personne, je fais notre ménage le matin. Je fais aussi travailler Annie qui suit son cours par correspondance. Ce qui me rend malade, ce sont les prévenances de ma cousine Jeanne[2] qui s'évertue à nous faire plaisir. Elle ne se rend pas aussi bien compte que les autres de la gravité de la situation, et pour elle, ce qui compte le plus en ce moment, c'est sa joie de nous avoir ici, et non pas la cause de ce séjour forcé. Elle essaie tout le temps de me distraire, alors que je n'en ai nulle envie. Et je suis presque méchante avec elle quand elle veut me présenter des gens. Enfin, ce n'est qu'un détail. L'inconvénient de cette maison est qu'elle est située à 3 kilomètres du champ d'aviation. On entend les avions toute la journée, mais jusqu'à présent, heureusement, je n'ai vu que des avions français. Du moins je crois.

Ces jours-ci, nous allons sans doute avoir la visite de Boule de Graisse et de sa famille. Quelle joie ineffable.

Écris-moi encore. Je t'embrasse, mon Grégorio.

TA LOLITA.

---

1. Il s'agit de la grand-mère maternelle d'Odile, Rachel Baur, 71 ans, et de la mère de cette dernière, Adèle Weill, 93 ans.

2. Jeanne Bergson (1893-1961) est une artiste-peintre et sculptrice. Elle est sourde-muette.

ODILE À HÉLÈNE

*29 mai 1940*

Depuis La Gaudinière, chez Henri et Louise Bergson, Saint-Cyr-sur-Loire, Indre-et-Loire
À destination de Hôtel de France, Blois, Loir-et-Cher

Cette fois-ci, mieux-aimée, il y a de quoi se jeter du haut d'un gratte-ciel. Les hommes sont trop ignobles. On se demande quel plaisir on a à respirer le même air qu'eux. Il va bientôt y avoir trop de gens à détester. Après Hitler, Mussolini, Staline, voilà Léopold[1]. Si ça continue, je vais me racornir et devenir ivrogne et bossue. Quelle image ! Heureusement que les bretelles de la vieille culotte ont été taillées dans un solide élastique. Elles s'étirent jusqu'à devenir étroites comme un cheveu, mais elles ne se cassent pas. Heureusement aussi que je suis du même sang que les poissons rouges en celluloïd qu'on met dans le bain quand on est petit. On a beau les tenir très fort par la queue au fond de l'eau, ils trouvent toujours le moyen de se libérer et de jaillir à la surface. [...]

J'espère que vous avez maintenant des nouvelles de Daniel et Bertrand. Je crois que les lettres du Nord arrivent très difficilement. Par exemple, Tante Thérèse aussi est sans nouvelle de mon oncle Raymond Lindon qui était en Belgique. Et je connais une autre dame dans le même cas. Je pense tout le temps à Yvonne, et chaque matin, en me réveillant, je me demande si tu n'as pas été promue au grade de tante. Tante Hélène, ça fait très Morélièrasseux. Nous avons des nouvelles assez régulières de Papa et Jacquot. Le secteur de Jacquot n'a pas l'air trop agité en ce moment. Lui, il a enfin digéré sa déception, mais c'était un gros morceau à avaler[2]. Papa ne sait pas s'il va rester à Reims. La ville a été totalement évacuée. Papa qui a

1. Le 28 mai 1940, Léopold III, roi des Belges, a annoncé la capitulation de son pays.

2. Odile et Jacquot devaient se marier le 15 mai 1940. La permission de ce dernier a été annulée en raison de l'offensive allemande. Il sera fait prisonnier en juin 1940.

participé à cette évacuation dit que le côté civil de son métier a été encore plus pénible que le côté militaire. Il a assisté à des spectacles effroyables. Maintenant, il n'y a plus une âme dans la ville, les boutiques sont fermées, et se nourrir constitue un véritable problème. Papa n'a plus rien à faire car la gare est pour ainsi dire désaffectée. La plupart de ses camarades ont été repliés. Ses propres bagages et ceux des officiers qui restent avec lui ont été transportés à l'arrière ; au cas où ils auraient à quitter la ville en cinq minutes. Marco[1] a été évacué à Bordeaux. Il n'est pas gravement blessé, en ce sens qu'aucun des organes essentiels n'a été atteint, mais il a reçu des éclats dans tout le corps, et il souffre terriblement.

Je ne crois pas qu'il me sera possible de te voir parce que nous sommes vraiment trop pauvres en essence. Nous aurions peut-être de quoi venir, mais pas de quoi rentrer. Dans un sens ce serait une aubaine. Non pas que je me déplaise ici, mais ce serait bien d'être clouée au même endroit que toi. Il est vrai que tu pars à Poitiers. Nous, nous ne savons pas du tout ce que nous allons faire. St-Jean-de-Luz a l'air d'être dans l'eau, parce que tante Marie[2], avec qui nous devions y louer une maison, a reçu l'ordre de son mari de ne pas y aller, sous prétexte que, si l'Italie entre en guerre, on ne sera pas en sécurité près de l'Espagne. D'ailleurs, nous n'avons aucune réponse de l'agence à laquelle nous avons écrit. Ces jours-ci, nous avions en vue une grande maison dans la région de Cholet. Mais elle vient d'être réquisitionnée. Alors nous sommes très perplexes. Nous allons peut-être diriger nos efforts du côté de la Bretagne. En tout cas, nous ne pouvons plus rester très longtemps ici, d'abord parce que nous encombrons, ensuite parce que nous n'y tenons pas. Tante Louise est bien gentille, mais elle parle un peu trop des domestiques qu'elle a, qu'elle a eus, qu'elle a failli avoir, qu'elle voudrait avoir… Quant à Jeanne, elle est très difficile à supporter car elle se rend très mal compte de la situation. Tant mieux pour elle, mais tant pis pour les autres. Elle veut tout le temps m'emmener au

1. Marc Hyafil (1914-2002), frère aîné de Jacques Hyafil.

2. Marie Baur, sœur d'Anna Neuburger, a épousé Pierre Dreyfus, fils du capitaine Dreyfus et de Lucie Hadamard.

cinéma, me présenter à des gens, et un jour je finirai par me fâcher. À part cela, la maison est tellement jolie, et le jardin tellement agréable que j'ai constamment honte d'en profiter. Je dois dire qu'une fois dans le potager, j'ai tendance à mettre ma honte de côté, et la gourmandise reprend le dessus. Il y a tellement de cerises et de fraises. Mais ce que j'aime par-dessus tout, ce sont les petits pois crus. Il y a aussi des roses, des pivoines, des iris. Je pense souvent à Aubergenville quand je me promène dans le jardin. Quelle tristesse que ce soit réquisitionné. Je ne peux pas imaginer d'autres gens contemplant le canal, se coiffant devant TA glace, s'asseyant sur NOTRE Ragadaga. Quand je pense à ce dernier dimanche, à cette après-midi passée à essayer le voile de mariée. C'est horrible. Il ne faut pas y penser. [...]

Écris-moi vite et beaucoup. Donne-moi des tas de nouvelles. Est-ce que Philippe[1] est encore à Vincennes ? J'étais folle de joie de t'entendre au téléphone l'autre jour ; mais ta voix était si loin que je ne comprenais pas la moitié de ce que tu disais. Au revoir mon doux Grégorio. J'espère te voir tout de même bientôt.

BÉRANGER.

## ODILE À HÉLÈNE

*2 juin 1940*

Depuis La Gaudinière, chez Henri et Louise Bergson, Saint-Cyr-sur-Loire, Indre-et-Loire
À destination de Hôtel de France, Blois, Loir-et-Cher

Je viens de recevoir ta lettre, mieux-aimée, et je suis toute rouge d'émotion. J'ai chaud comme lorsque je viens d'avaler un verre de citronnade pas assez sucrée. Il me semble que je viens de vivre avec toi ces heures d'attente. Quelle lettre ! Au commencement, rien que

1. Philippe Schneider, cousin germain d'Hélène.

toi et moi, et puis à la fin, un petit être tout neuf sur la terre, qui n'était pas là quand tu as ouvert ton stylo, un nouveau petit Français, un nouveau petit juif, mais qui est déjà seul de son espèce, qui a ses propres réactions, et qui ne tardera pas à avoir sa propre intelligence, sa propre sensibilité. Que c'est drôle de penser qu'il y a tant d'individus sur la terre, qu'il n'y en a jamais eu, qu'il n'y en aura jamais deux identiques. C'est merveilleux. Je ferais mieux de cesser mes considérations oiseuses. Embrasse Maxime, embrasse Yvonne, embrasse Mlle Lesieur, embrasse-toi. Je n'ose pas écrire à Yvonne, mais dis-lui que j'ai beaucoup pensé à elle ces temps derniers, que je la félicite, et que je suis aussi heureuse que vous tous. J'ai l'impression d'avoir moi aussi un neveu. Je me rends compte à quel point j'aimerais avoir un petit enfant à moi en ce moment. Au moins la vie aurait une raison d'être. Cette pensée m'attendrit et me fait pouffer tour à tour. Je serais aussi bébé que mon bébé. J'espère que Daniel va avoir une permission. [...]

J'ai envie d'aller raconter à l'oncle Henri[1] qu'il y a dans le monde un Maxime Schwartz. Je sens que ce soir le jardinier lui-même ne l'ignorera plus. Au revoir, mieux-aimée. Je t'adore.

ODILE À HÉLÈNE

*9 juin 1940*

Depuis La Gaudinière, chez Henri et Louise Bergson, Saint-Cyr-sur-Loire, Indre-et-Loire
À destination de Hôtel de France, Blois, Loir-et-Cher

Ma petite mieux-aimée,

Ce doit être bien pénible de passer des examens en ce moment, et tu dois attacher peu de prix au résultat. Tout de même, je te dis « m... » dans le creux de l'oreille. Passe, reviens, et écris-moi. Cela

1. Henri Bergson.

doit te faire de la peine aussi de ne pas assister à l'éclosion de Maxime. Quand je pense qu'aujourd'hui, il a plus d'une semaine ! C'est déjà un vieux petit d'homme. J'espère qu'on a des nouvelles de Daniel. [...]

À bientôt mieux-aimée. Cela fait toujours du bien de t'écrire, même sans grand espoir. Si tu savais comme tu me manques !

TON LORENZO.

ODILE À HÉLÈNE

*17 juin 1940*

Depuis Villa Maïtena, route de Sainte-Barbe, Saint-Jean-de-Luz, Basses-Pyrénées
À destination de « La Fouilleuse », Saint-Brévin-l'Océan, Loire-Inférieure

Ma petite mieux-aimée, [...]

Oh mieux-aimée, je me demande quand je te reverrai, et dans quelles conditions. Peut-être à Buenos Aires[1]. Peut-être aussi avenue Maunoury, ou à Aubergenville. Ce serait trop beau. Je ne le crois pas non plus. Mais au fond, jusqu'au dernier moment, et même après le dernier moment, est-ce qu'on n'espère pas toujours un miracle ? Moi j'ai toujours confiance en Dieu. Si de telles catastrophes nous arrivent, c'est que nous les avons méritées. Évidemment, quand je fais le tour des gens qui me sont proches, je ne vois pas en quoi ils les ont méritées. Mais le bon Dieu ne peut pas s'amuser à faire des exceptions. Alors tout ce que j'espère, c'est qu'au milieu de l'infortune générale, Dieu protégera les moins mauvais.

Je vais attendre de tes nouvelles avec impatience. Avant que tu reçoives cette lettre, si tu la reçois, il se sera sans doute passé bien des choses encore.

1. Simon Weill, grand-oncle maternel d'Odile, vit en Argentine.

Dans des circonstances pareilles[1], mieux-aimée, il faut quand même que le lion consente à ce que je l'embrasse. Donc je t'embrasse, mon lion chéri, en priant Dieu de déverser sur la tête d'Hitler toutes les colères du ciel, et de me permettre de te revoir bientôt.

ODILE.

ODILE À HÉLÈNE

*8 juillet 1940*

Depuis Villa Mercédès, rue Cépé, Saint-Jean-de-Luz, Basses-Pyrénées
À destination de « La Fouilleuse », Saint-Brévin-l'Océan, Loire-Inférieure

Mieux-aimée, je ne peux pas en croire mes yeux. Une lettre de toi ! Il y a eu un moment où j'ai cru que je n'aurais plus jamais de nouvelles de toi. Tous ces temps-ci, j'ai été au fond d'un puits noir, profond, visqueux. Je ne peux pas dire que j'en sois sortie. Les échelons sont eux-mêmes trop pourris pour qu'on songe à y poser le pied. Mais depuis que j'ai reçu ta lettre, j'ai découvert une petite porte dans le mur qui ouvre sur un jardin où l'on voit le ciel… comme dans *Gracieuse et Percinet*[2]. Je ne me rappelais même plus t'avoir écrit de St-Jean-de-Luz, et en tout cas, je n'aurais jamais cru que cette lettre finirait par te parvenir un jour. Aussi quelle joie pour moi lorsque j'ai trouvé la tienne à Maïtena. Je t'écris à St.-Brévin, quoique tu m'aies dit que vous pensiez retourner à Paris. Je ne peux pas croire que ce soit encore possible lorsque je vois comme on est encore bloqué ici, et j'imagine que tu te trouves toujours à La Fouilleuse. J'ai trop de choses à te dire, des choses qui ne valent d'ailleurs pas la peine d'être dites, puisque tu les as toujours pensées avant ou après moi. Je ne

1. Le 17 juin 1940, Philippe Pétain, nommé président du Conseil après la démission de Paul Reynaud, annonce à midi la demande d'armistice.
2. Conte de Mme d'Aulnoy (1882).

ferais que répéter ce que tu m'as écrit. Et puis, cela fait trop mal de regarder la lumière en face quand on a eu les yeux si longtemps fermés. J'aime mieux tourner la tête chaque fois que je le peux. Quelle tristesse, mieux-aimée, et quelle salade. Je ne sais plus à quel idéal me raccrocher, ni à quel espoir me retenir. Chaque jour, il se passe quelque chose d'un peu plus déroutant et d'un peu plus désespérant. Maintenant, je n'attends plus rien de bien, si ce n'est de revoir le plus vite possible ceux que j'aime. [...]

Mieux-aimée chérie, je t'embrasse.

ODILE.

ODILE À HÉLÈNE

*16 juillet 1940*

Depuis Villa Mercédès, rue Cépé, Saint-Jean-de-Luz, Basses-Pyrénées
À destination de 5, avenue Élisée-Reclus, Paris VIIe

Ma petite mieux-aimée,

Je ne sais si l'on t'a fait suivre la lettre que je t'ai envoyée à La Fouilleuse et qui a dû arriver quelques jours après ton départ. J'ai reçu ta carte il y a quelque temps et je suis bien contente des nouvelles que tu me donnes de Daniel et de Jean. J'espère que vous en avez aussi de Philippe à présent. [...]

Quand nous retrouverons nous à Paris ? Je voudrais tant que ce soit bientôt. Je te remercie d'avoir donné notre adresse à notre concierge. C'était une très bonne idée de ta part, et l'ami de ton père est très loutien[1]. Sais-tu à quoi je pense tout le temps, au point que ça devient une obsession ? Au dernier week-end que j'ai passé à Aubergenville, au voile d'Yvonne, à la bête à bon Dieu, aux trèfles à quatre feuilles,

1. « Charmant » dans le langage des deux amies.

à ta chambre que tu allais quitter pour monter. Est-ce que nous retournerons un jour toutes les deux nous asseoir sous l'arbre près du canal ? [...]

Écris-moi, mieux-aimée chérie, si c'est possible. *Yours ever.*

LORENZO.

ODILE À HÉLÈNE

*21 juillet 1940*

Depuis Villa Mercédès, rue Cépé, Saint-Jean-de-Luz, Basses-Pyrénées
À destination de 5, avenue Élisée-Reclus, Paris VII^e^

Enfin mieux-aimée ! [...]

Aujourd'hui, j'ai reçu ta lettre m'annonçant que vous rentriez pour de bon à Paris. J'espère que c'est vrai, et que par conséquent tu y recevras ma lettre. Pourvu que je puisse te rejoindre bientôt. Si Papa pouvait nous rejoindre en zone occupée, nous attendrions ici avec lui le moment de rentrer à Paris. Sinon nous partirons du côté de Pau. [...]

Aujourd'hui, j'ai aussi reçu une vieille lettre de toi qu'on a fait suivre de Saint-Cyr et dans laquelle tu me racontais votre voyage de Blois à St.-Brévin. Et les bombardements. [...]

À bientôt mieux-aimée. Je t'adore. Embrasse Maxime.

TON VIEUX BÉRANGER.

ODILE À HÉLÈNE

*23 juillet 1940*

Depuis Villa Mercédès, rue Cépé, Saint-Jean-de-Luz, Basses-Pyrénées
À destination de 5, avenue Élisée-Reclus, Paris VII^e^

Je viens de recevoir ta lettre du 19, mieux-aimée, et jamais je ne me suis sentie si près de toi. Il faut que je te réponde tout de suite pour que ce mirage ne s'évanouisse pas. Je ne t'écris pas, je te parle. Tu vois, tout revient, même l'époque des lettres-conversations, et c'est bon signe. Sais-tu à quoi je passe la journée maintenant, chaque jour que je reçois une lettre de toi ? À te faire une véritable déclaration muette, et quand mon mutisme me pèse, je parle de toi avec Maman, et nous tombons d'accord pour déclarer que tu es seule de ton espèce. Si tu savais le bien que tu me fais. Je me demande toujours en quoi j'ai mérité d'avoir une amie comme toi. J'ai tant de chance à certain point de vue que je ne m'en sens que mieux disposée à payer mon dû comme les autres. Le contraire serait injuste. Tu sais, moi aussi je pense tout le temps à toi, et je suis triste avec toi de savoir ton père si malheureux[1]. [...]

Je m'aperçois que tout ce que je voudrais te dire ne sort pas, et ne sortira pas avant que je t'aie revue. Mais alors, quelle débâcle ! Je m'imagine dans ta chambre près du petit bureau ou en face de Charles-Quint (est-ce qu'il joue toujours faux ?)[2]. [...]

À bientôt, à bientôt, à bientôt, à bientôt.

ODILE.

---

1. La propriété des Berr à Aubergenville est occupée par la division Adolf Hitler.
2. Il s'agit probablement de Léon Lyon-Caen (1877-1967), ami et parent de la famille Berr.

ODILE À HÉLÈNE

*28 juillet 1940*

Depuis Villa Mercédès, rue Cépé, Saint-Jean-de-Luz, Basses-Pyrénées
À destination de 5, avenue Élisée-Reclus, Paris VII^e^

Ma petite mieux-aimée,

Je viens de recevoir ta lettre du 24. Tu me racontes des choses bien tristes. Le suicide des Sciama, quelle horreur pour ce pauvre Antoine, quelle horreur à tous les points de vue. C'est l'image laide de la mort. Elle vous fait dresser les cheveux sur la tête. Tandis que tout est beau dans la fin de François Weill-Raynal[1]. Quel chagrin pour sa famille. Pauvre garçon. Je ne l'ai vu qu'une fois, au dîner d'Emmeline et Marianne, l'année dernière, et je ne me souviens de lui que dansant et riant comme un gosse. C'est le premier malheur de ce genre dont j'entende parler moi aussi. Ce que tu me dis de son père me fait bien de la peine aussi. Comme cela doit être pénible de voir souffrir ceux qui ont toujours tout fait pour vous éviter le moindre souci, et de se sentir soi-même à peu près impuissant pour les soulager. Je voudrais tant t'aider à supporter ce chagrin. Mais je ne peux rien faire d'autre que de prier pour lui et pour vous tous comme tu priais pour Jacquot. J'espère que ma prière sera aussi efficace que la tienne. [...]

Je regrette de ne pas rentrer à Paris, parce que Paris, c'est toi, et j'en ai assez d'être loin de toi. Si nous allons en zone non occupée, il faut renoncer à retourner à Paris avant longtemps, car c'est pratiquement impossible pour le moment. En ce qui concerne Paris même, et notre appartement, je crois que cela ne me ferait aucun plaisir de m'y retrouver, bien au contraire. Je préfère encore des paysages nouveaux, froids, inhospitaliers, au cadre familier dont je ne retrouverai plus l'âme. Les Dieux Lares (ô spectacle de M. Fournier) ont déserté

1. François Weill-Raynal (1913-1940), blessé le 3 juin 1940, meurt à l'hôpital de Poitiers le 15 juillet. Il est décoré de la Légion d'honneur à titre posthume.

le foyer, et la flamme vacille et ne donne plus de chaleur. Mais il y a toujours un de mes petits Dieux Lares qui habite en toi et qui ne désertera jamais, il y a toujours une petite flamme qui brûle avec la même intensité, et voilà pourquoi je suis triste de ne pas rentrer à Paris, car je n'aurai jamais froid là où tu seras. [...]

Tu dois être bien triste qu'Yvonne et Maxime s'en aillent. Je me demande quelle tête fera Daniel quand on lui présentera son fils. [...]

J'ai pensé à toi tu sais rétrospectivement et j'espère que l'éditeur ne t'aura pas mise à la porte. Quel courage ! Je n'aurais jamais osé faire cela. Écris-moi beaucoup mieux-aimée, surtout si nous ne devons pas nous revoir bientôt. Je vous embrasse, toi et mon petit Dieu Lare.

BÉRANGER.

ODILE À HÉLÈNE

*2 août 1940*

Depuis Villa Mercédès, rue Cépé, Saint-Jean-de-Luz, Basses-Pyrénées
À destination de 5, avenue Élisée-Reclus, Paris VII^e^

Depuis hier, mieux-aimée, il y a un petit coin du ciel qui s'est éclairci et un autre petit coin du ciel qui s'est assombri. Le premier petit coin s'est éclairci parce que Papa a débarqué hier ici à l'improviste. Notre surprise a été d'autant plus grande que nous croyions toute communication interrompue entre zone libre et zone occupée. Mais il a pu passer en tant que démobilisé. C'est bien bon de se revoir après une si longue séparation. Et des jours de si grande anxiété. Le reste passe un peu au second plan. Il a sa figure du Bas-de-l'escalier-du cours-le-Lundi-soir[1]. Tu vois ce que je veux dire. Et quel soulagement de poser la culotte et de remettre toutes les décisions entre

1. Albert Neuburger allait chercher Odile et Hélène en voiture tous les lundis à la sortie du cours Boutet de Monvel.

ses mains. Là où le ciel s'assombrit, c'est du côté de Jacquot. Nous n'avons toujours pas de nouvelles directes de lui, ni son adresse, mais nous avons appris qu'il aurait quitté le Pas-de-Calais, probablement à destination de l'Allemagne. Cela ne changera peut-être rien en fin de compte, mais moralement c'est encore plus dur. J'éprouvais une sorte de réconfort à le savoir dans le même pays que moi et j'ai l'impression que la frontière creuse un immense fossé. Ce n'est qu'une impression, mais je ne peux m'empêcher de l'éprouver et d'être plus triste qu'avant. Et puis, c'est dur de ne pas pouvoir lui écrire encore, ni de pouvoir lui envoyer des colis. Je me demande dans quel état moral et physique il doit être. Enfin, tout cela ne comptera plus le jour où il sera revenu, où je ne le quitterai plus. Quand je pense que ce jour viendra, je suis inondée d'une telle joie que cela me donne le courage de supporter le présent. Tu sais, mieux-aimée, le jour où, en tournant la tête d'un côté, je verrai Jacquot, et où de l'autre côté, je te verrai toi, il pourra me tomber les tuiles les plus diverses sur la tête, que je ne pourrai pas me déclarer malheureuse. [...]

Si Maman va à Paris, je lui dirai de te téléphoner, et j'espère bien que tu ne seras pas intimidée comme au temps jadis. Ce que j'aimerais pouvoir en faire autant ! [...]

Il faut que je m'arrête, mais je te récrirai bientôt, car ceci ressemble plutôt à un bulletin d'information qu'à une lettre. À bientôt, mieux-aimée. Je pense à toi tout le temps, et souvent même je te parle, comme je parle à Jacquot. Je veux te voir et je te verrai ! Là !!!!!

ODILE.

ODILE À HÉLÈNE

*6 août 1940*

Depuis Villa Mercédès, rue Cépé, Saint-Jean-de-Luz, Basses-Pyrénées
À destination de 5, avenue Élisée-Reclus, Paris VIIe

Mieux-aimée chérie,

Tes lettres me font un bien inouï. Elles sont lumineuses, chaudes, réconfortantes. Elles sont toi. Et moi j'ai honte des sales petites feuilles couvertes de petits caractères gris et rigides que je t'envoie. Je n'arrive plus à être moi-même dans mes lettres. Je le voudrais et je ne le peux pas. Autrefois, j'avais l'agréable sensation de me « graver » sur le papier, de lui donner un peu de ma chaleur et de ma vie. Chaque lettre que je t'envoyais avait son petit cœur qui battait. Maintenant c'est tellement différent que je t'imagine déchirant mes enveloppes et n'y trouvant plus qu'une feuille jaunie, séchée, racornie, comme une feuille d'automne qui s'effrite et tombe en poussière lorsqu'on la presse entre les doigts. Te rappelles-tu le matin où je t'ai fait peur à Aubergenville quand tu es venue me réveiller. Je te racontais à moitié endormie que je n'avais plus de jambe ou de bras, je ne sais plus au juste, qu'ils étaient morts, que je les avais perdus pendant la nuit. C'est exactement ce qui m'arrive par moments. Seulement il ne s'agit pas de bras et de jambes, mais de toute ma sensibilité. En réfléchissant je sais qu'à certains événements correspondent certaines sensations agréables ou désagréables, mais je suis incapable de sentir directement ces sensations. Et puis tout d'un coup, c'est le dégel, la vie qui revient, les « fourmis ». Cela fait très mal sur le moment, mais j'aime encore mieux cela. J'ai commencé cette lettre en plein dégel, et c'est sans doute pour cela que je t'écris toutes ces choses. Mais maintenant, j'ai honte de te raconter des faits aussi inintéressants, de te parler de moi, ce grotesque petit microbe que je représente en ce moment. Mais c'était agréable, et cela ne m'était pas arrivé depuis longtemps de sentir les phrases jaillir et de les voir se dessiner sur le papier, ayant pour une fois échappé à l'épreuve du filtrage inconscient. [...]

Au revoir ma petite mieux-aimée. Raconte-moi tout ce qui te passe par la tête.

ODILE.

ODILE À HÉLÈNE

*9 août 1940*

Depuis Villa Mercédès, rue Cépé, Saint-Jean-de-Luz, Basses-Pyrénées
À destination de 5, avenue Élisée-Reclus, Paris VII^e

Mon cher petit Dieu Lare,

Je vais te dire une chose très banale : je te remercie de ta lettre. Mais j'ai besoin de te dire merci. Merci pour toutes les lettres que tu m'as envoyées. Il y a deux sortes de jours : ceux où je reçois une lettre de toi, et ceux où je n'en reçois pas. Les premiers[1] je les avale avec la grimace d'un bébé qui accepte d'ingurgiter des épinards parce qu'on lui a promis de la banane écrasée pour dessert. Mais quand arrive le jour de la banane écrasée, je la hume dès mon réveil, et même quand il pleut, il fait du soleil. Et puis chaque fois, il y a quelque chose d'un peu plus gentil dans tes lettres. Aujourd'hui, tu me proposes d'aller voir ma grand-mère. J'apprécie d'autant plus l'attention que je te sais aussi timide que moi pour ce genre de choses. Si cela ne t'ennuie pas, je sais moi que cela lui ferait un plaisir fou. Elle est si seule. Et elle te connaît bien ! Je lui ai assez parlé de toi. Et Aphrodite adorera son petit Dieu Lare. En tout cas, cette semaine, Grand'Maman[2] sera déjà moins seule puisque Papa et Maman partent après-demain à Paris. Naturellement, Papa et Maman iront voir tes parents. Cela va de soi.

1. Les premiers : Odile veut certainement dire « les seconds ».

2. Adèle Weill, sœur de Julien Weill, est l'arrière-grand-mère d'Odile. Adèle Weil, 95 ans, et sa fille Rachel Baur, 75 ans, habitent avenue d'Eylau.

Maman reviendra ici au bout d'une semaine si c'est possible. C'est la chose qui nous inquiète, que pour une raison ou une autre le trafic des voyageurs soit interrompu entre ici et Paris, et que nous soyons isolés de Papa et Maman. J'espère que cela n'arrivera pas. De toute façon, il est indispensable que Maman aille à Paris. Papa ne pourrait pas la remplacer pour toutes sortes de choses. Il est possible qu'à cette heure notre appartement soit occupé. Jeanne nous a écrit dernièrement que des amateurs s'étaient présentés, mais que le concierge ne les avait pas fait monter parce qu'ils n'étaient pas munis de bons de réquisition. Mais depuis... ? [...]

Je comprends que le départ d'Yvonne et Maxime fasse un vide dans la maison. C'est curieux, moi qui ne m'intéressais pas beaucoup aux très petits bébés, je me retourne maintenant dans la rue pour les regarder. C'est bon de surprendre un regard clair et confiant en ce moment. Ça y est ! Je me fais penser à Zanta parlant de sa petite-nièce, ou plutôt de son arrière-petite-nièce.

Je pense que tu recevras cette lettre à peu près en même temps que le coup de téléphone de Maman. Quelle chance elle a de pouvoir demander Seg.15.21. Il était un peu tombé en désuétude, le pauvre, au profit du 4 à Auber.

Pardonne cette lettre courte mieux-aimée, et ne me rends pas la pareille. Moi je ne sais plus parler et encore moins écrire. Aphrodite remet son âme entre les mains du petit Dieu Lare.

Et l'embrasse (si cela se fait entre dieux).

ODILE À HÉLÈNE

*13 août 1940*

Depuis Villa Mercédès, rue Cépé, Saint-Jean-de-Luz, Basses-Pyrénées
À destination de 5, avenue Élisée-Reclus, Paris VII$^{e}$

Ma petite mieux-aimée,

Quand tu recevras cette lettre, je pense que tu auras eu de mes nouvelles par Maman. Je suis contente de penser que tu vas lui parler et qu'elle reviendra éclairée par le reflet de la flamme du petit Dieu Lare. À 100 kilomètres de distance, le reflet de cette flamme-là réchauffe encore. Je n'ai pas grand-chose d'intéressant à te raconter aujourd'hui. Comme d'habitude, d'ailleurs. Depuis que Maman est partie, je me démène comme un diable, et je fais des centaines de pas inutiles dans une journée. [...]

Il fait un temps magnifique aujourd'hui. Les montagnes sont brumeuses et la mer est si bleue que si je prends un bain cette après-midi je crois que j'en sortirai aussi bleue qu'elle. Quelquefois, le soir avant de fermer mes volets, je regarde les premières étoiles et le ciel encore clair du côté de la mer, et j'ai envie de tendre les bras dans le vide pour répondre à la caresse de l'air, qui se fait si tiède et si douce que toute la glace qui emprisonne mon cœur semble fondre et monter en larmes de remerciements. À ces moments-là, je me pénètre d'un bonheur d'autant plus précieux que je ne l'ai pas recherché, mais qu'il m'est accordé comme s'il était destiné à combler le vide que fait, en se laissant désirer, l'autre bonheur, celui dont je rêve. De cette façon, il y a toujours une petite place chaude qui rend l'attente moins pénible. Et je pense aussi souvent à ce que nous avons dit un jour en nous retournant sur le chemin qui menait au banc, à Aubergenville : que même si tout croulait, il nous resterait encore quelque chose que personne ne pourrait nous voler.

Voilà que la T.S.F. du rez-de-chaussée diffuse *L'Invitation à la valse*. Je m'arrête de peur de devenir trop sentimentale, ce qui jurerait avec le début de ma lettre. Je vais éplucher les haricots verts et je t'embrasse, mieux-aimée.

LORENZO.

ODILE À HÉLÈNE

*18 août 1940*

Depuis Villa Mercédès, rue Cépé, Saint-Jean-de-Luz, Basses-Pyrénées
À destination de 5, avenue Élisée-Reclus, Paris VII$^{e}$

Mieux-aimée,

Aujourd'hui, le temps est plus resplendissant que jamais, et pourtant j'ai le cœur glacé et tout a un goût de larmes. Sans raisons d'ailleurs. Dans l'ensemble, j'ai plutôt un bon moral car je suis de nature plutôt optimiste. Mais de temps en temps, j'ai de petits accès de désespoir qui durent un jour et qui passent. Et tout naturellement ce jour-là, je me tourne vers toi pour déverser le trop-plein de mon cœur. Je t'écris parce que tu es loin de moi, mais tu m'apaises parce que tu es près de moi. Tu es toujours là pour détourner ou freiner les eaux des torrents, et je sais bien que lorsque j'aurai fermé cette lettre, il n'y aura plus de torrent, mais seulement un lac immobile, sans rides, dans lequel se sera noyée ma tristesse. [...]

APHRODITE.

## ODILE À HÉLÈNE

*1er septembre 1940*

Depuis Villa Mercédès, rue Cépé, Saint-Jean-de-Luz, Basses-Pyrénées
À destination de 5, avenue Élisée-Reclus, Paris VIIe

Grosse bête de mieux-aimée,

Comment as-tu pu oublier que j'étais fée et que c'était un jeu pour moi de reculer les aiguilles du temps ! Cela t'aurait évité de te faire du souci. Je les ai reculées pour te faire plaisir. Mais ce n'était vraiment pas la peine. Crois-tu qu'il soit besoin d'une lettre pour me rappeler que ta pensée est avec moi ? Je connais trop bien mon petit Dieu Lare. Je l'ai bien sentie, lundi dernier[1], la petite caresse encourageante de ta pensée qui s'envolait vers moi. Je l'ai même sentie plus d'une fois dans la journée et cela m'a suffi. J'accepte de grand cœur ton cadeau, ta part d'espoir et de confiance. Les fées aiment recevoir des dons plus précieux que ceux qu'elles font et tu peux être sûre que je ferai bon usage de celui-là. « À l'Ondine du torrent, la Dame du lac fit présent d'un sachet rempli d'une fine poudre d'or. Dans le calice d'une fleur de nénuphar, dit-elle, verse chaque matin quelques grains de cette poudre mêlés à l'eau de la Source. Ce breuvage te permettra de lutter contre les flots tumultueux du torrent. Un jour viendra où tu les auras maîtrisés. Alors les eaux boueuses et jaunâtres couleront limpides et argentées, tu te joueras de leurs remous. Car il n'y aura plus de torrent mais une rivière paisible, au lit de sable d'or. » Et maintenant, à moi de t'implorer. À toi d'être fée et de reculer les aiguilles du temps car j'ai honte d'être restée tant de jours sans t'écrire. C'est qu'à présent, j'ai trop de choses à te dire, et trop peu à t'écrire. Aussi ne recevras-tu sans doute plus de lettres de moi avant mon retour. Car je reviens, mieux-aimée ! Cette fois-ci c'est décidé. Nous avons même été à la gare hier pour retenir nos places. […]

1. Lundi dernier : 16 août, jour où Odile a eu 20 ans.

Donc, attends-toi mieux-aimée à un « Allô » pééreux le 11 septembre au matin. Ce sera sans doute à peu près tout ce que je pourrai dire la première fois. Tu sais, j'ai tout de même une appréhension terrible de rentrer à Paris. J'aurai beaucoup besoin de toi. [...]

Je vous adore et je crois en vous.

LOLITA.

ODILE À HÉLÈNE

*7 septembre 1940*

Depuis Villa Mercédès, rue Cépé, Saint-Jean-de-Luz, Basses-Pyrénées
À destination de 5, avenue Élisée-Reclus, Paris VII^e^

Ma petite mieux-aimée,

J'ai quelque chose d'un peu triste à te dire : nous avons reculé notre départ, et tu n'entendras pas la voix d'Aphrodite le 11 septembre. Et moi, il me faudra attendre le 20 septembre pour me réchauffer à la flamme du petit Dieu Lare. Papa nous demandait dans chacune de ses lettres de ne pas nous presser de rentrer. Maman, qui a beaucoup maigri à Paris, se repose et commence à reprendre des forces et nous vivons dans une sorte de bienheureuse torpeur. Aussi avons-nous décidé de ne partir que le 19. Pour moi, ce qui compte, c'est que cela retarde le moment de te revoir. À part cela, je me laisse être ballottée, cahotée au hasard des décisions sans même songer à me demander si elles m'agréent ou non. La vérité, c'est que tout me paraît uniforme. Il n'y a plus de contraste, ni de diversité. Il n'y a plus de chemins qui remontent et de chemins qui descendent, ni de sentier que l'on suit en s'émerveillant de la variété du paysage. Il n'y a plus qu'une longue route, plate, blanche et rectiligne et si l'on va toujours de l'avant, c'est qu'à l'horizon elle se confond avec le ciel où brillent les étoiles. Il y a quatre ou cinq petites étoiles qui ont un éclat tout particulier. Lorsqu'on marche dans le faisceau de leurs rayons, on ne sent plus la fatigue. Il y a l'étoile de Jacquot, l'étoile du petit Dieu Lare, la grande étoile de la France. Lorsqu'après un long voyage on arrivera à l'endroit où la route rejoint le ciel, il n'y aura plus qu'à tendre la main pour cueillir les étoiles et le bonheur. Alors la route tournera puis ondulera à travers les étendues colorées où nous pourrons à loisir nous reposer à l'ombre ou au soleil, sur les sommets ou dans les vallons. J'ai un besoin pressant de te voir parce que j'ai quelque chose de précis à te dire, quelque chose que je ne peux pas t'écrire parce que c'est toute une histoire – me désapprouveras-tu quand je te la raconterai, et pourtant, au fond de moi, il n'y a pas le sentiment d'avoir fait quelque chose de répréhensible. Tu jugeras, et je m'inclinerai devant la sentence, car tu es plus sage que moi. Si j'ai ton absolution, cela me suffit, et tous les autres gens peuvent bien crier au scandale. En attendant zut… je ne veux plus y penser. Vite, vite, le 20 septembre. […]

Je t'embrasse.

BÉRANGER.

***

*Odile rentre à Paris avec sa famille à la fin du mois de septembre 1940. Leur appartement, 1, avenue du Maréchal-Maunoury est réquisitionné par les Allemands. Ils s'installent chez Henri Bergson, 47, boulevard Beauséjour. Le 24 janvier 1941, Henri Bergson meurt. Les Neuburger déménagent à nouveau et louent un appartement 40, rue Scheffer, toujours dans le XVI*e *arrondissement.*

***

ODILE À HÉLÈNE

*30 juillet 1941*

Depuis 25, rue Malesherbes, chez Mme Edmée Heilbronner, Lyon, Rhône
À destination de « Le Vivier », Aubergenville, Seine-et-Oise

Mon examen de passage[1] a eu lieu lundi après-midi dans les meilleures conditions, car il ne faisait pas trop chaud. Je l'ai très bien réussi. Il a même comporté un minimum d'émotions nécessaires pour l'assaisonner. Malheureusement, nous avons eu Louis[2] comme pion et il a voulu prendre ma feuille avant la fin, mais avec tout ce que j'ai appris cette année, je m'en suis tirée glorieusement.

ODILE À HÉLÈNE

*14 août 1941*

Depuis Hôtel des Îles britanniques, Cannes, Alpes-Maritimes
(carte-lettre)
À destination de « Le Vivier », Aubergenville, Seine-et-Oise

Je suis triste de ne pas avoir de nouvelles de toi. Pourquoi n'écris-tu pas ? Peut-être Tante Edmée[3] ne me fait-elle pas suivre les lettres.

---

1. Il s'agit de passer clandestinement la ligne de démarcation. Odile est partie seule pour voir sa famille et celle de son fiancé. Elle repassera la ligne de démarcation en sens inverse en septembre 1941.

2. Nom de code pour les Allemands. La correspondance entre les zones occupée et non occupée est autorisée uniquement sur des cartes-lettres.

3. Edmée est l'épouse d'Édouard Weill mort au front en 1918. Odile est proche de ses deux fils.

ODILE À HÉLÈNE

*30 mars 1942*

Depuis gare de Perrache, Lyon, Rhône, sous le pseudonyme de Mlle Scheffer
À destination de 5, avenue Élisée-Reclus, Paris VII$^{e}$

Chère petite mieux-aimée,

Comme je te l'ai promis, je me dépêche de t'envoyer plus de détails sur la nouvelle pièce dont notre amie Bérangère fut une brillante interprète et qui vient de prendre fin. Le premier acte a tout de suite bien débuté. En réalité, la salle était tellement bondée que je ne me suis pas rendu compte de grand-chose. Il n'y avait même pas moyen de trouver un strapontin, bien que nous soyons arrivées tôt. Le second acte était ravissant. C'était une adaptation romantique du *Petit Chaperon rouge* (chasse aux papillons dans les prés, cueillette des violettes) qui se terminait par une promenade en gondole à travers les joncs. Il ne manquait que le clair de lune. Ensuite, intermède plus terre à terre en collaboration avec une sœur de Ditch[1]. Puis un entracte pendant lequel on a vendu des pastilles. Je me suis retrouvée presque sur les genoux d'Hébert[2]. Du 3$^{e}$ acte, il n'y a rien à dire. Il était banal comme tous les dénouements.

***

*Se sentant en danger, les Neuburger quittent définitivement Paris en passant clandestinement la ligne de démarcation. Le 30 mars 1942, Odile donne de ses nouvelles à Hélène depuis Lyon. Un mois plus tard, ils se rendent à Marseille. Hélène et les siens font le choix de rester à Paris. Deux jours après avoir commencé son* Journal, *Hélène Berr note*

1. Ditch : nom de la voiture d'Yvonne à Aubergenville.
2. Hébert : soldats allemands.

*le 9 avril 1942 : « La pensée qu'Odile est définitivement partie, juste au moment où il y avait un épanouissement et cet approfondissement de notre amitié qui se préparait. Comment vais-je faire sans elle maintenant ? »*

***

ODILE À HÉLÈNE

*5 avril 1942*[1]

Depuis 479, rue du Paradis, Marseille, Bouches-du-Rhône[2]
À destination de 5, avenue Élisée-Reclus, Paris VII^e^

Ma petite mieux-aimée, [...]

Hier j'ai déjeuné avec Yvonne[3] et Daniel et j'ai fait la connaissance de Maxime qui malheureusement était malade. Mais je n'ai jamais vu un enfant aussi joli et qui paraisse aussi intelligent. On a envie de l'embrasser tout le temps. Yvonne avait très bonne mine. Elle était adorable et j'étais folle de joie de la revoir d'autant plus que je ne me sentais plus du tout intimidée comme au temps où elle représentait pour moi « la grande sœur ». Je reviendrai la voir. [...]

TON GRÉGORIO.

---

1. Deux jours plus tard commence le *Journal* d'Hélène Berr, qui va chercher au domicile de Paul Valéry un livre qu'elle lui a demandé de dédicacer.

2. Chez son oncle Louis Baur.

3. Yvonne Berr et Daniel Schwartz se sont installés à Aix-en-Provence. Ils déménageront à plusieurs reprises. En avril 1942, ils logeront dans une pension, le Château Saint-Barnabé, 102, rue Montaigne à Marseille.

ODILE À HÉLÈNE

*14 avril 1942*

Depuis Hôtel Savoy, Beaulieu, Alpes-Maritimes
À destination de 5, avenue Élisée-Reclus, Paris VII$^{e}$

Ma petite mieux-aimée,

J'ai mille choses inintéressantes à te dire. Mais de ces choses qui prennent de l'importance par le seul fait que je te les raconte. J'aime te faire part de tous les petits détails insignifiants de ma vie banale. Je t'écris sur mon balcon, la jupe retroussée aussi haut que la décence le permet (j'ai déjà de superbes bottes) en face d'un paysage bien connu : celui que j'apercevais des fenêtres de la Voile d'or, mais comme réfléchi par une glace, car Beaulieu se trouve sur le cap symétrique du Cap Ferrat. Cela me fait une impression bizarre et un peu douloureuse de me retrouver dans ce cadre. Par moments, il me semble que quelques heures seulement ont passé depuis le moment où je t'écrivais à côté de mon cahier de philo, que tu passes les vacances de Pâques dans un Biarritz quelconque, que nous allons nous retrouver dans quelques jours sur les bancs du cours. C'est comme si j'avais décrit une trajectoire dans le temps et que j'étais retombée sur le sol à l'endroit exact où mes pieds avaient laissé leurs empreintes. Ou bien je me dédouble en deux Odiles : l'Odile 1938 et l'Odile 1942, dont les vies se confondent. Mais dans cette confusion, c'est l'Odile 1938 qui prédomine et qui juge et regarde vivre l'Odile 1942. Drôles de situations. Si j'étais Huxley, j'en tirerai un roman en 3 volumes. [...]

ODILE.

ODILE À HÉLÈNE

*21 avril 1942*

Depuis Le Relais de la Magdeleine, Gémenos[1], Bouches-du-Rhône
À destination de 5, avenue Élisée-Reclus, Paris VII$^{e}$

Chère petite mieux-aimée,

En arrivant ici, j'ai trouvé tes 3 cartes, et comme toi j'ai été envahie de joie et de peine. Tu m'envoyais en même temps une bouffée de cet air que je respirais avec toi il y a si peu de temps. [...]

La vie me semble tout à coup terne et dénuée de sens. J'ai trop bien réussi à me blinder cet hiver contre les choses qui me faisaient de la peine, et la carapace joue aussi pour celles qui devraient me faire plaisir. De sorte que je suis complètement vidée de sensations. [...]

Ici du moins, j'ai trouvé la sérénité : cet hôtel est exactement ce qu'il nous fallait. On y vit en paix, dans un public de vieux peintres en retraite ou de vieux ménages du type Philémon et Baucis. [...]

La campagne tout autour de l'hôtel est ravissante et fait penser à certaines heures à la campagne florentine. Il y règne une lumière à la fois transparente et dorée qui allume sous le vent chaque petite feuille tremblotante d'olivier. C'est la plus jolie saison car les arbres sont en fleurs. J'ai fait de grandes promenades et j'ai pensé à toi qui jouirais tant de cette campagne. [...]

Tu me manques trop.

RE-LORENZO.

---

1. Gémenos se trouve dans les Bouches-du-Rhône, à 20 kilomètres à l'est de Marseille, au pied du massif de la Sainte-Baume.

## ODILE À HÉLÈNE

*6 mai 1942*

Depuis Le Relais de la Magdeleine, Gémenos, Bouches-du-Rhône
À destination de 5, avenue Élisée-Reclus, Paris VII^e^

Chère petite mieux-aimée,

J'ai reçu toutes tes cartes sans exception. C'est merveilleux. Cela ne fait presque pas de différence avec les lettres d'autrefois. Les dernières, je les ai trouvées à mon retour de Lyon où je viens de passer une semaine. [...]

À Lyon, j'ai surtout vu Janine qui est toujours la même. Épanouie et tournant de l'œil pour un oui ou pour un non. Je ne sais pas ce qu'elle a. En tout cas elle travaille comme un cheval. Samedi, j'ai été goûter chez les Halperin (Association d'idées[1]). Toute la famille était réunie, sauf Horace[2]. On m'a bourrée de petits gâteaux au savon de Marseille. Avant mon arrivée, Wladimir, ayant appris par la « rumeur publique » que j'étais ici, m'avait écrit une lettre à laquelle je m'étais gardée de répondre. Naturellement, il me posait mille questions comme d'habitude. Entre autres, cette phrase sublime : « Vous étonnerais-je si j'insiste tout particulièrement pour que vous me donniez le plus de nouvelles possibles d'Hélène ? » Cela se passe de commentaires. Chez eux, d'un accord tacite, ils ont paru éviter de prononcer ton nom. Puis Wladimir a déclaré qu'il me raccompagnerait jusqu'à l'arrêt du tram et une fois dehors m'a dit : « Maintenant, parle-moi d'Hélène. » Symptômes de plus en plus inquiétants. Je lui ai dit que tu t'amusais beaucoup à Paris, que tu avais des camarades charmants à la Sorbonne, que tu faisais de la musique avec des amis de Daniel[3], etc. Sur ce, le tram est arrivé, et malgré ses supplications

1. Odile et Hélène surnomment « Cheval » Wladimir Halperin et son frère Jean.
2. Les Horace, la famille Weill-Raynal.
3. Daniel Schwartz.

pour que je prenne le suivant et que je continue mon rapport, j'ai été implacable. [...]

Au revoir ma petite mieux-aimée chérie.

TON GRÉGORIO.

ODILE À HÉLÈNE

*2 juin 1942*

Depuis Le Relais de la Magdeleine, Gémenos, Bouches-du-Rhône
À destination de 5, avenue Élisée-Reclus, Paris VII^e^

Ma petite mieux-aimée,

J'étais toute triste parce que j'ai reçu la carte où tu parlais de te brouiller avec moi. Je te jure bien pourtant que je ne t'oublie pas et que je pense même à toi à chaque instant en ce moment où tout fête le retour de l'été. C'est une saison d'euphorie, et j'ai l'impression que c'était notre saison à nous deux, qu'elle était un peu notre privilège et notre création, qu'elle reprenait pour nous et que c'est un sacrilège de l'accueillir loin l'une de l'autre. Quand je pense à tous les mois de juin passés, c'est presque toujours des visions d'Aubergenville qui défilent devant mes yeux, à moins que ce ne soit l'odeur des jardins de l'ambassade par les fenêtres du cours, à côté de toi, ou encore les conversations viénoteuses[1] sous l'œil bienveillant de Charles-Quint[2], derrière les volets mi-clos, chez toi. L'autre jour, j'avais pris un livre et j'étais partie me promener à travers champs vers la fin de l'après-midi. Le soleil tapait encore dur, et je me suis assise au pied d'un olivier. Impossible de lire. En écoutant les grillons, le mistral qui chantait dans les arbres et les voix lointaines des paysans qui travaillaient dans le champ voisin, en

1. À la manière de Denise Viénot, l'une des élèves du cours, très bonne élève mais « poseuse » d'après Hélène et Odile.
2. Il s'agit probablement de Léon Lyon-Caen (1877-1967), ami et parent de la famille Berr.

respirant l'odeur d'herbe chaude, je pensais à toi qui profiterais si bien de cette admirable campagne et à moi qui en profiterais tellement plus si tu y étais avec moi. Cela viendra, et dans d'autres conditions. [...]

Il y a une chose dont je souffre en ce moment, c'est de ne pouvoir te mettre exactement au courant de mes espoirs pour Jacquot. J'aurais au moins voulu partager ça avec toi. Si tu savais comme mon imagination court. [...]

Mais je voudrais savoir si éventuellement la proposition de ton père tiendrait toujours. On ne sait ce qui peut se passer au dernier moment. J'espère bien que tu viendras un peu cet été. Je veux que tu sois virtuellement ma première demoiselle d'honneur ou ma consolation. Je me fais peut-être trop d'illusions, mais en attendant je suis heureuse. Tant pis si je suis déçue. Ma mieux-aimée chérie, ne m'attrape plus.

ODILE À HÉLÈNE

*11 juin 1942*

Depuis Le Relais de la Magdeleine, Gémenos, Bouches-du-Rhône
À destination de 5, avenue Élisée-Reclus, Paris VII^e^

Hâ-lène chérie,

Ta dernière carte, avec le compte-rendu de tes succès universitaires, m'a remplie de joie. Je t'assure que si Eudoxie est avec Béranger, la réciproque est vraie. J'imaginais la fièvre de cette période d'examens, et je ne pouvais plus voir un téléphone sans avoir envie de faire Seg-15-21. Je crois que je le ferai un jour. On verra ce que cela donnera. Je suis contente que tu en aies bouché un coin à Flo-Flo. J'attends avec impatience les derniers résultats. Justement, j'ai reçu dernièrement une lettre de 4 pages de Cheval, réclamant avec insistance de tes nouvelles. Il s'adresse à moi en dernier ressort, « ne comprenant pas la raison de ton long silence, qui ainsi que je peux aisément l'imaginer (fine intuition) l'étonne et le peine profondément ». Apitoyée, je lui ai envoyé les dernières nouvelles. Il va en baver. J'ai ajouté subrepticement que tu avais le cafard à l'idée d'être désœuvrée et de ne plus retourner à la Sorbonne « où tu avais trouvé de si gentils camarades ». [...]

Vendredi après-midi, j'ai donc été voir Yvonne. Je l'ai trouvée dans son jardin avec Maxime qui était cette fois-ci alerte et souriant. Chaque fois que je le vois, j'ai l'impression d'être devant ton père qui aurait avalé une dose un peu poussée d'élixir rajeunisseur. Il y avait une histoire comme ça dans la *Semaine de Suzette* ou dans *Lisette.* Yvonne a les cheveux tout courts et tout bouclés, ce qui lui va très bien. J'ai eu encore plus de plaisir à la voir que la dernière fois. Elle est tellement simple et franche. On peut parler de n'importe quoi sans gêne avec elle. J'ai eu l'impression que nous avions les mêmes idées sur beaucoup de sujets et que nous nous entendrions très bien. Mais je me sens toujours un peu l'amie-de-sa-petite-sœur. Nous avons un peu parlé de toi mais pas très explicitement. Elle se fait pas mal de souci pour toi, mais se réjouit de savoir que tu vois beaucoup de gens. Elle dit qu'on n'en voit jamais assez, et qu'il n'y a rien de tel pour se clarifier les idées. Je suis bien de son avis. Car si tu as l'impression qu'elles se brouillent, c'est peut-être encore une manière qu'elles ont de se clarifier. Zut pour les cartes interzones ! Je voudrais tant bavarder un peu avec toi, en face de toi. Moi mon excitation des premiers jours est tombée. Je vois au contraire maintenant tout en noir. Peut-être est-ce parce que j'ai reçu une lettre de Jacquot me disant que l'étau s'était resserré, et les sanctions aggravées. Il est vrai qu'il n'a pas encore reçu nos encouragements en nature. Mais tout de même, lui qui est si réfléchi. Trop réfléchi. Enfin, je continue à tout prévoir. Si tu veux avoir des détails de toute l'histoire, tu peux aller voir Grand-Maman, qui d'abord en serait ravie (elle est si seule), et qui a eu de nos nouvelles récemment par des amis retournés à Paris. Et si tu as des idées à lui suggérer concernant le dernier acte, elle en fera part à l'oncle-docteur de Jacquot[1]. Ma mieux-aimée, je t'embrasse.

BÉRANGÈRE.

1. Edmond Levy-Solal (1882-1971), médecin obstétricien, professeur à la faculté de médecine de Paris.

ODILE À HÉLÈNE

*16 juin 1942*

Depuis Le Relais de la Magdeleine, Gémenos, Bouches-du-Rhône
À destination de 5, avenue Élisée-Reclus, Paris VIIe

Ma petite mieux-aimée,

J'ai eu ta carte m'annonçant tes résultats. J'étais tellement transportée de joie qu'il a fallu que je m'extériorise en faisant le Wladimir de cirque, tout autour de la chambre, à reculons, hennissant et dressé sur les pattes de derrière. Tu connais la scène. Elle a été créée à Aubergenville sous les yeux de « Bonne-Maman ». Annie se demandait ce qui m'arrivait. Tout le Relais tremblait et les grenouilles des fontaines de Gémenos ont dû s'en arrêter de gargouiller. Je suis tellement fière de toi. J'ai l'impression que c'est un double succès, cette année, une manifestation dans son genre. Je voudrais bien voir la tête de toutes les jeunes *« bouncing*[1] *»* (cela doit bondir maintenant). Moi, ça m'a tout à fait remontée, car j'étais un peu à plat pour mille raisons : à cause de la dernière lettre de Jacquot qui décidément après renseignements contrôlés m'ôte beaucoup d'espoir (bien qu'il y ait une nouvelle lueur qui s'allume dans un tout autre ordre d'idées : progrès dans les démarches faites l'année dernière), à cause de la rage dans laquelle je suis de ne pouvoir montrer comme les autres à Loulou[2] de quel bois je me chauffe. Malgré tous les désavantages, cela doit être une réelle satisfaction parfois[3]. Écris-moi tes impressions et les réactions de tes amis. Si Jacquot n'est pas revenu, je ne pourrai résister à venir faire un tour après l'été. Ce qui me met de mauvais poil aussi, c'est que je suis mal fichue : rhube, piqûre contre la typhoïde et résidence forcée à Ragadaga (effet de la mauvaise nourriture et de

1. Odile et Hélène utilisent ce terme *« bouncing females »* pour se moquer de ces jeunes filles qui veulent se donner un air décidé et affranchi.

2. Loulou/Louis : les Allemands.

3. Odile semble faire allusion à la Résistance.

la chaleur). Cela ne me ferait pas de mal de partir dans quinze jours à Pralognan. Pouvez-vous toujours aller à Auber ? Reçois encore une fois mes « congratulations », mieux-aimée chérie, accompagnées d'un grand *« kiss »*.

LOLITA.

P.S. : J'ai été voir Yvonne hier. Elle est épatante physiquement et moralement.

ODILE À HÉLÈNE

*24 juin 1942*

Depuis Le Relais de la Magdeleine, Gémenos, Bouches-du-Rhône
À destination de 5, avenue Élisée-Reclus, Paris VII^e^

Ma petite mieux-aimée,

En ce moment je suis absolument lancinée par le regret de ne pas être avec vous. Il me semble que je perds quelque chose. C'est presque puéril de ma part. Mais cet hiver j'ai appris à connaître la valeur et la pureté de certaines émotions qu'on ne peut retrouver ici. D'un autre côté (et cela peut paraître contradictoire), nous ne cessons de nous féliciter d'être venus ici[1]. C'est difficile à expliquer. Pour employer une comparaison douteuse, c'est comme si nous avions renoncé au mariage d'amour pour le mariage de raison. J'attends avec impatience la photo du pic-nic à Auber. Les sentiments sont freinés, mais non pas avilis, et peut-être que l'équilibre général en bénéficie. [...]

Si tu savais comme tu me manques !

TON LORENZO QUI T'AIME.

1. Le port de l'étoile jaune est obligatoire pour les juifs de la zone occupée de plus de 6 ans à partir du 7 juin 1942.

ODILE À HÉLÈNE

*29 juin 1942*

Depuis Le Relais de la Magdeleine, Gémenos, Bouches-du-Rhône
À destination de 5, avenue Élisée-Reclus, Paris VII$^{e}$

Ma mieux-aimée chérie,

Je viens de recevoir ta carte si courageuse et je ne peux pas te dire à quel point je suis émue et frappée[1]. Plus que jamais, je regrette de ne pas être près de toi. Je n'ai pas besoin de te dire que je pense et que je souffre avec toi. Tu sais qu'à nous deux, nous sommes trois personnages. Il y a une Odile et une Hélène qui sont séparées par des kilomètres. Et puis il y a un composé des deux, indissoluble, pour qui la notion d'espace n'existe pas. Chaque fois que tu as mal, dis-toi que ton petit fantôme est là, attaché à tes pas. Petit fantôme qui rage de son impuissance, et qui donnerait beaucoup pour reprendre un instant sa forme humaine. J'admire et j'approuve ta résignation. Il ne faut pas croire au hasard, ni à la malchance, ni à un caprice de ceux qui vous veulent du mal, mais à la volonté divine. Il faut aimer la main qui vous élève en vous accablant. Plante-là Dostoïevski et plonge-toi dans Claudel. Tu y trouveras sûrement un réconfort. J'ai honte des cartes presque insouciantes que je t'écrivais ces derniers temps et qui ont dû t'atteindre dans ces moments pénibles. Pardonne-moi si je t'ai blessée ou fait de la peine sans le vouloir. Je vais voir Yvonne demain. Il me semble qu'avec elle je me sentirai plus proche de toi. Et j'ai tant de chagrin aussi pour elle qui doit souffrir de voir ses craintes justifiées. Je serai près de toi quand tu recevras cette carte et toujours.

Je t'aime.

ODILE.

---

1. Le 23 juin, Raymond Berr a été arrêté par des inspecteurs de la police aux questions juives. Il avait agrafé son étoile jaune au lieu de la coudre. Le contrôle du mode de fixation de l'étoile jaune est un prétexte pour arrêter le maximum de juifs. Il est interné au camp de Drancy.

ODILE À HÉLÈNE

*10 juillet 1942*

Depuis Hôtel Beauséjour, Pralognan, Savoie
À destination de 5, avenue Élisée-Reclus, Paris VII^e

Ma petite mieux-aimée,

Tu ne peux pas savoir comme j'ai pensé à toi ces temps-ci. Le contraste entre la vie que tu mènes et la mienne me fait mal. Ne crois pas qu'il y ait pour cela un fossé entre nos états d'esprit. Les pensées ne concordent pas forcément avec les actions. J'éprouve parfois un regret lancinant de ce dernier hiver passé à Paris. Mais on dirait que les circonstances s'évertuent à jeter le trouble en nous. Tu ne peux imaginer ce qu'ont été ce départ, ce voyage, et cette arrivée en famille. On aurait dit une copie, presque une satire (quand on pense aux heures que nous vivons) des anciens départs en vacances. Je ne peux pas te dire tout ce que cela a remué en moi. Je me sentais redevenue toute petite fille à la remorque des parents. Il ne manquait que le filet à papillon, et je croyais entendre Maman me crier, du fond du compartiment : « Ne prends pas la porte du train pour celle des... » J'en aurais pleuré d'attendrissement et d'amertume. [...]

Les Lindon doivent nous rejoindre la semaine prochaine et je me réjouis de voir arriver Yvonne. Mais ici, où je suis submergée par tous les souvenirs d'Engelberg, tu me manques plus que jamais. J'ai envie de pleurer quand je reçois tes cartes si courageuses. Dire que je ne puis rien pour toi ! Si seulement je pouvais te rendre tout le bien que tu m'as fait au moment où j'étais si malheureuse à St-Jean-de-Luz, privée de toute nouvelle de Jacquot. Tu ne peux pas savoir ce que représentaient tes lettres pour moi à cette époque. Mais les cas ne sont pas comparables. L'injustice est encore plus insupportable. Ma mieux-aimée, je ne peux rien faire d'autre que penser à toi, mais de cela je ne me prive pas.

TON LORENZO.

ODILE À HÉLÈNE

*21 juillet 1942*

Depuis Hôtel Beauséjour, Pralognan, Savoie
À destination de 5, avenue Élisée-Reclus, Paris VII^e^

Mieux-aimée chérie,

Encore une journée que je viens de passer à penser beaucoup à toi. Nous avons passé l'après-midi étendus dans une prairie au bord du torrent, ayant emporté le goûter comme au temps où on nous envoyait jouer sous la surveillance de Child. Nous, c'était Yvonne, Daniel, Janine, Jean Vallabrègue (un ami d'Yvonne et Daniel, et aussi de Janine, très sympathique) avec ses deux enfants. Nous avons fait des ricochets dans le torrent, nous nous sommes éclaboussés des pieds à la tête, enfin nous sommes vraiment retombés en enfance. C'est reposant, mais cela remue trop de bons souvenirs, et quand on reprend conscience, cela fait l'effet d'une averse qu'on reçoit dans le cou. Tu ne peux savoir le plaisir que cela me fait d'être avec Yvonne. Tout le monde l'adore : Papa, Maman, les Lindon, Janine. Et tout le monde l'admire. Elle est merveilleuse de courage. Elle est par-dessus le marché très jolie, et ne paraît pas souffrir de son état. Elle a les cheveux courts et bouclés comme un bébé, ce qui lui va très bien. Daniel est adorable. Il a toujours de bonnes petites plaisanteries dans son sac. Je ne commence que maintenant à le connaître vraiment. Quant à Maxime, c'est mon grand flirt. Je lui ai fait faire le tour de la prairie à Wladimir[1] sur mes épaules et il ne se tenait plus de joie. [...]

Je t'aime.

LORENZO.

1. C'est-à-dire à cheval.

ODILE À HÉLÈNE

*29 juillet 1942*

Depuis Hôtel Beauséjour, Pralognan, Savoie
À destination de 5, avenue Élisée-Reclus, Paris VII$^{e}$

Ma petite mieux-aimée, [...]

Yvonne m'a dit que ses sœurs pensaient à venir la voir[1]. Tu imagines l'espoir que cela a fait naître en moi. Je ne veux pas être égoïste car je me rends compte par expérience de ce qu'une telle décision peut avoir de pénible. Mais je ne peux pas dire que je ne la souhaite pas, d'autant plus que ce serait un grand soulagement pour Yvonne. Moi qui étais déjà attirée par Marseille, j'aurais un argument suprême pour décider Papa et Maman à retourner à Gémenos ou Aix, comme il en est question. Ma déception sera diminuée de moitié si, à défaut de Jacquot, je retrouve ma mieux-aimée.

ODILE.

1. Après l'obligation de porter l'étoile jaune, et la rafle du Vel d'Hiv, la question se pose de quitter Paris.

ODILE À HÉLÈNE

*12 août 1942*

Depuis Villa Valenti, chez Mme Guéronik, allée Teisseire, Cannes, Alpes-Maritimes
À destination de 5, avenue Élisée-Reclus, Paris VII^e^

Ma mieux-aimée,

Encore une période de silence qui t'indique un nouveau déplacement. J'espère que tu ne m'en veux pas trop. Je pense de plus en plus à toi, et je peux de moins en moins t'écrire. Tout ce que je pourrais te raconter me semble inintéressant et déplacé en comparaison de la vie que tu mènes. Comme je voudrais t'aider ! Je suis obsédée par tout ce que l'on raconte de Paris. J'en rêve, cela devient une idée fixe. Dix fois par jour, je souhaite apprendre ton arrivée, et en même temps, je me défends de le souhaiter, parce que j'imagine que ce n'est pas dans tes idées[1]. Je te comprends, tu sais. En pensant à toi, je ressens les mêmes sentiments que lorsque Jacquot était au front, ou des sentiments très voisins. Et il me semble que tu jouis de la même protection que lui, qui a sa source en Dieu et en mon amour. Ma confiance est inébranlable. J'ai vu Yvonne à mon passage à Marseille. Elle est toujours active et bien portante. J'ai fait un goûter digne de ceux d'Auber entre elle, Daniel et Patsy[2]. La maison est ravissante et du dernier confort, grâce au soin de Rose[3] qui l'habitait avant. Il y a un beau jardin, avec des choux, et des tomates, et des promesses de beau raisin. Le soir, quand on arrose, les souvenirs vous montent à la tête. [...]

Ma mieux-aimée chérie, je t'aime et je pense à toi.

BÉRANGER.

1. Hélène Berr note dans son journal le 3 juillet 1942, quant au départ de Paris : « Je me réveille avec une seule idée claire : c'est une lâcheté abominable que l'on veut nous faire commettre. À quoi d'autre fallait-il s'attendre de la part des Allemands ? En échange de Papa, ils nous prennent ce que nous estimons le plus : notre fierté, notre dignité, notre esprit de résistance. »

2. Surnom de Maxime Schwartz.

3. Rose désigne ici les Anglais.

ODILE À HÉLÈNE

*24 août 1942*

Depuis Villa Valenti, chez Mme Guéronik, allée Teisseire, Cannes, Alpes-Maritimes
À destination de 5, avenue Élisée-Reclus, Paris VII^e^

Mon Lorenzo,

J'ai reçu hier une carte de toi que Maman m'a fait suivre depuis Pralognan. J'étais folle de joie, car je ne pensais pas en recevoir, craignant que tu ne m'écrives pas ne sachant pas où me trouver. Je te préviens vite, puisque je reste ici. Pas à cette adresse, mais tu peux m'y écrire quand même. [...]

Tout ce qu'on raconte me fait frémir[1]. Cela devient une obsession. Comme j'aimerais te voir. Ta présence seulement me réconforte, car nous n'avons jamais eu besoin de parler pour nous comprendre. [...]

Je t'embrasse.

GRÉGORIO.

ODILE À HÉLÈNE

*11 septembre 1942*

Depuis Hôtel Windsor, Cannes, Alpes-Maritimes
À destination de 5, avenue Élisée-Reclus, Paris VII^e^

Mon Lorenzo chéri,

Je viens de recevoir deux cartes de toi. Elles ont mis un temps infini pour me parvenir à cause de nos déplacements respectifs, à moi et

1. La rafle du Vel d'Hiv a eu lieu les 16 et 17 juillet 1942, 12 884 femmes, hommes et enfants, répartis entre Drancy (près de 4 900) et le Vel d'Hiv (8 000), ont été arrêtés par la police parisienne à la suite d'un accord entre les autorités allemandes et le gouvernement de Vichy.

aux parents. Ceux-ci ont quitté Pralognan en s'arrêtant à Chambéry. Quant à moi, après une semaine passée à Marseille, je suis revenue ici pour huit jours avec Marco[1] et je retourne demain à Marseille. Ta dernière carte n'est pas arrivée ici pour mon anniversaire, mais cela n'avait pas d'importance. Je sentais que tu pensais à moi. Je n'ai même pas besoin de le savoir. Je le sens : bien souvent, dans les moments où je suis le plus malheureuse et dans ceux où je suis le plus heureuse, car je t'associe toujours à toutes mes émotions. Je te l'ai déjà dit : tu es pour moi, dans un sens, une autre version de Jacquot. À toi comme à lui, d'ailleurs, j'ai de plus en plus de mal à écrire en ce moment, car je me dédouble à tel point que je ne peux même plus commenter les faits du jour comme si c'était moi qui les avais vécus, et le reste m'étouffe. [...]

Je retourne à Marseille pour les fêtes[2]. Je me réjouis d'y voir Yvonne, Daniel et Patsy, et peut-être Yves ou Sylvie... Je ne sais pas encore où je logerai, mais tu peux toujours m'écrire chez mon oncle Louis, 479, rue Paradis[3]. Envoie-moi un sermon de ton cru... pas trop sévère parce que j'ai la larme facile en ce moment. Tes cartes sont pour moi une sorte d'Évangile. En tout cas, dès mon arrivée à Marseille, je vais tâcher de me rendre utile. Mieux-aimée chérie, je t'adore et je t'embrasse.

GRÉGORIO.

---

1. Marc Hyafil, polytechnicien, blessé dans les combats de juin 1940, partira en Afrique du Nord pour s'engager dans la division Leclerc.

2. Le Nouvel An juif (Roch Hachanah) et le jeûne du Grand Pardon (Yom Kippour).

3. Louis Baur.

ODILE À HÉLÈNE

*25 septembre 1942*

Depuis Le Relais de la Magdeleine, Gémenos, Bouches-du-Rhône (carte-lettre)
À destination de 5, avenue Élisée-Reclus, Paris VII^e^

Mon Hélène chérie, [...]

J'ai enfin une occupation. Une occupation qui me plaît, que je me suis choisie. [...] J'ai été mettre mon manque de capacité à la disposition de l'organisme jumeau de celui où tu travailles[1]. C'est la tante d'Emmeline[2] qui m'a reçue, et au bout de cinq minutes, c'était affaire conclue. Je ne crois pas que j'aie exactement les mêmes attributions que toi. D'une part je vais faire en quelque sorte un stage d'infirmière en servant d'assistante à trois médecins et une infirmière au cabinet de consultation qui se trouve au local même. D'autre part, j'apprendrai le métier de secrétaire en faisant un travail de paperasserie, de classification, etc. Enfin, il faudra que je m'occupe des enfants dans des familles aux environs.

Ce qui me fait plaisir aussi, ô mieux-aimée, c'est la pensée de faire quelque chose du même genre que ce que tu fais. Il me semble que cela va nous rapprocher. Et puis c'en est fini de la vie bête que je menais. J'ai été voir Yvonne plusieurs fois. Le petit Yves est vraiment joli. On ne dirait pas un nouveau-né. Quant à Maxime, tout ce que je peux dire, c'est que je souhaite avoir un enfant comme lui.

1. Odile devient bénévole à l'UGIF de la zone sud qui s'installe d'abord à Lyon puis à Marseille. Lors de la rafle du 26 août 1942 organisée par Vichy et visant les juifs étrangers ou apatrides, 11 000 hommes, femmes et enfants sont envoyés à Drancy d'où ils seront déportés à Auschwitz. L'UGIF essaie de sauver les enfants en les plaçant dans des familles d'accueil.

2. Sara Weill-Raynal (1888-1975), née Leven, médecin, socialiste, épouse d'Étienne Weill-Raynal, est la tante d'Emmeline Weill-Raynal. Elle est la cousine germaine de la mère d'Hélène.

ODILE À HÉLÈNE

*10 octobre 1942*

Depuis Le Relais de la Magdeleine, Gémenos, Bouches-du-Rhône
À destination de 5, avenue Élisée-Reclus, Paris VII$^{e}$

Ma mieux-aimée,

Avec quelle impatience j'ai attendu ta carte quand j'ai su par Yvonne la bonne nouvelle[1]. Tu sais que dans ces cas-là, je *suis* toi et je sens avec toi. J'ai ressenti ce bonheur si émouvant et si tragique à la fois qu'il semble plus près de la souffrance que de la joie. Et comment pourrait-on éprouver une joie sans mélange en ce moment. J'imagine aussi ce que doit être pour ton père le souvenir constamment présent de ses camarades. Si barbare que cela paraisse, il ne faut pas trop penser à ceux pour qui on ne peut rien (mais agir pour ceux à qui l'on peut être utile). Chacun subit le sort qui lui a été assigné par Dieu. Il n'y a pas de chance ni de fatalité. Mais si tu as le cœur lourd par moments et personne pour te consoler, pense à moi qui ne peux rien d'autre pour toi que te comprendre. Dis-toi que je te comprends si bien malgré le temps et la distance que les mots mêmes ne pourraient pas nous rapprocher davantage. Je t'écrirai plus. Mais toi, écris plus aussi, je veux dire plus librement. Ne te renferme pas dans ta coquille, ô ma mieux-aimée chérie. J'aurais mille choses à te dire sur ce que je fais et qui m'enthousiasme. [...]

Au revoir mon Lorenzo.

TA LOLITA.

1. Le 22 septembre 1942, Raymond Berr est libéré sur intervention du général Michel. Il est autorisé à tenir le rôle de conseiller technique, commercial et financier des Établissements Kuhlmann à la condition de travailler à son domicile et de ne pas se rendre au siège social de l'entreprise.

ODILE À HÉLÈNE

*19 octobre 1942*

Depuis Le Relais de la Magdeleine, Gémenos, Bouches-du-Rhône (carte-lettre)
À destination de 5, avenue Élisée-Reclus, Paris VIIe

Ma petite mieux-aimée, [...]

J'ai vu Yvonne la semaine dernière, toute mince et élancée, ce qui m'a fait un drôle d'effet car c'était la première fois que je la revoyais debout[1]. En fait de mince et élancée, je me fais grêle et osseuse et ce n'est plus mon double menton qui me préoccupe. C'est que je remue beaucoup, et ce n'est pas avec ce que je mange à l'hôtel ou au restaurant qu'on peut récupérer. Tant mieux, je me trouvais bouffie. Nous croyons tous à la prochaine guérison de Rose[2]. Je t'embrasse ainsi que Violina et Croquette.

TA PRINCESSE QUI SE LANGUIT DE TOI.

ODILE À HÉLÈNE

*24 octobre 1942*

Depuis Le Relais de la Magdeleine, Gémenos, Bouches-du-Rhône (carte-lettre)
À destination de 5, avenue Élisée-Reclus, Paris VIIe

Ma petite mieux-aimée, [...]

Tes confidences m'ont bouleversée. Je ne peux pas dire pourtant que je ne m'y attendais pas. Bien qu'une de tes dernières cartes

1. Le 8 septembre 1942 voit la naissance d'Yves, le deuxième fils d'Yvonne et de Daniel Schwartz.
2. Les Anglais ont tenté de débarquer à Dieppe le 19 août 1942.

(celle de « transition ») se soit sans doute perdue, avec tes premières allusions à ce grand bonheur, je savais déjà tout depuis le début (et naturellement de qui il s'agissait), mais je n'osais t'en parler la première[1]. Peut-être justement parce qu'il me semblait quelquefois du fond de mon ignorance en savoir plus que toi. Il fallait que tu fasses le chemin toute seule, et je ne pouvais aller à ta rencontre malgré l'élan qui me portait vers toi, et voilà que tout à coup, tu es auprès de moi, sans que je t'aie vue arriver. Il est naturel que je sois bouleversée. Mais je voudrais t'expliquer tout ce que j'éprouve, car mon émotion est d'un ordre tout particulier. Elle participe de l'exaltation. Pourquoi ? Ce n'est pourtant pas ce que tu as pu m'en dire qui a fait naître cette sympathie impulsive. Tu ne m'as jamais aussi peu parlé de quelqu'un. Juste quelques petites phrases banales de temps en temps. La vérité, c'est que je suis restée sur l'impression du premier jour où tu m'en as parlé (te souviens-tu ? Quelque temps avant mon départ de Paris). Tu ne m'avais pas dit grand-chose non plus, mais cela m'avait tout de même frappée. Presque tout de suite après, lorsque je me suis demandé ce qui m'avait frappée ainsi, je n'ai trouvé aucune réponse, et c'est ce qui m'a paru le plus étrange. Et comme je ne crois pas aux émotions irraisonnées, j'ai pensé que la raison existait, mais qu'elle ne se révélerait qu'avec le temps. Et tu vois, quand je dis que je savais depuis le début, ce n'est pas tout à fait vrai, car c'était presque inconscient. Quelque chose au fond de moi savait. C'était une corde qui vibrait chaque fois que tu effleurais le sujet. Et c'est seulement lorsque j'ai réalisé que cette « résonance » ne pouvait être fortuite que j'ai « compris ». Tout cela n'explique pas ma joie. Admettons, suivant le même raisonnement, que c'est encore l'avenir qui se chargera de la justifier. J'ai peut-être tort, mieux-aimée, de te parler ainsi, car c'est une façon de t'encourager, et tu sais toi-même que je n'ai aucune base solide sur laquelle m'appuyer. Mais je ne peux m'en empêcher. Je me sens aussi dilatée que je me sentais anxieuse et contrainte lorsque tu me parlais de quelqu'un d'autre cet

1. Hélène est tombée amoureuse de Jean Morawiecki qu'elle a croisé à la Sorbonne. Avant de connaître son nom, elle lui a trouvé « un air de prince slave », voir *Journal* d'Hélène Berr.

hiver[1]. Prends tout cela pour de l'enfantillage, si tu es très sage. Je te dis ce que je ressens, c'est tout. Mais après tout, n'est-il pas naturel que ton petit Dieu Lare sente, aime, et soit heureux avec toi ? Sois tranquille, je n'en parle à personne. Mais toi, parle-moi chaque fois que tu en auras envie. Je me sens plus près de toi que jamais.

ODILE.

ODILE À HÉLÈNE

*2 novembre 1942*

Depuis Le Relais de la Magdeleine, Gémenos, Bouches-du-Rhône (carte-lettre)
À destination de 5, avenue Élisée-Reclus, Paris VIIe

Mon Lorenzo,

Comme je t'ai promis, tu vois, je t'écris plus souvent. Cela me fait du bien. Et d'un autre côté, plus je resserre les liens avec toi, plus je sens le poids de ce qui, malgré tout, ne peut être dit sur une simple carte. C'est comme si tu m'appelais d'une autre rive, et que la moitié de tes paroles se perdait dans le tumulte de ceux qui m'empêchent de voler vers toi. Depuis quelques jours, le temps s'est gâté. On ne peut plus se risquer à sortir en bras de chemise comme la semaine dernière où j'étais encore obligée de porter ma veste sur les bras tellement il faisait chaud. Malgré tout, il n'est pas encore question de bas. Ce climat est tout de même unique. J'ai fait de merveilleuses promenades dans la campagne le mois dernier. De ces promenades de fin de journée qui vous plongent dans une sorte d'exaltation douloureuse, qui fait place à une grande sérénité après le coucher du soleil, à la tombée de la nuit. Tu as dû connaître

1. Il s'agit de Gérard Lyon-Caen. Hélène n'est pas sûre de l'aimer.

cela à Aubergenville. On ne se sent plus que terre, ciel, et soleil. Et reconnaissance. [...]

Au revoir, ma mieux-aimée.

LAURE.

ODILE À HÉLÈNE

*15 novembre 1942*

Depuis Le Relais de la Magdeleine, Gémenos, Bouches-du-Rhône
(carte-lettre)
À destination de 5, avenue Élisée-Reclus, Paris VII^e^

Ma mieux-aimée,

Pardonne-moi d'être restée une semaine sans t'écrire, surtout une semaine où j'aurais tellement voulu être avec toi[1]. Mais j'ai été sur les dents, car il a fallu que nous prenions toutes nos dispositions, l'hôtel pouvant subir d'un jour à l'autre le sort de l'avenue Maunoury[2]. [...]

Je pense à toi intensément, ma mieux-aimée et je te dis à très très bientôt.

ODILE.

1. Jean Morawiecki se prépare à quitter Hélène pour rejoindre un Chantier de jeunesse au titre du service militaire à Villars-de-Lans dans le Vercors. La loi du 31 juillet 1940 instaure un service civil obligatoire, à la place de la conscription militaire supprimée. Vichy mobilise pendant huit mois tous les citoyens masculins français âgés de 20 ans. Son rôle vise à participer à la formation morale et physique de la jeunesse.

2. Après l'invasion de la zone libre le 11 novembre 1942. Les Allemands occupent le Relais de la Magdeleine à Gémenos (Bouches-du-Rhône), où les Neuburger se sont réfugiés. Ils partiront à Saint-Rambert, près de Lyon, où des proches ont trouvé une maison pour les accueillir. Ils y resteront jusqu'en octobre 1943.

ODILE À HÉLÈNE

*22 novembre 1942*[1]

Depuis Le Relais de la Magdeleine, Gémenos, Bouches-du-Rhône
(carte-lettre)
À destination de 5, avenue Élisée-Reclus, Paris VII^e^

Ma petite mieux-aimée, […]

Cela me fait de la peine de repartir de nouveau, car cet endroit était devenu un vrai petit foyer pour moi. Et d'un autre côté, je ne suis pas mécontente de changer complètement de cadre et de vie. Comment t'expliquer ? Il me semble qu'un chapitre vient de se clore et un autre de commencer. Je veux tout oublier du précédent pour me donner entièrement au nouveau, mais ici la routine, le décor, l'organisation même de notre vie, tout s'oppose à l'épanouissement de la nouvelle ambiance. Comme après le bachot, te rappelles-tu, lorsqu'à la vue d'un livre de géographie ou du Malet-Isaac, on était pris d'une angoisse posthume avant de réaliser que c'en était fini des révisions. […]

J'ai hâte d'avoir de tes nouvelles.

TA LOLITA QUI SE LANGUIT DE TOI.

1. Le 28 novembre 1942, deux jours après le départ de Jean, Hélène cesse de tenir son journal. Elle le reprendra dix mois plus tard.

ODILE À HÉLÈNE

*5 décembre 1942*

Depuis « La Mouchonne », Saint-Rambert-l'Île-Barbe, Rhône
À destination de 5, avenue Élisée-Reclus, Paris VII^e

Ma mieux-aimée,

Comme tu le craignais, ta carte du 23 m'a couru après. Il me semblait qu'il y avait une éternité que je n'avais eu de tes nouvelles. Aussi l'ai-je dévorée. Je suis triste de te savoir si seule maintenant[1]. Il me semble que j'avais délégué tous les pouvoirs à J. M. pour entretenir la flamme du petit Dieu Lare, même sur un autre foyer, et maintenant, qui est-ce qui va y veiller ? Il ne faut pas que tu prennes froid. [...]

Écris-moi vite et long.

TON GRÉGORIO QUI T'AIME.

ODILE À HÉLÈNE

*14 décembre 1942*

Depuis « La Mouchonne », Saint-Rambert-l'Île-Barbe, Rhône
À destination de 5, avenue Élisée-Reclus, Paris VII^e

Mieux-aimée chérie,

Je viens de recevoir ta carte du 9. Elle a été mon feu de joie du matin. C'est vrai que tes cartes valent les meilleures flambées dans la cheminée. Elles réchauffent, éclairent et réjouissent. Tu ne croyais

1. Jean Morawiecki a quitté Paris.

pas si bien dire quand tu te vantais d'être experte en « allumage de feu ». Je te décerne le diplôme de licenciée-es-poêle. [...]

Je t'aime.

TON VIEUX PONT-EN-BOIS.

ODILE À HÉLÈNE

*28 décembre 1942*

Ma mieux-aimée,

C'est un véritable bombardement de cartes[1] auquel je te soumets cette semaine. Je me sens si près de toi que tu ne m'as jamais semblé si loin. Cela peut paraître paradoxal, mais tu me comprends : je veux dire que je n'ai jamais autant souffert de la distance *matérielle* qui nous sépare. Je ne veux pas laisser passer la fin de l'année sans t'envoyer ma cargaison de vœux pour celle qui commence. Cela fait très protocolaire, et l'on dirait une de ces phrases toutes faites qu'on met dans les cartes de Nouvel An aux professeurs. Mais toi tu sais que c'est tout simplement une phrase pensée. Les mots sont tellement habitués à être pomponnés, fardés, tire-bouchonnés que lorsqu'on les voit dans leur nudité, on éprouve presque un sentiment de fausse pudeur. [...]

Une bonne année pour toi sera une bonne année pour moi.

ODILE.

1. Une le 14 décembre, une le 23 décembre, une le 26 décembre et celle-ci.

ODILE À HÉLÈNE

*31 décembre 1942*

Depuis « La Mouchonne », Saint-Rambert-l'Île-Barbe, Rhône
À destination de 5, avenue Élisée-Reclus, Paris VIIe

Super-mieux-aimée,

Tu ne peux pas savoir le plaisir que m'a causé le morceau de « lare » annoncé ce matin. D'abord, c'était mon premier et dernier cadeau de Noël cette année, et puis surtout, c'était un livre choisi par toi, et des petits gâteaux faits par toi. Ces petits gâteaux de famille que j'adore. Tu as le don de divination, car il n'y a pas quatre jours que j'ai pensé avec attendrissement à ces petits gâteaux. Nicole peut te le dire puisque je lui en parlais dans ma carte. Je lui en commandais pour le retour de Jacquot. Et les voilà qui m'arrivent… tout cuits, dans la bouche… Bon présage ! Jacquot ne doit pas être loin. Et puis, j'ai fait mon petit Marcel Proust[1]. Il faut avouer qu'il n'y a rien d'aussi évocateur que les goûts ou les parfums. En les croquant, je me suis sentie transportée d'emblée dans le petit salon à côté de la table roulante ou dans la salle à manger enfonçant mes coudes dans la toile cirée mousse et protestant faiblement parce que tu me les mettais de force dans mon assiette. Et je savourais déjà la conversation-maison qui allait suivre et à la fin de laquelle je regarderais ma montre avec affolement avant de m'engouffrer dans la nuit, franchissant d'une enjambée le pont de l'Alma, pour sauter dans le métro. Le réveil a été cuisant. Plus de visions attendrissantes, plus de petits gâteaux sur l'assiette. À part les petits échantillons réservés à la famille, je les ai gobés presque tous d'un seul coup. C'était trop bon. Heureusement il

1. Marcel Proust (dont la mère est Jeanne Weil) et Odile ont un ancêtre commun, Baruch Weil (1782-1828), porcelainier à Fontainebleau et à Paris. Et il existe une double parenté d'Hélène avec Marcel Proust : par son arrière-grand-père Stanislas Leven, père de Berthe Rodrigues-Ély née Leven (Bonne Maman dans le *Journal*), et par Charles Nathan, époux de Laure Nathan, née Rodrigues-Ély, amie intime de Jeanne Proust (Tante Laure dans le *Journal*).

me reste le livre. Je voudrais tellement à mon tour t'envoyer un peu de moi-même ! Je m'arrache les cheveux et me creuse la cervelle en vain. Cela viendra peut-être inopinément. Ma mieux-aimée chérie, je ne peux pas te dire comme je te remercie et comme je t'aime.

ODILE.

ODILE À HÉLÈNE

*8 janvier 1943*

Depuis « La Mouchonne », Saint-Rambert-l'Île-Barbe, Rhône
À destination de 5, avenue Élisée-Reclus, Paris VII^e^

Ma petite mieux-aimée, [...]

Je sens de nouveau mon cœur battre dans tout mon corps[1]. Je suis heureuse. Je t'aime. Je te suis plus redevable que tu ne l'imagines, car c'est de penser à toi, à tout ce que tu représentes, et à ce que représente ton amitié qui m'a été le plus salutaire. Heureusement que je peux t'écrire. C'est tout de même merveilleux ce qu'on arrive à se livrer dans une petite carte comme cela. J'ai envie de faire le pitre, de te faire verser des larmes de fou rire dans ton thé, de te « hennir » ma tendresse.

BÉRANGÈRE.

1. Odile souffre d'être séparée de son fiancé toujours prisonnier dans un oflag en Allemagne.

ODILE À HÉLÈNE

*17 janvier 1943*

Depuis « La Mouchonne », Saint-Rambert-l'Île-Barbe, Rhône
À destination de 5, avenue Élisée-Reclus, Paris VII$^{e}$

J'ai reçu une lettre d'Yvonne à qui j'avais écrit. Elle a l'air débordée, mais prend tout, comme toujours, du bon côté. Je n'ai jamais vu quelqu'un d'aussi épatant. Elle est vraiment exceptionnelle.

ODILE À HÉLÈNE

*23 février 1943*

Depuis « La Mouchonne », Saint-Rambert-l'Île-Barbe, Rhône
À destination de 5, avenue Élisée-Reclus, Paris VII$^{e}$

Ma petite mieux-aimée chérie,

En revenant tout à l'heure de Montauban, j'ai trouvé ta carte du 15 fév. Je te réponds tout de suite, car je suis bouleversée par tout ce que tu me racontes. Dans mon petit trou de province, je n'avais aucune idée de ce qui se passait. Ici ce n'est pas la même chose. On est « asséné » de nouvelles dès qu'on revient. Mais la mentalité est odieuse. Les gens font preuve d'une excitation morbide et d'une inconscience qui frise la bêtise et l'égoïsme. « Quelque chose à raconter »… Ce n'est pas tout à fait de leur faute. Ils sont tous plus ou moins déséquilibrés. Mais ceux qui essayent de se rendre utiles ne font que déplacer de l'air. Cela fait du bien de voir quelqu'un de votre bord comme oncle André[1] que je n'ai fait qu'entrevoir ce matin mais qui reste ici jusqu'à jeudi. J'ai l'impression

1. André Baur, frère de la mère d'Odile, et vice-président de l'UGIF pour la zone nord, est venu à Lyon rencontrer Albert Manuel, son oncle par alliance, secrétaire du Consistoire. Il a passé quelques jours chez les Neuburger.

qu'il m'a apporté un peu d'air de Paris. Ce soir je vais lui poser des tas de questions. Il me semble que cela va me rapprocher de toi. Tu ne peux pas savoir l'admiration que j'ai pour toi et comme je me sens mesquine et égoïste dans mon rôle de spectateur derrière la palissade. Plus que jamais je regrette la décision que nous avons prise il y a bientôt un an[1]. J'aimerais tellement travailler avec toi. Maintenant j'attendrai tes cartes avec encore plus d'impatience, mais ne m'écris que si tu le peux et quand tu n'es pas fatiguée, car je me rends compte de la tension que doivent exiger de toi tes occupations. Je te récrirai aujourd'hui ou demain. Pour l'instant je suis abrutie par mon voyage et cela m'empêche d'exprimer tout ce que je sens. Pardonne-moi. Je suis avec toi, je t'aime.

ODILE.

***

*Première lettre d'Hélène depuis le 12 avril 1939 à avoir été retrouvée. Et c'est une vraie lettre, et non pas une carte-lettre, car depuis quelques jours, un courrier normal entre les deux zones, désormais toutes deux occupées, est autorisé.*

***

HÉLÈNE À ODILE

*27 février 1943*

Depuis 5, avenue Élisée-Reclus, Paris VII^e^
À destination de « La Mouchonne », Saint-Rambert-l'Île-Barbe, Rhône

Ma mieux-aimée chérie,

Je ne peux pas te dépeindre le mélange de sensations que j'éprouve en commençant cette *lettre*. C'est plus compliqué que le potage des sorcières de Macbeth. L'élément dominant, c'est la joie ; il y entre

1. Fin mars 1942, Albert Neuburger est averti par le concierge de son ancien immeuble que les Allemands sont venus l'y chercher. Il décide alors de quitter définitivement Paris.

aussi beaucoup d'incrédulité. J'ai peur d'être rouillée. J'ai peur de ne plus savoir écrire une *lettre*. J'ai peur de ne jamais pouvoir combler le vide de cette année passée, où les cartes n'ont été que de petites feuilles qui voletaient. Je suppose qu'un cheval subitement lâché dans une vaste prairie éprouve quelque chose de semblable, ô mémoire de Wladimir[1] ! Avec ce nom je reprends le ton de jadis ; ou plutôt je devrais le reprendre. Et pourtant je suis en proie à une espèce de malaise, dont je crois avoir trouvé la raison : le fait d'écrire des lettres, de te récrire à toi me ramène sans transition au temps où je t'écrivais en vacances à cette vieille tradition Aubergenvilloise, et St-Jean-de-Luzeuse. D'autre part je sais que je ne peux réadapter ce bout-ci à l'autre – parce qu'entre les deux il y a eu et il y aura cette période d'épreuve si dure –, mais que je ne veux pour rien au monde oublier parce qu'elle m'est infiniment précieuse (je t'expliquerai pourquoi, mais j'ai tant de choses à te dire que je vais être obligée de m'arrêter pour me calmer un petit peu).

Tu ne peux pas t'imaginer à quel point ton livre m'a fait plaisir. Ce n'est pas du plaisir, mais de la joie. En arrivant ce matin, j'ai aperçu sur mon bureau un paquet enveloppé de papier marron. Au début je n'ai pas regardé : j'ai cru que cela faisait partie du courrier. Je ne sais pas ce qui m'a poussée à le regarder une seconde fois, mais avant même de l'avoir défait, j'ai su ce que c'était. Juste à ce moment Mme Horvilleur[2] entrait, et elle m'a dit que c'était ton oncle[3] qui l'avait rapporté. Le fait même qu'il m'ait été remis là, à cette table où je travaille tous les matins, tous les jours gris de la semaine, et où j'ai entendu parler de tant de choses tristes – ce fait même a été pour beaucoup dans ma joie – c'était une *vraie* surprise, dans toute l'acception du mot. J'étais si contente que j'ai traversé la pièce et que je l'ai montré tout de suite à Mme Schwartz[4] (qui est

1. Le surnom de Wladimir Halperin était « Cheval ».

2. Thérèse Horvilleur-Garfunkel, chef du service 10 de l'UGIF ou service des internés.

3. De retour de Lyon, André Baur avait déposé, à l'intention d'Hélène, un livre que lui avait confié Odile.

4. Mme Schwartz est la mère de Léon Schwartz, raflé le 12 décembre et déporté par le convoi n° 1 parti de Compiègne le 27 mars 1942. Thérèse Schwartz, née Weill, est l'épouse de Léon Schwartz.

une femme tellement merveilleuse que je travaillerais toute la journée rien que pour être avec elle). Elle te connaît de nom, et t'a vue une fois – ce qui me fait bien plaisir car je veux que tous les gens que j'aime se connaissent. Quant au livre lui-même, je t'avoue qu'il me tentait depuis longtemps, mais que je n'avais jamais pu me l'offrir. Comment as-tu fait pour deviner ma pensée ? Certainement tu as des accointances avec Ragadaga (celle de la pièce, bien entendu).

J'avais commencé à t'écrire une carte hier soir, en recevant la tienne de lundi. Tu ne peux pas savoir non plus combien je débordais de sentiments inexprimables en la lisant. Je me suis sentie brusquement tout près de toi. Ton livre arrivant ce matin a prolongé cette impression et l'a transformée en atmosphère. J'espère que tu comprends ce que je veux dire. Maintenant, il faut que je sorte, car j'ai plusieurs courses à faire. Place Pereire, Sorbonne, pour Jacques, square La Bruyère. Je continuerai à t'écrire ou plutôt je commencerai vraiment à le faire, ce soir. Mais il fallait que je mette quelques lignes sur ce papier, car je ne pouvais plus contenir mon « excitement ». À tout à l'heure, mieux-aimée. Dire que je peux t'écrire une lettre ! Je vais gâcher tout mon papier à écrire cette phrase !

*Dimanche matin*

Je n'ai pas continué hier soir pour n raisons dont la principale est que j'étais incapable d'écrire une lettre – et surtout à toi ; car pour toi je veux être dans la *« right mood »*. Il faisait un temps radieux et froid, et au cours de mes pérégrinations du début de l'après-midi, j'ai eu vraiment de la peine de ne pouvoir entrer au Luxembourg dont je longeais la grille[1]. Le Luxembourg représente quelque chose de merveilleux pour moi, presque le jardin du *Grand Meaulnes*. Heureusement qu'un agent m'a lancé une parole si réconfortante et si inattendue que j'en ai éclaté de rire.

Hier je te parlais de ta dernière carte ; je n'ai pas fini. Je ne *veux* pas que tu me dises que tu te sens mesquine et autres choses de ce

1. Les jardins publics sont interdits aux juifs.

genre. Ne regrette rien, car nul ne peut savoir ce qui serait arrivé si tu étais restée. Tu as gardé exactement les mêmes sentiments que lorsque tu étais ici, et c'est l'essentiel. Ma mieux-aimée, je sais ce que tu sens et penses, même si tu ne le dis pas. Je n'en parlerai plus, mais je veux que tu saches que je te comprends. Personnellement j'aime la lutte, et je crois même un peu la souffrance (je crois que c'est un goût inné, qui s'est peut-être fortifié maintenant). Le sort m'a fait don d'une existence que j'aime au fond : et j'estime que je suis heureuse – si étrange que cela puisse paraître. Voilà : je viens de retourner mon cœur *inside out* et de te montrer ce qu'il y avait dedans. Il y a encore quelque chose que je voulais ajouter. Je voulais te parler de Keats tout à l'heure mais je suis obligée d'en parler maintenant. J'ai le bonheur de trouver dans Keats un poète que je *peux* lire en ce moment, parce qu'il ne m'éloigne pas de la réalité, et que je n'ai aucune arrière-pensée en le lisant. Il a été durant les deux ou trois années où il a écrit (il est mort à 23 ans) poursuivi par le problème de la souffrance humaine. Ses premiers poèmes sont des merveilles inspirées par la jouissance parfaite du beau. Mais en un an il a beaucoup souffert et beaucoup appris – et il a passé du principe du beau au principe de la beauté en toutes choses, c'est-à-dire à une acceptation du bonheur et du malheur. Je viens de lire *Hypérion* – c'est un poème qui devait primitivement raconter la chute des Titans et le triomphe des Olympiens. La première version qui est splendide n'a jamais été terminée. Quelques mois après, il l'a reprise, et l'a récrite sous forme de vision ; il y a ajouté un prologue qui est saisissant. Je vais essayer de te le raconter ; j'espère que je ne t'ennuie pas. Mais ce prologue exprime tellement bien des choses que j'ai apprises maintenant, et que je sens obscurément, qu'il *faut* que je t'en parle.

Le poète rêve qu'il se trouve devant un temple colossal, ruiné, aux voûtes si élevées que les nuages passent dessous – au Nord des colonnades se perdent à l'infini. Sur l'Orient la porte est fermée. Il est au pied d'un immense escalier au sommet duquel se trouvent un autel et une statue voilée.

Autour de lui le sol est jonché de fruits délicieux ; il fait un festin de ces fruits ; soudain il a soif, et il boit à longs traits une boisson merveilleuse. Immédiatement il perd conscience, et lorsqu'il se réveille, il n'a plus devant lui qu'un décor désolé et plein de ruines.

Naturellement tout ceci est un symbole. Keats dans une de ses lettres compare la vie à une maison où il y a plusieurs chambres. D'abord la chambre de l'enfance, où nous jouissons de tout inconsciemment, et avec une joie indescriptible – puis graduellement la chambre s'obscurcit, et l'enfant passe dans la chambre de la Pensée consciente, c'est-à-dire que l'on prend conscience de la vie, et en même temps on s'aperçoit qu'elle est pleine de souffrances et de chagrin – je viens de retrouver la citation, je vais te la traduire (par égards pour Louis) : « Je compare la vie humaine à une grande Maison à plusieurs chambres ; je n'en décrirai que deux, car les portes des autres me sont encore fermées. La première où nous pénétrons s'appelle la chambre de l'enfance, ou la chambre où nous ne pensons pas ; nous y demeurons aussi longtemps que nous ne pensons pas – nous y demeurons longtemps et quoique pendant tout ce temps les portes de la seconde chambre restent grandes ouvertes, montrant des dehors radieux, nous ne nous hâtons pas d'y parvenir ; mais à la longue nous sommes imperceptiblement poussés par l'éveil en nous de ce *principe pensant* – nous n'avons pas plus tôt pénétré dans cette seconde chambre que j'appellerai la chambre de la Pensée-Vierge, que nous nous enivrons de sa lumière et de son atmosphère, nous ne voyons que des merveilles, et que nous avons envie d'y rester pour toujours dans notre ravissement : Toutefois l'un des effets qu'engendre le fait même de respirer cette atmosphère est d'aiguiser notre perception et notre vison du cœur et de la nature de l'Homme – de nous convaincre que le monde est plein de misère et de douleur, de souffrance et de maladie et d'oppression – de ce fait cette chambre de la pensée vierge s'obscurcit graduellement et en même temps, de tous côtés, d'autres portes s'ouvrent – toutes sombres – menant toutes à des couloirs sombres. Nous ne voyons pas l'équilibre du bien et du mal. Nous (portons) le "fardeau du mystère". »…

Cette citation (je suis sûre que malgré l'horrible traduction tu en as compris le sens) explique le poème : le festin de fruits c'est la première chambre – la boisson c'est l'éveil de la conscience, et le temple désolé, le Temple de la conscience, conscience de la vie.

Alors le poète entend une voix mystérieuse qui lui enjoint de monter les marches – au prix d'une souffrance inouïe il gravit le premier degré –, il demande à la mystérieuse divinité pourquoi il est seul dans ce sanctuaire. Elle lui répond :

« Nul ne peut atteindre ces hauteurs
Que celui pour qui les souffrances de ce monde
Sont souffrances, et ne lui permettent pas le repos. »

Il réplique : « N'y a-t-il pas dans le monde des milliers d'êtres qui font le bien calmement, en aimant leur prochain, et sans réfléchir. » La divinité répond : oui – il n'y a que le rêveur (le poète) qui empoisonne tous ses jours, et ne jouira pas du simple bonheur. C'est pour cela qu'il se trouve ici… Mais il aura sa récompense : c'est *d'être sauf au pied de la statue*. Je comprends le vers comme ceci : l'expérience de la souffrance donne une sorte de sauvegarde.

J'ai mis très longtemps à comprendre le sens de ce prologue, et c'est un livre de J. M. Murry[1] (le mari de Katherine Mansfield) sur Keats qui me l'a fait saisir. Cela a été une révélation. Il n'y a pas de poète qui cadre mieux avec moi que Keats (si tu me comprends vraiment, tu ne songeras pas à sourire de ce qui à première vue paraît « un coup de pied »). Le Keats d'*Hypérion* (qui est celui des lettres) est peu connu ; on connaît surtout celui des premiers poèmes, des poèmes médiévaux (ravissants, mais trop préraphaélites pour mon goût). Le prologue se rattache à la première version de la façon suivante : la voix mystérieuse c'est Moneta (Mnémosyne), la déesse de la mémoire, qui se dévoile (oh ! la description de son visage est splendide et inoubliable), et lui raconte la chute des Titans comme l'une de ces révolutions humaines, une de ces souffrances que le vrai poète doit connaître.

Ici Moneta devient en quelque sorte la conscience du monde, une âme éternelle, à la fois le passé, le présent et l'avenir du monde. Elle regardait le poète de ses yeux qui ne le voyaient pas, mais qui

1. John Middleton Murry (1889-1957) est un écrivain, journaliste et critique littéraire britannique. Il est le second mari de Katherine Mansfield, épousée en 1918.

Avec une splendeur mate, rayonnaient comme la calme lune
Qui console ceux qu'elle ne voit pas, qui ne sait pas
Quels yeux se lèvent vers elle.

Je ne peux pas te dire l'effet de tous ces vers, parce qu'ils sont intraduisibles.

Voilà une heure que j'écris – je savais bien que je ne pourrais plus m'arrêter si je commençais. Dis-moi si je t'ai ennuyée. Dis-moi vite si tu veux que je te parle encore de Keats. Lorsque je le lis, je passe des moments tellement bouleversants, dont je garde le secret pour moi seule, parce que je n'ai personne à qui en parler. Je me suis rappelé un lundi après-midi où tu étais venue à la maison, et où j'ai littéralement pris feu en discutant littérature avec toi. Et alors je me suis laissé aller, et je t'ai à nouveau parlé. Dis, mieux-aimée, est-ce que tu aimes cela ?

Tu pourrais croire que je lis tout le temps Keats ? Je travaille exactement une matinée par semaine (et pas toujours), et je ne peux pas imaginer l'idée de commencer ma thèse. Je ne *peux* pas, au vrai sens du mot – parce que je serais trop malheureuse de faire quelque chose d'aussi « *selfish* » en ce moment. Si Keats était un autre poète, je ne pourrais même pas le travailler trois heures par quinzaine. Mais j'ai le bonheur de pouvoir passer de lui à la réalité, et inversement sans heurt, ni malaise.

Pour finir cette étrange lettre, je vais te donner mon emploi du temps. Tous les matins je vais rue de la Bienfaisance[1] où je fais un travail assez routinier (classement, etc.). Mon après-midi est libre. Le lundi je suis bibliothécaire à l'Institut d'anglais. Le mardi je prends une leçon d'allemand et je vois Bonne-Maman. Le mercredi je prends une leçon de violon ; le vendredi, je vais à la Sorbonne et à la musique d'ensemble. Le samedi, je fais de la musique à la maison. Cela c'est mon emploi du temps théorique. Il a l'air de me laisser du temps, alors qu'en réalité je n'en ai pas du tout. Il y a quinze jours, lorsque je t'écrivais cette carte du 15, j'ai couru tout le temps, tu sais pourquoi.

1. Hélène Berr commence par des tâches de secrétariat à l'UGIF avant de devenir assistante sociale. Le siège de l'UGIF se trouve 29, rue de la Bienfaisance dans le VIIIe arrondissement.

Je ne vois guère d'autres amis que ceux de la musique, et le milieu Pineau-Digeon, etc. et mes camarades de la Sorbonne. Malgré ce que tu m'as dit je ne peux me résoudre à supporter les Viénot-Gastaldi et Cie. Tu m'as mise une fois en garde contre le danger de s'aigrir !!! Je te jure que je suis exactement l'opposé de l'aigri. Mais je ne peux plus supporter d'être avec des gens qui n'ont rien en eux, qui n'ont pas l'esprit « au-dessus ». J'espère que tu comprends. Quand je suis avec eux, je sens brusquement qu'un fossé nous sépare, et je n'ai pas le courage d'entreprendre de les sortir de leur torpeur. Je n'ai pas la force et la clarté d'esprit nécessaire et je suis trop passionnée. Par-dessus le marché, je ne veux pas de la *pitié* des gens (cela me hérisse) : je veux, j'exige leur *compréhension* ; car s'ils comprenaient vraiment, ils envisageraient le problème de la fraternité humaine, et ils auraient honte d'eux-mêmes. Comme dirait cette brave Child[1], ils se sentiraient tout petits dans leurs souliers.

Je t'envoie trois photos – une petite de moi, prise en Normandie, et deux de cet été. J'espère qu'elles te feront plaisir.

Je ne peux pas te parler d'autre chose (tu sais quoi) parce que hier j'ai eu une crise noire de doute, et que je ne peux pas y penser sans être reprise. Je ne sais pas si j'ai tort ou raison. Si j'exige trop. Plus le temps passe, plus j'ai l'impression que c'est une autre personne que moi qui a vécu une espèce de roman idéal. Peut-être est-ce que je déforme tout. S'il était là, tout serait changé probablement. Mais il n'a pas l'air de *se rendre compte* de ce qui se passe ici. Mon Dieu, est-ce que j'en sortirai un jour ? Cet été tout était merveilleux. Est-ce que je suis devenue injuste ? Est-ce que je suis en train de créer cette exigence nouvelle ou est-elle au fond de moi-même depuis le début ?

Pardon, ma mieux-aimée chérie. Oublie tout ce que je t'ai dit là. Je l'ai dit pour moi – et aussi parce je sais que quoi qu'il arrive tu me comprendras toujours. Maintenant je vais travailler un peu mon violon quoique j'en aie perdu l'habitude (si habitude il n'y a jamais eue). Cette après-midi, je vais d'abord chez Françoise Bernheim, et ensuite chez les Castier. Je te raconterai ma visite.

---

1. Miss Child, la gouvernante des enfants Berr.

Excuse cette lettre complétement folle. Au moins elle n'a de convenable que sa longueur : quatre pages, c'est la longueur de celles d'autrefois. Écris-moi aussi, si tu as le temps. Au début cela te paraîtra peut-être difficile. Mais tu verras, après, on ne peut plus s'arrêter. Ma première lettre aura été pour toi. C'est pour moi une grande douceur de le penser.

Au revoir, Béranger chéri.

LORENZO.

ODILE À HÉLÈNE

*4 mars 1943*

Depuis « La Mouchonne », Saint-Rambert-l'Île-Barbe, Rhône
À destination de 5, avenue Élisée-Reclus, Paris VIIe

Ma mieux-aimée chérie,

À mon tour je me sens incapable de te dépeindre mes sensations en *recevant* ta lettre ce matin. Pendant l'espace de trois secondes, j'ai éprouvé un sentiment d'euphorie, comme si la guerre et tous nos maux venaient subitement de prendre fin. C'était puéril et fugitif, mais cela n'empêche que même à présent je reste dans le prolongement de cette impression... qui n'est quand même pas dénuée de fondement.

Ta première lettre, c'est le scintillement lointain des petites lumières de la côte pour le passager qui tangue au large, c'est le brusque déploiement de la plaine sous les yeux du montagnard parvenu à un col. Tu sais, j'éprouve exactement cette sorte de bienheureux vertige qui vous atteint sur les sommets quand on voit à ses pieds s'étendre la vallée, infinie à l'intérieur de ses bornes, mouvante dans son immobilité, et muette jusque dans sa rumeur. Finie la dure ascension. On prend maintenant le chemin qui descend. Bientôt peut-être nous parviendra l'écho du torrent. Cela ne veut pas dire que la descente sera facile. Il s'agit de raidir le jarret. Mais pense au bon goûter qui nous attend au retour : les petits pains à la tournure... indécente, le miel et la confiture de cerise noire (qui sera représentée en l'occurrence par la confiture de framboise d'Aubergenville). Doux symbole ! [...]

Tu me demandes si je veux que tu me parles encore de Keats. Je t'en *prie*, parle-m'en. Les vers que tu m'as traduits sont si beaux, ils correspondent si bien à la douleur intime qui vous étreint en ce moment, qui vous étreint en vous dilatant (si paradoxal que cela puisse paraître) que je me sens avide d'en connaître davantage. Je comprends pourquoi tu te sens si près de lui et ce que tu veux dire quand tu parles de cette sorte de joie qu'on puise au fond de la souffrance. Je la connais aussi. C'est parce que cette souffrance vous élève au-dessus de vous-même. On a l'impression qu'elle vous sanctifie. Je crois aussi que c'est parce qu'à travers elle on touche à quelque chose d'infini et l'homme aspire à l'infini. Pour reprendre ma comparaison de tout à l'heure, mais sur un autre terrain, on est comme le marin bousculé par le vent, cinglé par la pluie, mais qui ouvre les bras et tend le visage pour s'offrir plus complètement à la bourrasque et à l'averse, ou comme le promeneur épuisé qui atteint les cimes les lèvres sèches et les tempes bourdonnantes, saisi par l'air vif qui coupe la respiration, et aveuglé par le soleil, mais qui ne voudrait pas changer son sort contre celui du paisible mortel qui se chauffe au soleil terne de la plaine.

Et puis cette souffrance n'est pas de la révolte, il n'y entre aucun sentiment méprisable. Elle est presque détachée de son objet, prise dans son essence. Elle est belle comme tout ce qui est pur, et apaisante comme tout ce qui est beau. Et elle est à *nous*, c'est notre bien, tout le monde ne peut y participer. Elle devient presque un privilège. De là cette impossibilité de supporter ceux qui ne peuvent même pas la concevoir, et cette exaltation lorsqu'on rencontre même sur un plan idéal, comme dans la lecture des poèmes de Keats, une « souffrance-sœur ». On sent sa propre souffrance s'irradier dans celle du poète. Elle s'y incorpore. Il vous prend avec elle à sa charge. Il vous laisse la jouissance et vous enlève le poids et l'on s'abandonne à lui avec reconnaissance, parce que, à sa manière, il vous manifeste aussi cette *compréhension*, dont les gens qui vous entourent sont si avares. J'ai ressenti cette exaltation à la simple lecture des quelques vers que tu m'as traduits. Et je l'éprouve un peu de nouveau en en reparlant, comme cette fameuse après-midi dont je me souviens aussi, où nous avons parlé sans discontinuer de littérature anglaise dans la chambre de Jacques, je crois. Je me souviens encore de mon retour à la maison à travers le Champ-de-Mars et les jardins du Trocadéro. C'était une belle soirée de la fin de l'hiver. Il me semble qu'il y avait encore des îlots de neige mais qu'il y avait déjà une lumière transparente de crépuscule printanier. J'avais envie de chanter toute seule en remontant le Bd Delessert, je me sentais rouge d'excitation, sous mon capuchon, et à chaque pas je martelais intérieurement : Je suis heureuse, je suis heureuse. [...]

Mais les faits sont là... Par exemple, quand je vois ce qui nous sépare de nos amis Englebert qui sont pourtant animés de la meilleure volonté et qui nous aiment fraternellement, je ne peux pas croire que notre amitié n'en sera pas assombrie. Quelques fois, même, il me semble que cela me sépare un tout petit peu de Jacquot. Parce qu'il n'aura pas vécu la *même* expérience que moi. Mais cela ne me fait pas réellement peur, car malgré tout il aura vécu une autre expérience au moins aussi pénible, et la souffrance est toujours de même nature. Je ne veux pas parler de ce que tu n'oses t'exprimer à toi-même, parce que je ne sais pas si tu as envie que je t'en parle. C'est à toi de te confier à moi, ou de te taire selon ton humeur. Je te comprends et je sais tout le mal causé par l'absence dans les périodes comme celle que nous vivons. Mais peut-être n'est-on pas à même de juger sainement justement dans de telles périodes. Mieux-aimée, j'ai encore mille choses à te dire, mais ma lettre ne partirait plus. Je préfère en écrire moins long pour que tu l'aies plus vite. Merci pour les photos. La petite de toi est épatante, et celles d'Auber m'ont fait venir l'eau à la bouche. Je t'envoie une photomaton de moi. Je t'aime.

LAURE.

HÉLÈNE À ODILE

*17 mars 1943*

Depuis 5, avenue Élisée-Reclus, Paris VIIe
À destination de « La Mouchonne », Saint-Rambert-l'Île-Barbe, Rhône

Mieux-aimée chérie,

Je rentre ce soir (je te dirai tout de suite d'où) et je trouve ta lettre. Et la première chose que je veux te dire, avant n'importe quoi, c'est de te *supplier* d'empêcher Béranger de venir nous voir[1]. Il considère cela comme une partie de plaisir, mais s'il savait ce qui peut l'attendre, il comprendrait qu'en ce moment on met son plaisir dans sa poche. Je ne pense pas qu'il se rende compte de ce qu'est la vie ici, et l'atmosphère. S'il y avait urgence, ou si c'était indispensable, ce serait différent. Lorsque j'ai lu le passage de ta lettre le concernant, j'ai cru rêver. Il me semblait que tu me parlais d'un pays infiniment lointain. Je ne pouvais même pas réaliser son projet. J'ai dû poser la lettre sur la table, en me disant : « Mon Dieu, d'où sort-il ? »

Dieu sait pourtant le bonheur que j'éprouverais à le revoir. C'est d'ailleurs parce que je tiens tellement à lui que je le supplie de renoncer. Je suis payée pour savoir le risque couru ; et vraiment on n'a *pas le droit* de jouer avec cela. Si tu ne me rassures pas immédiatement, je me réveillerai en sursaut au milieu de la nuit, et je suis sûre d'être saisie d'angoisse.

Je viens de passer une journée entière à Dravance[2], où je suis allée travailler. J'y retournerai ces jours-ci du matin jusqu'au soir. Quand j'y suis, il y a réellement des choses que je n'arrive pas à comprendre. Je n'arrive pas à absorber, à admettre la conception de cette organisation rationnelle fondée sur l'injustice. Je me dis tout le

1. Dans une lettre précédente, Odile (Béranger) évoquait son intention de venir voir Hélène à Paris.

2. Dravance : contraction du camp d'internement de Drancy et de la rue de la Bienfaisance où se trouve le siège de l'UGIF.

temps lorsque je lève le nez de mon travail, et que je regarde par la fenêtre ce qui se passe en face (et ce n'est pas beau ; il y avait deux ou trois ex-co-villageois d'Yvonne cet été qui se livraient à une poursuite de vermine effroyable), je me dis tout le temps : « Pourquoi ? Pourquoi ? » Extérieurement la vie dans ce « bureau » est une routine ; mais quand on pense à ce qui se passe derrière, et à la chose sur quoi elle est basée ! Par exemple tous les soirs à 5 heures on attend l'arrivée. Tu devines ce que c'est – la fille avec qui je suis venue m'a dit en regardant par la fenêtre : « On finit par être cynique. » Je lui ai dit avec violence : « Oh non alors, pas moi ! » Je crois que le jour où je pourrai contempler cela sans être révoltée, je serai désespérée, car alors j'aurais perdu la partie noble de l'âme humaine.

Les gens à qui j'ai eu affaire et qui ne sont pas parents d'Éliane[1] sont très gentils. Mais est-ce qu'ils comprennent au fond le métier qu'ils font ? *That is the question...* Et c'est pour cela que je n'ai absolument pas pu sourire de leurs plaisanteries (qui sembleraient sinistres autre part que là).

Nous sommes revenus en camion, assises sur des sacs à pomme de terre cahin-caha. Cela aurait pu être comique – autrefois – mais je te promets que je ne pouvais plus voir l'humour de la situation.

Je suis très contente de ta lettre. Il y avait tellement d'affection dedans que cela m'a fait du bien de la trouver en rentrant. J'ai visité par la pensée ton jardin avec toi, et cela m'a fait plaisir de voir que tu jouissais de la campagne. Moi, c'est mon *Paradise lost*[2], la Campagne au Printemps. Il y a une espèce d'amour muet et profond qui me lie à elle. À Aubergenville. J'ai acheté il y a quelque temps un petit livre de Rilke, qui s'appelle *Le Paysage*, et qui vient d'être traduit. J'aurais aimé te citer une phrase, mais je l'ai prêté à Françoise Bernheim[3], et elle ne me l'a pas rendu.

1. Éliane : nom de code désignant les juifs.
2. Poème de John Milton (1608-1674).
3. Françoise Bernheim (née le 24 juillet 1912) étudie le sanscrit à la Sorbonne avant d'être exclue par le statut des juifs. Angliciste comme Hélène, elle avait travaillé bénévolement à la librairie *Shakespeare and Company* créée par Sylvia Beach. Elle est assistante sociale à l'UGIF et se lie d'une profonde amitié avec Hélène.

Je ne peux pas te parler de Keats, parce que voici un mois que je n'ai pas eu le temps de le regarder. Mon autre *Paradise lost*, ou plutôt en réserve. D'ailleurs ce soir je t'écris une lettre très courte parce que je veux qu'elle parte, et que je prévois que je n'aurai pas le temps d'écrire plus longuement cette semaine. Si je la laisse traîner, elle ne partira pas. Si elle part vite, j'aurai un peu l'impression de t'avoir parlé. Ma lettre est seulement partie hier matin, et il me semble que plusieurs jours ont passé.

Je t'embrasse lorenzotement, et je t'aime caleçonnement.

GRÉGORIO.

HÉLÈNE À ODILE

*22 mars 1943*

Depuis 5, avenue Élisée-Reclus, Paris VII$^{e}$
À destination de « La Mouchonne », Saint-Rambert-l'Île-Barbe, Rhône

Mon Odilon mieux-aimé,

Je t'écris encore un mot ce soir avant d'aller me coucher. Voici la cinquième journée que je passe à D[1] tout entière. Je tiens toujours très bon. Le travail que je fais n'est pas dur ; il s'agit de découper des tickets de textile. C'est légèrement abrutissant. Aussi ne t'étonne pas si je fais des bêtises dans cette lettre. Je suis à la cuisine, et Denise est en train de me préparer mon déjeuner pour demain, et j'ai un peu sommeil.

Je ne vois pas beaucoup des camarades du père d'Yvonne. Il y en a deux avec qui je parle souvent – un homme (qui porte le même nom que le mari de Denise Basch[2]) et une jeune fille. On a l'impression que tout ce qu'on leur dit les blesse, et il faut faire très attention. Ils se figurent d'ailleurs un tas de choses sur notre vie qui ne sont pas.

1. Le camp de Drancy. Hélène se rend dans les bureaux de l'UGIF.
2. Fille d'Hélène et Victor Basch. Elle a épousé M. Ricardeau.

Les surveillants généraux du lycée[1] sont très gentils – quoique parfois j'aie des sursauts en pensant à ce qu'ils représentent. J'ai beaucoup parlé avec le secrétaire de l'un d'eux qui est licencié ès lettres – et qui a échoué là ! Je croyais rêver. Il partage exactement mes opinions sur tout, et on peut parler très librement avec lui. J'étais réellement stupéfaite. Aujourd'hui la journée n'était pas spécialement gaie – les compatriotes d'Yvonne repartent demain matin[2] ; leur état de santé, et leur situation matérielle est absolument lamentable.

Nous attendons le retour de France et d'Éliane Labaune qui ne resteront ici que quarante-huit heures, c'est désolant. Mais nous ne pourrons pas les retenir.

J'espère que tu as fait ma commission à Béranger. Je te réitère ma demande. Louis ne peut manquer de la voir pendant son voyage même, et j'appréhende cette rencontre. Avec tout ce que je sais, je trouve que c'est de la folie. (Et pourtant je ne m'affole jamais.) Qu'arriverait-il si jamais ils se disputaient tous les deux, et que Béranger devait venir se consoler chez D. ? Je pense aussi à Jacquot, et cela me donne froid dans le dos. Je te répète : je n'ai pas l'habitude de me faire de la bile, mais cette idée-là me donne des sursauts d'inquiétude[3].

Je ne sais plus très bien comment je vis, n'étant jamais à la maison. Je ne découpe pas encore mes draps, mais je ne désespère pas. Samedi j'ai eu des amis à la maison – les Pineau, les Digeon, J.-P. Lefebvre, Josette Perquel[4] – et je n'arrivais pas bien à réaliser ce que je faisais. Mais ils sont tous si gentils que je me suis vite sentie à l'aise.

Excuse cette lettre si courte. Mais je dois aller me coucher. J'ai sûrement écrit des bêtises. Mais il fallait que je te parle un peu avant de m'endormir. Dix millions de tendresses.

TA TRÈS-AIMÉE.

---

1. Gendarmes de Drancy.

2. Le convoi n° 52 en date du 23 mars 1943 emporte 780 juifs raflés à Marseille à destination de Sobibor. Yvonne s'est réfugiée à Aix-en-Provence.

3. Odile a très envie de rentrer à Paris pour voir sa grand-mère et Hélène. Son amie tente de l'en dissuader.

4. Josette Perquel : agrégative d'anglais, amie d'Hélène.

ODILE À HÉLÈNE

*24 mars 1943*

Depuis « La Mouchonne », Saint-Rambert-l'Île-Barbe, Rhône
À destination de 5, avenue Élisée-Reclus, Paris VII^e^

Chère petite mieux-aimée,

J'espère que cette lettre t'arrivera le jour de ta fête[1].

Inutile de te répéter ce que je te dis chaque année et ce que je pense tous les jours. Tu sais ce que je te souhaite. Mais cette année, cela prend une signification plus grande encore.

Te rappelles-tu la surprise de l'année dernière ? C'était le dernier samedi avant mon départ. Je me souviens que le matin nous avions été au Conservatoire. Tu avais même perdu un de tes cadeaux, une ravissante petite broche, dans le métro, en revenant. En te quittant, je mourais d'envie de te dire « À cette après-midi ». Que c'est loin ! Il me semble qu'à cette époque, nous savions encore être « petites ». On « s'amusait » bien. Crois-tu que cela puisse revenir un jour ? Je ne sais pas si tout finira par rentrer dans l'ordre, mais en tout cas, il faudra longtemps pour que tout ce qui bouillonne depuis quelque temps en nous s'apaise. Tu sais, comme l'eau qui continue à faire des bulles dans la bouilloire électrique après qu'on a retiré la prise. Et même après, lorsque la surface sera redevenue lisse, ce ne sera plus la même eau. En nous aussi il y aura quelque chose de brûlé. Et peut-être aussi quelque chose de plus pur, de plus dépouillé. Et maintenant, parlons de ta lettre. Elle m'a terriblement troublée. Ce n'est pas que tous tes arguments soient nouveaux pour moi. Mais tu imagines bien que je n'aurais pas entrepris quelque chose de ce genre sans avoir tous les atouts dans mon jeu. Ce que tu veux dire, c'est que même si le risque est minime, les conséquences sont telles qu'il ne vaut pas la peine d'être couru. Tu as peut-être raison. Ce que je comprends surtout d'après ta lettre, c'est que le hasard a

1. Hélène est née le 27 mars 1921. Elle vient d'avoir 22 ans.

voulu te mettre juste en ce moment en face de l'image concrète de ces conséquences, et que cela t'a fait dresser les cheveux sur la tête. Je ne sais plus que penser.

Mais je voudrais que tu ne t'imagines pas que je suis à ce point inconsciente, et qu'il m'est arrivé un instant d'envisager la chose comme une « partie de plaisir ». Que je vive dans un autre monde, c'est possible. Mais c'est justement ce qui me pousse à vouloir en sortir. Je te l'ai déjà dit, ce n'est pas le monde de mon choix[1]. J'y suis clouée, mais en pensée je m'en suis déjà évadée. Rien d'étonnant à ce que mon corps tende à retrouver ma pensée.

Ici, je me sens écartelée. Mon intention ne répondait pas seulement à un désir puéril, mais à un véritable besoin. Je t'en supplie, ne me crois pas si loin de toi. Je sens bien que tu me considères un peu comme je considérais moi-même l'année dernière les « gens de la zone libre ». Je sais qu'il me manque toute une expérience que tu as, malheureusement. Et par la force des circonstances, je ne juge peut-être pas les choses comme je l'aurais fait si j'étais restée. Mais tout de même, mieux que si je n'avais jamais été là. Ici d'ailleurs, ça commence à devenir presque aussi angoissant.

Mais pour en revenir à la chose elle-même, puisque tu me le demandes, mieux-aimée, et que cela semble te tenir à cœur, j'y renonce pour le moment. Tu sais que Maman devait nous quitter hier[2]. Quand j'ai reçu ta lettre, je me suis demandée ce qu'il fallait faire, car si je renonçais pour moi, il n'y avait pas de raison pour que je la laisse partir. Je lui ai simplement lu des passages de ta lettre et pendant vingt-quatre heures nous nous sommes pris la tête entre les mains, car elle ne pouvait se résoudre à causer une telle déception à G^d^ Maman, qui elle est plutôt trop optimiste dans ces cas-là et ne comprendra peut-être pas ce renoncement. Mais finalement, comme Papa était depuis le début peu enthousiaste, Maman a décidé à son tour d'ajourner. Voilà l'incident clos.

---

1. La famille Neuburger a définitivement quitté Paris depuis qu'Albert Neuburger a échappé de peu à une arrestation à son domicile.

2. Anna Neuburger voulait se rendre à Paris pour rendre visite à sa mère et à sa grand-mère.

Je ne sais plus de quoi te parler. Les menus incidents de la vie quotidienne, quand il y en a, ne valent pas la peine d'être mentionnés. J'ai eu un peu honte de ma dernière lettre, car il me semble que je m'y complaisais dans des considérations tellement égoïstes. Le jardin, la paix du soir, l'abandon de la nature, tout cela avait éveillé en moi, pour une fois, des sentiments qui au fond n'ont plus cours. Je m'en rends compte. Un jour, on leur donne libre cours, et le lendemain on en veut d'autant plus à ce qui vous a attendri. C'est vrai que tout ce que je t'écrivais ce jour-là devait te paraître d'un autre monde.

Pardonne-moi, ma petite mieux-aimée. Je voudrais ne jamais jouer faux. C'est cela, vois-tu, qui me fait le plus souffrir : de ne pouvoir suivre la même partition que toi, de ne pas pouvoir lire dans la même clef. C'est comme si nous voulions jouer à 4 mains sur un clavier long de centaines de kilomètres. On ne s'entend plus d'un bout à l'autre. Mais ne fais pas attention aux notes. Le rythme y est, et la mesure, car mon cœur au moins bat à l'unisson du tien. Je ne t'en écris pas davantage aujourd'hui. J'espère bien que nous fêterons ensemble tes 23 ans. N'oublie pas de souhaiter aussi sa fête de ma part à Nicole. Je t'embrasse, ma mieux-aimée chérie.

TON BÉRANGER QUI T'AIME.

HÉLÈNE À ODILE

*26 mars 1943*

Depuis 5, avenue Élisée-Reclus, Paris VII$^{e}$
À destination de « La Mouchonne », Saint-Rambert-l'Île-Barbe, Rhône

Ma chérie mieux-aimée,

Depuis que j'ai reçu ta lettre ce matin, que j'ai lue en marchant à l'Alma, je bous d'impatience à la pensée que je ne pourrai y répondre que ce soir. Je bous d'impatience et aussi je déborde de choses que je veux te dire. Ta lettre m'a fait de la peine, parce que tu crois que je pense des choses fausses sur toi. Comment peux-tu croire que je te *juge* le moins du monde ? Pour moi tu ne vis pas dans un autre monde : tu es ici par la pensée même si tu ne l'es pas par le corps. Non, non, *non*, tu n'es pas de l'autre côté. Mon Dieu, cela me fait si mal de penser que tu as pu un instant t'imaginer que je croyais cela. Je voudrais me battre de t'avoir parlé de « partie de plaisir ». C'est l'inquiétude que provoquait en moi ta décision qui m'a poussée à employer des mots pareils. Maintenant je sais que je t'ai blessée, et pourtant c'est si involontaire. Tu m'écris : « Ne me crois pas si loin de toi. » Ma mieux-aimée à moi, me dis-tu des choses pareilles ? Ma plus grande consolation c'est justement de penser que rien ne nous sépare – et que tu peux comprendre immédiatement tout ce que je fais ici, parce que tu *sais*. Si je te raconte ma vie ici, ce n'est pas pour *« show off »* (style Miss Child) c'est seulement parce que je n'ai jamais pu supporter qu'il y eût un petit bout de mon expérience que tu ne connaisses pas. Le sens-tu bien, dis ? Réponds vite, mieux-aimée. Lorsque j'ai appris que tu avais changé ta décision à cause de moi, j'ai été saisie de remords. Je me suis demandé si j'avais eu raison. Et en même temps, je me suis rendu compte qu'inconsciemment j'avais échafaudé des tas de projets joyeux, et que leur disparition me faisait beaucoup de peine. Pourtant ce soir, je ne pense pas avoir eu tort. Si jamais il était arrivé un malheur, je ne sais pas ce que j'aurais fait.

Et pourtant je sais que tu m'en veux peut-être – ce qui pour moi est infiniment pénible. C'est un dur prix à payer pour l'acceptation de mon conseil. Mais je le payerai quand même, si dur qu'il soit.

Et il y a encore une chose que je veux que tu saches : j'estime que je suis beaucoup plus favorisée que toi en ce moment, et que tu es beaucoup moins heureuse que moi, à un certain point de vue – car j'aime cette vie de lutte qui va au fond des choses. Seulement je me dis aussi que tu as aussi ta part de souffrance et de lutte dans un autre domaine, et que nous sommes à égalité. Car comprends-tu, c'est cette égalité qui me tourmente : pour que le lien qui nous unit aille en s'approfondissant toujours, il faut que nous ayons une part égale de tout, de joie et d'épreuve. Notre amitié est basée sur cette mise en commun et cette unité ; et elle ne peut pas vivre sur une autre base.

Pourquoi dis-tu aussi que tu as honte de ta dernière lettre ? En lisant cette phrase, j'ai sauté au plafond (moralement). Tu me juges bien mal si tu crois que j'ai pu considérer ta belle description du jardin et du paysage comme « égoïste ». Tu sais bien comme je tiens à ces choses-là moi-même. L'amour de la nature, un sentiment qui n'a plus cours ? Mais, ma mieux-aimée, c'est la seule chose pure et réelle qui demeure. Crois-tu que si je t'écrivais demain d'Aubergenville, je m'empêcherais de te déverser le trop-plein de mon enthousiasme ? À ce compte-là, la jouissance que j'éprouve à écouter de la musique serait futile aussi ? Mais non, le sentiment du beau – quel qu'il soit – est et sera toujours vénérable.

Je t'en supplie ne me dis pas que tu joues sur une autre partition que moi. Que fais-tu alors de notre intimité profonde ? Nous pouvons voir des choses différentes, mais crois-tu que je suppose pour cela que tu ne puisses sentir ce que je sens ? S'il en était ainsi, je ne pourrais pas te parler de ma vie quotidienne. Or c'est justement le contraire qui se produit. Jamais je n'ai eu tant envie de t'écrire que cette semaine que j'ai passée au camp.

Il me revient à l'esprit une phrase d'une lettre de Keats qui devrait être la devise de tous. Elle me revient lorsque je pense à ce que je t'ai dit tout à l'heure : que j'étais en un sens plus heureuse que toi – je me mets à ta place, et c'est ainsi que j'ai compris cette chose. Keats se place du point de vue littéraire, mais la phrase vaut pour le point de vue général : *« We read fine things, but we never feel them to the full until we have gone the same steps as the author. »* Yvonne m'a écrit qu'elle inculquerait à ses fils un seul principe : se mettre dans la peau des autres avant de juger. Si elle y réussit, elle aura obtenu une des choses les plus souhaitables de ce monde.

Et voilà. Le chapitre est clos. Cette lettre est terriblement mal écrite, mais il fallait que je te dise tout cela, même dans un style chaotique. Écris-moi vite pour me dire que tu n'es pas triste. Je t'écrirai beaucoup pour essayer de te consoler.

J'ai fini mes voyages pour la semaine. Je ne suis même pas restée toute la journée à D.[1] : je suis rentrée à 14 heures, et ce soir je suis allée faire de la musique. C'était piteux, car je n'ai pas touché mon violon depuis quinze jours.

Demain j'ai 22 ans. Quelle catastrophe ! Oui, je me rappelle le 27 mars 1941. Il me semble que c'était hier. Il n'y a plus eu de vrai plaisir depuis ce jour – c'était la dernière réunion heureuse ici. Mais l'année prochaine nous serons à nouveau ensemble. Rose[2] va venir nous voir avant ta fête ; elle me l'a fait dire, et je l'attends avec impatience.

J'ai reçu de très bonnes photos de Jean M***[3] (très la Bruyère, n'est-ce pas ?) à ski, et je voudrais bien te les montrer, pour avoir ton avis (qui importe beaucoup).

Il faut que je prenne encore un bain et que je me lave la tête avant de me coucher ; et il est 10 heures. Je te récrirai bientôt. En attendant, je t'embrasse de tout mon cœur qui est très grand lorsque je pense à toi.

BAGDELON.

Ci-joint un forget-me-not[4] qui a poussé sur mon balcon.

P.-S. : *Samedi soir* : ma fête n'a pas été comme l'année dernière. Tous ceux que j'aime n'étaient pas là. Jean avait conspiré une lettre avec Denise pour me remettre un cadeau (j'ai dû faire une chasse au trésor dans ma chambre). Jean Vigué[5] est venu exprès, pour jouer des sonates de Beethoven et du Chopin. Mais vous me manquiez.

1. Dans les bureaux de l'UGIF à Drancy.
2. Hélène espère un débarquement allié avant la fin août 1943.
3. Jean Morawiecki.
4. Myosotis.
5. Pianiste et ami d'Hélène.

ODILE À HÉLÈNE

*2 avril 1943*

Depuis « La Mouchonne », Saint-Rambert-l'Île-Barbe, Rhône
À destination de 5, avenue Élisée-Reclus, Paris VII^e^

Ma mieux-aimée chérie,

Je viens de recevoir ta lettre, et à mon tour me voilà désespérée à l'idée que je t'ai fait de la peine. Je ne sais pas comment me racheter. Comment peux-tu croire que je t'en ai voulu ! C'est un sentiment qui ne peut exister entre nous. Il ne faut plus faire attention à ce que j'écris. Mes paroles ne veulent plus rien dire. Elles sont trop le reflet de mon humeur, elle-même conditionnée par les menus incidents de ce monde d'où je voudrais m'évader pour te rejoindre. Il me semble parfois que mon silence est le seul mode d'expression vraiment sincère qui me reste. Me comprends-tu ? Tout ce que j'essaye de formuler est déformé dans la plupart des cas. La vérité, c'est que je me suis mise à ta place et que je me suis jugée, mais avec mon esprit à moi, sans indulgence, avec la mentalité mesquine qui est un attribut de cette zone et qu'on revêt inévitablement comme un élément du trousseau qui vous est dévolu après un stage d'une certaine durée. Cette transposition ne pouvait pas donner un résultat logique. Cela ne pouvait donner lieu qu'à une sorte de monstre de raisonnement. Comme si on avait la prétention de reconstituer un corps humain avec une tête de géant et un tronc de lilliputien. Cela me rappelle nos bonshommes. Je sais bien que ce n'était pas ta pensée, que cela ne pouvait pas l'être. Pardonne-moi.

C'est justement parce que je *suis* si près de toi et que je m'en *trouve* si loin qu'il m'arrive souvent d'être injuste. Parce que je peux partager ta vie par la pensée, et non pas la vivre avec toi. Mais je radote. Je répète cent fois les mêmes choses. Sans doute parce que j'y pense tout le temps. Malgré tout, vois-tu, on aura beau faire, il n'en reste pas moins que j'évolue dans un autre monde et que je ne connaîtrai pas la *même* expérience que toi. Ce n'est évidemment pas très grave, puisque cela ne peut pas nous séparer et que cela n'affecte que la partie la plus importante de moi-même. Admettons que nous jouons sur la même partition, sur deux pages différentes de la même partition à 4 mains, et que si nous ne faisons pas toujours les mêmes notes, nous nous retrouvons dans les mêmes « soupirs ». Une fois de plus, le silence nous réunit... [...]

Ma mieux-aimée chérie, je t'embrasse de toute ma tendresse.

TON OLSN.

HÉLÈNE À ODILE

*5 avril 1943*

Depuis 5, avenue Élisée-Reclus, Paris VIIe
À destination de « La Mouchonne », Saint-Rambert-l'Île-Barbe, Rhône

Ma mieux-aimée chérie,

J'attendais ta lettre avec une telle impatience que je l'ai à moitié arrachée des mains de la concierge. Je l'ai lue en marchant jusqu'à l'Alma, ce qui fait que j'ai à moitié tamponné deux ou trois vieux messieurs très surpris, et que j'ai criminellement omis de me servir de mon mouchoir et reniflé tout le long du chemin. J'étais bien contente de cette lettre. Je voulais te répondre tout de suite : je débordais de choses à te dire. Tout allait ensemble : ma joie, le matin si pur et radieux, et la Seine si calme sous le pont. Mais il y avait le travail qui m'attendait, et je t'ai glissée dans les pages de mon livre-de-métro (*Splendeur de Dieu*, un récit de mission en Birmanie) en attendant ce soir.

Je viens de rentrer de la Sorbonne, où j'ai vu à la bibliothèque, entre autres gens *in*intéressants, Nicole et Jean-Paul Lefebvre et Claude Digeon – je crois que j'y perds mon peu de temps libre, mais c'est tout de même un contact avec la Sorbonne – autrement je n'y mettrais pas les pieds. Nous avons eu une re-alerte (la première ayant eu lieu hier après-midi), et cela m'a rappelé le jour de l'année dernière, où je suis venue chez toi après un pareil événement – il faisait le même temps. Il fait trop beau ; je dis « trop », parce que cette beauté radieuse vous fait mal. Ce n'est pas la faute de la Nature, mais celle des hommes, et je n'irai pas invectiver « l'impassible théâtre ». Mais la peine est toujours là, prête à jaillir à la moindre invitation.

Tu m'avais dit un jour que le printemps était triste quand on était séparé ; cela m'avait beaucoup frappée ; et cette année je m'aperçois de la vérité de tes paroles. Il y a quelque chose qui m'empêche de jouir de tout. Cela c'est le petit drame intérieur. Parallèlement se déroule le grand drame extérieur qui produit le même effet. Je suis reconnaissante que tous deux s'accordent, car si j'étais heureuse personnellement, je crois que les scrupules ne me laisseraient pas en paix. Tu ne peux pas savoir aussi comme je pense à toi, lorsque je me souviens de ta remarque – je comprends un peu mieux ce que doit être ton vide, et j'admire ton courage. *But enough words.* Tu es priée de lire ma pensée entre les lignes.

J'ai un peu perdu la main, n'est-ce pas ? L'autre jour j'en ai gravé un machinalement sur la table de D[1]. où je travaille. C'est désormais mon *trade-mark*.

Maintenant je vais répondre à ta lettre aussi complètement que possible.

*Mardi soir*

Un jour vient de passer, car j'étais trop fatiguée hier soir pour écrire. Ce soir je suis rentrée tout à fait « flop » d'une séance de musique avec M. Lyon-Caen[2] qui a la vie si triste (tu sais que la jeune femme, la femme de l'aîné des fils, a fini par mourir en laissant trois enfants) qu'il

1. Camp d'internement de Drancy.

2. Léon Lyon-Caen, père de Gérard Lyon-Caen (1919-2004) et de François Lyon-Caen (1905-1944), avocat au Conseil d'État et à la Cour de cassation, mort en déportation.

nous a demandé de venir jouer avec lui. Ils sont très gentils (et heureusement je n'éprouve aucune gêne à être chez eux), mais il m'a fait jouer à la file trois duos de Viotti et trois sonates de Bach. Maintenant cela va un peu mieux, et je vais tâcher de répondre à ta lettre. Tu excuseras mes stupidités, et tu les mettras sur le compte de mon abrutissement.

1° aux choses précises

Pour le Morgan, cela ne m'étonne guère – Sparkenbroke[1] avait émis un avis peu favorable. Je ne peux te donner le mien, car le livre est introuvable ici. Je me demande si j'aimerais toujours autant *Fontaine*[2] qu'avant : je viens de le prêter à Mme Schwartz, et elle n'est pas emballée. Tous les gens à qui j'en parle sont des ennemis de Morgan, et même Sparkenbroke la dernière fois que je l'ai vu (il y a trois mois) m'a dit qu'il en était revenu – que se passe-t-il ? Je n'ai pas encore eu le temps de le relire. Peut-être est-ce qu'il me paraîtra trop loin de la réalité, peut-être aurais-je du mal à retrouver mon enthousiasme d'antan. Je ne sais pas ; c'est une épreuve que je voudrais passer. Pour le moment je suis noyée sous les livres et je n'ai pas une minute pour lire : je suis à la moitié de *Splendeur de Dieu* qui est très intéressant, mal écrit, mais sincère et vrai. Mme Schwartz m'a donné *La Vie des martyrs* de Duhamel (je viens de finir *La Possession du monde*) et une camarade m'a apporté hier *La Citadelle* et le livre de San Michele. Le dernier roman que j'ai lu était *Flowering Wilderness* de Galsworthy, que j'ai beaucoup aimé.

J'espère que cette lettre te parviendra avant ton départ pour Cannes. J'aimerais me mettre dans ta poche, car je donnerais beaucoup pour changer d'air. Cela va bientôt faire deux ans que je n'ai pas quitté Paris. Sais-tu que le Vivier est menacé de réoccupation – juste au moment où il ferait si bon y être ; j'y suis allée jeudi dernier, avec Simon, notre petit ami. Nous avons cueilli des violettes à foison : tous les arbres fruitiers sont en fleurs, et les coucous commencent à

1. *Sparkenbroke* est un roman de Charles Morgan (1894-1958) publié en 1936. C'est le surnom donné par Hélène à André Bay. De son vrai nom André Dupont (1916-2013), il entre en 1940 aux éditions Stock où il crée l'année suivante la collection de littérature étrangère « Nouveau Cabinet cosmopolite ».

2. Charles Morgan, *Fontaine*, Paris, Stock, 1941.

dresser leurs clochettes sur la pelouse. La journée a été assez pénible, parce que cela me rappelle trop de souvenirs de l'année dernière[1]. Mais, comme tu le dis, il y a des tristesses que l'on aime malgré tout – et je serai bien privée si je ne peux pas y retourner. Je suis revenue avec les joues brûlantes comme toujours, et une bonne dose de fatigue saine qui me tirait au lit.

Que fait Marie H. chez Rose[2] ? Et Michel W.[3] l'a-t-il suivie ? Cela m'a donné envie de rire malgré tout, de penser que la petite histoire[4] continuait au cœur de la grande action. Je n'ai pas eu de nouvelles de Bertrand depuis son opération. J'ai su qu'elle s'était bien passée ; j'espère qu'il se remettra vite. J'étais au courant des fiançailles de Thierry ; cela me fait de la peine qu'il soit tel que tu le décris – je crois que sa pauvre mère est pour quelque chose dans son état d'esprit. Elle est terriblement nerveuse, et quelquefois tout à fait égarée ; il y a des jours où elle fait peur à tout le monde.

Il ne s'agissait pas de France-Éliane Labaume, mais Labeaume, et je pense que tu la connais – avec elle se trouvait entre autres la tante de François J.[5].

Pour Jeanine[6], tout ce que je peux te dire c'est qu'Olivier a dû rester à Paris il y a plus d'un mois pour préparer le concours de Rome. Mais il ne nous a pas donné signe de vie. J'ai dit à sa cousine Denise Morizet (que je vois à la Sorbonne) hier qu'il était fort impoli ; elle m'a répondu qu'il était pire avec elle. Je ne veux pas donner de conseil, mais j'ai l'impression qu'il rendra sa femme excessivement malheureuse, car il est à la fois tout à fait insaisissable et terriblement indécis. Je te le répète, je ne le connais que très peu – mais je ne crois pas que mon impression soit fausse. C'est un charmant garçon, mais il est insaisissable comme tous les Debré, et je ne le vois pas s'attacher

1. Quand Hélène y allait avec Jean Morawiecki.
2. En Afrique du Nord. Rose désigne ici les Américains.
3. Marie Harbley et Michel Weill, fils d'Edmée Weill, une belle-sœur de la grand-mère maternelle d'Odile.
4. Marie Harbley a failli épouser Michel Weill.
5. François Jacob.
6. Jeanine Vinès, amie d'Odile, amoureuse d'Olivier Debré.

à quelqu'un – en tout cas comme j'aimerais que l'on s'attache à moi par exemple. Il déçoit tout ses amis – Jacques en particulier –, ce qui n'empêche pas qu'il soit charmant.

J'espère qu'Éliane[1] ne vous donne pas trop d'ennuis – je sais qu'elle est très difficile en ce moment, et je pense que tu t'arranges pour qu'elle ne te tourmente pas trop. Je me fais souvent du souci à cause d'elle et de vous.

*Mercredi*

Encore une interruption d'un jour. Et je pensais pouvoir t'écrire tranquillement, mais Mme Jourdan[2] vient de « me » téléphoner de passer chez elle (les guillemets expliquent la position du téléphone – c'est celui des parents de Jacqueline)[3].

Il fait horriblement froid à nouveau, et triste. Après ces magnifiques journées, c'est décevant.

Je termine cette lettre jeudi matin avant de m'en aller – je me suis levée plus tôt (7 h 30) parce que les parents allaient au Vivier, et que Denise partait pour son travail à Neuilly[4]. Il fait de plus en plus froid (1 °C ce matin). Hier des bourrasques glacées nous transperçaient.

Je suis allée hier après-midi écouter des disques chez une camarade qui est très gentille avec moi ; elle m'a mis le 7e quatuor et la sonate de Franck. Est-ce que tu continues à faire du piano ? Je n'ai plus le temps de travailler mon violon comme j'aurais voulu commencer à le faire (!) cette année. Mais je n'abandonne pas la musique d'ensemble.

J'ai reçu une lettre de Jean qui paraît assez démoralisé par le nouveau régime du camp[5] ; je crois qu'on les fatigue beaucoup, et leur nouveau chef est une brute – vraiment à quoi cela sert-il ?

1. Éliane est le nom de code utilisé par Hélène et Odile pour désigner les juifs. Hélène fait probablement allusion au tampon « Juif » apposé sur la carte d'identité d'Odile.

2. Hélène Jourdan-Morhange, professeur de violon d'Hélène et amie intime de Maurice Ravel.

3. Les téléphones ont été confisqués aux juifs.

4. Foyer de l'UGIF, rue Eugène-Nortier à Neuilly-sur-Seine.

5. L'ordre a été donné d'assécher un marais avec des pelles ou des pioches à une demi-heure de marche du camp, et ce, six jours par semaine.

Te rappelles-tu quand je l'appelais « le garçon aux disques » ?

C'est lui qui m'a fait entendre des quatuors de Beethoven pour la première fois. Il est très musicien. Peut-être te rappelles-tu aussi que ma première discussion avec lui a porté sur la musique (ne te l'avais-je pas raconté un jour ici ?). Il joue un peu de piano, mais n'a jamais travaillé. J'aimerais bien qu'il continue.

Tu me dis que cela te ferait plaisir que je te parle de lui. Mais je ne sais par quel bout commencer – j'ai à la fois l'impression que tu le connais et que tu ignores tout de lui. Tu sais, je ne le connais pas beaucoup non plus. Ne trouves-tu pas cela drôle ? Au fond, il y avait toutes les raisons pour que nous ne nous rencontrions jamais. Toutes, sauf celle qui a fait que nous nous sommes rencontrés. Je crois au mystère. Malgré nos origines si différentes, il me semble que nous avons été élevés exactement de la même façon. Il a lu exactement les mêmes livres d'enfance que moi, et nous avons exactement les mêmes goûts. Je voudrais que tu le connaisses ; d'abord tu ne t'ennuierais pas, parce qu'il est aussi blagueur que Daniel (ensemble, je me demande ce qu'ils donneraient).

Son père a été consul général à Turin, à Barcelone et pour finir à La Havane ; ils ont beaucoup voyagé. Le père est d'origine polonaise, de très grande famille. La mère (que j'ai vue deux fois) est très belle mais très intimidante.

Je me demande parfois ce que tu penses de la question de différence de religion ? Je ne pense pas que tu approuves ; mais moi non plus je n'approuve pas ; parfois cela me tourmente beaucoup. Mais tu connais mes idées : je crois qu'on peut être au-dessus des différences de dogme, et je n'arrive pas à comprendre le compartimentage humain. Pour rien au monde je ne changerai mes idées là-dessus, et les autres diront ce qu'ils voudront. Les autres… ils ne comprendront pas – il y en a beaucoup qui croiront que c'est une lâcheté, et c'est pour cela que je veux que personne ne sache rien avant la fin de toutes ces histoires. Tu vois bien toi ce que je pense. Ce n'est probablement pas de ma faute s'il a fallu que le seul garçon fait pour moi n'appartînt pas à ma religion. Mais j'accepte la souffrance probable qui m'attend à ce sujet, parce que je n'arrive pas à comprendre pourquoi de pareilles différences doivent diviser les hommes, quand il n'y a qu'un Dieu.

Parfois je souhaite vivre à l'époque où le Christ est venu sur la terre : il n'y avait pas alors d'autre différence que celle qui existe entre les bons et les mauvais.

Et sur cette grave discussion, je termine ma lettre. Je veux que tu me répondes en toute franchise. Je sais que tu n'as pas tout à fait les mêmes idées que moi, mais tu peux tout me dire. Je comprendrai. J'attends ta lettre avec impatience. J'espère que tu auras beau temps pour ton voyage. Je t'embrasse.

LORENZO.

ODILE À HÉLÈNE

*11 avril 1943*

Depuis « La Mouchonne », Saint-Rambert-l'Île-Barbe, Rhône
À destination de 5, avenue Élisée-Reclus, Paris VIIe

Chère petite mieux-aimée, [...]

Je m'aperçois que j'essaie de trouver le plus possible de nouvelles insignifiantes pour reculer le moment où j'aborderai la question qui me tient à cœur autant qu'à toi et qui me tracasse depuis longtemps. Mais tant pis : un, deux, trois, à l'eau. Tu me demandes de te répondre en toute franchise sur la question concernant la différence de religion. C'est une question vraiment très délicate et surtout très personnelle. Ce qui est vrai pour moi ne l'est pas forcément pour toi. Tu sais que je suis contre. Non pas contre le principe. Comme toi j'estime que tous les hommes sont égaux devant Dieu et que le système de « compartimentage humain » comme tu l'appelles est essentiellement condamnable. Mais c'est un fait. Tu ne peux pas l'empêcher d'exister. Il trouve son expression dans les religions, aussi bien dans les nations, ou même sans aller plus loin dans les classes de la société. Ce n'est plus un principe, mais déjà l'ensemble des conséquences naturelles de toutes sortes de principes. Des principes qu'on vous a inculqués dès l'enfance, et qui subsistent en vous-même lorsqu'on en a plus conscience. Ce ne sont pas forcément des principes religieux. Cela revient toujours à la question de l'éducation. C'est un obstacle surmontable, surtout pour soi. Mais il y a deux sujets particulièrement douloureux : le premier c'est le problème des enfants. Je ne sais pas comment tu envisages l'éducation des tiens. Mais pour moi, je ne peux pas m'imaginer les élevant autrement que je ne l'ai été. Il me semble que ce seraient les enfants d'une autre. Ils seraient de ma chair mais ils ne seraient pas de mon cœur. Peut-être parce que mon enfance a été plus impressionnée que la tienne par les traditions et les croyances qui l'ont bercée. Tu sais la place qu'elles tenaient dans ma famille. Il n'en reste pas moins qu'elles ont contribué pour la plus grande part à faire de moi ce que je suis. Comment ne pas les transmettre à mes enfants ? Et, ce qui est plus dur encore, comment en transmettre d'autres ? Cela ne me paraît possible qu'à la condition d'être soi-même acquis à cette autre religion. Mais ce n'est pas le cas, n'est-ce pas ? Tu n'as pas l'intention d'abandonner ta propre religion ? Et ce que je redouterais aussi c'est de faire de mes enfants des êtres incapables de comprendre la nature même de ce qui aura été notre souffrance. Quand je dis comprendre, je ne veux pas dire éprouver. Mais je me rends compte du fossé qui me sépare des gens les plus compréhensifs, les plus intuitifs. Et c'est le second point douloureux où je voulais en venir. Cela peut suffire pour ce que l'on demande aux amis, aux relations. Mais il me semble qu'entre mari et femme, il doit y avoir une identification totale, une véritable superposition de sentiments, une concordance ininterrompue qui ne peut exister que si l'on a traversé les mêmes épreuves (en quoi je me trompe peut-être, mais je te répète que je développe *mon* point de vue, et que je ne prétends l'imposer à personne). Pour être à l'unisson, il faut qu'à chaque note corresponde une harmonique chez son propre compagnon, qu'il y ait résonance jusque dans le silence. Je nous imagine Jacquot et moi réagissant toujours simultanément et identiquement, comme deux feuilles d'une même branche, courbées dans le même sens, sous le même souffle. Peut-être qu'une majorité d'harmoniques suffit et qu'il n'est pas besoin de toute la gamme. Cela dépend de l'importance qu'on attache à certains sujets. Cela dépend aussi de l'époque. Ce second argument me paraît surtout valable en temps de crise. Mais il se trouve justement que c'est une crise que nous traversons en ce moment. Évidemment elle prendra fin un jour. Mais elle nous aura terriblement marquées. Pour moi cette question a pris justement une importance imprévue ces derniers temps. Car au milieu de toutes nos désillusions ou sabotage de tout ce qui avait ma confiance et mon admiration, ma religion (ou quel que soit le nom qu'on veuille lui donner) reste à peu près le seul idéal qui n'a pas été flétri. Un idéal qui a même drainé en quelque sorte tout ce qui restait de sentiments nobles et humains, qui a mobilisé les anges contre les démons. Quelle dose de souffrance, mais aussi quelle dose de patience et d'acceptation dans l'ensemble, quelle dignité ! Nous sommes un autre genre de soldats, et pas les plus favorisés. Il me semble que parfois la cause pour laquelle on se bat se confond avec la manière de se battre. Pour l'honneur, ou dans l'honneur. Cela revient au même. Tous ceux qui se battent pour cette même cause, quelle que soit leur source d'inspiration, aux côtés de Rose[1], ou aux côtés d'Éliane[2], sont des soldats de la même espèce. Ou plutôt ils servent un idéal de la même espèce, car en tant qu'individus, ils ne se comprennent pas toujours les uns les autres. Mais j'ai débordé de mon sujet. Et je me suis bien mal exprimée. Il y a tellement de choses à dire et c'est tellement complexe. Quand je suis lancée sur ce terrain je ne peux plus m'arrêter. Je ne voudrais pas t'avoir fait de peine. Tu sais, j'ai simplement exprimé ma pensée d'un point de vue purement subjectif, mais sincèrement comme tu me le demandais. Cela ne veut rien dire. Moi-même, dès que j'envisage ton cas, je tends à chercher des compromis avec mes propres idées. Tu m'as l'air si heureuse et si sûre de tes sentiments qu'il me semble que pour toi

1. L'Angleterre.
2. Les juifs.

toutes les difficultés s'évanouiront en fumée. Cependant, je crois, je crois malgré tout qu'il te faudra traverser une période de souffrance et de lutte et qu'il n'est pas exclu que tu en sentes par intervalles, plus tard, les répercussions. Tout dépend de l'attitude de Jean. Je voudrais encore te parler de lui, que je ne connais pas mais en qui j'ai pourtant une si grande confiance. Parce que j'ai confiance en toi. Mais il est trop tard pour ce soir. Dans cinq minutes, je vais monter avec le broc d'eau chaude tirée chez les jardiniers, avec un petit frisson de froid, de sommeil et de peur dans l'escalier de pierre inhospitalier. Et je me dépêcherai de me fourrer sous mon édredon. Mieux-aimée chérie, j'espère par-dessus tout que je ne t'ai pas blessée et que tu comprendras mes sentiments, même si ce ne sont pas les tiens. Je t'embrasse.

TON ODILON.

HÉLÈNE À ODILE

*19 avril 1943*

Depuis 5, avenue Élisée-Reclus, Paris VII^e^
À destination de « La Mouchonne », Saint-Rambert-l'Île-Barbe, Rhône

Ma mieux-aimée la plus chérie,

Voici trois jours que j'ai reçu ta lettre, et que je veux y répondre. Ne crains pas de m'avoir blessée : tu ne pourras *jamais* le faire. Seulement tu m'as fait réfléchir à beaucoup de choses, et soulever des questions graves. Par-dessus tout je te remercie de m'avoir dit tout ce que tu pensais ; tu ne peux pas t'imaginer à quel point cela m'a fait plaisir. Je ne te promets pas de te répondre tout de suite *à tout* parce que je ne veux pas le faire avant d'avoir trouvé des solutions. Mais il y a tout de même des petites choses auxquelles je peux répondre maintenant. Je tâcherai de le faire tout à l'heure.

Auparavant, je veux te dire combien je pense à toi en cette veille de Pâques[1]. Je suis allée ce soir au Temple et c'est bien triste de voir comme il reste peu de monde. J'ai beaucoup pensé à toi, qui serais si heureuse d'être en famille ce soir, et je me suis rendu compte du chagrin que tu devais éprouver à être séparée de la plupart des membres de cette belle unité que vous formiez. Je suis rentrée ici pour t'écrire tout de suite ce qui était dans mon cœur et que je ne parviens pas bien à exprimer. Je voulais te dire aussi combien la présence de ton grand-oncle[2] est réconfortante – pour moi, il a toujours été et restera toujours quelqu'un d'extraordinaire – quelquefois je me dis que si j'avais un jour besoin d'un appui, j'irais le trouver, il me semble une source de paix. J'ai vu aussi ta grand-mère[3], et cela m'a fait aussi plaisir. Il n'y avait personne de ma famille, et c'est un peu mélancolique. Je pense souvent à bon-papa Rodrigues[4] que je n'ai jamais connu, et qui aurait célébré ce soir le Seider[5] avec le sourire que tous lui connaissaient. Maintenant personne n'est capable de célébrer les fêtes, et j'aurais tant aimé y assister, car elles sont si simples et si belles. Je te souhaite d'être assise à la grande table l'année prochaine, avec tous tes oncles et tantes. Je suis sûre que cela reviendra.

Il pleut par intermittence ; et c'est une bénédiction pour la terre, après cette semaine radieuse, mais trop chaude ; j'ai repris ma bicyclette[6] (advienne que pourra) et je pars le matin par le Quai d'Orsay – je ne pouvais pas m'imaginer la joie que cela me procurerait. Ce matin, après l'orage, la terre sentait si bon, les arbres embaumaient tellement que j'étais envahie d'une espèce de joie triste que j'aime beaucoup. En ce moment, je ne suis plus très occupée et comme j'ai abandonné tout travail intellectuel depuis trois mois, je suis *« rather at a loss »* – je m'aperçois que le vide s'est fait peu à peu autour de moi, et que je suis un peu isolée. Samedi je voulais trouver quelqu'un pour

---

1. Pessah, la Pâque juive, qui célèbre l'Exode des juifs hors d'Égypte.
2. Il s'agit de Julien Weill, grand rabbin de la synagogue de la rue de la Victoire.
3. Rachel Baur, sœur de Julien Weill.
4. Grand-père maternel d'Hélène.
5. Dîner traditionnel le premier soir de la Pâque juive.
6. Les bicyclettes appartenant à des juifs sont confisquées.

aller avec moi à Aubergenville, et je n'ai pas trouvé : Nicole ne pouvait pas, et Denise non plus. Alors je suis partie toute seule. J'ai passé une journée merveilleuse ; et je n'étais pas seule, parce qu'à Aubergenville je ne suis jamais seule. J'ai l'impression que tout le jardin m'accueille, et je me sens « toute petite dans mes souliers ». Comment t'expliquer ? Il me semble que l'âge ne compte pas – l'âge humain – et que l'on est infiniment plus jeune que les arbres. Les fleurs, l'herbe font bande à part avec les arbres, et sont aussi empreints de cette espèce de majesté. J'ai envie d'ouvrir tout grands mes bras, et de les remercier de m'accueillir. Tout ce qui est l'œuvre de l'homme paraît si peu de chose à côté. La pelouse n'était qu'un tapis de boutons d'or et de pâquerettes, dans le champ là-haut, l'herbe poussait drue et verte, et le long des cordeaux, les pommiers en fleurs célébraient la fête du renouveau. J'ai visité tous les coins du jardin, religieusement, et je les ai retrouvés avec amour : le bois, avec ses feuilles blondes de soleil, le petit champ de la tonnelle, qui est si paisible – surtout au soleil couchant –, la source, le canal. Je pourrais te parler de cela toute la soirée ; c'est pourquoi je vais m'arrêter. J'ai joui d'Aubergenville, indépendamment de tous les souvenirs qui s'y attachent, et cette joie était plus sûre et plus parfaite parce qu'elle n'était pas teintée de nostalgie.

*Mardi matin*

Ce matin j'ai vacances et j'en profite pour t'écrire. Il va faire beau et je viens d'écrire quatre vers de l'*Endymion* de Keats au-dessous d'une magnifique photo de Delphes – de l'oliveraie qui va jusqu'à la mer. Je cherchais ces vers depuis ce matin, et j'ai fini par les retrouver.

> « Une vallée solitaire
> Où il n'y eut jamais la voix d'un être humain
> Sauf, peut-être, quelques cadences légères comme la neige
> Qui se fondaient en silence, lorsque sur la brise
> Était porté le chant harmonieux d'une barque sacrée
> Faisant voile vers Delphes. »

Je me sens terriblement en vacances, et cela me gêne, parce que c'est un changement auquel je ne suis plus habituée. J'ai toujours besoin d'une adaptation pour jouir des choses.

Je pense que tu as dû voir les Léauté – Gilberte t'aura raconté que je l'ai rencontrée quelques heures avant son départ. J'étais au Quartier latin, et j'avais un peu le cafard, pour de multiples raisons. Au début de notre rencontre, j'ai eu une impression de malaise, parce que je sentais qu'elle était à mille lieux de moi. Mais je savais qu'il n'y aurait rien à faire pour qu'elle franchisse le fossé. Ce n'est pas par méchanceté, ou volontairement – c'est une incapacité de sa cervelle d'oiseau –, car elle a été très gentille (bien plus que Lisette qui m'a à peine dit bonjour, et dont le regard s'est immédiatement porté sur mon « badge[1] » – je le connais ce regard –, elle est étrange Lisette, depuis déjà deux ans). Je reviens à Gilberte. Elle m'a ramenée chez elle, en faisant des courses de dernière minute. Se rendait-elle compte de mon état d'esprit ? Au bout de peu de temps, j'ai franchi moi-même le fossé, et je me suis mise avec elle. J'ai oublié, et j'ai découvert avec étonnement que ce n'était pas difficile de reprendre goût à une chose si lointaine qu'une préparation de départ pour les sports d'hiver. Je l'ai aidée à finir sa valise, et je n'éprouvais aucune amertume, aucune rancune – mais seulement une bonne et saine envie de partir avec elle, ou plutôt j'ai entrevu mon prochain voyage aux sports d'hiver comme une chose dont je pourrais très bien me réjouir.

Naturellement, je ne peux pas oublier l'enseignement de cette année, et les découvertes que j'y ai faites – en particulier sur la valeur profonde et réelle des gens. Mais d'autre part, je ne peux pas me donner la mentalité d'une persécutée. Nous ne sommes différents des autres que parce que nous avons subi une épreuve qui nous a probablement aidés dans la voie de la purification morale – ce qui est d'un prix inestimable mais nous ne sommes pas des réprouvés – c'est même exactement le contraire. Les autres veulent nous donner cette mentalité-là ; mais il faut résister de toutes ses forces, et garder

1. Depuis l'ordonnance du 29 mai 1942, l'étoile jaune est obligatoire pour les juifs à partir de 6 ans.

devant soi l'idéal de normalité humaine. C'est difficile et je ne sais pas si je parlerais aussi catégoriquement si j'avais souffert autant que les autres. Mais l'idée d'égalité humaine est si fortement ancrée en moi que je ne peux pas envisager la question autrement.

Ceci m'amène à répondre à certaines de tes objections. Je sais très bien qu'à priori ma position dans la vie est la suivante : je veux toujours amener ce qui est à ce qui devrait être – je confonds idéal avec réalité –, je pense que cela est un tort. Et pourtant je ne peux pas encore me résoudre à accepter les faits. Si tout le monde ne leur cédait pas, le progrès serait possible. Je suppose que j'ai hérité de Maman en cela – Maman qui voulait être Jeanne d'Arc quand elle était petite. Miss Child m'a inculqué le proverbe en anglais : « *Where there is a will, there is a way.* » L'essentiel est d'avoir de la volonté – volonté d'exercer son intelligence, volonté de trouver une solution, volonté de l'appliquer.

Et voilà ce que je voulais te dire pour commencer pour te prévenir. Je me suis aperçue de la vérité de tes paroles lorsque tu dis que la différence de religions est un fait, comme celui des nations et celui des classes sociales. Mais ma première réaction a été : est-ce que ce fait *devrait* exister ? Est-ce qu'il faut se plier au fait, ou essayer de prouver sa stupidité, puisqu'au fond tu reconnais sa stupidité.

Et d'autre part, je ne considère pas que la différence de religions soit comparable à une différence de nationalité. Elle est tout de même beaucoup moins importante – parce qu'elle concerne un nombre beaucoup moins considérable d'habitudes de mœurs, et de détails *matériels*, si tu veux. Considère la part que joue tout ce qui est français dans ton éducation, et tu ne peux pas nier qu'elle est plus grande que l'autre. Je ne te dirai pas qu'il n'y a plus de différence entre mes relations avec un homme de ma religion et d'un pays étranger et celles qui existent entre un homme de mon pays et d'une religion différente et moi-même – parce que cela va à l'encontre de mes idées d'égalité humaine – en tout cas profondément. Mais si on reste à la surface des choses, si l'on ne dépasse pas la croûte que constituent les traditions et les particularités propres à chaque être humain, je dois reconnaître que je me sens plus à l'aise avec un Français d'une autre religion qu'avec un étranger de la mienne.

Pour la question de l'identification qui doit exister entre mari et femme, tu as parfaitement raison. Et ta lettre n'a fait que préciser mon plus grand souci – mon souci général, et qui ne concerne pas seulement cette question-là. Mais il est hors de doute qu'une différence de religion est un obstacle de plus à surmonter pour parvenir à cette identification. Pourtant ne crois-tu pas qu'avec un peu de largeur d'esprit des deux côtés, on ne peut pas y parvenir ? Je n'ai jamais parlé de cela avec Jean, mais je ne crois pas que chez lui, on soit très « pur » – ce qui facilite beaucoup les choses. Mon Dieu, que tout cela est bête, quand il n'y a qu'un seul Dieu pour tous !

Je suis d'accord aussi pour l'idée d'épreuve commune. Il faut partager non seulement les joies, mais surtout les malheurs pour arriver à cette union complète. Mais tu parles de vous deux : est-ce que vous aurez supporté exactement les mêmes épreuves ? Ces choses-là n'arrivent que rarement. D'ailleurs sur un plan plus général, je peux t'affirmer que je connais ici des gens d'une autre religion qui ont plus partagé notre épreuve que beaucoup de nos coreligionnaires – il s'agit de *partager* et non de subir – je le sais bien. Mais je le répète encore, même Jacquot et toi aurez-vous *subi* la *même* épreuve ?

Ici, il y a tellement de gens dans notre cas qui n'envisagent pas cette épreuve de la même façon que nous. Souvent cette fraternité dans la souffrance n'est qu'une illusion : il y a une grande quantité d'incroyants complets (et je ne sais pas comment ils arrivent à résoudre le problème). Il y en a d'autres qui ont cette terrible mentalité d'éternels persécutés (ils sont excusables mais c'est triste). Il y en a aussi qui ne réfléchissent même pas. Dans les camps, je crois que c'est différent, et que là il existe vraiment une fraternité et une élévation d'esprit très belles. Et encore, elle n'existe qu'entre certains.

Enfin là où je ne peux pas te répondre, c'est pour la question des enfants : tu as dit ce que je pense tout le temps et ta lettre précise encore ce point douloureux : je ne veux pas que mes enfants soient catholiques – parce qu'il y a trop de choses inacceptables dans cette religion – je veux qu'ils soient élevés comme je l'ai été – je ne veux pas qu'ils soient pour moi des étrangers – je veux les élever dans *ma* religion qui n'est peut-être pas la religion juive comme les autres la pratiquent – car je considère que c'est un aveuglement de nier le Christ – la religion qui régnait lorsque le Christ est venu, cette religion qui était celle de tous, et que le Christ est venu pour réformer et rendre universelle – voilà ce que je voudrais connaître.

Je ne comprends pas l'utilité de la conversion ? Se convertir c'est se convertir à d'autres dogmes, à d'autres traditions. Mais… c'est tout. Et est-ce que cela en vaut la peine ?

D'ailleurs la religion juive de ce point de vue est la plus belle, parce qu'elle est la plus pure, et celle qui est la plus proche de Dieu. Et n'est-elle pas la mère de toutes les autres ?

Tu n'as pas besoin d'avoir de craintes pour moi. Mais comment sortirais-je de ce dilemme ? Car je veux en sortir : « *Where there is a will, there is a way*[1]. »

Et sur cette phrase, j'arrête ma discussion. Tu m'as donné *ta* pensée. Je te donne la mienne. Tu n'es pas forcée de l'accepter non plus. Je me répète : je n'ai pas encore beaucoup réfléchi sur cette question, et je ne peux te donner que ma pensée du moment. Elle n'a de mérite que sa sincérité.

Si j'ai vraiment bien choisi, si j'ai trouvé en Jean tout ce qu'il me fallait – tu me dis que j'ai l'air si sûre de moi –, mais tu n'es pas là pour voir les bonnes crises de doute que j'ai parfois – je ne voudrais pas que cette question se révèle une source de souffrance.

*And so, cheerio !* Ceci me rappelle Landré, l'amphithéâtre… et Wladimir qui n'a pas henni depuis longtemps. Mon silence a dû le convaincre finalement. Amen. Pauvre Wladimir ! Pourtant je ne l'ai pas encouragé.

Nous n'avons pas de nouvelles de Jean Schneider[2] qui est à Tunis. C'est bien angoissant.

J'espère que ce volume ne t'aura pas trop ennuyée, et que tu m'écriras bientôt en retour.

TON VIEUX LORENZO
QUI T'AIME.

1. « Quand on veut, on peut. »
2. Cousin germain d'Hélène.

ODILE À HÉLÈNE

*26 avril 1943*

Depuis « La Mouchonne », Saint-Rambert-l'Île-Barbe, Rhône
À destination de 5, avenue Élisée-Reclus, Paris VII^e^

Ma mieux-aimée bien aimée,

Tu ne peux pas savoir le plaisir que j'ai eu à lire ta lettre. Je ne peux pas t'expliquer quelle a été ma sensation. Il me semble maintenant que rien ne peut nous séparer puisqu'au cœur d'une discussion nous arrivons à être à l'unisson. Je veux dire que la matière à discussion n'importe plus, de même que les différences de point de vue sur les questions de détail quand les esprits s'accordent dans leur essence. Je ne sais si tu me comprends, car c'est très mal dit. Par exemple, il me semble que nos esprits à nous ont été formés de la même substance et dans le même moule et que les pensées qui y prennent naissance sont aussi de la même substance, sinon de la même forme, comme des bulles de savon qui jaillissent du même chalumeau, mais se déforment, s'étirent ou s'arrondissent en tombant dans l'air avec des reflets plus ou moins irisés. C'est merveilleux cette impression de discuter en étant d'accord. Ce n'est même plus une discussion, car je crois qu'il n'y a aucun désir réciproque de se convaincre. Disons que c'est une exposition de bulles de savon dans laquelle il se peut, comme il arrive parfois, que deux de nos bulles se rencontrent et s'amalgament donnant naissance à une seule grosse bulle de toutes les couleurs de l'arc-en-ciel. Tout ce que tu m'as dit m'a fait encore réfléchir et puisque nous avons entamé ce sujet autant l'épuiser dans le même esprit d'indépendance et de sincérité absolue. Ce n'est en somme qu'une occasion de plus de te faire part de toutes mes pensées. Je reprends ta lettre, paragraphe par paragraphe comme tu l'as fait pour la mienne. D'abord, reconnaissant comme un fait la différence de religions, tu te demandes, et c'est naturel, si ce fait devrait exister, s'il faut s'y plier, ou essayer de le combattre. C'est vrai qu'il faut bien que quelqu'un en prenne l'initiative. Mais qu'entends-tu par combattre ? Tu ne peux pas faire le chemin toute seule. Cela va bien à condition que l'adversaire, ou disons plutôt le partenaire, fasse le même chemin dans l'autre sens. Alors il y a moyen de se rencontrer au carrefour et de choisir une troisième route pour la faire ensemble. Ce n'est pas une question d'amour-propre ou de transaction, mais la seule condition pour arriver à une solution équitable et vraie. Autrement, si c'est toi qui fais tout le chemin ou la plus grande partie du chemin, tu ne montes la pente que pour la redescendre et tu ne fais qu'aller au-devant de la soumission à un *autre* fait. C'est pourquoi il me semble que la chose la plus importante avant tout (mais là, je ne me rends pas assez bien compte de ton degré d'intimité avec Jean pour savoir si c'était ou c'est possible) serait de connaître exactement, intégralement son opinion sur ce sujet. Si vous avez parlé de l'avenir ensemble d'une façon précise, il me semble que le sujet n'est plus trop délicat à aborder, que c'est même une nécessité que tu te dois cette franchise et ce courage vis-à-vis de toi-même et vis-à-vis de lui. Mais je sais bien qu'il aurait mieux valu que ce soit de vive voix. Peut-être d'ailleurs lui en as-tu parlé ?

En second lieu tu considères que la différence de religion n'est pas comparable à la différence de nationalité. Je crois que tu as raison sur ce point et que l'héritage national englobe une série beaucoup plus importante d'habitudes, de mœurs et de détails matériels (je te cite !) que l'héritage religieux. On peut alléguer que la valeur spirituelle de celui-ci fait équilibre. Mais je t'accorde que cette valeur peut être celle de la religion personnelle que l'on s'est faite. Seulement, tu me dis que tu aurais plus de mal à t'entendre avec un homme de la même religion et de nationalité différente qu'avec un homme de même nationalité et de religion différente. Sur ce point encore je crois que je suis de ton avis. Mais nous revenons dans le domaine des faits devant lesquels on s'incline. Or puisque tu as tendance à tirer de toutes tes forces sur la réalité pour l'amener à la mesure de l'idéal (si seulement tout le monde en faisait autant !) je suppose que ton grand principe : « Tous les hommes sont égaux devant Dieu » vaut pour tout et pour tous (sans quoi il perdrait toute sa valeur). Dans ce cas il exclut aussi la notion de nationalité (je raisonne toujours dans le domaine de l'idéal et non des faits). Alors je voudrais savoir par exemple ce que tu penses de ceux qui disent en parlant d'un enfant de Louis[1] : « *Quel qu'il soit*, parce ce qu'il est né tel, et même s'il en souffre, je ne veux pas le savoir, je le hais, je ne souhaite que sa mort. » Et je voudrais savoir aussi ce que tu aurais fait s'il s'en était trouvé un que tu aies pu aimer. (Ce n'est même pas un raisonnement par l'absurde, parce qu'il doit en exister.) Tu me diras que le problème n'est pas le même, mais il n'y a qu'une différence de degré, pas de nature. Si tu admets que les faits peuvent avoir raison de l'idéal dans un cas, et pas dans l'autre, il n'y a plus de principe, ni de théorie qui tiennent. Car l'idéal est absolu. Alors je te demande de te poser la question sincèrement, scrupuleusement. Pardonne-moi, mieux-aimée chérie, de te tourmenter ainsi. Je me laisse emporter comme dans un sujet extérieur qui ne nous affecterait ni l'une ni l'autre et je m'aperçois que je vais trop loin, que je vais te faire du mal, que je vais m'en faire par la même occasion, mais je ne peux plus reculer. J'éprouve pour toi, pour moi (pour lui peut-être aussi) le besoin de mettre les choses à nu, de les dépouiller, de chercher la vérité, même celle qui peut faire souffrir. Je crois que ce travail de sarclage est nécessaire. On y voit plus clair pour planter ensuite comme je veux que tu le fasses, mais en toute lucidité d'esprit. C'est tellement grave. Cela ne veut pas dire non plus que tu aies tort ni que j'aie raison. Je t'expose mes idées simplement dans l'ordre où elles me sont venues. Pardonne-moi, je t'en supplie si par moment j'ai l'air d'oublier qu'il s'agit de ton avenir, et si je m'exprime comme si je traitais d'un problème philosophique. C'est par souci de te dire tout ce qui dort au fond de moi.

Encore une question qui relève encore plus directement de la réalité : puisqu'on en est au problème des nationalités auquel tu attaches et qui *a* tant d'importance : le sens-tu aussi profondément français que toi, de culture et de cœur ? Tu me dis que sa famille est d'origine polonaise. Lui-même n'en a-t-il gardé aucune trace ? Il est fort possible que non. D'ailleurs c'est une question en dehors du sujet

1. Allemand.

et fort bête par-dessus le marché car je pense que si tu avais eu à lui reprocher quelque chose sur ce terrain, il ne t'aurait pas plu. Donc je considère la réponse comme négative à priori.

Quand tu dis que Jacquot et moi, nous-mêmes, n'aurons pas subi la même épreuve, tu touches à un point sensible parce que c'est exact et je crois même t'avoir déjà parlé de l'angoisse que j'en éprouvais. Je ne sous-estime pas l'effort que nous aurons à faire tous les deux pour arriver à nous mettre réciproquement au diapason de nos rétrospectives. Il faudra beaucoup de compréhension et d'imagination de part et d'autre. Ce sera déjà dur, mais pourtant la tâche nous sera facilitée parce que, si nous n'avons pas « subi » *la* même épreuve identiquement, simultanément, nous avons « souffert » d'*une* même épreuve, toujours et malgré tout celle qui affecte Éliane[1] et qui servira de point de soudure pour les autres. Tu comprends, même s'il n'a pas connu les mêmes misères que nous, là-bas, il en a suivi l'évolution dans son imagination, elles l'ont marqué de loin parce qu'elles ont été un de ses principaux soucis pour moi, pour nous, il en a compris la portée morale pour moi, pour tous les siens, car il a pu se substituer à nous justement parce qu'il se savait englobé dans le groupe des opprimés, et que si les circonstances lui ont épargné les conséquences matérielles, il n'en a pas été moins affecté par la signification théorique. C'est comme nous. Ne crois-tu pas que nous souffrons davantage de la théorie que de ses applications. Même chez ceux qui sont frappés le plus directement, la révolte contre le procédé l'emporte encore sur la révolte contre le fait lui-même. Ils souffrent moins d'« être là » que d'ignorer pourquoi ils y sont. Non vois-tu cette épreuve est justement un des plus forts liens qui existent entre Jacquot et moi. D'ailleurs, je sais que même là-bas, il a eu à supporter un certain nombre de brimades du même ordre de la part de ses camarades et sans pouvoir se défendre, même en paroles. Voilà pourquoi il a pu faire cet effort de substitution. Un autre ne *peut* pas le faire. Ce n'est même plus une question de largeur d'esprit. Je commence même à croire qu'on ne peut pas le leur demander. Comme tu le disais toi-même pour

1. Les juifs.

Gilberte[1] (je sais bien que ce n'est pas un exemple de choix, mais c'est un peu vrai pour les autres). Je ne te dis pas que je me sens plus proche des gens dans notre cas, qui ne sentent pas comme nous : ceux que tu englobes dans la catégorie des incroyants, des « éternels persécutés » ou simplement des bêtes et des lâches. Je ne me sens pas liée à eux par l'esprit, dans la communauté de la souffrance. Et pourtant j'éprouve un sentiment de fraternité, dans lequel ils ne sont pour rien. Si tu veux, pour t'exprimer cela par une métaphore : c'est comme dans un bouquet où les fleurs de toutes sortes et de toutes tailles ne sont maintenues en gerbe que par le bout de ficelle qui les entoure. C'est le bout de ficelle qui fait le bouquet. Chaque fleur est solidaire du bout de ficelle car si on en laisse mourir une et qu'on la jette, la ficelle devient trop large et le bouquet s'éparpille. C'est pourquoi toutes les fleurs ont l'air solidaires entre elles.

Pour en revenir à une question plus importante, celle des enfants, je crois que c'est le point le plus délicat. Il n'y a pas trois solutions. Ou tu les élèves dans ta religion, et même en admettant que ce ne soit pas la religion juive comme les autres la pratiquent – s'ils ne sont pas baptisés ils seront considérés comme juifs et je doute qu'un père et une belle-famille qui ne le sont pas l'acceptent. Ou bien tu les baptises, tu les convertis et alors… inutile de revenir là-dessus. Nous sommes d'accord sur ce point. Car pour un être vraiment religieux, je n'admets pas la conversion, et d'ailleurs l'idée de conversion va à l'encontre de tous tes principes d'égalité devant Dieu. Mais il ne faut pas se faire d'illusions. Il n'y a pas beaucoup de gens qui comprendraient ou accepteraient cela. C'est un fait avec lequel il faut que tu débattes dans la plus basse réalité. Si par extraordinaire, Jean l'admettait, je crois que tu n'aurais plus rien à redouter de la vie, ni de l'avenir, car cela prouverait que tu as rencontré un être d'une délicatesse, d'une compréhension et d'une élévation exceptionnelles.

Encore une question un peu hors de propos : qu'entends-tu lorsque tu dis que tu considères comme un aveuglement de nier le Christ ? Tu ne veux pas dire qu'on peut « croire » au Christ comme on croit

1. Gilberte Léauté.

à « Dieu » ? Tu ne veux pas dire que tu acceptes l'idée du personnage mythologique qu'en ont fait les catholiques ? Dans ce cas je suis d'accord avec toi, et j'entends par là : croire à la religion d'amour, et « aimer » le Christ, comme on aime un héros, un saint, de même qu'on admire Moïse, comme on admire un sage. Remarque d'ailleurs que lorsque je dis « aimer le Christ », cela n'implique pas que je crois à son existence propre. Je crois à l'existence d'un être ou même peut-être de plusieurs êtres qui ont donné une impulsion nouvelle à la religion, et qu'il soit Jésus ou un autre, je l'aime, ou j'en aime le symbole de même qu'on admire Homère qui n'a vraisemblablement jamais existé pour les chefs-d'œuvre réels qu'il a laissés derrière lui. Il me semble que dans ces cas-là, *la* certitude est d'importance secondaire, puisqu'il y a forcément *une* certitude. Mais de là à faire un Dieu d'un être ou d'êtres profondément humains, il y a une marge. Les hommes n'ont douté de rien quand ils se sont mêlés de créer un Dieu ! Quel renversement des rôles…

Quelle lettre aussi ! Ma pauvre mieux-aimée, j'en suis épouvantée pour toi. Cela vaut le cours le plus ennuyeux de Zanta. J'espère que tu n'auras pas fait trop de petits nains, de demoiselles à chapeaux de paille, de « Retlanslation » en pleins et déliés, de généraux Trochus[1] sur ton bureau en la lisant. Je crois vraiment que je peux te promettre de ne plus recommencer. D'abord il me semble que j'ai tout dit. Et ensuite, cela m'est aussi douloureux que pour toi. Tu sais, je pense tout le temps à toi, j'en ai le cœur serré et je voudrais tellement que tu arrives à une solution qui te rende heureuse. Encore une fois, dis-toi bien que j'ai « traité » d'un cas en général, tout à fait objectivement. Je ne pourrais être en mesure de me prononcer sur le tien que si je connaissais mieux Jean. Je dis *mieux* car il me semble tout de même un petit peu le connaître, à travers toi, mais si peu. Rien que du fait que tu l'aimes, car je n'ai pas d'autres données. Mais c'en est une déjà suffisante. J'espère que je ne t'aurai pas heurtée et que tu n'auras pas trouvé que j'ai usé de mots trop crus, trop précis et trop raides, aussi pour un sujet si nuancé. Je crois que je t'ai livré en même temps une

1. Personnages dessinés par Hélène et Odile sur leur pupitre au cours Boutet de Monvel.

grande partie de moi-même qui s'est même précisée en cette occasion. Pour en revenir aux petits faits de tous les jours, j'attends Gilberte qui doit arriver jeudi soir pour passer trois jours à la maison. Je partirai moi-même le lendemain de son départ, pour Cannes (depuis le temps que je dois y aller !). Tu as dû remarquer que ma dernière lettre était postée d'Avignon et en être étonnée. C'est que j'ai dû y aller pour une affaire concernant les projets de la mère de Béranger[1], que cela s'est décidé d'une heure à l'autre, et que dans l'excitation du départ j'ai oublié ta lettre dans ma poche. J'ai d'ailleurs fait l'aller et retour dans la journée. C'était un épisode assez drôle que je te raconterai un jour. Je me sentais gonflée d'importance. Je suis revenue satisfaite mais cela n'a pas empêché la mère de B. de caler une seconde fois au dernier moment. Je pense qu'elle ne prendra pas une troisième décision. Ce n'est pas le cas de François qui ne veut rien entendre, et se passe d'approbation. Il est en ce moment à la maison pour les vacances. Puis il passera quelques jours chez G^d^ Maman la semaine prochaine avant de retourner à Clermont[2]. Il verra la sœur de Jacques[3]. Je tâcherai de te récrire bientôt, car on ne peut pas dire que cela soit une lettre à proprement « parler », bien que ce soit beaucoup plus. C'est tout de même merveilleux d'arriver à parler ainsi, de si loin, comme si nous étions l'une en face de l'autre.

Ô Hâ-lène, dire que je n'ai jamais fait signe aux Chevaux[4] depuis mon installation ici. Crois-tu qu'ils soient toujours là… et qu'ils le sachent ?

Je t'aime ma toute petite mieux-aimée, comme tu ne peux pas l'imaginer et je voudrais tant que tu trouves le *« way »* pour réaliser ton *« will »*. Aie confiance. Dieu décide pour nous.

TON VIEUX PONT-EN-BOIS.

---

1. La mère de Béranger, c'est-à-dire Anna Neuburger, sa propre mère.
2. Jacques Berr achève sa licence de lettres classiques à Clermont-Ferrand. Il s'est inscrit à l'université de Strasbourg qui y est repliée.
3. François se propose de rendre visite à Hélène.
4. Les frères Halperin.

HÉLÈNE À ODILE

*3 mai 1943*

Depuis 5, avenue Élisée-Reclus, Paris VIIe
À destination de « La Mouchonne », Saint-Rambert-l'Île-Barbe, Rhône

Ma mieux-aimée chérie,

J'ai trouvé ce matin en rentrant ta lettre du 29, destinée à effacer l'impression des deux dernières : j'accepte de grand cœur cette nouvelle formule, et je continuerai d'exiger que tu effaces l'impression produite par chacune de tes lettres, puisque cela me vaut une lettre de plus.

J'ai ri en ouvrant celle de ce matin, car ton prétendu sermon avait provoqué en moi une vague de reconnaissance et d'amour pour toi : tu m'écrivais si gentiment, avec tellement de douceur et même de tendresse (pourquoi ne pas appeler les choses par leurs noms ?) que j'en ai été toute exaltée – comment peux-tu croire que tu m'as fait de la peine ? Tu n'es qu'une *« silly »*. (As-tu lu *Le Moulin sur la Floss* de George Eliot ? Le frère traitait toujours sa sœur Maggie de *« silly »*.)

Pour procéder par ordre je vais commencer par répondre à la première. Il sera donc question de choses sérieuses. Après viendront les choses pas sérieuses. D'ailleurs cette fois-ci, la discussion ne sera pas longue, car nous sommes parvenues au point où je voulais arriver : tu connais toute ma pensée, et je connais la tienne. Maintenant je n'en reparlerai plus ; je n'ai pas encore l'occasion d'*agir* – mais quand j'agirai, j'aurai le bonheur de savoir que tu connais ma pensée, et que toi au moins – parmi tant de gens qui me jugeront sans me connaître – tu comprendras ce qui ne sera jamais dit. Je t'assure que c'est pour moi une grande sécurité, car c'est une des souffrances les plus profondes que de ne pas être compris. Seulement tu me poses encore un certain nombre de questions auxquelles je veux répondre pour que tu sois bien sûre que tes paroles n'ont pas été trop « crues, trop précises et trop raides ». Toutes celles auxquelles je ne répondrai pas relèvent du domaine du silence pour le moment : tu comprends, je n'ai jamais parlé de ces choses à Jean ; alors je ne peux pas te répondre parce que je risquerai d'inventer – avant tout je veux être parfaitement *« genuine »* –, je ne te livre que ma pensée indépendante, parce que là, je suis sûre de sa réalité – tout au moins pour l'instant présent. Ne t'étonne pas si je te dis que je ne suis pas très intime avec Jean : rappelle-toi que je ne l'ai guère vu que pendant trois mois – que je ne le connaissais pas du tout avant – que je ne le voyais que deux après-midis par semaine… et aussi que l'on ne pense pas tout de suite à s'étudier l'un l'autre, lorsque l'on est pris tout entier par l'éveil d'une troisième quantité inconnue et merveilleuse.

Donc je ne peux te parler que de ce qui est impersonnel – tu comprends ce que je veux dire.

Tu me demandes si j'appliquerais mon grand principe à un fils de Louis[1] ? Je pense que oui, s'il était réellement un être de valeur. Pourquoi pas ? Ce ne serait certainement pas l'opinion des autres qui m'arrêterait : on passe son temps dans la vie à lutter contre la bêtise des « autres ». Il n'y a rien de plus bête que la haine à priori. J'ai d'ailleurs rencontré une jeune fille de cette catégorie cet été, avec qui je suis très amie. Mais je te le répète : il faudrait que cet homme fît partie de la grande fraternité des gens de valeur (tu sais ce que ce titre implique). Je ne déteste pas les Louis : je les déteste en tant qu'êtres qui s'opposent la plupart du temps au progrès moral, au perfectionnement humain – en particulier en tant qu'êtres qui aiment cette chose abominable qui est la guerre, et qui l'aiment pour elle-même, aussi en tant qu'êtres qui ne savent pas se rendre spirituellement indépendants, et qui conçoivent souvent la notion de devoir comme l'obéissance aveugle, non éclairée par la conscience. Mais si j'en rencontrais qui répondaient à l'idéal humain universel, je ne vois pas pourquoi mon principe perdrait de valeur. Comment peux-tu croire cela de moi ? Peut-être es-tu plus réfléchie que moi et penses-tu que l'opposition des autres affaiblirait, minerait peu à peu ma sûreté. Je ne sais pas. Tout ce que je sais, c'est que je considérerais cela comme une défaite.

1. Un Allemand.

J'ai appris maintenant à faire la part des bons et des mauvais ; et j'ai découvert qu'il ne fallait pas se laisser abattre par l'hostilité ou l'indifférence des méchants (il faut tout au plus avoir pitié de leur mesquinerie ou de leur aveuglement) – et qu'il faut se tourner vers la minorité des bons si l'on veut sentir de la vie autour de soi, et en soi. Jamais je n'ai souhaité la mort de quelqu'un : c'est trop grave – ce qu'il faut souhaiter, c'est que la lumière se fasse en lui. Même lorsque j'entends dire autour de moi la phrase que tu cites : « Quel qu'il soit, parce qu'il est né tel, et même s'il en souffre, je ne veux pas le voir, je le hais, je ne souhaite que sa mort », je frémis intérieurement – inutile de te dire que sur ce point, je ne suis pas toujours d'accord avec mes interlocuteurs. Je suis arrivée à une conception de la notion de Patrie qui m'a été révélée brusquement, un soir que je pensai à la bêtise des nationalismes trop étroits : l'amour de la Patrie, ce n'est pas l'amour exclusif des compatriotes, des *hommes* de votre pays : c'est l'amour de la terre natale, des paysages, et aussi de toute la tradition intellectuelle, scientifique, spirituelle du pays. C'est un sentiment qui fait vibrer les cordes les plus profondes de votre cœur. Comme il ne concerne que les choses immuables, il ne s'oppose aucunement à l'amour des hommes en général, à la fraternité humaine – on croit toujours que patriotisme et humanitarisme s'excluent mutuellement – et l'on vous traite d'« internationaliste », de « cosmopolites »… c'est tellement bête, et cela rabaisse sciemment des sentiments nobles. Une des choses qui me fait tant aimer la Renaissance (je pense à Montaigne), c'est justement cet humanisme, cette conception de l'unité et de l'égalité des hommes.

Et c'est ce qu'il y a de si beau dans l'enseignement du Christ. Souvent je bous intérieurement en pensant que les « bons chrétiens » sont les premiers à s'arrêter à ces barrières artificielles qui constituent les religions, les classes sociales et les nationalités. Et je me dis que je suis probablement plus près de l'enseignement du Christ qu'eux. D'ailleurs, qu'est-ce que cela aurait de surprenant ? Cet enseignement est pour tous les hommes ; ce n'est qu'un magnifique développement de la morale contenue dans le Décalogue – développement que la déchéance morale des hommes avait rendu aussi indispensable que l'est l'eau de pluie bienfaisante à la nature desséchée. Lorsque le Christ est venu, il n'y avait pas de « Juifs », et de « Chrétiens ». Il y avait des hommes qui étaient plus loin de Dieu que les premiers patriarches probablement. Cela aurait dû continuer. L'autre jour j'ai dit à Francine de Jessey (je te raconterai sa visite) : ce ne sont pas les juifs qui ont tué le Christ : « Ce sont les méchants d'entre les hommes qui existaient alors » et à ma grande joie, j'ai obtenu d'elle cette réponse spontanée : « Évidemment, puisqu'alors il n'y avait que des juifs. » Voilà pourquoi je te dis que c'est un aveuglement de s'arrêter avant le Christ. Je crois à l'humanité du Christ – et non pas à tout le fatras presque païen dont les catholiques l'ont entouré –, n'est-ce pas bien plus consolant pour l'humanité entière de considérer que le Christ était un homme ?

Moi aussi, je suis partie bien loin, mais je me sens complètement soulevée par un courant venu à la fois de l'extérieur, et du plus profond de moi-même. Au fond nous nous serons écrit là quelques lettres passionnantes. Et cela m'aura permis de te connaître encore mieux, et de découvrir qu'au fond nous étions beaucoup plus d'accord sur certains points existentiels que je ne le pensais. N'est-ce pas, mieux-aimée chérie, que tu es contente ?

Il y a encore deux questions que tu me poses, et auxquelles je répondrai brièvement.

1°) la question de « nationalité » – quand je t'ai dit que Jean était d'origine polonaise, c'était presque par « chiqué ». Il est aussi français que toi et moi, de *culture* et de *cœur*. Je ne connais pas sa famille : mais sa mère descend du général Moreau – son grand-père paternel était en effet polonais et allié même à la famille des Bourbon-Parme –, si Jean a gardé quelque chose de slave, ce serait dans son goût pour la musique, et ce qu'il y a d'artiste en lui. Mais vraiment, je n'ai jamais pensé à lui comme à un étranger. Il y a évidemment un fait assez comique : c'est que le jour X où les gens sauront l'histoire, ils ne manqueront pas de dire : « Encore un sale Pollak ! », c'est bien fait pour eux, ils se seront justement trompés.

2°) Tout ce que tu me dis sur Jacquot et toi est profondément vrai – je n'ai pas voulu dire que vous n'auriez pas souffert en commun – simplement j'ai voulu dire qu'il était très rare que l'on puisse supporter ensemble le fait même, l'épreuve dans ses manifestations réelles et matérielles. Mais je pense que pour moi par exemple, l'occasion s'en présentera un jour, pour un autre sujet. Mais ici je n'ai rien à ajouter ni à ce que j'ai dit dans ma lettre, ni à ce que tu m'as dit dans la tienne.

Enfin pour ce qui est des enfants, je pense que c'est un problème très grave, et qui m'obligera à lutter et à souffrir. Mais je ne peux pas encore le discuter en détail.

Et voilà. Maintenant je vais finir ma lettre sur des questions moins sérieuses. Surtout que tu dois être en train de lézarder au soleil du Midi, et que ces discussions te paraîtront bien sombres. J'espère qu'il ne pleut pas chez toi comme ici : depuis samedi, il n'a pas arrêté de pleuvoir, et il fait même très froid ; j'ai remis mon manteau d'hiver. La description de la réception de Gilberte m'a bien fait rire : tu fais très « wagon d'armistice », sur ta voie de garage – j'espère que vous aurez passé une bonne nuit. Je me suis bien amusée aussi à entrer avec toi dans la salle de l'opéra de Lyon, et à évoquer tes impressions. N'aie pas honte, s.v.p., de ta « soif de plaisir ».

Je me suis fort bien rendu compte de ce qu'avait été pour toi la journée de dimanche, avec le couple (assez curieux, ma foi) Étienne H. et Nelly W.[1]. Inutile de m'expliquer ce que tu as senti, car je sais exactement ce que c'est ; et cela fait assez mal. Mais je ne me sens pas devenir mesquine, parce que je m'efforce de voir « les deux aspects de la question » – c'est-à-dire le droit des autres au bonheur, et j'accepte simplement l'impression de tristesse.

Je vais te raconter ce que j'ai fait depuis ma dernière lettre. D'abord j'ai reçu la visite de Francine[2]. Elle était venue à Paris pour annoncer ses fiançailles ; et très gentiment, elle est passée à

1. Étienne Halphen et Nelly Wroubel.
2. Francine de Jessey.

la maison, un jour où je n'y étais pas (j'avais été invitée à déjeuner par mon petit ami Charles[1]) – je suis allée la voir le lendemain chez sa grand-mère – je l'avais vue l'année dernière, et j'en avais été ravie. Mais tant de choses se sont passées depuis, que j'appréhendais de la revoir – je l'appréhendais parce que je l'aime beaucoup, et que je craignais « l'impression de fossé ». Mais je suis revenue enchantée – je suis restée deux grandes heures avec elle, et j'ai senti que je pouvais tout lui dire, parce qu'elle m'aimait bien, et qu'elle m'écoutait sans parti pris. Elle est la franchise même, et je lui ai raconté tout ce que je voulais. Son fiancé s'appelle Robert de Lasteyrie, et il paraît très sympathique d'après ses photos. C'est tout à fait différent des mariages Viénot-Gastaldi (à propos Janine Gastaldi m'a hélée l'autre jour place de l'Étoile, et a été fort aimable. J'errais à bicyclette, étant trop en avance pour aller goûter chez Mme Jourdan).

Je suis allée deux fois à Aubergenville – la première fois, jeudi, j'ai emmené Charles ; et pour cela, il a passé deux nuits à la maison – il est transformé depuis son séjour à la campagne chez une dame qui l'élève comme Miss Child nous élevait – il est probable qu'il avait un bon fonds (il est enfant unique, et ses parents semblent l'avoir élevé avec beaucoup de soin) – il sait tout faire, tricoter, mettre la table, et jouer aux échecs (à 9 ans).

Il est très musicien (c'est son sang viennois). J'avais aussi emmené deux autres petits garçons, les aînés d'un collaborateur de Papa ; et ils se sont tous les trois fort bien entendus. Ils ont visité jusqu'au grenier, et sorti tout ce qui restait de vieux jouets. J'ai rapporté les premières roses, et ce soir, il y en a une, rouge, qui est tout épanouie.

J'y suis retournée samedi avec Simon, mon autre petit ami, qui est adorable. Mais il pleuvait à torrents. Nous avons cueilli des genêts sous la pluie, mais nous ne sommes restés dehors qu'une heure.

Hier soir j'ai vitupéré contre les Ebrard qui donnaient une de leurs nombreuses surprise-partys, et j'ai juré de ne plus jamais danser de jazz – plutôt je me suis demandé comment j'avais jamais pu écouter

1. Enfant confié à Hélène par l'UGIF.

une chose aussi horrible, aussi maladive et désarticulée que du jazz. (Il est permis de me contredire ; à ma grande stupeur, Mme Schwartz m'a grondée de parler ainsi ce matin.)

Aujourd'hui j'ai touché 487 F[1] – montant de mon traitement de bibliothécaire ; et je me suis empressée d'aller en dépenser la moitié en livres. Je relis *Alice in Wonderland* avec délices, et je ris tout haut ; toutes les cinq minutes, j'ai envie de sauter de mon lit pour aller lire un passage à Maman. Je devais recopier mon thème allemand, mais il est trop tard *(your fault)*. Vite un Trochu – *here !* Je n'ai jamais su les faire.

Écris-moi vite.

ODILE À HÉLÈNE

*12 mai 1943*

Depuis Cannes
À destination de 5, avenue Élisée-Reclus, Paris VIIe

Ma mieux-aimée,

Excuse-moi de t'écrire au crayon, mais il n'y a pas d'encre dans toute la maison. Ceci n'est pas une lettre d'ailleurs. Je ne peux pas t'écrire tranquillement d'ici, et je ne veux pas t'écrire quand je ne suis pas tranquille. Cela perd tout son charme. Car tu ne peux pas

1. Hélène est bibliothécaire à l'Institut d'anglais de la Sorbonne.

t'imaginer la béatitude que j'éprouve quand je me pelotonne dans une confortable solitude pour te commencer une lettre. J'ai l'impression qu'en venant te retrouver, je viens retrouver aussi le meilleur de moi-même. Mais aujourd'hui ce n'est qu'un avant-coureur de lettre, pour te montrer simplement que je pense à toi. J'ai reçu la tienne. Je crois que nous n'avons plus rien à dire, qu'il ne faut plus rien dire pour le moment. Nous avons épuisé le sujet. Comme toi, je me sens pleine d'allégresse à la suite de ces lettres, comme au sortir d'une longue conversation à laquelle chacune de nous s'est donnée tout entière. Je croyais que notre amitié avait atteint son point maximum, et je crois qu'elle vient encore de faire des progrès. C'est merveilleux. Mais nous reparlerons de tout cela. Aujourd'hui je t'envoie plutôt une chronique du jour. Me revoilà donc à Cannes. C'est un peu mélancolique de penser à tous ceux qui faisaient partie de ce décor et qui sont tous dispersés maintenant. Nous habitons un ravissant petit appartement de 2 pièces. En ce moment, mon amie fait le ménage pendant que je t'écris, c'est pourquoi je ne peux t'écrire longuement car j'ai honte de lui laisser tout faire. Et c'est tout le temps comme cela, car le ravitaillement absorbe la plus grande partie de notre temps. Malgré tout, je profite merveilleusement du pays qui m'enthousiasme toujours comme si c'était la première fois que j'y venais. Je n'arrive pas à trouver le beau temps indécent. Je me laisse fléchir par lui et je me mets à l'unisson. Depuis que je suis ici, je ne roule plus d'idées noires. Il est vrai que les circonstances y mettent du leur. Les Italiens[1] ne sont pas gênants. Impossible de garder sa morgue avec eux. Ce sont vraiment des gens comme nous et on le sent. Je ne sais pas si tu as appris la naissance du fils d'Olivier Mantoux. Tu ne devineras jamais comment il s'appelle. Un nom ravissant, mais un tantinet prétentieux et qui ne va pas au fils d'Olivier : Pascal !!! [...]

À bientôt, ma mieux-aimée chérie.

TON LORENZO QUI T'AIME.

---

1. Les Italiens occupent en partie quatre départements : Alpes-Maritimes, Basses-Alpes, Hautes-Alpes et Savoie. Ils ne pourchassent pas les juifs comme les nazis dans le reste de la France occupée. Ce sont des zones de refuge notamment pour les juifs étrangers.

HÉLÈNE À ODILE

*17 mai 1943*

Depuis 5, avenue Élisée-Reclus, Paris VII$^{e}$
À destination de « La Mouchonne », Saint-Rambert-l'Île-Barbe, Rhône

Ma mieux-aimée chérie,

Je commençais à trouver le temps long après toi ; je n'ai pas pensé que tu m'avais oubliée, mais j'étais triste de ne rien recevoir de toi. Je me sentais très *« lonely »* brusquement. Car ici, au fond, ma solitude est très grande ; je n'ai plus d'amis, de vrais, ni surtout Yvonne, Jacques, Jean (Schneider). Jean (l'autre) ne m'écrit pas très souvent, et je n'ai personne à qui parler. Tes lettres sont pour moi quelque chose de si grand que lorsque je reste une semaine sans en recevoir, je ressens une impression de vide.

Je t'écris ce soir pour t'annoncer une grande nouvelle : les fiançailles de Denise avec François Job. Peut-être as-tu, comme tout le monde, prévu la chose, et pourtant elle ne date que de trois semaines. Elle voulait ne le dire à personne ; mais naturellement c'est le secret de Polichinelle, et maintenant on est obligé de le dire. Cela donne un petit air de fête à la maison, car les lettres et les fleurs commencent à affluer. Tu ne peux pas savoir à quel point je suis contente : j'adore François, et je crois que nous nous entendrons toujours merveilleusement : je ne pouvais pas rêver de beau-frère pareil. Il ressemble beaucoup à Daniel ; il a le même genre d'esprit ; je t'assure qu'ils ne s'ennuieront pas tous les deux.

Et puis je leur suis infiniment reconnaissante pour cette bouffée de bonheur, et d'air printanier qu'ils ont introduit dans l'atmosphère étouffante de notre vie ; cela me paraît presque – sûrement même – un prélude à la renaissance de tout ce qui va venir – une promesse de liberté.

Mme Pomey vient de partir, lestée de la nouvelle. Elle est venue pour trois jours à Paris, et très gentiment, comme toujours, elle est venue nous voir. Sa fille et son gendre, qui sont chez O. Mx[1], paraissent remontés à bloc, et leur enthousiasme s'est communiqué à moi pendant que Mme P. nous les décrivait. Elle est charmante, et pendant toute cette période, son mari et elle ont été parfaits.

Il est arrivé un hortensia des Paul Lévy. À leur sujet, cela a été une belle discussion. Denise ne voulait pas le leur dire, parce qu'évidemment tout Clermont-Ferrand le saurait, via Jacqueline (à propos, elle attend un héritier) (et à propos : je conseille à Denise de confier aux Halperin le soin d'aviser tout le département du Rhône, et mieux toute la zone sud-est). Mais elle a fini par céder, et le leur annoncer. Mme L. a déclaré qu'elle s'en doutait parce qu'elle les avait rencontrés la main dans la main il y a trois semaines. Denise nie formellement la véracité de cette histoire. En tout cas, Jacqueline et Clermont-Ferrand doivent être déjà au courant. Quelle concierge je fais ! C'est probablement ma position qui influe sur moi, car je suis étendue sur mon étroit balcon (très inconfortable) mais j'ai les jambes relevées pour me servir d'écritoire, ce qu'un respectable cloporte ne ferait pas.

Je tâche ainsi de profiter le plus possible du beau temps, car depuis huit jours il fait un temps radieux. Mon plus grand bonheur en ce moment est de circuler à bicyclette. Je suis dessus toute la journée, et nous nous entendons presque comme si elle était un chien. Les arbres – les beaux arbres de Paris me tiennent compagnie, et leur compagnie est bien plus douce et plus sincère que celle des hommes. Le matin je prends le cours la Reine, le long de la Seine, et je traverse les Champs-Élysées – c'est une splendeur en ce moment, et dans la fraîcheur du matin. Aujourd'hui j'ai longé les quais, et j'ai retrouvé avec émotion les vieilles tours noires et paisibles de la Conciergerie, avant de prendre le pont St.-Michel pour aller à la Sorbonne.

Samedi je suis allée avec les Guyot à Robinson avec des camarades, au nombre desquels se trouvent Josette Perquel (chef de bande) et une amie charmante qui est la fille de Paul Paray[2]. Là-bas nous avons retrouvé deux étudiants et une étudiante. Cela faisait trois professeurs

1. Olivier Mantoux.
2. Paul Paray (1886-1979) est un chef d'orchestre et compositeur français.

d'Oxford. M. Guyot étendu sur une chaise longue (il vient d'être malade) sur la pelouse dans un jardin... plein de roses et de beaux arbres. Sa femme est très drôle. Elle est pianiste et joue sous le nom de Marthe Rennesson[1]. Elle avait une robe vert vif et un béret blanc : elle rit tout le temps et sa bonne figure se plisse joyeusement. Elle voulait que nous mettions des châles (!) à cause du vent, et nous a cueilli à chacune une rose blanche et une rose rose.

Mercredi dernier je suis allée chercher Mlle Thomereau au cours avec Nicole, et nous avons marché jusqu'à l'avenue de la Gde Armée avec elle. Après j'étais tout essoufflée, car je me suis aperçue que j'avais parlé tout le temps : j'avais trop de choses à lui raconter. Lorsque je lui ai dit au début que je sentais souvent entre mes anciennes camarades et moi le fossé de mon expérience récente (et à mon idée, purifiante) elle ne m'a pas comprise ; mais je crois qu'à la fin, sans même s'en douter, elle était arrivée à me comprendre. Elle nous a raconté que l'autre jour elle avait croisé Mme Viénot, munie d'une énorme valise. Mme V. avait posé cette valise pour le trottoir. « *B*onjour (avec l'accent sur le B, à la Denise Prot) Mlle Thomereau ! J'ai une bonne nouvelle à vous annoncer : les fiançailles de Catherine – je suis bien contente, car c'était une fille difficile à chausser (retiens l'expression) vous comprenez, une folle si remarquable, si intelligente, si supérieure, etc. » Elle empoigne à nouveau sa valise : « Au revoir mademoiselle Thomereau ! Je suis bien contente de vous avoir vue ! »

J'aurai de tes nouvelles demain par les Léauté qui viennent goûter : j'ai rencontré Gilberte il y a quinze jours à bicyclette, mais il était tard, et elle n'a pas pu tout me raconter ; j'ai aperçu Lisette samedi dans ces parages avec un jouvenceau très swing – elle est venue me dire bonjour tandis que lui s'éloignait en montrant son dos très swing. Mais j'étais très pressée. J'ai invité aussi Annie Digeon et un de ses amis, Marie-Louise Réage, à qui je veux montrer mes livres. Je suis ravie, car nous allons parler d'*Alice in Wonderland* sur laquelle elle veut faire son diplôme.

---

1. Marthe Rennesson (1878-1961), pianiste et directrice de l'Institut international de musique.

À propos, devine ce que j'ai trouvé dans mon lit samedi soir, comme cadeau de François et Denise : à mes pieds *Alice in Wonderland*, et sous mon oreiller les sonnets de Shakespeare. Je suis ravie de cette double découverte.

J'ai revu Olivier Debré il y a huit jours à la Sorbonne. Je l'ai attrapé pour son silence ; il est toujours pareil : charmant et évasif. Il m'a parlé de Jeanine en me disant qu'il n'avait jamais répondu à sa seconde lettre. Toujours de son air rêveur et insaisissable.

Je suis désolée pour Claude H.[1]. Est-il à D. ou à C.[2] ? J'espère que tu ne fais pas d'imprudence ; cela m'inquiète beaucoup de te savoir dans cette région, car tous les jours nous avons des nouvelles peu rassurantes d'Éliane de Phocée[3]. Est-ce qu'elle t'accompagne dans tes voyages[4] ? Je crois que ce n'est pas très prudent, car le train et le soleil du Midi ne lui réussissent pas. Je me tracasse beaucoup à ton sujet ; rassure-moi.

Il faut que je m'en aille, car il est 9 h 10 (j'ai repris ma lettre ce matin). Il n'y a pas grand-chose à faire à mon bureau et cela aussi me tracasse. Et il n'y a pas que cela.

Que Dieu vous bénisse Jacquot et toi, et nous réunisse bientôt. Le prochain 16 mai sera peut-être un 16 mai de vrai mariage. Naturellement, les gens sont stupides de dire qu'on s'habitue à la séparation. On ne s'y habitue pas, et à force d'avoir été esseulée, la joie qui vous attend sera décuplée et approfondie pour le reste de votre vie.

Écris-moi vite. Je t'aime.

GRÉGORIO.

*Et fais attention.*

1. Claude Halphen.
2. Camp de Drancy ou camp de Royallieu à Compiègne.
3. Les juifs de Marseille ont été raflés les 22, 23 et 24 janvier 1943 ; 782 ont été déportés.
4. Il s'agit de la carte d'identité tamponnée « Juif ».

ODILE À HÉLÈNE

*22 mai 1943*

Depuis « La Mouchonne », Saint-Rambert-l'Île-Barbe, Rhône
À destination de 5, avenue Élisée-Reclus, Paris VII^e^

J'ai reçu une carte d'Yvonne à qui j'avais écrit il y a quelque temps. Je trouve qu'il n'y a pas beaucoup de gens qui puissent lui être comparés. Il me semble qu'elle est le type idéal de femme, de mère, de sœur, d'amie. J'aimerais élever mes enfants comme elle élève les siens. [...]

Je me sens triste et desséchée. Arrose-moi. Je t'aime.

TA BÉRANGÈRE.

HÉLÈNE À ODILE

*26 mai 1943*

Depuis 5, avenue Élisée-Reclus, Paris VII^e^
À destination de « La Mouchonne », Saint-Rambert-l'Île-Barbe, Rhône

Ma mieux-aimée,

Tu me demandes de « t'arroser » ; je comprends très bien ce que tu veux dire. Et je vais essayer de faire ce que je voudrais de tout mon cœur pouvoir faire pour toi. J'appelle à mon secours toutes mes ressources Bagedelonneuses, et toute une armée de lutins et de mâchoires énormes, car je comprends très bien *« what ails thee*[1] », et je cherche avec acharnement le moyen de te soulager. Peut-être auras-tu changé complètement lorsque tu recevras cette lettre, si tu es

1. *« What ails thee »* : ce qui te fait souffrir.

comme moi qui passe par tous les états d'un jour à l'autre ; dans ce cas, tant pis pour ma lettre ; ce sera un peu une pé-ère[1], mais j'estime que la bonne volonté, et surtout l'amour, pé-érisent les pé-ères, et les rendent inefficaces. Il ne faut pas que tu te croies déshonorée de tout ce que tu m'as écrit : tu frappes à la bonne porte (style *Semaine de Suzette*). Car j'ai acquis un grand principe : *toutes* les peines ont leur valeur, *quelles qu'elles soient*, il n'y a pas de « grande » et de « petite » peine, quand il y a une souffrance quelconque. Ce principe découle du premier principe de la vie, qu'Yvonne, Jacques et Denise ont toujours appliqué instinctivement (et c'est ce qui a fait la douceur et la profondeur de notre Entente) : se mettre à la place des autres.

Je me mets à la tienne ; et aussitôt je sais que tu es vraiment *unhappy*. Et puis je sais aussi que je devrais t'aider. La preuve en est que je n'avais pas plus tôt fini de lire ta lettre que je n'ai eu de cesse d'y répondre. J'espère que ce que je vais te dire te soulagera un tout petit peu. Rien qu'un tout petit peu et ce sera tout ce que je désire.

Cela n'a rien d'étonnant que tu ne sois plus en harmonie avec ton entourage : je crois que c'est fatal ; en ce moment on vit beaucoup plus les uns sur les autres. Je crois que cela provient du fait qu'on ne voit plus grand monde et qu'on ne « change pas d'air ». Il y a encore une raison évidemment : c'est que tu es arrivée à un âge où tu as besoin de pouvoir discuter les questions vitales, où tu ne peux pas vivre en les ignorant. Or, je me rends parfaitement compte que rien ne doit être aussi pénible que de se heurter constamment contre quelqu'un d'aussi proche qu'un père dans ces discussions. Papa est pourtant exactement dans les mêmes idées que moi : et il arrive tout de même que je sois en opposition avec lui pour des toutes petites choses. Seulement ce que je ne trouve pas chez Papa, je le trouve chez Maman, et c'est merveilleux : quand Papa est trop équilibré, trop près du fait, peut-être trop réaliste, je trouve appui pour ma passion auprès de Maman qui est pleine de flamme et d'idéal. Et inversement. Je me rends compte de ma chance. Et c'est pour cela que je me rends compte aussi de ta tristesse.

1. Position ridicule.

Beaucoup du mal provient aussi de ce que les hommes sont inoccupés ; ils ont trop de temps pour les choses matérielles (et il faut reconnaître que non seulement l'oisiveté, mais la nécessité des temps les y encourage). Ne te tracasse pas trop, car c'est partout pareil, et il y a des familles où on en souffre comme toi, j'en suis sûre. Je sais que cela ne peut pas te consoler ; je crois que les femmes répugnent à être matérialistes, et que c'est une grande déception pour elles de voir les hommes le devenir. Mais je crois aussi qu'il faut être juste, et voir les deux côtés de la question, et prendre en considération le fait terrible de l'oisiveté intellectuelle. Il est beaucoup plus facile pour une femme de s'occuper que pour un homme, et je commence à croire que les femmes ont souvent plus de ressources – plus de courage (en ce sens qu'elles ont moins besoin de stimulant pour se réveiller) – que les hommes.

Ici plusieurs éléments empêchent ce fait de se produire : d'abord Papa et Maman eux-mêmes qui sont admirables – la sensibilité extraordinaire de Maman à toutes ces petites choses, et sa flamme intérieure –, pour moi aussi la présence de Denise qui est la délicatesse et la compréhension mêmes (nous avons formé une forme de ligue tacite contre cet ennemi sournois qui t'attaque). Et puis le fait que nous faisons sans cesse front contre quelque chose d'immédiat, et que c'est la seule grande question. Elle contribue à maintenir l'atmosphère dans un état de clarté relative – c'est-à-dire que c'est souvent la clarté d'un ciel pendant et après la tempête –, mais c'est beaucoup.

Vois-tu, j'examine ma position et la tienne ; et je me rends parfaitement compte qu'à un certain point de vue, je suis beaucoup plus favorisée que toi ; mais je te le répète : ce qui arrive est normal…

*7 heures*

Ce qui vient d'arriver n'est pas normal : je viens de passer deux heures avec François[1]. C'est lui qui m'a interrompue dans ma lettre – si bien que j'ai eu la fort agréable impression de quitter la sœur pour voir le frère. Tu ne peux pas t'imaginer le plaisir que cela m'a fait de le

1. François Neuburger, frère aîné d'Odile, de passage à Paris pour rendre visite à sa grand-mère.

revoir, et de parler avec lui : je crois que je suis arrivée en deux heures à lui raconter notre vie depuis un an ! Je suis presque enrouée à force d'avoir parlé, mais je suis contente comme si je t'avais vue – et tu sais ce que cela signifie. Non, tu ne *peux* pas le savoir. Ma joie a été doublée du fait que je me suis aperçue que nous étions parfaitement d'accord sur *toutes* les questions, et que je savais à l'avance qu'il comprendrait tout ce que je lui dirais en particulier au sujet d'Éliane[1]. Je suis ravie de cette visite ; et cela me donne un petit avant-goût du contentement que j'éprouverai quand nous serons réunis à nouveau.

Mais je ne veux pas oublier que tu es triste, et que j'étais en train d'essayer de te consoler dans la mesure de mes moyens. Je te disais que ce qui arrivait était normal, et que je crois que si j'étais dans les mêmes conditions que toi, il se produirait quelque chose d'analogue. Mais tout cela ne peut pas t'apporter de soulagement immédiat : comme solution pratique, j'envisage deux choses : d'abord – puisqu'il t'est difficile de travailler (ne te fais pas d'illusion – je suis souvent découragée parce que mon travail ne m'absorbe pas assez, et que j'ai trop perdu contact avec mes études pour les reprendre), et que tu ne peux pas rester chez toi pour l'instant, je pense que le séjour chez Mme Hyafil[2] sera une très bonne idée – de plus tu seras remise dans l'atmosphère d'attente et d'espoir et de projet d'avenir avec Jacquot (qui se réaliseront *sûrement* bientôt) – ce qui te fera beaucoup de bien. 2° que tu m'écrives tout ce que tu voudras – toutes tes peines (rappelle-toi mon principe n° 1) – pour t'en décharger ; et aussi puisque nous sommes du même avis, toutes tes idées, pour que nous prenions feu ensemble. Je sais par expérience que le manque d'amis du même âge est très déprimant – quoique j'aie mes camarades ; mais les vrais amis ne sont pas là – et les lettres sont pour moi le grand secours. Si cela peut t'aider, et être une voie d'issue hors du cercle un peu étroit de la vie journalière, ne te gêne pas ; et si tu crois que tu m'ennuies... tu mérites que je ne t'aime plus.

---

1. Les juifs.
2. Ida Hyafil, mère de Jacques. David Hyafil, le père de Jacques, est mort en 1937.

Cela, c'est la solution pratique. La solution permanente – je ne sais pas si elle peut t'aider : c'est tout ce que je trouve pour le moment : la certitude que tu seras toujours *comprise* par moi dans quelque situation que tu te trouves. Je te la donne de tout mon cœur.

Et maintenant passons à un autre sujet. Je n'ai rien fait de très spécial cette semaine, sauf qu'hier j'ai vu M. Crouzet, qui a été charmant, et qui est plein de confiance et d'espoir. Mlle André[1] m'a beaucoup parlé de toi ; je la trouve très changée, et un peu amorphe. Peut-être était-elle fatiguée ? Elle a toujours ses châles en tout cas.

Samedi, je suis allée aux fiançailles de Solange Bricard ; je suis restée dix minutes, et cela a été un supplice. Tu imagines que ce n'est pas très agréable d'aller dans le monde en ce moment : on est obligé d'ignorer que les gens vous regardent avec des yeux ronds, et qu'ils ont les yeux attirés par M. Star[2] pendant qu'ils vous parlent. Mais le plus désagréable a été la conversation avec ces deux chipies de Kate Viénot et de Jacqueline Lemerle. (Cette dernière se répandant en protestations d'amitiés peu sincères.) Quant à Kate elle était vêtue à son ordinaire d'une robe à fleurs vives, décolletée outrageusement sur une peau brunie artificiellement, un énorme chapeau blanc en auréole – éclatante si tu veux, mais un tantinet « clinquant ». Quant à sa conversation il y avait de quoi vous dégoûter. Quand elle n'était pas à discuter la beauté d'une telle, elle faisait des déclarations comme celles-ci (qui me fait encore bondir) : « J'aime mieux que Pierre (son fiancé) parte chez Louis où il aura une situation plus en rapport avec ses études, que de rester ici à travailler dans une mine. » Simplement une question de choix entre deux postes plus ou moins agréables. Pouah ! Je suis rentrée ici écœurée (quoique Solange et son fiancé aient été charmants – mais je n'ai fait que les entrevoir). Denise avait invité quelques amis pour ses fiançailles. Les Vigué, Jean-Claude Legrand (un garçon charmant). Mais ils étaient partis, et j'étais désolée. Heureusement que Maman rentrait d'Aubergenville avec des fleurs

1. M. Crouzet, professeur, et Mlle André, directrice du cours Boutet de Monvel.
2. L'étoile jaune.

splendides – des brassées de pivoines, de roses et d'iris – même des petits œillets roses qui sentent si bon.

Quand je te parlais tout à l'heure du cas dont tu souffres, je voulais te citer mon propre exemple : j'ai l'impression que Jean est complètement abruti par la vie de forçat qu'il mène – travail matériel et manque de nourriture. Quand je pense au garçon qu'il était l'année dernière (et qu'il reste au fond) je suis stupéfaite. J'ai été d'abord presque injuste. Heureusement j'ai réfléchi et j'ai reconnu que j'avais tort, et qu'il était malheureux, et inconsciemment accablé par cette vie matérielle. Alors je l'ai excusé, et je me suis promis d'être plus compréhensive. En sortant de son chantier, il sera sans doute expédié tout de suite chez Louis[1]. La perspective manque de charme. Mais ce n'est pas à toi qu'il faut dire ça.

Denise vient de m'apporter ta lettre. Ne dis pas que la lettre était grotesque, sans cela la mienne n'aura plus de raison d'être. Il va se produire ce que je qualifierais de pé-ère[2] au début. Mais non ; tes soucis peuvent revenir, et elle aura servi à quelque chose. Même s'ils ne reviennent pas, tu sauras que j'ai compris. J'espère que Béranger continuera à être sage : François te dira ce que je lui ai dit de la question – le pour et le contre.

Ta lettre à Denise m'a rappelé le bon temps, mais ce n'est pas qu'un souvenir. C'est aussi un prélude.

Je vais aller dîner. Depuis 5 heures (il est 8 heures) je suis dans l'atmosphère Barroteuse[3]. C'est bien agréable. Il y a des petits pois frais pour dîner, c'est le couronnement de cette soirée (mon amour pour les p.p. frais est légendaire).

Je t'aime dix mille fois plus encore que d'habitude.

GRÉGORIO.

P.-S. : Il n'y avait pas de petits pois mais la journée était bonne quand même.

---

1. En Allemagne.
2. Position ridicule.
3. L'un des surnoms d'Odile est Barrot.

ODILE À HÉLÈNE

*28 mai 1943*

À destination de 5, avenue Élisée-Reclus, Paris VIIe

Ma mieux-aimée,

J'ai répondu à ta lettre en écrivant à Denise, mais il faut que je te dise à toi combien je suis contente.

D'abord je suis contente de ton contentement. Ensuite je suis contente de *mon* contentement. Sans parler du bonheur de Denise. Comme toi, j'ai l'impression que ça va inaugurer une période de bonnes nouvelles. C'est comme si un peu de bon vieux temps était venu se greffer sur le mauvais nouveau temps. Et il me semble que cette greffe va prospérer et se ramifier. Charles-Quint[1] aurait donné une de ces aubades s'il était toujours là. Aujourd'hui, j'ai envie de t'écrire une lettre gaie. Parce qu'au fond, je suis foncièrement gaie et que je me sens en ce moment tout à fait dans mon état normal. Je t'assure qu'avec ta lettre, il est arrivé une bouffée de bonheur qui a mis en fuite les idées noires. Il ne fallait qu'un petit coup de pouce pour que tout reprenne sa place. Je me suis réadaptée à la vie d'ici, je recommence à l'apprécier. Je « raime » mon jardin, ma chambre, ma routine. Par moments simplement une petite angoisse revient me serrer la gorge : l'appréhension des mois à venir, la crainte d'une déception et d'un nouveau cycle à recommencer. [...]

Hier, j'ai pensé au Vivier[2]. J'étais accroupie dans le jardin, déambulant à 4 pattes au soleil parmi les fraisiers, qui ne sont pas très florissants. J'ai déniché quatre fraises ! Je me suis rappelé les cueillettes d'Aubergenville, les paniers débordants de fruits, nos mains rouges de jus, sucrées et terreuses quand on se léchait les doigts, les courbatures dans le dos, les genoux, le soleil qui nous faisait battre les tempes sous les chapeaux de paille. C'était comme une vision du Paradis. J'ai été

1. Il s'agit probablement de Léon Lyon-Caen (1877-1967), ami et parent de la famille Berr.
2. La maison des Berr à Aubergenville.

prise d'une nostalgie atroce et j'ai regardé mon petit bout de jardin bien lyonnais avec pitié. Te souviens-tu de la dernière fois ? Je crois que c'était le 14 juillet 1941. J'avais rapporté à la maison tout un panier de fraises et de cerises. Tu ne peux pas savoir ce qu'est pour moi Aubergenville. C'est comme une petite partie de mon enfance, un souvenir tout tiède avec un cœur qui bat. Il me semble que c'est là par-dessus tout que j'aimerais accueillir le retour des Temps Heureux. L'autre jour, on parlait « retour ». Papa et Maman disaient, après avoir longtemps crié bien haut que nous ne réintégrerions jamais l'avenue Maunoury, que nous y serions peut-être forcés, étant donné le mal qu'on aura à trouver des appartements. Et moi de sauter au plafond. Tu ne peux pas t'imaginer ce que cela représenterait pour moi, même si je ne dois pas y réhabiter. Quelques fois, j'ai une envie de ma chambre ! Les jours de cafard surtout j'ai l'impression que tout s'arrangerait si je pouvais me jeter sur mon lit aux ramages un peu défraîchis et plonger mon nez dans le traversin qui sentait la poussière, après avoir été rechercher dans ma petite bibliothèque d'enfant quelque chose comme *Le Petit Lord Fauntleroy* ou *Les Patins d'argent*. C'est fou ce que mes vieux livres me manquent. Même sans les lire, j'aimerais les regarder, ou simplement les ouvrir à une page où les mots familiers, usés si l'on peut dire par mon regard qui s'est posé tant de fois sur eux me sauteraient au nez avec le parfum d'un autre monde. [...]

Écris-moi vite, ma mieux-aimée.

TON BÉRANGER QUI T'ADORE.

ODILE À HÉLÈNE

*3 juin 1943*

Depuis « La Mouchonne », Saint-Rambert-l'Île-Barbe, Rhône
À destination de 5, avenue Élisée-Reclus, Paris VII^e^

Ma mieux-aimée chérie, [...]

Je pense à ce que tu me dis de Jean, de son accablement depuis qu'il est aux Chantiers[1]. Il faut que tu l'empêches de se laisser aller. Il faut que les lettres qu'il t'écrit soient pour lui une occasion de se reprendre, de se retrouver. Tu connais la valeur des lettres. Elles sont un moyen d'expression tellement plus vrai, tellement plus sincère que la parole. On peut s'écrire tant de choses qu'on ne peut pas se dire. Surtout au début. Je ne prône pas la séparation (à d'autres !), mais du moment qu'on ne peut l'éviter et qu'on peut s'écrire, je crois que c'est une occasion unique de se connaître et de se comprendre, si paradoxal que cela puisse paraître. Cela a été le cas pour Jacquot et moi. S'il n'avait fait son service, il n'y aurait jamais eu une compréhension si rapide et si complète entre nous. Tu te souviens de son émotion après le bal de Zouzou. Je craignais que nos caractères ne se conviennent pas ! Alors qu'en réalité, ils sont faits sur mesure. Mais il a suffi de deux ou trois lettres pour dissiper tous mes doutes. Et maintenant encore, après trois ans de séparation, tu ne peux imaginer les progrès que nous avons faits. Nous avons réalisé des prodiges avec les 25 lignes qui nous sont octroyées de temps en temps, nous nous sommes presque « suivis »

1. Chantiers de jeunesse créés par Vichy. Signée le 22 juin 1940, la convention d'armistice ordonne la démobilisation générale et supprime le service national, si bien que les autorités militaires françaises se retrouvent en juillet 1940 à gérer deux contingents : celui des soldats démobilisés (40 000 hommes) et celui des mobilisés de juin (50 000). Un service civil obligatoire est instauré par la loi du 30 juillet 1940 puis par celle du 18 janvier 1941. Dorénavant, chaque citoyen masculin français de 20 ans, résidant en zone libre, a l'obligation d'effectuer un stage de huit mois dans les Chantiers.

au jour le jour[1]. Même si la situation n'est pas tout à fait la même, rien ne doit empêcher que vous entreteniez une correspondance analogue. Je ne veux pas dire que cela revienne à échanger toutes ses idées, principes, théories, etc. Ce sont des questions de détail. Ce qui importe c'est l'atmosphère d'une lettre, la tournure d'esprit, les tendances, les aspirations qu'elle trahit ? Je suis sûre que tu es de mon avis. Le tout est de commencer et je suis sûre que lui-même sera bien plus heureux s'il y parvient. Pardonne-moi de te parler sur un ton tellement doctoral. Je n'aime pas avoir l'air de te donner des conseils. Tu es tellement plus *« wise*[2] » que moi. Mais je prends toujours feu sur cette question d'échange de lettres, qui est dans son genre une sorte de don de soi-même. Je me sens toute propre et toute lisse quand je t'ai écrit une grande longue lettre comme celle-là. Ma mieux-aimée chérie, je t'adore, ce qui fait un pléonasme.

TON ODILON.

HÉLÈNE À ODILE

*7 juin 1943*

Depuis 5, avenue Élisée-Reclus, Paris VII^e^
À destination de « La Mouchonne », Saint-Rambert-l'Île-Barbe, Rhône

Mieux-aimée chérie,

Je n'avais pas répondu à ta lettre de la semaine dernière, parce que je n'ai pas eu le temps, et aussi parce que j'attendais la suivante, réponse à la mienne. Je viens de la recevoir, et je te réponds tout de suite, car elle éveille en moi beaucoup de sentiments.

---

1. Les prisonniers de guerre ont le droit de correspondre avec leur famille et leurs proches sans dire grand-chose sur leurs conditions de vie, car le courrier est visé par la censure.

2. « Sage » en anglais.

Je ferais peut-être mieux d'attendre d'ailleurs, car je suis trop fatiguée pour écrire. Je rentre de ma journée abrutissante à Dravance[1] et j'ai eu un mal fou à me traîner de mon lit où je m'étais affalée pour lire ta lettre jusqu'à la table. Si je continue (pour écouter mon impulsion morale, et vaincre l'inhibition physique) il faudra que tu excuses mon style.

Tu ne peux pas t'imaginer la joie que j'éprouve à savoir que tu es parvenue à l'intensité de bonheur spirituel dont tu me parles. Cela me console un peu, car je pense bien souvent à ce que doit être pour toi une si longue séparation, et je me demande comment tu peux la supporter. Tu as certainement découvert un secret infiniment précieux. Le bonheur qui t'attend sera décuplé après cette épreuve qui est pour vous deux un enrichissement. Tu t'étonneras peut-être que je parle de tout cela comme d'une chose extérieure à moi-même – une chose que je ne connais pas moi-même –, mais ne sois pas surprise : mon cas n'est pas pareil au tien, voilà tout.

Il n'est pas pareil pour beaucoup de raisons : d'abord parce que je n'ai pas assez connu Jean avant notre séparation pour atteindre le degré d'intimité que vous avez atteint ; je ne l'ai guère connu que pendant trois mois, à le voir deux fois par semaine quelques heures – je ne savais rien de sa vie passée, rien de sa famille, très peu de choses de son caractère. Nous étions trop absorbés et trop émerveillés par la troisième chose qui nous arrivait pour pouvoir étudier nos deux caractères respectifs. Je ne crois pas qu'une séparation dans ces conditions puisse apporter autre chose que de la souffrance. De plus Jean n'a certainement pas la même « communicabilité » que Jacquot ; il écrit peu, il parle peu (de choses personnelles). Et aussi je crois que nous sommes tous les deux beaucoup moins mûrs que vous. Enfin je ne peux pas lui en vouloir de l'espèce d'abrutissement qui pèse sur lui, car je sais ce que c'est que la fatigue physique, et à quel point elle peut annihiler la faculté même de penser – surtout en ce moment.

---

1. Contraction du camp d'internement de Drancy et de la rue de la Bienfaisance, siège de l'UGIF.

Je n'ai d'ailleurs personne autour de moi à qui parler, personne qui le connaisse en dehors de moi – si bien que parfois j'arrive à douter de la réalité. Hier pourtant j'avais emmené à Aubergenville le seul de ses amis que je connaisse, Molinié[1] – je t'en ai déjà parlé. (Il y a juste un an jour pour jour de ce premier pic-nic où ils étaient venus.) C'est un garçon très simple et très bon, en qui j'ai eu confiance tout de suite. Il a été extraordinaire – je ne lui ai rien dit sur mes relations avec Jean, car cela m'intimidait trop, j'ai fait comme s'il savait, et je lui ai demandé de me parler de lui pour m'aider. Sans aucune explication il a compris et m'a un peu parlé. Il m'a dit qu'il me verrait plus souvent – sa compréhension et sa délicatesse m'ont apporté un rafraîchissement dans ma tension.

Cette tension a été augmentée cette semaine par l'inquiétude où il vit de partir pour l'Allemagne[2] – là où il travaille, c'est automatique. Pendant huit jours je n'ai pas eu de nouvelles, et je ne savais pas ce qui était arrivé. Il est toujours là, mais toujours dans l'incertitude. Je ne sais pas ce que tu penses de la question, mais mon avis (peut-être ai-je tort, je ne l'impose à personne) est le suivant : c'est un devoir non pas de ne pas partir, mais de ne pas *se laisser emmener*. Il faut que cela devienne un cas de force majeure et non pas d'obéissance passive. Ceci dit, je ne jugerai, ni ne blâmerai personne. Je trouve simplement un peu désespérant de voir des garçons comme Michel C.S.[3] (notre ex-danseur) qui a dit à Nicole l'autre jour qu'il ne travaillait plus, et qu'il envisageait son petit voyage avec philosophie, sinon avec plaisir. Cela me donne un tel sursaut que je me demande brusquement si c'est moi ou eux qui ont tort.

Ce que tu me dis de François me remplit de joie – je suis si peu sûre de moi que cela me donne confiance d'avoir l'estime des autres. Moi aussi j'ai été enchantée de voir que nous étions d'accord sur tous les points – bien plus encore que je ne pouvais l'espérer. Je pense qu'il aura vu Jacques, qui en aura été bien content.

---

1. Jean Molinié est un étudiant en philosophie, ami de Jean Morawiecki.
2. Il s'agit du STO (Service du travail obligatoire) imposé par l'occupant et Vichy à tous les jeunes nés entre 1920 et 1922 à partir du 16 février 1943.
3. Michel Cohen-Solal.

Je m'imagine à peu près ce qu'a pu être ta crise de fou rire au souvenir de « Aoh, les bâvardes ! ». C'est extraordinaire de voir comme tu te rappelles bien la vie des cours. Elle m'a laissé très peu de souvenirs, et j'y pense très rarement. Il me semble que je n'ai commencé à vivre vraiment qu'à partir de la guerre – je crois qu'avant j'étais plus vieille que maintenant. De mon passé je ne chéris vraiment que les souvenirs d'enfance, de nous quatre et de Miss Child et puis de nous deux. Mais en dehors des cours. Est-ce que cela provient de mon peu de goût pour la vie en groupe ? J'adorais mon travail, et de lui je me souviens. Mais la vie de classe proprement dite m'a laissé à peine d'impressions. Ceci n'empêche pas que lorsque tu m'en parles, j'éprouve un très grand plaisir – mais il me semble que tu fais appel à quelque chose de très lointain. Si je n'ai pas eu une crise de fou rire semblable à la tienne, c'est parce que je ne ris presque jamais. Dimanche, Molinié qui était à Aubergenville et est vraiment extrêmement drôle (genre pince-sans-rire) a provoqué chez Nicole et moi une crise d'hilarité qui nous a empêchées de déjeuner. Il y avait si longtemps que je n'avais pas ri que je crois que c'était une réaction nerveuse – comme un ressort qui se détend brusquement.

Ce que tu me dis des ménages autour de toi n'est pas drôle ; mais cela ne m'étonne pas beaucoup. Heureusement que je n'ai pas de tels exemples sous les yeux. Denise et François vont si bien ensemble et ont l'air si heureux que cela donne confiance, comme une bouffée d'air sain et pur. François est absolument adorable ; il a une délicatesse et une sensibilité qui font que nos rapports sont étrangement beaux. J'ai bien de la chance.

Bravo pour Philippe-la-Caravane ! Et tant pis pour ses malades (les pauvres) il y a vraiment des renversements de situation qui sont cocasses. Sa petite amie Annie Digeon a été reçue à son diplôme d'anglais avec la mention très bien. Toujours aucune nouvelle de Jean, Claudine et Olivier depuis le 1er avril – c'est bien long.

J'ai bien revu l'autre jour Sparkenbroke[1], à qui j'avais quelque chose à demander : j'ai été non pas déçue, mais déprimée par mon entrevue. Il est toujours aussi charmant comme artiste et comme ami, mais ses

1. Surnom donné à André Bay.

idées sur la situation et sur son rôle dans la société sont désolantes (au sens propre). Il accepte tout, et ne pense qu'à vivre tranquille et élever ses enfants (il a une petite fille qu'il adore). Il n'a plus de vie en lui. Il m'a complètement désemparée pendant un jour. Je crois que s'il voyait ce que nous voyons, il se secouerait. Le mieux à faire est – comme je l'ai toujours pensé – de conserver intact le souvenir merveilleux des quelques mois où je l'ai connu, et qui correspondait à l'éveil de ma vie personnelle. J'ai toujours senti que c'était une espèce de fleur rare et très belle qu'il ne fallait pas trop toucher.

Je ne vois rien d'autre à te raconter aujourd'hui – excuse mon abrutissement. Je verrai la mère de François[1] jeudi, et je m'en réjouis beaucoup. Elle nous a prévenus par pneu[2].

Écris-moi bien vite ; je t'aime.

TON VIEUX CORDONBLEU.

*Jeudi*

Je rouvre ma lettre qui n'était pas partie pour te dire deux choses.

1° L'adresse de Francine – je me suis rappelée cette nuit que tu me l'avais demandée. C'est 8, rue Mirabeau à Limoges. J'espère que son fiancé n'est pas parti, mais d'après ce que Philippe écrit, beaucoup sont partis immédiatement de ces chantiers-là.

2° J'ai bien reçu hier soir une carte de Jean… de Tarascon[3]. Il a été démobilisé la semaine dernière, et est requis, comme sursitaire, pour le Service obligatoire du travail dans le Midi. Après toute cette tension, je ne peux pas y croire – d'ailleurs je me méfie toujours.

Hier à Dravance j'ai assisté à l'arrivée d'un groupe de tes compatriotes (de Lyon), et c'était absolument « hurrowsky ». Louis[4] était parmi eux, et très insolent – il prenait des photos. L'atmosphère est à nouveau plus chargée. Que de choses nous aurons vues !

Je t'embrasse vite, mais avec toutes mes dents.

---

1. La mère d'Odile.
2. Pneumatique : lettre rapide acheminée en moins d'une heure.
3. Jean Morawiecki est envoyé à Tarascon-sur-Rhône pour travailler dans une fabrique de chevaux de frise. Sa plus jeune sœur lui révèle l'existence d'une filière d'évasion à Pau pour franchir les Pyrénées.
4. Les Allemands.

ODILE À HÉLÈNE

*14 juin 1943*

Depuis « La Mouchonne », Saint-Rambert-l'Île-Barbe, Rhône
À destination de 5, avenue Élisée-Reclus, Paris VII^e^

Ma mieux-aimée,

Je n'ai reçu ta lettre de jeudi que ce matin. Je l'attendais, et surtout j'attendais le retour de Maman pour t'écrire. Cela n'avait pas de raison d'être, car je savais bien mieux qu'elle tout ce qu'elle pouvait me raconter de toi. Je savais que dans cet ordre d'idées elle ne me rapporterait aucune nouvelle sensationnelle. Malgré tout, le seul fait de dire « et puis j'ai vu Hélène » était déjà une nouvelle assez sensationnelle en soi. Je me rends tout de même mieux compte à présent de ce qu'est ta vie. Et j'en ai le cœur plus serré que jamais. Je m'aperçois aussi du fossé qui continue à exister entre les deux ex-zones. Quand je compare ma vie à la tienne, je suis saisie d'angoisse. J'ai peur… Et sais-tu en quoi consiste cette angoisse ? J'ai l'impression de marcher sur un chemin qui monte et très loin en avant de moi, je t'aperçois comme un point noir presque au sommet de la côte. Si loin vraiment que même en courant de toutes mes forces je désespère de te rattraper. C'est comme un mauvais rêve. Depuis la guerre, comme tu le dis toi-même, tu es née à une nouvelle vie. Et moi j'en suis encore à étouffer les derniers soubresauts de l'ancienne en moi. […]

Pour passer sans transition à un sujet plus burlesque, je vais te transcrire des passages d'une carte de Wladimir que je viens de recevoir. Elle est datée de Genève – fin mai. D'abord il s'excuse d'écrire très peu : « Mais à dire vrai, j'ignore si une correspondance est ou n'est pas opportune. J'ai écrit à Hélène sans avoir de réponse… Je travaille ici avec Mantoux, honteux de mon sort, mais avec cette maigre consolation que je n'ai rien fait pour en bénéficier (?!). Je n'écris pas à Hélène, ne voulant pas l'importuner (il a du nez – et quel nez ! c'est le cas de le dire) mais vous seriez bien gentille de lui transmettre mes meilleures amitiés. Il faut que vous et elle sachiez que je suis loin de vous oublier (hélas !) : il me semble au contraire que plus les jours passent, et plus mon affection pour vous deux s'enracine et se développe (cela promet...). Mes parents et H. sont à Bâle chez ma tante, et Jean travaille à l'Univ. de Zurich. Je travaille le mieux que je peux, m'étant refusé à mener la vie mondaine que tant de gens mènent ici et qui me dégoûte profondément. Par contre j'ai une activité sociale que j'essaie de rendre aussi productive que possible (Sainte Wladimir). Ne vous gênez pas de me demander quoi que ce soit, tout ce qui sera possible (et même davantage) je le ferai. Cette phrase vaut aussi pour Hélène (avis !). Que D. vous protège j'ai d'abord cherché qui pouvait être D. Je trouve cela familier et irrévérencieux. Cela me rappelle la famille Mantoux qui ne s'interpelle que par initiales : N. est sortie avec O. Brrrr... Votre fidèle et dévoué

Cheval. »

Le pauvre. S'il savait comme je me suis esclaffée en la lisant. Je n'ai pas encore répondu... [...]

Ma mieux-aimée, c'était merveilleux de recevoir encore un livre de toi. D'abord, tu l'as comme toujours bien choisi et ensuite il a le prix que j'attache à tous les cadeaux qui me viennent de toi. Je voudrais en faire une collection que j'aurais toujours dans une vitrine sous les yeux, depuis la paire de petits sabots ou le petit attelage surmonté d'un plumet que tu m'avais rapportés de tes voyages et croisières.

Je suis rudement contente que Jean n'ait pas été voir Louis[1]. Comme toi, j'estime que, sauf en cas de force majeure, on doit tout faire pour l'éviter. C'est une question d'honneur. Malheureusement, il y en a beaucoup qui raisonnent comme Michel C.-S. et beaucoup plus dans nos milieux que dans le peuple quand je dis « nos milieux », j'excepte évidemment Éliane[2], encore qu'elle se prenne quelquefois à regretter de ne pas être accommodée à la sauce commune ! Mais il n'y

1. Jean Morawiecki refuse de partir travailler en Allemagne et réussit à franchir les Pyrénées pour passer en Afrique du Nord.

2. Les juifs.

a pas beaucoup de gens assez lâches pour cela. Excuse mon écriture. Je finis cette lettre dans mon lit. J'ai l'impression d'avoir « gratté du papier », comme disait le bon papa Flandin, pour pas grand-chose. Je t'embrasse, mon Lorenzo mieux aimé.

TA VIEILLE LOLITA.

HÉLÈNE À ODILE

*18 juin 1943*

Depuis 5, avenue Élisée-Reclus, Paris VII^e^
À destination de « La Mouchonne », Saint-Rambert-l'Île-Barbe, Rhône

Ma mieux-aimée chérie,

À ma grande joie, j'ai trouvé ce matin en rentrant ta lettre de lundi – c'est le courrier de 10 heures qui l'a apportée. Dès que le délai normal (huit jours) s'est écoulé entre tes lettres, automatiquement une petite fenêtre s'ouvre en moi sur un petit paysage en attente. Je reçois ta lettre – la fenêtre se referme, comme celle d'une horloge hollandaise, jusqu'à la prochaine fois. Tes lettres régulières me sont aussi nécessaires que l'air que je respire. Je parle SÉRIEUSEMENT. C'est ma provision de *« cosyness »* et de normalité pour la semaine. Je sais que tu es au courant de ce qui se passe chez moi, par mes lettres – et ainsi je peux te parler de tout – tu peux me parler de tout. Cet échange régulier est le seul élément solide sur lequel je m'appuie en ce moment. Au moins je sais que quand je te reverrai, je n'aurai pas besoin de faire un effort de réadaptation (qui est si douloureux toujours). Je pourrai tout de suite parler du présent et de l'avenir parce que tu auras connu le passé. Et je t'assure que c'est un immense réconfort pour moi.

Mieux-aimée chérie, je t'adore.

Pan, voilà, c'est sorti – je ne m'y attendais pas –, c'est malgré moi. Naturellement je ne le regrette pas. Je suis même enchantée d'avoir pu émettre cette phrase. Je rentrais à l'instant dans ma chambre après avoir été boire mon café, avec l'intention de continuer ma lettre – et elle a jailli brusquement.

Les raisons que tu me donnes pour remettre ta visite me remplissent de joie[1] ; c'est la seule compensation que j'accepte : mais tu penses comme je l'accepte. Ici, les gens sont moins précis ; mais ta confiance me donne confiance. Quant à la visite, je m'étais mise à l'attendre – surtout après celle que ta mère avait faite. Mais je te répète, si ta raison se justifie, je bénirai ces jours-sans-toi à venir. J'ai été ravie de voir Mme N[2] ; il me semble ainsi que le contact entre nous deux est encore plus intime et plus profond. J'ai pu parler avec elle assez longuement, et cela m'a fait un bien que personne ne peut imaginer. Le livre qu'elle t'a rapporté est tout ce que j'ai trouvé sur le moment ; j'ai eu des remords après, parce que Nicole m'a dit qu'il devait être inconvenant. Je voulais te donner un Galsworthy (je viens d'en lire un merveilleux – en anglais). Mais je rentrais de Saint-Denis où j'étais allée voir un filleul[3] (ta mère a dû te raconter – j'espérais parler anglais avec lui, mais il parle français comme moi, outre le russe – il est russe d'origine – l'hébreu, l'italien, l'espagnol et l'allemand) – et je n'étais pas dans mon cher Quartier latin.

Depuis la semaine dernière il est arrivé un nouvel accident dans la famille. Bonne-Maman est tombée et s'est cassé le col du fémur. On ne sait pas encore ce qu'on va lui faire, l'opérer ou la laisser ainsi. C'est bien triste ; j'espère de toutes mes forces qu'elle s'en tirera, car je *veux* qu'elle voie à nouveau le bonheur avant la fin de sa vie. Je

1. Les parents d'Odile espèrent un débarquement allié dans le Sud. Le 10 juin 1943, après des bombardements intensifs, a lieu l'opération « Corkscrew », invasion par les forces britanniques de l'île italienne de Pantelleria, située entre la Sicile et la Tunisie.

2. La mère d'Odile est venue clandestinement à Paris pour voir sa mère et sa grand-mère.

3. Denise Milhaud, assistante sociale en chef des maisons d'enfants de l'UGIF, travaille aussi pour l'Entraide temporaire, une organisation clandestine à l'ombre du Service social d'aide aux émigrants (SSAE). Hélène devient secrétaire de l'Entraide temporaire aux côtés de sa cousine germaine Nicole Schneider.

veux qu'elle retrouve tous ses petits-enfants, et qu'elle connaisse Jean. Il y a toujours eu entre elle et moi une espèce de pacte tacite ; nous nous entendons très bien – je voudrais lui insuffler le désir que j'ai qu'elle se rétablisse.

Il y a quinze jours, elle nous a donné à toutes les trois, en l'honneur des fiançailles de Denise, ses bagues de famille – à Denise une émeraude, à moi un rubis, à Nicole un diamant. Je ne quitte plus la mienne : j'en ai été aussi contente que toi de ta veste rouge. À propos ne te fais pas de souci pour ta prétendue futilité ; moi aussi j'ai une veste rouge foncé que j'adore, et j'ai plaisir à la mettre.

J'ai reçu hier soir une longue lettre de Jean, me racontant sous forme de journal les péripéties de films policiers de son voyage – les alternatives d'espoir de rejoindre Rose, et sa fixation finale à Tarascon. Il travaille sous les ordres de Louis, et pour lui – il sert d'interprète –, les conditions matérielles – logement, discipline, ravitaillement en eau surtout – sont fort peu agréables. Mais c'est encore mieux que le grand voyage. À propos j'ai rencontré Michel C.-S. dans le métro dimanche dernier en prenant le train pour Aubergenville : il était si fort et si plein de sa personne que j'ai eu grand peine à réprimer mon envie de me moquer de lui.

Je suis enchantée que tu puisses écrire plus à Jacquot. Cela doit être merveilleux. Je t'assure que dès qu'il t'arrive quelque chose d'heureux, je prends un petit morceau de ta joie pour moi. Est-ce du vol ? Ton bonheur est une partie du mien, et lorsque vous serez tous deux réunis, la perfection de votre joie sera un orbe de lumière auquel je pourrai penser dès que j'aurai envie d'être réchauffée ou illuminée. Le bonheur des autres – et de ceux qu'on aime – est une telle source de confiance et de douceur.

Encore une chose que j'ai apprise récemment. Est-ce parce que mon « réveil » a coïncidé avec cette époque, ou parce que l'époque a développé ma sensibilité, l'a pour ainsi dire créée, que je ne la regretterai jamais ? Peut-être y a-t-il des deux.

Ceci m'amène à répondre à ta question : est-ce que je me sens « intoxiquée » ? Je ne comprends peut-être pas tout ce que tu me dis. Aussi ne t'étonne pas si je réponds à côté. Tu écris « J'éprouvais de la joie jusque dans la tristesse ; et puis tout à coup, je me suis méfiée… », tu te souviens de la suite – je ne crois pas que je me sois laissé exalter par cet état d'âme ; je ne crois pas que je suis exaltée du tout – je crois pouvoir dire que cette époque a amené au contraire un développement complet de toutes mes facultés. Je ne suis pas « sortie de moi » ; aussi je ne pense pas que je « rentrerai dans moi » – je ne suis pas dans un état anormal et passager. À part la question de déficience intellectuelle (je veux dire : perte de mémoire, incapacité de travailler – souvent même de raconter une histoire ou de suivre une conversation) que j'attribue à des causes purement physiques, je crois être tout à fait normale. Si j'ai découvert de la pureté et de la beauté dans la souffrance, cela ne m'empêchera pas de jouir du bonheur pleinement lorsqu'il reviendra – pour le moment nous ne sommes nourris que de souffrance, mais le bonheur reste aussi désirable et beau. L'exaltation ne m'a pas emportée, simplement j'aurai appris que bonheur et souffrance sont les deux éléments composants de la vie, et qu'il faut accepter cette antinomie – c'est une expérience commune à tous et que la vie se charge d'enseigner à tous – nous l'aurons apprise un peu plus violemment et peut-être un peu plus tôt que d'autres, voilà tout.

Je pense que tu dois souffrir d'une espèce de « *double-mindedness* », c'est-à-dire que pour toi il doit y avoir deux mondes : l'ancien (qui est encore le présent de beaucoup de gens) et la chère banalité – et le présent. Je me rends à peu près compte du tourment constant que cela doit être ; personnellement je ne crois pas que je pourrais le supporter – je ne sais comment, pour moi, les deux sont absorbés l'un dans l'autre. J'y réfléchirai – car tout ce qui te tourmente est un objet de réflexion pour moi –, mais en tout cas, si j'ai mis le doigt sur la chose – si c'est vraiment ce que tu voulais dire –, je peux te répondre que cette dualité n'existe pas pour moi. Ne va pas chercher d'explications dans la différence de nos certitudes et de nos expériences. Je crois que c'est avant tout une question de caractère. Je me rends compte au fond que depuis que je suis toute petite (depuis que je n'aimais pas les surprises et les plaisirs imprévus) j'obéis à une tendance unifiante – c'est peut-être là ce que Morgan veut dire avec son « *single-mindedness* ».

Mais où m'entraînes-tu ? Ces lettres sont des exercices d'introspection. En tout cas, je leur serai reconnaissante, car elles contiennent beaucoup de moi-même – tout ce que je ne peux dire à personne ici. Tu es la seule avec laquelle je puisse correspondre de cette façon ; et c'est encore une des raisons pour lesquelles j'attache tant de prix à tes réponses.

L'histoire de Wladimir est très réjouissante[1]. Je trouve le D. extraordinaire – ce n'est tout de même pas parce qu'il parle de Dieu qu'on va le suspecter ? Quel idiot ! Je ne doute pas qu'il revienne ici dès que ce sera possible. Il ne fera pas un bon travail suisse – des potins de Paris lui seront indispensables. Pauvre Wladimir – crois-tu qu'il se fait toujours des illusions ?

J'ai à peu près abandonné l'idée de ma thèse – c'est impossible en ce moment. (À propos, les sujets de l'agrégation d'anglais ont été merveilleux – si j'avais pu me présenter[2].) Je comble les trous de ma vie en lisant – j'ai commencé *L'Adolescent* de Dostoïevski. Hier j'ai acheté trois livres au hasard – j'étais sous le coup d'une crise de cafard-flâneur causée très probablement par une « *liver-attack*[3] » sous-jacente, et une atmosphère lourde et moite ; pour me dédommager, j'ai acheté les trois livres : *La Mer* de Michelet (je reste persuadée que j'aurais dû être marin), *Dans la steppe* de Gorki, et *La Dame de la mer* d'Ibsen. Au hasard, advienne que pourra.

Je vais joindre à cette lettre la copie de trois pages d'une conférence de R. M. Rilke, qui me semble écrite pour toi – je suis sûre que tu l'aimeras comme je l'ai aimée. Elle se trouve dans un petit livre intitulé *Paysage*, que je m'étais offert pour Noël. Dis-moi ton avis – de même que tu répondras à toutes les divagations de cette lettre.

Je t'embrasse avec toute une famille de baisers (un baiser-Meg, un baiser-Bess, un baiser-Laura etc. jusqu'au plus petit).

---

1. Wladimir a expliqué à Odile pourquoi il n'écrivait pas à Hélène dont il est amoureux : « C'est pour ne pas l'importuner. » Il a terminé sa lettre par « Que D. vous bénisse ».

2. À partir de l'été 1941, un numerus clausus est imposé aux élèves et étudiants juifs dans les établissements scolaires et universitaires. Hélène n'a pas le droit de se présenter au concours de l'agrégation d'anglais.

3. Crise de foie.

ODILE À HÉLÈNE

*25 juin 1943*

Depuis « La Mouchonne », Saint-Rambert-l'Île-Barbe, Rhône
À destination de 5, avenue Élisée-Reclus, Paris VII^e^

Ma mieux-aimée,

À moi aussi tes lettres me sont aussi nécessaires que le pain que je mange. Le jour où je les reçois se détache sur le fond de tous les autres jours comme une illustration en couleur sur une longue fresque noire et blanche. Ce jour-là je fais mon « plein » pour le reste de la semaine. Mais il ne faut pas m'en vouloir quand je tarde plus ou moins à te répondre. Il y a des jours où ma pensée dort ou bien s'effiloche. Elle me « sème » et j'essaye en vain de la rattraper. Ces jours-là j'aime mieux ne pas écrire que de t'envoyer une succession de phrases creuses et étirées (sauf quand cet état se prolonge parce que j'ai trop peur que tu ne finisses par prendre mon silence pour de la paresse). Souvent aussi (aujourd'hui par exemple) je commence à t'écrire avec l'impression que je ne remplirai pas deux pages. Et puis cela vient au fur et à mesure, il suffit de rétablir le contact. Et vraiment c'est extraordinaire avec quelle rapidité je te retrouve dès que j'ai tracé les premières lignes. On dirait que le mot magique de « mieux-aimée » a fait jaillir ton fantôme en face de moi et si je reviens après avoir interrompu ma lettre commencée, ma dernière phrase est comme la dernière aiguillée de fil que je reprends sans difficulté pour continuer à bâtir. Au fond la plupart du temps quand j'ai l'impression de n'avoir rien à te dire, c'est que j'ai trop à te dire et sèche sur ma feuille comme sur une copie de bachot lorsqu'un sujet trop vaste et trop merveilleux vous a été donné. Les idées, les pensées et les sentiments font obstruction et s'empêchent mutuellement de s'écouler. Lorsque je veux m'en sortir, je suis obligée de rétrécir le champ de ma pensée et procéder avec méthode comme une écolière, en reprenant par exemple chaque passage de ta dernière lettre. C'est merveilleux tu sais d'être arrivées à cette conversation ininterrompue dans l'espace et dans le temps. Et cela me fait un bien ! Je crois vraiment t'avoir livré le plus profond de moi-même. Il n'y a que Jacquot à qui je me sois confiée aussi complètement. Vous m'avez appris tous les deux à me connaître (ce n'était pas toujours une belle découverte, mais c'était au moins nécessaire et il ne peut en sortir que du bien). Je crois que tu as raison quand tu dis que la différence de nos réactions provient plus d'une différence de nos caractères que de circonstances. Tu es aussi « concentrée » que je suis dispersée. C'est vrai que l'on sent chez toi ce besoin d'unité. Tu me fais penser à ces boîtes de laque chinoise compactes et légères, brillantes et mystérieuses, aux proportions harmonieuses avec un secret enfoui dans la profondeur de chaque tiroir. Et moi je suis le petit paquet trimbalé dans l'autobus et le métro qui garde un semblant de forme grâce à la ficelle et au mauvais papier qui l'entourent mais qui laisse filer son contenu par tous les trous. Attention fragile. À tenir droit. Heureusement que l'emballage est solide. [...]

J'ai reçu hier une invitation au mariage de Solange Bricard (première lettre que l'on me fait suivre de Paris... on n'y avait pas pensé plus tôt). Cela me fait un drôle d'effet, toutes ces filles-du-cours qui se marient les unes après les autres. J'ai l'impression de les regarder passer chacune leur tour, derrière le passage à niveau fermé, comme de bons petits trains de marchandises qui se dirigent allègrement vers le même terminus, la même voie de garage. Nous, quand la barrière sera levée, nous bondirons au hasard de nos quatre roues, nous arrêtant pour humer l'air de la campagne, repartant, hurlant de joie dans les virages, explorant tous les sentiers, filant tout droit vers l'horizon sans l'atteindre jamais et sur le bord de la route, il n'y aura pas un bouton d'or, un coquelicot qui échappera à nos regards émerveillés. Ô mieux-aimée comme ce sera merveilleux. Tu apprendras de nouveau à vivre. Nous redeviendrons de toutes petites filles et nous sifflerons dans l'herbe des champs. À bientôt, mieux-aimée chérie. On ne sait jamais...

Je t'embrasse p fois.

TON PETIT PAQUET MAL FICELÉ.

HÉLÈNE À ODILE

*4 juillet 1943*

Depuis 5, avenue Élisée-Reclus, Paris VII^e^
À destination de « La Mouchonne », Saint-Rambert-l'Île-Barbe, Rhône

*Dimanche soir*

Ma mieux-aimée,

Avant que ne s'efface l'impression encore si vivante de cette merveilleuse journée[1], avant qu'elle ne devienne souvenir, avant aussi que notre intimité animée du souffle radieux de la réalité ne se transforme à nouveau en celle qui règne dans les lettres (elle n'est pas moins belle, elle est autre) – je veux encore te dire quelque chose –, je ne parle plus, mais je ne t'écris pas encore. Ta présence est toute dans cette chambre ; je te revois assise sur le lit, et j'entends notre conversation. Demain, ce sera différent : tout sera devenu passé après une nuit. Console-toi : le fait de devenir passé n'implique pas une diminution de beauté – au contraire, je crois qu'une fois devenue souvenir, cette beauté est à l'abri des attaques (attaques de quoi ? je n'en sais rien, mais c'est ce que je sens) – elle est invulnérable, et constitue un trésor intact et lumineux :

*A thing of beauty is a joy for ever :*
*Its loveliness increases ; it will never*
*Pass into nothingness ; but still will keep*
*A bower quiet for us…*

N'est-ce pas juste cela ? Je repenserai à ces journées comme à une oasis merveilleuse. Tu m'as dit que tu étais redevenue toi-même. Chez moi, cela s'est traduit sous une autre forme, mais l'essence est la même. Je me suis sentie exaltée par la beauté de l'instant, et par les possibilités

1. Odile vient de quitter Paris où elle est venue quelques jours.

de bonheur qu'elle m'ouvrait. Chose qui ne m'était plus arrivé depuis presque un an, et qui me prouve que je suis encore capable de telles émotions. Et puis je ne me suis plus sentie divisée, ou en lutte avec moi-même ; mais soulevée par quelque chose de plus fort que moi, et qui me paraissait essentiellement bon et beau (c'est la même impression).

Mais ce n'est pas la peine d'essayer. Je ne parviendrai pas à analyser ce que j'ai éprouvé. Je n'aurais pu le faire peut-être que sur le moment même. Mais je ne veux pas regretter : tu sais que j'ai été heureuse – et cette certitude me suffit.

Car nous avons beau ne pas avoir exprimé tout ce que nous avons à nous dire et à nous raconter : je suis sûre que l'inexprimable a été senti par nous deux, et qu'il s'est communiqué de l'une à l'autre. C'est le plus important. Le reste pourra toujours se dire – par lettre.

*Jeudi matin*

Et moi qui disais que j'écrivais toujours mes lettres d'un trait ! Ma mieux-aimée, voici déjà quatre jours que tu es partie, et il me semble qu'un siècle s'est écoulé. La vie « normale », avec son fardeau de soucis, m'a emportée à nouveau dans son courant ; mais ta présence reste comme une île ensoleillée et enchantée, au milieu de cet écoulement continu.

Lorsque je t'ai écrit dimanche soir, ce n'était pas une lettre, tu n'étais pas encore redevenue la mieux-aimée des lettres, et je voulais profiter de ce moment unique ; cette journée de dimanche avait été merveilleuse de l'aube jusqu'au soir. Avant ton arrivée, il y avait eu cette matinée ensoleillée, le bateau construit dans le sable avec cette armée d'enfants – elle m'avait replongée dans mes joies d'enfance – le calme et la paix de l'attente sur le quai de la gare de Bagneux, la beauté de la « Dame de la Mer ». Et toutes ces joies n'existaient en réalité que parce qu'il y avait au-dessous une grande joie sourde et encore inexprimée – la joie que l'après-midi tenait en réserve.

Après il y a eu la musique de Schumann (des pièces pour trio que j'ai écoutées en rentrant qui ont fait mourir la journée en beauté), si bien que je n'ai eu aucune amertume, et presque aucun regret.

Comme tu l'as dit, j'ai l'impression que même si nous n'avons pas *tout* dit, ces quatre jours ont été une chose complète, et parfaite – sans doute parce que le fond, l'âme y était. Nous avions creusé bien plus profondément, tout de suite, et regardé bien plus loin vers l'avenir que n'aurait pu le faire un simple échange de mots.

Hier, mercredi (j'étais exactement aussi mal en point que la semaine dernière), vers 2 heures, on a frappé à la porte. Et j'attendais presque une surprise. Mais rien n'est venu.

Je n'ai pas fait grand-chose depuis dimanche, et pourtant il me semble qu'un siècle m'en sépare. Lundi, Bonne-Maman n'était pas bien (mardi, elle était très mal, et ne nous reconnaissait pas – mais hier elle allait un peu mieux). Les nouvelles de D.[1] ne sont pas gaies du tout. Il doit se passer des choses bien tristes dans cette famille ; on m'a dit que Louis infligeait à la pauvre Éliane des châtiments corporels lorsqu'elle ne lui obéissait pas. Enfin, tu le connais comme moi.

Avant-hier, j'ai rencontré Anne-Marie Hertz : elle m'a demandé de tes nouvelles ; elle est toujours la même, « mon petit vieux » par-ci par-là. Mardi, je suis allée à la bibliothèque ; jamais il n'y a eu autant à faire, et j'avais envie d'envoyer tout le monde au diable. Ils étaient comme des mouches, et venaient « derrière le comptoir », ce qui est très agaçant.

Je lis *Résurrection* de Tolstoï, qui me paraît d'une actualité extraordinaire. Je le comprends sûrement mieux que je n'aurais pu le faire en temps normal. Tu as oublié d'emporter *The Years* de Virginia Woolf. Veux-tu que je te l'envoie, si tu as le temps de lire ?

Ma lettre est vraiment inintéressante, et je sais que je n'arriverai pas à écrire plus, ni mieux ce matin. Pardonne-moi. Je l'envoie quand même, parce que, de moi, tu connais tout, le bien et le mauvais et que je crois que tu liras ces lignes, si mal écrites qu'elles soient. J'espère que tu m'écriras vite, pour me dire dans quel état d'esprit tu es (même si tu es triste), et nous reprendrons notre dialogue dont l'atmosphère a été purifiée et illuminée par ces quelques jours. Je t'embrasse.

---

1. Camp d'internement de Drancy. À partir de juin 1943, Aloïs Brunner, officier SS d'origine autrichienne, prend la direction du camp (jusqu'en août 1944) en y faisant régner la terreur et en accélérant le rythme des déportations.

ODILE À HÉLÈNE

*8 juillet 1943*

Depuis « La Mouchonne », Saint-Rambert-l'Île-Barbe, Rhône
À destination de 5, avenue Élisée-Reclus, Paris VII^e^

Mieux-aimée chérie, […]

Hier, mercredi, j'ai revécu heure par heure la journée de mercredi dernier. Le simple fait de regarder ma montre me faisait plaisir, car je me disais : à cette heure-ci, je dévalais les escaliers du Trocadéro, j'enjambais le pont, et soulevant la poussière du Champ-de-Mars, je fonçais vers le carreau fendu de la porte d'entrée, le Saint impassible même en cette occasion, la sonnette perfide que je m'attendais à entendre carillonner mais qui s'est bien gardée de changer de timbre, pour mieux tromper son monde. Te rappelles-tu cette première lettre où je parlais de mes intentions de venir, et où j'imaginais justement cette arrivée dans le cadre familier. J'avais prévu la moindre petite sensation et tout s'est passé exactement comme je le pensais. C'est cela qui a été merveilleux en tout, cette concordance de l'imagination et de la réalisation. C'est rare. Et le déjeuner de dimanche, tu ne peux pas savoir comme il m'a fait plaisir. C'est vivifiant de se tremper dans l'air de ta famille. Et puis, c'est tout simplement parce que le temps a fait de ta famille la mienne aussi. Je m'y sens indissolublement liée par les histoires de chapeaux chinois et autres… Je pensais à la première fois où je vous avais vus réunis autour de la table de la salle à manger du Terrasse Palace. Je ne pouvais pas en détacher les yeux. Et j'étais obnubilée par les cheveux de Denise. Si j'avais pu faire comme Huxley dans *La Peau des profondeurs* et sauter d'août 1931[1] à juillet 1943… Dis à Denise que j'ai été à Lyon hier et que j'ai fait au moins 12 magasins en soierie pour trouver de la mousseline de soie blanche. Ils n'ont plus rien en blanc et surtout en soie. Au 11^e^, pourtant, j'ai vu un crêpe Georgette de rayonne pas mal, bien mat

1. L'été où Hélène et Odile ont séjourné dans le même hôtel à la montagne.

mais un peu rideau, 75 F et 3 pointes mais il fallait que je le prenne tout de suite car le coupon était vendu, mais comme il y en avait beaucoup, la vendeuse m'avait fait la grâce de greffer quelques mètres dessus. Mais je n'ai pas osé et comme il devait être livré ce matin, c'est fini. Mais je chercherai encore, sans grand espoir. Je n'ai pas de nouvelles de Jacquot. Et toi, as-tu de bonnes nouvelles ? Maintenant, il me semble que tu peux encore plus facilement me parler de tout ce qui le concerne[1]. Ma mieux-aimée plus aimée que jamais, je t'envoie des montagnes de tendresse. Je te charge d'en répartir quelques mamelons entre Denise, Nicole et Tiburce[2]. Pour François[3] je n'ose encore m'en tenir qu'à la pénéplaine. Un respectueux *kiss* à Papa et Maman Berr.

BARROT.

HÉLÈNE À ODILE

*11 juillet 1943*

Depuis 5, avenue Élisée-Reclus, Paris VII$^{e}$
À destination de « La Mouchonne », Saint-Rambert-l'Île-Barbe, Rhône

*Dimanche matin*

*Ma* mieux-aimée,

J'ai reçu hier matin ta première lettre. Je suis consolée de voir que tu as éprouvé la même souffrance que moi à te remettre à écrire. Tu as bien dû voir par ma lettre que j'avais un mal fou à la faire ; cette lettre était stupide (je ne parle pas du début, qui n'était pas une lettre, mais la suite de ce que j'aurais voulu te dire avec ma voix, et avec

1. Ce qui concerne Jean Morawiecki.
2. Ours en peluche d'Odile.
3. François Job, fiancé de Denise Berr.

ta figure devant moi). Mais maintenant je crois que le courant est repris. Je vais pouvoir recommencer à t'écrire – c'est-à-dire retrouver cette consolation de toutes mes semaines ; tout en gardant au fond de moi-même la conscience que quelque chose est venu s'ajouter à notre intimité, pour la rendre encore plus riche et plus profonde.

J'ai un peu l'impression que je joue un bon tour aux lettres, de leur dire… oui, vous croyez que rien n'a changé, que vous avez continué votre petit bonhomme de chemin – mais il s'est passé derrière votre dos un grand événement qui a apporté quelque chose de plus que vous ne pouviez apporter. C'est délicieux de sentir que l'on tient ainsi en réserve un trésor, à l'insu, et en plus de ce qui est régulier et *« every day »*.

J'ai lu ta lettre au moment où Maman venait m'annoncer les dernières nouvelles. J'ai bondi ; comme si j'avais une vision – j'étais en train de lire cette phrase « Mais c'est déjà trop tard – Tu verras… ». Bien sûr, tu devais savoir ! Si tu ne savais pas, tu as en tout cas trouvé le moyen de m'inspirer en une minute plus d'espoir et de confiance que ne l'aurait fait la simple annonce de l'événement[1] – car ta confiance si calme, à laquelle est venue bien gentiment s'ajouter sa réalisation, a été pour moi une illumination. Tu te rappelles ce jeu qui consiste à se mettre devant un arbre en se cachant les yeux, pendant que les autres essaient de se rapprocher dans l'intervalle des « un, deux, trois ! » – il me semble que chaque fois que je me retourne à « trois », Rose[2] a fait une enjambée de plus – quand elle me frappera le dos, je ne la prendrai pas, mais je grimperai tout en haut de l'arbre, tellement je serai contente.

L'atmosphère dans la famille d'Éliane[3] est ce que tu supposes – c'est à n'y plus tenir. Louis[4] la bat et la tourmente tout le temps, ou le fait faire par les frères de la petite – ce qui est encore pire –, la famille est désolée, et ne sait que faire – quel conseil donner ? Si on leur dit de ne pas y aller, cela retombera sur l'enfant.

1. Le débarquement des Alliés en Sicile a eu lieu le 10 juillet 1943.
2. L'Angleterre.
3. Les juifs.
4. Les Allemands.

Bonne Maman ne se remet pas bien ; il y a simplement des jours où elle est moins mal que d'autres ; mais physiquement, et moralement, elle est très changée.

Figure-toi qu'hier soir j'ai eu une crise de chagrin parce que j'ai réalisé brusquement ce que le mariage de Denise allait signifier pour moi. Cela a éclaté pendant qu'elle jouait des bribes du Carnaval ; aussi y étais-tu intimement mêlée. J'ai réalisé que le piano serait muet, que la maison serait vide. Car, bien que nous ne nous voyions pas dans la journée, la conscience que nous nous retrouverons à midi, le soir, que nous bavarderons à la cuisine le soir après le dîner – tout cela me soutient souvent au milieu de la journée. Denise est tellement pleine de vie, tellement normale et « saine », qu'elle me donne mon équilibre. Et il y a plus : sa présence ici, et notre union indissoluble était la seule chose *« cosy »* et stable qui nous restait dans cette tourmente qui a peu à peu coupé les branches de notre joyeux arbre depuis trois ans. Il y avait une espèce de pacte muet entre nous – un pacte pour maintenir coûte que coûte un élément de jeunesse (j'espère que tu comprends ce mot ; il implique tout ce qu'il y a de beau, de neuf, d'espoir dans la jeunesse – on ne peut pas s'empêcher d'en avoir conscience) dans cette obscurité. De plus nous avons vécu les heures les plus tragiques ensemble ; nous avons ri ensemble au milieu de la tourmente – ce qui a rendu le pacte encore plus indissoluble.

Au fond je suis très égoïste ? Je ne le crois pas : j'arrive simplement à cette conclusion : qu'il n'y a plus, à notre âge, de grande joie qui n'ait sa contrepartie de douleur – c'est ce qui en fait le prix.

*Ay, in the very temple of delight*
*Veil'd Melancholy has her sovran shrine.*

C'est encore du Keats – car je ne peux pas nier que je n'éprouve de la joie du fait que Denise a trouvé le bonheur – du fait aussi que François soit si adorable. Donc j'accepte les deux choses, sans chercher à réduire leur antagonisme.

Je n'ai pas lu *Vent d'est, vent d'ouest*, quoiqu'il soit ici. Je n'ai lu que *La Terre chinoise*, de Pearl Buck – mais j'aime beaucoup cette simplicité biblique, qui est très reposante. Je viens de finir *Résurrection* de Tolstoï qui m'a enthousiasmée, parce qu'enfin j'ai trouvé quelqu'un qui avait vu exactement ce que nous voyons, qui a été tourmenté par les mêmes problèmes angoissants que nous (je parle du problème général du mal infligé par les hommes à d'autres hommes), et qui a trouvé la raison profonde de ce problème. Écoute ces phrases :

« Quand, pour un instant seulement, fût-ce dans un cas exceptionnel, on reconnaît qu'un acte quelconque est plus important que le sentiment d'humanité, il n'est pas de crime qu'on ne puisse accomplir à l'égard de son prochain, sans s'en croire irresponsable… Ils ne voyaient pas devant eux des hommes et leurs obligations d'hommes vis-à-vis d'eux, mais uniquement leur service, c'est-à-dire des obligations, qui selon eux étaient plus importantes que les obligations d'humanité…

« Si l'on posait comme problème psychologique : comment pourrait-on transformer des hommes de notre temps qui sont chrétiens, humanitaires, ou simplement bons, en criminels des plus atroces, sans qu'ils se sentent responsables ? La seule solution serait celle-ci : il faudrait instituer ce qui, précisément, existe : des gouverneurs, des directeurs de prison, des officiers, des policiers. Autrement dit (Pardon, il y avait deux feuilles au lieu d'une, avec un dessin) faire que ces hommes soient certains qu'il existe une œuvre appelée service d'État, qui consiste à traiter les hommes comme des choses, sans relation d'homme à homme ; et ensuite, que ces fonctionnaires se trouvent dans une situation où la responsabilité des conséquences de leurs actes ne puisse retomber sur un individu isolé…

« Le moyen unique et certain de sauver les hommes de l'effroyable mal dont ils souffrent *consiste simplement en ce qu'ils se reconnaissent toujours coupables envers Dieu, et par conséquent, indignes de punir ou d'amender leurs semblables.* »

Qu'en penses-tu ? Comprends-tu maintenant pourquoi je n'ai pu lâcher ce livre, et pourquoi je le garderai à côté de moi ? Ce n'est pas seulement pour la description saisissante des scènes de déportation, ou des horreurs des prisons. C'est aussi pour cette sagesse profonde et sereine, si près de l'enseignement du Christ, et si loin de ce que pratiquent ceux qui se réclament du nom de chrétiens. Tu connais mes idées, et tu n'as pas besoin de t'inquiéter de cette phrase. Mais parfois il me semble que je comprends mieux le Christ que les bons puncats[1] de ce monde.

*Mardi matin*

Je vais finir cette lettre avant de m'en aller. Avant tout, je te préviens que ce n'est pas la peine de te donner tant de mal pour le tissu de Denise, car elle a trouvé (par miracle) du crêpe mousse blanc. Elle te remercie beaucoup de ce que tu as fait ; j'espère que tu n'as pas continué à courir les magasins.

Yvonne a écrit hier qu'elle avait reçu une très gentille lettre de toi. Cela ne m'étonne pas. Mais tu as eu une excellente idée de lui écrire.

Le goûter chez Josette P.[2] n'était pas ennuyeux du tout, et surtout excellent. J'ai « *behaved*[3] » genre toi, chez tes amis de Cannes. Il y avait de trop bons chocolats.

Aujourd'hui je retourne à St.-Denis, voir un 100 %[4] celui-là, et cela m'amuse. Le 0 % est très gentil, il m'a donné des bonbons pour les enfants, et du chocolat pour moi.

Nous allons pouvoir retourner à Aubergenville, heureusement, mais avec ce beau dimanche d'il y a huit jours, je n'ai pas éprouvé le moindre regret d'être à Paris.

J'espère que maintenant tu as reçu des nouvelles de Jacquot. J'ai reçu hier une très courte lettre de Jean qui ne disait pas grand-chose.

*Well, my child* (comme dirait cette brave M.C.[5]) il faut absolument que je m'en aille – quoique je n'en aie aucune envie. Je te récrirai bientôt.

Je t'embrasse.

GRÉGORIO.

1. « Les punaises » catholiques.
2. Josette Perquel.
3. « Je me suis comportée comme toi. »
4. 100 % juif.
5. Miss Child, la gouvernante des enfants Berr.

ODILE À HÉLÈNE

*15 juillet 1943*

Depuis « La Mouchonne », Saint-Rambert-l'Île-Barbe, Rhône
À destination de 5, avenue Élisée-Reclus, Paris VIIe

Ma petite mieux-aimée, [...]

Oh oui, les lettres ont du bon, tout de même. À côté des moments que nous avons passés, ce ne sont évidemment que des lettres. Mais à côté de toutes les autres lettres, ce ne sont plus des lettres, mais bien plus, et bien mieux. Ce sont *nos* lettres. J'ai reçu ta seconde ce matin. J'ai presque ri d'émotion en recevant la première, en constatant à quel point nos actions avaient été analogues. Nous avons même employé presque les mêmes termes. Cela m'a fait plaisir cette sorte de compréhension et de communication tacites. Je ne croyais pas que notre amitié pouvait encore faire des progrès. Il arrive qu'on aime tellement qu'on ne peut imaginer qu'on puisse aimer davantage.

J'étais bête car c'était comme si j'avais assimilé l'amitié à quelque chose de mesurable. Comme si l'amitié avait des dimensions ! Certaines en ont, ce n'est pas douteux. Mais la nôtre a fait le bond qui l'a projetée dans le champ de l'infini. C'est pour cela que nous avons éprouvé une joie si belle et si pure en nous retrouvant après cette longue séparation. C'est qu'il n'y a que l'infini pour nous procurer une ivresse aussi « saine ». Une ivresse dans laquelle se retrouve le sentiment du Beau, du Bon, de Dieu. C'est un peu de tout cela qu'est faite l'essence de notre amitié. Elle est parfaite et indéfiniment « perfectionnable ». Elle s'exprime sous la forme suivante :

Et voilà. Il était temps. Un peu plus et je pontifiais. [...]

J'oubliais de te parler de ton diplôme[1] ! Je ne l'ai pas encore fini, et je ne veux pas le finir, tant j'ai de plaisir à le lire. En dehors de l'intérêt que j'y trouve, c'est un plaisir presque sentimental. Je me jette dessus le soir après le dîner. Parce que je sais que c'est toi qui l'as écrit. C'est comme si je lisais une longue lettre de toi. J'ai commencé par la fin puisque tu m'avais dit que c'était là que tu avais mis la plus grande part de toi-même. En dehors de cela, je suis dans l'admiration de ton travail. On a l'impression de quelque chose de lumineux tout le temps. Et puis, je n'en reviens pas de l'aisance avec laquelle tu écris en anglais. C'est merveilleux. J'en étais encore restée bêtement au temps des *« Beware »*. Cela doit vous donner une bien grande satisfaction d'avoir « pondu » un ouvrage comme celui-là.

Je te quitte pour aller justement te retrouver dans Shakespeare.

Ma mieux-aimée, j'ai plus confiance que jamais en une réunion prochaine et définitive. Courage (je n'ai pas besoin de te le dire).

TON VIEUX GRÉGORIO.

HÉLÈNE À ODILE

*20 juillet 1943*

Depuis 5, avenue Élisée-Reclus, Paris VIIe
À destination de « La Mouchonne », Saint-Rambert-l'Île-Barbe, Rhône

Mieux-aimée chérie,

Je commence ce soir à te répondre à ta lettre du 15.

*Mercredi 21* (!)

J'ai en effet commencé, mais j'étais trop fatiguée pour continuer. Je ne sais plus très bien comment je vis depuis quatre jours.

---

1. Hélène avait obtenu son diplôme d'études supérieures de langue et littérature anglaises sur Shakespeare. En octobre 1942, elle a déposé un sujet de thèse de doctorat sur Keats.

Dimanche matin, Bonne-Maman avait eu deux syncopes, et nous avons été très inquiets. Lundi soir, elle a eu brusquement une grosse poussée de fièvre, 40,5 °C, avec arrêt du pouls ; le docteur appelé par *Auntie* Ger l'a crue perdue (tout ceci se passait à notre insu, puisqu'après 8 heures[1], tout peut arriver sans que nous ne sachions rien). Hier matin, j'ai passé la matinée auprès de son lit, en lui tenant la main ; elle était très faible, mais elle me reconnaissait bien, et cela me faisait plaisir d'être là. Elle était si calme et douce. D'ailleurs, depuis cette crise, toute son agitation, ses gestes inconscients (elle croyait tout le temps tricoter et nous demandait à chaque instant de finir son ouvrage), son énervement ont fait place à un calme et à une douceur extraordinaires. Lundi, on aurait dit qu'elle revenait de très, très loin, de l'*« undiscovered land »* de Hamlet. C'était si beau cette paix que je n'arrivais pas à éprouver la moindre révolte. Je pense que tu me comprends. Aujourd'hui, elle n'a pas de fièvre ; elle était si lucide que c'en était impressionnant. Nous ne savons pas quoi penser ; la doctoresse Bertrand-Fontaine est venue cette après-midi, et trouve que le cas n'est pas désespéré. Maman et la garde sont plus pessimistes. Je ne sais pas où j'en suis. Elle est très changée, très maigre, les yeux enfoncés ; mais si paisible ! Aujourd'hui, Decourt a téléphoné qu'un de ses camarades avait reçu un message de Jean (probablement d'après la visite de Rose). Bonne-Maman s'est très bien rendu compte ; elle était ravie, et l'annonçait à tout le monde.

L'autre chose qui contribue à me désorienter, ce sont les événements chez Éliane[2]. Il s'y passe des choses horribles – ce que tu peux supposer. Louis la traite avec une sévérité terrible. Lorsqu'elle fait la moindre incartade, il imagine comme punition soit le chat à neuf queues (oui ! le knout), soit des promenades en se traînant sur les genoux et les coudes. Il faut de l'imagination pour concevoir une pareille chose.

---

1. À cause du couvre-feu très sévère imposé aux juifs entre 20 heures et 6 heures du matin à partir du 7 février 1942.

2. Les mauvais traitements infligés par les Allemands aux détenus juifs du camp de Drancy.

Tu te souviens de mon amie Cécile[1], dont je t'ai parlé ici ? Il est à peu près sûr qu'elle est partie avant-hier. On ne peut pas être sûr, parce qu'il n'y a plus de moyens de communication. L'incertitude est atroce. Si c'est vrai (comme sa mère en est persuadée), quel calvaire pour cette femme ! Je la vois demain et j'espère que j'aurai obtenu une précision quelconque.

Le père de Janine L. – ceux qui devaient donner ce grand bal où tu aurais tant voulu être invitée en 38 ou 39 – est également parti rejoindre celui de Françoise. Il se trouvera avec beaucoup de ses compatriotes. Mais avec cette chaleur – penser au voyage, c'est terriblement angoissant.

Car depuis cinq ou six jours il fait une chaleur lourde et orageuse qui n'est pas pour arranger les choses. Heureusement qu'il pleut souvent, car cela rafraîchit tout de même un peu.

Heureusement aussi que Rose continue à aller bien. Je pense qu'elle ira passer quelque temps chez les Monod, après quoi elle ira du côté de chez Paul, ou chez nous, avant la rentrée des classes.

Denise se marie dans trois semaines ; elle s'occupe de toute son installation elle-même, avec un courage et une discrétion étonnante. Ce n'est pas gai de se marier dans ces conditions ; mais ils sont heureux – ce qui est *the one important thing*, et c'est leur désir. Il faut que je m'occupe tout de même du *wedding-cake*. Je voudrais en faire un comme ceux de Peny[2]. Je demanderai des conseils à Marguerite qui a remplacé Louise pendant les vacances, et qui est aussi charmante, active et bonne cuisinière que Louise est paresseuse, et a mauvais caractère.

Je suis très inquiète de l'état de tes cheveux, et j'exige une photo immédiatement, pour pouvoir juger. Je suis contente que tu aies lu mon diplôme ; je n'y pense pas souvent ; et pourtant je crois avoir éprouvé la joie de la création à l'écrire. Il faudrait un jour que je me remette au travail. Mais Shakespeare m'attire toujours plus par son pouvoir magnétique.

---

1. Cécile Lehmann dont le père est mort au camp de Pithiviers (Loiret). Née le 23 octobre 1921, elle est déportée le 18 juillet 1943.
2. Salon de thé place de la Madeleine, réputé pour son gâteau à la noix de coco.

Je viens de lire 2 pièces de Bernard Shaw, *Candida* et *You never can tell* (on ne peut jamais dire). La première est plutôt sérieuse, et bonne, la seconde est très drôle – je te la conseille –, j'ai lu aussi un Somerset Maugham (mais je ne l'aime pas beaucoup).

Cette lettre va te paraître très décousue et surtout très courte. Mais si j'attends pour t'en écrire une longue, je ne sais pas quand je pourrai l'envoyer. J'ai si peu de temps, et surtout de calme. Mais tout cela n'empêche pas que dans ma pensée je parle souvent avec toi.

Je t'aime.

### HÉLÈNE À ODILE

*30 juillet 1943*

Depuis 5, avenue Élisée-Reclus, Paris VIIe
À destination de « La Mouchonne », Saint-Rambert-l'Île-Barbe, Rhône

Ma mieux-aimée chérie,

Ceci est peut-être en effet la dernière lettre que tu recevras de moi… pour quelque temps. Tu as bien failli ne pas la recevoir. Ce matin tout mon bureau est parti, et il a fallu un hasard inouï (j'allais chercher Charles pour le mener à la gare car il partait en vacances) pour que je ne m'y trouve pas. Je ne savais rien de précis, je n'avais entendu que des bruits à l'hospice cette après-midi ; mais je viens d'aller chez Françoise B.[1] – ma grande amie – et j'ai appris qu'elle était à D. Pourquoi faut-il que le hasard ait fait que je ne sois pas avec elle ?

---

1. Le 30 juillet 1943, le SS Aloïs Brunner fait arrêter l'ensemble des employés du service de l'assistance de l'UGIF, 29, rue de la Bienfaisance. Françoise Bernheim, arrêtée ce jour-là, est déportée le 2 septembre 1943.

Je voulais justement t'écrire, car je vois que tu as dû avoir beaucoup de peine, pour Oncle A.[1], j'ai reçu hier ta lettre « sale » (pas tant que ça), et tu ne paraissais pas au courant. Tante O.[2] est merveilleuse. Viviane venait de la voir ; elle est toujours ici, je crois.

Je ne sais pas où je serai demain. Personnellement, cela m'importe peu ; la perspective m'a toujours été si présente ; peut-être est-ce que je manque d'imagination ? Cela me dégoûte même peu d'être restée en arrière – c'est bête de dire cela, mais pourquoi cacher mes sentiments ?

La seule chose qui m'angoisse dans tout cela, c'est que je ne sais pas où est Jean. Il y a huit jours (après un silence de huit jours), j'ai reçu une carte de lui, avec 4 lignes au crayon, disant qu'il partait pour l'Allemagne sans pouvoir me revoir – il ajoutait en P.-S. qu'il tâcherait de voir Rose dimanche dernier. Depuis, c'est à nouveau le silence. S'il m'arrive quelque chose, je ne saurai même pas où il est.

Ma mieux-aimée chérie, adorée, conserve-toi – je t'écrirai autant que je pourrai, aussi longtemps que je pourrai – je te tiendrai au courant – si je dois aller à D.[3] tu sais bien que je tiendrai bon. Mais qui s'occupera de tous les enfants et des malades ? Je pense qu'il y aura des autres qu'Éliane pour le faire.

Je terminerai cette lettre quand j'aurai un peu plus de précision. D'ailleurs je n'écrirai que des phrases sans queue ni tête ce soir. C'est pourtant vers toi que je me suis tournée tout de suite en rentrant ce soir. C'est la seule façon dont je puisse t'exprimer à quel point tu comptes pour moi.

*Samedi soir*

Maintenant, je suis plus calme qu'hier soir ; je ne devrais pas t'envoyer la page hirsute que j'ai écrite à ce moment-là. Mais je le fais tout de même, car ainsi tu auras un petit journal.

1. André Baur, l'oncle d'Odile, est arrêté le 21 juillet 1943. Il sera déporté avec son épouse Odette et leurs quatre enfants, Pierre, Myriam, Antoine et Francine, par le convoi n° 63 le 7 décembre 1943.

2. Odette Baur, épouse d'André Baur, n'a pas encore été arrêtée.

3. Camp d'internement de Drancy. Hélène s'inquiète pour les enfants et les malades dont elle a la charge à l'UGIF si à son tour elle était arrêtée.

Avant tout, je te demande de faire tout ce qu'il est en ton pouvoir pour être en sécurité – toi et les tiens – si je le sais, ce sera un poids de moins – je ne peux pas m'exprimer autrement. Il circule ici des bruits peu rassurants, et quoique je n'y croie pas plus qu'il ne faut y croire, on peut s'attendre à tout.

Aujourd'hui j'ai absolument l'impression d'avoir été laissée derrière dans un reflux de la marée. Je suis hantée par cette phrase du livre de Job sur laquelle se termine *Moby Dick*, après le naufrage : « Et moi seul, j'échappai pour venir te le dire. » Mon esprit est tout le temps avec les autres, avec celles auprès de qui j'ai travaillé depuis un an, et qui ont fini par faire partie de mon existence. J'ai l'impression d'avoir perdu mon ancre – Françoise était pour moi quelqu'un de merveilleux : nous nous entendions si parfaitement bien à tous les points de vue ; et nous avions tellement souvent envisagé l'éventualité ensemble – j'ai presque envie de lui courir après et de lui dire : attendez-moi. Mercredi, elle est venue passer la journée à Aubergenville avec moi. *My God !*

On prétend que cela va s'arranger – je me raccroche à cet espoir ; mais je n'oublierai jamais l'impression que j'ai éprouvée – quand les gens éprouvent de la satisfaction à me voir, ils ne savent pas ce que cela me fait : *« And I am alone escaped to tell thee… »* Je n'ai pas beaucoup dormi cette nuit, mais lorsque je me suis réveillée, j'ai eu une brusque angoisse en pensant au réveil des autres – au réveil la communication de sensations se fait si facilement – la vie de tous les jours n'a pas encore mis sa croûte isolante sur la sensibilité ; et de plus, c'est le moment où l'homme ressemble le plus à l'enfant, et est le plus sans défense. Je crois que j'ai senti ce que les autres sentaient en se réveillant, et en ayant à se rappeler ce qui s'était passé la veille, et où ils étaient. La sueur me perlait au front.

Aujourd'hui j'ai couru partout, sans résultat – mais je ne pouvais pas rester ici. Je suis allée voir le père de Françoise, la mère de Mme Schwartz. Il fait une chaleur écrasante (20 °C à 7 h 30 le matin). Je n'ai toujours pas de nouvelles de Jean – et je ne peux même pas lui écrire –, que se passe-t-il ?

Que pourrais-je te raconter d'autres ? J'avais pourtant des petites histoires – par exemple ma visite à mon prisonnier l'autre jour : le fils de Rose. Il est charmant ; il m'a donné un petit porte-tickets – fabriqué par lui ; et le soir, en rentrant, j'ai trouvé une lettre de lui (écrite quinze jours avant), absolument adorable. J'irai sûrement le voir dans sa ferme, s'il m'invite après la guerre. Il est exactement comme ces jeunes gens de la campagne que l'on rencontre dans Mary Webb ou les autres romans – avec une belle brise Kiplingienne en plus –, c'est bien sympathique.

J'espère que Raf aura pris de meilleures habitudes ; il devrait prendre exemple sur Tiburce, qui est aussi sec qu'une paillasse – je voudrais bien dessiner en ombres chinoises vos profils respectifs se détachant sur la haie. Ne regrette pas de ne pas me faire partager la crème : je n'aime pas cela.

*9 heures*

Pour faire rire les parents qui étaient très énervés, je leur ai lu les parties « sales » de ta lettre – j'ai été déçue de les trouver si convenables.

Voilà – je finis cette lettre pour pouvoir la mettre à la boîte en partant pour Auber demain matin. Faisons comme l'écrit John Ernest Frederick, mon filleul, *« Keep your chin up »*. Écris-moi vite. Je t'embrasse plus fort que jamais.

TON VIEUX LORENZO.

ODILE À HÉLÈNE

*3 août 1943*

Depuis « La Mouchonne », Saint-Rambert-l'Île-Barbe, Rhône
À destination de 5, avenue Élisée-Reclus, Paris VII^e^

Mieux-aimée chérie,

Je reçois ta lettre à l'instant et tu imagines à quel point je suis bouleversée. J'ai hâte de t'écrire et pourtant rien de ce que je voudrais te dire ne pourrait s'exprimer par lettre, ni même en paroles, je crois bien. Je ferais mieux de t'envoyer une douzaine de pages blanches. Cela traduirait exactement le vide de mon cerveau et la présence constante de ma pensée auprès de toi. Et puis, j'ai l'impression d'écrire dans le vide, ne sachant même pas si ma lettre pourra t'atteindre. Je tremble encore à la pensée de ce qui a failli t'arriver. Et d'un autre côté, je t'assure que je comprends *tous* tes sentiments. Cette impression que le destin a presque « triché » en votre faveur. Cette envie de se sentir dans le bain comme tout le monde. C'est la première réaction. C'est très bien pour les gens qui ne dépendent que d'eux-mêmes et s'appartiennent. Mais il y a la famille et tous les gens qui vous aiment. Pense au chagrin qu'ils auraient eu et qui leur est épargné. Dans ce cas, cela l'emporte sur toute satisfaction morale. Tu penses bien que je vais attendre de tes nouvelles avec impatience, mais que je saurai aussi me résigner à ne pas en recevoir si cela doit t'être difficile de m'écrire. C'est le moment pour le vieux petit Dieu Lare de reprendre ses fonctions. Tu te rappelles ? Celui qui s'était mis à vivre dans ton ombre en juin 1940 et qui savait me donner de tes nouvelles quand on ne pouvait plus écrire. Il va recommencer. Mon Lare à moi prend déjà position à sa table d'écoute. Il a ôté son bonnet pointu de troll pour être plus à l'aise et ouvre toutes grandes ses oreilles en feuille de choux. Tu imagines la peine que nous ont causée les nouvelles d'oncle André. Je crois que c'est pour grand-maman que cela me navre le plus. Il était son principal soutien et comblait presque à lui seul le vide laissé par ses autres enfants. Quant à lui et tante Odette[1], je sais qu'ils prennent la chose avec la plus grande sérénité. La sérénité des gens qui ont la foi et qui voient en toute la main de Dieu. Oncle André a pu écrire une lettre qui est absolument magnifique, dans laquelle il se félicite presque de ce qui est arrivé, heureux de ne pas être arrivé « au bout » sans avoir partagé la misère de ceux qu'il avait seulement essayé de soulager. Pour lui plus que pour n'importe qui c'est une grande satisfaction morale, car il souffrait souvent de sa situation en apparence privilégiée. Heureusement qu'au fond de tous les cœurs il n'y a plus maintenant place que pour l'espoir. On en est embrasé et sa flamme claire fait fondre et crépiter les plus sinistres pensées qui se tortillent avant de tomber en cendres. Mais même lorsque tout se sera purifié à cette flamme, il restera peut-être bien malgré tout le poids de ces cendres qui ne se disperseront jamais aux quatre vents. Ne t'inquiète pas pour nous je t'en supplie. Nous sommes bien. À la campagne[2], d'où je reviens, j'ai trouvé une maison où nous irons peut-être finir l'été s'il fait trop chaud ici[3]. Je voudrais bien savoir dans tout ce que tu m'as dit s'il s'agit de toi ou de toute ta famille, ce qu'il en est de Denise et Nicole. Je pense beaucoup à Denise et à ses projets de mariage. Je ne t'en écris pas davantage car je ne peux vraiment rien te dire. Je pense trop à toi. Tu sais que si jamais tu voulais faire une visite à Béranger[4] il serait trop content de t'accueillir. Je t'aime comme seul mon Lare peut te le dire.

TON VIEUX GRÉGORIO.

---

1. Odette Pierre-Kahn, épouse d'André Baur, et ses quatre enfants, Pierre, 10 ans, Myriam, 9 ans, Antoine, 6 ans et Francine, 3 ans, seront arrêtés à leur domicile, 8 rue Alfred-Dehodencq (XVIe arrondissement) et conduits à Drancy, le 10 septembre 1943. Aucun ne reviendra d'Auschwitz.

2. Le 24 juillet 1943, Odile est allée passer une quinzaine de jours en compagnie de son amie Jeanine Vinès dans une maison près de La Clayette (Saône-et-Loire) grâce à son ami Claude Alphandéry engagé dans la Résistance.

3. Si les rafles se multiplient.

4. Odile propose à Hélène de venir avec ses parents à Saint-Rambert.

HÉLÈNE À ODILE

*5 août 1943*

Depuis 5, avenue Élisée-Reclus, Paris VIIe
À destination de « La Mouchonne », Saint-Rambert-l'Île-Barbe, Rhône

Ma mieux-aimée chérie-adorée,

Je reçois à l'instant ta lettre de mardi. Tu ne peux pas savoir le bien qu'elle m'a fait. C'est indicible. Figure-toi que j'étais en train de relire une lettre de toi de juillet 1940, retrouvée dans la boîte où je vais ranger toutes tes lettres depuis 41. Je pensais justement qu'à travers toutes les périodes les plus sombres (et Dieu sait si cette période-là fut sombre) je t'ai eue à mes côtés, et que j'ai eu tes lettres, et que tu es la seule qui ne m'a jamais fait défaut. Et c'était une impression merveilleuse.

Je te récris tout de suite pour te rassurer. Je suis désolée de t'avoir bouleversée, mais depuis cette histoire je ne suis plus moi-même. Tu me demandes des précisions : il n'y a que moi qui aie été frôlée par le danger immédiat dans la famille, car c'est sur le bâtiment où je travaille que le coup a porté – c'était à l'heure de la sortie du personnel – ainsi tous ceux avec qui j'ai travaillé depuis un an ont été atteints, et il ne reste plus rien, rien du bureau ; tout a été nettoyé, emporté. Jusqu'à présent dix ont pu être sauvés, pas de mes compagnons. Mais par eux j'ai eu des détails sur ce qui s'est passé. Pour les autres il y a tantôt une flamme d'espoir, tantôt une certitude désespérée qu'ils n'en sortiront pas. Hier à midi, un monsieur très gentil qui porte le nom du père d'Annette Ado, et le prénom de Charles, m'a redonné de l'espoir. Mon corps a beau être ici, mon esprit est tout le temps là-bas. Je ne peux pas rester en place, et je cours toute la journée sur ma bicyclette pour avoir des nouvelles, ou voir des familles. Quand je me rappelle que mercredi dernier, j'étais avec Françoise à Aubergenville, et que nous discutions de tout cela ; un jour elle était arrivée au bureau en disant qu'elle avait rêvé que nous étions toutes deux parties, et qu'elle avait oublié sa brosse à dents ; je lui ai promis que je lui prêterais la mienne : je n'ai pas pu le faire – son désir avait toujours été d'éviter cette éventualité, et de ne pas se laisser faire – mais qui pouvait prévoir ? Peut-être guérira-t-elle ; il y a deux jours je me demandais vraiment ce que je ferais sans elle. Il y en a d'autres – mon chef de service par exemple – pour qui j'ai beaucoup moins d'espoir.

Sur ce navire en perdition (ou plutôt cette flotte, car mon navire est perdu corps et bien), le travail marche par petites saccades et petites flammes isolées.

Je me suis fait affecter au centre de Denise[1], en partie pour la remplacer pendant « ses vacances de noces » (pauvre Denise ! quel mariage), en partie parce qu'il y a des trous considérables dans le personnel, et parce qu'il faut que je fasse quelque chose. J'y suis allée hier pour que Denise m'explique : c'était une oasis de paix – malgré l'absence du patron qui ne reviendra pas (et cela se comprend) ; les petits enfants sont tellement rassurants et tellement gentils que l'atmosphère est bien moins lourde là (quoique le danger soit le même).

*And so much for that* – car il y a autre chose : lundi la mère de Jean est venue m'apporter les nouvelles qu'elle avait : elle m'a raconté en détail son odyssée – mon esprit était tellement envahi par des émotions diverses – surprises de cette visite, choc de cette brusque pluie de nouvelles et influence des récents événements – que j'ai eu du mal à la suivre. Enfin la conclusion est la suivante : il est allé là où étaient Bertrand, et Michel W. (ton cousin)[2], mais elle ne sait pas s'il est bien arrivé. Elle est terriblement angoissée. Son récit comprenait une somme d'angoisse et d'horreur égale à celle que la vie de mes trois dernières journées avait comporté. Après ce silence de dix jours qui m'avait en quelque sorte engourdie et insensibilisée, ces nouvelles ont provoqué une sorte de réveil qui était je crois préférable à cet engourdissement, bien que tout dans ce réveil fût un sujet de douleur.

---

1. Dans une clinique désaffectée au 67, rue Eugène-Nortier à Neuilly-sur-Seine, l'UGIF a ouvert un centre pour les enfants en bas âge. Le 17 juillet 1944, 17 enfants et une adulte sont raflés et déportés par le dernier convoi du 31 juillet 1944 à destination d'Auschwitz.

2. Bertrand Schwartz et Michel Weill sont parvenus en Afrique du Nord *via* l'Espagne.

La chose qui peut-être m'a fait le plus de peine (et lorsque j'y pense, je pourrais me torturer à volonté), c'est qu'il est venu ici il a dû y avoir quinze jours, pour vingt-quatre heures, comme un fou – qu'il a essayé de téléphoner chez les L. – j'avais oublié de le prévenir que leur téléphone était coupé – que sa mère est venue elle-même ici le dimanche matin et que la concierge a refusé de dire où nous étions (nous devions être à Auber si je calcule bien). Dire que j'aurais pu le revoir avant son départ – et sûrement améliorer les conditions de son voyage –, heureusement que je n'y pense pas trop.

La pensée aussi que le courrier ne m'apportera plus rien, et que je ne pourrai plus écrire – je ne réalise pas complètement. La visite de sa mère m'a pourtant fait plaisir, car elle est maintenant la seule chose vivante qui me reste de lui ; tu vois : si le sort m'avait frappée vendredi, je n'aurais pas été là pour la voir : il y a un sens dans le destin, car le destin, c'est Dieu.

Ce matin Denise a décidé de ranger sa musique, elle a naturellement joué un peu – il y a si longtemps que je n'avais entendu de musique qu'il m'a semblé qu'un monde brusquement se rouvrait à moi – il m'a semblé que la plupart de mes possibilités de bonheur appartenaient à ce monde-là. Je n'ai même pas eu l'impression que c'était un monde perdu à tout jamais. Car au contraire lui m'ouvrait les bras, et m'attirait à lui. Il m'a presque semblé que je l'avais renié, dans le tourbillon de ces derniers temps, dans l'état de préparation presque de résignation où j'étais vis-à-vis du pire.

Est-ce que je dois me secouer, et faire tout pour rester fidèle à ce qui est beau et à cette vie qui était la mienne, et qui aurait pu l'être (et qui le sera peut-être) – ou est-ce que je dois rester préparée à ce sort qui m'a été épargné, mais qui n'a pas épargné mes amis les plus chers, et tant d'autres ?

Nicole m'a dit l'autre jour que j'avais la vocation du camp – elle me juge fataliste et pessimiste –, pourtant je suis encore capable de jouir de l'autre vie et peut-être est-ce qu'en effet, je ne vois pas tout ce que je perds. Mais il n'y a qu'une chose que je veux dépister partout et toujours, il n'y a qu'une chose que je pourchasse : c'est la lâcheté, et l'égoïsme. Mais je le répète, il est probable que je n'imagine pas tout ce qu'implique cette attitude.

Mais assez d'analyse. Je parlais de Jean. C'est par la musique que je me sens le plus près de lui, et c'est pour cela que j'ai cette impression de monde qui se rouvrait.

Depuis que je sais qu'il est parti, je me sens beaucoup plus vulnérable, et plus désemparée ; peut-être est-ce que sa présence me protégeait – ou en tout cas, le fait de pouvoir correspondre avec lui. Denise met la dernière main à son installation (on n'a pas encore fini de peindre !). Je ne suis pas assez gentille avec Denise, mais je me rattrape en lui faisant un beau *wedding-cake*. Maintenant je vais aller un peu m'occuper de tout cela, et devenir très « *nosy* » – c'est-à-dire fourrer mon nez dans ses affaires. Il faut absolument que j'aille redormir une nuit avec Denise dans notre vieille chambre avant son mariage.

Je ne veux pas te répéter de faire attention, puisque tu me dis de ne pas t'inquiéter. Mais actuellement personne ne reste à D. surtout les visiteurs de l'ex-zone libre[1].

Je suis si, si contente d'avoir reçu ta lettre aussi vite. Je suis si contente de pouvoir t'écrire. Continue à m'écrire, cela me rend tout mon équilibre, comme par miracle.

Je t'aime de tout mon cœur, mon petit Dieu Lare (à propos était-ce moi ou toi, le Dieu Lare ? je ne me rappelle plus guère que le fou-rire au cours de Fournier, à ce sujet).

Tout est sauvé : je sais encore les dessiner.

1. Le rythme des déportations s'est accéléré à Drancy à destination d'Auschwitz.

ODILE À HÉLÈNE

*10 août 1943*

Depuis « La Mouchonne », Saint-Rambert-l'Île-Barbe, Rhône
À destination de 5, avenue Élisée-Reclus, Paris VIIe

Mieux-aimée chérie,

J'ai reçu ta lettre de jeudi ce matin. Je suis contente d'être un peu rassurée sur ton compte. Tous ces jours-ci, j'ai pensé à toi intensément et mon esprit flottait ne sachant sur quelle image de toi se poser. (Aussi les effleurait-il toutes.) Depuis que j'ai reçu ta lettre et que je te sais toujours à l'abri de ton cadre familier, tout s'est calmé en moi, et mes pensées coulent doucement comme un fleuve un instant détourné qui a repris son cours. Mais je sais bien que, si les choses ont repris un aspect soi-disant normal, il y a quelque chose de changé pour toi. Avant déjà, on ne pouvait plus vivre et penser comme autrefois, et maintenant on ne peut plus non plus vivre et penser comme avant. Les périodes succèdent les unes aux autres. Mais courage, elles se raccourcissent au fur et à mesure qu'elles se succèdent. Tu te souviens de l'époque où tu m'insufflais ton espoir et ton énergie. Maintenant c'est moi qui voudrais en faire autant. Non pas que tu en aies besoin, car je sais que tu en as bien autant que moi, mais parce qu'on se réchauffe à parler de ce qui vous fait du bien et que de la rencontre et de l'union de deux espoirs et de deux énergies jaillit toujours une petite flamme, prélude au feu de joie qui crépitera lorsque tous les espoirs et toutes les volontés conjuguées auront projeté dans la réalité l'image qui dort dans les cœurs. [...]

Je suis heureuse de savoir que Jean n'est pas chez Louis, mais je comprends le tourment que tu te fais à son sujet, et la peine que tu as pu éprouver à la pensée que tu aurais pu le revoir. Cela me fait mal pour toi, et me serre la gorge quand j'y pense. Comme tu le dis, il y aurait de quoi se torturer. Cela doit avoir été un réconfort pour toi de voir sa mère. C'est merveilleux la somme d'amour qu'on peut reporter sur la mère de quelqu'un qu'on aime. Elle est comme l'une des plus vulnérables parties de lui, celle par laquelle on se glisse le mieux et sans s'en rendre compte dans son intimité ! C'est aussi comme le climat le plus immédiat dans lequel il vivait. Ce serait bien que tu puisses la revoir. [...]

Papa est fourré dans les jupons de Rose toute la journée et boit ses paroles[1]. Il a retrouvé son sourire de bas d'escalier du cours. Signe des temps. Moi je me suis déguisée en mariée avec une moustiquaire pour faire une répétition générale. Il n'est que temps ! Je pense beaucoup à Denise. Dis-moi la date exacte de son mariage ? Ma mieux-aimée chérie, je suis là et je t'aime.

BÉRANGÈRE.

P.-S. : Je pars jeudi chez Fernande[2]. Mon adresse est Villa Brive, Muzeaux, Valençay.

HÉLÈNE À ODILE

*16 août 1943*

Depuis 5, avenue Élisée-Reclus, Paris VIIe
À destination de Villa Brive, Muzeaux, Valençay, Indre

Ma mieux-aimée chérie,

Excuse-moi de ne pas avoir répondu tout de suite à ta lettre comme je le fais d'habitude ; mais réellement je n'ai pas eu une minute – ou plutôt un moment de liberté de corps et d'esprit assez long pour t'écrire.

Il y a deux choses : d'abord mon nouveau travail, qui est beaucoup plus irrégulier et fatigant (mais plus vivant que l'autre), et le mariage de Denise.

---

1. Les nouvelles données par la BBC.
2. Fernande Hyafil, sœur de Jacques.

Je commence par le mariage[1] : je ne peux pas t'envoyer de compte-rendu détaillé comme pour le mariage d'Yvonne, car on ne peut pas les comparer. Le mariage civil a eu lieu mercredi, par une pluie diluvienne ; il y avait la famille et quelques amis (Mme Agache, Pineau etc.). Denise et François étaient charmants ; François avait un chapeau pour la première fois de sa vie, et il en était très fier ; Denise avait l'air d'une poupée, dans une très jolie robe à grandes fleurs multicolores et un grand béret de velours bleu ; personne n'a entendu son « oui », et personne n'est sûr de son contentement. Le maire a fait un petit discours très court, avec beaucoup de « distingués » et « honorés » (la perte de mémoire qui est une infirmité bien répandue le faisait hésiter légèrement, ce qui me donnait le trac pour lui). J'ai failli avoir le fou rire lorsque le greffier (ou qq chose d'approchant) a lu l'acte de mariage tout d'un trait, sans point ni virgule, en parlant de M. R.W*** croixdeguerrequatrerueleodelibes etc. Après, je suis repartie dare-dare avec Nicole pour confectionner chez elle le *wedding-cake*. En chemin, nous avons été hélées, et sous une porte cochère, nous avons aperçu les deux nouveaux mariés joyeusement à l'abri de la pluie. Cela me donnait envie de rire aussi, je ne sais pas pourquoi.

Le mariage religieux a eu lieu jeudi. (J'ai reçu ta lettre pendant que j'étais en train de fabriquer une petite mariée et un petit marié en laine pour mettre sur le gâteau ; et comme les jambes ne voulaient pas entrer dans le pantalon gris du marié, j'étais fort énervée.) J'ai été si occupée jusqu'à la dernière minute que je n'ai pas eu le temps de me « préparer » : à 11 heures, j'étais rue de Téhéran[2], pour essayer d'envoyer quelque chose à Françoise, et une alerte m'y a bloquée, si bien que je suis rentrée juste pour déjeuner. Personne n'était excité ; c'était tout simple, aussi simple et facile que Denise. Il y avait beaucoup de fleurs magnifiques partout.

La bénédiction a eu lieu à 15 heures. C'était dans le salon devant la cheminée. La famille et les rares amis qui avaient été invités (Jean

1. Denise Berr et François Job se sont mariés le 11 août 1943 à la mairie du VII^e^ arrondissement. La bénédiction religieuse a lieu le lendemain.

2. 19, rue de Téhéran, Paris VIII^e^, siège social de l'UGIF.

Vigué, Mme Agache, un camarade de François, et les *maids*) étaient tous groupés derrière les mariés. Oncle Julien[1] a fait un petit discours très simple, et ensuite les a unis. Lorsqu'ils étaient tous les deux sous le taleth[2], c'était très joli ; cela avait un air antique qui évoquait la vie des patriarches.

Tout était fini à 16 heures. Les gens ont goûté comme quatre chacun (le buffet était plein – tout fait à la maison –, il n'est *rien*, rien resté !). À 17 heures j'étais de nouveau partie en galopant pour essayer de faire passer des nouvelles à Jean M. (il ne faut pas les embrouiller, maintenant qu'ils sont presque ensemble)[3]. Si bien que je n'ai pas vu partir les mariés. Peut-être ai-je ainsi évité la petite vague de dépression qui me guettait pour ce moment-là.

Depuis nous avons reçu deux lettres de Denise qui a l'air ravie. J'oublie de te dire que son petit appartement est ravissant, et m'a conquise au premier abord. Leur bonheur est un foyer de lumière qui m'atteint moi aussi. Je suis sous le coup de deux impressions : l'impression de vide et de solitude que me cause son absence, et l'impression de lumière que j'éprouve lorsque je pense au 78 av. de Versailles. Je vais aller apporter à Denise des fleurs et du ravitaillement ce matin. Je me demande quel effet aura cette rencontre ?

Comme tu vois, tout était très simple : comme ils le désiraient tous les deux. Et c'est bien ainsi. Pour le moment j'ai repris le poste de Denise à Neuilly ; j'emmène les enfants dans les hôpitaux (et il y a quelques bonnes P.R.[4] qui me guettent, mais je me débats comme je peux). Les enfants sont si attachants, et le travail si absorbant que je n'ai pas le temps de trop penser à ce que je faisais il y a seulement trois semaines et à la disparition de tous mes amis. Leur sort est

1. Julien Weill : grand rabbin de Paris et grand-oncle maternel d'Odile.

2. Châle pourvu de franges dont les juifs se couvrent les épaules pour prier.

3. Grâce à une fausse permission, Jean Morawiecki est parti du camp de Tarascon-sur-Rhône. Il se rend à Pau chez une amie de sa sœur. Il passe clandestinement la frontière espagnole. Il est emprisonné à Pampelune d'où il sera transféré trois semaines plus tard au camp de Miranda où il contracte une hépatite. Jean Schneider, cousin d'Hélène, se trouve déjà en Afrique du Nord, d'où il partira au Maroc puis en Algérie.

4. Positions ridicules.

toujours incertain. Françoise m'a écrit un mot très *« high-spirited »*, elle est merveilleuse. Mais je voudrais tant qu'elle guérisse !

Je suis allée voir ta grand-mère il y a quinze jours, et j'ai l'intention d'y retourner dès que j'aurai le temps ; elle aussi est vraiment merveilleuse.

J'ai appris que Jean était bien arrivé chez Bertrand et Carmen[1]. C'est par sa mère que je l'ai su. Dimanche dernier, comme j'avais reçu un ultime mot de lui, je le lui avais apporté, et à la gare St.-Lazare, nous avons eu un long entretien, grave et pratique. Brrr ! Elle a été tellement gentille que je ne me suis pas très bien rendu compte du sens exact de ses paroles. Mais depuis, je les ai mieux comprises. Il y a tant d'obstacles sur mon chemin (elle me les a dévoilés dans toute leur nudité, et pour moi qui vivais de rêves, cela a été un choc) – son père (qui paraît doté d'un caractère terrible) – la question religieuse (les deux ne font qu'un) – le caractère aussi de Jean que je ne connais pas. Plus j'y réfléchis, et plus je pense qu'il m'est impossible de résoudre ces problèmes comme elle me le demande, en l'absence de Jean. Je n'ai comme seul appui que le souvenir du bonheur que j'ai éprouvé pendant trois mois, l'été dernier – de l'harmonie complète qui existait alors – et je ne pense pas que cela soit faux, n'est-ce pas ? Ce qui m'a guidée était pourtant une chose véritable et profonde. J'ai confiance en cette affinité extraordinaire qui nous unissait, et je crois qu'elle peut triompher des obstacles matériels. Si jamais je me mettais à en douter, je serais perdue, car je n'ai pas d'autre base dans ce débat si grave.

Ce que tu me dis ne me paraît pas « barbare » – tu sais bien que cela a toujours été mon idée. L'acceptation n'empêche pas de souffrir – elle empêche de se révolter. Il faut voir partout la volonté de Dieu. Seulement le plus dur est de voir souffrir les siens, les autres : pour soi, on accepte cette discipline, et on se sent la force de la subir ; mais pour les autres, on souffre bien plus. Je te reparlerai de cela lorsque j'aurai eu un peu de temps pour réfléchir.

1. En Espagne.

J'ai essayé de juger le cas de Raymond D.[1]. Le plus impartialement possible : s'il n'avait pas su ce qui était arrivé après son geste, il aurait été excusable. Mais il l'a su, et il a su la menace qui pesait sur une femme et des enfants – et là il faut reconnaître qu'il n'a pas été un homme. Évidemment, il ne faut pas juger ceux qui sont là-bas de la même façon que les autres. Mais il ne faut pas aller non plus jusqu'à refuser de reconnaître l'existence de l'héroïsme et de l'honneur parmi eux ; *car ils y existent* ; et puisqu'ils existent, c'est qu'ils *peuvent* exister, et donc que ce n'est pas monstrueux de les réclamer, surtout de la part d'un homme de son milieu. Tu sais qu'il n'y a pas plus prêt à l'indulgence que moi (je me fais assez souvent attraper pour cela) – mais même si l'on comprend et que l'on excuse tout, on ne peut pas s'empêcher de reconnaître qu'il y a des gestes plus ou moins courageux. Quelquefois je manque de tomber dans l'exagération de ma doctrine de « vouloir se mettre à la place des autres » et d'oublier qu'il existe tout de même, au fond, des points de repère fixes comme ce sens de l'honneur et le courage.

Je te récrirai cette semaine. Je t'embrasse et je t'aime.

GRÉGORIO.

P.-S. : Micheline W. réclame l'adresse de Marie-Claire Isch-Wall peux-tu me l'envoyer ?

---

1. Raymond Ducas, cousin d'André Baur, membre de la 5e direction de l'UGIF à Marseille, s'est évadé du camp de Drancy. En représailles, les Allemands arrêtent André Baur dans ses bureaux rue de Téhéran le 21 juillet. Il est interné à Drancy où il est placé à l'isolement. Aloïs Brunner y mettra fin un mois plus tard, mais ne le relâchera pas.

ODILE À HÉLÈNE

*24 août 1943*

À destination de 78, avenue de Versailles, Paris XVI^e

Mieux-aimée chérie,

À mon tour je m'excuse d'avoir tardé à te répondre.

Ta lettre pourtant m'a fait particulièrement plaisir à cause des détails que tu me donnes sur le mariage de Denise. J'aurais tellement voulu y assister. Et je suis désolée de ne pas avoir su la date d'avance, car j'aurais aimé penser à elle le jour de son mariage, me dire : « En ce moment, les invités arrivent, elle est un peu émue et elle est en même temps un peu étonnée de trouver tout si naturel », puis j'aurais imaginé Oncle Julien les bénissant, etc. Enfin, ma pensée l'aura suivie rétrospectivement, voilà tout. Est-ce qu'on les a photographiés ? Si oui, j'aimerais bien avoir une photo. Je pense que cela a dû être bien triste pour vous de ne pas avoir Yvonne[1], et pour Yvonne de ne pouvoir être là. Mais un bonheur comme celui de Denise et François suffit à estomper les causes de tristesse. Voilà ce qu'il faut se dire. J'aurais voulu t'écrire plus tôt justement cette semaine où tu as dû te sentir plus seule et je m'en veux d'autant plus. Mais je savais que de Valençay je ne pourrais pas encore t'écrire une vraie lettre, comme chaque fois que je sors de mon calme décor de tous les jours. J'ai besoin de m'abstraire de l'extérieur pour t'écrire et je ne te rejoins jamais aussi bien que lorsque je suis seule. Ma belle-famille[2] est adorable et j'étais absolument indépendante, mais je sentais quand même peser sur moi le poids des choses étrangères et des gens qu'elles impliquaient. Tandis qu'ici ma pensée peut voguer

1. Yvonne Berr, la sœur aînée de Denise, Hélène et Jacques, se trouve en zone sud avec son mari Daniel Schwartz et leurs deux enfants.

2. Le 24 août 1943, Odile a rendu visite à la famille de Jacques Hyafil réfugiée à Valençay (Indre).

vers toi comme sur la surface lisse de la pleine mer, sans qu'une seule impureté trouble « notre » climat. Je suis un peu troublée par ce que tu me racontes de ton entrevue avec la mère de Jean. Bien qu'au fond il n'y ait rien de nouveau, sinon qu'elle a donné corps à des idées que tu t'évertuais jusqu'à présent à chasser en l'absence de Jean. Car à quoi bon te torturer quand la situation ne peut évoluer. Il est d'ailleurs le seul à pouvoir t'aider dans cette situation difficile et sa seule présence résoudra sans doute tous les problèmes. Ne pense plus aux choses tristes. [...]

Ma mieux-aimée, bien aimée, je t'aime (quelle suite de pléonasmes).

TON BÉRANGER.

HÉLÈNE À ODILE

*29 août 1943*[1]

Depuis 5, avenue Élisée-Reclus, Paris VII$^{e}$
À destination de « La Mouchonne », Saint-Rambert-l'Île-Barbe, Rhône

Toute la semaine cela a été une course après le moment où je pourrais t'écrire : et la semaine s'est terminée sans que je l'aie trouvé. Je profite d'une heure ce soir, en rentrant d'Aubergenville (aussi excuse mes bêtises, dues à l'engourdissement du grand air) pour répondre à ta lettre.

Je te remercie de tous les petits détails que tu me donnes sur ton séjour à Valençay ; si tu savais comme cela m'a fait du bien – il me semble par moments que je tourne dans une cage fermée ; de tous côtés, je me heurte à la même pensée ; ta lettre m'a fait l'effet d'une bonne petite distraction. (Je ne parle que de la partie

1. Le mercredi 25 août 1943, quelques jours après le départ de Jean pour l'Espagne, Hélène écrit qu'elle va reprendre son *Journal* qu'elle avait interrompu depuis dix mois. Elle le reprendra le 10 octobre, une fois Jean arrivé en Afrique du Nord.

védékateuse[1].) En même temps, j'ai éprouvé une sensation qui ressemble à un vertige en voyant surgir ainsi les ombres de l'ancien temps. L'histoire de Marie-France n'est pas drôle ; mais cela ne m'étonne qu'à moitié, car elle n'avait pas beaucoup changé en se mariant ; tu te rappelles d'ailleurs comment elle racontait le choix de son mari : il avait pointé au hasard sur son carnet d'adresses ! C'est tout de même très triste.

Ici la vie est semblable ; ou plutôt, non, car elle a beaucoup changé depuis le mariage de Denise. Il y a un grand vide dans la maison ; et sur nous trois pèse une espèce de tension qui provient sans doute du fait que nous nous resserrons encore un peu plus. Denise m'était indispensable ; c'était elle l'élément d'équilibre et de normalité de la maison ; quand par exemple, je menaçais de sombrer dans une crise de cafard (souvent je me perds et je n'arrive pas à sortir des limites de mon « moi », je *sens* mon moi d'une manière intolérable) – je n'avais qu'à aller la trouver, et j'étais remise d'aplomb. Et puis elle me donnait confiance en moi-même. C'était si *« cosy »* de la trouver en rentrant, d'entendre sa voix joyeuse, de bavarder avec elle le soir ! Ce sont les soirées qui sont longues maintenant. Mais assez de doléances. Il y a aussi la contrepartie ; il y a le 78 av. de Versailles si clair si paisible – si tu nous avais vus vendredi soir, épluchant en trio les oignons du dîner (et pleurant à chaudes larmes), puis une fois la soupe sur le feu ; Denise en tablier et François en pantoufles et bras de chemise me jouant une sonate de Beethoven. Entre les morceaux, j'allais surveiller la cuisson. Je crois que n'importe qui qui aurait l'amour de la musique aurait été ravi de la scène. Ils font beaucoup de musique, et jouent admirablement ensemble. Ils travaillent souvent. C'est merveilleux, n'est-ce pas, de faire de la musique à deux ? Ici, je n'ai plus de pianiste, et c'est une catastrophe ; j'ai envie d'apprendre le piano, car c'est un instrument qui peut se jouer tout seul. Mais je ne pourrai pas *m'*accompagner.

Je ne vais pas très souvent chez eux, parce que je suis trop occupée ; mon travail est assez irrégulier ; mais il y a des jours comme jeudi où par exemple j'emmène une petite chez le dentiste, et où,

1. Allusion à Gérald Van der Kemp.

en rentrant à midi à Neuilly, on m'annonce qu'il y a un enfant à aller chercher à l'hôpital Claude-Bernard[1] – c'est au diable vert –, j'ai téléphoné pour me décommander rue Raynouard[2] où je devais déjeuner, et j'ai déjeuné en un quart d'heure-là ; une heure trente de trajet, et retour en portant une petite fille de 26 mois, hurlant de quitter l'infirmière, sous une pluie battante, avec un parapluie et un gros sac en bandoulière. C'était pittoresque ! Il n'y avait plus qu'une question qui importait : gagner le mètre suivant.

Mais je suis contente d'être occupée, car rien n'est plus terrible que les loisirs en ce moment ; ainsi hier après-midi j'étais libre, et comme je ne savais pas quoi faire j'ai traîné en essayant de travailler (ce qui est impossible, d'une part, parce que je ne peux pas travailler ainsi par bribes 3 fois par mois et ensuite parce que toute occupation qui m'éloigne de la réalité me semble égoïste, et peut-être aussi parce que mon esprit est trop déshabitué, et trop abruti ?). Le résultat était que j'étais fort mal en point le soir. Rassure-toi, je me suis rétablie… en écoutant d'abord le quintette de Franck que Denise a en disques, et en faisant des petits gâteaux à la cuisine après.

Je me suis arrêtée un moment pour mettre sur le feu de la confiture de mûres que j'ai cueillies à Aubergenville avec Nicole. La semaine dernière, j'en ai envoyé un pot à Françoise à D. Elle m'a écrit une lettre adorable, et j'étais si contente de l'avoir reçue ; c'est extraordinaire ce qu'elle me manque : nous nous entendions parfaitement bien. Maintenant j'ai un grand vide sans elle. Elle me dit qu'elle est ravie que je ne sois pas avec elles, mais qu'elle pense souvent aux bons fous rires que nous piquerions ensemble, en réunissant nos *« sense of humour »*. B.[3] est parti en vacances pour quinze jours ; je me demande s'il va revenir. Heureusement que je peux envoyer des « petites saletés » de temps en temps à Françoise. Elle est épatante aux dires de tous, et cela ne m'étonne pas. Mais j'ai beaucoup de peine d'être séparée d'elle.

---

1. Hôpital Claude-Bernard, 20, boulevard Macdonald, Paris XX$^{e}$.
2. Domicile de Bonne Maman, grand-mère d'Hélène.
3. Aloïs Brunner dirige le camp de Drancy depuis le 18 juin 1943.

J'ai appris par la mère de Jean mardi dernier qu'il était dans un endroit comme D. chez Carmen[1]. Je suis allée voir avec Papa l'un de ses amis qui par chance allait chez elle pour affaires : il a dit qu'il s'occuperait de lui. L'entrevue avec sa mère a fini dans une magnifique alerte d'une heure trente. J'ai essayé de rentrer à pied de la gare St.-Lazare. Tout le monde circulait (je n'ai pas vu les avions, mais ceux qui les ont vus ont dit que c'était inoubliable). Au Grand Palais je me suis fait arrêter et questionner par les agents. Ils ne m'ont pas mis de contravention (ce que je crois devoir à Éliane), et à 8 h 20, je me trouvais encore assise dans les Champs-Élysées – triple délit ! Je suis rentrée à 8 h 40. Les parents étaient assez inquiets.

As-tu pu écrire à Marie Harbley ? Si oui, j'aimerais que tu me donnes des détails. Mme M.[2] est toujours très gentille avec moi.

C'est dur de ne pas pouvoir écrire à Jean. Mais Maman prétend qu'à Noël, tout le monde sera réuni à Auber. Ce serait beau.

Lundi dernier j'ai reçu une lettre charmante d'Annie Digeon m'annonçant ses fiançailles avec Sylvère Monod[3], un de nos camarades de l'anglais, qui vient d'être reçu 1er la première fois qu'il se présente à l'agrégation. Je suis très contente car ils vont très bien ensemble. Je ne pouvais rien soupçonner mais j'avais toujours trouvé qu'ils étaient faits l'un pour l'autre. Pauvre Jacques Delattre[4].

Francine[5] s'est mariée le 23 juillet : elle aussi m'a écrit une très gentille lettre. C'est drôle, ne trouves-tu pas, de penser qu'elle est mariée ? Son mari est resté chef d'atelier aux chantiers pour le moment. Elle est chez des amis en attendant de trouver une maison.

Jeudi dernier j'ai eu à goûter 3 compatriotes de Rose, une vieille amie de M.C., et deux autres connaissances de Sorbonne (l'une est américaine, veuve d'un Français, et fait des cours à la Sorbonne,

1. Le camp de Miranda en Espagne, où sont internés tous ceux qui tentent de franchir les Pyrénées : réfugiés juifs, réfractaires du STO, résistants, prisonniers de guerre évadés, etc.

2. Mme Morawiecki.

3. Spécialiste de littérature anglaise, traducteur de Conrad, Shakespeare, Dickens et Scott.

4. Cousin d'Odile amoureux d'Annie Digeon. Il est le fils de Floris Delattre, l'un des professeurs d'Hélène à la Sorbonne.

5. Francine de Jessey.

l'autre est anglaise, mariée à un Français). C'était merveilleux. Elles ont discuté sur les étudiants comme si elles connaissaient chacun en particulier ; avec elles je peux parler de tout, car elles sont très cultivées. Et l'atmosphère était si agréable ; l'Américaine (qui me fait penser à K. Mansfield) m'avait apporté un étrange petit pot d'une de ses spécialités, genre « *apple-chutney* » – c'est délicieux. Et le petit pot était si « *homely*[1] » !

Je t'envoie pour ta fête non pas ce que je voulais (car je ne l'ai pas trouvé), mais un livre qui t'intéressera peut-être – je sais que tu aimes la musique russe, je ne sais pas ce que vaut ce livre, mais il m'a attirée – peut-être à tort. Je me rattraperai plus tard en t'envoyant ce que je veux. Excuse cette lettre sans âme. (C'est l'impression qu'elle me fait.) Pourtant mon amour pour toi n'a pas changé. Et il est tout de même entre les lignes.

### ODILE À HÉLÈNE

*1er septembre 1943*

Depuis « La Mouchonne », Saint-Rambert-l'Île-Barbe, Rhône
À destination de 5, avenue Élisée-Reclus, Paris VIIe

Ma petite mieux-aimée chérie,

Voici plusieurs jours que je voudrais répondre à ta fidèle « *birthday letter* » qui me fait toujours tant de plaisir, mais je gis lamentablement sur mon lit, incapable de lire, écrire et parler, aussi moulue qu'Hector après avoir été traîné autour de Troie et avec un mal au cœur maison (purement platonique hélas, car sans cela on aurait pu au moins diagnostiquer la jaunisse). « Tous » les médecins de Saint-Rambert appelés à mon chevet m'ont déjà donné les médicaments les plus divers et les plus contradictoires qui n'ont pas réussi à me

1. Fait maison.

dératatiner, et je me sens crispée depuis la luette jusqu'au petit orteil. (Quelle chance si cela pouvait me faire rétrécir !) Cependant, comme j'ai reçu ce matin ta seconde lettre, celle de dimanche[1], je ne peux plus attendre pour te répondre. Quand il m'arrive ainsi deux bouffées de toi successives, je ne peux pas ne pas réagir. C'est comme si je me trouvais devant toi sans parler, ce qui m'est bien impossible, car à défaut de parler il faut que je m'exprime en exclamations ou rires (comme la deuxième fois où nous nous sommes réunies). Cette lettre ne sera d'ailleurs pas beaucoup plus qu'une exclamation, car je n'ai guère le courage d'écrire des tartines. Une exclamation où je voudrais faire tenir tout mon amour. Ce n'est pas long, et c'est tout. J'attendais ta lettre l'autre jour, et si elle est arrivée le 27 au lieu du 26, cela n'avait guère d'importance car je savais que tu avais pensé à moi le 26. Tu sais qu'à la maison on ne souhaite pas particulièrement les fêtes. J'y suis habituée, mais cela me déçoit toujours un peu tout de même. Cette fois-ci, pour marquer le coup, je me suis acheté un cadeau : *Les Cahiers de Malte Laurids Brigge* dont j'avais envie depuis longtemps et que j'ai réussi à trouver après maintes difficultés ! Sais-tu à quoi je pensais tout à l'heure en somnolant : au 78 av. de Versailles[2]. Je le voyais tel que tu me le décrivais, doux foyer de lumière et je nous voyais toi et moi dans un avenir très proche aménageant aussi notre 78 av. de Versailles. En attendant, je voudrais pleinement être près de toi pour essayer de t'adoucir un peu le départ de Denise et l'absence de Jean. Mais il ne faut pas que tu sois malheureuse, car tu *possèdes* le bonheur, si tu ne le détiens pas encore. Ce bonheur « en puissance », c'est déjà merveilleux. Tout à l'heure, en me réveillant, un vieux souvenir depuis longtemps oublié est venu m'assaillir : sur les dernières pages du « cahier de textes » du cours, la vision de Milonne de Crotonne. Tu te souviens ?

Cela m'a comblée de joie. Il faut que je m'arrête, mais je t'embrasse et je t'aime pour toutes les lignes que je n'ai pas pu t'écrire.

ODILE.

1. La première n'a pas été retrouvée.
2. Adresse de l'appartement de Denise et François Job.

HÉLÈNE À ODILE

*3 septembre 1943*

Depuis 5, avenue Élisée-Reclus, Paris VII^e^
À destination de « La Mouchonne », Saint-Rambert-l'Île-Barbe, Rhône

Ma mieux-aimée chérie,

Je viens de recevoir ta lettre, et je te réponds tout de suite, car je voudrais que tu me donnes de tes nouvelles : ta maladie m'inquiète beaucoup (si encore tu avais vraiment mal au cœur, je serais fixée !). J'espère que tu seras guérie quand tu recevras ce mot. Je souhaite de tout mon cœur qu'il soit dans une terrible P.R., en arrivant après coup.

Je ne t'écrirai pas grand-chose, car j'ai trop de peine : j'ai appris hier que tous mes amis étaient partis[1]. Ce n'est pas que je ne te considère pas comme le réceptacle de toutes mes joies et mes chagrins : tu le sais bien, n'est-ce pas, mieux-aimée ? Mais je ne peux pas écrire ; je ne *peux* que penser, penser à la somme de souffrances que tous ces cas représentent pour eux et pour les leurs – penser à l'intimité que j'avais avec eux – à toutes les conversations que nous avons eues (et bien souvent à ce sujet même – ils doivent tout savoir avec une lucidité terrible) – à tous les projets que nous faisions ensemble chaque jour – et puis à l'amour que j'ai pour certain(e)s d'entre elles, et surtout pour Françoise – Françoise qui *ne* voulait pas être emmenée, et avec qui je m'entendais si merveilleusement.

Maintenant il me semble que je suis tout à fait abandonnée sur mon îlot – vais-je continuer la bataille comme cela ? Maintenant que j'ai vu partir tous mes amis, cela me semble tellement désolé – beaucoup de gens nous donnent le conseil que tu connais – même Maman. Mais je ne veux pas, quoique je sois à peu près sûre de finir comme les autres. Peu à peu cette définition de l'espoir dans *Prométhée délivré* de Shelley devient de plus en plus claire.

1. Le 2 septembre 1943, le convoi n° 59 part de Drancy avec 1 000 personnes, dont celles raflées au siège de l'UGIF.

*To hope till Hope creates*
*From its own wreck the thing it contemplates.*

Espérer jusqu'à ce que l'espérance
Crée de son propre désastre l'objet qu'elle se propose.

Quelle journée hier ! J'étais restée seule à Paris, les parents étaient allés à Auber. À 11 heures, la mère de Giselle arrive comme une folle, disant que Louis[1] était chez elle lorsqu'elle était rentrée et qu'elle le fuyait. Je l'ai gardée une heure ici, puis elle est repartie chez son beau-frère. Finalement c'était je crois une visite semblable à celle qu'il nous avait faite en mai dernier ; cela lui arrive sans arrêt – ce n'est pas drôle.

Après je suis allée à St.-Denis ; quand je dis que nous vivons une vie de roman, ce n'est pas assez fort. Il y a du tragique à profusion, un peu de comique, souvent de l'héroïque, et tout simplement de l'extraordinaire. Je ne sais dans quelle catégorie ranger l'offre que mon filleul (pas le Rose pur) a fait de m'épouser pour me protéger – celui de Françoise était en train de faire des démarches pour cela (pour elle) –, mais il était trop tard et de toutes façons, c'est impossible ; cela ne sert à rien.

Je ne pense pas aux conséquences comiques que ce geste pourrait avoir dans l'avenir. Le *sense of humour* n'a pas de place ici. Mais je trouve cela touchant. Il m'a fait promettre de bien réfléchir !

En rentrant, je suis allée chez Françoise, et c'est la femme de chambre qui m'a ouvert : immédiatement sa figure s'est contractée, et avant que ses larmes aient coulé, j'ai compris.

J'ai fini ma journée en allant rue de T[2] où j'ai rencontré d'abord oncle Benjamin[3] qui m'a enfin repérée comme « l'amie d'Odile » – et après j'ai eu des détails sur mes amis.

François, le frère de Bernard, était de la partie aussi – il était à D. depuis huit jours – cela fait trois enfants sans père ni mère – mon amie l'homonyme d'Yvonne, c'est pareil – deux petits ; et l'angoisse

1. Les Allemands.
2. 19, rue de Téhéran, Paris VIII$^{e}$, siège de l'UGIF.
3. Dr Benjamin Weill-Hallé (1875-1958), frère de Julien Weill, grand-oncle d'Odile, responsable du service médico-social de l'UGIF.

de sentir son mari toujours dans le même silence. Il paraît que la pauvre Mme Gett était assise sur sa valise, et attendait. J'ai parlé aussi avec le mari d'une autre dame (tous ces hommes abandonnés, c'est terrible – ils vont devenir fous), et j'ai enfourché ma bicyclette pour échouer rue Raynouard, avant de rentrer ici.

Je t'écris assourdie par le canon ; nous sommes en pleine alerte. Tous les jours à peu près il y en a une.

Hier soir à 19 heures[1].

Je t'écrivais ceci il y a trois minutes. Maintenant le canon est fini ; et il y a des volutes et des nuages de fumée dans le ciel en face (c'est juste à côté de chez Denise, je suppose chez Citroën).

C'est affolant ces bombardements. Une minute et tout est fait. Je suis contente que tu aies reçu ma lettre le 27. J'espère que Jacques t'expédiera le livre.

Il y a une grosse branche qui est tombée dans l'avenue (brisée par un éclat d'obus). Mais elle n'est pas perdue : le concierge d'en face l'a remorquée jusque dans sa cour ; voilà du bois pour cet hiver !

Je t'envoie une petite feuille de citronnelle d'Aubergenville. Il y en a sur ma table au-dessus du portrait d'une des absentes – mon amie Cécile Lehmann. Sur la cheminée il y a Jean (le portrait où il est dans la tranchée) avec un œillet rouge.

Et maintenant, je m'arrête ; je préfère t'écrire plus souvent, et de moins longue lettre (?). Toi, écris-moi vite (si tu es guérie) – j'attends de tes nouvelles avec impatience – garde-toi bien pour moi : tu ne peux savoir la valeur que cette faculté de correspondre avec toi possède pour moi. Tu es ma mieux-aimée pour toujours.

***

*À partir du 8 septembre 1943, nous possédons uniquement les lettres d'Hélène Berr.*

***

1. 3 septembre 1943, bombardement dirigé sur une partie des quartiers abritant les états-majors allemands ou des usines travaillant pour l'occupant, comme Citroën quai de Javel. Une chapelle ardente est installée au Vel'd'Hiv pour la centaine de victimes.

HÉLÈNE À ODILE

*8 septembre 1943*

Depuis 5, avenue Élisée-Reclus, Paris VIIe
À destination de « La Mouchonne », Saint-Rambert-l'Île-Barbe, Rhône

Ma mieux-aimée chérie,

Je viens de recevoir ta lettre, et tu ne peux certainement pas savoir à quel point elle m'a fait plaisir. Tes lettres prennent encore plus de valeur pour moi maintenant que je suis plus seule ; et c'est si bon de sentir ton affection de petit Dieu Lare qui est toujours là, comme une flamme claire à mes côtés, que rien ne change ni n'altère. Et puis tu *comprends* si bien *tout* que je peux tout t'écrire, en étant sûre que tu répondras à chaque chose comme si tu l'avais éprouvée toi-même.

Après avoir lu ta lettre j'ai ouvert mon nombreux courrier de St.-Denis qui est arrivé en bloc (3 lettres) ; et c'est si drôle qu'il faut que je te le raconte. Je t'avais parlé du jeune homme de Jersey, si sympathique, que j'étais allée voir deux fois ; il était si *high-spirited*[1], si plein de vie et si anglais que je m'étais mise à son diapason ; tu as dû t'apercevoir de mon enthousiasme. Je lui ai écrit une longue lettre en anglais, en lui parlant de mon amour pour tout ce qui était anglais, de mon enfance à demi anglaise[2], de mon désir de venir à Jersey après la guerre avec Jean (car je lui ai tout de suite dit « de quoi il retournait ») ; je lui ai même envoyé des photos comme il le demandait (il m'avait donné un porte-cigarettes fait par lui). Or j'ai appris par la suite que je ne pourrais plus le voir, car il s'était fait attraper pour avoir eu deux visites la même semaine et on (mon amie anglaise et son filleul) me l'a remplacé par un brave type du Devonshire, édenté et peu loquace, beaucoup moins drôle, mais *« far more sensible »* – je ne

1. Plein d'entrain.
2. Allusion à l'éducation donnée aux enfants Berr par leur gouvernante, Miss Child.

comprenais pas ce qui s'était passé, car lorsque je parlais de Woods, il y avait toujours des silences gênés, qui se terminaient invariablement par les mots *« I won't have anything to do with him »*. D'après ce que j'avais pu arracher à mon amie, Woods se piquait de faire des conquêtes. Je trouvais cela à la fois ennuyeux (j'étais vexée de ma lettre, si c'était vrai), et comique, car je pensais qu'il y avait des histoires de vieilles filles (mon amie est mariée, et les deux autres sont des hommes, mais il y a beaucoup de personnes qui sont « vieilles filles » sans l'être au sens propre). Or ce matin, je reçois la lettre de prisonnier de Woods. Une lettre charmante (c'est un fermier de Jersey, mais il ne fait pas trop de fautes d'orthographe) me promettant qu'il m'invitera à Jersey, avec « qui je voudrais » et de me donner ainsi qu'à tous les miens le meilleur temps de ma vie et terminant par *« god bless you »*. La seconde lettre est de Smith, le nouveau – sans un point de ponctuation du début à la fin, et une orthographe et un style aussi *« blunt*[1] *»* que lui – me remerciant de ma visite, me demandant une paire de *« knicker »* pour jouer au football et me disant qu'il espère ne pas m'avoir blessée par ce qu'il a dit de l'autre « type » à qui j'avais écrit, mais qu'il raconte à tout le monde ce qu'il y avait dans ma lettre. Je ne sais plus quoi penser, mais le tout me donne envie de rire ; je pense que ce sont un peu des histoires d'hommes enfermés, que les Anglais détestent les potins du genre de ceux que Woods doit déverser à flots, et que Woods n'est pas un méchant garçon. Seulement la situation est un peu gênante ! La 3e carte était de Peter pour me dire qu'il ne pouvait pas changer le jour de sa visite comme je l'avais demandé. L'élément non-british est moins *« troublesome*[2] *»* que l'élément British !

Et voilà ; cela a été une bonne petite distraction d'une demi-heure. J'étais en train d'essayer de travailler lorsque le courrier est arrivé, car depuis quatre jours, je n'ai pas eu à faire à Neuilly. Mais je préfère

1. Direct.
2. Quelqu'un qui pose problème.

écrire, c'est plus près de la réalité ; je n'aime pas interrompre mon contact avec la réalité.

Je suis plus calme que la dernière fois que je t'ai écrit. À ce moment-là, j'avais l'impression d'un arrachement à vif ; Françoise avait trop fait partie de ma vie, et nous communiquions trop complètement l'une avec l'autre pour que je n'éprouve pas le sentiment que c'était une partie de ma vie qu'on enlevait. Maintenant je suppose que j'ai accepté l'idée de son départ (tu comprends ce que je veux dire – je n'ai pas accepté le fait) – quoique mon chagrin soit toujours aussi grand. Elle m'a écrit une lettre adorable cinq jours avant – pleine de bonne humeur et d'affection. Je suis contente d'avoir cette lettre. Comme ce silence après est angoissant !

Ce que tu me dis ne m'énerve nullement[1] ; je pense souvent à cette idée, car Françoise me suppliait d'arrêter mon travail, et ses dernières paroles avant de partir ont été paraît-il pour me faire transmettre le même message : c'est ce qui m'a fait réfléchir. Il est évident que les employés de l'affaire sont de plus en plus mal vus de Louis[2], et qu'un jour ou l'autre, il les mettra à la porte (à sa manière, qui est le contraire d'une expulsion). Samedi il y a encore eu une scène. Mais si la sœur d'Yvonne[3] donnait sa démission, il y aurait 2 obstacles :

1° sa responsabilité vis-à-vis des enfants ; il faudrait d'abord que ceux-ci soient en sécurité – après on pourrait voir –, mais on ne peut pas les abandonner.

2° à partir du moment où elle quittait l'affaire, ni elle ni ses parents ne pourraient continuer à habiter avec M. Reclus[4] – ce qui est assez compliqué car elle préférerait ne pas quitter la région.

Il y a des moments où le problème se pose de manière plus aiguë qu'à d'autres. Je ne sais pas si les périodes de calme sont des périodes « autruchesques » ou pas. Hier matin, le père de Françoise nous a instamment priés de faire ce que tu dis. Mercredi dernier, Éliane a

1. Odile supplie Hélène de quitter Paris.

2. Les Allemands multiplient les rafles.

3. Hélène parle de son hésitation à quitter Paris.

4. C'est-à-dire avenue Élisée-Reclus, domicile de la famille Berr.

été arrêtée dans la rue par Louis qui l'a emmenée chez lui, car ses invités n'étaient pas assez nombreux[1]. Tu vois le genre !

J'espère que ma carte-lettre ne t'aura pas affolée ; j'ai pensé qu'il valait mieux te prévenir ; si tu connais d'autres personnes dans le même cas, dis-le-leur aussi. Dire qu'une semaine avant, j'avais voulu garder ces lettres ! Il y aurait de quoi devenir fou, si on y pensait tout le temps, et si surtout on n'était pas par moments assommée par une inexorable fatalité[2].

Denise n'a rien eu l'autre jour, mais ce n'était pas loin de chez elle. Ils n'ont pas eu un carreau de cassé. Mais c'était vraiment un coup manqué – c'est dommage.

Tu me demandes des nouvelles de J.-P. Lefebvre ? Il va toujours bien ; Nicole me communique de ses nouvelles assez régulièrement. Je ne sais pas où il est, mais il paraît avoir bon moral, malgré les alertes fréquentes qui troublent sa tranquillité relative.

Peut-être aurai-je des nouvelles de Jean cette semaine par l'ami de Papa qui revient de chez lui ; hier soir j'ai encore chargé notre ami, qui partait aujourd'hui avec ton petit ami Jérôme, d'une commission.

J'ai reçu une lettre pas très intéressante de Francine pour me remercier du cadeau que je lui ai envoyé. Catherine Ribadeau-Dumas se marie vendredi, et Nicole ira au mariage.

Je termine cette lettre pour la mettre à la poste ce matin. J'aime mieux t'écrire tout de suite, car je ne sais jamais ce qui m'attend d'une heure à l'autre. J'espère que tu es guérie : je crois que la jaunisse est une maladie très désagréable, quoiqu'on m'ait persuadée que je l'avais à perpétuité, et que je n'en aie jamais souffert.

Je t'embrasse de tout mon cœur de Dieu Lare. Reste ma flamme claire – je reste la tienne.

GRÉGORIO.

---

1. Les Allemands entendent remplir les convois à destination d'Auschwitz pour atteindre le nombre requis de mille juifs pour chacun d'eux.

2. Il s'agit des lettres avec les adresses envoyées par des familles cherchant des nouvelles et qui ont été trouvées par les Allemands lors de la rafle.

HÉLÈNE À ODILE

*16 septembre 1943*

Depuis 5, avenue Élisée-Reclus, Paris VII$^{e}$
À destination de « La Mouchonne », Saint-Rambert-l'Île-Barbe, Rhône

Ma chère petite mieux-aimée,

Figure-toi que depuis une demi-heure, je me creuse la cervelle pour trouver deux lignes à écrire à Jean : sa mère m'a prévenue que je pouvais les lui confier (« quelque chose de banal ») demain, et de désespoir, j'abandonne. Je ne peux rien mettre de *« personal »* même, car d'autres que lui le verront. Quel p.c (c = compliqué) !

J'ai reçu ce soir ta lettre, et j'étais bien contente car je l'attendais avec impatience. Je savais que tu aurais de la peine[1] ; j'ai pensé bien souvent intensément à toi depuis ces derniers événements – je sais la profondeur des sentiments qui te lient à tous les membres de ta famille, et c'est pour cela que je comprends tellement ton chagrin. Je me base sur mes impressions personnelles qui ne valent peut-être pas grand-chose : mais je ne crois pas que ce soit en vue d'un nouveau départ qu'ils soient là – c'est plutôt pour avoir les pères et maris encore plus sous leur coupe. En tout cas, c'est déjà suffisant comme cela !

J'ai voulu aller voir ta grand-mère toute la semaine, et j'ai été occupée de 8 heures du matin à 8 heures du soir – je tâcherai d'aller lui faire une petite visite aujourd'hui, quoique cela ne puisse pas lui apporter la consolation qui adoucirait toutes les heures de sa vie. Enfin, si je lui fais passer une heure de moins de solitude, et en lui apportant ce petit peu de toi qui tient toujours à moi, je serai contente.

Je t'écris maintenant dimanche, car nous ne sommes pas allés à Aubergenville qui est de nouveau occupé depuis le début de la semaine. C'est ennuyeux pour Papa, car c'était sa grande joie. Mais il

1. Le 10 septembre, Odette Baur est arrêtée à son tour avec ses quatre enfants et internée à Drancy.

ne dit rien. Dimanche dernier j'étais restée assise sur le banc qui est en haut du potager (mais pas tout en haut) entre 11 heures et midi, et je m'étais imprégnée de la paix dorée de cette matinée d'automne : c'était si calme, si pur, si beau à côté des tortures que créent les hommes que maintenant lorsque j'y pense, j'ai dans le cœur une envie de pleurer. On ne peut pas s'empêcher de penser à la folie criminelle que commettent les hommes en gâchant ainsi l'œuvre et le don de Dieu. Cette phrase a l'air d'un lieu commun, mais je t'assure qu'elle exprime peut-être le plus profond de mes sentiments – de plus en plus je suis obligée de séparer la nature et les hommes ; c'est peut-être un mauvais système, mais je ne peux pas faire autrement. Je ne fuis pas les hommes parce que ce serait une lâcheté, je ne me révolte même pas contre eux, car je peux dans ma petite sphère soulager quelques-unes de leurs misères, et ce serait mal de ne pas le faire. Mais rien ne peut empêcher que nos aspirations profondes tendent vers ce qui n'est pas leur œuvre, et contraste avec eux : la nature – je crois que j'ai toujours eu cette tendance-là, et c'est pour cela que j'aime tant la poésie – surtout la poésie anglaise. Mais, cette époque n'aura pas arrangé les choses, et n'aura fait que m'encourager dans cette voie.

Je vais te raconter une petite histoire qui m'est arrivée hier – je suis en train de m'occuper d'un ménage du pays de ton amie Irène – des gens très bien, mais qui vivent maintenant dans une espèce de mansarde – les détails importent peu. Comme ils ont des moyens, ceux qui les « soignent » leur sucent tout leur argent, comme des sangsues. Hier matin, lorsque je leur ai fait part de mes projets, ils n'ont cessé de me demander : « Mais je voudrais savoir à quel titre vous faites cela pour nous. » L'homme s'est levé pour marcher parce qu'il allait pleurer. À quel titre, mon Dieu ! Mais j'ai répondu éberluée : « À titre de membre de la fraternité humaine. » Je ne sais pas s'ils ont compris, et moi je comprenais avec peine comment ils pouvaient être étonnés de cela. C'est horrible, n'est-ce pas, de voir à quel point les principes de charité humaine peuvent disparaître. Aussi lorsque les bons puncat[1] vous disent : la différence entre vous

1. Punaises catholiques.

et nous est que vous attendez encore le Messie, et nous l'avons eu – j'ai envie de leur répondre : si vous l'avez eu, qu'en avez-vous fait ? Vous êtes aussi méchants qu'avant.

C'est une histoire que Françoise aurait bien pesée avec moi : Françoise qui est si pleine de générosité, et d'idéalisme. Comme nous avons parlé de tout cela sur la route du plateau, à Aubergenville ! Comme elle doit souffrir. Pourquoi, pourquoi ? À cause d'un mensonge froidement réfléchi et calculé, créé par quelques hommes mauvais, qui a déclenché un engrenage de procédés et d'ordres transmis à des hommes qui ne pensaient pas – et qui aboutit à la destruction de vies bien plus nobles et précieuses. Je ne sais pas si tu as entendu ce que Rose a dit du voyage récent d'Éliane (avec Françoise). C'est sûrement vrai, car cela correspond avec plusieurs bruits et échos. Depuis qu'on me l'a raconté, j'en suis hantée. Et dire qu'il y a des gens qui n'y pensent pas, et d'autres qui ne savent pas.

Mais je sais que toi tu y penses, et c'est pour cela que je ne vais pas en parler du début à la fin de cette lettre. Figure-toi que la semaine dernière, j'ai reçu la visite d'une jeune fille qui te connaît très bien, et qui a travaillé avec toi à Marseille – elle s'appelle Odile ; mais je ne connais pas son identité complète. Elle m'a paru très gentille, elle avait cherché avec une ardeur digne de Sherlock Holmes à retrouver ma trace à cause de deux de mes petits filleuls.

J'ai reçu jeudi une lettre absolument charmante (et très compréhensive pour quelqu'un qui ne sait pas, mais ne fait que deviner) d'Annie Digeon ; elle dit qu'elle viendra me voir avec son fiancé, Sylvère Monod (que je connais un peu) dès qu'elle aura un moment un peu long. J'attends cette visite avec impatience.

Il y en a une autre que j'attends avec une sorte d'appréhension, car il va falloir que j'endosse mon habit de récitant – c'est celle de Simone Toussaint (elle est très gentille et du bon côté de la barrière, il y aura peu à faire) et de Denise Prot qui a manifesté le désir de me voir. Papa a beau dire que son père (qu'il a rencontré l'autre jour) a été parfait à son égard – je ne m'y trompe pas, et je garde mon jugement – si gentille qu'elle puisse être, elle n'est pas « *genuine*[1] » – c'est-à-dire, si tu veux, un caractère en bon acier. Je te raconterai cette visite.

Jeudi il y avait ici une assemblée sympathique : les deux vieilles amies de Miss Child, une camarade de la Sorbonne que j'aime bien, Josette P.[2], Denise, François et Nicole. Hier je suis allée déjeuner chez Jean Vigué avec Denise et François – je suis partie juste après une alerte à midi et demi, et rentrée à 20 h 30 à cause d'une alerte ! Chez Jean Vigué, on se met à table à 14 heures, on finit à 16 heures, on goûte à 18 heures, et entre-temps on fume, bavarde, et joue du piano. Tout le temps aussi, on est un peu hanté par la vue immense que l'on a de chez eux sur tout Paris (ils habitent au 7e étage, près des Buttes-Chaumont) – et dont les différentes clochers et monuments sortent tour à tour de la brume selon les heures de la journée. Une vue pareille m'éreinte ; j'ai l'impression d'être poursuivie et oppressée. J'ai essayé d'exprimer mon sentiment et ils se sont moqués de moi. Mais pourtant c'est vrai.

Mercredi, j'ai assisté de la fenêtre au bombardement[3]. C'était impressionnant – j'étais en train d'admirer (on ne peut s'en empêcher) la lente majesté avec laquelle les escadrilles de 21 avions, tout illuminés dans le ciel bleu du couchant, traversaient au-dessus de nous, au milieu des flocons blancs de la D.C.A. Et moi qui n'aime pas la guerre, j'étais malgré moi saisie en les regardant. Le ciel si bleu avait l'air encore plus lointain et profond au-dessus d'eux – et ils continuaient à passer, impassibles dans le ciel auquel ils appartenaient. Mais cette beauté était une tromperie – ce n'était pas une beauté qui a droit de cité parmi les autres –, car soudain j'ai aperçu le revers de la médaille : une énorme colonne de fumée noire juste en face qui se déployait peu à peu dans le ciel, si bien qu'en dix minutes on ne voyait plus la tour Eiffel de chez nous, et que tout le bleu du ciel avait disparu.

D'autres ont vu éclater en l'air un avion, et des parachutistes descendre en flammes, ils sont hantés par cette épouvantable vision.

1. Sincère.

2. Josette Perquel.

3. Le 15 septembre 1943, les Anglais bombardent l'ouest de Paris, notamment les usines Renault à Courbevoie et Boulogne-Billancourt, et l'usine Hispano-Suiza à Asnières.

Nous avons été encore inquiets pour Denise – ils sont descendus à la cave – alors que c'était fini !

Tu me parles de Rilke. Il y a en effet de très belles choses dans les cahiers – surtout les souvenirs d'enfance –, beaucoup ne sont pas très compréhensibles, et d'autres un peu troubles. Je vais les relire pour pouvoir en parler avec toi. J'ai lu deux livres en deux jours : je les ai trouvés par hasard et je me suis jetée dessus. Ce sont un livre de Tchekhov *(Trois années)* et un de Tolstoï : *Les Cosaques*, que j'ai beaucoup aimé. J'ai un troisième russe à lire, *Le Duel* de Kouprine, mais je suis en train de lire *La Cathédrale* de Walpole (un romancier anglais contemporain) et je ne vais plus très vite. Cela dépend des moments.

Je comprends à quel point les petits détails de la lettre de Jacquot ont dû te faire sentir sa présence vivante ; ce sont ces détails-là qui sont le plus précieux pour vaincre la distance et la durée. Mais attends un peu. Dans quelques mois tu le verras s'arrêter pour faire la soupe, et vous tremperez vos doigts dedans, joyeusement tous les deux.

Je m'arrête, car il faut que je sorte. Il fait froid déjà. Brrr ! Mais pourquoi ai-je l'impression qu'il y aura une belle flambée à Noël ?

Je t'embrasse à t'étouffer.

TON PETIT DIEU LARE.

HÉLÈNE À ODILE

*25 septembre 1943*

Depuis 5, avenue Élisée-Reclus, Paris VII^e^
À destination de « La Mouchonne », Saint-Rambert-l'Île-Barbe, Rhône

Ma mieux-aimée chérie,

Je ne veux pas que tu aies envie de pleurer lorsque tu lis mes lettres, mais je comprends très bien ce qui s'est passé ; il y a des moments où l'on prend conscience brusquement des choses – ou on les « sent » –, je crois que la plupart du temps, nous ne sentons pas – qu'un voile épais nous sépare de la pleine réalisation, de la pleine connaissance du sens des choses. Peut-être est-ce la fatigue et l'abrutissement de la vie quotidienne (et pourtant c'est généralement quand je suis bien fatiguée que ces moments-là surviennent) – ou est-ce l'actualité même des événements qui en est responsable ? Sans doute, il vaut mieux que la lucidité ne soit pas permanente, car on vivrait difficilement ainsi. Je crois que si je réalisais pleinement le sens de ce qui m'arrive je n'agirais plus. Heureusement, je n'ai pas le temps de réfléchir à tout ce que je perds chaque jour en étant séparée de ceux que j'aime, et auprès de qui je me développerais complètement. Dire qu'en ce moment, il y a tant de milliers d'êtres qui sans compter d'affreux tourments matériels souffrent aussi de cela ! Et puis je songe aussi que tout ce que je perds vaut beaucoup moins que ce que je gagne, en connaissance réelle de l'humanité, de ses souffrances et de ses beautés aussi, et surtout en sincérité vis-à-vis de moi-même.

Tout ceci ne fait pas que l'idéal soit de devenir incapable de ressentir une émotion comme celle dont tu me parles. Au contraire, cela fait autant de bien qu'une pluie chaude sur une terre desséchée.

D'ailleurs je comprends tellement bien combien ces trois années ont dû te faire souffrir – trois années qui auraient pu être si belles. Mais ta protestation ne peut être qu'une protestation contre le destin qui frappe le monde entier, car je connais ton cœur, et je sais bien que tu n'aurais pu être complètement heureuse au milieu d'un ouragan pareil. C'est ce qui m'empêche toujours de regretter la moindre chose. Comme toi, je suis contente d'avoir ma part de peine – cela va avec ma conviction fondamentale de l'égalité humaine.

Et puis pense à la profondeur immense que va avoir acquis ton bonheur lorsqu'il viendra pour de bon ; je suis bien sûre que votre souffrance commune à Jacquot et à toi vous rendra infiniment plus capables d'être heureux après. Quand je pense à son retour, et à ce que sera votre vie, je suis réchauffée comme par la flamme d'un foyer lumineux. En attendant, continuons à nous écrire fidèlement, sans la moindre interruption, et à dire tout ce qui se passe dans nos têtes. À propos, je suis bien triste, car figure-toi que j'avais mis la boîte contenant toutes les lettres (depuis celle écrite sur le *Arandora Star*, et commençant par « mon vieux canard sauvage ») à Auber, espérant qu'elle y serait plus en sécurité qu'ici… et maintenant la maison est bondée (et de ce qu'il y a de pire en l'espèce) et je ne crois pas que je ne retrouverai jamais tes lettres. Heureusement que je t'ai ; c'est le plus important. Mais cela me fait de la peine tout de même.

Je veux te dire maintenant que j'ai eu des nouvelles de Jean par un ami de Papa (un très « chic type », ancien aviateur, très droit et sympathique, que j'étais allée voir il y a un mois, et qui par un hasard extraordinaire partait pour chez Jean le surlendemain). Il n'a eu des nouvelles que trois jours avant son retour ici, et n'a pu faire grand-chose, enfin il l'a retrouvé dans un trou qui ressemble à celui où était Michel W. et qu'il quittera ces jours-ci, il ira rejoindre le frère de Nicole probablement le 15[1]. Il était en bonne santé, et savait qu'on s'occupait de lui. Je voudrais bien recevoir un mot de lui, et pouvoir lui écrire.

Je pense tout le temps à l'année dernière, et chaque coin de Paris à l'automne me rappelle un souvenir si vivant et si poignant que sa douceur même est presque une consolation. Je n'ai que ce petit trésor de souvenirs accumulés pendant trois mois pour me soutenir. Je m'y attache avec une espèce de désespoir maintenant, car je crains qu'à son retour, beaucoup de choses graves ne viennent troubler l'atmosphère si merveilleuse et si pure qui nous entourait. Lorsqu'il ne voulait rien dire à ses parents pour ne pas les troubler, il avait peut-être raison. En tout cas, ceux-ci ne seront jamais un appui pour moi. Je ne sais pas ce qui se passera, mais je pense que quand il sera là, j'aurai plus de force, et je souhaite de tout mon cœur retrouver cette même atmosphère dont je parlais.

1. Le frère de Nicole, Jean Schneider, est en Afrique du Nord. À la mi-octobre, Jean Morawiecki se trouve à Madrid, logé dans une pension de famille où il achève de guérir de son hépatite. À la requête de Raymond Berr, le directeur de l'Asturienne des mines remet de l'argent pour Jean Morawiecki au responsable de la Croix-Rouge française. Il achète un costume et un coffret de luxueuses savonnettes à la lavande. Il envoie une carte à ses parents signée Jeanne dans laquelle il leur demande de dire à Hélène qu'il est chez la fille de Prospero (*La Tempête* de Shakespeare) et qu'il va y rester quelque temps. Fin 1945, le père de Jean Morawiecki se rendra au siège de cette société, avenue des Champs-Élysées, pour rembourser la somme d'argent prêtée à son fils *via* Raymond Berr (Mémorial de la Shoah/fonds Mariette Job).

Nous avons eu des nouvelles vivantes d'Yvonne par notre ami Nosley qui est allé passer cinq jours chez elle. Annie Léauté devait y aller, mais cela ne s'est pas arrangé ; surtout depuis que ma tante Claire et Simone se sont installées chez elle.

Denise va bien ; j'ai fait du trio chez elle dimanche dernier, mais le piano me manque terriblement ici. François vient d'être affecté à des laboratoires d'acoustique à Paris, et il est enchanté de son travail.

Les fiançailles de Lisette sont officielles : sa mère nous a écrit. Jeudi, Denise Prot et Simone Toussaint viennent goûter, je te raconterai l'entrevue. Demain j'ai les Pineau et Geneviève Castier (dont la maison a été à demi démolie par le dernier bombardement). J'ai aussi demandé à Annie Digeon et son fiancé de venir, mais elle ne m'a pas répondu.

Tous les jours nous avons des alertes, ce qui est assez énervant, à cause des métros. Alertes sans canon, alors que la nuit d'avant-hier il y a eu une canonnade terrible (un avion s'est abattu sur les Magasins du Louvre).

Je n'ai pas pu aller voir ta grand-mère, mais je le ferai demain. Je pense qu'à la fin de la matinée, ou au début de l'après-midi, je ne la dérangerai pas trop ?

Ce qui s'est passé chez les voisins d'O.Mx[1] a dû être terrible ; quoiqu'on ne sache plus rien de D.[2], je suppose que cela doit être affreux ; le manque de vêtements même est un problème, car la tenue de plage était celle de beaucoup.

Le moral est excellent ici, et la confiance est générale. Peut-être nous reverrons-nous tous à Noël ? Si cela pouvait être vrai ! Plus que quelques mois de souffrance – car pour ceux qui sont partis c'est une question de jours.

Je viens de lire un roman russe qui est un chef-d'œuvre : *Le Duel* de Kouprine. Je n'avais entendu parler de Kouprine qu'en passant (par un malade russe dont Denise s'occupait). Mais je te le recommande.

Cette après-midi je procède au déménagement dont je t'ai parlé dans ma dernière lettre. Pourvu que tout se passe bien !

1. Des voisins d'Olivier Mantoux ont été conduits à Drancy.
2. Camp d'internement de Drancy.

Je termine cette lettre en t'envoyant toute la tendresse que ta pensée éveille en moi. Il pleut à torrents sous un ciel gris. Pouah !

P.-S. : Je t'envoie une photo prise à Auber il y a trois semaines. Mon genou est bandé des suites d'une alerte (je suis tombée de bicyclette en voulant rentrer trop vite pour éviter les messieurs de la Défense passive. Ce n'était rien, mais cela fait bien dans le tableau).

HÉLÈNE À ODILE

*4 octobre 1943*

Depuis 5, avenue Élisée-Reclus, Paris VII^e^
À destination de « La Mouchonne », Saint-Rambert-l'Île-Barbe, Rhône

*Lundi*

Ma mieux-aimée chérie,

J'ai trouvé ta lettre ce matin en rentrant d'une expédition laborieuse qui consistait à emmener à l'autre bout de Paris, à l'Hôpital Rothschild, cinq enfants (dont 1 ne marchait que difficilement) et une adulte – j'ai eu du mal à les maintenir sur mes genoux pendant qu'on leur examinait la bouche, car le premier ayant commencé à hurler, les quatre autres ont pensé que c'était leur devoir – par contre, lors de la prise de sang (plus douloureuse certainement), il n'y a eu qu'un minimum de musique vocale. Je suis rentrée ici à 13 h 15, et, comme il y avait à déjeuner la mère de mon amie Cécile (c'est un ange, cette femme, et elle prépare tout pour le retour de Cécile et pour son trousseau avec tant d'amour que cela vous donne confiance), je n'ai fait que parcourir ta lettre, qui avait besoin d'être lue doucement et à loisir. Enfin je suis rentrée après avoir fait différentes courses, et avant le dîner j'ai trois quarts d'heure pour te répondre.

Le mieux est sans doute de reprendre ta lettre dans l'ordre des pages ; il y a de tels trous par moments dans mon cerveau, et dans ma mémoire, et je suis si incapable de faire le moindre effort mental (c'en est affolant), que je préfère t'écrire de cette manière. Mes lettres doivent être horriblement mal écrites, mais il faut que tu m'excuses, car mon cerveau ne m'obéit pas toujours, et je suis souvent très fatiguée – aussi bien mentalement que physiquement –, c'est peut-être du gâtisme ? Ou est-ce le manque de vacances depuis deux ans ? Enfin, je sais que tu comprendras, et je ne te demande même pas de m'excuser.

Au début de ta lettre, tu me parles de musique. J'en suis très privée maintenant, car je n'ai plus de piano[1], et le violon tout seul, cela n'existe pas. Je suis à la recherche de pianistes pour m'accompagner (même quand Denise était là, cela ne l'amusait pas de jouer avec moi, et maintenant c'est encore plus rare). J'ai essayé de décider *Auntie* Ger à retravailler. Souvent, j'ai l'impression que je perds quelque chose de très précieux ainsi, et que cela serait merveilleux de travailler avec quelqu'un qui comprendrait la musique de la même façon que moi. Mais j'en prends mon parti. Tant pis ! Mais c'est bête. Et j'aime tant mon violon qui est si doux – tu ne l'as jamais entendu ? Il faudra que je te le joue une fois.

Quant à la musique des autres (je veux dire les disques, puisque je n'en entends plus autrement) elle me cause le plus souvent une émotion intense dont le fond est certainement la tristesse – car pour moi Jean est lié à la musique (c'est par la musique que nous avons fait connaissance, et nous en avons tellement entendu ensemble).

Mais à côté de cette tristesse, il y a la grande douceur de me sentir plus près de lui – d'être dans notre monde à nous – et aussi des éclairs

1. Denise Job, sa sœur, qui l'accompagnait au piano, n'est plus là.

de bonheur, quand je pense que nous pourrons retirer tellement de joie et d'émotion de la musique, parce qu'il est si profondément musicien, et que c'est un domaine de plus, et peut-être l'un des plus magnifiques où nous pourrons communiquer. Je suis sûre que tu me comprends. N'est-ce pas merveilleux de pouvoir communier dans toutes les sensations ? C'est étrange, cette impression que Jean est un autre moi-même – en tout cas du point de vue sensibilité. Mais je n'aurais pas pu être heureuse autrement.

Où en étais-je ? J'espère que je n'ai pas dit de bêtises. Je suppose que c'est l'obscurité (on a déjà fermé les volets) et la petite lampe de travail qui m'incitent à dire toutes ces choses. Tu parlais du 1er Trio de Schumann ; il est en effet splendide, car sa mélodie est très rare (au 1er mouvement). Si je n'embrouille pas le final avec celui du quatuor. Il me semble qu'il est très gai, comme la campagne après la pluie.

Je te remercie beaucoup de la photo, qui a brusquement précisé ton image toujours latente en moi ; je te préfère avec les cheveux moins bouffants – mais tu es toujours Odile pour moi. Je t'enverrai une photo de mes enfants à Neuilly, si elle est bonne ; je les ai photographiés lundi dernier, et je pense les avoir demain. Tu verras comme ils sont gentils et attachants. La semaine dernière, j'ai emmené les deux filles Pineau les voir (exprès pour faire de la propagande). Nous ne pouvions plus nous en aller ; les enfants étaient si ravis, et dans un élan d'enthousiasme, deux ou trois se sont écriés qu'ils voulaient être « mes » filles et fils. Quelle famille nombreuse cela me fait !

Mon fils Charles[1] est rentré de vacances jeudi, terriblement bavard et débrouillé ; ici, c'est sa maison ; il connaît tous les recoins ; il est si bien élevé qu'on le prendrait pour un habitué de la maison. Je l'ai reconduit vendredi à sa pension après quoi je suis allée voir les protégés d'Odile Varlet qui sont bien installés dans une pension de famille. Ils étaient si reconnaissants qu'ils m'ont proposés… un fiancé ? Quelle P.R.[2]. Je n'ai pas pu m'empêcher de leur dire que je ne pouvais pas être bigame. Chaque fois que je le dis à quelqu'un de

1. Enfant de l'UGIF confié à Hélène.
2. Position ridicule.

nouveau (et parfois j'ai trop de mal à ne pas le dire), je me fais des reproches, car l'attitude de ses parents est absolument le néant pour moi – son père ignore tout, et sa mère ne voit que des obstacles.

Ce que tu me dis de la séparation n'est pas barbare ; seulement je te répète qu'il faut que la séparation se soit faite après un long moment d'entente et de communion pour qu'elle soit autre chose qu'une souffrance et qu'un brusque vide.

L'autre jour je me suis prise à essayer de me souvenir « comment c'était » lorsque je recevais une lettre de Jean !

Je suis allée faire une visite à ta grand-mère dimanche dernier ; elle est en effet merveilleuse de vie et de courage ; et il y a en plus chez elle quelque chose de très simple, de presque enfantin qui la rend très attachante. Est-ce que cela te choque, ou est-ce que je dis vrai ? Je l'ai revue au temple mercredi soir – c'était triste et vide – et après le service, je me suis trouvée devant elle – et sans hésiter, je l'ai embrassée sur les deux joues « pour Odile ». J'ai pensé à ce que cela devait être pour elle, et pour toi, que cette soirée de fête, et c'est pour cela que je l'ai embrassée. Ici, nous avons coupé des tranches de pommes pour tous les absents, et j'en ai même mangé une pour Jean ! La table était si petite[1].

*Mardi soir*

Je reprends ma lettre au même moment qu'hier soir. J'ai passé mon après-midi à ranger la bibliothèque de l'Institut[2] : j'ai la seule responsabilité de tous ces livres (je l'ai eue tout l'été, car comme je ne bougeais pas, j'ai ouvert la bibliothèque tous les mardis). En ce moment je m'en donne à cœur joie. Les livres que je surveille depuis deux ans sont devenus mes protégés, et je connais la place de chacun dans chaque rayon. Le travail est énorme, car il faut marquer au fur et à mesure ceux qui manquent, recoller des étiquettes sur le dos,

1. Pour la Nouvelle Année juive, la tradition veut que l'on trempe des quartiers de pomme dans du miel en disant : « Que cette année soit pour nous aussi douce que la pomme trempée dans du miel. »

2. Hélène est bibliothécaire à l'Institut d'anglais de la Sorbonne.

enlever les volumes que l'on envoie à la reliure, etc., par moment j'ai des crises de fièvre en pensant à tous ceux que je voudrais lire ; c'est terrible. J'ai rangé bien dans l'ordre tous les Walter Scott, tous les Hardy, les Galsworthy, les Kipling, les Woolf, les Mansfield, les Stevenson, les Henry James. Comme je les aime, tous ces livres. Je suis rentrée avec les mains noires, et l'impression d'avoir causé avec mes plus chers amis. Dans mon sac j'avais *Shakespeare Tragedy*, du merveilleux critique anglais Bradley, et une édition annotée de *As you like it*... pour les jours (!) où j'aurais le temps de travailler. Je voudrais lire les chapitres sur Hamlet. J'ai aussi un récit d'expédition polaire que la lectrice d'américain, Mrs Mauduit (une adorable petite femme qui me fait penser à K. Mansfield) m'a envoyé lorsqu'elle a su que j'aimais les romans de mer. Il est illustré par le même dessinateur que l'édition de *Moby Dick* que j'ai lue, et cela suffit pour m'emballer d'avance.

À propos de mer, je suis ravie que tu aies lu *Lord Jim* : c'est un de mes premiers contacts avec la littérature anglaise (en rentrant de l'exode, pendant ce terrible été de 1940) et j'en ai été hantée. C'est si angoissant et si vrai – surtout cette méthode que Conrad affectionne de montrer le cas sous tous ses aspects, et selon l'angle de chaque individu qui l'examine. La fin seule est un peu romantique (mais tout peut être vrai dans ces pays). Le cas de conscience est torturant. C'est étrange que Conrad soit un maître à la fois en psychologie (comme dans *Lord Jim*), et en art descriptif (comme dans *Typhon*). Est-ce que tu as lu *Typhon* ? C'est une des plus belles choses que je connaisse. Mais tu sais, j'adore la mer et je suis un peu partiale – quoique *Typhon doive* emporter tout le monde. J'avais lu récemment un livre de John Masefield qui était un récit de marin – moins parfait que *Typhon*, mais enthousiasmant quand même. Et puis, il y a *Moby Dick*.

En ce moment, devine ce que je lis : c'est un étrange mélange – à la fois du Shakespeare – dont je ne peux jamais me détacher – et... *Les Thibault* – je trouve cela bien, mais je n'arrive pas à m'expliquer pourquoi toute la littérature française moderne me produit la même impression de malaise. Je m'efforce d'abolir mes préventions, mais je n'y parviens pas – il y a quelque chose de matérialiste – de sensuel – que je n'ai pas trouvé dans la littérature anglaise (évidemment je ne parle pas de Lawrence que je ne connais pas) ou dans la littérature russe. C'est une impression que je n'ose jamais formuler en public (et même ici) car on m'accuse de parti pris – pourtant, je te jure que je suis sincère –, je n'arrive pas à préciser mon impression, mais elle est là. Je suis probablement vieux jeu.

L'autre jour à St.-Denis, j'ai risqué une discussion littéraire avec Peter, mon filleul non britannique – c'est un besoin chez moi ; par moments j'ai la sensation que j'étouffe, parce que je ne peux pas épancher tout ce côté-là de moi (mais tout ça, « ça vaut pas chipette », et rien ne sert de se plaindre – c'est comme pour la musique). Mais lorsque je lui ai parlé de Shakespeare, il a fait la grimace, en disant que c'était « démodé ». Cela m'a clos le bec.

J'ai lu aussi *Les Vagabonds* de Gorki (les descriptions de nature sont très belles, mais l'état d'âme toujours inquiet et mélancolique des vagabonds n'était pas pour me calmer). *Le Duel* était excellent – aussi bon dans son genre que *Les Cosaques* de Tolstoï. À propos de Rose, si jamais tu peux trouver à ta bibliothèque un conte de Tchekhov intitulé *La Steppe*, et un autre La garden-party (ou quelque chose d'approchant), je te le conseille. Je te conseille aussi *Mrs Dalloway* de Virginia Woolf, *Adieu aux armes* de Hemingway, *Étrange Intermède* de O'Neill, et *La Pêche miraculeuse* de Pourtalès.

En voilà, une averse ! Je ne sais pas ce qui me prend ce soir. Excuse-moi.

Le goûter avec la B.F. *(bouncing female)* s'est fort bien passé jeudi, sauf que Nicole, Denise et moi avons dû constamment éviter nos regards respectifs pour ne pas pouffer. Elle n'a pas changé d'un brin, ni dans son rire, ni dans ses idées. Elle me paraît très anglophobe. Elle est de celles qui disent aussi : « Tu sais, tout le monde peut être arrêté d'un moment à l'autre. » C'est entendu, mais enfin il y a des degrés. Elle ne veut pas penser aux choses tragiques – ceci fait partie de son idéal de bonne humeur et de santé (comme elle doit se faire une belle image d'elle-même pour elle-même !). À un autre moment, à propos de l'examen auquel Louis[1] s'était livré en rencontrant Éliane

1. Les Allemands ont contrôlé les papiers des juifs à la sortie de la synagogue.

à la sortie du service mercredi et lorsque je parlais des pauvres gens qui étaient venus là pas en règle, elle a eu cette phrase facile, toujours dictée par ce même « idéal » : « Pourquoi ne pas être en règle après tout ? » Et quand on ne peut pas[1] ?

Au contraire Simone a été très douce et très compréhensive – et tellement angoissée lorsqu'on lui parle des enfants. Elle veut en prendre un chez elle le dimanche (elle voulait même en prendre un pour de bon, mais je n'ai pas trouvé d'occasion).

Le dimanche précédent, j'ai eu les amis dont je t'avais parlé. Annie Digeon est venue avec son fiancé (qui ne parle pas, soit par froideur, soit par timidité). J'étais désespérée parce que l'après-midi a été très morne – je n'ai plus d'entrain pour recevoir, et il me semble que lorsque je parle d'autre chose que la réalité, je suis artificielle et me mens à moi-même. De plus Nicole n'avait pas pu venir, car elle avait très mal au genou (elle était tombée la veille) et Denise était chez ses beaux-parents. À la fin de la journée, M. Cartier est venu chercher sa fille, et il nous a un peu parlé de Huxley (dont il est le traducteur).

Le fils de Louis[2] qui couchait dans la chambre des parents à Auber s'est suicidé la semaine dernière dans des circonstances obscures (pour nous), et plutôt tragiques, d'après les détails que l'on a pu recueillir.

J'espère que tu es moins fatiguée – est-ce que je pourrai t'envoyer quelque chose pour ton régime[3] ? Je ne sais pas ce qui t'est prescrit. Penses-tu que nous pourrons fêter l'anniversaire de la G.P.[4] à Aubergenville ? Au fond, je le crois, puisque je crois même à un Noël en famille. À moins que… il circule des bruits très alarmants ici sur notre sort – de dernière heure. Pour ma part, je crois que je suis prête – depuis le temps.

J'espère que tu auras vite des nouvelles de Jacquot. J'ai un petit garçon à Neuilly qui s'appelle Jacquot, et j'ai pensé ce matin au grand, quand le petit courait dans le couloir du métro.

---

1. Contrôle du port de l'étoile jaune et des papiers d'identité à la sortie de la synagogue.
2. Soldat allemand.
3. Odile a contracté une jaunisse.
4. La *Garden-party* de 1935 donnée par les Berr à Aubergenville.

Quelle lettre je t'ai écrite ! Il faut que je m'arrête – jusqu'à la prochaine fois. C'est si merveilleux de pouvoir s'écrire régulièrement ! Réponds-moi vite, pour qu'il n'y ait jamais d'interruption.

TON DIEU LARE QUI T'AIME.

CUPIDO-DARDUS.

HÉLÈNE À ODILE[1]

*15 octobre 1943*

Depuis 5, avenue Élisée-Reclus, Paris VII^e^
À destination de « La Mouchonne », Saint-Rambert-l'Île-Barbe, Rhône

Ma mieux-aimée,

Tu ne peux pas t'imaginer comme ta lettre était spécialement gentille. Le souvenir que sa lecture a laissé dans ma mémoire est un foyer de bonheur. Je l'ai lue vite (je la relirai en écrivant celle-ci) car hier je

1. Le 10 octobre 1943, Hélène reprend son *Journal* qu'elle avait interrompu le 28 novembre 1942. Elle y avait écrit quelques mots manifestant l'intention de le reprendre le 25 août, peu après le départ de Jean.

suis rentrée déjeuner à 14 heures après être partie à 19 heures – j'ai manqué le déjeuner avec Denise et François (heureusement Denise était encore là pour me tenir compagnie pendant mon déjeuner). Et comme il y avait aussi un mot de Sparkenbroke me disant qu'il me rapporterait à 15 heures à l'Institut un livre que je lui avais prêté il y a longtemps, je n'ai eu que le temps d'avaler mon déjeuner en lisant fiévreusement ta lettre. Ce matin, j'ai de nouveau été saisie d'une espèce de fièvre – cette fois, pour te répondre. Et je m'y suis mise tout de suite : il est 8 heures du matin.

Ce que tu me dis sur le bien que cela te fait de m'écrire exprime exactement ma pensée à moi : dans les lettres que je t'ai écrites, il me semble que j'ai défini beaucoup de mes idées (qui changent d'ailleurs constamment). Il n'y a rien de tel que l'expression pour donner forme et existence à une idée. Ici je ne peux pas *discuter* souvent, sauf avec Nicole ; quelquefois ma solitude me pèse terriblement – il n'y a pas que des idées générales, mais des réflexions sur les livres que je lis, ou ce qui sort quelquefois des bouillonnements d'enthousiasme qui me prennent lorsque que je lis un roman, une critique du Shakespeare par exemple. Mes lettres à toi me sauvent. Je ne peux pas écrire à Jean – aussi es-tu devenue mon unique déversoir. Quelle charge !

À propos de Jean, sa mère a reçu la semaine dernière deux lettres dont la dernière datait de huit jours ; il est maintenant sorti de son « camp de jeunesse », et attend de partir bientôt (peut-être ce mois-ci) directement chez Rose[1]. Il a demandé qu'on lui envoie des vêtements et des livres. Son séjour a été écourté par la visite de l'ami de Papa dont je t'avais parlé, et il en remercie beaucoup. Il semble avoir été passablement malheureux, après avoir enduré dysenterie, jaunisse (?), faim, froid, poux, etc. Mais maintenant il est plein d'entrain. J'aurais bien aimé recevoir une lettre « pour moi » (tu sais ce que c'est), car il n'y avait pas un mot pour moi dans les siennes. Sa mère me les a montrées tout de suite : je n'arrive pas à savoir ce que je pense d'elle : elle est à la fois très gentille et à d'autres moments, elle me fait du

1. Après le camp de Miranda, Jean Morawiecki a été enfermé à la prison de Pampelune d'où il a été relâché.

mal en ne me parlant que des obstacles que j'aurai à surmonter – me disant que son père sera furieux. C'est un curieux mélange. Je ne t'ai pas raconté qu'il y a trois semaines, elle m'avait invitée à aller chez eux ; j'y suis allée, et j'ai été reçue par toute la famille – père, sœurs et même petits neveux –, j'ai été mise en confiance par cet accueil, quoique le père m'ait paru très froid (mais j'étais prévenue). Deux jours après j'ai emmené sa mère voir l'ami de Papa qui rapportait des nouvelles, et c'est en sortant de là qu'elle m'a dit qu'elle considérait que c'était une folie, que rien n'était fait, que son père serait furieux s'il savait – alors j'ai été prise d'une crise de fierté blessée et je lui ai demandé à quel titre j'étais venue chez eux ! Et j'ai découvert que le père ne savait rien, et me considérait sans doute comme un « flirt » de Jean. Je ne devrais pas reparler de cela, car c'est un souvenir qui me fait trop mal. Je t'en supplie, enterre-le au fond de toi. C'est la plus grande preuve de confiance que je puisse te faire que de t'en parler. Mais n'es-tu pas ma mieux-aimée ? et puis-je te cacher un coin de mon âme ? J'ai souffert après ces trois jours-là, comme tu peux le penser – de fierté blessée, de confiance brusquement trompée, d'affection trop vite donnée et gâchée. Maintenant je suis décidée à ne plus jamais avoir de relations avec d'autres membres de sa famille que sa mère (avec qui je dois rester en communication à cause des nouvelles) jusqu'à ce que Jean soit revenu. Je pense que c'est la seule chose qui mettra de la clarté dans la situation. Son absence était déjà une assez grande souffrance, sans que cela vienne s'y ajouter. Enfin maintenant c'est fini, et je n'y pense plus. Oublie, dis, oublie vite et complètement.

Ce que tu me dis de tes idées religieuses vient éclairer une fois de plus ma pensée qui en ce moment se débat à ce sujet – j'espère que bientôt il en sortira quelque chose de définitif. Une religion ne se perfectionne pas (où as-tu trouvé cette phrase géniale ?). La preuve en est qu'au fond, tous les vrais croyants extraient de leur religion quelle qu'elle soit une seule et même chose qui est irréductible et identique : l'idée de Dieu. Notre religion est certainement la plus pure et celle qui a le moins d'intermédiaires entre Dieu et l'homme. C'est ce que je pense de plus en plus. Et pourtant, je sais que beaucoup de coreligionnaires me rejetteraient de la communauté si je leur disais que je ne m'arrête pas au Christ – seulement je ne comprends pas que l'on ait créé à partir de là une nouvelle religion. Qu'y avait-il dans la doctrine du Christ qui impliquât la fondation d'une nouvelle religion ? Qu'était-elle d'autre qu'un approfondissement des lois initiales ? Que contient-elle d'autres que les préceptes de l'amour de Dieu, de l'amour du bien et l'amour du prochain, qui sont les préceptes initiaux, mais que les hommes avaient oubliés ? Et si la doctrine du Christ était comprise et suivie, crois-tu qu'il devrait exister une chose qui s'appelle : différence de religion, ou religions ? Il me semble qu'il y a eu une erreur fondamentale à partir de ce moment : une partie des hommes ont refusé de reconnaître le Christ comme le grand inspiré qu'il était – et d'autres l'ont accaparé, sans, par la suite, suivre ses préceptes. Alors qu'il ne devrait y avoir qu'unité et évolution d'une même chose. Si le Christ revenait aujourd'hui, tout serait à refaire ; les hommes sont aussi mauvais qu'avant sa venue – et moralement, ils le crucifient tous les jours. Te souviens-tu, dans *Les Frères Karamazov* du chapitre intitulé « Le Grand Inquisiteur » ? Relis-le, c'est frappant de justesse. L'autre jour, j'ai lu un des Évangiles ; je pensais que c'était quelque chose de mystérieux, et qui m'ouvrirait un monde nouveau – mais la découverte que j'ai faite, c'est que cette lecture se conciliait parfaitement avec ma croyance, et que les préceptes du Christ étaient ceux auxquels j'essaie, depuis que je suis en mesure d'agir, d'obéir de moi-même. Quelle preuve plus éclatante y a-t-il de l'unité de tout ? Et crois-tu que ce soit un paradoxe, lorsque je pense que je me sens plus près du Christ que beaucoup de « bons » chrétiens ?

Je *veux* que tu répondes à cette partie de ma lettre, car ces idées que j'ai m'angoissent parce que je suis seule (avec Maman) à les avoir, et aussi je me demande si elles sont justes – sois une fois de plus ma lumière et mon appui, et réponds-moi exactement ce que tu penses. Je me demande si mes idées évolueront encore, ou si j'arriverai à un point fixe ? Mais pourquoi y a-t-il si peu de gens qui ont découvert cela ?

Maintenant je reviens entièrement sur ce que je t'ai dit des *Thibault* – j'étais si fâchée par la suite de t'avoir écrit cela que je voulais t'envoyer un démenti avant de recevoir ta lettre. Le premier volume que j'ai lu (*La Belle Saison*, je n'ai pas les 2 premiers) m'avait fait l'impression dont je t'ai parlé, mais en huit jours j'ai tout lu, et j'ai été bouleversée. Ce livre est certainement l'un de ceux qui m'ont le plus impressionnée, car il est la vérité même. Le caractère de Jacques surtout – j'ai le sentiment de le comprendre si bien, parce que nous avons quelque chose en commun. Sa fin est si triste, mais si inévitable – j'ai pleuré sur le dernier volume de *L'Été 14* comme je n'ai pas pleuré depuis des siècles : il y a tant de générosité gâchée, et d'incompréhension – le triomphe de la réalité décevante des hommes sur l'idéal élevé de Jacques – sa solitude. Et tout ce problème de la guerre et de la paix qui est si inextricable lorsque l'on est obligé de tenir compte de la réalité, des instincts des hommes et du tempérament des nations. C'est terriblement angoissant. Maintenant que j'ai fini *Les Thibault*, je suis découragée, car je crois que je ne trouverai pas de longtemps un livre qui les vaille. Je voulais lire *Jean-Christophe* ; mais je ne l'ai pas ; je vais tâcher de le demander à des amis qui l'ont.

J'enverrai des fleurs à ta grand-mère pour le 20. J'irai chez notre petit fleuriste qui a beaucoup de goût, et je ferai comme si j'étais « toi ».

Hier j'ai fait comme si j'étais Maman : j'avais emmené deux petits à l'Hôpital Rothschild pour les faire opérer des végétations. Et j'ai dû attendre toute la matinée. Lorsqu'on les a ramenés de l'opération, on les a installés sur des lits dans une salle d'attente avant de les hospitaliser – ils tenaient leur serviette collée sur la bouche, et hoquetaient – il y avait du sang sur leurs petites narines – j'ai calmé la petite fille, et c'était un miracle – je lui ai pris la main et je lui ai dit qu'il fallait essayer de dormir ; et elle faisait signe que oui, et elle fermait les yeux. Après on a amené le petit garçon – un amour qui a des yeux noirs et des cheveux dorés, et un air boudeur, mais qui n'a pas dit un mot. Lorsqu'ils étaient chacun sur leur lit, je me suis assise entre eux deux, tenant la main de Mireille, et caressant les cheveux de Dédé – peu après ils dormaient. Le plus dur a été le troisième (un gosse qui est un peu abruti, et retardé), qu'on n'a pas pu opérer parce qu'il avait 38 °C, et qui hurlait tout le temps, et trépignait. Lorsqu'il a fallu descendre les enfants, j'avais Dédé dans les bras, et l'autre est resté tout en haut des marches en hurlant, sans vouloir descendre parce que je ne lui donnais pas la main (il est le portrait de Gérard, ce qui est trop drôle). Tu vois le spectacle ! J'ai dû remonter le chercher. Heureusement il y avait là une brave vieille (une de celles qui vous réconcilient avec le monde – elle a recueilli entièrement un petit garçon que les parents lui ont confié et elle fait « comme je voudrais qu'on fasse aux miens »), et elle m'a pris Mireille. Il y avait aussi une jeune fille de Neuilly à qui on ôtait les amygdales, et qui souffrait beaucoup. Après les avoir vus dans leurs lits, j'ai ramené le pseudo-Gérard à Neuilly (une heure de métro – mais il était devenu angélique, c'est-à-dire muet), et c'est ainsi que je suis rentrée déjeuner à 14 heures.

À l'Institut j'ai vu Sparkenbroke, très gentil mais trop loin de moi maintenant pour que je ne sente pas le « fossé » – et M. Cazamian à qui j'ai rendu compte de mon travail à la bibliothèque. J'ai eu le temps en l'attendant de bavarder avec un jeune professeur et une agrégée de cette année, ce qui m'a replongée avec enthousiasme dans mon royaume de la littérature anglaise. Mais hélas ! ce plongeon a été court – je suis rentrée ici car j'avais invité les Léauté : elles sont venues toutes les trois (quel miracle), et elles ont été très gentilles. Annie viendra dîner une fois par semaine pour faire de la musique avec moi. J'ai l'impression que Lisette ne tardera pas à se marier. Elle a été très gentille.

Figure-toi qu'hier matin lorsque je courais prendre mon métro à 8 heures j'ai rencontré Jeanne Carnot qui m'a présenté son mari : c'est le frère de Monique d'Allaines – il a l'air d'avoir 18 ans. Elle a été très gentille (elle m'avait vue un jour à l'hôpital St.-Louis où elle faisait un stage). Elle n'a pas changé d'un pouce depuis le cours. Ils ont été mariés depuis trois mois. Nous avons eu le chagrin de perdre brusquement notre cousin Robert Dreyfus[1] (ils étaient 2 frères qui vivaient ensemble – cousins germains de Papa). Je crois que ce sont

1. Robert Dreyfus, conseiller honoraire à la Cour de cassation, 62 ans, a été libéré du camp de Compiègne pour raison de santé. Il est décédé à son domicile le 8 octobre 1943.

les suites de Compiègne, et les chagrins de cette vie qui l'ont tué. Il était le frère de la mère d'Emmeline. Cela m'a fait de la peine, car nous les aimions beaucoup, et ils sont tout ce qui reste de la famille de Papa.

Je me dépêche de terminer cette lettre, car je veux toujours te répondre tout de suite, d'abord parce que mes idées sont plus claires, et ensuite parce que... *you never can tell...* Hier, à cause d'une prétendue dispute avec un de ses enfants, Louis a emmené Éliane dans toute l'avenue Victor-Hugo[1]. C'est une drôle d'idée, mais maintenant on peut s'attendre à tout de sa part.

Tes inquiétudes à mon sujet me tracassent – rassure-toi : si je peux prévoir, je m'arrangerai toujours – car cela ne sert à rien de se laisser faire. Reste l'hypothèse de l'imprévisible – et pour cela je ne peux rien faire – quoi qu'il arrive, je te jure que je suis décidée à tout mettre en œuvre pour revenir en bonne santé et je pense d'ailleurs qu'il n'y en aura pas pour très longtemps. L'autre jour j'ai eu Mme Crémieux (ta grand-mère la connaît) à dîner – et cela brise le cœur de penser à sa souffrance depuis dix-huit mois. Elle n'a même pas d'enfants pour la consoler dans sa solitude. Elle est adorable.

Maintenant il faut que je m'arrête. Il y a une heure et demie que je t'écris, et il faut que j'aille prendre ma leçon d'allemand. J'ai un rhube ébouvantable. C'est un legs que Maman m'a fait – elle a eu une forte grippe la semaine dernière.

Merci pour Trahn qui était parfaitement réussi – je voudrais t'envoyer une Bagdelon, mais je ne sais plus les faire.

TON DIEU LARE.

---

1. Arrestation de juifs avenue Victor-Hugo (XVI$^{e}$ arrondissement).

HÉLÈNE À ODILE

*1er novembre 1943*

Depuis 5, avenue Élisée-Reclus, Paris VIIe
À destination de La Clayette, chez M. et Mme Bigot, Saône-et-Loire

Ma mieux-aimée chérie,

J'espère que mon « silence » ne t'inquiétera pas : je ne t'ai pas écrit avant parce que je ne savais pas ton adresse[1] ; encore maintenant, j'écris sans savoir où j'enverrai cette lettre. J'attends un signe de toi pour la finir et l'expédier.

Aujourd'hui, je n'ai pas grand-chose à te raconter. Pas grand-chose – ou alors tout ce qui se passe dans ma tête. Car de faits – je n'en ai pas. Mais de pensées ! Parfois j'ai conscience de l'intensité et de la continuité de ma pensée – et c'est une impression pénible – comme si j'étais empêtrée dans un réseau inextricable – je suis fatiguée de penser.

Et pourtant à ces moments-là, je me ressaisis – je me dis que ce qui fait tout de même ma dignité – ce qui aide à ma purification morale – c'est ce vaste bouillonnement de pensée. Et si pénible qu'il puisse être – si angoissant (car cette pensée prend perpétuellement la forme de l'angoisse) – je ne voudrais pas y renoncer.

Tu trouveras peut-être ce que j'écris étrange ? Je ne t'ai jamais encore parlé ainsi. Pourtant je n'ai pas changé – ce qui change, c'est que depuis deux jours où j'ai eu moins à agir matériellement (avec dimanche et la Toussaint), j'ai eu plus l'occasion de penser ; car quand je n'agis pas, je suis seule (je n'avais jamais eu l'expérience d'une telle solitude), et je tourne et retourne mes pensées – le matin, au réveil, je me réhabitue à la réalité – bien que souvent le rêve ne soit pas une détente – et mon premier contact est avec la conscience maintenant familière de la souffrance. Pour moi, la souffrance du monde est symbolisée, résumée par la souffrance des déportés et des cas individuels

1. Les Neuburger ont quitté Saint-Rambert (Rhône) pour La Clayette (Saône-et-Loire). M. et Mme Bigot leur louent trois pièces. Ils y resteront jusqu'à la fin de la guerre.

que je connais : Françoise, Mme Schwartz, Mme Crémieux… mais quel que soit mon chagrin personnel, ces cas ne sont pas des points où je m'arrête exclusivement – mais plutôt des symboles vivant d'un monde d'autres cas semblables. Leur pensée ne me quitte guère.

Et de même que ces cas sont les symboles de toutes les autres souffrances que je ne connais pas aussi bien, de même les persécutions sont devenues le symbole du problème du mal humain.

Je ne suis pas parvenue à trouver une solution encore ; mais, je tends simplement à réussir à voir les choses avec impartialité et justice – ce qui vous mène souvent à des perspectives désolées, mais certainement préférables – parce que plus vraies –, à une réaction passionnée, ou à un jugement partial.

Tout cela est bien abstrait ; et pourtant correspond à quelque chose de vital en moi ; seulement pour le moment je ne parviens pas à l'expliquer clairement.

J'ai recommencé à écrire mon journal – ce qui exige des précautions de sioux à cause de Louis[1] –, mais j'ai trop besoin d'exprimer ma pensée qui m'étouffe par moments. Et elle me soulage à un point incroyable. Le temps n'est plus où j'écrivais pour me souvenir de ce que j'aurais fait, ou par désir même de propagande éventuelle – j'écris pour soulager mon cerveau et mon cœur – pour donner une issue à ce qui s'accumule en moi.

*Mardi matin*

Je viens de recevoir ta lettre. Je suis contente, je vais pouvoir envoyer celle-ci. Je suis ravie de voir que votre installation s'est bien faite. Cette vie de bohémiens, malgré tous ces côtés pénibles, doit avoir du bon quand on est de bonne humeur. Ton alcôve me préoccupe ; il faudra que tu me la décrives mieux. J'espère que tu ne prendras pas trop la mentalité cloporte, ni bigote (le nom de la dame me remplit d'aise, quoique pour une concierge, Pinot serait plus adéquat).

Je suis contente aussi que ta grand-mère ait été contente des fleurs ; je lui avais envoyé quatre roses thé et quatre roses rose très belles. Ne

1. Les Allemands.

bondis pas, j'en ai eu pour 200 F ! le prix des fleurs ici est outrecuidant. Cela me désole car j'ai toujours une envie folle d'en acheter, et mes moyens ne me le permettent pas.

Je crains de t'avoir écrit des inepties hier – je n'ose même pas les relire ; excuse-moi l'oublie ; tu sais, enfouis, comme tu le fais souvent.

Nous avons eu hier des nouvelles du Vivier : je ne sais pas ce que nous en retrouverons, ils ont jeté les meubles par la fenêtre, percé deux trous dans le toit pour installer des cheminées, démoli les cheminées de la maison. Et souvent – ce qui me fait mal, et me fait si bien comprendre maintenant la poésie de Ronsard :

> *Écoute, bûcheron, arrête un peu le bras*
> *Ne vois-tu pas le sang, lequel dégoutte à flots*
> *Des nymphes…*

Ils coupent des arbres – dans notre petit champ ; je suis sûre qu'ils ont coupé les pins parasols, ceux dont les troncs au couchant s'enflammaient. La campagne me manque terriblement. Pour y remédier, samedi, j'ai marché, marché toute la journée ; je suis revenue à pied de la Trinité ; je suis repartie après le déjeuner à pied chez Galignani[1] (j'allais acheter un livre comme cadeau de mariage d'Annie Digeon, et j'ai trouvé par bonheur, pour moi, *Lord Jim*, en anglais – je le cherchais depuis si longtemps) – je suis allée de là à pied voir la femme de chambre de Françoise, Cécile qui est une de mes grandes amies, et je suis revenue de la rue de Lille à pied ici. C'est pendant ces promenades-là que j'ai retourné tant de pensées. Les berges de la Seine pourtant ont eu un effet magique sur moi ; rien que de regarder l'eau, si large, si calme et pourtant si liquide, si vivante par rapport à la pierre et à la terre, a fait descendre une douceur merveilleuse sur moi. Je suis invinciblement attirée par la Seine dès que je sors. Les arbres du quai étaient encore beaux – c'était sans doute les derniers jours ; mais, l'après-midi, le soleil

1. La librairie Galignani, réputée pour ses livres en anglais, se trouve 224, rue de Rivoli (Paris Ier).

brillait, et tout était illuminé par cette lumière si pure, si frémissante, si fragile aussi de l'automne : les feuilles étaient d'or et de cuivre, l'herbe d'un vert vif, le ciel bleu et transparent, l'eau grise de pailletée. Durant cette longue année, j'aurais appris à aimer Paris encore plus. Il me semble parfois que ses pierres, ses maisons, ses arbres comprennent ce qui se passe en moi.

Je t'ai parlé du mariage Digeon – c'est mercredi prochain. Je suis invitée à l'église (ces deux protestants se marient à St.-Germain-des-Prés) et au lunch. Je suis très touchée qu'elle m'ait invitée, car au fond, nous ne nous connaissons pas depuis longtemps – quoique je l'aime beaucoup.

Hier je suis allée chez Françoise Woog écouter des disques. Mais nous n'avons pas entendu beaucoup de choses, malheureusement, car les autres invités sont arrivés après : toujours les mêmes, les Pérez et quelques autres. J'avais tellement envie d'entendre de la musique.

Dimanche nous en avons fait – pour la première fois depuis juin – je ne croyais pas que cela faisait si longtemps, mais, je m'en suis rendu compte, car lorsque nous avons rejoué le quintette de Schumann, j'ai eu une émotion comme si je l'entendais pour la première fois. Le piano me manque tellement – et personne n'accompagne comme Denise – maintenant, ce n'est plus la même chose qu'avant – quoique même avant, cela ne l'ait jamais amusée de jouer des sonates avec moi. Il faudra que Jean travaille son piano beaucoup, lorsqu'il sera revenu, pour jouer avec moi. Mais ce temps-là me paraît si loin – il y a un tel gouffre sombre à franchir avant, et tant de choses nous menacent (ne crois pas que j'aie perdu confiance en écrivant ceci – simplement je suis consciente des dangers que nous courons l'un et l'autre, et qui peuvent nous séparer encore plus que maintenant).

Heureusement nous reprenons les cours de musique d'ensemble chez Nadine Desouches[1] le vendredi – ce sera la grande réjouissance de la semaine.

---

1. Nadine Desouches est l'élève de Nadia Boulanger à l'École normale de musique.

Nous avons eu des nouvelles de Jean – le frère de Nicole – du 20 août, grâce à Yvonne. Il n'était plus au même endroit mais Claudine y était, et Olivier campait dans la montagne avec les scouts.

De « mon Jean », il n'y a aucune autre nouvelle – sa mère m'a téléphoné l'autre jour – il a envoyé un colis, où il y avait, paraît-il, du savon pour moi – c'est une blague, car lorsqu'il était parti l'année dernière, je lui en avais envoyé un morceau. Je ne sais s'il est parti chez Rose à l'heure actuelle. Je voudrais tellement pouvoir lui écrire et recevoir de ses lettres ; il y a tant de choses qui n'ont pas été dites entre nous – presque tout. Et il aura certainement changé lorsqu'il reviendra.

Je viens de finir *Les Thibault*. L'épilogue est magnifique – vraiment j'ai été enthousiasmée – non, ce n'est pas le mot – bouleversée par ces livres ; ils répondent si bien à ma pensée – et aussi à l'actualité, que c'en est poignant. Par contre, je viens de lire *La Porte étroite*, et *L'Immoraliste*, et je n'aime pas du tout Gide ; sa philosophie de jouissance de la vie me paraît terriblement égoïste – une philosophie de vieux, d'homme qui a réfléchi, et perdu sa générosité. Et le style est vraiment trop recherché. Sans doute, je te choquerai en disant cela, car je me suis déjà disputée avec Nicole qui adore Gide.

Je lis maintenant *Samson Agonistes*, le poème de Milton – qui est splendide –, je vais lire aussi les *Mémoires d'un officier d'infanterie*, de Siegfried Sassoon (un des poètes anglais de la guerre).

Je termine pour que cette lettre parte, car je m'en vais (j'emmène Maman à Neuilly, voir les enfants).

Je t'aime.

TON PETIT DIEU LARE.

HÉLÈNE À ODILE

*16 novembre 1943*

Depuis 5, avenue Élisée-Reclus, Paris VIIe
À destination de La Clayette, chez M. et Mme Bigot, Saône-et-Loire

Ma mieux-aimée à moi,

Sais-tu que j'étais très inquiète de ne plus avoir de tes nouvelles depuis quinze jours ? Quand dimanche est arrivé, je me suis donné jusqu'à lundi pour ne pas « faire la bête ». Heureusement que le courrier d'hier m'a apporté ta lettre. Tu recevras peut-être un SOS de Denise Mx[1] (qui était de passage ici et m'a envoyé un pneu samedi, mais je n'ai pu la voir), car elle m'a demandé si j'avais de tes nouvelles, et elle a dit qu'elle essayerait de m'en envoyer ! Je la verrai à son prochain passage, elle a surtout l'air d'avoir très envie que nous voyions Gérard[2] qui a repris son service à St.-Antoine. Je vais l'inviter samedi en huit, avec Françoise Woog et autres – mais c'est tout un passé lointain, et avec lequel je n'ai plus grand-chose de commun qui surgira – je ne sais pas si cela me fait plaisir. J'aurai sans doute une impression de malaise au début.

Nous avons beaucoup parlé de toi avec Jeanine[3] ; je l'ai vue quatre ou cinq fois ; Nicole la voit tous les jours. Physiquement, je ne l'ai pas trouvée changée du tout – sinon embellie. Moralement j'ai eu l'impression qu'elle s'était changée – aussi en mieux – c'est-à-dire (je ne sais pas si mon impression est juste) je l'ai trouvée adoucie, féminisée – moins ironique et moqueuse – ne le lui dis pas, elle rirait aux éclats. Nicole a été ravie de la voir, et je te laisse supposer tout ce qu'elles ont dû raconter. Elle a failli être présentée à Jean-Paul[4] qui est venu quatre jours, mais c'est trop court (je ne l'ai même pas

1. Denise Mantoux, sœur d'Olivier Mantoux.
2. Gérard Mantoux.
3. Jeanine Vinès, proche amie d'Odile et de Nicole Schneider.
4. Jean-Paul Lefebvre.

vu, moi-même, à mon grand regret, mais cela ne s'est pas arrangé). Cette visite a fait à Nicole la joie que tu peux imaginer – je suis désolée de ne pas l'avoir vu.

Tous les détails que tu me donnes de ta vie m'intéressent (y compris la description des Ragadaga) – chez nous, tu te rappelles les braves paysans réclame-d'engrais ? –, je t'ai bien retrouvée à ce trait (ainsi qu'à la comparaison du charbon qui se déverse avec un geste familier – et qui d'ailleurs m'a frappée par sa justesse). À condition que cela ne t'abrutisse pas, je suis sûre que cette vie-là t'apprendra un tas de choses utiles ; elle ne doit pas manquer de sel surtout. Ce que j'envie, ce sont tes randonnées à bicyclette dans la campagne. Comme cela me manque ! Les promenades dans Paris n'ont rien de semblables – je me promène dans les champs par l'imagination avec *Jean-Christophe* enfant (j'ai commencé à le lire) – et je sens l'air frais qui me pique, et je vois la brume courir sur les champs en friche au lever du soleil : et cela évoque la route de Nézel[1], avec une nostalgie poignante. À Auber, Louis abîme tout ; il abat les arbres, casse les meubles ou les jette par la fenêtre, creuse des tranchées partout – qu'en restera-t-il ?

Et encore, vois-tu, je n'arrive pas à me donner le droit de m'attendrir sur Aubergenville, parce qu'il y a trop de souffrances humaines. L'effroyable engrenage continue à fonctionner – arrivées, départs, inconnu. Beaucoup qui ne sont pas de la famille d'Éliane[2] disparaissent peu à peu, volontairement ou non[3]. Pourtant on devrait voir poindre la lumière. C'est étrange : lorsque je réfléchis, lorsque je raisonne, je vois bien plus de raisons d'espérer qu'il y a même quelques mois. Mais pour cela, il me faut un effort considérable. La plupart du temps, je ne vois qu'un accroissement terrible de misère et de souffrance. Je crois que je ne vois plus les choses de *l'extérieur* – je suis trop à l'intérieur.

Mercredi dernier, je suis allée au mariage d'Annie Digeon. Il y avait un monde fou, à l'église (je pense que c'est Sylvère Monod,

1. Route d'Aubergenville.
2. Ceux qui ne sont pas juifs.
3. Ceux qui s'engagent dans la Résistance en devenant clandestins et ceux qui sont arrêtés.

qui bien que petit-fils du pasteur Wilfrid Monod, est catholique, car Annie a été bénie à la sacristie). Il y avait tout l'Institut d'anglais, professeurs et camarades. Nous sommes restées, Nicole et moi, avec les Pineau. Le couple est charmant, mais tout petit (lui est très petit) – je ne les ai pas revus au lunch car ils déjeunaient. Nous n'avons pu approcher du buffet, qui était assailli par les professeurs d'anglais ! Je me demande si Floris[1] était au 1er rang.

À propos de Floris, il m'a joué un sale tour, et j'en ai eu beaucoup de peine : j'avais demandé un sujet d'exposé sur *Jules César* pour le 2e trimestre. C'était jeudi dernier qu'il devait attribuer les exposés demandés le jeudi précédent. Or le matin j'étais allée à St.-Denis, par un temps horrible. J'avais raté des autobus, dû reculer ma visite, connu les affres de l'énervement et finalement j'étais rentrée à 13 h 15, ne pouvant donc être à la Sorbonne à 14 heures. J'y suis allée à 15 heures et mes camarades m'ont dit que mon nom avait été appelé, mais que comme j'étais absente, il avait attribué mon exposé à une autre (ce qui déjà n'était pas très chic, car Cazamian le matin m'en avait attribué un en mon absence). Lorsqu'après le cours, je suis allée m'excuser et demander s'il ne pouvait me le rendre (il avait qu'à me laisser m'entendre avec ma camarade qui n'aurait pas demandé mieux), il m'a répondu « ah voilà ce que c'est que d'être en retard ! » et il n'a rien voulu savoir. Il m'a répondu avec son sourire aimable : « Vous prendrez une explication de texte plus tard. » Je t'assure que les larmes m'en sont venues aux yeux. Évidemment il ne pouvait pas savoir tout ce que je faisais dans une journée – la difficulté de l'acharnement désespéré avec lequel j'envisageais de me maintenir à la surface de cette vie de Sorbonne qui était la mienne avant, et pour laquelle tout de même je me sentais faite, ce n'est qu'au prix d'un effort continuel que je maintiens le contact avec elle. Et puis *Jules César* c'était mon sujet. Pendant une demi-heure, j'ai été soulevée par l'indignation et la déception. Maintenant c'est fini – c'est sans doute idiot de ma part ; car d'habitude je ne me

1. Floris Delattre, mari d'Henriette Eisenschitz, cousine d'Odile, est professeur de littérature anglaise à la Sorbonne.

révolte jamais, quand un plaisir m'est ôté. Mais on apprend tous les jours… Je continue à trouver qu'il n'a pas été gentil. Et à côté de cela, toutes mes camarades me poursuivent pour avoir mon diplôme parce que *Jules César* est « au programme », et qu'elles pensent pouvoir y puiser du travail tout mâché. Elles veulent le faire mettre aux usuels pour qu'elles puissent le consulter. Ce n'est pas que je veuille être peu généreuse avec mes camarades ; mais je connais trop bien la mentalité des étudiants pour ne pas savoir qu'ils veulent avant tout piller les critiques et les commentaires ; alors que pour moi, ce diplôme représente presque un acte de foi, car il est tout entier de moi, et cela me semblerait presque une profanation. Je voudrais que tu me dises si c'est mal ce que je dis là ? J'ai peur de faire des choses peu charitables, mais là je suis arrivée à un point où il y a un conflit entre mes principes et le respect de ce que je considère comme très précieux – ne ris pas –, quelque chose comme le respect de l'œuvre d'art d'un artiste, si humble soit-elle.

J'essaie de suivre quelques cours, ce qui est presque une gageure. Et je ne crois pas que je pourrai continuer longtemps. Je travaille dans le métro, et après le dîner. Mais c'est dur.

Dimanche, j'ai ramené à la maison une petite fille de 3 ans qui marche à peine (j'ai dû la porter d'ici au Trocadéro pour revenir) – un amour avec des yeux de bleuets et des cheveux blonds comme un petit Reynolds[1]. L'autre quinzaine j'ai généralement Simon et Charles. Je donne une leçon d'anglais par semaine à Simon. Charles est un superbe petit garçon maintenant, blond comme les blés – il a aussi l'air d'un petit Anglais. Il est devenu très affectueux et très débrouillard – sa distinction native ressort d'ailleurs dans tous ses gestes et ses goûts. J'ai été bien ennuyée, parce qu'il court un danger peut-être hypothétique là où il est, et il va falloir que j'agisse.

C'est dur quelques fois d'avoir ces responsabilités-là. Ne crois pas que je sois devenue une personne indépendante et qui n'a plus besoin d'appui. Si tu savais comme au fond de moi, j'ai envie de pouvoir

1. Peintre anglais (1723-1792) connu pour ses portraits.

me confier à quelqu'un d'autre, de sentir que quelqu'un est là pour me protéger, et me donner sa tendresse.

Mais je dis des bêtises. Oublie, s.v.p. Le plus fâcheux, c'est qu'avec toi, je ne regrette rien de ce que je dis !

Mme Morawiecki m'a donné l'autre jour une très bonne photo de Jean, la dernière que l'on ait prise de lui. Je voudrais que tu la voies. Elle m'a remis aussi un petit paquet de sa part arrivé de chez Carmen il y a quelque temps, et qui contenait du merveilleux savon à la lavande. J'ai été si émerveillée par ce petit paquet que je le tenais entre mes doigts écarquillés dans le métro, devant tout le monde.

Elle n'a pas du tout de nouvelles, quoique deux lettres aient été annoncées et ne soient jamais arrivées. Il est maintenant dans le pays de Jean, le frère de Nicole[1] – on l'a su par un de ses camarades. Mais de lui directement, rien n'est venu.

Je viens de lire un livre adorable : *Winnie the Pooh*, histoire d'un ours en peluche, illustré par un dessinateur génial Shepard. C'est écrit pour un enfant, mais aussi pour grandes personnes. Je l'ai lu avec ravissement. Je voudrais que tu sois là, sur mon lit, pour que je puisse te le raconter. Cela me fait tant de peine souvent de ne pouvoir partager mon enthousiasme avec personne.

Je t'envoie une traduction de l'*Ode à l'automne* de Keats que j'ai copiée il y a huit jours à ton attention. Dis-moi ce que tu en penses. Je tâcherai de te traduire une histoire de Winnie the Pooh.

Il faut que je m'arrête. Je t'embrasse de toutes mes forces.

Ton petit Dieu Lare.

*À l'Automne* (trad. Lucien Wolf).

Saison des brumes et de la moelleuse fécondité,
Amie chère, amie de cœur du soleil qui mûrit,
Conspirant avec lui, en ta bienfaisance, pour charger
De fruits les vignes qui courent autour du toit de chaume,

1. Après avoir embarqué sur le paquebot *Gouverneur Lépine*, Jean Morawiecki signe un engagement au camp de Médiouna « pour la durée de la guerre ». Il intègre un peloton d'élèves officiers à Alger. Il participera au débarquement en Provence, puis sera affecté à Heidelberg en Allemagne en tant qu'officier de liaison avec les armées alliées.

Pour courber sous les pommes les arbres moussus de la chaumière,
Remplir tous les fruits de suc jusqu'au cœur,
Gonfler la courge et renfler les coques des noisettes
D'une amande savoureuse ; pour faire éclore
Et faire éclore encore des fleurs tardives pour les abeilles,
Si tard, qu'elles croient que les jours chauds ne cesseront jamais,
Car l'été a fait déborder leurs cellules emmiellées.

Qui ne t'a pas vu souvent parmi tes richesses !
Parfois celui qui va te chercher, peut te trouver
Assise insouciante sur un plancher de grange,
Ta chevelure doucement soulevée par l'air qu'agite le van[1],
Ou, sur un sillon à demi moissonné, profondément endormie,
Assoupie par l'arôme des pavots, tandis que ta faux
Épargne l'andain[2] suivant, et toutes ses fleurs entrelacées ;
Et quelquefois, comme une glaneuse, tu viens
La tête ferme sous le fardeau, en passant un ruisseau ;
Ou bien, près d'un pressoir à cidre, le regard patient,
Tu surveilles les derniers suintements, heure par heure.

III

Où sont les chansons du Printemps ? Oui, où sont-elles ?
Ne songe pas à elles ! Tu as ta musique aussi,
Tandis que les nuages striés fleurissent le jour qui meurt doucement,
Et touchent les plaines de chaume d'une teinte rosée.
Alors, en un chœur gémissant, les éphémères se lamentent
Parmi les saules de la rivière, soulevés,
Ou retombant selon que le vent léger vit ou meurt.
Les agneaux gras lancent leur bêlement bruyant du ruisseau de la colline ;
Les grillons des haies chantent, et voici qu'en trilles mélodieuses
Le rouge-gorge siffle de l'enclos d'un jardinier,
Et que les hirondelles qui s'assemblent gazouillent dans le ciel.

---

1. Grand panier d'osier à fond plat pour agiter et nettoyer le grain.
2. Étendue que le faucheur peut faucher de pas en pas.

N'est-ce pas tout l'Automne ? Dans la première strophe, sa plénitude, son épanouissement, son abondance bienfaisante. Dans la seconde, ses personnifications si exquises (quelqu'un a dit shakespeariennes) et dans le jaillissement spontané desquelles on retrouve le même émerveillement, la même sympathie profonde avec la vie de la nature, qui ont créé les mythes grecs à leur origine. Dans la dernière, la subtile mélancolie de l'Automne, mais aussi la sérénité parfaite qui est tellement émouvante lorsque l'on sait à quel sens douloureux de la mutabilité des choses elle était unie chez Keats. « La Beauté paisible et pure d'un jour d'Automne l'arrache un moment à l'angoisse de l'expérience, et s'empare si absolument de toute sa faculté de jouissance que cette pleine impression de beauté parfaite se suffit à elle-même, et parvient à ignorer le regret, l'espoir, la pensée même. »

HÉLÈNE À ODILE

*25 novembre 1943*

Depuis 5, avenue Élisée-Reclus, Paris VII$^{e}$
À destination de La Clayette, chez M. et Mme Bigot, Saône-et-Loire

*Jeudi soir*

Mieux-aimée chérie,

Je viens de trouver ta lettre en rentrant ce soir ; je l'ai lue en dînant ; et maintenant ta présence bourdonne autour de moi ; il faut que je te réponde tout de suite. C'est presque comme si tu m'avais parlé ; j'ai presque l'impression que le son de ta voix vient de s'éteindre. C'est merveilleux comme une lettre te rapproche brusquement ! Sais-tu aussi qu'en des moments pareils à celui-ci, je suis encore tout imprégnée du souvenir merveilleux des heures que nous avons passées ensemble la dernière fois que je t'ai vue[1]. Il s'est produit bien des choses dans ma vie et mon expérience depuis ; et pourtant, il me semble que c'était encore hier ; je ne comprends pas comment tant d'événements ont pu remplir ce si court espace, et c'est seulement en les énumérant que je m'aperçois que six mois ont pu s'écouler. Je crois que j'ai trouvé la raison de cet étrange phénomène : le souvenir de ta visite, et des journées que nous avons passées à ce moment-là représente une chose en dehors du temps – je m'explique mal : l'émotion de joie que j'ai éprouvée à ce moment-là ne peut se concilier avec la notion du temps ; elle ne peut avoir de date – elle n'est pas sensible au recul –, elle est pleine d'une vie qui défie le temps – ou plutôt qui ne se place pas dans son domaine. Je pense que c'est le propre des événements profonds et sincères de la vie intérieure. Il doit y avoir deux moyens d'évaluer le temps – par la vie extérieure et par la vie intérieure. Leur rythme est différent ; et ici il y a un immense décalage. Je viens de me lancer dans une improvisation qui te paraîtra peut-être incompréhensible ? Dès que je commence à écrire, je vois des découvertes psychologiques – mais je n'arrive pas à les tirer au clair.

Ceci me conduit immédiatement à te demander pourquoi tu regrettes de m'avoir parlé de ton désir d'écrire. Non, je ne te le demande pas, parce que je comprends très bien pourquoi tu le regrettes ; c'est sans doute ton grand secret ; et il n'y a rien d'étonnant à ce que tu éprouves une grande pudeur à le dévoiler. Sois tranquille ; j'oublierai ; c'est comme si tu ne me l'avais pas dit.

Moi aussi j'ai beaucoup réfléchi à notre conversation de bord de lit ; plutôt, je n'y ai pas réfléchi, mais le problème s'est posé spontanément à moi, toujours plus puissant, et plus angoissant. Je t'ai écrit que j'avais repris mon journal : c'est la seule solution que j'ai trouvée pour le moment ; j'ai trop perdu de temps, et je suis trop fatiguée pour faire autre chose. Mais quand j'ai appris quelque chose de trop horrible – ou que je déborde d'enthousiasme que je ne peux plus écouler en

1. Le 4 juillet 1943, dernier des quatre jours pendant lesquels Odile est venue clandestinement à Paris pour voir sa grand-mère et Hélène.

le partageant – quand dans ma tête des discussions sur la situation actuelle bouillonnent et que je veux les tirer au clair – quand je fais un effort pour essayer de juger – quand aussi je voudrais que quelqu'un connaisse mon point de vue qui est (je n'ai aucun orgueil à le dire) aussi impartial, aussi juste que possible – quand je veux confier mon angoisse à quelqu'un – j'écris une page – n'importe comment. Plus tard, j'aurai là une réserve inépuisable pour faire connaître aux gens ce qui s'est passé, ce que nous avons souffert. Même si je n'écris pas, je pourrai parler ; car je ne me fie pas à ma mémoire et comme je ne sais pas ce qui m'attend et dans quel état mental je sortirai de cette guerre si j'en sors vivante, j'aime mieux faire comme le barbier de Midas, et déposer quelque part ma pensée. Et puis il y a autre chose que je te demande d'« oublier » : si jamais je ne suis pas là quand Jean reviendra, je voudrais qu'on lui donne ce journal pour qu'il sache ce qu'aura été ma vie ; pour qu'il me connaisse aussi un peu, car je sens qu'il ne me connaît pas. C'est à Andrée[1] que je donne les pages au fur et à mesure, car je ne veux pas les garder ici. Et tu sais, j'écris n'importe quoi – même des extraits de livres, des poèmes que je lis –, j'écris très irrégulièrement, et seulement quand je le veux. Avant c'était un effort pour moi, parce que je faisais de mon journal une sorte d'agenda. Maintenant c'est très différent.

Mais ne te tourmente pas ; que ce souci ne te tracasse pas. Je comprends très bien ce que doit être ton état d'esprit puisque j'éprouve le même. Mais si tu n'as pas le temps, si cela doit te faire souffrir de vouloir exprimer tes pensées – ne le fais pas. Si cela peut aider, je te propose un moyen terme : écris-moi ce que tu voudras écrire, et cette fois-ci je garderai bien tes lettres (comme ce que j'ai de plus précieux), et je te les reprêterai après[2].

Comme cet échange de lettres me fait du bien. Lorsqu'une semaine s'est écoulée sans nouvelles, je commence à m'inquiéter parce qu'il me semble que tu n'es plus au courant de ma vie ; et brusquement je me

1. Andrée Bardiau, cuisinière de la famille Berr, est chargée par Hélène de remettre son journal à Jean Morawiecki si elle est arrêtée.

2. En juillet 1945, Denise Job, sœur d'Hélène, les donnera à son tour à Odile.

rends compte que je t'ai écrit il y a à peine une semaine – que peu de choses nouvelles se sont passées depuis que tu ne connais pas, et je suis réconfortée comme si un rayon de soleil jaillissait d'un ciel gris.

Aujourd'hui j'ai eu une journée très remplie : je suis partie à 9 heures pour aller à l'Hôpital Claude-Bernard (c'est très loin, il faut une heure de trajet) pour prendre des nouvelles d'une de mes petites filles qui a la scarlatine ; de là, je suis allée à St.-Denis pour ma demi-heure de visite à Peter qui est vraiment très gentil et très intelligent (bien plus que Smith l'Anglais) – je suis rentrée à 1 heure ici après avoir pendant tout le trajet déversé mon cœur et ma pensée auprès d'une camarade de la Sorbonne très gentille et que je rencontre souvent à St.-Denis – elle s'appelle Monique de Courcel (il y a des de Lasteyrie, des de Nervo et des « de » dans la famille, mais elle est très gentille). Et je me suis laissé aller ; je lui ai dit combien cela me faisait souffrir de me sentir séparée de tous ceux à qui je parlais, par cette expérience de la souffrance (et, spontanément, elle m'a dit : « Mais personne ne sait tout ça » – c'est vrai, c'est ce silence hypocrite qui favorise toutes les persécutions, qui est la chose la plus terrible. J'ai essayé aussi de lui faire comprendre le mérite que nous aurions à continuer à envisager tout avec impartialité et sans avoir l'esprit déformé – je lui ai dit que c'était ce à quoi je m'accrochais désespérément, car ce serait une chose que l'on ne pourrait pas demander à ceux qui auraient trop souffert dans leur personne – car si le monde entier succombe à la passion – passion de faire le mal et fanatisme ou stupide obéissance chez les uns – passion de vengeance – bien naturelle chez les autres –, le monde sera perdu – ce qui nous met au-dessus des autres, c'est la largeur de vues et l'intelligence – les régimes de force ont tué cela chez leurs citoyens, ils en ont fait des machines et on ne peut même pas demander à ces hommes de voir la vérité, car ils n'ont plus d'intelligence. Et la mort de l'esprit et de la raison, et du cœur, c'est *cela l'ennemi*. Ici, il ne sera pas tué par la force et par une éducation systématique : mais il pourra être tué par la souffrance ou la passion.

Où en étais-je ? au déjeuner. Après, je suis allée à Belleville faire des colis jusqu'à 17 heures puis de Belleville chez Denise, debout dans le métro, je suis arrivée exténuée chez Denise. Mais le calme de sa maison, sa gentillesse, et la beauté d'une sonate de Mozart que nous avons déchiffrée ont fait évanouir ma fatigue.

Hier, je suis allée voir Mme Bertrand-Fontaine, parce que j'ai découvert que j'avais engraissé de 6 kg depuis janvier ! Et ce n'est pas que je mange plus qu'avant. Elle m'a examinée sur toutes les coutures (elle est exquise – nous l'avons adoptée depuis la « disparition » de l'oncle de Bertrand, car Jean nous l'avait recommandée). Elle ne m'a rien trouvé, sauf qu'il fallait que je mène une vie plus hygiénique, et qu'il fallait que je maigrisse. Faire du sport (comment ?), de la marche (où ?). La seule chose que je puisse faire c'est de la gymnastique – cela ne m'amuse guère, j'aimerais mieux de grandes promenades à Aubergenville. Tout cela n'est pas étonnant. Il y a deux ans que je n'ai pas pris un jour de vacances, ou quitté Paris. Je dois aussi manger le moins de farineux possible (ce n'est pas facile, car il n'y a pas autre chose à manger) – pas de sucreries (?). Enfin, j'espère que cela va s'arranger ; ce n'est pas très grave. Mais je ne veux pas devenir poussive à 25 ans (c'est ce qu'elle m'a prédit, si je ne faisais pas attention).

Je suis en train d'organiser un arbre de Noël à Neuilly ; j'ai réuni de l'argent par une quête auprès de gens « qui peuvent le faire ». Et j'achète des jouets ; François fera peut-être le Père Noël.

Yvonne et sa famille ont dû quitter leur villa qui était juste prête et finie, à cause de l'arrivée de Louis. Peut-être as-tu su par Doudy[1] ? Ils sont tous éparpillés – les bébés et Jacques. Nous avons eu beaucoup de souci – Yvonne est toujours très courageuse, et prend tout avec le sourire, mais ce n'est pas gai.

Je travaille un peu Keats en ce moment, mais c'est un tonneau des Danaïdes. Il faut que je lise aussi Shelley, et que je connaisse toute l'époque romantique – je suis tout à fait noyée. En ce moment je lis des *Essais de psychologie littéraire* de Cazamian – un essai sur *L'Intuition panthéiste des romantiques anglais*, qui est très bien (je n'avance guère

1. Doudy (Édouard) Weill, né deux ans avant Odile, est le cousin d'Anna Neuburger, la mère d'Odile.

dans *Jean-Christophe* qui ne m'amuse pas). Quant à l'histoire Delattre, j'ai déjà oublié ; ne t'en fais pas. Nicole a passé aujourd'hui son oral de philologie avec lui ; il a été charmant, l'a reconnue, lui a parlé de tout ce qui se passait – de D.[1] et du reste – et même de moi – j'ai dû exagérer – il faudra que j'aille le voir, rien que par politesse ; mais quand je n'ai rien de précis à demander à un professeur, cela m'ennuie d'aller le voir – je déteste faire des grâces. Et pourtant Dieu sait si je voulais connaître bien et être bien connue d'un professeur avec qui je pourrais parler de tout ce qui m'intéresse. Mais pour cela il faut trouver un professeur qui ne soit ni froid, ni distant, ni grand pontife, ni égoïste. Je crois que Mme Huchon, notre professeur de thème oral, serait ce *rêve* mais je ne la connais pas.

Je vais me coucher, car j'ai sommeil ; je dormirai sans doute quand tu seras à 11 heures dans ta cuisine[2] – quoique j'aie un rhume du nez qui m'empêche de dormir.

Ce que tu m'as dit de Jacquot me fait de la peine – quel bouleversement cette brève éclaircie sur une vie normale a dû être pour lui. Heureusement qu'il a tes lettres. Cela me réconforte.

Il faut que je réponde à un pauvre garçon qui est prisonnier et dont la mère a été déportée ; de temps en temps il m'écrit des cartes tellement cafardeuses que je ne sais quoi répondre. Quand je pense qu'il y a un an, il était découragé à l'approche de l'hiver, et que je lui avais promis que ce serait le dernier !

Tu me demandes ce que je pense de Rose[3] ? C'est je suppose encore un cas de « ne pas se mettre à la place des autres ». Ils ne savent pas ce que nous souffrons ; et peut-on leur en vouloir, lorsque l'on voit ici même tant d'indifférents ou d'égoïstes. Voilà ce que je me dis quand par hasard la révolte monte en moi. Elle ne dure pas mais laisse place au chagrin de voir tant de vies gâchées, tant de sacrifices – la disparition quotidienne des meilleurs et des plus courageux.

---

1. Camp d'internement de Drancy.
2. La chambre d'Odile à La Clayette est une alcôve dans la cuisine.
3. Les Anglais.

*Samedi 2 heures*

Je termine cette lettre bien autrement que je l'avais commencée : Bonne-Maman est morte brusquement hier soir[1] – dans son fauteuil – je l'avais vue dans l'après-midi – elle était très bien – vraiment depuis un mois, on pouvait espérer qu'elle vivrait assez pour voir le retour de ses petits, et arrière-petits-enfants. Elle n'a pas souffert ; elle n'a même pas eu le temps de se rendre compte. Pour elle c'est une bénédiction. Je ne réalise pas bien encore, car cela a été trop brusque. Maman l'avait quittée à 18 heures, elle brodait tranquillement. Je lui avais parlé d'Aubergenville, croyant qu'elle savait que c'était réoccupé ; et cela l'avait beaucoup troublée de l'apprendre. Elle m'appelait toujours son petit rayon de soleil. On a l'impression d'avoir soudain perdu l'amarre qui vous reliait au passé, à l'écoulement du temps. Et puis nous nous entendions si bien – Yvonne et Jacques vont avoir du chagrin.

Je ne pensais pas finir cette lettre de cette façon. Je te récrirai la semaine prochaine. Je pense bien à toi.

TON PETIT DIEU LARE.

HÉLÈNE À ODILE

*6 décembre 1943*

Depuis 5, avenue Élisée-Reclus, Paris VIIe
À destination de La Clayette, chez M. et Mme Bigot, Saône-et-Loire

*Lundi soir*

Ma mieux-aimée adorée,

Je t'écris sous le coup d'une telle joie que je ne maîtrise plus mon stylo : je viens de trouver en rentrant un pneu de la mère de

1. Berthe Rodrigues-Ély, mère d'Antoinette Berr, est morte à 90 ans.

Mme Schwartz me disant qu'elle avait reçu une carte de sa fille du 25 oct. – donnant des nouvelles de Françoise et de deux autres. Tout à l'heure, dans le couloir – au début du couloir –, je suis restée comme un piquet, ne sachant que faire pour manifester le débordement d'émotion qui était en moi.

C'est un miracle que l'on ait eu cette carte – je pense à ceux qui sont partis depuis si longtemps et dont on n'a rien eu. Elles sont en Haute-Silésie[1] – bien loin – et sans doute très mal. Mais rien que de savoir qu'elles sont quelque part – rien que d'avoir un signe de vie depuis cet horrible départ pour le grand inconnu – c'est comme un point fixe où la prisée s'accroche, en cessant enfin d'errer.

Voilà – pardon pour ce débordement. Je voulais commencer ce soir ma réponse à ta lettre de ce matin. Je t'ai toujours dit que tu devais accepter mes joies comme mes peines – pour une fois, voici une joie. Paf, je te l'envoie. Quelle chance que je puisse t'écrire comme cela – tout. Tu es la première à partager ma joie – quoique cela fasse commencer ma lettre tout autrement que je ne pensais, je n'ai pas hésité à tout bouleverser pour mettre cette nouvelle au début. Il fallait que tu partages.

Tu disais au bout de la tienne que tu n'en revenais pas d'avoir la chance de m'avoir. Mais c'est juste ce que je voulais dire aussi. Jamais autant que ce soir. Il faut que tu écoutes ceci – ce n'est pas une citation banale : « Il est doux de sentir les beautés de la nature dans chaque pulsation, dans chaque nerf – mais il est bien plus doux de pouvoir exprimer ce sentiment à quelqu'un qui vous aime. Sentir tout ce qu'il y a de divin dans la terre vêtue de vert et le ciel étoilé est un plaisir pénétrant mais vif qui, lorsqu'il est passé, pèse comme le souvenir du malheur ; mais si tu peux exprimer ces sentiments – si, assuré de la sympathie (car sans sympathie tout cela est pire que le goût de ces pommes dont le cœur est comme des cendres amères), si, assuré de sympathie tu peux verser dans l'oreille attentive d'un autre

1. Entre septembre 1942 et juillet 1944, dans le cadre d'une opération de propagande, la *Brief-Aktion*, les Allemands autorisent les déportés du camp d'Auschwitz à envoyer une carte pour rassurer leurs familles. Françoise Bernheim est déjà morte quand cette carte arrive à Paris.

les sentiments qui t'enthousiasment, il y aura dans cette expression même une exultation de l'esprit – une gloire de bonheur qui dépasse de loin tous les transports humains, et semble revêtir l'âme comme les saints le sont d'une lumière, d'un halo sans tache, sacré et immortel. »

C'est de Shelley. N'est-ce pas vrai ? (Malgré la mauvaise traduction.)

*Mercredi matin*

Je n'ai pas eu le temps de continuer ma lettre hier, car la matinée s'est passée à courir d'un bout de Paris à l'autre – pour apporter la carte au père de Françoise – *and back again*. J'ai pris 5 fois le métro entre 9 heures et midi. Tu imagines l'émotion que j'ai éprouvée en voyant l'écriture de ma chère Mme Schwartz. Sa nièce va lui répondre, et lui envoyer un colis de 1 kg (!). Pourvu qu'il arrive et surtout la lettre.

L'après-midi je l'ai passé 1° à la Sorbonne où il fallait que je courre chercher un livre qui m'était réservé et ensuite avec la mère de mon amie Cécile. Je suis rentrée à 19 heures, pour trouver une lettre de Jacques à Maman, bouleversé parce que l'un de ses professeurs ou amis a été abattu sauvagement dans cette criminelle histoire de Clermont[1]. Je suppose que tu es au courant ? Je lui ai écrit tout de suite une lettre. J'ai épluché ensuite des marrons pour faire un gâteau pour aujourd'hui – et puis j'ai dormi – et me voilà.

Je ne me souviens pas de t'avoir écrit une lettre tellement triste la dernière fois. Mais tu as raison de ne pas me dire de ne plus écrire comme cela : j'ai sans doute écrit des choses que je pense depuis longtemps et qui ne me terrifient pas. Comme j'ai l'habitude de ne pas te cacher un repli de mon âme, je n'ai pu m'empêcher de te les dire. Ne crains rien. Je ne cesserai jamais d'agir de la même manière. Tu es mon dépositaire le plus fidèle. Et si je ne t'avais pas eue pendant toute cette terrible période, j'aurais perdu mon seul élément

1. Le 25 novembre 1943, Paul Collomp, 58 ans, spécialiste de l'Égypte à l'université de Strasbourg repliée à Clermont-Ferrand, refuse de lever les bras à la demande de la Gestapo lors d'un contrôle. Il est exécuté d'une balle dans le ventre.

d'équilibre. Lorsque je pense à toi, à ta présence constante à mes côtés, à ton amour, je constate que c'est l'élément le plus fixe, et le plus lumineux de ma vie.

Tu me parles de Bonne-Maman avec des mots tellement délicats et gentils que cela m'a fait du bien. Il s'est passé quelque chose d'étrange en moi : je ne peux pas dire que j'éprouve du chagrin : je n'ai pas encore réalisé le choc brusque de cette mort – cette mise en présence de tout ce qui suit la fin de la vie, tous les détails jusqu'à l'enterrement (ce n'était pas Bonne Maman, la bonne maman de la vie) – et ensuite la reprise immédiate de cette vie au rythme hallucinant m'ont empêchée de réaliser – je croyais que cela viendrait après l'enterrement – je suis encore figée – je n'ai pas le temps de penser – je te dis tout cela parce que je sais que tu me comprendras, et que tu ne me jugeras pas mal. Je crois que je ne réaliserai parfaitement que lorsque nous serons réunis, et que sa présence nous manquera dans le cercle de famille.

Peut-être aussi ai-je accepté cette mort parce que je la comprenais. Quand on comprend on accepte. C'était la première fois que j'étais mise en présence de la mort. Cela n'a rien de terrifiant. Bonne-Maman est restée trois jours sur son lit de mort, et pendant ces trois jours, elle n'a pas changé. Elle avait l'air de dormir. La seule chose impressionnante était justement cette immobilité – alors que nous tous vivions autour d'elle. Pendant des heures et des heures, elle dormait. Rien ne peut vous donner une telle idée de l'éternité. Rien non plus ne peut mieux vous faire comprendre ce qu'est la vie qu'une mort pareille. Bonne-Maman est morte parce que sa vie était finie ; elle s'est éteinte comme une flamme qui est à bout. Ce n'est pas cela qui est horrible – c'est la mort qui n'est pas donnée par Dieu, mais par les hommes – la mort de ceux qu'on tue – qui est un sacrilège.

Je croyais que je réaliserais aussitôt l'enterrement passé – alors que cet élément étranger, et si nouveau pour mon expérience, de la mort se serait estompé pour laisser la place au souvenir de la vivante. Mais je te l'ai dit, la vie m'a reprise dans son tourbillon, et je n'ai pas encore réalisé. Si j'étais rue Raynouard, sans doute le ferais-je mieux. Il y a un tel vide dans cet appartement dont elle était le centre. *Auntie* Ger et Nicole réalisent bien mieux que moi.

Tu parles de la protection des morts ? J'en suis sûre. Nous, humains, n'avons aucune preuve directe de l'immortalité et de la vie future. Cela ne peut être qu'une foi (et souvent, je crains que cette foi ne provienne d'une peur de la mort). Le seul qui ait eu raison à ce sujet est Hamlet, lorsqu'il parlait du « *undiscovered land* » d'où personne n'est revenu. Mais la seule expérience d'immortalité dont nous puissions être sûrs, c'est celle qui consiste dans le souvenir des morts parmi les vivants.

C'est ce souvenir de Bonne-Maman qui nous réunira, qui nous tiendra unis ; qui planera sur nous lorsque nous serons tous réunis. Tes paroles, celles aussi qu'Yvonne a écrites, ont commencé à faire vivre ce souvenir, à *éveiller sa vie*. J'étais trop figée pour la percevoir toute seule. Comprends-tu ce que j'écris ? Cela te semblera peut-être horrible ; et pourtant j'ai trop le culte de la sincérité pour t'écrire autre chose. Tu sais comme j'aimais Bonne-Maman – et comme il y avait entre elle et moi une sorte de pacte merveilleux. Si je peux parler de ces choses ainsi, c'est que je ne réalise pas leur sens. Est-ce à cause de cette vie et de ces soucis constants, est-ce à cause de mon caractère plus porté au rêve qu'à la réalité ? Est-ce parce que j'ai toujours eu présent à l'esprit la sensation de la fragilité de la vie ? Il vaut mieux sans doute ne pas trop réfléchir.

Yvonne n'est plus à B.[1]. Ils sont tous dispersés. Jacques est chez des amis, très bien ; et par miracle, il n'était pas parti passer son diplôme à C.[2] comme il le devait. Il y aura deux ans dans quelques jours que je ne l'ai pas vu. Comme le temps passe !

J'ai eu ces jours-ci la visite de Giselle, la sœur de Thierry, et je n'ai pas pu arriver à réaliser que dix-huit mois s'étaient écoulés depuis la dernière fois que je l'avais vue. Elle ne paraît pas bien heureuse avec ses déménagements constants, le souci que lui donnent ses sœurs et sa mère. Elle a été très gentille, et j'ai été contente de la voir.

Ce que tu me dis de Jeanine ne m'étonne pas ; je n'ai pas eu le temps de la connaître (comme elle n'a pas eu celui de me voir assez

1. Sans doute Bergerac (Dordogne).
2. Clermont-Ferrand (Puy-de-Dôme).

pour te rapporter des impressions intéressantes). En disant qu'elle s'était féminisée, je voulais dire qu'elle était devenue « femme du monde ». Je la connais très peu. Nicole la connaît bien mieux que moi. En tout cas n'aies pas de remords de la juger devant moi : tu ne dis rien de méchant sur elle ! Elle est venue une fois à l'Institut et elle a été ravie de voir tous ces livres qu'elle connaissait – mon royaume sacré –, elle m'intimide un peu comme toutes les grandes amies des autres – et aussi à cause de son développement intellectuel. Je crois en effet qu'elle nous ressemble assez peu. Peut-être a-t-elle plus d'affinités avec Nicole.

Les difficultés que tu éprouves à écrire ce dont tu me parles[1] ne m'étonnent pas non plus ; c'est ce qui m'a arrêtée lorsqu'on conçoit la chose autrement que sous forme de notes personnelles, on a l'impression de se jouer la comédie – c'est fatal. Je n'ai pu surmonter ma répugnance. Même si j'avais eu le temps, je ne crois pas que j'aurais pu écrire sous une forme impersonnelle. L'impression de « pose » est inévitable – je suppose que tous les écrivains délicats doivent l'éprouver et la surmonter.

C'est aussi pour cela que les livres que je préfère sont les autobiographies et les lettres.

À propos de lettres, je lis les lettres de Shelley, écrites d'Italie. Cela m'enthousiasme. D'abord parce que dans les lettres, on retrouve le souffle vivant et chaud de ceux qui sont disparus depuis longtemps – parce que l'on retrouve l'homme qui a écrit les poèmes, et que l'on comprend mieux les poèmes après – ensuite, parce que ces lettres-là, avec leurs descriptions radieuses de l'Italie, et leur enthousiasme pour la Grèce antique, sont des chefs-d'œuvre. C'est dix mille fois mieux que Sparkenbroke. Je parle de Sparkenbroke, parce qu'il y a sûrement beaucoup de Shelley de Pise et Lucques dans la partie italienne de Sparkenbroke.

J'ai lu aussi (te l'ai-je dit) une œuvre splendide de Shelley. *La Défense de la Poésie*, que j'ai une envie extrême de traduire – elle est pleine

1. Odile a entrepris d'écrire un roman. Il est resté inachevé. On peut consulter le manuscrit au Mémorial de la Shoah.

de noblesse et d'idéal. Je t'en enverrai un extrait sous peu – le temps, le temps ! Comme il me manque.

Je suis ravie de ce que tu me dis et de *Jean-Christophe* et du *Rouge et Noir*. Je n'ai jamais pu arriver à comprendre pourquoi on portait ce dernier aux nues. Je l'ai lu il y a longtemps, mais j'ai failli le jeter en l'air de rage. C'est sec, archi-sec – et sans aucune veine d'esprit qui puisse compenser. Anatole France aussi est sec, mais quel esprit éblouissant le rachète. Dans ce R. et N. le roman est archi-banal – on dirait qu'il a peint l'amour sans l'avoir connu. Par-dessus le marché, cette ironie est exaspérante. Pourquoi crée-t-il un héros (car Julien Sorel est sans aucun doute un de ses héros) et pourquoi alors le traite-t-il avec ironie ? Il me rappelle Thackeray[1], mais Thackeray est beaucoup plus cinglant et spirituel. *And so much for* Stendhal. Il faudrait que je le relise pour savoir si j'ai toujours la même impression. Il y a certainement un énorme snobisme dans la renommée actuelle de Stendhal.

Quant à *Jean-Christophe*, je suis complètement en panne au bout du 1er volume. Je n'ai pas le courage de m'y mettre. Quand je pense à la manière dont j'ai dévoré *Les Thibault* !

Il faut que je close[2] ma lettre, car j'ai beaucoup à faire ce matin. J'ai l'impression qu'elle n'a ni queue ni tête. Figure-toi que la mère de Jean m'a fait, sans rien me dire, des poupées en chiffon, car elle supposait que je ferais un arbre de Noël à Neuilly. Je t'ai dit que je ne savais comment la juger, mais tout de même je ne peux pas m'empêcher de trouver cela plutôt gentil. Elle vient goûter aujourd'hui. Quelle étrange situation.

Excuse cette lettre – mon esprit n'était pas exactement ce qu'il fallait pour t'écrire. Mais je ne voulais pas attendre plus longtemps. Je t'aime de toutes mes forces de petit Dieu Lare, à toi ma très précieuse petite flamme.

1. William Thackeray (1861-1863), romancier britannique.
2. Anglicisme pour finir et fermer une lettre.

HÉLÈNE À ODILE

*10 janvier 1944*

Depuis 5, avenue Élisée-Reclus, Paris VII^e^
À destination de La Clayette, chez M. et Mme Bigot, Saône-et-Loire

*Lundi soir*

Ma mieux-aimée chérie,

Je m'aperçois avec stupéfaction qu'il y a déjà quinze jours que Béranger est venu me voir[1]. En effet, je ne peux pas croire que tant de temps s'est écoulé. Si je ne t'ai pas écrit, c'est que rien ne s'est passé ; et comme je te savais en voyage, je voulais attendre pour le faire. Je pense que tu es maintenant rentrée à La Clayette.

Il me semble que nous n'avons pas assez profité l'une de l'autre cette fois-ci. Nous n'avons pas eu le temps – je suis arrivée au bout de trois jours avec l'impression affolante que l'on éprouve dans ces rêves où l'on arrive au bachot sans rien avoir appris ; le temps m'a littéralement filé entre les doigts. Mais je n'ai pas de regret ; c'était si bon de se voir, de se regarder, et d'entendre simplement ta voix ; évidemment presque rien n'a été dit – mais pour cela n'avons-nous pas les lettres ? L'important, au fond, c'était de nous voir ; et je crois qu'après tout nous n'avions pas tant de choses à nous dire ; il n'y avait pas de grands trous à combler, comme la première fois. Et peut-être ces journées ont-elles été ce qu'elles devaient être ; pour moi, elles restent un souvenir très doux, malgré leur brièveté.

Comme toi je pense que la prochaine fois que nous nous verrons, le cap terrible aura été franchi. Cette idée-là me remplit de joie. Le cap sera terrible, plus nous en approchons (et c'est une question de trois mois), plus j'en distingue les contours nettement. Trois mois, c'est très long lorsque l'on s'est fixé un délai arbitrairement par l'espoir

1. Odile est venue clandestinement à Paris pour Noël rendre visite à Hélène et à sa grand-mère Rachel Baur, restée seule à Paris avec sa mère Adèle Weill, âgée de 97 ans, après l'arrestation de son fils André Baur avec son épouse et ses enfants.

et que l'on ne s'appuie sur aucune certitude extérieure ; mais lorsque cette certitude est atteinte, cela devient excessivement court – du moins, telle est mon impression maintenant.

J'ai revu ta grand-mère la semaine dernière ; elle allait bien ; je suis montée chez elle pour chercher ma lampe de poche (celle que Viviane m'avait rendue), et je suis restée un moment ; sans compter que l'inévitable alerte quotidienne m'y a bloquée. Tous les bruits qui couraient était faux ; heureusement pour elle, ta grand-mère n'y avait pas cru. Sais-tu que Nicole est bien venue le mercredi, et qu'elle a frappé pendant dix minutes – très fort, selon elle. Le soir, comme j'étais inquiète, j'ai téléphoné chez elle et elle paraissait très fâchée ! Elle était désolée de t'avoir manquée.

Je t'envoie par l'intermédiaire de Jacques ou d'Yvonne mon tardif cadeau de Noël. J'espère qu'il te plaira ; je voulais essayer de l'envoyer en paquet-lettre, mais on ne l'a pas accepté. Tu me donneras tes impressions ; c'est un roman que j'aime beaucoup ; je vais d'ailleurs le relire.

… Si j'ai le temps ; car aujourd'hui André Bay (Bartilleau) est venu me faire une visite à l'Institut, et a tout à fait accepté l'idée que je lui avais suggérée de traduire la magnifique *Défense de la Poésie* de Shelley ; j'avais proposé cela en l'air, en lui écrivant pour le remercier de ses livres. Il trouve l'idée très bonne et nous allons le traduire en commun – ou plutôt il supervisera ma traduction. Maintenant que l'idée a pris une forme matérielle, je ne suis rien qu'intimidée, je trouve que c'est bien hardi de ma part ; moi qui n'ai jamais fait de traduction, me lancer dans une œuvre aussi délicate !

Mais en même temps, j'ai l'impression que ce sera une planche de salut ; je n'avais aucun travail fixe, je veux dire aucun travail à échéance proche ; et lorsque j'avais une journée solitaire comme le samedi ou le dimanche je n'avais plus envie de rien faire. Ce qui était excessivement propice au cafard. Je viens de passer par des moments tout simplement horribles. Même si je sais que le travail ne peut – et ne doit être pour moi en ce moment qu'une espèce d'oubli momentané et volontaire de la réalité – au lieu d'un exercice mensuel – je crois que c'est une planche de salut.

Je ne veux pas pour cela déprécier le but de ce travail car la *Défense* est une des œuvres les plus nobles et des plus belles qui soient.

Je sens que cette lettre sera très courte ; d'abord parce que j'attends ta lettre qui rétablira l'échange chéri ; et ensuite parce que je suis fatiguée ce soir, et que mon humeur n'est pas « propice ». Devais-je attendre d'être dans l'état d'esprit qui seul est digne de toi et de notre amitié ? Ou écrire tout de suite – j'ai préféré la dernière solution – autrement, le silence aurait été trop long. Ma prochaine lettre sera une vraie : celle-ci ne compte pas pour de bon.

Même dans mon demi-sommeil, je t'aime avec infiniment de force. À bientôt, ma mieux-aimée.

TROCHUTE.

P.-S. : Je suis invitée au mariage Viénot samedi. Cela m'énerve d'y aller, mais Nicole veut m'entraîner de force, rien que pour voir si le poum de Mme sera bien serré dans une robe de velours artificiel rouge (Nicole la voit rouge, cette fois-ci).

Re P.-S. : Je t'enverrai des bouts de ma traduction au fur et à mesure.

HÉLÈNE À ODILE

*19 janvier 1944*

Depuis 5, avenue Élisée-Reclus, Paris VII^e^
À destination de La Clayette, chez M. et Mme Bigot, Saône-et-Loire

*Mercredi*

Ma mieux-aimée chérie,

Je n'ai pas encore trouvé le temps de répondre à ta lettre qui s'est croisée avec la mienne – si ce que je t'ai écrit peut s'appeler une lettre. Je ne veux jamais t'écrire quand je me sens abrutie, car je suis sûre de ne produire que des choses du genre de ma dernière lettre. Si je t'avais écrit ces jours-ci, aux seuls moments où j'avais du temps, j'aurais recommencé ; après le dîner je suis parfaitement incapable d'écrire. Dimanche matin, j'étais libre – mais j'avais eu un peu de fièvre dans la nuit (grippe ou réaction de ma cautérisation nasale de vendredi), et j'étais dans un nuage. Hier matin, j'avais une belle matinée sans rien ; je ne pouvais en croire mes yeux... En effet, je m'étais à peine installée à ma table que le courrier m'apporte un SOS impératif des amis d'Odile Varlot ; j'ai couru toute la journée et agité beaucoup d'air pour pas grand-chose, car je crois que cela va s'arranger ; mais j'avais un peu perdu le Nord : l'affaire était un peu compliquée parce que les parents me défendent d'aller les voir, et comme je ne veux ni me disputer avec eux, ni rien faire en cachette... c'est difficile. Toujours est-il que ma journée a été prise de A à Z par cette histoire (je manque d'expérience et de réflexion). À propos la jeune Odile a été prise d'une crise semblable à celle de François B., il y a deux mois, sa tante (que j'ai vue hier) en a été bouleversée. Cela me fait aussi de la peine, quoique je la connaisse bien peu. Elle se démenait trop, et se dévouait pour les uns et les autres d'une manière qui a certainement été la cause principale de sa maladie.

Je crois que mon élève d'anglais va arriver ; aussi j'arrête ma lettre pour la reprendre dans une heure. Je suis ennuyée parce que je n'ai que le *Girl's own Book* pour lui et que la leçon d'aujourd'hui s'intitule « *Girl's Clothes* ».

Me voilà, j'ai sauté les *Girl's Clothes*, et je lui ai appris les *Boy's Clothes*. C'est dommage qu'il ne prenne qu'une leçon par semaine, car il oublie un peu d'une semaine à l'autre, mais je crois qu'il apprendra bien, et cela m'amuse de lui donner des leçons.

Je t'avais raconté l'histoire de ma traduction, du moins le début. André Bay (tel est son nom de plume) est allé voir Cazamian qui a trouvé que c'était une excellente idée, et il nous patronne : André Bay doit traduire un fragment de Coleridge, et les deux paraîtront ensemble. J'aime mieux qu'il supervise ma traduction, car si je comprends mieux le sens du texte que lui, il est plus calé en français, et a plus l'habitude d'écrire que moi. Nous nous complétons, je crois, très bien. Je te parle de cela comme si je m'en occupais beaucoup

– malheureusement je n'ai pas le temps, ni le calme d'esprit nécessaire (témoin hier matin) et c'est presqu'un non-sens de ma part que de m'engager ainsi. Chaque fois que j'essaie de partir un peu, paf ! Quelque chose vient me happer et concentrer mon attention, ou faire une demande à mon esprit qui m'oblige à renoncer à mon cher travail ; c'est une espèce de renoncement perpétuel, qui ne me coûte pas, parce qu'en somme je m'en voudrais de l'écarter de la réalité, mais ceci n'empêche pas que l'attrait que la littérature exerce sur moi est très fort, et qu'il y a tout de même un renoncement. C'est une œuvre splendide que cette *Défense de la Poésie* ; pour Shelley la Poésie c'est la traduction du Beau sous toutes ses formes et l'expression de l'imagination : pour lui, musique, peinture, sculpture et même certaines mœurs ou institutions sont de la Poésie. Cela correspond bien plus à une conception de la vie, à un tempérament qu'à un art spécial. Écoute plutôt ces phrases : « La Poésie soulève le voile qui recouvrait la beauté cachée du monde, et nous donne l'impression que des objets familiers ne sont plus familiers… elle arrache le voile de familiarité du monde, et met à nu la beauté pure et dormante qui est l'esprit de ses formes. […] La Poésie conserve le souvenir des moments les plus heureux et les plus beaux vécus par les esprits les plus heureux et les plus beaux. Nous connaissons ces insaisissables visitations de la pensée et des sensations parfois associées à un lieu ou à une personne, parfois issues de notre propre esprit, et qui surgissent toujours d'une manière imprévue, et nous quittent sans aucune raison, qui nous exaltent et nous ravissent au-delà de toute expression… C'est comme si une nature plus divine pénétrait la nôtre, mais ses pas ressemblent aux pas du vent sur la mer, qu'effacera l'accalmie prochaine… La Poésie arrête les apparitions fragiles qui viennent hanter les maisons de la vie, et, les voilent par le langage ou la forme, les envoie parmi les hommes pour leur porter la joie… » (N'est-ce pas ce qu'on éprouve lorsque l'on est ému par la poésie ? Les poètes peuvent saisir ces moments merveilleux et les fixer sur le papier ou par la forme.) Tout à l'heure je te disais que pour Shelley (à mon avis), la poésie est presque une question de tempérament ; n'est-ce pas vrai, lorsqu'il parle de l'effet moral de la poésie : « Le grand secret de la morale, c'est l'amour ; ou la faculté de pouvoir sortir de nous-mêmes et de nous identifier avec le beau qui existe dans une pensée, un acte ou une personne autres que les nôtres. Un homme, pour être profondément bon, doit imaginer d'une manière intense et compréhensive ; il doit se mettre à la place d'un autre, de beaucoup d'autres ; les plaisirs et les douleurs de ses frères doivent devenir les siens. Le grand instrument du bien moral est l'imagination ; et la poésie... fortifie la faculté qui est l'organe de la nature morale de l'homme, de même que l'exercice fortifie un membre. »

Ma traduction n'est qu'un mot à mot hâtif ; mais j'espère que tu sens un tout petit peu de la noblesse de la pensée de Shelley. J'éprouverais une grande joie à faire connaître ce texte dans ce pays où il n'est pas connu.

Lundi dernier, mon « collaborateur » est venu me voir à l'Institut, surtout pour que je l'*introduce*[1] à Jules Castier (le traducteur de Huxley, qui est un camarade de promotion de Papa) et à qui il avait commandé une traduction sans le connaître. Je suppose que l'entretien s'est fort bien passé, malgré une descente d'escalier dans le noir (à 18 heures le concierge arrête la minuterie, et comme j'ai dû laisser la bibliothèque ouverte jusqu'à 18 h 30 pour leur permettre de bavarder...).

J'ai été très contente de savoir que tu avais reçu une photo de Jacquot et qu'il paraissait en bonne forme ; comme toujours, un peu de ta joie a rejailli sur moi et un peu de la lumière que ce fait a jeté dans ta vie est venue jusqu'à moi. C'est beaucoup d'avoir conservé une bonne santé car on pourrait craindre un affaiblissement après ces longues années. Pense que bientôt tu le verras bronzé pour de bon, devant toi. Je ne pense plus qu'il y en ait pour longtemps ; peut-être aurais-je un cadeau de fête mémorable. La seule chose que je crains, c'est justement les deux ou trois mois à venir. Avant d'atteindre l'autre rive, il faudra faire un grand saut : si on pouvait fermer les yeux ; l'essentiel sera de conserver la vie à travers cette tourmente qui ne peut qu'être très violente. Je ne

1. Pour qu'Hélène le présente à Jules Castier (1888-1957), traducteur de Jane Austen, Aldous Huxley, Rudyard Kipling et Oscar Wilde.

parle pas de nous spécialement (je voudrais tout de même bien être encore là) – mais de tous. Le cas de Jean et de ses semblables sera aussi angoissant ; et je pense que son retour (Dieu fasse qu'il y en ait un) sera bien différent de ce que j'imaginais.

Nicole est très inquiète, car Jean-Paul a écrit qu'il partait ; est-ce définitif cette fois, ou pourra-t-il encore s'arranger ? Elle est désespérée, comme tu peux le penser, car c'était absolument son univers – je voudrais tellement faire quelque chose pour elle – mais quoi ?

Je suis montée aux Presses voir M. Crouzet aujourd'hui, pour lui demander une aide qu'il n'a pu entièrement me fournir – il s'agissait du fils de mon ami l'homonyme d'Yvonne. Il a été charmant à son habitude, mais malheureusement je n'ai pu bavarder avec lui, car un tiers est arrivé.

Catherine « Bourey[1] » s'est mariée samedi à la Madeleine ; j'avais décidé d'y aller, mais à la dernière minute ma résolution s'est écroulée ; il a suffi d'une histoire idiote de plume de chapeau pour la faire écrouler ; mais il est probable qu'elle était bien sapée et misée – en particulier, j'étais dégoûtée d'avoir à aller jouer la comédie, et à avoir l'air naturel devant tous ces gens, alors que ma vie n'est plus naturelle après tout ce que j'ai vécu et vis encore. Nicole y est allée, et n'a pas pu me donner un récit très piquant ; Mme Viénot n'était pas en velours rouge, mais en rose et noir (très *maid*[2] aussi, tu ne trouves pas ?). Lisette se marie le 8 février. Cette fois-ci j'irai, d'ailleurs, la plume de mon chapeau est arrangée !

Je continue la gymnastique mais je n'ai pas perdu un gramme ; j'aime assez cela, mais je suis encore obligée de prendre deux heures par semaine sur mon temps.

*Vendredi 21*

Je termine ma lettre en pleine alerte[3] – l'alerte réglementaire du vendredi, qui m'empêche chaque fois d'aller au cours de thème oral.

1. Catherine Bourey, c'est-à-dire Kate Viénot.
2. Femme de chambre en français.
3. Depuis le début du mois de janvier 1944, les alertes se multiplient. Ce sont les bombardements alliés en prélude au Débarquement et qui visent en priorité les voies ferrées.

Je suis très fâchée ! Dès qu'il fait beau maintenant, on a des appréhensions à sortir ; c'est paradoxal. Mais voilà à quoi l'an de grâce 1944 se trouve réduit.

Je n'ai rien de plus à te raconter ; mon histoire de l'autre jour a l'air de s'être arrangée ; les gens malheureusement se figurent que je suis à leurs ordres, et comme je prends toujours tout pour de l'argent comptant, j'ai fait « beaucoup de bruit pour rien » – j'ai vu hier Françoise Weill ; sais-tu qu'à la suite d'une piqûre faite avec une fraise (de dentiste), elle a eu un panaris dans le genre du mien, et qu'on a dû lui couper le bout de l'index gauche. Elle n'a même pas voulu se faire endormir, et est revenue toute seule en métro après !

Je lis en ce moment *Les Forsyth*, dont je n'avais lu que les deux premiers ; j'ai trouvé *À louer* remarquable ; ce que j'aime tant dans Galsworthy, c'est sa délicatesse et sa distinction ; il est racé jusqu'au bout des ongles. Il n'a pas d'égal pour peindre les sentiments subtils et si délicats comme la jalousie d'un père pour sa fille, d'une mère pour son fils ; et aussi la fraîcheur merveilleuse d'un premier amour ; ses femmes surtout sont des chefs-d'œuvre. On pourrait lui reprocher un manque de puissance ; mais je le crois plus que compensé par sa délicatesse d'analyse, et sa richesse poétique. Dans un autre genre, je lis quelque chose de très drôle, quoique ce soit un peu trop « chargé » : *Nightmare Abbey*, de Peacok, un satiriste très spirituel de l'époque romantique anglaise, et qui critique dans cette abbaye de cauchemar le goût de misanthropie et l'amour du sombre de son époque. J'espère que tu recevras bien *The Freelands* et que tu prendras plaisir à le lire.

Nicole est un peu moins inquiète… pour le moment, elle a reçu une autre lettre ; je tremble que cela change d'une minute à l'autre.

Tiburce[1] regarde une mouche au plafond : les bras largement étalés. Non, il a tourné son bouton d'œil, vers moi, à ton intention. Écris-moi vite – je pense que nos lettres vont encore se croiser – quelle pé-ère !

TON DIVIN LARE QUI T'AIME.

1. Ours en peluche d'Odile gardé par Hélène.

HÉLÈNE À ODILE

*1er février 1944*

Depuis 5, avenue Élisée-Reclus, Paris VIIe
À destination de La Clayette, chez M. et Mme Bigot, Saône-et-Loire

*Mardi*

Mieux-aimée adorée,

J'ai reçu ce soir ta lettre de dimanche : c'est merveilleux ; j'aime bien quand les lettres s'échangent vite ainsi ; j'ai l'impression qu'il y a moins de choses – inconnues – de toi qui ont pu se passer.

Enfin la pé-ère[1] est vaincue ; j'attendais ta lettre pour te récrire, mais je n'aurais pas attendu beaucoup plus longtemps – ce n'était pas une course d'endurance. Je profite de mon après-dîner pour t'écrire ; je ne crois pas que je serai très tranquille, ni que je pourrai te dire tout ce que je voudrais. Mais je saisis ce moment au vol. Ce que tu me dis de ta grand-mère ne me surprend pas ; la situation de la France est de plus en plus instable (état général). Mais sa lettre a dû être inspirée par une vague qui a passé il y a huit jours, très pessimiste. Personne ne peut juger, ni savoir ; et souvent tout n'est qu'une question d'opinion personnelle : ainsi hier soir j'étais vraiment désemparée. Lorsque je suis rentrée, le père d'Yvonne[2] a déclaré qu'il voulait aller se promener le soir comme jadis… avec tout ce que cela implique, et pour tous cette fois-ci. Je n'ose pas le contrarier, car qui sait ? L'état de santé d'Éliane laisse certainement beaucoup à désirer ; et ne peut qu'empirer à mon avis, et à celui des médecins. Mais la soigner ainsi jour et nuit est exténuant ; quoique notre fatigue ne doive pas entrer en ligne s'il s'agit de choses aussi graves. Enfin ce soir, nous ne sommes pas garde-malades – peut-être sera-ce pour demain soir ? Mais rien que ce fait m'a toute rassérénée – c'est idiot

1. Position ridicule.

2. Raymond Berr décide de ne plus dormir avenue Élisée-Reclus. Il juge que la situation est devenue trop dangereuse avec la multiplication des arrestations.

n'est-ce pas ? Si on pouvait avoir un jugement juste, et voir – au lieu de sentir, au lieu d'avoir un coefficient personnel.

J'espère que la famille de Béranger va bien, et veille bien à la santé des petits. Il y a eu beaucoup de malades[1] autour de nous : la sœur jumelle d'Emmeline[2], la femme et veuve de François et leur grand-mère de 80 ans ont eu la même chose que François B. Pauvre Suzanne ! Quel surcroît de soucis – comme si elle n'en avait pas assez.

*Mercredi matin*

Comme toi, je reprends à une autre heure et dans un autre décor. Hier soir il y avait 0 °C – ce matin 10 °C –, le temps est fou. J'ai rêvé de toi cette nuit. Je te retrouvais à mon cours de gymnastique sans en être du tout étonnée ; par-dessus le marché j'étais dans une humeur à faire des pitreries (ce qui ne m'est pas habituel, en tout cas depuis longtemps), je faisais rire tout de même... ; par exemple, après m'être balancée sur le trapèze, je venais m'assoir à côté de toi, et je continuais à être soulevée horizontalement au-dessus de mon siège de la même manière ; cela me semblait tout naturel.

En tout cas j'ai bien dormi, et j'ai enfin rattrapé le petit bout de sommeil manquant après lequel je courais depuis longtemps – sans compter que la nuit précédente je n'avais guère dormi. Mais trêve d'inepties.

1. Personnes arrêtées.

2. Marianne Weill-Raynal (1921) et Édith Weill-Raynal, née Kravetz, sont déportées par le convoi parti de Drancy le 10 février 1944. Suzanne Dreyfus, épouse de Maurice Weill-Raynal (1886), fils d'Emmeline Weill-Raynal, est déportée par le convoi 36.

Tu aurais dû me donner l'adresse de la jeune fille qui a le cahier de Jacquot[1] ; comme cela je n'aurais pas perdu de temps à te le transmettre (je me mets à ta place et je mesure ton impatience). Elle pourrait d'ailleurs très bien te l'envoyer en lettre recommandée. Sinon je le mettrais dans un colis pour Yvonne (mais ils prennent très longtemps, comme tu pourras le voir avec les *Freelands*) – ou je le donnerai à quelqu'un qui part – c'est dommage je connaissais justement une jeune fille qui partait ce matin. Enfin l'occasion se retrouvera. Je suis ravie d'avance pour toi ; si je suis sur le chemin qui te mène à Jacquot (P.-S. : N'oublie pas que je pèse 69 kg, et que je suis un « bloc erratique », et non un « coursier ailé », genre chapeau de Mme Lecomte) – tu peux te dire que pour moi c'est une grande réjouissance. Rien ne peut me faire plus de plaisir.

Je comprends à quel point Jacquot te manque. *Ne crains jamais* de me raconter ta souffrance quelle qu'elle soit ; celle que tu éprouves en ce moment est excessivement pénible, parce qu'elle ne contient aucun élément qui la rachète ; si tu savais combien je *« sympathize*[2] » avec toi, je voudrais faire quelque chose pour toi. D'ailleurs j'ai toujours trouvé qu'il n'y avait pas de grandes et de petites peines – il n'y a que des différences de qualité – et non d'intensité. Cette tension de l'atmosphère familiale dans laquelle tu vis (même si *tu* la juges indigne d'être citée) doit être horriblement déprimante ; car tout est fait de nuances, de petites piqûres d'épingle, de repliements continuels sur ses positions – auxquels peu de nerfs résisteraient. Je suis *sûre* que tes revendications sont justes – car je les connais, et je les ai retournées dans tous les sens – ce sont les besoins naturels de ceux de notre génération, qui sont plus sensibles et plus intellectuels que certains. Et on ne peut pas les nier sans souffrance. Je t'ai dit, lorsque tu es venue, que j'éprouvais un peu le même sentiment d'étouffement que toi. Mais ce n'est pas la même chose 1° parce que j'ai reconnu librement la priorité de certaines occupations, et de certains actes sur

1. Le fiancé d'Odile a fait sortir du camp un cahier de géométrie dans les pages duquel est intercalé une sorte de journal de sa vie au camp, par l'intermédiaire d'un prisonnier qui a été libéré. Ce cahier n'est pas encore dans les mains d'Odile. (Il a été déposé au Mémorial de la Shoah.)

2. Compatir en français.

mon travail. 2° parce que j'ai la chance de n'être pas harassée par les soucis de la vie matérielle. 3° parce que j'ai pu trouver tout de même des moyens d'écoulement. Par exemple le lundi après-midi, je bavarde avec des camarades, j'ai trouvé en Claude Guimiot, et une de ses amies, que je connaissais déjà (et qui m'avait demandé de faire un exposé sur mon diplôme l'année dernière pour le groupe d'étudiants qu'elle dirigeait), Marie-Louise Reugé, des amies merveilleuses (seulement tout récemment). Hier soir je suis allée trouver leur ancien professeur d'anglais de Molière, Mme Bickart-Picard, à qui j'ai demandé de superviser ma traduction ; j'ai toujours travaillé sans aucun guide, et j'en avais besoin, surtout pour cela.

En réalité je vis dans deux mondes, et c'est un débat continuel – sauf que celui de la réalité prend chaque jour plus d'importance, et repousse l'autre dans son coin. Hier par exemple après les discussions familiales précitées, et une journée de travail à Neuilly – où j'avais vu arriver une malheureuse femme traquée, avec son bébé de 2 ans etc. – je suis arrivée chez Mme Bickart complètement ahurie, et incapable de me mettre dans l'atmosphère.

Lequel de ces deux mondes a le plus droit à l'épithète « réel » ? Autrefois, ç'aurait été le second. Le premier n'est-il pas une création artificielle des hommes ? N'est-il pas mauvais ? Et pourtant c'est à lui que je donne le plus de moi – parce qu'il englobe dans son réseau des vies humaines, de la souffrance humaine.

Cela ne m'étonne pas que Plutarque t'ait amusée ; lorsque j'ai dû en lire pour mon diplôme, j'ai été émerveillée par sa fraîcheur et sa vivacité. Il y avait de quoi inspirer de moindres poètes que Shakespeare – j'avais eu entre les mains *La Vie des hommes illustres* au complet de Jacques Amiot (édit. La Pléiade), et j'avais eu envie de le lire en entier. Mes connaissances d'histoire romaine sont lamentables – quant à l'histoire grecque… n'en parlons pas. C'est fou ce qu'on oublie ce qu'on ne fait plus après l'avoir appris : ainsi les maths : figure-toi que je ne suis plus sûre de savoir faire une division : c'est épouvantable.

Je suis enchantée de ce que tu me dis de ton impression sur Shelley – j'ai si peu d'assurance que c'est un immense réconfort de voir ton jugement venir corroborer le mien. Ma traduction n'avance pas beaucoup car, sans compter que je n'ai pas le temps, je ne peux en faire beaucoup à la fois – c'est assez lassant. Mme Bickart a d'ailleurs trouvé les textes très difficiles mais je pense qu'elle m'éclaircira les points obscurs. Je te parlais tout à l'heure de Marie-Louise Reugé : elle fait un diplôme sur Lewis Carroll, et je l'ai mise en rapport avec André Bay qui a beaucoup étudié la question ; il lui a prêté un tas de livres, et elle est ravie. Il paraît que la psychanalyse a révélé des choses extraordinaires à propos d'*Alice au pays des merveilles* – cela doit être en effet très intéressant. Les histoires de chute du fond du puits, de bébé se transformant en cochon sont des expériences que nous faisons tous en rêve.

Je viens de lire un livre sur la poésie *The Theory of Poetry*, d'un poète moderne anglais, Lascelles Abercrombie[1], qui m'a enthousiasmée. Quand je l'aurai à nouveau entre les mains, je t'en parlerai. C'est la meilleure définition de la poésie que j'ai rencontrée – il définit un poème essentiellement comme une expérience d'un homme, une expérience émotive forte. Cette *Theory of Poetry* compléterait admirablement le Shelley. L'œuvre de Shelley est plutôt générale, et définit en somme ce qu'est un tempérament poétique – ce livre-là définit ce qu'est un poème. Ils ne se contredisent pas et je pense que l'on pourrait faire un excellent *Art poétique* en réunissant les deux. Cette idée ferait peut-être sauter les connaisseurs ; j'ignore qui est Lascelles Abercrombie, et je ne me base que sur mon intuition et mon jugement. Mais ce qui me rassure, c'est que Mme Bickart m'a dit que c'était un très grand écrivain et très peu connu en France.

Je continue les *Forsyth*, mais j'ai commencé en même temps un Lawrence ; et je n'aime pas cela. Il y a une partie très belle dans l'œuvre de Lawrence, ce sont ses descriptions de nature – mais en somme sa sensibilité à la nature est faite surtout de sensualité. Il vit sur ses sens : lorsque la matière fournie aux sens est la nature, il ne peut en résulter qu'une très belle poésie de la nature, mais lorsqu'elle devient l'humanité, cela dégénère en sensualité, et l'atmosphère

1. Lascelles Abercrombie (1881-1938), écrivain et poète britannique.

devient irrespirable. Étouffante – c'est l'impression que me produit la lecture de Lawrence – ce n'est que le second que je lis (*L'Arc-en-ciel.* Le premier était *Le Paon blanc*).

Dimanche j'ai eu à la maison deux adorables petits garçons de Neuilly, un qui s'appelle Raphaël, et qui est joli comme un archange, et l'autre, Dédé, qui est un pitre impayable déjà à 4 ans. La brave Andrée[1] en a pris aussi deux chez elle ; elle les a emmenés au Champ-de-Mars sur les chevaux de bois. Si tu avais vu le mari et la femme promener ces pauvres gosses émerveillés ! Cela vous réconcilie avec l'humanité. Comme le concierge du bureau qui s'occupe d'un petit qui est venu de chez D.[2] et dont on ne sait rien, et que je me suis empressée de placer – grâce à elle –, cela me console des « *bouncing females* ».

À propos de B.F., figure-toi que Gilberte a un dada de plus en plus manifeste : la chasse à courre et la noblesse. Dès qu'on lui parle de quelqu'un, s'il est bien, elle dit : « Je le verrais très bien en habit de chasse à courre. » Pour le mariage elle s'est fait faire une robe rouge et noire… pour ressembler à un piqueur. Elle est tout à fait « dingo ». Je t'enverrai un compte rendu serré du mariage qui a lieu mardi prochain. J'ai invité des amis ici samedi. Francine et son mari (des « de » pour Gilberte), Simone ex-Lecomte et son mari, Geneviève Castier, Olivier Debré et sa cousine Lucie Morizot, Gérard Mx (qui ne viendra sans doute pas), Nosley, etc. ! Je me demande quelle explosion résultera de tout ce mélange ? Si tu étais là !

Il me semble que ce soit un miracle que tu aies été là à mon Christmas Party. Quand j'y repense, je suis au septième ciel. Il fallait que tu connaisses Mme Lavence et Mme Mauduit.

Je tâcherai d'aller voir ta grand-mère ces jours-ci. Je lui avais promis une pile électrique que je ne lui ai jamais apportée.

J'espère retrouver mon lit ce soir ! Mais je ne sais pas ce qui sera décidé comme réjouissance nocturne[3].

Je termine cette lettre pour qu'elle parte demain matin.

---

1. Andrée Bardiau, cuisinière de la famille Berr.
2. Camp d'internement de Drancy.
3. Par sécurité, les Berr ont décidé de ne pas dormir à nouveau chez eux.

Nous venons d'apprendre qu'il y a des nouvelles de Jean (Claudine) de décembre. Quelle chance !

Écris-moi vite, n'importe où et quand dans la cuisine, dans le brouhaha, de mauvaise ou de bonne humeur. Je t'aime Rochutement.

Ton Dieu Lare.

P.-S. : J'ai récupéré tes lettres. Le Vivier a été libéré, et elles étaient intactes, ainsi qu'un fond de bouteille de Chartreuse offerte par Jean, et sur laquelle j'avais mis une étiquette bilingue en priant les occupants de ne pas boire ce qui restait !

### HÉLÈNE À ODILE

*10 février 1944*

Depuis 5, avenue Élisée-Reclus, Paris VII^e^
À destination de La Clayette, chez M. et Mme Bigot, Saône-et-Loire

Ma mieux-aimée,

Ta lettre, que Papa vient de m'apporter, a eu pour don de dissiper le nuage sombre dans lequel je me débattais depuis le début de cette après-midi : elle m'a donné un but précis. Par un hasard extraordinaire, je n'avais rien à faire, et j'avais décidé de travailler toute l'après-midi. Cela m'a paru si étrange qu'il m'a d'abord fallu un effort de volonté intense pour chasser des idées du genre de « C'est de l'égoïsme, il y a sûrement quelque chose à faire », ou bien « Je ne me sens pas à mon aise de travailler pour moi, je suis coupable ». Comme je sentais que ces raisons étaient bêtes, je les ai secouées de mes épaules. Je me suis mise à cette table à 15 heures ; mais autre chose m'a empêchée de travailler : autre chose qui venait de moi : mon esprit ne m'obéissait plus. J'ai essayé de lire un volume de critique sur Keats, et je lisais tout à travers une brume ; je ne percevais pas. J'avais désespérément conscience que le temps, ce temps si rare, passait et que je ne l'utilisais pas. Et c'est pour cela que je me débattais. Au fond, c'était ce qu'autrefois j'aurais reconnu pour une humeur impropre au travail – et dont je ne m'irritais pas parce que j'avais le temps d'attendre le moment propice – maintenant je veux forcer l'humeur, et c'est une chose impossible. Il y a longtemps que je sais que je ne peux faire des « découvertes » que le matin mais tous mes matins sont pris, complètement maintenant à cause de cette gymnastique. La difficulté vient de ce que je ne veux pas reconnaître qu'il est absolument impossible de faire quelque chose en deux ou trois heures de travail qui me tombent du ciel d'une manière imprévue toutes les deux ou trois semaines. Avec le monde du travail, j'ai rompu mes amarres. Moi qui aimais tant l'organisation – je n'arrive plus à retrouver ma *« singleness of mind »*. Mon équilibre est tellement instable. Il vaut sans doute mieux renoncer à cela en ce moment, et vivre de la vie qui vient. De toutes façons, je crois maintenant que je ne retrouverai plus la paix de l'esprit que dans l'amour. Excuse-moi de dire ces choses-là ; je les sens, et j'ai le désespoir de ne pouvoir en parler à personne parce qu'elles sont trop intimes – il n'y a qu'à toi que je peux en parler, parce que tu sais bien qu'elles ne sont pas imaginaires, et que tu comprends bien ce qu'est ce besoin de plus en plus profond que je ressens. Ici je n'en parle jamais à personne, parce qu'il y sans doute d'autres soucis, des questions immédiates de vie et de mort – et que je ne sais pas à qui j'en parlerais. Mais est-ce une raison pour prétendre qu'elles n'existent pas, pour essayer de nier leur réalité, pour croire que le silence et l'inexpression impliquent leur non-existence ? Je ne pense pas non plus que ce refoulement perpétuel soit une très bonne chose, et toi ? On n'a pas le droit de se plaindre, sûrement. Mais la souffrance est là. Tu sais ce que c'est, mieux que personne. J'ai toujours été en admiration devant ton courage, depuis le début de la guerre ; j'étais encore très loin de toi – au point de vue expérience – à ce moment-là ; mais tu m'étais apparue comme un exemple. Je savais que tu souffrais ; mais je ne pouvais pas connaître la qualité exacte de cette souffrance sans avoir éprouvé une chose semblable. Maintenant que je la connais, mon admiration n'a fait que grandir. Et puis je suis sûre de trouver en toi la seule personne peut-être qui me comprenne vraiment. Je n'hésite pas à t'ouvrir mon cœur. Je ne t'ai jamais parlé de cela, pas parce que je n'avais pas confiance, mais parce que la conspiration du silence qui s'est faite autour de ma « découverte » intérieure – et qui fait que j'ai l'impression que personne n'y croit – m'a accoutumée peu à peu à être silencieuse moi-même. Je ne sais pas pourquoi la digue s'est rompue ce soir. Mais je ne vais pas m'arrêter maintenant. Sans doute est-ce l'exaltation où m'a plongée l'atmosphère de ta lettre – ton amour pour moi.

J'ai de plus en plus l'impression que quelque chose, *la chose*, m'a été arrachée avant que je l'ai tenue dans mes mains. Je ne peux pas dire que j'ai connu le véritable amour, l'unification magnifique qui donne à chaque événement de la vie une auréole – je n'ai pas eu le temps. Au moment où Jean était là, je ne réfléchissais pas encore ; j'étais toute à l'étonnement et à l'émerveillement ; par-dessus le marché je possédais une faculté enfantine de me réjouir de chaque petite chose – par exemple de me préparer pour chaque visite et tous les petits détails, de jouir du moment présent, qui m'absorbait tout entière et m'empêchait de voir la chose, la prendre dans toute sa profondeur. Je ne savais pas alors combien je le regretterais après, quel vide il y aurait lorsque justement les petites choses ne seraient plus là – je ne savais pas que nous serions ainsi séparés. Et puis nous nous intimidions mutuellement beaucoup trop pour atteindre la véritable chose. Il me faut très longtemps pour m'habituer, et pour *m'ouvrir* ; je n'ai pas eu ce temps-là. J'avais bien le sentiment, lorsqu'il est parti, que cette séparation sur quelque chose d'inachevé ne serait que souffrance. Lui ne s'en rendait pas compte. Les lettres qu'il m'écrivait ne me suffisaient pas ; j'avais besoin d'autre chose. Dieu sait comme j'ai souffert de ce besoin inassouvi ; et pourtant maintenant que donnerais-je pour avoir une seule lettre, et pour pouvoir écrire. Je savais seulement que lorsque nous serions réunis, nous pourrions commencer à construire ensemble. Et tel était *the state of things*, lorsque le silence est intervenu. Si nous étions parvenus au point suprême – je veux dire la certitude complète de notre amour mutuel – avant cette séparation, je serais moins déséquilibrée. Je saurais que tout ce que je garde en réserve et qui ne peut s'exprimer n'est pas gâché, et que cela s'épanouira un jour. Je me demande quelques fois – avec mon manque d'assurance habituel – s'il pense toujours à moi, et comment sa conception a évolué. Et si jamais il arrive quelque chose pour nous séparer complètement, je ne saurai pas ce qu'il en aura été.

Dieu sait pourtant si j'ai envie d'aimer, et de me donner ! La seule chose sûre qui me reste, et qui me prouve que je ne me suis pas trompée, ce sont mes souvenirs. Les souvenirs de ces trois mois si courts – quand j'y pense, je ne peux pas croire qu'il n'y ait pas eu là le commencement de la chose véritable.

Je n'aurais pas dû t'écrire tout cela : c'est toute une partie de moi que tu ne connais pas, et tu dois avoir en l'apprenant la sensation de malaise que l'on éprouve à essayer d'assimiler un fait neuf. Ce n'est pas étonnant ; tu ne connais pas Jean, et tu ne m'as pas vue à ce moment-là. Mais je t'assure que c'est du moi tout de même ; prends-le, comme tu prends tout le reste de mon moi – j'ai besoin que tu acceptes cette partie-là de moi dans ta conscience, dans ton amour de-Dieu-Lare. Nous avons dit souvent que lorsque deux amies arrivaient à l'âge où on aime un homme, il y avait entre elles un élément étranger, et que plus rien n'était comme avant. Mais ce qui fait l'immense rareté et le prix de notre amitié, c'est qu'une telle chose n'est pas un élément étranger – ton amour pour Jacquot, votre vie commune n'est pour moi qu'un développement normal, un enrichissement de toi. Jamais il ne parviendra à rien changer à notre union.

Je n'ai pas de regrets de m'être ainsi ouverte à toi ; il y a longtemps que je te le devais ; je te dois une sincérité complète ; je te dois le droit de voir clair au travers de moi comme à travers du cristal.

Et maintenant je suppose que j'ai fini... Pour le moment – je voulais commencer par te dire qu'une réjouissance, au début de cette après-midi, m'a été donnée par le simple fait que j'ai pu te réexpédier le cahier de Jacquot, reçu ce matin à midi. Je l'ai envoyé en lettre recommandée ; je pense que tu le recevras assez vite. J'imagine tellement bien ta joie, que j'en ai été toute joyeuse.

Ma vie est aussi assez désorganisée en ce moment du fait qu'Éliane ne couche plus à la maison[1]. Oncle Raymond[2] – qui n'a aucune envie de recommencer ce qu'il a déjà subi – ne veut plus d'elle à loger – cela a été, comme tu peux le penser, l'occasion de discussions pénibles ; et de fatigues très grandes. Cette attitude me paraît tantôt prématurée tantôt justifiée (et alors je suis désespérée que ni Denise, ni les Raymond n'agissent de même). Nul ne sait qui a raison ; mais en tout cas s'opposer à Oncle R. soulèverait des débats harassants. Le résultat est que ma vie est toute déséquilibrée. Hélène voit Rose tous les soirs ; c'est tout ce qu'elle y gagne – elle est en ce moment chez la fidèle Andrée[3] qui la choie comme sa fille.

Naturellement, ne souffle pas mot de ces drames de famille – même pas à tes parents ; je fais cela pour plaire à mon oncle, un point c'est tout. Si cela se savait, un scandale pourrait vite se déchaîner.

Tu me demandes des nouvelles de Jean-Paul : il est en congé pour un mois, car il était très fatigué en arrivant en perm. Tu penses si Nicole est heureuse. Je l'ai revu déjà deux fois, mais très peu de temps. Je l'aime vraiment beaucoup, et je crois que Nicole sera heureuse avec lui.

À propos de mariage, j'ai assisté à celui de Lisette. Elle était très simple et très gentille. La réception était assez bousculée comme toujours, quoiqu'il n'y ait pas eu beaucoup de monde. J'ai eu assez de mal à me transporter de mon monde habituel dans celui-là, dans ce monde de gens quasi normaux. Je n'ai parlé en somme qu'à Cyrille de Brunhoff très gentil – il est professeur de philo à Bar-le-Duc – cela fait un peu mal de revoir des gens d'autrefois – après tout ce que nous avons traversé. Mais il m'a mise à mon aise – d'abord parce

1. La famille doit de plus en plus souvent quitter son domicile pour échapper aux rafles. Des amis les accueillent. Le 7 mars 1944, ils décident de revenir dormir chez eux. Ils sont arrêtés le lendemain matin à 7 h 30 avant d'être transférés à Drancy.

2. Raymond Berr.

3. Hélène écoute la BBC chez Andrée Bardiau, la cuisinière de la famille Berr.

que je n'ai pas eu besoin de lui dissimuler la vie que je menais (il a tout de suite compris), et que nous avons parlé travail, terrain neutre. Françoise, sa sœur (mariée et attendant un bébé), a été charmante aussi. Il y avait les trois filles Laurent, toutes plus gentilles les unes que les autres avec moi. À part cela, j'ai dû supporter les salutations enthousiastes de Jacqueline Lemerle : « Comme je suis contente de te voir, je pensais justement à toi l'autre jour… », comme elle cherchait le jour, une envie folle m'a prise de lui dire : « Ne cherche pas, je sais bien que c'est faux. »

Je ne peux pas supporter la comédie. Il y avait un petit groupe cours : elle, Kate (l'air grave, et sévère, pas du tout changée par le mariage extérieurement), et M.F. Langlois (avec un immense chapeau vert boîte de peinture). Pouah ! Mais pour une fois, elles étaient en minorité et un peu isolées. Lisette avait une très jolie robe en crêpe mat chapé, son mari était en jaquette (il fait un peu swing, mais ne doit pas l'être).

Annie était charmante comme toujours ; Gilberte, très piqueur ; elle a perdu tout son éclat, c'est drôle. Mme Léauté était épatante et recevait admirablement. Je suis rentrée avec le cafard que j'éprouve toujours dans tous les mariages. Le seul mariage où je n'aurai pas le cafard sera le tien, car j'emporterai un peu de ton rayonnement.

Mon *tea-party* a été un peu raté, par l'absence de Nicole (avec Jean-Paul), de Simone Lecomte (encore inexcusée) et de Francine (dont le beau-frère avait été arrêté le matin) – Gérard Mx a été très gentil, il est beaucoup plus simple, mais doit être très timide. Il est vraiment trop grand.

Dimanche dernier je suis allée chez les Pineau – j'en reviens inévitablement à l'envers, et j'évite ces rencontres, qui me mettent toujours à vif – à cause de la peine qui existe chez chacun de nous. Pourtant, j'adore être dans ce milieu de normaliens et d'étudiants. Mais il faut sacrifier, jusqu'à ce que la cicatrice se referme.

Je suis sûre que les *Freelands* te plairont. Tu peux le lire des deux manières que tu décris – vite d'abord, et lentement ensuite –, je n'avance que lentement dans mon Lawrence, parce que c'est compact et dense, et un peu étouffant. Il a certainement beaucoup de talent, mais il est trop « *one-sided* ». Il se cantonne dans un domaine trop exclusif. J'ai réussi à vaincre en partie le dégoût que me cause cette atmosphère si sensuelle ; mais je trouve d'autres objections.

Ma traduction est en panne pour le moment. Il faudra que je m'y remette. Mais ma vie intellectuelle est vraiment chaotique.

Je serai très heureuse de connaître Claude A.[1]. Je suis sûre que c'est quelqu'un de très bien, et je lui ai déjà donné ma confiance avant de le connaître.

Je ne fais plus de violon ; à cause d'Éliane, il n'est plus ici – comme tous ses livres – quelle vie ! Mais cela me manque sûrement aussi. Le cours chez Nathalie est encore interrompu définitivement, parce que le pianiste amateur qui y venait (très gentil) est parti avec Marianne. Cela m'a fait beaucoup de peine, car je sais que ces artistes souffrent beaucoup plus que les autres – parce que leur sensibilité est plus grande, et aussi qu'ils sont brutalement arrachés de leur monde où le mal était inconnu. Cela m'a mise en rage – rage contre la force brutale, contre le gâchis d'âmes d'élite, qui valent dix mille fois mieux que celles de leurs bourreaux… assez comme cela ; je re-bouillonne en y pensant.

Papa se demande ce que je peux bien t'écrire pendant des pages ainsi, à part des rugissements de lion – je réponds : « Tout ce qui devrait sortir de moi, et ne sort pas. » C'est vrai – c'est le plus grand bien qui me reste, ces lettres. Lorsque je t'ai écrit, j'ai le sentiment d'être soulagée d'un poids. Au moins, j'aurai fait quelque chose en cette journée si mal commencée.

Je t'aime de toutes mes forces, ma mieux-aimée chérie. Aime-moi toujours autant, et sois toujours pour moi le havre de confiance et de consolation que tu as été pendant ces années si troublées.

TON LITTLE BACON-GOD.

1. Claude Alphandéry (né en 1922), étudiant en droit, s'engage dans la résistance dès 1941. Il sera lieutenant-colonel dans les FFI.

HÉLÈNE À ODILE

*1er mars 1944*

Depuis 5, avenue Élisée-Reclus, Paris VIIe

Ma mieux-aimée,

Je n'ai pas répondu par retour du courrier à ta dernière lettre comme je le fais d'habitude, et la conséquence a été celle que je prévoyais : je suis restée presque huit jours sans t'écrire ; j'espère que tu ne t'es pas inquiétée – si j'étais restée deux jours de plus sans nouvelles de toi la semaine dernière, mon premier cheveu blanc aurait surgi.

Et pourtant quelle lettre tu m'avais écrite ! Je crois en réalité qu'elle avait éveillé en moi trop d'émotion, de reconnaissance et de tendresse pour que je puisse y répondre tout de suite – je voulais d'abord l'absorber, tu comprends ? Je suis bête d'ajouter « tu comprends ? » – car cette lettre tout entière était une preuve magnifique de ta compréhension. Personne ne m'a jamais parlé comme tu le fais, et, dans le domaine particulier dont il s'agit, cette compréhension prend d'autant plus de valeur que je suis absolument renfermée en moi-même et sans aucun secours de l'extérieur.

Je savais fort bien que tu *sentais* avant de *savoir* ; c'est même sans doute cette conscience qui me poussait obscurément depuis longtemps à déverser tout cet inexprimé en toi. Ce qui est merveilleux, c'est que tu as un peu la même expérience que moi, et que je peux accepter en toute confiance tout ce que tu me dis, et que tu peux vraiment m'aider.

Je te remercie aussi du don inestimable que tu me fais en me parlant de Jacquot comme tu le fais, en livrant aux paroles ce qui était au fond de toi-même, et fait partie d'un trésor personnel et intangible. C'est certainement un sacrifice – comme il ne faut pas que tu protestes, car je le sens bien, et ma sensibilité ne me trompe pas sur ce point-là. Mais je t'assure que je me suis rendu compte de son prix, car il m'a apporté une joie et une confiance extraordinaire. La seule chose que je vais faire pour être à la hauteur de ton don, c'est de te le rendre en amour, et cela je le fais au centuple.

Ce que tu me dis de « la résistance au bonheur » est peut-être le trait fondamental de mon caractère – comment l'as-tu deviné ? Pour tout, dans tous les domaines, c'est ce sentiment qui me retient. Il est causé par deux choses : d'abord l'impression que le bonheur est un fruit défendu, et que c'est égoïste d'en jouir – peut-être y a-t-il aussi de la superstition, la crainte de « la rétribution », voilà que je parle en termes de drames grecs ! Mais cette impression, je sais que je parviendrai à m'en défaire, parce que je la reconnais comme bête – pourvu que le bonheur soit pur, c'est-à-dire qu'il entre dans une âme propre – il est droit, et pas une chose interdite – l'essentiel est d'abord d'être propre et aussi pur qu'on peut l'être. L'autre impression est une espèce, ou plutôt un autre aspect de ma timidité – je vais t'expliquer ce que je veux dire : je me sens toujours comme si j'étais une petite fille à qui l'on offrait un beau jouet, et qui n'osait pas y toucher « ce n'est pas pour moi » – il y a des petites filles qui courent se cacher dans un coin en de pareilles circonstances – mentalement, j'ai fait comme elles – j'avais peur de « faire la grande » en acceptant de « jouer un rôle » et de ne plus être moi-même. Le dédoublement de la personnalité (qui peut produire des bons résultats au point de vue sincérité) est aussi une maladie. C'est terrible de s'observer comme cela.

Enfin il y a aussi la différence entre le rêve et la réalité – souvent en pensant, je disais des choses (maintenant, je les dis, quelquefois en moi-même) qui jamais ne sortaient de ma bouche lorsque j'étais devant la réalité. La réalité me paralysait, par son actualité même.

Tout cela est idiot, n'est-ce pas ? Mais tu m'as dit de continuer. Ton image de la caverne d'Ali Baba est exactement celle que je cherchais. (Je viens d'être interrompue par une descente de Mlle Ebrard qui vient tous les mercredis quêter des légumes pour la paroisse, et j'ai dû pendant cinq minutes être « mondaine » – or je suis en pantoufles, hirsute, enrhumée depuis trois semaines et victime depuis lundi de

4 boutons d'impétigo dans la tête, un dans le nez, et d'une angine, sans compter un accès de fièvre cette nuit – tu vois le bric-à-brac !) Après cette sortie, je me sens ravie de rire avec toi, et de dire des bêtises, comme sur les lits à Auber, après le déjeuner – je suis aussi légère (mentalement) qu'à ces moments-là ; et c'est parce que je t'ai d'abord parlé de choses graves. Aujourd'hui c'est le 1er mars. Mars m'a toujours enchantée, car c'est le mois du printemps. Cette année, je n'arrive pas à retrouver la joie habituelle et cela m'ennuie. Peut-être est-ce le froid ? Je me souviens il y a deux ans, de ce brusque réveil du printemps qui a provoqué un dégel formidable. Tout craquait et ruisselait de tous les côtés – et l'on était heureux parce que cela sentait le printemps au fond de l'air.

Je comprends très bien ce que tu me dis de l'état de Jacquot. Mais je suis sûre que tu as fait tout ce qui était possible de faire pour rester près de lui, je veux dire, pour rester à son niveau spirituel ; et que même s'il y a des difficultés matérielles de réadaptation, elles ne seront que passagères et minuscules : vous aurez vaincu tous les deux et vous serez heureux d'un bonheur que peu de gens connaîtront. Marguerite de Courcel, mon amie de St.-Denis et de la Sorbonne (qui a remplacé Nicole maintenant comme co-bibliothécaire à mon grand regret), m'a raconté l'autre jour le cas d'une de ses amies dont les fiançailles ont été rompues lors du retour de son fiancé prisonnier parce qu'elle avait continué à vivre de sa petite vie de toujours alors qu'il avait atteint un degré de spiritualité où elle ne pouvait le suivre. Figure-toi que j'ai pensé à vous deux joyeusement, en l'entendant, car j'étais sûre que vous aviez passé au-delà de ce danger-là. Et que vous étiez bien loin au-dessus.

Cela me donne confiance que tu aies confiance en Jean et moi. Je le connais si peu, et il était si peu expansif ; je ne savais absolument pas de quoi était faite sa pensée de moi, et quelle était la profondeur de son sentiment. S'il a résisté à toute cette séparation – alors tu auras eu raison d'avoir confiance, et l'épanouissement sera si beau que je n'ose l'envisager. Le plus terrible, c'est de ne pouvoir imaginer ce qu'il pense – pas seulement par « résistance », mais par ignorance même de lui.

Mais peut-être est-ce un crime de penser à ces dangers spirituels, lorsque tant de dangers matériels peuvent nous séparer – avant que nous nous retrouvions.

Maintenant, ô Larus, j'ai fini pour aujourd'hui. Je vais passer à des faits.

J'ai fini ce que je pouvais faire de ma traduction et j'attends de voir un professeur avant de me lancer dans la rédaction définitive. Autrement, je ne travaille pas ; il faudrait un effort de volonté dont je suis incapable pour me décider à faire quelque chose – même une dissertation. Je viens de lire une nouvelle de Tchekhov, *Le Duel*, et deux romans anglais excellents : *The Shipbuilders* (de George Blake – tu le trouveras peut-être, car il est édité en France), c'est une histoire d'armateurs écossais, pendant la crise de 1923 – et *Father and Son* d'Edmund Gosse (1903) – sorte d'autobiographie qui raconte les méfaits d'une éducation archi-puritaine – admirablement écrite.

Dimanche je suis invitée à goûter chez Gérard Mx ! ou plutôt il m'invite chez sa tante – il me propose deux dimanches, je ne peux pas très bien refuser. D'ailleurs cela ne m'ennuie pas, car je ne sors jamais. Samedi, Josette P. vient ici (à propos elle est fiancée), avec Claude Guimiot et Monique Paray (la fille de Paul). Josette chantera. Sais-tu que la mère de Gilbert[1] est à D. ? Il est venu il y a huit jours pour lui apporter des vêtements. Pauvre garçon, et pauvre mère, il ne leur manquait plus que cela. Gilbert est d'ailleurs étonnant : il est plein d'une foi d'apôtres et ne rêve que de s'occuper de jeunes, de leur inculquer le sens du beau, l'amour de Dieu, et l'amour du travail. J'ai peine à le suivre car il est à un niveau extrêmement élevé, encore exalté par son isolement et les circonstances.

Samedi dernier, Denise nous avait invités à déjeuner – Nicole, Jean-Paul et moi –, c'était très drôle, sans *maids*[2], et Denise avait

1. Alice Blondel, mère de Gilbert Bloch, est déportée par le convoi du 7 mars 1944. Amoureux de Denise, Gilbert Bloch s'est engagé dans la Résistance sous le pseudonyme de lieutenant Patrick. Il est le chef de la compagnie Marc Haguenau, qui regroupe les Éclaireurs israélites de France ayant pris le maquis dans le Tarn à l'initiative de Robert Gamzon. Il sera tué le 7 août 1944 lors d'un parachutage allié par l'intervention d'une colonne blindée de la Wehrmacht.

2. Sans l'aide d'une cuisinière ou de quelqu'un pour servir.

tout fait. Mais l'absence de tous les autres membres de la génération se faisait sentir.

J'espère que ton père est guéri, et que tes tracas ménagers ont cessé. Les miens commencent : je suis pourchassée d'une pièce à l'autre, et je dois pourchasser moi-même le chauffage à cause de mon rhume ! (À propos, j'aimerais bien que ton camion lève la patte[1] chez nous et chez d'autres parisiens !)

Je m'arrête, en attendant la prochaine fois – moi aussi *je t'aime, je t'aime, je t'aime.*

BACON REX ET DEUS.

1. Hélène fait allusion à un camion qui livre du charbon à La Clayette.

# Épilogue

Le 8 mars 1944, à 7 h 30, des policiers français arrêtent Hélène Berr et ses parents à leur domicile où ils étaient revenus dormir. Ils sont conduits à Drancy. Hélène y est internée sous le matricule 16 553. Elle est déportée avec ses parents par le convoi n° 70 du 27 mars 1944. Le train emporte 609 hommes et 416 femmes. Le départ a lieu de Paris-Bobigny.

À l'arrivée à Auschwitz, environ 520 personnes sont immédiatement gazées. Le matricule de Raymond Berr est le 76 132. D'après David Rousset *(Les Jours de notre mort)*, il est décédé le 27 septembre 1944 : atteint d'un phlegmon au genou, il est assassiné par le médecin-chef polonais du camp d'Auschwitz III-Monowitz. Les archives du camp indiquent la date du 26 septembre 1944.

Antoinette Berr, qui a travaillé au service n° 23, la cantine du personnel de l'Union générale des Israélites de France en zone nord, au 120 boulevard de Belleville à Paris, est internée à Drancy sous le matricule 16 552. Déportée à Auschwitz, elle est gazée lors de la sélection du 30 avril 1944.

Hélène Berr est sélectionnée pour le travail. Son matricule est le 76 167. Gravement affaiblie par le typhus, elle est battue à mort par une gardienne au camp de Bergen-Belsen (Allemagne) en avril 1945, peu de temps après son vingt-quatrième anniversaire et à quelques jours de la libération du camp par les troupes britanniques.

***

Le 15 mars 1944, Odile Neuburger écrit à Jacques Hyafil :

« Détestable semaine. L'autre jour je t'annonçais la mort de mon arrière-grand-mère. J'étais très triste mais ce n'est rien à côté du désespoir que j'éprouve aujourd'hui en apprenant qu'Hélène vient d'être atteinte de la même maladie qu'Oncle A.[1]. Je ne peux rien faire d'autre que pleurer et t'écrire. Je ne peux pas te dire ce qu'elle était devenue pour moi. Surtout depuis deux ans, depuis que nous avions cessé de nous voir et commencé à nous écrire. Je te montrerai des merveilleuses lettres plus tard. Je peux dire aussi que c'est grâce à cette correspondance que j'ai commencé à prendre conscience de moi-même. L'idée de la douloureuse expérience qui l'attend (on en a que trop d'écho) me donne le vertige. Si jamais elle ne devait pas s'en relever, il me semble que j'en serais marquée pour toute ma vie. Oh mon Jacquot, mon amour ! »

1. André Baur, déporté avec sa femme et ses enfants à Auschwitz d'où ils ne reviendront pas.

# Généalogies

# Généalogie d'Hélène Berr

Maurice Lévy *ép.* Berthe Dreyfus Lantz

(1838-1910)
Président de l'Académie des Sciences,
Collaborateur de Gambetta
et Freycinet (1870-1871),
il crée à 32 ans
une artillerie de 1 800 pièces
destinée au nouvel équipement
des armées de Gambetta

Berthe Dreyfus Lantz
(vieille famille des filateurs
Lantz de Mulhouse)

Alphonse Berr
(1820-1903)
Fabricant de broderies
à Luneville

*ép.*

Mathilde Moyse
David de Nancy

Louis Berr
(1852-1933)
Conseiller à la Cour
d'Appel de Paris

*ép.*

Henriette Lévy
(1865-1935)

Maxime Berr, frère jumeau
(1888-1917)
capitaine d'artillerie,
5 fois cité à l'ordre du jour,
tué à la tête de sa batterie
le 2 mai 1917 au Mont sans nom

Raymond Berr
(1888-1944)
vice-président-directeur général
des établissements Kuhlmann

*ép.*

Jacqueline Berr
(1915-1921)

Yvonne Berr
(1917-2001)

*ép.*

Daniel Schwartz
(1917-2009)

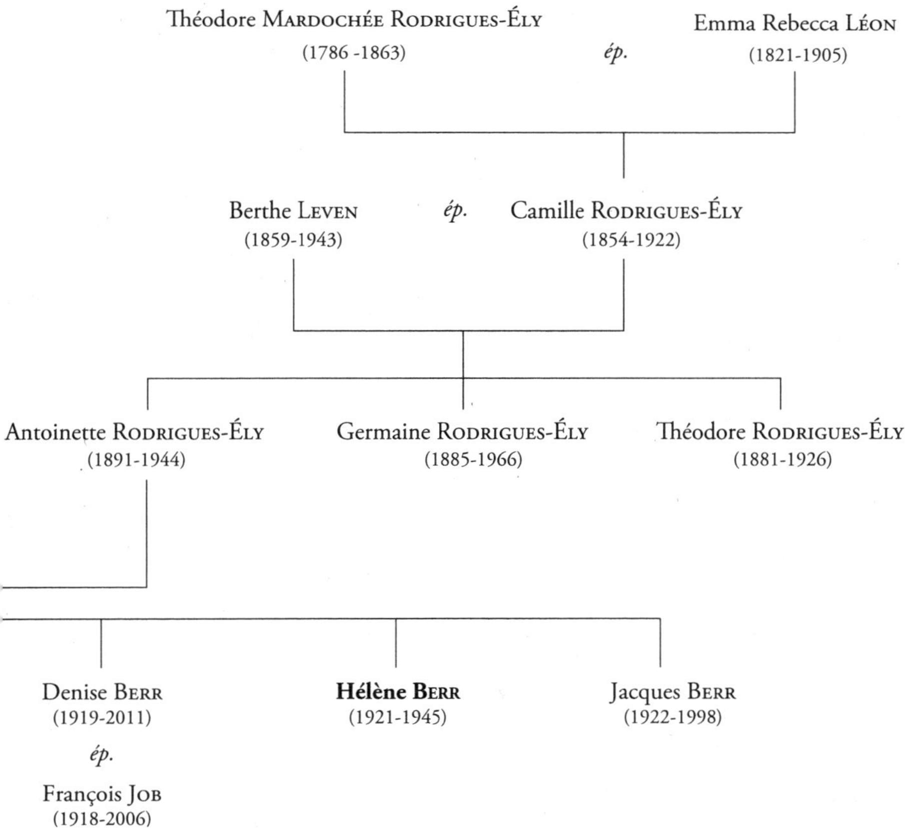
Théodore Mardochée Rodrigues-Ély
(1786 -1863)
ép.
Emma Rebecca Léon
(1821-1905)
Berthe Leven
(1859-1943)
ép.
Camille Rodrigues-Ély
(1854-1922)
Antoinette Rodrigues-Ély
(1891-1944)
Germaine Rodrigues-Ély
(1885-1966)
Théodore Rodrigues-Ély
(1881-1926)
Denise Berr
(1919-2011)
ép.
François Job
(1918-2006)
Hélène Berr
(1921-1945)
Jacques Berr
(1922-1998)

# Généalogie d'Odile Neuburger

Grand Rabbin Emmanuel Weill (1841-1925) *ép.* Adèle Dreyfuss (1847-1944)

Gustave Neuburger (1836-1914) *ép.* Laure Lazarus (1849-1898)

Charles Robert Baur (1862-1927) *ép.* Rachel Weill (1869-1951)

Albert Neuburger (1891-1985) *ép.* Anna Baur (1893-1971)

François Neuburger (1917-2008)

**Odile Neuburger** (1920-1965)

*ép.*

Jacques Hyafil (1917-2008)

Annie Neuburger (1927-)

# Remerciements

Sans la perspicacité de Laurent Hyafil qui m'a alertée dès qu'il a lu ces lettres conservées par ses cousins Antoine et Olivier Hyafil, cette édition n'aurait jamais vu le jour.

Sans la confiance de Xavier de Bartillat, je n'aurais pas pu mener à bien ce travail d'édition et de présentation de la correspondance entre Hélène Berr et Odile Neuburger. Qu'il en soit remercié, ainsi que les ayants droit des deux familles, qui ont permis la publication.

Mes remerciements vont en premier lieu à Antoine Hyafil pour son investissement sans faille dans l'aventure éditoriale de l'édition de la correspondance de sa mère avec Hélène Berr.

Merci à Mariette Job pour les informations et la documentation qu'elle m'a transmises. Merci à Karen Taieb pour son aide précieuse.

Merci à l'équipe Tallandier qui m'a soutenue du début à la fin.

***

*Antoine Hyafil, le fils aîné d'Odile, remercie son cousin Laurent Hyafil, qui, en recherchant les lettres d'Odile, nous a mis sur la piste de celles d'Hélène, ainsi que Martine Benjamin qui, depuis Princeton où elle enseigna la littérature française, a travaillé sur les lettres originales et leur dactylographie avec l'intelligence du cœur qui la caractérise. Il remercie avec émotion tous les neveux et nièces d'Hélène qui, par affection pour sa mère Odile, ont accepté que soient réveillées à nouveau des douleurs jamais enterrées. Il remercie enfin l'équipe des éditions Tallandier, et particulièrement Dominique Missika, qui a apporté à cet ouvrage son talent d'éditrice et d'historienne.*

*Mariette Job souhaite rendre hommage à sa mère, Denise Job, sœur d'Hélène Berr, qui a préservé l'intégralité des lettres de sa sœur remises à Odile et sa famille et remercie Antoine Hyafil pour son remarquable travail de transmission.*

*À la demande des ayants droit d'Hélène Berr et d'Odile Neuburger, les droits d'auteurs de cet ouvrage seront intégralement versés au Mémorial de la Shoah et à l'association « Jeunes Talents ».*

PEFC
10-31-1510

Certifié PEFC

Ce produit est issu de forêts gérées durablement et de sources contrôlées.

pefc-france.org

Achevé d'imprimer par
Corlet Imprimeur
14110 Condé-en-Normandie

Réalisation : Nord Compo à Villeneuve-d'Ascq
Dépôt légal : octobre 2022
ISBN : 979-10-210-4945-1
Numéro d'édition : 4821
Numéro d'impression : 22070444
*Imprimé en France*